蘇軾詩文鑒賞辭典

（上）

领衔撰稿
夏承焘　臧克家　缪　钺　周汝昌
吴小如　霍松林　周振甫　袁行霈
王水照　曾枣庄

上海辞书出版社

《苏轼诗文鉴赏辞典》领衔撰稿

夏承焘　臧克家　缪　钺　周汝昌　吴小如

霍松林　周振甫　袁行霈　王水照　曾枣庄

撰稿人(按姓氏笔画排列)

马祖熙　王元明　王双启　王水照　王玉麟　王思宇

韦凤娟　邓小军　叶　丰　史良昭　白敦仁　朱德才

任国绪　刘乃昌　刘文忠　刘扬忠　刘逸生　江辛眉

汤易水　孙小力　孙　静　李少群　李廷先　李济阻

吴小如　吴小林　吴汝煜　吴孟复　吴惠娟　邱鸣皋

邱俊鹏　何均地　何满子　沈时蓉　宋　廓　张志岳

张宏生　张秉戍　陆永品　陈长明　陈文华　陈永正

陈邦炎　陈华昌　陈振鹏　陈祥耀　周义敢　周本淳

周汝昌　周勋初　周笃文　周振甫　周啸天　周慧珍

郑利华　胡国瑞　胡晓晖　拾　风　施议对　袁行霈

夏承焘　徐少舟　徐树仪　徐培均　徐翰逢　高洪奎

高　原　唐　湜　陶文鹏　黄进德　黄国声　曹光甫

曹济平　崔承运　程一中　傅经顺　曾庆雨　曾枣庄

谢桃坊　谢楚发　詹杭伦　蔡厚示　臧克家　缪　钺

潘同寿　潘啸龙　霍松林

责任编辑　石晓玲

【前言】

【前言】

苏轼(1036—1101) 宋文学家、书法家。字子瞻,一字和仲,号东坡居士。眉州眉山(今四川眉山市)人。父苏洵,母程氏。少承母亲授以书。十余岁,博通经史。仁宗嘉祐二年(1057)与弟辙中同榜进士。为主考欧阳修所赏识。五年授河南福昌县主簿。次年经欧阳修推荐,召试秘阁,复殿试,入三等,授大理评事,签书凤翔府。英宗治平三年(1066),苏洵卒,轼回乡居丧。神宗熙宁二年(1069)还朝,因反对王安石新法而求外调。先后任杭州、密州、徐州通判,湖州知州。因被诬"谤讪朝廷"而获罪,入御史台狱,酿成"乌台诗案"。后被贬黄州团练副使。哲宗元祐初年(1086)任中书舍人、翰林学士兼侍读。因反对司马光等尽废新法,再求外调,出知杭州、颍州等。元祐七年复授翰林侍读学士、礼部尚书。次年哲宗亲政,新党重新掌权,又被斥为以文字"讥刺先朝",贬谪惠州、儋州。元符三年(1100)遇赦北归。次年卒于常州。谥文忠。与父洵弟辙,合称"三苏"。

苏轼思想博杂,于儒、道、释均有吸取融汇,并由此而形成独特的人生态度。在政见上倾向儒学,在人生处世上出入庄老禅宗。积极从政、坚持操守,主张对弊政"涤荡振刷而卓然有所立"(《策略》一),但反对欲速轻发,既为新党所不容,亦为旧党所不喜;然其生活态度"期于静而达"(《答毕仲举书》),观察问题颇能超脱,处世接物又复旷达,故虽历尽挫折飘泊,始终达观。其文学主张受欧阳修影响,反对五代宋初浮巧轻媚的文风,更不赞成时下"求深者或至于迂,务奇者怪僻而不可读"的艰涩险怪倾向(见《谢欧阳内翰书》)。认为"有意而言,意尽而止,天下之至言也"(《策略·序》)。又认为诗文"大略如行云流水,初无定质,但常行于所当行,常止于所不可不止,文理自然,姿态横生"(《答谢民师书》)。又说:"孔子曰:'言之不文,行而不远。'又曰:'辞达而已矣。'夫言止于达意,即疑若不文,是大不然。求物之妙,如系风捕影,能使是物了然于心者,盖千万人而不一遇也,而况能使了然于口与手者乎?是之谓辞达,辞至于能达,则文不可胜用矣"(同上)。提倡文艺要"出新意于法度之中,寄妙理于豪放之外"(《书吴道子画后》)。其理论主张对宋代诗文革新贡献甚大,对后代也有影响。

苏轼文学创作成就极高,文诗词俱为一代大家。散文为后人所称唐宋八大家之一,苏文坚持了欧阳修文平易之路,而更为畅达自由;文体多样,风格各异。政论文如《策略》、《策别》、《策断》等滔滔雄辩,气势逼人,继承发展了《战国策》、《孟子》及贾谊、陆贽的传统。抒情小品如书札游记等,笔致灵活,情感真率,生动传达日常生活情趣与感触,描写、叙述、议论、抒情错杂,充满诗情画意。贬谪黄州时所作之《前赤壁赋》、《后赤壁赋》,是抒情小赋之代表作。其散文对宋以后中国古代散文的发展影响极为巨大。诗存二千七百余首,涉及政治、社会、历史、人生、山水记游、朋友唱和乃至艺术创作的经验和鉴赏诸多方面,抒写情怀,慨叹人生,讥弹时政,寄寓名理,无不形象鲜明,神味完足。如《和子由渑池怀旧》、《正月二十日,与潘、郭二生出郊寻春……》、《荔支叹》、《吴中田妇叹》、《泗州僧伽寺塔》、《游金山寺》、《有美堂暴雨》、《饮湖上,初晴后雨》、《题西林壁》、《六月二十日夜渡海》等。苏诗风格多样,对陶渊明、李白、杜甫、白居易、韩愈诸人均有继承发挥,而"嬉笑怒骂,皆成文章"(黄庭坚《东坡先生真赞》),个性极为分明,实现了他"系风捕影"能充分达意的文论主张。但也有不少"以文为诗,以议论为诗"的作品。他还将诗文革新运动的成果扩展到词的领域,有突出贡献。在此之前,虽有晏殊、欧阳修、柳永等人的发展开拓,但词仍未突破"艳科"藩篱,题材狭窄,风格柔媚,意境凡近;而苏词则"指出向上一路,新天下耳目,弄笔者始知自振"(王灼《碧鸡漫志》卷二),扩大了词的意境,丰富了词的风格,提高了词的地位。其《水调歌头》(明月几时有)、《念奴娇》

(大江东去)、《江城子》(老夫聊发少年狂)等均开宋词风气。轼词亦长于传统题材,如次韵章质夫的《水龙吟》(似花还似非花),风格婉约,音韵谐和,虽"和韵而似原唱"(王国维《人间词话》),体现其风格的多样性。轼亦工骈文。除文学外,其书法绘画等方面亦有很高成就,书法尤为别开一派的创始人。堪称北宋文化最高成就之代表。著作甚丰,有《东坡全集》、《东坡乐府》、《乐坡易传》、《东坡书传》等。

本书是本社中国文学名家鉴赏辞典系列之一。精选苏轼代表作品 229 篇,其中诗 82 篇、词 82 篇、文(含书札题跋)65 篇,另请当代研究专家为每篇作品撰写鉴赏文章。其中诠词释句,发明妙旨,有助于了解苏轼名篇之堂奥,使读者尝鼎一脔,更好地领略苏轼文学成就之博大而多采,精深而活泼。另外,书末还有附录《苏轼生平与文学创作年表》,供读者参考。不当之处,尚祈读者指正。

上海辞书出版社文学鉴赏辞典编纂中心

2011.8

【目录】

诗

【目录】

词

【目录】

文

【目录】

附录

【诗】

【原文】

荆州十首 (其一、其二、其四)

游人出三峡，楚地尽平川。
北客随南贾，吴樯间蜀船。
江侵平野断，风卷白沙旋。
欲问兴亡意，重城自古坚。

南方旧战国，惨淡意犹存。
慷慨因刘表，凄凉为屈原。
废城犹带井，古姓聚成村①。
亦解观形胜，升平不敢论。

朱槛城东角，高王此望沙②。
江山非一国，烽火畏三巴。
战骨沦秋草，危楼倚断霞。
百年豪杰尽，扰扰见鱼虾。

〔注〕 ① 古姓：据《太平寰宇记》，古姓指吴、伍、程、史、龙、郢(武昌著姓)与卞、伍、龚(武陵著姓)。 ② 望沙：后梁高季兴建楼以望沙津，故名望沙楼。北宋陈尧咨更名为仲宣楼。

苏诗各体均有极好作品，有人只重七古、七律、七绝而忽视五言，是不全面的。荆州十首是苏轼青年时期五言律诗的代表作，读过杜甫《秦州杂诗》的人,都会体会出它的渊源。嘉祐二年(1057)苏轼弟兄二人同榜中了进士,但不幸四月八日母亲在四川原籍去世。弟兄两人回家葬母并守丧。到嘉祐四年(1059)九月,母丧终制,十月还朝。朝廷有几位大臣推荐苏洵出山,于是父子三人一道取水路出三峡到荆州,再改由陆路北上。沿途三人写了一百首诗文,编成《南行集》,后来散佚不全。这年十二月八日抵江陵驿,次年正月初五,离江陵北上。《荆州十首》陆续写成于这几十天中。

三峡山川的奇丽,古迹传说的丰富,在在触发青年诗人的诗思。在荆州之前,他有《出峡》一篇,开头说:"入峡喜巉岩,出峡爱平旷。吾心淡无累,遇境即安畅。"联系《出峡》这几句,可以体会《荆州十首》的发端二句,简洁地写出初到荆州的感受。"游人出三峡",看似平平而起,但联系以前诸篇,再看"楚地尽平川"一句,可见这确是诗人出峡时的特殊感受。平川和三峡正成鲜明对比,写出地形特色,用"楚地"又暗伏兴衰之感。十首诗的内容都离不开这个前提。三四两句写出水陆繁忙之景。北客南贾从纵处说,吴樯蜀船从横处说,在读者面前展开一幅舟车辐辏图。在第十首中作者用"北行连许邓,南去极衡湘"应这两句。从诗律说,这两句用了当句对。

五六句换了句法,写荆州的自然景色。一片平原,江流其中,本来是各不相涉,但"江侵平野断",一侵一断,就把死板的写生动了。"平野"和第二句的"平川"重了"平"字,严格讲是小疵,但没有更恰当的字替代,就任其重复,这在唐人诗中也不罕见。这一句是平视远方。"风卷白沙旋"是直视近景。水面多风,而平原的风和峡口的风感觉是两样的。这里写的是水边常有的旋风,"风卷白沙旋",仿佛令人看到水边旋风卷起沙柱的情景。但这毕竟是平原沃野的旋风,和"黄沙直上白云间"的塞外风光不同。荆州是汉末形胜之地。诸葛亮在隆中答刘备说:"荆州北据汉沔,利尽南海,东连吴会,西通巴蜀,此用武之国。"从三国到五代,都是军事要地。中间两联全从地理着眼。结尾两句不能不作历史的回顾。一组诗的第一首结尾,对本首

【鉴赏】

说，要能结住，对后面几首说，又要能引发。这个结尾恰到好处。“欲问兴亡意”，发思古之幽情是意中事，引到即止。“重城自古坚”，似回答又似未答。“自古”二字值得玩味。说“自古坚”，既表明历史悠久，又含有“今非昔比”之意，为后面几首伏笔。

第二首紧就第一首的尾联生发。第一句就楚地的大范围说。二句收到荆州。从三国到五代，此处都是兵家必争之地。但从宋初到作者此时，已历一百三十多年。“重城自古坚”，还可看出从刘表起惨淡经营的用意。说“意犹存”，犹如上首的“自古坚”，言外是今日面貌已非，遥呼五句“废城”。荆州割据起于汉末刘表。刘表徒有虚名，有此大好地理形势，不敢北向以争中原，坐守观望，直到刘琮降曹，作者因此而慷慨不平。这又暗和七句“亦解观形胜”相呼应。第四句由首句“旧战国”来。战国七雄，楚境最广。而怀王疏斥屈原，身死于秦，国势顿衰，终亡于秦。想到战国形势必然想到屈原的悲愤一生，因而千载以下犹有凄凉之感。作者路过忠州时，看到百姓为纪念屈原而建的屈原塔。即以此为题写诗说：“楚人悲屈原，千载意未歇。精魂飘何处？父老空哽咽。至今沧江上，投饭救饥渴。遗风成竞渡，哀叫楚山裂。屈原古壮士，就死意甚烈。”联系《屈原塔》来看，才能体会出“凄凉”二字的分量。同时这句诗又和第十首诗的结尾“楚境横天下，怀王信弱王”密切照应，兴亡之感，溢于言外。“废城”一联遥应一首末及本篇首二句，表明荆州历史悠久，虽屡经兴废，而旧井尚存，古族仍聚。

结尾一联，作者隐然自负有经济军事之才。“亦”字看似虚设，实则从三四两句来，使人想到屈原的抱负，以及诸葛亮的《隆中对》。作者在峡中有《八阵图》一诗，为孔明而激昂慷慨。第八句轻束吊古，颂扬当世的清明统一，从战国到五代荆南高氏，一笔带过。说“不敢论”，表明自己有这方面的才识，只是时世升平，用不着罢了。妙在一露便止，耐人寻味。这首诗以议论抒情为主，在十首中承上启下，引出荆州兴亡盛衰之事。

【鉴赏】

组诗的第四首借望沙楼的景色，寓讽于荆南高氏，因及五代群雄，写法和上两首不同。首句写明望沙楼的位置和景况，使人如见朱槛临风之胜。二句点明望沙之名，引出高氏盛时。三四嘲其畏葸无能。高氏对后梁、后唐、南汉、闽、蜀都曾称臣，时称“高无赖”，五代扰攘之季，高氏投靠多方，所以说他“非一国”，这三字形象而含蓄。“烽火畏三巴”直斥其怯懦。后唐派陶谷使荆南，高从诲曾炫耀兵力，吹嘘要伐蜀，实际畏蜀如虎。三巴指巴郡、巴东、巴西，即指蜀地，因与“一国”对偶，故用“三巴”。“战骨沦秋草”是虚想，见秋草而想象多少无辜兵士埋骨其下。暗用张籍诗“年年战骨多秋草”，但“沦”字下得沉重。“危楼倚断霞”实写，点明当前景物，和“朱槛”句呼应。朱槛重楼与断霞相映，倚槛临风，景色全收眼底。然霞上着一“断”字，既是自然景色，又和历史兴亡若接若连，引人遐想，这是作者着意修辞之处。“百年豪杰尽”，一句推开。五代乱离，群雄已矣，总束历史。“扰扰见鱼虾”乃当前所见。这尾联和第二首“升平不敢论”在意义上相关连。查慎行以为，鱼虾是比“五代君臣及僭号诸国”。（《苏诗补注》卷二）而赵克宜不同意此说，认为鱼虾是楼头所见（《苏诗评注汇抄》卷一）。赵氏驳查氏之说不为无理，但也失之过实。苏诗将豪杰与鱼虾对举，相映成趣，既有当前所见与过去情况相对比的一面，而言外不无讥讽之意，所谓若即若离，含蓄多趣。旧诗词中常用此种手法，要在心领神会，不必过于落实。

《荆州十首》虽不是一气呵成，但和杜甫的《秦州杂诗》一样，有起有结。中间若干首疏疏密密。这里选的三首联系还是较紧的。一题多首，要注意谋篇上有联系，写法上要有变化，每首有不同的侧重点和抒发方式，欣赏时不可忽略。

（周本淳）

【原文】

辛丑十一月十九日既与子由别于郑州西门之外，马上赋诗一篇寄之

不饮胡为醉兀兀，此心已逐归鞍发。
归人犹自念庭帏，今我何以慰寂寞。
登高回首坡垅隔，但见乌帽出复没。
苦寒念尔衣裘薄，独骑瘦马踏残月。
路人行歌居人乐，童仆怪我苦凄恻。
亦知人生要有别，但恐岁月去飘忽。
寒灯相对记畴昔，夜雨何时听萧瑟？
君知此意不可忘，慎勿苦爱高官职。

《宋史·苏辙传》称美苏轼兄弟的情谊说：“患难之中，友爱弥笃，无少怨尤，近古罕见。”他们兄弟一生写了很多抒发手足之情的著名诗篇，这是苏轼所写的最早的一篇。

苏轼兄弟继嘉祐二年(1057)同科进士及第之后，嘉祐六年又同举制策入等。苏轼被命为凤翔(今属陕西)签判，苏辙(子由)因其《御试制科策》尖锐抨击宋仁宗，在朝廷引起轩然大波，只好自己要求留京侍父。在这以前，他们兄弟一直生活在一起。苏轼赴凤翔任，是他们第一次远别。苏辙送兄赴任，送了一程又一程，一直送到离京城一百四十里的郑州西门外，苏轼写下了这首抒发离愁别恨的名篇。

诗的开头四句写离别之苦。胡为即何为；兀兀，昏沉貌。“不饮”而已醉得昏昏沉沉，神不守舍，自己的心已随着弟弟的“归鞍”而回到京城去了，

【鉴赏】

一下子就烘托出因离别而精神恍惚的神态。汪师韩说"起句突兀",纪昀说"起得飘忽",这样开头确实既突兀而又飘忽。庭帏,束皙《补亡诗·南陔》(《文选》卷十九)有"眷恋庭帏"语,李善注:"庭帏,亲之所居。"多用以指父母,此指苏洵(苏轼母程夫人已去世)。弟弟("归人")即将见到亲人都还思念不已,自己从此远离庭帏,更何以堪?这种对比手法,进一步突出了离亲之苦。

"登高"四句抒发别后思念弟弟之情。登上高处,回望归去的弟弟,却被坡垅所遮蔽,只见弟弟的乌帽时出时没而已。陈岩肖说:"昔人临岐惜别,回首引望,恋恋不忍遽去而形于诗者,如王摩诘云:'车徒望不见,时见起行尘';欧阳詹云:'高城已不见,况复城中人';东坡与其弟子由别云:'登高回首坡垅隔,但见乌帽出复没'。咸纪行人已远而故人不复可见,语虽不同,其惜别之意则同也。"(《庚溪诗话》卷下)陈岩肖既指出了苏诗之所本,又点明了这两句是写"惜别"。这两句不仅感情真挚,而且"模写甚工"(《吴礼部诗话》),善"写难状之景"(《纪评苏诗》),它仿佛使我们看到了苏轼回望弟弟的神情。后两句对子由更是体贴入微,"苦寒"句,怕他归途受凉;"独骑"句,担心他途中孤独;而裘薄、马瘦、月残,更烘托出别后的凄冷寂寞气氛。

"路人"四句写自己悲苦的原因。前两句说,路人、居人都很快乐,不了解自己的痛苦,甚至连随身僮仆也不了解,而对自己的"凄恻"深感奇怪。后两句是"明所以'苦凄恻'之故"。(王文诰《苏海志余》)"人有悲欢离合,月有阴晴圆缺,此事古难全"。人生难免有别,不应过分"凄恻"。这是自我宽解之词,先宕开一层,行文就曲折而不直泻。但想到岁月飘忽,盛时难再,又不免"凄恻",仍紧紧扣住主题。

为防"岁月去飘忽",最后四句写与弟弟相约早退。"寒灯"句是对"畴昔"(往昔)兄弟相聚的回忆;"夜语"句是对未来相聚的盼望;"君知"两句则

【原文】

是相约之语：勿恋高官，以免妨碍弟兄欢聚。苏轼在诗末自注说："尝有'夜雨对床'之言，故云尔。""夜雨对床"，有的本子作"夜床对雨"。韦应物《示全真元常》："宁知风雨夜，复此对床眠"；苏轼《东府雨中别子由》："对床空悠悠，夜雨今萧瑟"；《满江红·怀子由作》："对床夜雨听萧瑟。"根据所本韦诗以及他在其他诗词中的用法，当以"夜雨对床"为是。所谓"尝有'夜雨对床'之言"，是指嘉祐六年秋他们兄弟应制科试，寓居怀远驿时，一夜风雨并作，读韦应物诗，有感于即将远离，于是相约早退。苏辙《逍遥堂会宿并引》说："辙幼从子瞻读书，未尝一日相舍。既壮，将游宦四方，读苏州诗至'安知风雨夜，复此对床眠'，恻然感之，乃相约早退，为闲居之乐。故子瞻始为凤翔幕府，留诗为别曰：'夜雨何时听萧瑟'。"苏辙这段话可作苏轼此诗最后四句的注脚。

苏轼这篇七古，在用韵上或如王鸣盛所讥，不甚严格，全诗十六句除第三、第十五句未用韵外，共"用十四韵而跨其五部（指月、药、陌、职、屑五部）"。（见《蛾术编》卷七十八《东坡用韵》）但这并未妨碍它为历代读者所激赏。其原因就在于感情真挚，摹写入微，行文跌宕，收转自如，具有浓郁的抒情色彩。正如汪师韩所评："起句突兀有意味，前叙既别之深情，后忆昔年之旧约。'亦知人生要有别'，转进一层，曲折遒宕。轼是年甫二十六，而诗格老成如是！"（《苏诗选评笺释》卷一）

（曾枣庄）

和子由渑池怀旧

人生到处知何似？应似飞鸿踏雪泥。

泥上偶然留指爪，鸿飞那复计东西？

【原文】

老僧已死成新塔，坏壁无由见旧题。

往日崎岖还记否？路长人困蹇驴嘶。

仁宗嘉祐六年(1061)，苏轼出任凤翔府(今属陕西)签判，其弟苏辙送他到郑州，然后返回京城开封，寄给他一首诗，题为《怀渑池寄子瞻兄》。苏轼和了这首诗，完全依照苏辙的原韵。

苏辙十九岁时，曾被委为渑池县主簿，但未到任便中了进士[①]，因此他对渑池有一种特殊的感情。他寄给哥哥的诗里就说："曾为县吏民知否？旧宿僧房壁共题。"很有怀旧之情。所以苏轼此诗开头四句就发表了一段议论。

就一个人来说，或是为了谋生，或是为了读书、应举、做官，东奔西走。像什么呢？像一只鸿雁。那鸿雁或是到南方过冬，或是回北方生养，来来去去。脚爪踏在雪泥之上，无非偶然留下指爪的痕迹，转眼它又飞走了；至于那留下的痕迹，它哪能记着啊；何况，痕迹又是很快会消失的。

这一段带有哲理性的议论，苏轼把这段议论用四句诗概括起来，形象生动，寄意深沉，因此很快就传扬开来了。此后，"雪泥鸿爪"便成了惯用的成语。

但这四句诗之受到广大读者欣赏，还不仅因其中所含的理趣；从艺术技巧来说，也是使人倾倒佩服的。清人纪昀评此诗说："前四句单行入律，唐人旧格；而意境恣逸，则东坡之本色。"律诗三四两句本来要做成对仗，意思两两相对。有些诗人有意打破这个限制，变成似对仗而又不是对仗。换句话说，文字是对仗的，意思却不是两两相对。这就叫"单行入律"。崔颢的《黄鹤楼》诗开头四句就是这种格式，他是完全不理会对仗的。王维的《敕赐百官樱桃》开头说："芙蓉阙下会千官，紫禁朱樱出上兰。总是寝园春

【鉴赏】

荐后，非关御苑鸟含残。”第二联在文字上是对仗，意思却是承上而下，这也是“单行入律”。苏轼的“泥上偶然留指爪，鸿飞那复计东西。”从文字看，也是对仗，但那意思则是承上直说下去，所以也是“单行入律”。因为若不是运用这种格式，整个意思就难于圆满表达，而且行文气势也因此大受影响，所以非要打破不可。

打破原来的束缚，顺着自己要发挥的议论直写下去，就能圆满透达，纵横恣肆，显出行文的气势，思想的透辟。不是格律限制了我，而是我来驱遣格律了。这正是苏轼本领高强之处。

下面四句是应和弟弟诗中的怀旧之情。“老僧已死成新塔，坏壁无由见旧题。”据苏辙的诗注说：“昔与子瞻应举，过宿县中寺舍，题老僧奉闲之壁。”苏轼兄弟二人从前在渑池县的僧寺中投宿，又写了诗题在墙上。但如今老和尚死了，只剩下新建的埋葬骨灰的塔；至于当日题的诗句，也因为墙壁损坏，再找也找不着了。这两句，既是暗暗回应了“雪泥鸿爪”的意思，也回答了苏辙原作“旧宿僧房壁共题”的怀旧。可见人的一生，偶然留下痕迹，随时变灭，也是一种自然规律，是没有必要过分去怀念的。

最后，苏轼提起一件往事，又可以看出他的人生态度。他说：弟弟，你还记得吗？那一年，我和你路过崤山，在二陵之间颠颠簸簸走着，不料骑的马累死了，只好改赁了驴子。那时路又长，人又乏，那跛驴子不停地叫着。这种情景，你可还记得？②

仔细看来，这两句其实不是怀旧，而是希望他弟弟珍惜现在，开拓将来。内里的潜台词是这样：从前我兄弟二人经历过不少艰难困苦，如今彼此都中了进士，前途光明，同往日大不相同了。那些往事何必去怀念它，即使是怀念，也无非要鞭策自己奋发向前罢了。我想这层意思，他弟弟是看得懂的。

这首诗是苏轼的名作。从中可以看出他早年的积极态度，以及后来处在颠沛之中的乐观精神的底蕴。

〔注〕 ① 苏辙《怀渑池寄子瞻兄》诗自注："辙曾为此县簿，未赴而中第。" ② 作者自注："往岁，马死于二陵，骑驴至渑池。"二陵即河南省渑池之西的崤山。

（刘逸生）

石鼓歌

【原文】

冬十二月岁辛丑，我初从政见鲁叟。
旧闻石鼓今见之，文字郁律蛟蛇走。
细观初以指画肚，欲读嗟如箝在口。
韩公好古生已迟，我今况又百年后！
强寻偏旁推点画，时得一二遗八九。
"我车既攻马亦同"，"其鱼维鲔贯之柳"[①]。
古器纵横犹识鼎，众星错落仅名斗。
模糊半已隐瘢胝，诘曲犹能辨跟肘。
娟娟缺月隐云雾，濯濯嘉禾秀稂莠。
漂流百战偶然存，独立千载谁与友？
上追轩、颉相唯诺，下揖冰、斯同鷇鷇。
忆昔周宣歌《鸿雁》，当时籀史变蝌蚪。
厌乱人方思圣贤，中兴天为生耆。
东征徐虏阚虓虎，北伏犬戎随指嗾。
象胥杂沓贡狼鹿，方、召联翩赐圭卣。

【原文】

遂因鼓鼙思将帅，岂为考击烦矇瞍。
何人作颂比《嵩高》？万古斯文齐岣嵝。
勋劳至大不矜伐，文、武未远犹忠厚。
欲寻年岁无甲乙，岂有名字记谁某。
自从周衰更七国，竟使秦人有九有。
扫除诗书诵法律，投弃俎豆陈鞭杻。
当年何人佐祖龙？上蔡公子牵黄狗。
登山刻石颂功烈，后者无继前无偶。
皆云皇帝巡四国，烹灭强暴救黔首。
六经既已委灰尘，此鼓亦当遭击掊。
传闻九鼎沦泗上，欲使万夫沉水取。
暴君纵欲穷人力，神物义不污秦垢。
是时石鼓何处避？无乃天工令鬼守。
兴亡百变物自闲，富贵一朝名不朽。
细思物理坐叹息，人生安得如汝寿！

〔注〕 ① 原注云："我车既攻，我马既同"，又云："其鱼维何？维鲔维鲤。何以贯之？维杨与柳。""唯此六句可读，余多不可通。"

嘉祐六年（1061）十二月，苏轼初登仕途，签判凤翔（今属陕西）。览古兴怀，作《凤翔八观》八首，诗序中有"悲世悼俗，自伤不见古人，而欲一观其遗迹"的说法。《石鼓歌》是这一组诗的第一首。

首四句为第一小节，以初见石鼓的时、地领起。言时，用古史笔法，是长篇大赋的常用手段。言地，仅出"见鲁叟"三字，却既点明凤翔孔庙的所在地，又借此烘示出古鼓的庄重崇隆，意兼虚实。诗人从政伊始即思先睹为快，其渴慕之情可以想见。所以，“文字郁律蛟蛇走”云，既是“今见”的感觉，又实是“旧闻”的印证。石鼓的古拙而玄妙，庄严而飞动，以及诗人快慰而不满足，而亟欲深究的心情，竟都在短短四句之中显露出来了。

“细观初以指画肚”以下十八句为第二小节，具体描写了所见石鼓的情状。诗人不言其妙，而言“指画肚”的揣摩；不言其古，而言“箝在口”的懊丧。昔韩愈作《石鼓歌》，有“嗟予好古生苦晚，对此涕泪双滂沱”的喟叹，今诗人又瞠乎其后，如之奈何！然而，唯石鼓之妙而且古，令人欲罢不能。于是有“强寻偏旁推点画”的举动，一个“寻”字、一个“推”字，苦心孤诣，晰然可见。居然不无所得，前后辨认出“我车既攻”等完整的六句来，好比于器玩中识得古鼎、于星辰中识得北斗一般。“犹识”的“犹”字有聊以自慰之意，“仅名”的“仅”字却又见难以餍足之心，诗人此时，可谓憾喜参半。一脔既尝，能不细窥全豹？于是诗人着力描摹了石鼓上其余的文字。“模糊”二句言其没者，斑驳漫漶，如瘢疤如胼胝，而残笔依稀。“娟娟”二句言其存者，秀见挺出，如缺月如嘉禾，而字形怪奇。“漂流百战”，回应前者，饱经风霜、硕果仅存，残破中有劲气。“独立千载”，回应后者，卓然标举、奇古无二，混沌中见精神。叙写至此，意犹未尽，故用“谁与友”的反诘。最后收束到石鼓的大篆书体，上与黄帝、仓颉的古文奇字分庭抗礼，下则哺育李斯、李阳冰的小篆，光前裕后。这八句用四组对仗，以存、没、显、隐的参错和对比来增加变化；句句如言石鼓之可识，句句又实言石鼓之不可识，然而，句句中却皆有石鼓的“古”“妙”二字在。用笔精炼，而石鼓的态势已历历在目。

“忆昔周宣歌《鸿雁》”以下十六句为第三小节，追叙石鼓的原始。石鼓经近人考证，断为秦时记载国君游猎的刻石，而唐宋人因“我车既攻，我马既同”与《小雅·车攻》的起句相同，多附会为周宣王时物。苏轼也不例外。

【鉴赏】

周宣王是历史上著名的中兴之主，诗人以“忆昔”突作折笔，以下即转入了对宣王政绩的赞颂。特为拈明“歌《鸿雁》”，不仅仅是为同下句“变蝌蚪”作文字上的工对。《鸿雁》为《诗经》篇名，古人认为是赞美宣王的作品，《毛诗序》所谓“万民离散，不安其居，而能劳来还定安集之”，这里正代表了宣王安内的治绩。诗人重点在歌颂宣王攘外的武功，故此处仅用一句为后文拓出地步，王文诰评作者“得过便过，其捷如风”，颇中肯綮。同样，次句表出当时太史籀变古文（蝌蚪文为古文之一种）为大篆，亦隐含了文德修明的意思。诗人认为宣王的中兴，合乎天道人心，人心厌夷王、厉王之乱而思治，而老成干臣如方叔、召虎、申甫、尹吉甫等又适为之辅弼，于是轰轰烈烈，武功烜赫：东征淮夷徐戎（居于今苏皖一带的古部族），壮士猛如怒虎；北平玁狁（即古匈奴）之患，军队如其指挥。掌管外交传言的象胥官，不断献上出自外邦的战利品；方叔、召虎一类的功臣，接连领受国君隆重的赏赐。“杂沓”、“联翩”两组联绵字，可用乐章作比：前者如促节，回应战事的频繁；后者如缓板，状写胜利的平易。至此，诗人方点明石鼓的原委：宣王制鼓是为推重将帅亦即是推重拨乱的政治，而不是用于自颂和自娱。《礼记·乐记》：“君子听鼓鼙之声，则思将帅之臣。”《大雅·有瞽》：“有瞽有瞽，在周之庭……永观厥成。”二者的区别是很明显的。诗人断定石鼓是如《诗经·嵩高》那样的颂功之作，与衡山岣嵝峰上的神禹治水碑同垂不朽；从宣王不炫己，以及鼓上无纪年、无作者姓名的情节上，进而推见了石鼓特出的一大长处，即“勋劳至大不矜伐”，有周文王、周武王的忠厚之风。结末的这段笔墨，实际上是对前所言石鼓辞密难晓的关应和生发。这一小节铺写酣畅，一气呵成。所谓物以人传，人亦以物传，著述宣王的“勋劳”，益见石鼓的崇高。在此小节中，诗人之笔已从石鼓的表象，进入了石鼓的内涵。

第四小节为“自从周衰更七国”至“无乃天工令鬼守”的十八句，写石鼓“义不污秦垢”。上文“欲寻”、“岂有”二句运用缓笔，似漫无收束，此处首二句即紧接着突兀而至,犹如天空中适才还是白云冉冉,陡然阴霾一布,霆雨将至,具有撼动人心的效果。“竟使秦人有九有”,诗人毫不掩饰对暴秦的憎恶。用一“竟”字,比用遂、乃、因、却等字更见感情色彩。“扫除”二句,为秦朝焚诗书、废礼乐的暴政先定一铁案。在这样严峻的形势背景之下,读者不禁要为石鼓的命运担忧。然而,诗人并未接写石鼓所遭受的浩劫,却串入了一段秦时石刻的情况。秦始皇、李斯等人,好刻石谀功,史载其先后于邹峄山、泰山、芝罘、琅玡、石门、会稽等处立石,这些石刻几乎便是秦人留与后世的全部文化遗产。其内容则无一不是“颂秦德”(《史记·秦始皇本纪》语),如芝罘刻石词:“皇帝东游,巡登芝罘……烹灭强暴,振救黔首。”苏轼不无讽刺地援引了这些话,然与前定案数语对读,可见是欺人之谈!诗人于此串叙中多用讥刺,如以“上蔡公子牵黄狗”称代李斯,预示其日后覆灭的下场;以“后者无继前无偶”状写秦人刻石的骄矜,然而,“后者无继”,又同时带有不齿于后人的寓意。串写这一段,起着两个作用:一是以秦人“刻石颂功”的伪与劣,反衬出石鼓“功大不矜”的真与高;二是谓秦石既如此作伪,石鼓自然羞与同伍,必定不见容于当世,由此领起下文“此鼓亦当遭击掊”,可见它历劫犹存的不易。昔韦应物《石鼓歌》也写到“秦家祖龙还刻石,碣石之罘李斯迹。世人好古犹共传,持来比之犹悬隔”。但苏轼于此,挖掘得更深刻,发明得更透彻。石鼓究竟如何度此大劫?世无明载。诗人遂联想到另一“神物”——相传铸于夏禹时代的九鼎。《史记·秦始皇本纪》:“还过彭城,斋戒祷祠,欲出周鼎泗水,使千人没水求之,弗得。”石鼓不显于秦,当亦是鬼神暗中呵护吧!这里以“传闻”证未传未闻,虽以不解解之,但揆度合于情理,又仍关应全篇所叙述的石鼓的古、妙、真、高,可谓神来之笔。

最后四句为第五小节,以感叹石鼓的长存作尾。前面极力铺排石鼓经周之盛,历秦之衰,此处仅用“物自闲”三字轻轻带住。前面大量篇幅驰神走笔于石鼓之中，此处却又忽出作者，与起首四句呼应，而余意固无止尽。

苏轼擅长比喻，描写一件事物，有时接连用比喻，使人应接不暇。此诗即是一例。而此诗还有一大特点，即几乎全篇运用对仗，于整饬中求变化。不少地方开合雄阔，使人浑然不觉。不可否认，有些对句互文见义，少数甚而有合掌之嫌，但细细品味，作者于上下句总求各具重点，尽量扩大其内容的涵量。诗人这样做不是偶然的。在此以前，韩愈、韦应物俱有《石鼓歌》，韩诗尤为著名。韩诗以己身与石鼓的关系为经纬，酣恣行笔，而苏诗则以客观为主，欲免雷同。正因如此，后人往往以此二诗相比，并称名作。如翁方纲《石洲诗话》谓："苏诗此歌，魄力雄大，不让韩公。然至描写正面处……尤较韩为斟酌动宕矣。"诚然，苏轼作此诗时，意中处处有韩、韦诗在，于是争奇逞胜，有些地方未免雕琢太过。然而，在前人留下的不多余地中，复以格律自囿，出新意于法度之中，尤见功力。

（史良昭）

王维吴道子画

何处访吴画？普门与开元。
开元有东塔，摩诘留手痕。
吾观画品中，莫如二子尊。
道子实雄放，浩如海波翻。
当其下手风雨快，笔所未到气已吞。
亭亭双林[①]间，彩晕扶桑暾[②]。
中有至人谈寂灭[③]，悟者悲涕迷者手自扪。
蛮君鬼伯千万万，相排竞进头如鼋。

摩诘本诗老，佩芷袭芳荪。
今观此壁画，亦若其诗清且敦。
祇园[④]弟子尽鹤骨，心如死灰不复温。
门前两丛竹，雪节贯霜根。
交柯乱叶动无数，一一皆可寻其源。
吴生虽妙绝，犹以画工论。
摩诘得之于象外，有如仙翮谢笼樊。
吾观二子皆神俊，又于维也敛衽无间言[⑤]。

〔注〕 ① 双林：指拘尸那城娑罗双树，传说释迦辞世于此。 ② 彩晕：佛头上的彩色光圈。扶桑：太阳升起的地方。暾：日光。 ③ 寂灭：指佛家超脱生死的思想。 ④ 祇(qí 其)园：佛教胜地之一。释迦牟尼在此居住说法二十五年。 ⑤ 敛衽(rèn 认)：收拢衣襟，对尊长表示敬意的样子。无间(jiàn 建)言：没有缺点可言。

这首诗，是组诗《凤翔八观》之三，写于宋仁宗嘉祐六年(1061)苏轼作凤翔府签判时，时年二十六岁。王维与吴道子并为唐开元、天宝年间的名画家，凤翔的普门与开元二寺的壁间，俱有二人的佛教画，诗人于游观二寺时见到王、吴二人的画，便写下这首诗，表达了对王、吴二人绘画艺术的观感及评价。

诗的发端四句，以错落的句法，点切诗题，交待王、吴二人画迹的所在，使人了然于普门、开元二寺俱有吴画，而王维的画则在开元寺的塔中。下面“吾观”二句，紧接着对二人的成就作概要的评断，肯定他们在画苑中并列的崇高地位。下面即分别描写二人的画像及所感受到的各自的艺术境界。

【鉴赏】

“道子实雄放”以下十句写吴道子画。“雄放”二字概括地道出吴画的艺术风格特点。“浩如海波翻”句以自然现象尽致地形容出雄放的气势。“当其”二句乃诗人从画像所感受到的吴道子运笔时的艺术气概。这种对道子创作过程的体会,也表达了诗人自己的艺术思想。后来诗人在其《筼筜谷偃竹记》中曾说:“故画竹必先得成竹于胸中,执笔熟视,乃见其所欲画者,急起从之,振笔直遂,以追其所见,如兔起鹘落,少纵即逝矣。”若能意在笔先,成竹在胸,才能“下手风雨快,笔所未到气已吞”,这是艺术家的创作获得神妙境界的三昧所在,只有内具于己,才能领会到他人获得这种成就的匠心所在。“亭亭双林间”以下六句写吴画的形象,极精要地勾勒出画的内容,生动地显现出释迦临终说法时听众的复杂情态,他们或感悟悲涕,或扪心自省,而那些“相排竞进”者的状貌,又表现得多么情急,这一切都宛然如见。

“摩诘本诗老”以下十句写王维画。摩诘为王维的字。“摩诘”句从王维的身分提起,寓含王维画品的精神特质。即所谓“画中有诗”。“佩芷”句是对王维的人品和艺术的高度赞赏,即王维的人品和诗画艺术都是芳美的。“今观”二句照应前面“诗老”句,引用人所熟知的王维的诗的成就来喻其画风。“清且敦”意谓其画亦如其诗之形象清美而意味深厚。“祇园”以下六句写王画的内容。前二句写画中人物情态,不似吴画表现的强烈,而意味颇蕴蓄。后四句写画中景物,为吴画所无,俨然是一幅竹画,再现了竹的茎叶动摇于清风中的神姿。纪昀谓“交柯”句“七字妙契微茫”,王文诰说这四句即“公之画法”,这里面即寓有诗人画竹的艺法。这六句的画面,都具有“清且敦”的艺术风味。

诗末“吴生”六句,就对王、吴二人画的观感作总的评论,于相并尊重之中又从二人艺术造诣的境界,有所抑扬。对吴画评为“妙绝”,是对吴画中听众情态毕现形象的品题,而“妙绝”仅在迹象,只是画工的高艺。诗人认为王画“得之于象外”,如神鸟之离绝樊笼,超脱于形迹之外,精神自然悠远,于是中心佩服,觉得无所不足。这里也体现了诗人美学理想的又一个方面。他在《书鄢陵王主簿所画折枝二首》中说:“论画以形似,见与儿童邻;赋诗必此诗,定非知诗人。”又说:“瘦竹如幽人,幽花如处女。”认为绘画不能但求形似,正如赋诗不能只停在所赋事物的表面,而要在形迹之外,使人在精神上得到启发,有所感受。瘦竹、幽花与幽人、处女,物类的质性迥异,而从瘦竹感到幽人的韵致,从幽花如见处女的姿态,俱是摄取象外的精神,意味便觉无穷。这种脱略形迹、追求象外意境的美学思想,长期支配我国文人画的创作,形成我国绘画艺术独具的风貌。

这是一首七言古体。七古是盛唐诗人的一个胜场,李白、杜甫在这一诗体上是并峙的两座高峰。七古与五古同是在创作上极少拘束的,而七言长古更宜于纵情驰骋,在章法结构及气势节奏各方面更可变化无方,臻于奇妙之境。李、杜之后,中唐惟韩愈可以接武,有不少佳作,再后就很寥落。苏轼的七言长古名篇迭出,成就之高,足与李、杜、韩相抗衡,这篇《王维吴道子画》即为其早年意气骏发之作。这首诗的章法很值得注意,整首诗的内容都在发挥诗题,而起结分合,条理清晰完密。诗的开始四句总提王、吴,为全诗的纲领。“吾观”二句,又在分写王、吴画前先作总评。“道子实雄放”及“摩诘本诗老”两层,依次分写王、吴画面,为全诗的腹身。最后六句以评论收束,前四句分评吴、王,末二句于一致赞赏之余又稍有轩轾,重申总评的精神。起和结的两节诗句于整齐中有参差,虽始终将王、吴二人并提,并极灵活而极错落之致。全诗章法真如诗中所说:“交柯乱叶动无数,一一皆可寻其源”。

全诗的韵调具有优美的节奏感。首端四句闲闲而起,似话家常,语极从容。结尾六句,因评论而有所抑扬,语气于转折间呈矫健之势,而掉尾又觉余音袅袅,悠扬无尽。中间写道子一层,形象奇突,如峰峙涛涌,使人悚异;而写王维一层,景象清疏,如水流云在,使人意远。作为诗的中心的这两层，意象情调，迥然异趣。而全篇四节，波浪起伏，如曼音促节，递相转换，于大体为七言句中适当间以五言，整个形成谐美的旋律，而气势仍自雄健。这是七言长古所必具的，也是不容易做到的。

（胡国瑞）

真兴寺阁

山川与城郭，漠漠同一形；
市人与鸦鹊，浩浩[1]同一声。
此阁几何高？何人之所营？
侧身送落日，引手攀飞星[2]。
当年王中令，斫木南山赪[3]。
写真[4]留阁下，铁面眼有稜。
身强八九尺，与阁两峥嵘。
古人虽暴恣[5]，作事令世惊。
登者尚呀喘，作者何以胜？
曷不观此阁，其人勇且英。

〔注〕 ① 浩浩：旷远貌。 ② 攀飞星：杨亿儿时登楼有诗云：“危楼高百尺，手可摘星辰。不敢高声语，恐惊天上人。” ③ 南山赪：赪，赭色，这里指赭色的山。 ④ 写真：画像。 ⑤ 暴恣：暴戾骄纵。

这篇五言古诗作于仁宗嘉祐六年(1061)，这一年作者以直言极谏策问列入三等，授大理寺评事、签书凤翔府节度判官厅公事，开始进入仕途。诗

【鉴赏】

作于凤翔，为《凤翔八观》中的一篇。真兴寺阁在凤翔城中，高十余丈，宋初节度使王彦超建(据《凤翔志》)。

诗的起笔四句："山川与城郭"至"浩浩同一声。"总写此阁的高峻。登临阁上，但觉山川城郭，冥冥漠漠，仿佛同为一个形体。世人纷杂的声音，和鸦鸣鹊噪，浩浩茫茫，混合为同一的声音。这四句起得突兀，写得极为传神。化用杜甫《同诸公登慈恩寺塔》诗："秦山忽破碎，泾渭不可求；俯视但一气，焉能辨皇州"句意，但意象有所扩大。显示凭高纵目，所见各类形态，旷远微茫；所闻的种种音响，也难以辨别的景况。次四句由阁之高而引起遐想。前两句故作设问："此阁几何高？何人之所营？"这真兴寺阁，究竟有几多高呢？又是何人所营建的呢？后两句："侧身送落日，引手攀飞星。"用形象化的语言，先回答"几何高"这一设问。作者说：登临此阁，几乎侧着身子，就可以目送太阳落山(这是俯视所感)。伸出手来，竟可以攀摘飞星(这是仰观所觉)。两句用虚写表明实际感受，生动恍惚，极夸张之能事。接着以"当年王中令，斫木南山赪"两句，回答了上文另一设问"何人之所营"。作者说：当年本朝初期王彦超将军，以凤翔节度使加中书令的身份，驻节凤翔府，曾经斫木于州南的赭山，建成此阁。"王中令"，即王中书令的简称。他因何建阁，作者并没有提起，但在下面四句："写真留阁下……与阁相峥嵘。"却从他的画像，勾勒出他的形象：此人建阁之后，曾在阁下留真，他面色铁黑，眼光有如紫石稜，确有将军气概。他身长八九尺，此像与此阁都峥嵘高崚，给人以威严的感受，使人印象很深。

诗的最后，作者以"古人虽暴恣"等六句，写自己的所感。作者认为有些古人(包括诗里的王中令)，其人虽说恣睢暴戾不足称道，但他们所作之事，也使世人为之惊奇。即以此阁而论，登者尚且感到惊讶吁喘，不知道建阁之人，具有何种胆量，竟能泰然胜任。结尾"曷不观此阁，其人勇且英。"作者更加强语气说：君如不信，何不观看此阁，则知王中令者，亦为勇猛英杰之辈，是不能拿一般的武人来看待他的。

【原文】

全诗饶有俊爽高迈之气，写阁写人，都用生动形象的词采。作此诗时，作者年方廿六岁，豪迈英爽，正是壮岁作品的特征。陈衍(石遗)评此诗说："此坡公五古之以健胜者。"(《宋诗精华录》)可谓确评。

(马祖熙)

岁晚相与馈问，为"馈岁"；酒食相邀，呼为"别岁"；至除夜，达旦不眠，为"守岁"。蜀之风俗如是。余官于岐下，岁暮思归而不可得，故为此三诗以寄子由

馈　岁

农功各已收，岁事得相佐。
为欢恐无及，假物不论货。
山川随出产，贫富称小大。
置盘巨鲤横，发笼双兔卧。
富人事华靡，彩绣光翻座。
贫者愧不能，微挚出舂磨。
官居故人少，里巷佳节过。
亦欲举乡风，独唱无人和。

别　岁

故人适千里，临别尚迟迟。

人行犹可复，岁行那可追！
问岁安所之？远在天一涯。
已逐东流水，赴海归无时。
东邻酒初熟，西舍豕亦肥。
且为一日欢，慰此穷年悲。
勿嗟旧岁别，行与新岁辞。
去去勿回顾，还君老与衰。

守　岁

欲知垂尽岁，有似赴壑蛇。
修鳞半已没，去意谁能遮？
况欲系其尾，虽勤知奈何！
儿童强不睡，相守夜谨哗。
晨鸡且勿唱，更鼓畏添挝。
坐久灯烬落，起看北斗斜。
明年岂无年？心事恐蹉跎。
努力尽今夕，少年犹可夸。

这是苏轼嘉祐七年冬末写的三首有名的风俗诗。嘉祐六年(1061)，苏轼应制科入三等，以"将仕郎大理寺评事签书节度判官厅公事"，十一月至凤翔(治所在今陕西凤翔)。知府宋选对苏轼十分关心爱护。苏轼公事之暇，可以纵观附近的名胜古迹，留下了有名的《凤翔八观》诗。这年苏辙授商州(治所在今河南商县)军事推官。官告未下，苏辙要求留在京师侍奉父亲，第二年获准。苏轼一人在凤翔，遇到年终，想回汴京和父亲弟弟团聚而

【鉴赏】

不可得，回想故乡岁暮的淳朴风俗，就写这三首诗寄给弟弟（子由），以抒发思念之情。

《馈岁》全诗十六句，可以分为三节。前四句为第一节，交代馈岁风俗的依据。一年农事，互相帮助，现在大功已成，终年劳苦，岁暮余暇，稍纵即逝，所以不计货贝，以物相馈，免生“为欢无及”之悔。这几句交代背景，点明题目。“为欢恐无及”五字，直贯三首。“假物不论货”紧起下文八句。二节八句举出馈岁之礼，各随方物财力。两句总领下六句，下六句分说。“置盘”二句顶山川说。“富人”四句就贫富说。盘鲤、笼兔，富家的彩绣耀眼，贫家的微摰（同贽，礼品）舂磨（指粮食加工之粉糕之类），使人仿佛置身于络绎往来的岁暮馈送队伍中，这是一幅精彩的风俗画。作者未着议论，自有赞美故乡风俗醇厚的意味。最后四句为一节引到当前。乡风（对照“官居”）二字总束前文，又贯下面两首。独唱句又应官居二句。不言思家，而在佳节期间，歌颂故乡习俗，叹无人共举乡风，一种无法遏止的思乡里念亲戚之情自然流于言外。

这首诗着重对比以见意抒情。前面十二句乡风之淳美，和后四句官居之冷落是一大对比，中间山川、鲤兔、彩绣、舂磨是贫富的对比。语句既形象又凝炼，除结尾两句外，全为对偶句，在苏轼早期五古中，这是极精心刻画之作。

《别岁》从别字着眼，十六句，四句一节。第一节用故人之别引出别岁来。故人离别，即使远去千里，还有再见的机会，但临别时总还有迟迟不忍别的情意。而“岁”却一去不可复追，临别更应郑重对待，这就说明“别岁”的风俗非常必要。既已点明别岁，本来可以接写风俗，但那样就太平直了，作者却就“岁行那可追”一句逼出下面四句，章法上作一顿挫，把惜别之情写得淋漓尽致。这第二节多化用古诗乐府的成句，如《古诗十九首》：“相去万余里，各在天一涯”；《古乐府》：“百川东到海，何时复西归？”《论语》：“子在川上曰:'逝者如斯夫,不舍昼夜!'"孔子叹息光阴如流水,一去不返,所以要爱惜时光,自强不息。后世的诗人,也有很多类似的感慨。如李白诗:"君不见黄河之水天上来,奔流到海不复回。"白居易诗:"去复去兮如长河,东流赴海无回波。"苏轼也无疑是受到这些诗句的影响,而他却用极平易的语言,表达得恰如其分。这第二节既是承上节末句,把与岁月之别写得如此感慨深沉,又为下节正面写"别岁"的欢饮蓄势。

第三节正面写别岁会饮的场面。东邻、西舍、酒熟、豕肥是互文见义,遥应首篇"农功各已收"句。而写欢饮一点即收,和前首"为欢恐无及"呼应。三句写热闹欢饮,末句却一落千丈,拍回上两节的无可奈何心情。如果是凡手,这一节大概要着力铺写,而作者却只用两组对句带过。别岁之意交代完毕之后,好像题意已尽,忽然又从今岁感念明岁,和一、二两节呼应,使感慨更加深沉。犹之图画,层峦迭嶂,使人有丘壑无尽之感。山重水复疑无路之时,忽出新意,意虽酸辛,语却略带幽默,这是苏诗后来的一大特色。纪昀批苏诗称赞"此首气息特古",又评这最后一节说:"逼入一步,更沉着。"赵克宜《苏诗评注汇钞》卷一说:"沉痛语以警快之笔出之,遂成绝调。"这些评论都较中肯。这首诗一方面反映出苏轼青年时代学习汉魏古诗的语言气息;另一方面立意遣辞也有他本身的风格,不像在七言古诗里那样笔锋犀利,才气逼人,常常一泻无余,说得太透太尽,而是才情内敛,耐人咀嚼回味。

最后一首《守岁》也是十六句,可以分为三节。前六句联系上首《别岁》,用生动的比喻说明守岁无益,从反面入题,与前二首又别。这个比喻不但形象生动,而且辰龙巳蛇,以蛇比岁,不是泛泛设喻。六句的前四句写岁已将尽,和上首紧密呼应,后二句写虽欲尽力挽回,但徒劳无益。"系其尾"字面虽然用《晋书·贾后传》"系狗当系颈,今反系其尾"的话,但在行文中完全以"赴壑蛇"为喻,到了除夕,已经是末梢了,倒拔蛇已不大可能,何

【鉴赏】

况只抓尾巴梢，哪里能系得住呢？以这样六句开头，好像这个风俗无道理。要写守岁，先写守不住，不必守，这是欲擒先纵，使文字多波澜的手法。中间六句写守岁的情景。一个“强”字写出儿童过除夕的特点。明明瞌睡，却还要勉强欢闹。这两句仍然回味故乡风俗，不是东坡在凤翔时的情景。这年东坡虚龄才二十七岁，膝下只有一子苏迈，虚龄五岁，不可能有这两句所写的场景。“晨鸡”二句写守岁时心理状态入细，“坐久”两句写守岁的情景逼真。这两句主要是指大人守岁说的。纪昀很欣赏这十个字，说是“真景”。实际上这是人人守岁都有过的感受，他能不费力地写出来，使读者仿佛身临其境，格外亲切。最后四句为一节，与篇首第一节对照，表明守岁有理，应该爱惜将逝的时光，正面交代应该守岁到除夕尽头。结尾十字，字面上虽然用白居易“犹有夸张少年处”，但意在勉励子由。子由在京师侍奉父亲，苏轼希望两地守岁，共惜年华，言外有互勉之意。赵克宜评此十字说：“一结‘守’字，精神迸出，非徒作无聊自慰语也。”意思就是说，这个结尾，有积极奋发的意味在内，使全诗精神斗然振起，不是无可奈何聊以自慰。这个评语是有见地的。

三首诗如题前之序所说是一组，每首也都是十六句。古人讲究章法，写组诗既要注意各首间的有机联系，又要注意几首的写法不可雷同，要各有不同的入题、展开、收束的方式。杜甫的《羌村三首》就是范例。这三首诗虽然都是八韵，都写岁暮乡俗，但虚实开合，变化各异。第一首全用赋体，对比见意。语句凝炼，多用偶句，实写多，虚写少。第二首先用故人之别衬出别岁之情，一变《馈岁》之对偶，而多化用成句，散行见意。从题前写到题后，由今岁（旧岁）引到来岁（新岁），正面占的比例少，可以说虚多实少。第三首先用六句以比喻反面入题，和前两首都不相同。中段用六句正面实写守岁情景。虚实相间。末四句大起大落，收束全诗。

东坡七古才气横溢，早年五古却法度谨严，语言洗炼，不枝不蔓。这三首诗可以作为早年短古的代表。

（周本淳）

游金山寺

我家江水初发源，宦游直送江入海。
闻道潮头一丈高，天寒尚有沙痕在。
中泠南畔石盘陀，古来出没随涛波。
试登绝顶望乡国，江南江北青山多。
羁愁畏晚寻归楫，山僧苦留看落日。
微风万顷靴文细，断霞半空鱼尾赤。
是时江月初生魄，二更月落天深黑。
江心似有炬火明，飞焰照山栖乌惊。
怅然归卧心莫识，非鬼非人竟何物[①]？
江山如此不归山，江神见怪警我顽。
我谢江神岂得已，有田不归如江水！

〔注〕 ①“江心”四句苏轼自注：“是夜所见如此。”

宋神宗熙宁三年（1070），苏轼在京城任殿中丞直馆判官告院，权开封判官。当时王安石秉政，大力推行新法。苏轼写了《上神宗皇帝书》、《拟进士对御试策》等文，直言不讳批评新法，自然引起当道的不满。苏轼深感仕途险恶，主动请求外任。熙宁四年，乃有通判杭州的任命，苏轼当时三十六

【鉴赏】

岁。他七月离京赴任,十一月初三,途经镇江金山,访宝觉、圆通二僧,夜宿寺中而作此诗。

全诗二十二句,大致可分三个层次。前八句写金山寺山水形胜,中间十句写登眺所见黄昏夕阳和深夜炬火的江景,末四句抒发此游的感喟。贯穿全诗的是浓挚的思乡之情,它反映了作者对现实政治和官场生涯的厌倦,希望买田归隐的心情。

开头二句随意吐属,自然高妙,看似浅易,实则言简意赅,精彩动人。"我家"句,开门见山点出思乡主旨,"宦游"句写出门求仕,顺流而下,引出下文。"江入海",点出金山独特的地理位置。施补华《岘傭说诗》:"'我家江水初发源,宦游直送江入海',确是东坡游金山寺发端,他人钞袭不得。盖东坡家眉州,近岷江,故曰'江初发源';金山在镇江,下此即海,故曰'送江入海'。"汪师韩《苏诗选评笺释》称"起二句将万里程、半生事一笔道尽",都说得很精当。"闻道"二句一虚一实,一动一静,将传闻中长江激浪拍天潮卷金山的景象和眼前水落石出沙痕历历的情状,描绘得有声有色,长江景观,这二句大体上包涵无遗。"天寒"二字则点明了这次来游的季节。接着二句写金山在长江中的方位和形貌。中泠是泉水名,即闻名于世的天下第一泉,金山在"中泠南畔"。"石盘陀",写出了金山山石巨大而突兀不平的形状。"古来"句概括时空,写金山中流砥柱出没波涛的风貌(唐、宋时期金山远在江中,明以后江水北移,始成陆地)。"波涛出没",也寄寓了作者对自古以来仕途的感慨,风险若此,自当视为畏途。以上六句有情有景,有古有今,有虚有实,有时有地,思绪飘忽,意象开阔,充分体现了苏轼七言古风天马行空、波澜浩大的特色。"试登"句把初到金山百感苍茫的思绪作一个收束,用"望乡国"来回应首句,并照应篇末"有田不归",是诗中枢纽。"青山多"应是丽景,可是诗人似乎并无欣赏之情,却有嗔怪之意,仿佛怪青山多事,不知趣地遮断了迁客的望乡之眼。其实大江两岸青山固然众多,但是即便是一马平川，想在长江下游望见眉山故乡，那也绝不可能。这种跌宕多姿的写法，突出了诗人望乡的一片痴情。这二句无论在命意还是结构上都起到了承上启下的作用。

诗的第二层就从“望”字着眼，着力刻画深夜江心的特殊之景。这在时间上就需要有个过渡，“羁愁”二句便起到了这种作用。“羁愁”是苏轼当时心境的真实写照，他面对眼前胜景，并无闲情逸致，而是思绪万千。不过，如果就此“寻归楫”，还是心有不甘的，所以便来一个“山僧苦留”，似乎是不得已而留下望落日。其实这是诗人故弄狡狯，不然他何以竟望到二更月落呢？这二句诗情曲折，波澜横生。“微风万顷靴文细，断霞半空鱼尾赤”二句，色彩绚丽，境界壮美，是写景名句。“靴文”（即靴纹），状江面因微风而起的粼粼细浪；“鱼尾赤”，形容血红晚霞，重叠如鱼鳞。这两个比喻新颖贴切，可见“子瞻作诗，长于比喻”（见《诗人玉屑》卷十七）的特点。“是时”句转入夜景，也巧妙地点出来游的日期。《礼记·乡饮酒义》：“月之三日而成魄。”（“魄”是指月缺时光线暗淡而仅有圆形轮廓的那一部分），“初生魄”即初三，苏轼来游正当十一月初三。“二更”句点出“天深黑”的异常背景，预示将有不寻常事物出现，为“炬火”闪现作了渲染。炬火，本指束苇而烧的火炬，但这里显然不是，因为它那么明亮，那么突然，甚至光焰照山，惊动栖乌，这的确有点奇怪。但古人对此现象也有所记载，木华《海赋》：“阴火潜然。”曹唐《南游》：“涨海潮生阴火灭。”这大概就是所谓的“阴火”，或许是由某些会发光的浮游生物聚集水面而形成。在这里，它被苏轼神化了，或者竟是幻由心生，表达了诗人归田之情的浓重和执着。“炬火”的出现，为末一层的感慨预作地步，由景而情，把诗情推向了高潮。“非鬼非人竟何物”，用一个令人深思的悬念作结，逗出下文。

悬念揭开，出人意表，诗人悟出“炬火”是江神显灵示警，怪“我”冥顽不化，宦游不归。这种悟，主观色彩极浓，可见其命意所在。“不归山”本非己愿，现在神又来责怪，更见欲我归山乃天意。叙写可称奇幻。结尾二句直抒心曲。“岂得已”，蕴含着多少无可奈何之情，内涵丰富。“如江水”，是指水发誓，与对天盟誓相似，古人常用。如《左传・僖公廿四年》记晋公子重耳对子犯说：“所不与舅氏同心者，有如白水！”《晋书・祖逖传》：“（祖逖）中流击楫而誓曰：‘祖逖不能清中原而复济者，有如大江！’”此时苏轼是向江神立誓：只要家有薄田，足以糊口，一定立即归隐。末层四句总束全篇，使前二层的情景有了归宿，堪称画龙点睛。《四库全书》总裁官纪昀批末段道：“结处将无作有，两层搭为一片。归结完密之极，亦巧便之极。设非如此挽合，中一段如何消纳。”批得中肯。

苏轼七言古诗与韩愈一脉相承。这首诗与韩愈《山石》在结构和立意上有异曲同工之妙。两首诗前面部分的叙写都是兴象超妙，情景如绘，而最后四句也都由游览而引起感慨，点明主题。一云“有田不归如江水”，一则云“安得至老不更归”，语意很相似。

金山寺，原名龙游寺，又名泽心寺、江天寺。天禧初，宋真宗梦游此寺，乃赐名金山寺，“为诸禅刹之冠”，殿宇巍峨，佛像庄严，文物既富，名胜也多。游寺而写寺景，也是题中应有之义，但往往难出新意。历来咏金山诗不少，但大都以刻画模写为能事，构思雷同而缺乏情致，所以佳作寥寥，传世绝少；只有唐人张祜“树影中流见，钟声隔岸闻”颇得神韵。“赋诗必此诗，定知非诗人”，苏轼这两句诗确是深刻的经验之谈。他写游金山寺，便神思独运，另辟蹊径。他对金山寺本身景观皆略而不写，着重写登眺望远高旷绵邈之景，而景中则交织一片诚挚而浓郁的乡情，使人既感到景之新，也感到情之真。汪师韩《苏诗选评笺释》说：“一往作缥缈之音，觉自来赋金山者，极意著题，正无从得此远韵。”此诗之所以广泛传诵，与艺术上的这种“远韵”是分不开的。

（曹光甫）

石苍舒醉墨堂

人生识字忧患始，姓名粗记可以休。
何用草书夸神速，开卷惝恍令人愁？
我尝好之每自笑，君有此病何能瘳！
自言其中有《至乐》，适意无异《逍遥游》。
近者作堂名“醉墨”，如饮美酒消百忧。
乃知柳子语不妄，病嗜土炭①如珍羞。
君于此艺亦云至，堆墙败笔如山丘。
兴来一挥百纸尽，骏马倏忽踏九州。
我书意造本无法，点画信手烦推求。
胡为议论独见假，只字片纸皆藏收？
不减钟张君自足，下方罗赵我亦优。
不须临池更苦学，完取绢素充衾裯。

〔注〕 ① 病嗜土炭：《柳河东集》卷三四《报崔黯秀才论为文书》：“凡人好辞工书，皆病癖也……吾尝见病心腹人，有思啖土炭嗜酸咸者，不得则大戚。”

石苍舒字才美（本集作“才翁”），长安人。善于草隶书法，人称得“草圣三昧”。苏轼由开封至凤翔，往返经过长安，必定到他家。熙宁元年（1068）苏轼凤翔任满还朝，在石家过年。他藏有褚遂良《圣教序》真迹，起堂取名“醉墨”，邀苏轼作诗。苏轼回到汴京，写此首诗寄给他。

苏轼是大书家，有多篇诗谈到书法。《凤翔八观》里的《石鼓文》、《次韵

【鉴赏】

子由论书》、《孙莘老求墨妙亭诗》和这首《石苍舒醉墨堂》，都是传诵人口的。那几首诗都涉及论书，而这首纯粹蹈虚落笔，尤其特殊。

这是苏轼早期七古名篇。他后来的七古中常见辩口悬河、才华横溢的特色，此首即是这种特色早期成熟的表现。堂名“醉墨”就很出奇，诗也就在这名字上翻腾。起首明要恭维石苍舒草书出众，却偏说草书无用，根本不该学。这种反说的方式前人称为“骂题格”。第一句是充满牢骚的话。这些牢骚是和苏轼那段时期的感受分不开的。在凤翔的前期，知府宋选对他很照顾。后来宋选离任，由陈希亮接任。陈对下属冷冰冰的，又好挑剔，甚至苏轼起草的文字，他总要横加涂抹。苏轼对此很不满，在诗里也有所表现，如《客位假寐》。苏轼到了京城，正值王安石为参知政事，主张变更法度，苏轼也不满意，以致后来因此而遭放逐。这时虽未到和王安石闹翻的地步，但心里有牢骚，所以借这首诗冲口而出。这句话猛一读不觉怎样，细一想，把“忧患”的根源归于“识字”，实在有点令人吃惊。那末“忧患”何在呢？作者却一点即收，使读者自己领会。古人轻视识字的，恐怕要数项羽最有名气。他认为字不过用来记记姓名，不值得学(《史记·项羽本纪》)作者巧妙地用了项羽这个典故而不落用典的痕迹。识字本是多余的事，更何况识草字，写草字，又写得龙飞凤舞，让人打开卷子一看惊叹不已，岂非更为不对！“惝恍”二字形容草书的变化无端。“令人愁”明贬暗褒。这两句紧呼下文“兴来”二句。这四句破空而来，合写两人而侧重对方。

五六二句从自己到对方，在章法中是转换处。苏轼是书家，《次韵子由论书》一开始就说：“我虽不善书，晓书莫如我。”用“我尝好之”对比“君有此病”，也是明贬暗褒。“病”指其好之成癖，暗伏对方草书工力之深，引出下面六句正面点明“醉墨”的旨趣。七八两句把《庄子》两个篇名用来赞美对方草书工力之深。九十两句正面点明以“醉墨”名堂的用意，十一十二两句又用柳宗元的比喻回应“君有此病何能瘳”，看似批评，实是夸奖。孔子说：

"知之者不如好之者,好之者不如乐之者。"乐之不倦,造诣必深。下面四句即是正面赞美。这四句极有层次,首句总提,次句暗用前人"笔冢"(如王羲之、智永、怀素等)的故事写其用力之勤。接下写其造诣之深,这是用力之勤的结果。这两句又和篇首"神速"句呼应,一正写,一比喻。条理井然,语言飞动。

"我书"四句回到自己,上应"我尝好之"句。先谦抑,表明不上规矩,"点画"句和"惝恍"句相应。接下两句反问石苍舒为何对我书如此偏爱,看似自我否定,实有自负书法之意。如果正写即乏味,而且易流为自我吹嘘,用反诘语气来表现,供人回味,深得立言之体。怀素说:"王右军云,吾真书过钟而草不减张。仆以为真不如钟,草不及张。""不减钟张"句即翻用这个典故赞美石苍舒。汉末张芝(伯英)和罗晖(叔景)、赵袭(元嗣)并称,张伯英自称:"上比崔杜不足,下方罗赵有余。"(见《晋书·卫恒传》)"下方罗赵"句即正用此典以收束"我书"。张芝人称"草圣",《三国志·魏志·韦诞传》注说,张芝家里的衣帛,必定先用来写字,然后才染色做衣服。他临池学书,每天在池里洗笔,池水都成黑色。结尾两句又反用此典,回应篇首四句,石我双收。这四句都用写字的典故,出神入化而又紧扣本题。

这首七古可以看出东坡的本领。赵克宜评说:"绝无工句可摘,而气格老健,不余不欠,作家本领在此。"所谓不余不欠,就是既把题意说透,又没有多余的话。这正是东坡风格的特色。善于在别人难于下笔之处着墨,把叙事议论抒情完全熔为一炉。语言形象生动,结构波澜起伏,正说反说,忽擒忽纵,意之所向,无隐不达。骤然读之,像是天马行空,去来无迹;细加寻绎,却又纲举目张,脉络分明。正如作者所说画竹之妙:"交柯乱叶动无数,一一皆可寻其源。"(《凤翔八观·王维吴道子画》)至于驱遣书史,更是信手拈来,头头是道。学博才雄,无施不可,在这首诗中可以窥见一斑。

(周本淳)

【原文】

出颍口，初见淮山，是日至寿州

我行日夜向江海，枫叶芦花秋兴长。
长淮忽迷天远近，青山久与船低昂。
寿州已见白石塔，短棹未转黄茅冈。
波平风软望不到，故人久立烟苍茫。

熙宁四年(1071)六月，东坡以太常博士直史馆出为杭州通判。七月离开汴京，沿蔡河舟行东南赴陈州，历颍州，十月，出颍口，入淮水，折而东行，至寿州，过濠州、临淮、泗州，渡洪泽湖，又沿运河折而东南行，经楚州、山阳，抵扬州，渡江至润州、苏州，以十一月二十八日到杭州通判任。这首诗是他赴杭途中由颍入淮初见淮山时作。颍口在今安徽寿县西正阳关，颍水由颍上县东南流至此入淮，春秋时谓之颍尾。寿州治所在今安徽寿县。

这是东坡的名作之一。第一句"我行日夜向江海"，实写由汴京赴杭州的去程，言外却有一种"贤人去国"的忧愤抑郁之情，令人想起古诗"行行重行行"，想起"相去日以远，衣带日以缓，浮云蔽白日，游子不顾返"这些诗句中所包含的意蕴来。王文诰说："此极沉痛语，浅人自不知耳。"这领会是不错的。东坡此次出都，原因是和王安石政见不合，遭到安石之党谢景温的诬告，东坡不屑自辩，但力求外放。其通判杭州，是政治上遭到排斥、受到诬陷的结果。"日夜向江海"即"相去日以远"意，言一天天愈来愈远地离开汴都，暗示了一种对朝廷的依恋、对被谗外放的忿懑不堪之情。全诗有此起句，以下只是实写日日夜夜的耳闻目见，不再纠缠这一层意思，但整个诗篇却笼罩在一种怅惘的情绪里。这是极高的艺术，不应该随便读过的。

【鉴赏】

第二句点时令。东坡以七月出都，十月至颍口，其间在陈州和子由相聚，在颍州又一同谒见已经退休的欧阳修于里第，颇事留连。计算从出都至颍口这段路程，竟整整花去了一个秋天。“枫叶芦花秋兴长”，形象地概括了这一行程。

三至六句是题目的正面文字，其描写中心是“波平风软”四字。这是诗人此时此地的突出感受，是审美对象的突出特征。

“长淮忽迷天远近，青山久与船低昂”二句是一篇的警策。这里没有一个生僻的字眼和华丽的词藻，更没有什么冷僻的典故，只是冲口而出，纯用白描，言简意深地表现了一种难言之景和不尽之情，表现得那么鲜明，那么新颖，那么自然。诗人把自己的亲切感受毫不费力地讲给人们听，使人们感到这一切都活脱脱地呈现在眼前。这种境界，是那些字雕句琢、“字字挨密为之”的诗人永远也达不到的。东坡谈艺，尝言“求物之妙”好像“系风捕影”，诗人不仅对他所写的东西做到了“了然于心”，而且做到了“了然于口与手”。这两句诗，可以说是抓住了此时此地的“物之妙”，而且做到了两个“了然”的例子。淮水源多流广，唐人尝称之为“广源公”（见《唐书·玄宗纪》，原作“长源公”，此据郭沫若校改）。诗人沿着蔡河、颍水一路行来，水面都比较狭窄，沿途所见，不外是枫叶芦花的瑟瑟秋意，情趣是比较单调的。一出颍口就不同了，面对着水天相接的广阔的长淮，顿觉耳目一新，精神为之一振。“忽迷”二字表达了这种情景交融的新异之感。而两岸青山，连绵不断，隐隐约约，像无尽的波澜，时起时伏。诗人此际，扁舟一叶，容与中流，遥吟俯唱，逸兴遄飞，他的心和江山胜迹已融合在一起了。究竟是山在低昂？水在低昂？船在低昂？他说不清；他只觉得一切都在徐徐地流动，徐徐地运行；他处在一种波浪式前进的过程中，他完全在大自然的怀抱中陶醉了！七个字写出了船随水波起伏，人在船上感觉不出，只觉得两岸青山忽上忽下；其中“久与”二字写出了“波平风软”的神情，也曲折地暗示

【鉴赏】

了诗人去国的惘惘不安、隐隐作痛,"行道迟迟,中心有违"的依约心情。这两句诗,看来东坡自己也是十分得意的,他在后来写的《李思训画长江绝岛图》诗中写道:"沙平风软望不到,孤山久与船低昂",重复用了这首诗的第四、第七两句,只换了一个"沙"字,一个"孤"字。

"寿州已见白石塔,短棹未转黄茅冈"二句振笔直书,用粗笔浓涂大抹,一气流转,使人忘记了这中间还有对仗。寿州的白塔已经在望,要到达那里,还得绕过前面那一带黄茅冈。说"已见",说"未转",再一次突出了"波平风软"的特色。这里的黄茅冈不是地名,而是实指长满黄茅的山冈,前代注家已经辨明过了。

七八句乘势而下,用"波平风软"四字总束了中间四句描写;用"望不到"三字引出第八句这个抒情的结尾。不说自己急于到达寿州,却说寿州的故人久立相待,从对面着笔,更加曲折有味。后二十三年(绍圣元年,即1094),东坡尝纵笔自书此诗,且题云:"余年三十六赴杭倅过寿作此诗,今五十九,南迁至虔,烟雨凄然,颇有当年气象也。"据东坡这段题记,知至寿州之日当有小雨。此诗"烟苍茫"三字就是描写那"烟雨凄然"的气象的。又,诗中所称"故人"不知指谁,翁方纲《石洲诗话》说"故人即青山也",义殊难通。以本集考之,疑此"故人"或即李定。与东坡同时有三个李定,此李定即《乌台诗案》中所称尝"承受无讥讽文字"者。其人此时在寿州,东坡有《寿州李定少卿出饯城东龙潭上》诗可证。

这首诗情景浑融,神完气足,光彩照人,是一个完美的艺术整体。方东树评之云:"奇气一片",正是指它的整体美,不能枝枝节节地求之于一字一句间的。赵翼《瓯北诗话》评东坡诗云:"东坡大气旋转,不屑屑于句法字法中别求新奇,而笔力所到,自成创格。"又云:"坡诗实不以锻炼为工,其妙处在乎心地空明,自然流出,一似全不着力,而自然沁人心脾。""此不可以声调格律求之也。"参看这些评语,对于理解这首诗的艺术特点是有帮助的。从声调格律看,这是一首拗体律诗,前人又称之为"吴体"的。许印芳《诗谱详说》卷四云:"七律拗体变格,本名吴体,见老杜《愁》诗小注。"按杜甫有《愁》诗一首,题下自注云:"强戏为吴体。"吴体之名始见于此。所谓吴体,是说它有意破坏一般律诗的格律声调,把民歌或古诗的声调运用于律体之中,构成一种特殊的音乐美,以适应特定内容的需要。《杜臆》在论老杜《愁》诗时说:"愁起于心,真有一段郁戾不平之气,因以拗体发之。"朱熹《清邃阁论诗》称杜诗"晚年横逆不可当"。正是指杜的拗体律诗别有一种"横逆"难当的风格。纪昀评东坡此诗云:"吴体之佳者。"汪师韩《苏诗选评笺释》云:"宛是拗体律诗,有古趣兼有逸趣。"东坡此诗正是把古诗的声调运用于七律,以表达其郁勃不平之气。王士禛《居易录》所谓"苍莽历落中自成音节"者,东坡此诗实足以当之。

(白敦仁)

泗州僧伽寺塔

我昔南行舟系汴,逆风三日沙吹面。
舟人共劝祷灵祠,香火未收旗脚转。
回头顷刻失长桥,却到龟山未朝饭。
至人无心何厚薄,我自怀私欣所便。
耕田欲雨刈欲晴,去得顺风来者怨。
若使人人祷辄遂,造物应须日千变。
我今身世两悠悠,去无所逐来无恋。
得行固愿留不恶,每到有求神亦倦。

【原文】

退之旧云三百尺，澄观所营今已换。

不嫌尘土污丹梯，一看群山绕淮甸。

据《分类集注东坡先生诗》首卷《系年录》：《泗州塔诗》作于熙宁四年(1071)。其年，东坡“因言事大不协，乞外任，除通判杭州”。诗即由汴赴杭途中所作。“身世悠悠”等语，反映他当日心情；但其中较多地讲的是祷风于神的事。妙在即事说理，灵巧地揭露了神灵之虚妄。“寄妙理于豪放之外”，成为苏诗的代表作。

这首诗先写昔日(治平三年〔1066〕护父丧归蜀)南行过泗祷风于神，有求辄应的事。“逆风三日沙吹面”，极写风阻之苦；“香火未收旗脚转”，极写风转之速；“回头顷刻失长桥，却到龟山未朝饭”，极写风转后舟行之快。梅尧臣《龙女祠祈风》：“舟人请余往，出庙旗脚转”，“长芦江口发平明，白鹭洲前已朝饭”，写在苏轼诗前，苏诗构思当受梅诗影响；但苏诗写得生动流畅，胜于梅诗。

特别值得注意的是：他并不因祷风得遂而赞颂神灵之力；相反，他却由此发出一通否定神力的议论。“至人无心何厚薄”，看来好像抬高神佛，实则目的在于“以子之矛，攻子之盾”。因为道家以“至人无己”为修养的最高境界；而佛家讲“无人我相”，也是以“无心”为妙谛的。既本“无心”，即当无所厚薄；而“有求必应”，就不是“无我”而是有所厚薄了。妙在并不点破，反而说“我自怀私欣所便。”这意思是说：当时得风而欣喜，不过是自己私心，而神佛本来并无厚此薄彼之意。为什么这样呢？就行船来说：南来北往，此顺彼逆，“若使人人祷辄遂”，风向不是要一“日千变”吗？这是一个极寻常的眼前事实，但从来无人从这里想到神佛之妄。孔灵符《会稽记》所言樵风泾故事，是讥“人心不足”的，与苏轼用意并不相同。“耕田欲雨刈欲晴”，是用来为下句作譬。后来张耒在《田家词》中把它加以铺写，但归结为“天公供尔良独难”，亦显与苏轼原意相悖，点金成铁。用比较法讲古诗，不应看其形式之似，还应就作者用心细加区析。

宗教，总是宣扬神力，鼓吹以祷祀求福佑的，所以苏轼这一点破是很有意义的。苏轼早年便认为“天人不相干”(《夜行观星》)其对佛、道，只是取其“至人无心”，超然自得，并非迷信；他后来一些求雨祷雪之诗，大抵皆视神灵如朋友，以“游戏于斯文”(黄庭坚语)。以前后之作例之，苏轼不信神佛是有思想基础的。既有这样思想基础，又善于捕捉形象，且带着感情说话，故能“出新意于法度之中，寄妙理于豪放之外”。一个很深奥的哲理命题，他写得如此生动有趣，这是很不容易的。

接下去，用“我今”与“我昔”相对照；但如径直地写今日求风不遂，那就平弱了。他且不言风，而说心情。“身世”，谓己身与世俗；“悠悠”即“遥遥”，亦即两不相关之意。“身世两悠悠”，就是陶渊明在《归去来辞》中讲的“世与我而相遗”之意，亦即是说：世俗既不能了解自己，自己也不肯降心从俗。这是由于与王安石“议论不协”而引起的。就事论事，苏轼当时对新法认识不足，他后来也承认这一点。诗中好在一带而过，措词也还有分寸。正由“身世悠悠”，所以来去无心，去留任便，因而得行固好，留亦“不恶”。自己对去留无所谓，神也就懒得应其所求。明明是求风不验，却说“神亦倦”，给神开脱，语极微婉。明明由“议论不协”，心情苦闷，却“极力作摆脱语”(纪昀评语)，不失豪放本色。这诗中有些话是很不容易措词的，他能说得如此明朗、如此自然、如此有趣，“纯涉理路，而仍清空如话”(纪昀评语)，其驾驭语言的能力，确是惊人的。

“层层波澜，一齐卷尽，只就塔作结”，洵属“简便之至”(纪昀评语)。但“简便”也不是简单。他用“退之(韩愈)旧云三百尺”(韩愈《赠澄观》诗)凌空插入，笔势奇妙。僧伽是高僧(见《高僧传》)，塔为喻浩设计的著名建筑

【原文】

(见《中山诗话》),其中有很多可写的话,他只用"澄观所营(再修)今已换"一语,将其一带而过,很快转入登塔看山。"百尺""丹梯","群山"在望,着墨不多,境界开阔,且与上文"留不恶"遥遥相应,结构绵密。"无心"于仕途得失,而有意于大好山川,襟怀之豁达、趣味之高尚,皆意余言外。正由豁达豪迈,才敢于否定神权;复由其观察入微,"刻抉入里",故深探妙理,趣味横生。"始知豪放本精微,不比凡花生客慧"(苏轼《题吴道子画》),可谓"夫子自道"。

(吴孟复)

雨中游天竺灵感观音院[1]

蚕欲老,麦半黄。
山前山后水浪浪[2]!
农夫辍耒女废筐,
白衣仙人在高堂!

〔注〕 ① 灵感观音院:在杭州上天竺,五代时钱俶所建。宋仁宗时,因祷雨有应,赐名"灵感观音院",祀观音菩萨。 ② 浪浪(láng 郎):形容雨声之响。

蚕欲老,是说蚕到了快要吐丝的时候,需要勤饲桑叶,以保证蚕的健康发育。麦半黄,是说麦已到了快要成熟的时候,需要及时锄土,以利麦的吸收营养,来促进它的结实。

以上两项农家的工作,都是需要晴天才能做好的。当时的天气怎么样呢？却是接连下雨，以至山前山后全被雨水笼盖着（这是诗题字面的实际描写）。在这种情况下，农夫不能把耒锄土，农家妇女也不能携筐去采桑叶饲蚕了。“废筐”，即是不能携筐之意，《诗经·豳风·七月》有“女执懿筐，爰求柔桑”之句，这里是反用。而且带有雨水的桑叶，蚕吃了容易生病，所以不宜采用。

在这“农夫辍耒女废筐”严重妨碍农事的时刻，照习惯观念说，观音菩萨（即白衣仙人）应该是要为老百姓解除苦难的；但却高高坐在堂上，漠不关心！这当然是就眼前的神像来说的，表面上是责备神像土偶的无知，实际上则是指“为民父母”的地方官的不负责任。讽刺之意，溢于言外。

此诗作于宋神宗熙宁五年（1072），正是王安石大行新法的时候。苏轼是反对新法的，讽刺之意，也可能与此有关。但苏轼是比较能从措施的实效来看待问题的，对新法也并不一概反对，如“免役”法，他就曾认为于民有利；同时，依附新法的人良莠不齐，在执行新法的过程中，就往往出现不少的偏差。因此，这首诗的讽刺性不管是不是与反对新法有关，但从诗中关心人民的生活疾苦来说，还是应该肯定的。

这首诗语言通俗，韵调和谐，很有民歌风味。最妙的是最后一句，讽刺意味含而不露，给读者以丰富的联想余地。纪昀评此诗说：“刺当时之不恤民也，妙于不尽其词。”正确地指出了这首诗的主旨和艺术特点。

一般来说，宋朝在文字上的控制，比唐朝要严。因此，像杜甫、白居易等敢于针对时事而发的诗歌，在宋人中很难找到。苏轼虽然是个敢于说话的人，但也不能不有所顾虑，在表现形式上力求含蓄，言而不尽。此诗即是这样。尽管如此，苏轼后来仍因诗获罪下狱（即“乌台诗案”），几乎送了性命。因此，今天读这类诗，要了解他在严重束缚之下，还敢于和善于表达自己对时政的意见，而不能完全用杜甫、白居易等唐人的前例去苛求于他。

（张志岳）

【原文】

六月二十七日望湖楼醉书五绝（其一、其二）

黑云翻墨未遮山，白雨跳珠乱入船。
卷地风来忽吹散，望湖楼下水如天。

放生鱼鳖逐人来，无主荷花到处开。
水枕能令山俯仰，风船解与月徘徊。

熙宁五年(1072)苏轼在杭州任通判。这年六月廿七日，他游览西湖，在船上看到奇妙的湖光山色，再到望湖楼上喝酒，写下五首绝句。这里选的是其中两首。

两首诗写的都是坐船时所见，而各有妙趣。先看第一首：

诗人写一场风雨变幻，十分生动。他那时是坐在船上。船正好划到望湖楼下。忽见远处天上涌起来一片黑云，就像泼翻了一盆墨汁，半边天空霎时昏暗。这片黑云不偏不倚，直向湖上奔来，一眨眼间，便泼下一场倾盆大雨。只见湖面上溅起无数水花，那雨点足有黄豆大小，纷纷打到船上来，就像天老爷把千万颗珍珠一齐撒下，船篷船板，全是一片乒乒乓乓的声响。船上有人吓慌了，嚷着要靠岸。可是诗人朝远处一看，却分明知道，这不过是一场过眼云雨，转眼就收场了。你看，远处的群山不是依然映着阳光，全无半点雨意么。

开头两句写的就是这场景象。

也确实是如此。这片黑云，无非是顺着风势吹来，也顺着风势移去。

还不到半盏茶工夫，雨过天晴，依旧是一片平静。水映着天，天照着水，碧波如镜，又是一派温柔明媚的风光。

诗人把一场忽然而来又忽然而去的骤雨，抓住它几个要点，写得如此鲜明，富于情趣，确是颇见功夫。用“翻墨”写出云的来势，用“跳珠”描绘雨的特点，自然是骤雨而不是久雨。“未遮山”是骤雨才有的景象。“卷地风”说明雨过得快的原因，都是如实描写，却分插在第一第三句中，彼此呼应，烘托得好。最后用“水如天”写一场骤雨的结束，又有悠然不尽的情致。句中又用“白雨”和“黑云”映衬，用“水如天”和“卷地风”对照，用“乱入船”与“未遮山”比较，都显出作者构思时的用心。这二十八个字，好像是随笔挥洒，信手拈来，仔细寻味，便看出作者功力的深厚，只是在表面上不着痕迹罢了。

第二首是写乘船在湖中巡游的情景。

北宋时，杭州西湖由政府规定作为放生池。王注引张栻的话说：“天禧四年，太子太保判杭州王钦若奏：以西湖为放生池，‘禁捕鱼鸟，为人主祈福。’”这是相当于现代的禁捕禁猎区；所不同的，只是从前有人买鱼放生，还要挂个什么“祈福”的名堂罢了。西湖既是禁捕区，所以也是禁植区，私人不得占用湖地种植。诗的开头，就写出这个事实。那些被人放生、自由成长的鱼鳖之类，不但没有受到人的威胁，反而受到人的施与，游湖的人常常会把食饵投放水里，吸引那些小家伙围拢来吃。便是你不去管它，它们凭着条件反射，也会向你追赶过来。至于满湖的荷花，也没有谁去种植，自己凭着自然力量生长，东边一丛，西边一簇，自开自落，反而显现出一派野趣。

然而此诗的趣味却在后面两句。“水枕能令山俯仰”——山也能俯仰吗？人们都读过杜甫“风雨不动安如山”（《茅屋为秋风所破歌》）的句子，杜牧也有“古训屹如山”（《池州送孟迟》）的说法，如今却偏要说“山俯仰”，山

【原文】

真能俯仰吗？诗人认为是能的。那理由就在“水枕”。什么是“水枕”？枕席放在水面上。准确地说，是放在船上。船一颠摆，躺在船上的人就看到山的一俯一仰。这本来并不出奇，许多人都有过这种经验。问题在于诗人把“神通”交给了“水枕”，仿佛这个“水枕”能有绝大的神力，足以把整座山颠来倒去。这样的构思，就显出了一种妙趣来。

“风船解与月徘徊”——同样是写出一种在船上泛游的情趣。湖上刮起了风，小船随风飘荡。这也是常见的，不足为奇。人们坐在院子里抬头看月亮，月亮在云朵里好像慢慢移动，就像在天空里徘徊。因此李白说：“我歌月徘徊，我舞影零乱。”（《月下独酌》）这也不算新奇。不同的地方是，苏轼把船的游荡和月的徘徊轻轻牵拢，拉到一块来，那就生出了新意。是的，船在徘徊，月也在徘徊，但不知是月亮引起船的徘徊，还是船儿逗得月亮也欣然徘徊起来呢？假如说，是风的力量使船在水上徘徊，那又是什么力量让月亮在天上徘徊呢？还有，这两种徘徊，到底是相同呢还是不同呢？确实，把“船”和“月”两种“徘徊”联系起来，就使人产生许多问号，似乎其中包含了什么哲理，要定下神来，好好想一想才是。如此说来，这句诗岂不是饶有情趣吗！

人们常说“风马牛不相及”。假如能把一些本不相及的东西拉在一块，那又如何？读了苏轼这句诗，也许对读者有些启发吧。

（刘逸生）

夜泛西湖五绝（其三、其四、其五）

苍龙已没牛斗横，东方芒角生长庚。
渔人收筒未及晓，船过唯有菰蒲声。

【原文】

菰蒲无边水茫茫，荷花夜开风露香。
渐见灯明出远寺，更待月黑看湖光。

湖光非鬼亦非仙，风恬浪静光满川。
须臾两两入寺去，就视不见空茫然。

这三首诗是熙宁五年(1072)七月苏轼任杭州通判时作。这一组诗共五首，前两首写月下泛西湖："初月生魄迹未安，才破三五渐盘桓。今夜吐艳如半璧，游人得向三更看。""三更向阑月渐垂，欲落未落景特奇。明朝人事谁能料，看到苍龙西没时。"这里所选的是后三首，写月将落及月落之后的西湖景色。与前两首新月"吐艳如半璧"的明媚景色相反，后三首特别是最后一首给人以迷离神秘之感。

第三首写深夜西湖渔人盗鱼。苍龙，东方七宿(角、亢、氐、房、心、尾、箕)的总称。王十朋《分类东坡先生诗集注》引次公曰："苍龙，角、亢之宿，夜半而没。"因此，"苍龙已没"表明夜已深。牛斗，指北方七宿中的牛宿和斗宿(其他五宿为女、虚、危、室、壁)。曹植《善哉行》说："月没参横，北斗阑干。"阑干，横斜貌。刘方平《夜月》诗："更深月色半人家，北斗阑干南斗斜。"可见"牛斗横"亦写"更深"。长庚即金星，早晨出现于东方的金星，又叫启明星。长庚星有芒，李涗《酬词》："长庚冷有芒，文曲淡无气。"故长庚升指天将明。一二句都是通过星宿的升没来写夜已深，天将晓。三四句写渔人赶在未晓之前盗鱼。"船过惟有菰蒲声"是以有衬无，一个"唯"字，说明除船穿行于菰蒲之中发出的声响外，已没有任何声音，进一步写出了夜深人静。苏轼自注说："湖上禁渔，皆盗钓者也。"苏轼作为杭州通判，地方上的副长官，夜泛西湖，碰上渔人"盗钓"，违反"禁渔"规定，却不予过问，这是因为他本来就反对官府与民争利。这一组诗主要是写夜泛西湖所见之景，但这后两句却从一个侧面反映了“渔人”同官府的矛盾。

第四首的前两句续写船过菰蒲：菰蒲无边，湖水茫茫，荷花夜开，清香扑鼻。月夜泛舟于这样的荷花丛中，当然更加令人陶醉。周密《癸辛杂识》载：“西湖四圣观前有一灯浮水上，其色青红，自施食亭南至西泠桥复回。风雨中光愈盛，月明则稍淡。雷电之时，则与电光争闪烁。”所写“渐见灯明出远寺”即写此，“渐”、“出”二字，正暗示了船在行进中。以上所写都是月下湖光景色。“更待月黑看湖光”，提示下一首写月落之后的湖光景色。

如果说新月生辉，半璧吐艳，给人以明朗之感；菰蒲无边，湖水茫茫，给人以朦胧之感；最后这一首描写月落之后的湖光，则给人以变幻多端、神秘莫测之感。《岭南异物志》说：“海中遇阴晦，波如然火满海，以物击之，迸散如星火，有月即不复见。”这是说海波似火。江波也有类似景色：“江心似有炬火明，飞焰照山栖乌惊。怅然归卧心莫识，非鬼非人竟何物？”（苏轼《游金山寺》）。这几句几乎可作这一首的注脚，说明湖光也是如此。第一句“非鬼亦非仙”，是总写湖光的奇异；第二句是写“月黑”之后，风恬浪静之时，湖光清晰可见；第三句写随着船行，湖光似乎也在移动，好像成双成对地进入了寺中；第四句是说船来到寺庙之下，却根本看不见刚才仿佛“两两入寺”的湖光；烘托出了一种神秘的气氛。

这五首组诗，都紧扣“夜泛”二字着笔，既写出了月夜西湖之景，又写出了黑夜西湖之景，处处给人以船行之感，不离“泛”字，表现了“夜泛西湖”的全过程。与此相联系，首与首之间，作者采用了蝉联格（这种诗格始创于曹植《赠白马王彪》），每首的结尾都是下一首的开头，而又略具变化：二、四首的开头是一、三首结尾的五、六两字；第三首的开头四字是第二首结句第三至第六四个字，但变“西没”为“已没”；第五首的开头二字是第四首的结尾二字。这样，既珠联璧合，又错落有致，读起来轻快跳荡。在风格上，这一组诗与苏轼其他描写西湖的诗篇如《有美堂暴雨》、《望湖楼醉书》很不同。那些诗以气势磅礴胜,而这一组诗却给人以清新、雅淡、恬静的美感。

(曾枣庄)

望海楼晚景五绝 (其二)

横风吹雨入楼斜,壮观应须好句夸。
雨过潮平江海碧,电光时掣紫金蛇。

有人说,读了东坡的"横风"、"壮观"(观,读去声,不读平声。)两句,觉得有些失望。他既说"应须好句夸",却不着一字,一转便转入"雨过潮平"了。岂不是大话说过,没有下文。以东坡大才,何至如此?

这话虽说不无道理,但东坡这样写,自是另有原因。第一,他是要写一组望海楼晚景的诗,眼下还不想腾出笔墨来专写忽来忽去的横风横雨。所以他只说"应须",是留以有待的意思。第二,既然说得上"壮观",就须有相应的笔墨着力描写,若把它放在"晚景"组诗中,是不太合适的,因为椅轻椅重,不好安排。

事情也确实如此。到了第二年,他游览有美堂,适逢暴雨,就立即写了《有美堂暴雨》七律一篇,奇句惊人,堪称名作。应了他那"壮观应须好句夸"的话了。

其实细读此诗,我们便会发现他的思想有过一段起伏变化。在开头,他看到一阵横风横雨,直扑进望海楼来,很有一股气势,使他陡然产生要拿出好句来夸一夸这种"壮观"的想法,不料这场大雨,来得既急,去得也快,一眨眼间，风已静了，雨也停了。就好像演戏拉开帷幕之时，大锣大鼓，敲得震天价响，大家以为下面定有一场好戏，谁知演员还没登场，帷幕便又落下，毫无声息了。弄得大家白喝了彩。东坡这开头两句，正是写出大家（包括诗人在内）白喝了一通彩的神情。

雨过以后，向楼外一望，天色暗下来了，潮水稳定地慢慢向上涨，钱塘江浩阔如海，一望碧玉似的颜色。远处还有几阵雨云未散，不时闪出电光，在天空里划着，就像时隐时现的紫金蛇。

这首诗写的就是这一夜望海楼的晚景。开头时气势很猛，好像很有一番热闹，转眼间却是雨阑云散，海阔天青，变幻得使人目瞪口呆。其实不止自然界是这样，人世间的事情，往往也是如此的。上了年纪的人，经历的事情多了，恐怕还不止一次看见过这种现象呢。读一读东坡这首诗，也许会发出会心的微笑吧！

（刘逸生）

吴中田妇叹

今年粳稻熟苦迟，庶见霜风来几时。
霜风来时雨如泻，杷头出菌镰生衣。
眼枯泪尽雨不尽，忍见黄穗卧青泥！
茅苫一月陇上宿，天晴获稻随车归。
汗流肩赪[①]载入市，价贱乞与如糠粞[②]。
卖牛纳税拆屋炊，虑浅不及明年饥。
官今要钱不要米，西北万里招羌儿。
龚黄满朝人更苦，不如却作河伯妇。

〔注〕 ① 赪(chēng称):赤红色。 ② 粞(xī西):碎米。

本诗熙宁五年(1072)冬作于湖州。诗题下有自注云:"和贾收韵。"贾收,字耘老,吴兴人。平生钦佩苏轼,著有《怀苏集》一卷。苏轼作此诗时,王安石的一系列新法正在全国范围内逐步施行。这对缓和宋王朝的社会矛盾,调节封建生产关系等方面虽然有积极作用,但也出现一些弊端,苏轼有感于此,蒿目时艰,写下了《吴中田妇叹》、《山村五绝》一类的社会政治诗。这些诗篇里虽然夹杂了诗人对新法的偏见,但并没有冲淡诗中倾注作者同情民生疾苦的基调。

这首《吴中田妇叹》是在江南秋雨成灾的背景下写出的。诗人借田妇的口吻,集中描绘了江浙一带农民的悲惨生活情景。全诗分为两大段。前八句为第一大段,写雨灾造成的苦难。后八句为第二大段,写虐政害民更甚于秋涝。

诗的开头二句写今年粳稻的成熟期甚晚,幸亏没有多时秋天就来到了。点明了秋收的季节。紧接着诗人运转笔锋,直写雨灾。"霜风"二句写滂沱大雨使快成熟的粳稻无法开镰收割。杷,同钯。爬梳的农具因长期大雨潮湿而发了霉,镰刀也生了锈。这里用农具"出菌"、"生衣"来表现灾情之严重,使常景变成了奇句,显示出诗人独特的艺术才华。

"眼枯泪尽雨不尽",这是化用杜甫《新安吏》:"莫自使眼枯,收汝泪纵横;眼枯即见骨,天地终无情"的诗意。在即将收割的秋季遇上连续如注的大雨,农民怎不忧心如焚,伤心得落尽眼泪呢?又怎能忍心看着金黄色的稻穗倒伏在泥田里呢?"茅苫"二句由内心的伤痛转写抢收的行动。为了抢救粳稻,农民在田头边搭起了茅草棚,住宿在里面看管了一个月。好不容易盼到了晴天,赶紧抢收运载而归。然而他们却不能享受这辛勤劳动得

【鉴赏】

来的果实。

"汗流"以下八句通过谷贱伤农的事实，抨击了造成钱荒的新法流弊。诗人先叙述农民担粮入市，汗流浃背，磨肿肩膀；后写米价低贱就同糠和碎米一样。经过多么艰苦的劳动，换来的却是那么微薄的收入！"卖牛"二句承上揭示了赋税的繁重。农民无奈只有卖牛凑钱纳税，为了烧饭，只得拆下屋里的木头，以解救燃眉之急，而顾不上明年的饥荒。这种夸张的笔墨，与司马光在熙宁七年《应诏言朝政阙失状》中所写农民"若值凶年，无谷可粜，吏责其钱不已，故卖田，则家家卖田；欲卖屋，则家家卖屋；欲卖牛，则家家卖牛"一样，都是片面的夸大言辞。不过，在新法条例中，如青苗法、免役法等都规定赋税要钱不收米。当时百姓有米而官府不要米，百姓无钱而必要钱。这就造成一时米贱钱荒的社会问题。诗中"官今要钱不要米"，触及时政流弊的实质。"西北"句是指当时为了抗击西夏，王安石采用王韶的建议，对西北沿边羌人蕃部进行招抚，虽有利于巩固边防，但也花费了不少钱。这必然加重人民的负担，而官吏催逼，唯钱是求，使农民走投无路，难以为生。最后二句借用典故收结，把全诗的气氛推到了高潮。"龚黄"，指汉代的龚遂和黄霸。龚遂任勃海太守，黄霸任颍川太守，他们都是以恤民宽政著名的官吏。这里的"龚黄满朝"是带着明显嘲讽意味的。"河伯妇"，是用《史记》中西门豹传的故事。在战国时邺县豪绅与女巫假托"河伯娶妇"，敲诈勒索，残害百姓。西门豹任邺县令时，为民除害，施计把巫婆投入河中。作者借用来表明百姓被逼得无路可走，不如投河自尽。这种用意苏轼后来在元祐元年(1086)写的《乞不给散青苗钱斛状》中说得很明确："二十年间，因欠青苗，至卖田宅、雇妻子、投水自缢者，不可胜数，朝廷忍复行之欤?"

苏轼这首讥讪新法的诗篇，它的特点并不是用政治图解的方式来表达思想倾向，而是选取典型的生活情景和人物的行动，通过叙事抒情，间用议论的方式，形象地反映社会现实生活，读来感到真实动人。全诗的结构布局紧紧扣住诗题的“叹”字，写得层次分明而又步步深入。首先叹息稻熟苦迟，其次哀叹秋雨成灾，复次喟叹谷贱伤农，末以嘲讽官吏，逼民投河作结，更令人怵目惊心。整个诗篇的字里行间充满了诗人对劳动农民苦难遭遇的深切同情，尽管这是与反对新法的偏见交织在一起，也是不能轻易抹煞的。

（曹济平）

往富阳、新城，李节推先行三日，留风水洞见待

春山磔磔鸣春禽，此间不可无我吟。
路长漫漫傍江浦，此间不可无君语。
金鲫池边不见君，追君直过定山村。
路人皆言君未远，骑马少年清且婉。
风岩水穴旧闻名，只隔山溪夜不行。
溪桥晓溜浮梅萼，知君系马岩花落。
出城三日尚逶迟，妻孥怪骂归何时。
世上小儿夸急走，如君相待今安有？

富阳今属浙江，新城今为富阳一镇，但在北宋为杭州所属县。李节推名佖，时为杭州节度推官。风水洞，据《杭州图经》载，距钱塘旧治五十里，

【鉴赏】

在杨村慈岩院。洞极大，流水不竭。洞顶又有一洞，清风微出，故名风水洞。熙宁六年(1073)正月苏轼奉命出巡本州所属县，李佖先行三日并在风水洞等候苏轼。此诗即为谢佖而作。

开头四句双头并起，兼写自己和李佖。磔磔，鸟鸣声。春山已经很美，而又有春禽磔磔，不可无诗，这是写自己。但路途遥远，需李与语，这就写到李佖。漫漫，长远貌。屈原《离骚》："路漫漫其修远兮。"由杭州往富阳，沿富春江而行，故云"傍江浦"。这样起笔，为纪昀所极赏，说它"磊磊落落，起法绝佳。"(见《纪评苏诗》)

"金鲫"四句，写自己追李。金鲫池在钱塘江畔开化寺(六和塔即建于此)后，山涧水底有金鲫鱼，故名。"不见君"说明苏轼在金鲫池就找过李佖。定山村在钱塘县西南四十七里处。"追君直过定山村"，"直过"二字说明追得急迫，走得很快。"路人皆言君未远"的"皆"字说明苏轼一路都在打听李的踪迹。骑马少年指李佖。清且婉，清秀婉丽。这是借路人之言赞美李佖，从《诗经》"有美一人，清扬婉兮"化来。以上四句紧扣"不可无君语"，写出了追李的急切之情。

"风岩"四句写李佖在等自己。"风岩水穴"，指风水洞。"只隔山溪"的"只"字应"君未远"，本来可很快追上；但为山溪所"隔"，夜不能行，只有来朝才能见面。这样写，既是纪实，行文亦为之一顿。溜，小股流水。苏轼早晨从溪桥下的小股流水漂浮着的梅萼，推测是李佖系马于风水岩的梅树上摇落下来的。这一想象之词，读起来十分亲切。

"出城"四句是感谢李佖"相待"之词，虽出以戏语，却有严肃的内容。逶迟，纡回逗留貌，江淹《别赋》："舟凝滞于水滨，车逶迟于山侧。"逶迟与凝滞对举，义相近。"尚逶迟"，一本"迟"作"迤"；"归何时"，一本"时"作"迟"。王文诰认为当以"尚逶迟"，"归何时"为是："'归何时'，乃未归之词也。诗虽代为设想，佖既未归，自应作'归何时'。今既定'时'字韵，则上句之'尚逶迤’，应仍作‘尚逶迟’。”（《苏诗编注集成》卷九）王文诰之说大体可信。最后两句又以世上小儿的疾于奔走反衬李佖“相待”之不易，这样既颂扬了李佖，又讥刺了“世上小儿”。这里的“世上小儿”，实际上是指那些投机新法的“新进勇锐之士”，因此，这首诗后来成了苏轼“谤讪新政”的罪名之一。《乌台诗案》载苏轼的供词说：“熙宁六年正月二十七日游风水洞，有本州推官李佖知轼到来，在彼等候。轼到乃题诗于壁，其卒章不合云‘世上小儿夸疾走’，以讥世之小人多务急进也。”

这是一首七古，四句一换意，先总写自己需李同行，然后再分写己之追李和李之相候，最后以妻孥怪骂、世人疾走相映衬，充分抒发了对李“相待”的感谢之情。纪昀盛赞此诗的起笔，但却不满此诗的结尾，批评它“一结索然”，因为这样的结尾不符合纪昀崇尚温柔敦厚、含蓄不露的评诗标准。其实这首诗的结尾颇能代表苏轼的性格和苏诗的特征：嘻笑怒骂，皆成文章；随手拈来，皆有奇趣。这篇七古两句一换韵，句句押韵，读起来急促跳荡，正好反映了苏轼巡视途中的轻松愉快心情。

（曾枣庄）

法惠寺横翠阁

朝见吴山横，暮见吴山纵。
吴山故多态，转折为君容。
幽人起朱阁，空洞更无物。
唯有千步冈，东西作帘额。
春来故国归无期，人言秋悲春更悲。
已泛平湖思濯锦，更看横翠忆峨眉。

【原文】

雕栏能得几时好，不独凭栏人易老。
百年兴废更堪哀，悬知草莽化池台。
游人寻我旧游处，但觅吴山横处来。

这首七言古诗，是熙宁六年(1073)春，作者任杭州通判时写的。

在一个风和日丽的春日，作者又登上了杭州清波门南的法惠寺横翠阁，凭栏远眺吴山。他觉得这座山千姿百态，总也看不厌。在早晨看它，蜿蜒横亘，有如飘曳于云天的一条长长翠带；到了晚上，它隐现于苍茫夜色之中，但见一堆浓翠，高高耸立。开篇二句开门见山，省略了入寺、登阁等不必要的笔墨，清人纪昀说“起得峭拔”。但更精彩的是，一下笔即显示出作者善于从动态变化中捕捉景物特征的本领。山本不动，诗人却化静为动，表现山在朝暮间的纵横变化。可能作者感到这样写仍不足以传吴山之神，因此紧接着又写了“吴山故多态，转折为君容”，用拟人化手法，把吴山比作美女。这个美人本来就仪态万方；为了吸引人们的注意，她还要对着西湖这面明镜梳妆打扮。王安石有一名句：“意态由来画不成”(《明妃曲》)，而此诗作者仅用十个字，便把吴山的意态画出来了，而且画得神采宛然，的确是为山水传神写照的妙笔。以上四句，借鉴了民间歌谣重叠而略有变化的句式，显得清新活泼。字里行间，透露出作者登阁览山的盎然兴味和对吴山的喜爱之情。

“幽人起朱阁，空洞更无物”二句，补叙自己登阁情事。“幽人”，是精神境界清幽高洁的人，既是对法惠寺高僧的赞美，也是作者的自谓。正由于朱阁空洞无物，幽人的心中也无遮无碍，忽然见到吴山从东到西一派青葱横在窗前，犹如绿色帘帷。作者在《送参寥师》诗中，曾介绍过他的写诗经验：“欲令诗语妙，无厌空且静。静故了群动，空故纳万境。”“幽人”四句，正是作者用“以静观动”、“以空纳实”的表现方法描绘出的妙景。这四句有奇趣,有禅味,是苏诗特有的风格。

然而,登阁观山所引起的空静心境,很快就发生变化。春来吴山的多态,不禁使作者联想到故乡四川的锦绣山川。但岁月流逝,渺无归期,不由悲从中来。秋天草木摇落,最容易引起思乡的凄清之情。但作者好作新奇语。他在“春来故国归无期,人言秋悲春更悲”二句中,用翻案法,偏说春比秋悲,把自己怀念故乡的愁绪渲染得更为浓烈。紧接着又挥洒出“已泛平湖思濯锦,更看横翠忆峨眉”二句,借景抒情,把眼前的西湖秀色,同濯锦江和峨眉山的旖旎风光联结起来,既表现自己对杭州的喜爱,又抒写对故乡的深情。作者以“濯锦江”和“峨眉山”作为故乡的象征,选景很有典型性。“平湖”与“濯锦”、“横翠”与“峨眉”相互映衬,诱人产生美丽的想象。为了与旖旎风光相应,作者有意用律句,对仗工整,而又圆转流动。

作者并没有停留在思乡的感情上,他进而想到岁月如流,人事代谢。“雕栏能得几时好,不独凭栏人易老”两句,暗用南唐后主李煜“雕栏玉砌应犹在,只是朱颜改”和“独自莫凭栏,无限江山,别时容易见时难”之语而反其意,更深一层地说,不独是凭栏人易老,雕栏、池台也要荒废朽败。借用前人诗句以熔铸自己诗境,是古典诗歌常用的手法。作者在这方面用得自然、贴切,常常是随手拈来,与自己所抒写的情景妙合无垠。写到这里,作者更飞腾想象,悬测未来。他想到百年之后,这里的池台楼阁已化为一片草莽。言外之意是说,自己也早已作了古人,遗骨已成尘土。“百年兴废更堪哀”二句,把内心中的哀伤感情抒写得淋漓酣畅,使全诗达到了抒情的高潮。但忽然笔锋又一转,写出了“游人寻我旧游处,但觅吴山横处来”。这两句含蕴丰富,奇气横溢。作者相信后人一定会怀念我,凭吊我,在朝横暮纵的吴山下寻觅我的遗踪。这里仍有伤感,但更多的是自豪。相信自己可与吴山俱存,名垂千古,这是何等乐观,何等旷达,何等豪迈!在经过了几番错综变化、波澜起伏的写景抒情之后，在结尾处又借“游人寻我”，自然地带出“吴山横处”，同开篇的“朝见吴山横，暮见吴山纵”前后呼应，首尾相衔。可见作者在章法结构上挥洒自如、大开大阖的功力。

欧阳修有一首脍炙人口的七古《春日西湖寄谢法曹》，是前四句五言，描绘许昌西湖景色；以下十二句七言，抒写朋友相念之情，以及自己异乡逢春、伤叹老大之意。论题旨，论思路，论章法，苏轼这首诗同欧诗都很相似。可以看出欧诗与苏诗之间的直接承传关系。如将二诗对照比较，欧诗中的“西湖春色归，春水绿于染。群芳烂不收，东风落如糁”，以及“雪消门外千山绿，花发江边二月晴”等句，写景流丽宛转，色彩鲜明，境界如画。全篇所抒之情比较单纯，笔调婉转安恬，四句一转韵，风格平易清畅。而苏诗写吴山，重在传神写意，笔致活泼跳脱，饶有奇趣。苏轼不仅抒写了春日思乡伤老之情，还进一步触发百年兴废之感，寄寓人生哲理。从思想的丰富、意思的深刻来看，似胜欧诗一筹。苏轼将欧诗前四句五言，发展为八句，后边的十二句，缩为十句。全篇韵脚平仄交错，使诗篇在整齐中富于变化。苏轼才情奔放，笔力恣肆灵动，七言古诗这种体裁最适合他纵横驰骋。黄庭坚说他的古诗“长篇须曲折三致意，乃可成章”（见胡仔《苕溪渔隐丛话·前集》卷四七引）。这首诗也体现了苏轼七古在谋篇布局上曲折多变而又脉络分明的艺术特点。

（陶文鹏）

新城道中二首

东风知我欲山行，吹断檐间积雨声。
岭上晴云披絮帽，树头初日挂铜钲①。

【原文】

野桃含笑竹篱短，溪柳自摇沙水清。
西崦人家应最乐，煮葵烧笋饷春耕。

身世悠悠我此行，溪边委辔听溪声。
散材畏见搜林斧，疲马思闻卷旆钲。
细雨足时茶户喜，乱山深处长官清。
人间歧路知多少？试向桑田问耦耕。

〔注〕 ① 钲：古代乐器。又名“丁宁”，形似钟而狭长，有长柄可执，击之而鸣。

神宗熙宁六年(1073)的春天，诗人在杭州通判任上出巡所领各属县。新城在杭州西南，为杭州属县(今浙江富阳县新登镇)。作者自富阳赴新城途中，饱览了秀丽明媚的春光，见到了繁忙的春耕景象，于是用轻松活泼的笔调写下这两首诗，抒写自己的途中见闻和愉快的心情。

第一首主要写景，景中含情；第二首着重抒情，情中有景。

清晨，诗人准备启程了。东风多情，雨声有意。为了诗人旅途顺利，和煦的东风赶来送行，吹散了阴云；淅沥的雨声及时收敛，天空放晴。“檐间积雨”，说明这场春雨下了多日，正当诗人“欲山行”之际，东风吹来，雨过天晴，诗人心中的阴影也一扫而光，难怪他要把东风视为通达人情的老朋友一般了。出远门首先要看天色，既然天公作美，自然就决定了旅途中的愉悦心情。出得门来，首先映入眼帘的是那迷人的晨景：白色的雾霭笼罩着高高的山顶，仿佛山峰戴了一顶白丝绵制的头巾；一轮朝阳正冉冉升起，远远望去，仿佛树梢上挂着一面又圆又亮的铜钲。穿山越岭，再往前行，一路

【鉴赏】

上更是春光明媚、春意盎然。鲜艳的桃花,矮矮的竹篱,袅娜的垂柳,清澈的小溪,再加上那正在田地里忙于春耕的农民,有物有人,有动有静,有红有绿,构成了一幅画面生动、色调和谐的农家春景图。雨后的山村景色如此清新秀丽,使得诗人出发时的愉悦心情有增无减。因此,从他眼中看到的景物都带上了主观色彩,充满着欢乐和生意。野桃会"含笑"点头,"溪柳"会摇摆起舞,好不快活自在!而诗人想象中的"西崦人家"更是其乐无比:日出而作,日入而息;田间小憩,妇童饷耕;春种秋收,自食其力,不异桃源佳境!这些景致和人物的描写是作者当时欢乐心情的反映,也表现了他厌恶俗务、热爱自然的情趣。

第二首继写山行时的感慨,及将至新城时问路的情形,与第一首词意衔接。

行进在这崎岖漫长的山路上,不禁使诗人联想到人生的旅途同样是这样崎岖而漫长。有山重水复,也有柳暗花明;有阴风惨雨,也有雨过天晴。应该怎样对待人生?诗人不知不觉中放松了缰绳,任马儿沿着潺潺的山溪缓缓前行。马背上的诗人低头陷入了沉思。"散材"、"疲马",都是作者自况。作者是因为在激烈的新、旧党争中,在朝廷无法立脚,才请求外调到杭州任地方官的。"散材",指无用之才(典出《庄子·逍遥游》),此处为作者自喻。"搜林斧",喻指深文周纳的党祸。即使任官在外,作者也在担心随时可能飞来的横祸降临,即便是无用之材,也畏见那搜林的利斧。作者对政治斗争、官场角逐感到厌倦,就像那久在沙场冲锋陷阵的战马,早已疲惫不堪,很想听到鸣金收兵的休息讯号。所以,作者对自己目前这样悠然自在的生活感到惬意。他在饱览山光水色之余,想到了前几日霏霏春雨给茶农带来的喜悦,想到了为官清正的友人新城县令晁端友。临近新城,沉思之余,急切间却迷了路。诗的最末两句,就写诗人向田园中农夫问路的情形,同时也暗用《论语·微子》的典故:两位隐士长沮、桀溺耦而耕,孔子命子路向他们问路，二人对曰："滔滔者，天下皆是也，而谁以易之？且而与其从避人之士也，岂若从避世之士哉？"诗人以此喻归隐之意。

两首诗以时间先后为序，依原韵自和，描绘"道中"所见所闻所感，格律纯熟，自然贴切，功力深厚。尤其是第一首"野桃"、"溪柳"一联倍受前人激赏，汪师韩以为是"铸语神来"之笔，"常人得之便足以名世"(《苏诗选评笺释》卷二)。其实不仅此联，即如"絮帽"、"铜钲"之比拟恰切，"散材"、"疲马"之颇见性情，不也各有千秋，脍炙人口吗？

（沈时蓉　詹杭伦）

饮湖上，初晴后雨二首(其二)

水光潋滟晴方好，山色空蒙雨亦奇。
欲把西湖比西子，淡妆浓抹总相宜。

苏轼于神宗熙宁四年(1071)到七年在杭州任通判期间，曾写了大量咏西湖景物的诗。这是最脍炙人口的一首。

诗的上半首既写了西湖的水光山色，也写了西湖的晴姿雨态。首句写晴日照射下荡漾的湖波；次句写雨幕笼罩下缥缈的山影。联系诗题《饮湖上，初晴后雨》来看，两句所描摹的正是当天先后呈现在诗人眼前的真实景观。联系同题第一首诗的前两句"朝曦迎客艳重冈，晚雨留人入醉乡"来看，那一天，诗人在西湖游宴终日，早晨阳光明艳，后来转阴，入暮后下起雨来。而在善于领略自然并对西湖有深厚感情的诗人眼中，无论是水是山，

【鉴赏】

或晴或雨，都是美好奇妙的。从“晴方好”、“雨亦奇”这一赞评，读者不仅可以想见在不同天气下的湖山胜景，也可想见诗人即景挥毫时的兴会及其洒脱的性格、开阔的胸怀。

下半首诗里，诗人没有紧承前两句，进一步运用他的写气图貌之笔来描绘湖山的晴光雨色，而是遗貌取神，只用一个既空灵又贴切的妙喻就传出了湖山的神韵。喻体和本体之间，除了从字面看，西湖与西子同有一个“西”字外，诗人的着眼点所在只是当前的西湖之美，在风神韵味上，与想象中的西施之美有其可意会而不可言传的相似之处。而正因西湖与西子都是其美在神，所以对西湖来说，晴也好，雨也好，对西子来说，淡妆也好，浓抹也好，都无改其美，而只能增添其美。对这个比喻，今人有两种相反的解说：一说认为诗人“是以晴天的西湖比淡妆的西子，以雨天的西湖比浓妆的西子”；一说认为诗人是“以晴天比浓妆，雨天比淡妆”。两说都各有所见，各有所据。但就才情横溢的诗人而言，这是妙手偶得的取神之喻，诗思偶到的神来之笔，只是一时心与景会，从西湖的美景联想到作为美的化身的西子，从西湖的“晴方好”、“雨亦奇”，想象西子应也是“淡妆浓抹总相宜”，当其设喻之际、下笔之时，恐怕未必拘泥于晴与雨二者，何者指浓妆，何者指淡妆。今天欣赏这首诗时，如果一定要使浓妆、淡妆分属晴、雨，可能反而有损于比喻的完整性、诗思的空灵美。

这里，诗人抒发的是一时的才思，但这一比喻如陈衍在《宋诗精华录》中所说，“遂成为西湖定评”。从此，人们常以“西子湖”作为西湖的别称。苏轼本人对这一比喻也很得意，曾在诗中多次运用，如《次韵刘景文登介亭》诗有“西湖真西子，烟树点眉目”句，《次前韵答马忠玉》诗有“只有西湖似西子，故应宛转为君容”句。后人对这一比喻更深为赞赏，常在诗中提到，如武衍在《正月二日泛舟湖上》诗中就说：“除却淡妆浓抹句，更将何语比西湖？”

王文诰在《苏文忠公诗编注集成》中称这首诗是“前无古人,后无来者”的“名篇”。其特点之一是概括性特别强。它写的不是西湖的一处之景或一时之景,而是对西湖的全面写照和全面评价,因而它就具有超越时间的艺术生命,一直到今天还浮现在西湖游客的心头,使湖山因之生色。

(陈邦炎)

於潜[①]僧绿筠轩

可使食无肉,不可使居无竹。
无肉令人瘦,无竹令人俗。
人瘦尚可肥,俗士不可医。
旁人笑此言:“似高还似痴?”
若对此君仍大嚼,世间那有扬州鹤!

〔注〕 ① 於潜:旧县名,在今浙江临安境。

於潜僧,名孜,字慧觉。在於潜县南二里的丰国乡寂照寺出家。寺内有绿筠轩,以竹点缀环境,十分幽雅。这诗是借题“於潜僧绿筠轩”歌颂风雅高节,批判物欲俗骨。以议论为主,但写得很有风采。

据《晋书·王徽之传》记载,王羲之的儿子王徽之,为人高雅,生性喜竹。有一次,他寄居在一座空宅中,便马上令人种竹。有人问其原故,他不予正面解释,“但啸咏指竹曰:‘何可一日无此君!’”这“可使食无肉,不可使居无竹”便是借此典而颂於潜僧。因为典故中有着那样一位风采卓异的形象,诗人又用了“可”、“不可”这样的选择而肯定的语气,一位超然不俗的高僧形象,便立刻跃然纸上。

“无肉令人瘦,无竹令人俗”是对“不可使居无竹”的进一步发挥。它富哲理,有情韵,写出了物质与精神、美德与美食在比较中的价值;食无甘味,充其量不过是“令人瘦”而已;人无松筠之节,无雅尚之好,那就会“令人俗”。这既是对於潜僧风节的赞颂之语,也是对缺乏风节之辈的示警。接着用“人瘦尚可肥,俗士不可医”申足此意,就更鞭辟入里。是的,一个人,最重要的是思想品格和精神境界。只要有了高尚的情操,就会有松柏的孤直,梅竹的清芬,不畏强暴,直道而行,卓然为人;反之,就会汲汲于名利,依违于得失,随权势而俯仰,视风向而转移,俗态媚骨,丑行毕现。这种人,往往自视高明,自以为得计,听不进奉劝,改不了秉性,所以诗人说这种“俗士不可医”——医之无效。

以上为第一段。这一段的特点是:出语精警,议论精辟,发人深省。

文似看山不喜平。上面全是诗人议论,虽出语不凡,但若直由诗人议论下去,便有平直之嫌,说教之讥。因而下段重开波澜,另转新意,由那种得了“不可医”的“俗士”站出来作自我表演,这就是修辞学中的“示现”之法。请看:

旁人笑此言:“似高还似痴?”

这个“旁人”,就是前面提到的那种“俗士”。他听了诗人的议论,大不以为然;他虽然认为“不可使居无竹”是十足的迂阔之论,腐儒之见,但在口头上却将此论说成“似高、似痴”,从这模棱两可的语气里,显示了这种人世故、圆滑的特点;他绝不肯在论辩中作决绝之语而树敌。

下面是诗人对俗士的调侃和反诘:“若对此君仍大嚼,世间那有扬州鹤!”“此君”,用王徽之“何可一日无此君”语,即指竹。“大嚼”,语出曹植《与吴质书》“过屠门而大嚼,虽不得肉,贵且快意”。“扬州鹤”,语出《殷芸小说》,故事的大意是,有客相从,各言所志,有的是想当扬州刺史,有的是愿多置钱财,有的是想骑鹤上天,成为神仙。其中一人说:我想“腰缠十万贯,骑鹤上扬州”,兼得升官、发财、成仙之利。诗意谓:你又想种竹而得清高之名,又要面竹而大嚼甘味,人间何处有“腰缠十万贯,骑鹤上扬州”这等美事!是的,名高者难得厚富,厚富者难得名高;仕宦者无暇学仙,得道者无暇仕宦;食肉者无高节,高节者不食肉;二美尚不得并兼,更何况欲兼数美!既欲肥鲜,又思脱俗,世上安有此理?既欲仕宦,又思成仙,人间安有此事!

这首诗,以五言为主,以议论为主。但由于适当采用了散文化的句式(如“不可使居无竹”、“若对此君仍大嚼”等)以及赋的某些表现手法(如以对白方式发议论等),因而能于议论中见风采,议论中有波澜,议论中寓形象。苏轼极善于借题发挥,有丰富的联想力,能于平凡的题目中别出新意,吐语不凡,此诗即是一例。

(傅经顺)

病中游祖塔院

紫李黄瓜村路香,乌纱白葛道衣凉。
闭门野寺松阴转,攲枕风轩客梦长。
因病得闲殊不恶,安心是药更无方。
道人不惜阶前水,借与匏樽自在尝。

这首诗是熙宁六年(1073)作,这年苏轼在杭州任通判。祖塔院在杭州

【鉴赏】

南山，唐开成元年(836)称法云寺。宋太平兴国六年(981)，因南泉、临济、赵州、雪峰等高僧常到此，故又称祖塔院，即今虎跑寺。

开头写到祖塔院去的村路景物和作者的服饰。在村路上看到紫李黄瓜的色彩和闻到的香味，作者戴着乌纱帽，穿着白葛衣，显得凉快。乌纱帽，东晋时是官帽，唐时逐渐流行民间，不再成为官帽了。《冷斋夜话》称："哲宗问右珰(宦者)陈衍：'苏轼衬朝章者何衣?'衍对曰：'是道衣。'"朝章是上朝穿的官服，道衣是民间有道者穿的便服，较为凉快。接下来写到了祖塔院，那是在野地里的寺庙，故称"野寺"。作者在病中，所以在寺里闭门欹枕，就入梦乡了。当时是夏天，所以开着轩窗迎风，称"风轩"；因为入梦的时间较长，所以醒来看到窗外的松阴转移了。这一联写在寺中的情景。

作者在杭州做通判，与知州共理政事，平时不可能到庙里去游息。所以说："因病得闲殊不恶，安心是药更无方。"因为有病，所以有闲到庙里来休息，也很不坏。既然有病，求什么药方来治病呢？安心就是药，不用再求药方了。《景德传灯录》卷三记僧神光(慧可)向达摩求法，"光曰：'我心未宁，乞师与安。'师曰：'将心来与汝安。'曰：'觅心了不可得。'师曰：'我与汝安心竟。'"佛家认为求安心即在自己，自己认为心安了就是，不用外求。作者更认为只要自己能安心就能治病，不用再求药方了，结尾联系虎跑泉，说和尚借给匏瓢，供自己自由自在地喝泉水。道人即指僧人。

这首诗的构思，先写到寺前的路上景物，联系自己的装束。次写到寺后的情景，结合自己病中情事，再跟祖塔院的祖师即二祖慧可联系，从二祖的问安心方想到自己的病。一结把院僧同自己联系，归结到虎跑寺的泉水。这样结构容易成为一种样式，可以摹仿。纪昀批："此种已居然剑南(陆游)派。然剑南别有安身立命之地，细看全集自知。杨芝田(大鹤，有陆游诗选本)专选此种，世人以易于摹仿而盛传之，而剑南之真遂隐。"这里指出，苏轼这首诗"易于摹仿"，说明他的写法，按照游祖塔院的经过来写，可以供后人取法。钱钟书《宋诗选注》说，陆游除爱国诗外，还有“一方面是闲适细腻，咀嚼出日常生活的深永的滋味，熨帖出当前景物的曲折的情状。”纪昀讲“此种已居然剑南派”，就指这一方面的诗，苏轼这首诗正是例证。它的艺术特色，就是闲适细腻，像“因病得闲”，“欹枕客梦”，“松阴转”，“安心是药”等等都是。纪昀批指出“剑南别有安身立命之地”，钱钟书又指出：“什么是诗家的生路、‘诗外’的‘工夫’呢？”“他说：‘法不孤生自古同，痴人乃欲镂虚空！君诗妙处吾能识，正在山程水驿中’”；“换句话说，要做好诗，该跟外面世界接触，不用说，该走出书本的字里行间，跳出蠹鱼蛀孔那种陷人坑。”就苏轼这首诗说，虽然容易给后人摹仿，但它从生活中来，也是创造。后人摹仿这样的写法，这是后人的事，就苏轼说还是创造。

（周振甫）

竹　阁

海山兜率两茫然，古寺无人竹满轩。
白鹤不留归后语，苍龙犹是种时孙。
两丛恰似萧郎笔，十亩空怀渭上村。
欲把新诗问遗像，病维摩诘更无言。

熙宁六年（1073）苏轼通判杭州时作《孤山二咏》，《竹阁》即其中的一篇。竹阁在杭州广化寺柏堂之后，唐代诗人白居易为鸟窠禅师建。鸟窠禅师俗姓潘，名道林，富阳人，九岁出家，居秦望山。元和年间，白居易守杭，入山谒师，并建竹阁于西湖之滨，迎师居阁上，自己也常游息其间。

【鉴赏】

白居易因“上疏论事，天子不能用，乃求外任”（《旧唐书·白居易传》）而除杭州知州；苏轼也因“论事愈力，介甫（王安石）愈恨，……乞外任避之，通判杭州”（苏辙《东坡先生墓志铭》）。苏轼非常仰慕白居易的为人，尝自称“出处依稀似乐天”。这首怀古之作没有对竹阁作具体描写，仅以本色语点化白诗入己诗，就充分抒发了对白的思慕之情和眼前没有同调的孤独之感。苏诗好用典，并用得自然贴切，这首诗就是一个突出例子。

“海山”指海中仙山。《史记·秦始皇本纪》：“海中有三神山，名曰蓬莱、方丈、瀛洲，仙人居之。”“兜率”，兜率天，佛教所说欲界六天中的第四天，《景德传灯录》载释迦牟尼生兜率天。据传，唐会昌元年(841)有海商遭风，至蓬莱山，见一宫院名白乐天院，故白居易《答李浙东》诗说：“海山不是吾归处，归即应归兜率天。”苏轼诗的首联即用白居易诗中事，言无论是蓬莱山还是兜率天，皆茫然不见，所能见到的只有白居易当年为鸟窠禅师建的竹阁，仍然丛竹满轩。“无人”二字，既是写眼前景——竹阁的寂静；又是怀古，再也见不到白居易“晚坐松檐下，宵眠竹阁间”（白居易《宿竹阁》），诗一开头就充满了景是人非的感慨。

白居易《池上篇》说：“乐天罢杭州刺史，得天竺石一，华亭鹤二以归。”唐李远《失鹤》诗有“华表柱头留语后，不知消息到如今”之句，苏轼反用李诗之意，言李远为失鹤“留语后”至今仍“不知消息”而伤感，而白居易携华亭二鹤离杭时连“留语”也没有，只有竹阁翠竹（苍龙）还是当时所种竹子的后代。“白鹤”句扣“海山”句，“苍龙”句扣“古寺”句，两联都是以有（竹、竹阁）衬无（海山、兜率、白鹤），抒发了“前不见古人”的“茫然”之感。

颈联集中写竹，也是全用白居易诗中事。萧郎指唐代协律郎萧悦，工画竹，曾为白居易画十五竿，居易作《萧悦画竹歌》为谢，中有“举头忽见不似画，低耳静听如有声”之句，画之美者如真，白诗即赞萧悦之画有如真竹；物之美者如画，苏诗即赞竹阁之竹有如萧画。渭指渭水，源出甘肃渭源县鸟鼠山，东流经关中平原，在潼关入黄河。这里盛产竹，《史记·货殖列传》说："齐鲁千亩桑麻，渭川千竿竹。"白居易是渭南人，有《退居渭上村》诗，其《池上篇》又有"十亩之宅，五亩之园。有水一池，有竹千竿"语。颈联对句即以白居易退居之地渭上村代居易，"空怀"二字更点明了全诗主旨。

竹阁有白居易遗像，苏轼《竹阁见忆》可证："柏堂南畔竹如云，此阁何人是主人？但遣先生(指词人张先)披鹤氅，不须更画乐天真。"维摩诘是毗耶离城中的大乘教主，与释迦牟尼同时，曾以称病为由向释迦牟尼派去问讯的舍利弗、弥勒、文殊讲说大乘教义。据《旧唐书·白居易传》载，居易"儒学之外，尤通释典"；"栖心释梵，浪迹老庄。"白晚年退居洛阳香山，"与香山僧如满结香火社，每肩舆往来，白衣鸠杖，自称香山居士。"故苏轼以维摩诘喻白居易。最后两句是说，既见不到白居易其人，只好以自己的新诗叩问竹阁中的居易像。但其遗像正像维摩诘，默然无语，诗人没有同调的孤独之感自在言外。

(曾枣庄)

有美堂暴雨

游人脚底一声雷，满座顽云拨不开。
天外黑风吹海立，浙东飞雨过江来。
十分潋滟金樽凸，千杖敲铿羯鼓催。
唤起谪仙泉洒面，倒倾鲛室泻琼瑰。

熙宁六年(1073)，苏轼任杭州通判时作此诗。有美堂在西湖东南面的

【鉴赏】

吴山上，为杭州知州梅挚于嘉祐二年(1057)所建。堂名“有美”，乃取自宋仁宗赐梅挚诗“地有吴山美，东南第一州”中的二字。

乍读此诗，常使人错以为是截取古风诗中的一段，其气势、节奏和结构与一般的七律颇不相同。例如，开篇便不取律诗寻常开合之法，而是直接将大暴风雨的声势突兀展现出来。俗话说高雷无雨，一旦雷起脚底，其雨势便可想而知了。“一声”二字，更显出雷霆之迅烈。第二句，“云”上冠一“顽”字，已见云层之厚重浓密，再接一个强烈的动词“拨”，拨而不开，笼罩满座，更兼脚底霹雳，其景其情，历历如在目前。

接下一联，诗人更舒笔大写暴雨突来、风起云涌之势。风本无形无色之物，何以色黑？海又何以能掀立半空？但非如此写，其波澜壮阔之貌，惊心动魄之状，便不能形容得如此淋漓尽致。“吹海立”是从杜甫《朝献太清宫赋》“四海之水皆立”句化出。古代以钱塘江为浙江，浙东乃指钱塘江以东的地区。这句中连用三个动作延续性较长的动词“飞”、“过”、“来”，极为生动地展示出大雨自远而近、横跨大江、呼啸奔来的壮观奇景。这种对暴风雨作动态的过程描绘，令丹青妙手为之缩手。

本诗题为“有美堂暴雨”，然直到第四句，才写及雨之飞来，前半重心，乃在写其“暴”，故诗人饱蘸浓墨，大笔勾勒云雷天风，显现其倾天泼海之势，接下才真正转到正面写雨，因而，雨未下，而其势已见。

五六两句，或状形，或绘声，写实写意兼用，表现诗人站在吴山高处对暴风雨的独特感受。前句化用杜牧《羊栏夜宴》诗“酒凸觥心潋滟光”，潋滟是水满溢动的样子，这里是形容雨中的西湖像一樽酒满将溢的金盏。在艺术上，“白发三千丈”式的扩展事物原貌是夸张，为达到特殊效果而缩小其比例，也是一种夸张。在诗人俯瞰之中，偌大的西湖，仿佛只是天地间的一只酒杯，其气魄之雄奇实不亚于李贺的“一泓海水杯中泻”(《梦天》)。羯鼓是一种西域乐器，“其声焦杀鸣烈，尤宜促曲急破”(见南卓《羯鼓录》)。唐代宋璟曾描述击鼓"手如白雨点"，苏轼反用其意，以羯鼓之急促状雨点之骤密，铿锵澎湃之声，如万鼓齐奏。

《旧唐书·李白传》载："玄宗度曲，欲造乐府新词，亟召白，白已卧于酒肆矣。召入，以水洒面，即令秉笔，顷之成十余章。"苏轼于跳珠泻玉般的急雨中，由上联的酒的意象联想到李白故事，不禁忽发奇想：该不是天帝欲造新词，便倾水洒面，以唤起"谪仙人"李白，于是这珍珠琼玉般的仙泉洒落人间，即化作这满天的大雨了。全诗便在这"心游万仞"的奇想中戛然而止。

苏轼在这首诗中，似乎有意背离中国古代"诗以言志"的传统和微言大义式的象征暗示手法，完全站在客观地位，充分发挥自己的全部感受能力，任凭想象力驰骋于大自然的奇观之中。其创作态度，其笔法，恰如写生画家即兴挥毫，临摹自然实景。诗人正是通过这种纯粹客观式的画面，使人们领略到大自然的壮丽雄奇的景色。当然，透过这画面，我们也同样能感受到诗人创作时起伏激荡的情绪。在具体写法上，诗人紧紧扣住疾雷、迅风、暴雨的特点进行刻画，使全诗的节奏和气势亦如自然风暴般急促，来如惊雷，陡然而至，令人应接不暇；去如飘风，悠然而逝，使人心有余悸。其用词之瑰丽，其想象之奇特，无不令人想到唐代诗人李贺，但其气势之奔腾不羁，其韵律之琅琅悦耳，却又超越李贺，分明显示出苏轼个人的特色。

（胡晓晖）

八月十五日看潮五绝[1]

定知玉兔[2]十分圆，已作霜风九月寒。
寄语重门休上钥，夜潮留向月中看。

【原文】

万人鼓噪慑吴侬[3]，犹似浮江老阿童。
欲识潮头高几许？越山浑在浪花中。

江边身世两悠悠，久与沧波共白头[4]。
造物亦知人易老，故教江水向西流[5]。

吴儿生长狎涛渊[6]，重利轻生不自怜。
东海若知明主意，应教斥卤[7]变桑田。

江神河伯两醯鸡[8]，海若东来气似霓。
安得夫差水犀手，三千强弩射潮低[9]。

〔注〕 ①《苏诗集注》查慎行注引"乌台诗案"：熙宁六年，任杭州通判，因八月十五日观潮作诗五首写在安济亭上，前三首并无讥讽，至第四首言弄潮人贪官中利物，其间有溺而死者，故朝旨禁断。又谓主上好兴水利，不知利少害多，正如斥卤之地变为桑田，为事之必不可成者。 ② 玉兔：旧说月中有玉兔蟾蜍（见《五经通义》），后世因以玉兔代月。 ③ 吴侬：吴人称我为侬（见《南部烟花记》）。 ④"久与"句：语本白居易《九江北岸遇风雨》："白头浪里白头翁。" ⑤ 江水西流：指海水上潮，江水势不能敌，所以出现逆流情况，随潮西流。 ⑥ 涛渊：指有涛澜的深水。 ⑦ 斥卤：海边盐碱地。⑧ 醯鸡：《庄子·田子方》："孔子见老聃曰：'丘之于道也，其犹醯鸡乎，微夫子之发吾覆也，吾不知天地之大全也。'" ⑨ 自注："吴越王尝以弓弩射潮头，与海神战，自尔水不进城。"

这五首钱塘看潮七绝，作于神宗熙宁六年（1073）中秋，作者当时任杭州通判。

【鉴赏】

我国沿海潮汐，以钱塘江海潮最为壮观。每当农历八月十五至十八日，潮势汹涌澎湃，比平时大潮更加奇特，潮头如万马奔腾，山飞云走，撼人心目。历代诗人，多有题咏。苏轼这组七绝，是其中名作。

第一首开头两句："定知玉兔十分圆，已作霜风九月寒。"首句点明中秋。"月到中秋分外明。"这年中秋，适逢晴朗，所以作者预知月亮十分团圞，心情也倍加欣喜。次句写晴秋的夜晚，风里带有霜气，虽在仲秋，因地近钱塘江入海之口，已有九月的寒意。作者设想在月夜看潮，海滨一定是比较清冷的，而景象一定也更加奇妙。三四两句："寄语重门休上钥，夜潮留向月中看。"作者此时住在郡斋，所以招呼管门的小吏说："这重门休得上锁，我将要在月夜看潮呢！"白居易有忆杭州词："山寺月中寻桂子，郡亭枕上看潮头。"（《忆江南》）苏轼和白居易不同，他要亲临海塘看取潮势，并在中秋月夜看潮，这兴致比白居易的"郡亭枕上看潮头"显得更高了。这一首只是作出看潮的打算，是一组诗的开头。

第二首前两句："万人鼓噪慑吴侬，犹似浮江老阿童。"连用两个比喻，描绘潮来的威势。先写所闻，次写所见。怒潮掀天揭地呼啸而来，潮头奔涌，声响洪大，有如万人鼓噪，使弄潮和观潮的吴侬，无不为之震慑。这第一句中，暗用了春秋时代吴越战争中的一个故事。鲁哀公十七年（前478），越国军队在深夜中进攻吴军的中军，就在战鼓声中，万军呼喊前进，使吴军主力于震惊之余，一败涂地。作者借用这一战役越军迅猛攻坚的声威，来比喻奔啸的潮头，可说非常形象。在第二句中，作者又用另一个威势壮猛的比喻，说是怒潮之来，有如当年王阿童统率长江上游的水军，浮江东下，楼船千里，一举攻下吴都建业（今江苏南京）。阿童是西晋名将王濬的小名。如读过刘禹锡《西塞山怀古》"王濬楼船下益州，金陵王气黯然收"的诗句，便可以想见当日的军威。这两个借喻，都从海潮的气势着笔，是实景虚写，借以开拓人们的想象力。第三四句："欲识潮头高几许？越山浑在浪花中。”是实景实写。前两句写潮势之大，这两句写潮头之高。“欲识”句故作设问，以引出“越山”句的回答。这潮头究竟有多高呢？越山竟好似浮在浪花中间了。越山近指吴山和凤凰山，远指龛山和赭山，龛山、赭山在萧山境内对峙，形成海门。现在看来，海门在苍茫浩瀚的潮水中，潮头似卷越山而去，白浪滔天，怒潮如箭，诗的境界，也仿佛图画一样展现在人的眼前了。

第三首，抒写看潮后兴起的感慨。作者乘兴观潮，本为纵览海潮壮观而来，此刻却顿起身世之感。感叹自己由京城调任在外，身世悠悠，浑无定所，和江边的潮水一样，潮去潮来起落不定。所以起句说“江边身世两悠悠”，以示悠然长往，不知何时有个归宿？而年华易逝，白发易生，只怕长此以往，也像沧海波涛那样，不时掀起白头雪浪，自己也要成为“白头浪里白头人”了。第二句，“久与沧波共白头”，正是在这样情况下产生的感想。后两句：“造物亦知人易老，故教江水向西流。”作者看到海潮上溯，竟能逼使江水随潮西流。江水本不能西流，但因不能与潮势相敌，居然出现西流的情景。作者设想，这可能是造物体会到人有易老的心情，遂教江水也有西流之日，以示人生未必无再少之时，将来返回朝廷仍然有望。（按：作者外迁，是因对当时王安石推行新政，持有不同的意见，所以有这样的感慨。）

第四首，是作者以地方官的身份，因看潮而抒发的议论。这首诗包含两层意思：一是怜惜弄潮人的重利轻生，一是讽喻当时朝廷兴建水利多不切实际，害多利少，难有成效。前两句说：“吴儿生长狎涛渊，重利轻生不自怜。”因为弄潮的人，贪得官中利物，他们冒险踏波，常有被溺死的危险。但吴越儿郎，多习于水，狎玩浪潮，不知警戒。虽然当时也曾有旨禁止弄潮，但终不能遏止。作者时为杭州通判，对吴越人的重利轻生，产生怜悯的心情。后两句诗说：“东海若知明主意，应教斥卤变桑田。”作者揭露了当时官府里的一种矛盾，即一方面是明令禁止弄潮，一方面主上又好兴水利，好大喜功，不衡量利害得失。导致弄潮者又被吸引到这种水利工程中来，所以朝旨禁断,绝无成效。这两句诗的意思是:“东海的海神,倘若知道当代君王的意旨,应该让海边盐卤之地,一齐变成肥腴的桑田,那么弄潮人就可以不必再行弄潮,而兴办海滨水利之事,也就可以大显成效了。”诗句中确实带有讽刺的意味,因为斥卤变为桑田,一般说来,只是神话,是属于事之必不可成功者。既然断难有成,而又兴办不止,则弄潮人的灾难,也就难以摆脱。在这组诗中,只有这两句含有讥讽。但后来的“乌台诗案”,却把全诗都系于册子之内。指控为谤讪朝廷,御史李定、舒亶、何正臣等人,更联系苏轼居官地方的其他诗作,大肆诬陷,想把作者置于死地,形成了前所未有的诗狱,并累及作者的许多友人。现在重温此诗,可见宋代党祸冤酷的一个侧面。

在第五首中,作者再次抒发观潮所得的感想,这首是组诗的最后一章,诗人纯从想象落笔。前两句:“江神河伯两醯鸡,海若东来气似霓。”是由观潮想到《庄子·秋水》所写河伯“望洋兴叹”这个故事。“秋水时至,百川灌河。”“泾流之大,不见涯涘。”河伯自以为“天下之美为尽在己。”等到他东行至海,看到汪洋浩瀚的大海涛澜,这才向海若表示自己的渺小。江神倘若东临大海,自然也会有同样的感受。长江大河也都有潮头。诗人表示如以江河的潮水,和这样雄伟的海潮威势相比,那么江神河伯就像小小醯鸡(即蠓蚋),是微不足道的。海若(海神名)从东方驾潮而来,潮水喷吐,就像虹霓一样,映着中秋的月色,这怒潮自然更加壮观。诗人这种来自看潮以后的观感,虽然出之以神奇想象的笔墨,显然是以事实为依据的。后两句:“安得夫差水犀手,三千强弩射潮低。”诗人感到如此威势巨大的潮水,要把它压低下来,使之为人民造福,是非常不易的。倘能得到当年夫差穿着水犀之甲的猛士,用上钱武肃王(钱镠)射潮的三千强弩,把它射服就范,兴许是个好事。“安得”两字,表明诗人的愿望,也是诗人的想象。这两句把两个历史故事,巧妙地联在一起,给人以强烈的印象。“水犀手”的故事,本出《国语·越语》:“今夫差衣水犀之甲者亿有三千。”因而战胜了越国，成为一时的霸主。射潮的故事，出自孙光宪《北梦琐言》的记载：吴越王钱镠，在建筑捍海塘的时候，为汹涌的怒潮所阻，版筑无成。后来钱王下令，造了三千劲箭，在叠雪楼命水犀军驾五百强弩，猛射潮头，迫使潮水趋向西陵而去，终于建成了海塘。这故事虽近神话，但说明了“人定胜天”的道理。诗人把夫差水犀军和钱王射潮两事融为一体，而引用上且稍有出入，但设想是颇为神奇的。诗人为官杭州，也曾在西湖中建成苏堤，拦阻湖西群山涧壑注入西湖之水，或使停蓄、或使宣泄，使之造福杭民。说明诗人也重视兴修水利，不过从实际出发，不是好大喜功，害多利少罢了。

综观这组看潮绝句，波澜壮阔，气象万千，有意到笔随之妙。在运笔方面，有实写，有虚写；有感慨，有议论；有想象，有愿望。淋漓恣肆，不落常轨，可见苏诗在风格上英爽豪迈的特色。

（马祖熙）

宿九仙山

风流王谢古仙真，一去空山五百春。
玉室金堂余汉士，桃花流水失秦人。
困眠一榻香凝帐，梦绕千岩冷逼身。
夜半老僧呼客起，云峰缺处涌冰轮。

苏轼这首七律作于杭州通判任上，时年三十八。他本就好入名山游览，现在由于政治上的郁郁不得志，便更加寄情山水，他曾说“天教看尽浙西山”（《与毛令方尉游西菩提寺》）、“踏遍江南南岸山，逢山未免便留连”

(《登惠山绝顶望太湖》),这首诗便是他熙宁六年(1073)游赏九仙山、夜宿无量院所作。

九仙山,诗人于题下自注:“九仙谓左元放、许迈、王、谢之流。”九仙山在杭州西,山上无量院相传为东晋葛洪、许迈炼丹处。首联叙题本事。一去,指王、谢仙逝,离开人世。五百春,举其成数而言。东晋开国元勋王导与孝武帝时的“风流宰相”[①]谢安,二人既是政治家,又好登山临水,苏轼慕之,因此特地从九仙之中提出他们二人作为代表,说具有超逸风度的王、谢二人,他们政事之暇,不喜处身人间烟火浓烈处,却常好登山临水,赏玩自然美景,真可称得上是古代仙人式的游山客(真,也就是仙的意思。)。可是自从他们逝世以后,到这座仙山来游赏的风流人物很少,光阴如白驹过隙,山一空就是五百年。这两句之中还含有诗人的言外之意:今日我逸兴勃发,步武王谢,登览此山,方使空山又有知音。

颔联点化本事。“玉室”句,《晋书·许迈传》载,许迈在写给友人王羲之的信中道:“自山阴至临安,多有金堂玉室,仙人芝草,左元放之徒汉末诸得道者皆在焉”,即此句所本。金堂玉室,指华美的道观,昔时仙人道士炼丹之地,今已成佛寺——无量院。余汉士,指院内尚竖立着左元放等得道之士的泥塑偶像。“桃花”句,陶渊明《桃花源记》记武陵人寻访到桃花源,遇居民“自云先世避秦时乱,率妻子邑人,来此绝境”,秦人,指这些居民,这里代指王、谢等“九仙”。这一联说,诗人白昼游览九仙山时,只见山上桃花盛开,山涧流水淙淙,清静幽美,一似陶靖节笔下的桃源仙境,不过那些“秦人”却遍寻无着,唯在古玉室金堂之中,尚能瞻仰到左元放等人的塑像。真是景物依旧而人事全非了。

颈联点题。岩,高峻的山。白日尽兴游览,晚上一进无量院,诗人便感到困惫不堪了,所以他赶忙钻进帐内,倒在床上。在缭绕帐边的浓郁香气中，迷迷糊糊，酣然入睡。不料，日有所思，便夜有所梦，一进梦乡，诗人恍恍惚惚，觉得自己又在那些数不清的高峻山峰之间游赏着，而山顶冷风凛凛，寒气逼身。这里“冷逼身”乃一笔兼写虚实二境。虚者，“冷逼身”乃诗人梦中所感也；实者，诗人睡在山上无量院中，山高本冷，又值深夜，冷风袭人，传导入梦，梦中人便觉得“冷逼身”了。

尾联写夜半赏月。冰轮，月亮。客，诗人自指，因其作客无量院，故云。夜半时分，诗人正游于梦境之中，却被无量院中老僧唤醒。原来老僧素知苏轼游兴最浓，故而唤他起来领略美景。诗人赶快披衣出屋，在老僧的指点下，翘首仰望天宇，只见云如峰群，缓缓移动，峰峦缺处涌出了一轮白玉盘也似的圆月，影影绰绰，似见吴刚蟾蜍，疑非人间，诗人快乐得几乎要“起舞弄清影”了。“云峰缺处涌冰轮”，清新自然，生动形象，是写景名句，无量院中有冰轮阁，即因此句得名。

这首诗在晤对美景、神交古仙人的描写之中，吐露了诗人带着一肚皮的不合时宜、到大自然的怀抱之中去寻求慰藉的情怀。然而，它没有露在诗的表面，而是织进了字里行间，须知人论世，方能味到。由此，这首诗也就比单纯的游山诗，更富意趣了。

〔注〕 ① 风流宰相：《南史·王俭传》：王俭“常谓人曰：‘江左风流宰相，惟有谢安’，盖自况也。”

（周慧珍）

书双竹湛师房二首

我本江湖一钓舟，意嫌高屋冷飕飕。

美师此室才方丈，一炷清香尽日留。

【原文】

暮鼓朝钟自击撞，闭门孤枕对残釭。
白灰旋拨通红火，卧听萧萧雨打窗。

此诗是苏轼在熙宁六年(1073)为杭州广严寺住持湛师而作。双竹，广严寺内有竹林，因所生竹皆成双作对，故又名双竹寺。

这二首抒写诗人游宿山寺的日常生活情景的小诗，独具艺术匠心。作者不是先写出游山寺的景物与情事，而是从“我”落笔，抒发情怀。这种写法在其他题画诗中亦可见到，如《书晁说之〈考牧图〉后》中所写：“我昔在田间，但知羊与牛。”由自抒情思而进入题画。这里第一首起二句“我本江湖一钓舟，意嫌高屋冷飕飕”亦是同样机杼。“一钓舟”是化用杜甫《将赴荆南寄别李剑川》：“天入沧浪一钓舟”的诗意。浪迹江湖之上并非诗人本意，不过反映了政治上受压抑的失意情绪。紧接着“意嫌”一句，对深居高屋感到意冷心寒。冷飕飕，寒冷的样子。这种“高处不胜寒”的感觉，难道不是诗人内心对官场生涯的厌倦情绪的流露吗？在熙宁变法的革新浪潮中，苏轼因政见不合，自请离京外任，企图暂时避开这纷繁复杂的斗争漩涡。他在《初到杭州寄子由二绝》中说：“眼看时事力难任，贪恋君恩退未能”。他就是怀着抑郁不得志但又不忍隐退的矛盾心情来到山清水秀的杭州。起二句正是他那烦恼心绪的真实写照。

三四句“羡师此室才方丈，一炷清香尽日留”。诗人运转笔锋，写湛师清净的坐禅之处。据宋人编《集注分类东坡诗》引《维摩经》言，“三万二千师(狮)子座入维摩方丈室中，无所妨碍”。诗人钦羡这了无尘俗的方丈之室，那飘散着的一股淡淡的香雾云烟，终日在禅房四周缭绕不止，显现出一种清净而肃穆的气氛。这种情调并不意味着作者欲皈依佛门，而只是借以排遣郁积内心的烦恼。

【鉴赏】

第二首(宋何汶《竹庄诗话》题作《宿余杭山寺》),写诗人夜宿寺院的心境。起二句"暮鼓朝钟自击撞,闭门孤枕对残釭",承接上首。寺僧暮鼓晨钟,参禅礼佛,而诗人对此是闭门不问,任他自起自息,只是对着渐渐暗淡的灯光,孤枕而眠。

三四句"白灰旋拨通红火,卧听萧萧雨打窗。"细致地刻画了作者住宿山寺的情景。在这风雨之夜,山寺内残灯将灭,诗人亦将就寝。他刚拨开一层白色的烟灰,就发现里面还有一团通红的火焰,旋拨旋起。这既是写炉火,但又何尝不是写诗人心中难以熄灭的热情之火?虽然政治上的失意,使他苦恼,时而消沉,但他"奋厉有当世志"的意愿并没有消失。这种矛盾复杂的心情使他久久不能入眠。那萧萧风雨打窗声,仿佛把他带进了熙宁变法的浪潮中。他记得熙宁初期,时议纷争,自己数次上书陈述政见,然而不为执政者所容忍。当他离京赴杭州时,他的中表兄弟文同为之担忧,并作诗规劝说:"北客若来休问事,西湖虽好莫吟诗"。然而"口快笔锐"的诗人是听不进去的。如今夜宿山寺,辗转不寐,似乎又在吟诗了。诗篇以"卧听"句收结,与上篇首联自我抒怀相呼应,余韵不尽,耐人咀味。

这二首诗意脉连贯,充分反映了诗人"踏遍江南南岸山,逢山未免更留连"(苏轼《惠山谒钱道人烹小龙团登绝顶望太湖》)的情意。南宋何汶在《竹庄诗话》卷十七引《冷斋夜话》云:"山谷(黄庭坚)尝言天下清景,初不择贵贱贤愚而与之,然吾特疑端为我辈所设。……东坡《宿余杭山寺》诗云云。人以山谷之言为确论。"从诗中所写宁静、清淡的境界来看,作者不仅在于客观地再现山寺的清景,而且融情于景,通过清新通脱的语言,抒写了主观情思,表现了超旷的襟怀,使读者咀嚼到一种隽永的意趣。清人纪昀评此诗说:"意自寻常,语颇清脱"。也就是说,在极为平淡的诗意中,可领略到清脱深永的滋味。

(曹济平)

【原文】

夜至永乐文长老院，文时卧病退院

夜闻巴叟卧荒村，来打三更月下门。
往事过年如昨日，此身未死得重论。
老非怀土情相得，病不开堂道益尊。
唯有孤栖旧时鹤，举头见客似长言。

永乐即永乐乡，在秀州(今浙江嘉兴)西北十五里。文长老即蜀僧文及。文长老院，唐代叫报本禅院，宋代应文及之请，改名本觉寺。苏轼通判杭州期间，曾三次过访秀州本觉寺。第一次在熙宁五年(1072)十二月，文已年老，作《秀州报本禅院乡僧文长老方丈》诗；第二次在熙宁六年十一月，文已病重，题此诗；第三次在熙宁七年五月，文已去世，作《过永乐，文长老已卒》，有"三过门间老病死，一弹指顷去来今"句，概括了他同文长老的全部交往。

首联点清题面，夜至永乐，闻文及病，不顾一路辛劳，虽已三更，还特往看视，突出地表现了他对乡人的关切之情。颔联出句是对前一年相会的回忆。从熙宁五年十二月至六年十一月已越一年，故云"过年"。一年之别，时隔不远，"往事"还历历在目，故云"如昨日"。从《秀州报本禅院乡僧文长老方丈》诗可看出他们初次相见的谈话内容："万里家山一梦中，吴音渐已变儿童。每逢蜀叟谈终日，便觉峨眉扫翠空。师已忘言真有道，我除搜句百无功。明年采药天山去，更欲题诗满浙东。"苏轼抱怨自己离开家乡太远太久(其实才四年，苏轼是熙宁元年冬守父丧期满离家的，从此未再返蜀)，连小孩的口音都变了。因此，每逢乡人就特别亲热，整天谈说巴山蜀水的秀丽。他羡慕文及的得道忘言，生活安闲；感叹自己因与王安石政见不合，出任杭州通判，除作诗外，一事无成。表示已无心过问政事，只愿遍赏浙东山水，题诗采药而已。这就是“往事”的具体内容。颔联对句又回到眼前，言自己所幸未死，得以重温旧情。颈联说他们间友情甚深，并非因为同怀乡土，而是因为情投意合。这是否定一面以加强另一面的写法。其实，“怀土”正是他们“情相得”的重要原因，不但文及生前苏轼所说“每逢蜀叟谈终日，便觉峨眉扫翠空”足以证明这点，而且文及死后苏轼所说“存亡见惯浑无泪，乡井难忘尚有心”也证明共同的怀乡之情是联系他们的重要纽带。颈联对句是对文及的慰藉之词，言文及虽然卧病退院，不能开堂讲道，其道却更受人尊敬。此诗尾联特妙，妙就妙在“能状难写之景如在目前，含不尽之意见于言外。”（梅圣俞语，见欧阳修《六一诗话》引）如果要直接描写文及的病情严重，很难下笔，且不知要费多少笔墨。苏轼以旧时识客的孤鹤举头见客，长声哀鸣作结，而冠以“唯有”二字，文及病得难以交谈之意已在其中了。连孤鹤都为主人病重而哀鸣，作为乡人的苏轼，其难过之情就不言自明了。孤鹤的举头、见客、长言，既写出了它的活动的全过程及其哀伤的神情，又造成一种孤寂、清冷、悲凉的气氛，增强了全诗的抒情色彩，给读者留下了回味的余地。

苏轼早年诗本以“气象峥嵘，彩色绚烂”（《与侄书》）见长，这首诗却具有他晚年诗的平淡风格。平淡不是枯淡，而是外枯中甘，淡而有味，通过平淡的叙事，抒发了对乡人深厚的关切之情。

（曾枣庄）

过永乐文长老已卒

【原文】

初惊鹤瘦不可识，旋觉云归无处寻。

【原文】

三过门间老病死，一弹指顷去来今。
存亡惯见浑无泪，乡井难忘尚有心。
欲向钱塘访圆泽[1]，葛洪川畔待秋深。

〔注〕 ① 圆泽：唐人袁郊《甘泽谣》载，李源与僧圆观友善，圆观与源约定，待他死后十二年，在杭州天竺寺相见。十二年后，源到寺前，有一牧童唱道："三生石上旧精魂，赏月吟风不要论。惭愧情人远相访，此身虽异性长存。"《太平广记》三八七亦作圆观。但苏轼后删节《甘泽谣》成《僧圆泽传》，则作圆泽，想必有所本。

熙宁四年(1071)六月，苏轼因议新法和王安石不合，以太常博士直史馆通判杭州，十一月到任。次年末，因事到秀州(今浙江嘉兴)，过永乐乡，游报本禅院，遇到一个四川同乡在那儿住持，名叫文及，苏轼写了一首诗，题为《秀州报本禅院乡僧文长老方丈》说："万里家山一梦中，吴音渐已变儿童。每逢蜀叟谈终日，便觉峨眉翠扫空。师已忘言真有道，我除搜句百无功。明年采药天台去，更欲题诗满浙东。"熙宁六年十一月，苏轼赴常州赈饥，又过秀州，夜过永乐，至报本禅院，这时文及已卧病退院，苏轼又做一首《夜至永乐文长老院，文时卧病退院》。次年五月赈饥事毕回杭，再至报本禅院，文及已圆寂，因而又写了这首悼诗。

这首诗对前二首诗来说，是总束两人的几次会面。首句写上次见面时文及的病容使人吃惊，次句写今天来文及已死。"初惊"、"旋觉"两句使人觉得来如飘风骤雨，纯出意外。"鹤瘦"、"云归"指病和死，非常切合和尚的身份。(唐末五代诗僧贯休不受钱镠改诗的无理要求，就说："闲云野鹤，何天不可飞！")"不可识"、"无处寻"，读之有空虚无常之感，正显出悼念僧人不同于世俗的特点。三四两句是有名的巧对。"三过门间"、"一弹指顷"、

【原文】

“老病死”、“去来今”，扣紧佛家术语和两人交往的事实。第一句讲两人交往。佛家以生老病死为四苦，这样写，从自己说，是感慨世事无常；对文及说，似有解脱意。佛家以“去来今”为三世，这里暗伏结语来世因缘的意思在内。这两句是流水对，语气直下。如果全用这样的方式，诗易流于滑易。五六句就作一顿挫，“存亡惯见”，重在“惯”字，见亡应流泪，却接以“浑无泪”三字，语特沉重。由文及的圆寂推向已逝的师友，作者的诗集中，在这几年写了不少挽诗。“存亡”二字着眼于“亡”。见亡而泪如泉涌，固然可以表示悲感之深，而泪泉已竭、无可再流则更为沉重，或许是因为习以为常而麻木无泪，心头的沉重更甚于有泪如雨，作者重在此点。作者与文及的交往是因同乡而起，联系他写的第一首，更易体会“尚有心”的含意。见同乡死于他乡，见亲朋日渐凋谢，更加深对乡井的怀念，感到归耕无日。这“尚有心”三字又和结语引用《甘泽谣》的故事相联系。

结尾两句，前人夸为用典极切，是和尚和儒生的公案。用圆泽比文及，既赞美他道行高，和第二首“病不开堂道益尊”相应；又有前缘未尽的思念之情。所以这个结尾，前人特别乐于称道。这样正好为三首诗作一总结。赵克宜评说：“意沉着而语流美，七律佳境。”这是搔着痒处的，因为它一气呵成，前四句倾泻而出，后四句如纪昀所评，是“曲折顿挫”。特别是五六一联意极沉着而笔却飞动，引出尾联，使人有语尽而情意无尽之感。

（周本淳）

与毛令方尉游西菩寺二首

推挤不去已三年，鱼鸟依然笑我顽。

人未放归江北路，天教看尽浙西山。

【原文】

尚书清节衣冠后，处士风流水石间。
一笑相逢那易得，数诗狂语不须删。

路转山腰足未移，水清石瘦便能奇。
白云自占东西岭，明月谁分上下池。
黑黍黄粱初熟后，朱柑绿桔半甜时。
人生此乐须天赋，莫遣儿曹取次知。

诗写于熙宁七年(1074)杭州通判任上，时诗人年三十九。“西菩寺”一作“西菩提寺”。寺在於潜(今浙江临安)西的西菩山，始建于唐天祐年间，宋时易名为“明智寺”。毛令，於潜县令毛国华。方尉，於潜县尉方武。是年苏轼因察看蝗灾，过於潜，八月二十七日与毛、方二人同游西菩寺，作此二诗。

苏轼生性爱好登山临水，对祖国山河具有浓厚的兴致。政治上的失意，使他更加纵情于山水之间，以领略人生的另一种乐趣。这组七律，即既写其游山玩水之乐，又抒其心中感慨。

第一首前二联诗人的万端感慨已涌现于笔端了。诗人自熙宁四年十一月到杭州任，至此时已届三年。三年来，虽与知州陈述古唱酬往还，交谊颇深，但仍遭人排挤，故曰:“推挤不去已三年”。仕途既艰，则该稍敛锋芒。熙宁初，因为诗人数次上书论新法不便于民，退而亦多与宾客讥诮时政，其表兄文同就极不以为然，故在他出为杭州通判时，就有《送行诗》相赠:“北客若来休问事，西湖虽好莫吟诗”，可是诗人不听，继续不断作诗讥刺新政，诸如《山村五绝》、《八月十五日看潮五绝》等等，不一而足。所以诗人自己也觉得好笑:这就怪不得连那鱼鸟也要嘲笑我的顽固不化了。首联诗人慨叹自己实在过于“赋性刚拙，议论不随”（见《乞罢学士除闲慢差遣劄子》），便也怨不得自己不能“放归江北路”了。江北路，指回京师汴京（今河南开封）之路，汴京在长江以北，故云。诗人杭州之任，虽属自愿请行，但也形同放逐（那是由于政敌的攻击，不使安于朝廷），因道：放逐南来，既未蒙赐环，我也就乐得任性逍遥，这可是天教我“看尽浙西山”了。浙西，据李吉甫《元和郡县志》，浙西有州六：润、常、苏、杭、湖、秀，这一带是山明水秀之区，真够诗人尽兴游赏的了。颔联在达观之言的后面，强抑着内心的愤懑。

诗人为首，一行三人，迤逦而行，尽管感慨丛生，然而去游寺，毕竟是令人高兴的事，故而下面二联便转笔写同游者，写他自己随兴赋诗的心情。尚书，指曹魏尚书仆射毛玠。玠典选举，所用皆清正之士，故太祖（曹操）尝叹曰：“用人如此，使天下人自治，吾复何为哉！”（《三国志·魏志·毛玠传》）衣冠，指士大夫阶级。处士，古时称有才德而隐居不仕的人，此处则指唐末诗人方干。干字雄飞，终身不仕，隐居于会稽（今浙江绍兴）鉴湖之滨，以渔钓为乐，时号“逸士”（义同“处士”）。颈联先赞美县令毛国华是有清风亮节的毛尚书之后（这是赞美之词，实际上毛国华并非毛玠后人），又将县尉方武比作“风流水石间”的处士方干。同游者既都是清流雅望之士，诗人自然觉得十分难得：“一笑相逢那易得”，由不得他不兴致勃勃起来。诗人兴来必要赋诗，又自以为“数诗狂语不须删”——这几句诗乃我率真狂放的本色之言，不必过于认真，推敲删改。

其时三人已来到了寺前，故第二首方始入题写游寺。一二联描写寺景。首联概写。众人驻足观赏，故曰“足未移”，而脚下之路却逶迤盘陀，早已绕过了西菩山腰，因说“路转山腰”。这时，对大自然的奇妙美景一向有敏锐观察力的诗人，于俯仰之间，已经发现了西菩寺内、外的奇景：“水清石瘦便能奇”。颔联便分写水、石奇境。《於潜图经》云：“寺前有东西两山，或有云晦，遥望如岭焉”，《咸淳临安志》曰：“明智寺中，有清凉池、明月池”，寺景所奇便在此二山、二池上。诗人如此描写:先承“石瘦”写两山:“白云自占东西岭”。两峰屹然,直插云霄,白云浪涌,时掩峰顶,其情景便仿佛是那白云自己占据了东、西二岭。又承“水清”写二池:“明月谁分上下池”。天已向晚,一轮明月早已钻出了云缝,它一视同仁,不分上下,使两池共婵娟,而池水清澈,漾出了一双月影。在这两联中,诗人将他诗家的眼光所捕捉到的景物特点,以奇特的想象和灵动的笔致,加以渲染,便使那客观景物染上了浓厚的主观色彩,情态逼真,奇趣横生,生动地展现了西菩寺的无限奇妙风光。

颈联的描写,又变换了手法。诗人在游目庭院、田野时,看见了累累秋实:初熟的小米、高粱、半甜(半熟)的柑和桔,就重研丹青,为它们分别抹上了黑、黄、朱、绿四种较实物更为浓艳而鲜明的色彩,绘成了一幅色泽斑斓的秋色图。入胜境而观奇景、美景,诗人的游览之乐于此时便达到了极点,尾联便直说其乐:人生这种登山临水、探奇访胜之乐,是要由老天爷赐给的(言外之意:何况是老天爷特意赐给我的),可千万别让小儿辈们随随便便得知个中消息。方其时,诗人似乎已全然忘却了胸中深藏的许多烦恼了,实则非也。“天赋”已暗兜“天教”,分明有慨;而“莫遣”句,出自《晋书·王羲之传》:“羲之既去官,与东土人士尽山水之游,……谢安尝谓羲之曰:‘中年以来,伤于哀乐,与亲友别,辄作数日恶。’羲之曰:‘年在桑榆,自然至此,顷正赖丝竹陶写,恒恐儿辈觉,损其欢乐之趣’。”诗人之意为:自己的探胜幽趣,如果让儿辈们知道,也会遭到非议,使人败兴。虽有这种言外之意在,又妙在比前首更为含蓄。

钱基博曾说:苏轼“好为嘻笑,虽羁愁之文,亦出以嘻笑,萧然物外,逸趣横生,栩栩焉神愉而体轻,令人欲弃百事而从之游焉”。移来品评此诗情调,也颇切当。然而此乃坡公胸怀使然,他人难以学到。在艺术上,二诗于随意吐属、一气奔放之中,又属对精妙,格律精严,用毛、方二古人之典以切毛令、方尉之姓，毫无着力之痕，堪谓挥洒自如与意匠经营融合无迹的佳构。

（周慧珍）

捕蝗至浮云岭，山行疲苶[1]，有怀子由弟二首

西来烟障塞空虚，洒遍秋田雨不如。
新法清平那有此，老身穷苦自招渠。
无人可诉乌衔肉，忆弟难凭犬附书。
自笑迂疏皆此类，区区犹欲理蝗余。

霜风渐欲作重阳，熠熠溪边野菊香。
久废山行疲荦确，尚能村醉舞淋浪。
独眠林下梦魂好，回首人间忧患长。
杀马毁车从此逝，子来何处问行藏。

〔注〕 ① 疲苶（nié 聂阳）：疲倦，劳累。

此二诗是熙宁七年（1074）八、九月间东坡将离杭州通判任时所作。是年，东坡三十九岁。子由时任齐州掌书记，在济南。《咸淳临安志》："浮云岭，在於潜县南二十五里。"（於潜，浙江县，在临安西，位于分水港支流上。）东坡任杭州通判的三年中，年年都有水旱灾害，所谓"止水之祷未能踰月，

又以旱告矣”(《祈雨吴山》)。熙宁七年,京东旱蝗,“余波及于淮浙”(《上韩丞相论灾伤书》)。东坡因捕蝗至於潜,作此二诗寄子由,以抒发自己的抑郁之情。

第一首写捕蝗所感。首二句写蝗灾严重情况。飞蝗成阵,像弥天塞地的烟雾自西方蜂拥而来,虽秋田急雨,也比不上它那样迅猛、密集。东坡本年十一月到密州任《上韩丞相论灾伤书》追叙这段情况说:“轼近在钱塘,见飞蝗自西北来,声乱浙江之涛,上翳日月,下掩草木,遇其所落,弥望萧然。”其至於潜,又有《戏於潜令毛国华长官》诗云:“宦游逢此岁年恶,飞蝗来时半天黑。”此诗用一“塞”字、“遍”字,极写蝗势之烈。

三四两句痛斥当时官吏蓄意隐瞒灾情,不顾人民死活的罪恶行为。当时京东一带的某些地方官为了献媚执政,美化新法,竟公然隐瞒灾情,虚报“蝗不为灾”,甚至还宣称蝗虫能“为民除草”。诗人对这种鬼蜮行径,义愤填膺,他在《上韩丞相论灾伤书》中用自己亲身见闻,大声疾呼地加以驳斥说:(轼)“自入境,见民以蒿蔓裹蝗而瘗之道左,累累相望者二百余里。捕杀之数,闻于官者凡三万斛。然吏言蝗不为灾,甚者或言为民除草。使蝗虫为民除草,民将祝而来之,岂忍杀乎?”诗中“新法清平那有此”二句正是针对这一事实,为民请命,发出的愤怒呼声。诗人用揶揄的口吻说:既然你们矢口否认事实,说什么新法清平,一切都好,蝗虫不但不能为灾,反而会帮助农民除草;但蝗灾却是铁的事实,否认不了;那么,它又是从哪里来的呢?也许只能说是我这个倒楣鬼给带来的了!这是何等荒谬的逻辑!三四句喷薄而出,如闻其声。

五六句言为吏辛苦,欲诉无门,因而更加思念自己的亲人。“乌衔肉”用黄霸事。《汉书·黄霸传》说,黄霸为颍川太守,派了一个长年廉吏出外察访,嘱咐他要保密。这个廉吏不敢住宿邮亭,只好在路边弄饭吃,却碰上“乌攫其肉”。这事被人看见,告诉了黄霸。那廉吏察访回来，黄霸一见面就向他慰劳说："你真辛苦了，在路边弄饭吃，老鸦衔走了你吃的肉！"东坡用此事，言自己此次因捕蝗入山，风餐露宿，深感为吏之苦，欲诉无人，因而很想和子由谈谈；而山川阻隔，寄书无由，这就倍增痛苦了。"犬附书"用陆机事。《晋书·陆机传》记陆机在洛阳，常靠一条骏犬和家里人往来传达书信。二句用事精切，对仗工整，增加了语言表现力量。

七八句又回到捕蝗事上来，说自己虽然满腔义愤，欲诉无人，但仍然想要"理蝗余"，努力做好蝗灾的善后工作，这股傻劲，连自己都觉得有些可笑了。东坡的可贵处，正是这种即使在最困难的情况下，也要坚持为人民做好事的积极精神。他晚年在写给老朋友李公择的一封信上说：自己"虽怀坎壈于时，遇时有可尊主泽民者则忘躯为之；祸福得丧，付与造物。"一个伟大诗人，是需要这种献身精神的。

第二首着重写山行疲苦之感。一二句点明时令、景物。重阳将近，溪边野菊已开出耀眼金花。三四句纪行。自己久不登山，今天为了捕蝗来到这山石荦确的浮云岭，深感疲苦不堪；然而自己正处在壮年，豪情未减，偶逢一杯村酒，犹能醉舞淋浪，觉得精力有余。此二句从生理方面的感受作一抑扬。五六句是夜宿山村的感受。夜晚，独自一人在林木荫翳的山村野店住宿下来，一天的疲劳，暂时忘却，顿觉宠辱不惊，梦魂安稳；然而，这片时的安闲却唤起数年来世路奔波的许多回忆：那时局的动荡，党派的倾轧，仕途的巇崄，以及眼前这场特大蝗灾给人民带来的困苦，自己奔走呼号、欲诉无门的忿懑……这一切，不觉涌上心来。诗人用"人间忧患长"五字加以概括，真是感慨系之矣。此二句再从心理上的感受作此一段抑扬。全诗经此两度抑扬，声情跌宕，有力地表露了抑郁不堪之情，并很自然地带出了结尾二句。

结尾紧承"人间忧患长"意，想到今天这种疲于奔走、形同厮役的处境，不禁忿忿然说：我真想像冯良似的杀马毁车，从此遁去，至于所谓用行舍藏那一套，不必再去管它，你也用不着再来和我讨论了！《后汉书·周燮传》载：一个叫冯良的人，三十岁，为县尉，奉命去迎接上官，他“耻在厮役，因毁车马、裂衣冠”遁去，跑到犍为跟一个叫杜抚的学者学习去了。家里人满以为他死了，过了十多年他才回到家乡。东坡用此事，也和当天山行疲苦、情绪不好有关。“用之则行，舍之则藏”，这是孔子的教训。在封建社会里，一些持身谨严的士大夫对自己的出处进退总是比较认真的。东坡弟兄也经常谈到这一问题。两年多以前，东坡在《初到杭州寄子由二绝》诗中就说：“眼前时事力难任，贪恋君恩去未能。”说自己不愿奉行新法，只是由于贪恋君恩，未能决然引去。在捕蝗事后不久，东坡在去杭赴密道中寄给子由一首《沁园春》词又说：“用舍由时，行藏在我，袖手何妨闲处看。”认为出仕或归隐的主动权是完全掌握在自己手中的。今天因捕蝗疲苦这个具体事件的触发，天秤不觉偏到那一端了。这和第一首结尾“理蝗余”的积极态度看似矛盾，其实不然。应该看到，在东坡思想上，为人民利益而奔走和为了奉行新法而被人驱使是完全不同的两码事。两首诗的结尾不过各有侧重耳。《乌台诗案》提到“独眠林下”这四句诗时，东坡自己解释说：“意谓新法青苗、助役等事，烦杂不可办，亦言己才力不能胜任也。”这正是东坡的痛苦所在。当然，王安石变法在历史上是一种进步。但是也要看到新法本身并没有解决农民问题；加上新法执行中的某些偏差，给农民带来的不利。因此，不能因为不满新法就一概加以否定。读东坡这两首诗，应更多地着眼于他对人民的同情。

这两首诗写的是现实生活给诗人思想感情上的一次巨大冲激，抑扬顿挫，感慨遥深，用事精切，写出了内心深处的难言之情，也是亲兄弟间推心置腹的肺腑之言，所以特别真切动人。

（白敦仁）

【原文】

送 春

梦里青春可得追？欲将诗句绊余晖。
酒阑病客惟思睡，蜜熟黄蜂亦懒飞。
芍药樱桃俱扫地，鬓丝禅榻两忘机。
凭君借取《法界观》，一洗人间万事非。

《送春》是苏轼《和子由四首》中的一首。苏辙于熙宁七年(1074)春末任齐州(治所在今山东济南)掌书记时，作《次韵刘敏殿丞送春》，苏轼诗就是和这一首的，可称和诗的和诗。但苏轼《和子由四首》并非与原唱作于同时，因为其中的《首夏官舍即事》有“令人却忆湖边事”句，湖指杭州西湖，“忆”字表明作这四首和诗时已不在杭州。苏轼是熙宁七年八九月间由杭州通判改任密州知州的，十一月到密州任，苏诗旧注本系此诗于熙宁八年密州任上作，是大体可信的。

这是一首七律，律诗的格律已经很严，而次韵诗又多一重限制，不易写好。苏轼诗中的次韵之作竟达三分之一。有人指责他骋才，搞文字游戏。其实，艺术本来就是戴着枷锁跳舞，限制越严，表演越自由，越能赢得观众的喝彩。即以此诗为例，苏辙的原唱是：“春去堂堂不复追，空余草木弄晴晖。交游归雁行将尽，踪迹鸣鸠懒不飞。老大未须惊节物，醉狂兼得避危机。东风虽有经旬在，芳意从今日日非。”这当然不失为一首佳作，抒发了伤春之情，寄托了身世之感。但与苏轼和诗相比，却不能不说略逊一筹。无论就思想深度，还是就艺术水平看，和诗都超过了原唱。

原唱的首联是惜春，和诗的首联却语意双关，既可说是惜春，又可说是伤时,感伤整个"青春"的虚度,内涵丰富得多。出句以反问语气开头,着一"可"字,表示"青春"已无可挽回地消逝了,比原唱的陈述句"不复追",语气强烈得多。绊,羁绊。杜甫《曲江》诗有"何用浮名绊此身"句,苏轼反用其意,表示"欲将诗句绊余晖。"诗名虽也是浮名,但诗人已把功名事业一类浮名排除在外了,也就是"我除搜句百无功"、"更欲题诗满浙东"(《秀州报本禅院乡僧文长老方丈》)之意。青年苏轼"奋厉有当世志",本以"致君尧舜"为目的。但这种雄心壮志早已像春梦一般过去了。他因同王安石的分歧被迫离开朝廷,无法施展抱负,只好以"搜句"来消磨时光。这对他来说是很痛苦的,可见开头两句就感慨万端,有很多潜台词。

颔联紧承首联,进一步写自己的心灰意懒。《唐宋诗醇》说:"'酒阑'句是赋,'蜜熟'句是比,对句却从上句生出。"前句直赋其心灰意懒之情,以"惟"字加强语气;后句用一"亦"字,以黄蜂之懒比己之懒。颈联出句写景,遥接首句的伤春,"俱扫尽"的"俱"字说明春色已荡然无存;对句抒情,是"酒阑"句的进一步发挥,说自己淡泊宁静,泯除机心,不把老病放在心上。这一句是化用杜牧《题禅院》"今日鬓丝禅榻畔,茶烟轻飏落花风"句意。苏辙原唱颔联是比,颈联是赋,对仗平稳。苏轼和诗中间两联颇富变化,元人方回称其情和景相互交织,虚虚实实,"一轻一重,一来一往"(《瀛奎律髓》卷二十六);清人纪昀也说:"四句对得奇变,此对面烘托之法。"(《纪评苏诗》)

《法界观》,即《注华严法界观》,唐代杜顺述,宗密注。据苏轼自注,苏辙"近看此书",而他还"未尝见",故说"凭君借取"。苏辙原唱以伤春始,以伤春结,和诗尾联的内涵丰富得多,所谓"人间万事非"既包括了个人仕途的失意,也包括了对时局的感喟。而"一洗"二字,更表现出平时感喟甚深,想利用佛教华严宗圆融无碍之说洗却人间一切烦恼。苏辙喜作律诗,并严守格律。苏轼才气横溢,"妙年诗律颇宽,至晚年乃神妙流动。"(方回《瀛奎律髓》卷二十六）此诗尾联上句五仄落脚，下句不作拗救，正是“诗律颇宽”的表现。但读起来并不觉得他未守诗律，反能给人以“神妙流动”之感。

（曾枣庄）

寄刘孝叔

君王有意诛骄虏，椎破铜山铸铜虎。
联翩三十七将军，走马西来各开府。
南山伐木作车轴，东海取鼍漫战鼓。
汗流奔走谁敢后，恐乏军兴污资斧。
保甲连村团未遍，方田讼谍纷如雨。
尔来手实降新书，抉剔根株穷脉缕。
诏书恻怛信深厚，吏能浅薄空劳苦。
平生学问只流俗，众里笙竽谁比数？
忽令独奏《凤将雏》，仓卒欲吹那得谱？
况复连年苦饥馑，剥啮草木啖泥土。
今年雨雪颇应时，又报蝗虫生翅股。
忧来洗盏欲强醉，寂寞空斋卧空甒。
公厨十日不生烟，更望红裙踏筵舞！
故人屡寄山中信，只有当归无别语。
方将雀鼠偷太仓，未肯衣冠挂神武。
吴兴道人真得道，平日立朝非小补。
自从四方冠盖闹，归作二浙湖山主。

【原文】

高踪已自杂渔钓，大隐何曾弃簪组！
去年相从殊未足，问道已许谈其粗。
逝将弃官往卒业，俗缘未尽那得睹？
公家只在霅溪上，上有白云如白羽。
应怜进退苦皇皇，更把安心教初祖。

刘孝叔名述，湖州吴兴(今属浙江)人。熙宁初任侍御史，弹奏王安石"轻易宪度"，出知江州，不久提举崇禧观。苏轼所谓"白简(弹劾官员的奏章)威犹凛，青山兴已多"(《刘孝叔会虎丘》)即指此事。熙宁七年(1074)苏轼赴密州任途中与刘孝叔等六人会于吴兴，著名词人张先作"六客词"，成为文坛佳话。熙宁八年四月十一日苏轼作此诗，对王安石变法作了相当尖锐的讥刺，并抒发了自己在仕途上进退维谷之情。

这首诗可分为三部分。第一部分自首句至"吏能"句，是讥时，讥刺宋神宗、王安石对外开边，对内变法，本想富国强兵，结果事与愿违。神宗初即位，鉴于宋王朝同辽和西夏的屈辱和约，有增强兵备，"鞭笞四夷"之意，先后对西夏和南方少数民族用兵，故此诗前八句首先讥刺开边。为了铸造铜制虎符，调发军队，已"椎破(以椎击破)铜山"，大量采铜，可见征调军队之多，这当然是夸张写法；但熙宁七年九月置三十七将，皆给虎符，则史有明文记载；熙宁七年八月遣内侍征调民车以备边，十一月又令军器监制造战车，可见"伐木作车轴"也是事实；取鼍(扬子鱼)皮以张战鼓，虽史无明文，但征集牛皮以供军用却与此相似。而这一切征调，谁也不敢怠慢，否则就有资斧(利斧)之诛。苏轼并不反对抵抗辽和西夏，他青年时代就表示要"与虏试周旋"(《和子由苦寒见寄》)，就在写这首诗前不久还表示"圣朝若用西凉簿，白羽犹能效一挥"(《祭常山回小猎》)；但是，他反对"首开边隙"，

【鉴赏】

反对为此而开矿、置将、伐木、取鼍，加重百姓负担，闹得鸡犬不宁。

"保甲"四句是讥刺新法的。团，聚集。"团未遍"指保甲法因遭到一些老百姓的抵制（有人为了不作保丁而截指断腕），还未完全组织起来。"方田"指方田均税法，丈量土地，均定赋税，引起民间诉讼纷纭。"手实"指手实法，令民自报土地财产，作为征税根据，"尺椽寸土，检括无余"（《宋史·吕惠卿传》），这就是"抉剔（搜求挑取）根株穷脉缕"的具体内容。"诏书"二句是对第一部分的小结。这些诏书表现了宋神宗对民间疾苦有深厚的哀怜同情（恻怛）之心，但这些新法一个接一个地颁布，事目繁多，吏能浅薄，并未取得实效。纪昀称这两句是"诗人之笔"，意思是说它怨而不怒，哀而不伤，没有把矛头直接指向皇帝。但却深刻地揭示了宋神宗、王安石的主观愿望同客观效果的矛盾。

第二部分自"平生"句至"更望"句，是自嘲。熙宁二年苏辙因反对王安石变法而罢制置三司条例司检详文字，神宗问王安石："苏轼如何，可使代辙否?"王安石不赞成，认为他们兄弟"学本流俗"。"众里笙竽"，即《韩非子·内储说》所载滥竽充数一典的活用。《凤将雏》是汉代乐曲名。第二部分的前四句是说，自己早被王安石判为"学本流俗"，像滥竽充数一样，平庸得无可比拟（比数：相提并论）；现在突然要他担任密州知州，作地方长官，独奏一曲，这就像要南郭先生单独吹竽一样，怎么吹得好呢？这是从主观上说的，接着又以"况"字领起，进一步讲客观上的困难：密州旱蝗相仍，老百姓饿得以草木泥土充饥，作为知州的诗人自己也"斋厨索然，不堪其忧，日与通守刘君廷式，循古城废圃，求杞菊食之"，过着"揽草木以诳口"的生活（《后杞菊赋》），更谈不上置酒宴、赏舞听歌了。"红裙踏筵舞"，乃从韩愈《感春》"艳姬踏筵舞，清眸刺剑戟"句化出。

"故人"句至末句为诗的最后一部分，是答"故人"（刘孝叔），戏语连篇，尤为曲折多姿。已经提举崇禧观，过着隐居生活的刘孝叔多次寄书劝苏轼

"当归"。苏轼同朋友开玩笑说，我虽"学本流俗"，是"众里笙竽"，但总比那些盗食太仓之粟的雀鼠即贪官污吏好得多。他们都做得官，却要我像南朝陶弘景那样脱朝服挂神武门，辞官不干吗？这既回答了故人"当归"之劝，又嘲笑了当时一些无能的官吏。接着他称颂刘孝叔在朝直言敢谏，有补于世，及见朝廷遣使(冠盖)扰民，就立即自请提举宫观，归隐湖山，厕身渔钓；但"小隐隐陵薮，大隐隐朝市"(晋王康琚《反招隐诗》)，要过隐士生活也不一定非弃官(簪组)不可。这样既赞美了刘孝叔的"高踪"，又为自己暂不归隐作了辩护。最后又转圜说，去年相聚时已闻其道之大略，自己定(逝通誓，表示决心之词)将弃官，到孝叔处完成这段学业，只怕俗缘未尽，未必能睹刘之大道。或进或退，自己正惶惶不定，有望故人教以安心之法。初祖指初传禅宗至中国的达摩。据《景德传灯录》载，慧可对达摩说："我心未宁，乞师与安。"达摩说："吾与安心竟。"末句即用这一佛典。

这是一首七古。范梈说："七言古诗，……须是波澜开合，如江海之波，一波未平，一波复起。又如兵家之阵，方以为正，又复为奇，方以为奇，忽复为正，奇正出入，变化不可纪极。"(见《仇注杜诗》卷一引)苏轼这篇七古就具有上述特点。第一部分讥刺新法，语言相当尖锐，却以"诏书"二句收住，揭露既深刻，又不失诗人忠厚之旨。然后顺手拈出王安石对自己的指责，转入自嘲，转得既陡峭又自然。既是流俗、滥竽，自然难于胜任独当一面的知州，何况又是灾伤连年之州呢？看似自谦，实际却回驳了"流俗"的指责。时局和个人处境既是这样艰难，本应接受故人"当归"的劝告，但作者却一波三折地反复申诉"未肯衣冠挂神武"，这就叫做"变化不可纪极"，这就叫做"东坡诗推倒扶起，无施不可。"(刘熙载《艺概》卷二)苏轼诗长于比喻，这首也不例外，如以"纷如雨"喻讼牒之多，以"抉剔根株穷脉缕"喻"手实之祸，下及鸡豚"，以白羽喻白云等。特别是"平生所学"四句，纪昀特别称许说："妙于用比，便不露激讦之气。前人立比体，原为一种难着语处开法门。”这四句本来牢骚甚重，但由作者以“众里笙竽”坐实“流俗”的指责，以“独奏凤将雏”喻任知州，读起来反觉得风趣、幽默，“不露激讦之气”了。

（曾枣庄）

寄吕穆仲寺丞

孤山寺下水侵门，每到先看醉墨痕。
楚相未亡谈笑是，中郎不见典刑存。
君先去踏尘埃陌，我亦来寻桑枣村。
回首西湖真一梦，灰心霜鬓更休论。

这首诗作于熙宁八年(1075)。这年，苏轼任密州(今山东诸城)知州。吕仲甫，字穆仲，丞相吕蒙正之孙。苏轼在杭州任通判时，吕任察推。苏轼到密州时，吕入朝做寺丞。寺是朝廷的官署，丞是属官。

开头写作者在杭州时，经常跟吕穆仲一起游览，做诗。孤山寺下，湖水侵门，每次去游，总先看醉中所题的诗。苏轼有《自径山回得吕察推诗》：“新诗到中路，令我喜折屐。”“君能从我游，出郭及未黑。”两人是同游同赋，时相过从。次联讲到吕家以及他和吕的关系。“楚相未亡谈笑是”，用楚相孙叔敖的典故。《史记·滑稽列传》：“其(孙叔敖)子穷困负薪，逢优孟，与言曰：‘我，孙叔敖之子也。父且死时，属我贫困往见优孟。’优孟曰：‘若(汝)无远有所之(往)。’即为孙叔敖衣冠，抵掌谈语，岁余，像孙叔敖，楚王左右不能别也。楚王置酒，优孟前为寿。庄王大惊，以为孙叔敖复生也，欲以为相。”下面写优孟不愿为相，因孙叔敖为相尽忠，其子穷困负薪。于是庄王封孙叔敖子于寝丘。说“楚相未亡谈笑是”，即看到优孟的谈笑，认为孙叔敖未死。“楚相未亡”一联下作者自注：“杭有伶人善学吕，举措酷似，别后常令作之以为笑。”“楚相未亡”句或指杭的伶人谈笑和吕穆仲一样，但“楚相未亡”指楚相已死，王见优孟才认为楚相未死。吕还活着，不当称“楚相未亡”。而且吕的地位与楚相也不相当。这样讲，“楚相未亡”一联，两句意义相同，成为合掌，诗中的合掌对是应当避免的。因此这句可能还另有含意。吕穆仲是丞相吕蒙正的孙子，吕蒙正的地位同于楚相。《吕氏春秋·异宝》：“孙叔敖疾将死，戒其子曰：‘王数欲封我矣，我不受也。如我死，王则封汝，必无受利地。楚越之间有寝之丘者，此其地不利，可长有者，其唯此也。’孙叔敖死，王果以美地封其子，而子辞，请寝之丘，故至今不失。”这是说楚相未死前对儿子说的话是对的。《宋史·吕蒙正传》：“先是卢多逊为相，其子雍，起家即授水部员外郎，后遂以为常。至是，蒙正奏曰：‘臣忝甲科及第，释褐止授九品京官。今臣男始离襁褓，膺此宠命，恐罹阴谴，乞以臣释褐时官补之，自是宰相子止授九品官。”吕蒙正请把低级的官位授给儿子，跟孙叔敖要儿子接受坏的封地，做法相似。这样做都是对的。“楚相未亡”句使人想到吕穆仲祖上的家教。即使“楚相未亡”句表面上是指杭州伶人像吕穆仲，但是还使人想到吕蒙正的话跟楚相未死前的家教相似，这样讲就避免了合掌，就不是用楚相来比吕穆仲了。这联下句：“中郎不见典刑存。”借蔡中郎来比吕。《后汉书·孔融传》：“与蔡邕素善。邕卒后，有虎贲士貌类于邕。融每酒酣，引与同坐，曰：‘虽无老成人，且有典刑（指容貌像蔡邕）。’”蔡邕做过左中郎将。这是说，吕穆仲虽不可见，但看到跟他容貌相像的人，也足以慰相念之情了。

三联“君先去踏尘埃陌，我亦来寻桑枣村”，指两人的各奔前程。吕先到京中去做官，“尘埃陌”指京中，刘禹锡《元和十年自朗州召至京》诗：“紫陌红尘拂面来”，称京中的路为“紫陌红尘”。作者到密州去做官，密州是产桑枣的地区。一结联系过去相聚,"回首西湖真一梦,灰心霜鬓更休论。"当年同在西湖,现在想来真如一梦,更不要说现在的灰心霜鬓了。唐裴度《洛书即事》:"灰心缘忍事,霜鬓为论兵。"熙宁二年,苏轼反对王安石变法,触怒安石。三年,王安石的连姻御史知杂谢景温劾奏苏轼回四川居丧时贩运货物入川。经过严格审查,知所劾毫无根据,是诬告。苏轼忍耐着不敢自明。四年,请求外放,通判杭州;七年,调任密州知州。"灰心"是被诬不敢自明的"忍事"所造成。熙宁八年,苏轼在密州作《江城子·密州出猎》词:"鬓微霜,又何妨!持节云中、何日遣冯唐(按:汉文帝派冯唐持节以魏尚为云中太守,抵御匈奴侵扰)?会挽雕弓如满月,西北望,射天狼"(西北天狼,指西夏。)苏轼的两鬓变霜,是因忧国而起,因担心西夏的侵扰而起。

纪昀批"楚相"一联,"二句俱是殁后典故,用来欠亲切。"苏轼这一联用典,只求典故可以跟所讲的今事相似即可,不像后人那样多顾忌。比方用蔡邕比吕穆仲,只就虎贲士貌似蔡邕,与伶人貌似吕这点相同,就可借用,不必顾忌蔡邕已死,吕还活着。后人多顾忌,则认为不宜用死人来比活人。纪昀这个批语,只能说明后来顾忌多了,不能说苏轼用典不切。苏轼这首诗的特点,就在用典故比今事。由于他的学问渊博,所以善用典故。这里"楚相"一联,借用孙叔敖比吕蒙正,是贴切的,"中郎"句也贴切,都是明用。"灰心霜鬓"句,用了裴度诗句,是暗用,更富有含意。这首诗显示了苏轼诗在这方面的特点。

(周振甫)

雪后书北台壁二首

黄昏犹作雨纤纤,夜静无风势转严。

但觉衾裯如泼水,不知庭院已堆盐。

【原文】

五更晓色来书幌，半夜寒声落画檐。
试扫北台看马耳，未随埋没有双尖。

城头初日始翻鸦，陌上晴泥已没车。
冻合玉楼寒起粟，光摇银海眩生花。
遗蝗入地应千尺，宿麦连云有几家。
老病自嗟诗力退，空吟《冰柱》忆刘叉。

北台，在密州（今山东诸城县）的北面。神宗熙宁七年（1074），作者由杭州通判改任密州知州，十一月到任，正是寒冬季节，这两首诗即作于此时。

第一首写自昏达旦，彻夜雪飘的情景。黄昏时节，淫雨绵绵，入夜后不知不觉转而为雪。作者只觉被褥无一丝暖意，有如水泼在上面，而不知道庭院里已雪积成堆了。"堆盐"，即堆雪。用盐喻雪，出自《世说新语·言语》，后世诗人都喜欢效用，如白居易《对火玩雪诗》："盈尺白盐寒。"作者"五更晓色来书幌，半夜寒声落画檐"一联，亦世称咏雪名句，但历来有歧解。费衮《梁溪漫志》卷七"东坡雪诗"条以为，"此所谓'五更'者，甲夜至戊夜尔。自昏达旦皆若晓色。"据此解，则"五更"应总指分为五更的一整夜。庭院里的雪光反射在帷幔上，明晃晃的，作者因寒冷未能安眠，加上"不知庭院已堆盐"，所以一整夜都迷迷糊糊，误以为天将破晓。直到天色放明，借着雪光，看见了垂挂在房檐下的冰溜子，这才省悟，原来是雨转为雪，所以有这"半夜寒声"。上句写地面上积雪的反光，下句写房檐下雪水凝成的冰溜，都紧扣"雪后"的标题，且又与末二句意思连贯。"扫北台"、"看马耳"，自然是天明以后所为。马耳，山名，在北台的南面，"上有二石并举，望

【鉴赏】

齐马耳，故世取名焉。”(《水经·潍水注》)作者扫除积雪，登上北台，观赏雪景，只见一片银白世界，唯有马耳山尖尖的双峰高峭兀立，没有为雪所封。本应首先被雪覆盖的高山顶却“未随埋没”，可见这双峰确实如马耳一般陡直，连雪花也无法驻留其上了。

第二首继写在北台观雪景的所见所感。太阳已升起，虽然昨夜下了一场大雪，但今天却是冬季里难得的一个晴天。往上看，天空中一群乌鸦开始活跃起来，绕着城墙，上下翻飞；低头瞧，小路上渐渐融化的积雪被来往的车辆辗来压去，变成了稀泥，粘糊在车上；放眼望，在阳光照耀下，积雪的原野上屋似玉楼，地如银海，冻得人皮肤起粟，耀得人目眩眼花。这四句皆是白描眼前实景。作者另有《次韵仲殊雪中游西湖》云：“玉楼已峥嵘。”《雪中过淮谒客》云：“万顷穿银海。”其“玉楼”、“银海”皆系实写。有人以为这里是用道家语“玉楼为肩，银海为目”，实则凿之过深。颈联则表现了作者对农家生计的关切之情。大雪灭蝗，麦子得雪则滋茂，眼前这场大雪预示着来年的丰收，在观赏雪景时，诗人没有忘记这一点。诗人多么希望把自己对来年丰收的希冀和祝愿，把这场瑞雪所引发的种种感受一一用诗表达出来啊！可惜自己既老且病，诗力大不如前，只得空自嗟叹，以吟诵唐元和年间诗人刘叉的《冰柱》诗来自慰了。此时诗人虽年仅三十九，但退出朝廷已三、四年，心境不佳可以想见，且古人四十叹老亦为常事，不必坐得太实。

二诗用韵颇有特色。“尖”、“叉”二韵属险韵、窄韵，而作者运用自如，韵与意会，语皆浑成，自然高妙，毫无牵强凑泊之迹。实不愧“才高气雄，下笔前无古人”(《瀛奎律髓》卷二十一)之大手笔也！

(沈时蓉　詹杭伦)

【原文】

祭常山回小猎

青盖前头点皂旗，黄茅冈下出长围。
弄风骄马跑空立，趁兔苍鹰掠地飞。
回望白云生翠巘，归来红叶满征衣。
圣朝若用西凉簿，白羽犹能效一挥。

诗题一作《习射放鹰》，熙宁八年(1075)作于密州(今山东诸城)知州任上。是年十月，诗人到郡城南二十里的常山祈雨，回来路上和同官在常山东南的黄茅冈举行了一次习射会猎，此诗便是此时豪兴遄飞、挥毫写就的。

首联点题，勾画出了狩猎队伍的气派和场面。青盖，指青盖车，一种安有青色布盖的车子，古代本为王者所用，这里则指州长官所乘之车。知州出猎，侍从很多，故云“点皂旗”。护卫们手持皂旗在车前开道，浩浩荡荡，开向狩猎场所——黄茅冈下。“出长围”，长，自然不仅指长度，也兼指宽度，是说圈出一个大围场。此处为下句“骄马跑空”作了铺垫。

颔联转入猎射场面的描绘。此时广袤的围场内，呼鹰策马，箭镞纷飞，场景定然十分紧张热烈。诗人从全景之中，剪取出最英武的两个场面，加以精细描写。两个场面的主角分别为一马一鹰。马非常马，乃是一匹骄马。骄，不光指其形体之壮健，更指其神采之骏异。空，指马蹄下黄茅冈这个围场，因为其平坦(苏轼同一主题的《江城子·密州出猎》词云：“千骑卷平冈”)，兼之开阔广大，所以能听凭骄马纵横驰骋。马儿追逐猎物跑得性起，有时竟能竖起身子，腾踔而立。“骄马跑空立”五字已写得神完意足，形象飞动，尤妙在冠以“弄风”二字。“云从龙，风从虎”，此匹如虎骏马于一驰

【鉴赏】

一骤、一腾一跃之间，扬起阵阵劲风，故而风因马起，马鼓风劲，所以谓之"弄风"。有此一"弄"字，则境界全出矣！鹰亦非凡鹰。此苍鹰"趁兔"——追逐狡兔，竟至于"掠地"而"飞"。掠地，擦地，既足见其训练有素，又具见其凶猛异常。其以"掠地飞"的拏云下攫之势追捕逃兔，不难想象，鹰爪之下，必无完兔。此联写得既警动有势，又状物如在目前，很具画意。至此，不禁使人想到王维《观猎》名句："草枯鹰眼疾，雪尽马蹄轻"，也写鹰写马，意境相似，然其"疾"其"轻"，要通过人的想象才能体味出来，倘用画面很难传达出此中诗意。苏轼却写得形肖神似，任何一个丹青手都可以据此画出生动传神的马、鹰图。相比之下，苏诗就显得更为精警，更富形象性，所以清人何曰愈说他"七律之新警，于唐人外别开生面"(《退庵诗话》卷一)，确非溢美之辞。

颈联写罢猎归来的风度神采。翠巘，苍翠的山峰，指常山。经过紧张的围猎，诗人现在一身轻快，不由回过头去眺望方才鏖战之处，但见常山白云缭绕，远远望去，恰似在不断吐出云气。俯视自己，一路归来，火红的枫叶已落满了征衣。二句表现了诗人顾盼自如的神态，而白云、绿岭、红叶，色彩对比鲜明，更增强了诗情中的画意。

至此，诗人还意犹未尽，在尾联中直接倾吐怀抱，一吐豪情。西凉簿，指晋谢艾。白羽，即白色的羽扇，儒将所持。据《晋书·张重华传》：重华据西凉，以主簿谢艾为将军，进军临河，攻麻秋。艾冠白帢踞胡床指麾，大败之。而苏轼生活的北宋时代，边患不时发生，因此他在诗词中，时时抒发自己渴望驰骋疆场的激情。尾联即以谢艾自许，说朝廷如果委予边任，定能麾兵败敌。所以朋九万《东坡乌台诗案》也说苏轼"祭常山回，与同官习射放鹰，作诗一首，题在本州小厅上，除无讥讽外，云：'圣朝若用西凉簿，白羽犹能效一麾'，意取西凉主簿谢艾事。艾本书生也，善能用兵，故以此自比，若用轼为将，亦不减谢艾也。"其意与前面提到的《江城子》词下阕："持节云中，何日遣冯唐？会挽雕弓如满月，西北望，射天狼。"互相阐发，胸襟抱负如此磊落正大，而当时言官竟强为曲解，把此诗列为讽刺新法之作，真是欲加之罪，何患无辞了。

全诗感情昂扬，气势飞动，对仗工稳，遣词用字尤见功力，如“点”、“出”、“跑”、“立”、“掠”、“飞”、“生”、“满”等字，富于表现力，下得贴切，难以移易；“青”、“皂”、“黄”、“苍”、“白”、“翠”、“红”等字，使所描写的事物色调鲜明，又与诗情十分相合，堪称苏诗七律中的上乘之作。

（周慧珍）

东栏梨花

梨花淡白柳深青，柳絮飞时花满城。
惆怅东栏一株雪，人生看得几清明！

这是《和孔密州五绝》中的第三首。孔密州，即孔宗翰，字周翰，历任将作监主簿，知蕲、密、陕、扬、洪、兖六州，元祐初任司农少卿、刑部侍郎，以宝文阁待制知滁州，未拜而卒。事见《东都事略》本传。苏轼于熙宁九年(1076)冬罢密州任，孔宗翰继任知州，故称“孔密州”。熙宁十年(1077)四月苏轼到徐州任，作此诗寄孔。

这是一首因梨花盛开而感叹春光易逝、人生如寄的诗篇。首句以“淡白”状梨花，以“深青”状柳叶，不但精确地把握住了春末夏初梨花、柳叶的特征，而且已暗含伤春之感。因为初春柳叶初发时是嫩绿色，梨花已盛开，柳叶已深青，说明春天已一去不返了。

第二句是前句的回复，以“柳絮飞”应“柳深青”，以“花满城”应“梨花淡白”。但读起来并不觉得重复，反而觉得更有情致，伤春之情更浓。这是因

【鉴赏】

为第一句写梨花、柳叶之色，第二句写梨花盛开、柳絮纷飞之状，而回复的句式又加重了抒情色彩。

正因为一二句已暗含伤春之感，因此第三句即以“惆怅”二字开头。“东栏一株雪”即指“东栏梨花”。有的本子作“二株雪”，查慎行说：“二，当作一。”（《初白庵诗评》卷中）明人郎瑛认为，既云“梨花淡白”，又云“一株雪”，重言相犯，主张改“梨花淡白”为“桃花烂熳”。俞樾反驳说：“此真强作解事者！首句‘梨花淡白’即本题也，次句‘花满城’本承‘梨花淡白’而言。若易首句为‘桃花烂熳’，则‘花满城’当属桃花，与‘惆怅东栏一株雪’了不相属，且是咏桃花，非复咏梨花矣。此等议论，大是笑柄。”（《湖楼笔谈》卷五）驳得很痛快，苏轼以“词理精确”见长，不仔细体味苏诗原意而欲妄改，只能留下“笑柄”而已。

末句补足前句，正是“惆怅”的内容。杜牧《初冬夜饮》：“砌下梨花一堆雪，明年谁此凭栏干？”此诗的最后两句即化用杜牧诗意，但感慨更加深沉。杜牧抒发的是物是人非之感；明年砌下梨花依旧而凭栏欣赏者恐怕已不是自己了。苏轼却由梨花的盛开感到人生的短促，充满了“人生如寄”（王文濡《宋元明诗评注》卷四）之感。据洪迈《容斋随笔》卷十五载，苏门四学士之一的张耒“好诵东坡《梨花》绝句，……每吟一过，必击节叹赏不能已，文潜盖有省于此云。”所谓“有省于此”，或许就是张耒也有“人生如寄”的同样感慨吧！陆游说：“东坡固非窃（杜）牧之诗者，然竟是前人已道之句，何文潜（张耒）爱之深也？岂别有所谓乎？”陆游所说的“别有所谓”就是洪迈所说的“有省于此”，都是指张耒同苏轼发生了共鸣，尽管关键的两句“是前人已道之句”，仍“击节叹赏不能已”。

苏轼才气横溢，纵横恣肆，他的某些诗确实“伤率、伤慢、伤放、伤露。”（《纪评苏诗》卷十六《读孟郊诗》）而这首诗却涵蕴甚深，有弦外之音，题外之旨。正如《唐宋诗醇》卷三十五所评：“浓至之情，偶于所见发露，绝句中几与刘梦得争衡。”

（曾枣庄）

【原文】

待月台

月与高人本有期，挂檐低户映蛾眉。

只从昨夜十分满，渐觉冰轮出海迟。

这首诗是苏轼《和文与可洋州园池三十首》中的第十首，于熙宁九年(1076)知密州任上作。文与可，字文同，善画竹及山水。他是苏轼的从表兄，二人相交甚厚，经常有诗文往来。文与可守洋州(治所在今陕西洋县)时，曾寄苏轼《洋州园池三十首》，苏轼皆依题和之。

根据家宜父所编《石室先生年谱》"先生赴洋州，在熙宁八年秋冬之交，至丁巳秋任满还京"的记述，可知文与可守洋州是在熙宁八、九年间，其时正是苏轼被排挤出朝廷之后，由杭州通判调任密州知州时期。

文与可的《待月》诗的原文是："城端筑层台，木梢转深路。常此候明月，上到天心去。"诗中写出了诗人对待月台的喜爱以及到待月台赏月时产生的悠然神往、飘然欲仙的心境，引起了东坡的共鸣。

苏轼是继李白之后，甚喜明月并写有大量吟诵明月的诗、文、词的作家，藉此寄寓诗人特有的旷达胸怀。正因为苏轼对月有着特殊的情感，所以才对别人的咏月诗有着敏锐的感受。他对文与可寄素心与明月的一片深情，十分理解，所以和诗的第一句便说："月与高人本有期"。不仅视文与可为同调，认为他是高雅之士，而且在苏轼心中，高雅之士都是爱月的，所以才说月与高人早有期约，因为他们本来就是"心有灵犀一点通"的。

"挂檐低户映蛾眉"一句，既是眼前之景，心中之情，又是从前人诗句中化来的。南朝鲍照的《玩月城西门廨中》诗有"末映西北墀，娟娟似蛾眉"之句，唐人李咸用也有“挂檐晚雨思山阁”之句。前人诗句一经苏轼点化，不仅意境新颖，而且更加凝炼。“挂檐低户映蛾眉”一句说明，由于月的侵檐入户，使月与人显得十分亲近，而娟娟似蛾眉的柔情美态，也就显得更为动人。这看似写景的一笔，却使“月与高人本有期”的内涵更加具体化、形象化了。

诗人观月动情，从月的圆缺上想到人的命运。“只从昨夜十分满，渐觉冰轮出海迟”二句，写出了因满招损的自然规律。满月给人间曾带来无限美景和喜悦之情，然而满即缺之始。诗人久久伫立，眺望远海，等待着迟迟升起的一轮冰月，心中不免泛起淡淡的愁绪。“冰轮”二字写出了月的光洁、纯净，同时也略带清寒之意。此时诗人那官场失势的往事，大概正随着海上徐徐升起的明月而浮现在犹如海波一样动荡不宁的思绪之中了。

诗人以人拟月，借月抒感，把月写得有情有思。这种以人拟物、借物抒怀的高超技法，是苏轼诗的一个显著特征。

（袁行霈　崔承运）

筼筜谷

汉川修竹贱如蓬，斤斧何曾赦箨龙？
料得清贫馋太守，渭滨千亩在胸中。

这首诗是苏轼《和文与可洋州园池三十首》中的第二十四首。筼筜，是一种高大的竹子。据《异物志》：“筼筜生水边，长数丈，围尺五、六寸，一节相去六、七尺，或相去一丈，土人绩以为布。”又《名胜志》载，“筼筜谷，在洋县城西北五里。”文与可官洋州时，曾于谷中筑披云亭，经常游赏其中。苏

轼在《文与可筼筜谷偃竹记》中说:“筼筜谷在洋州,与可尝令余作《洋州三十咏》,《筼筜谷》其一也。”

文与可的《筼筜谷》诗的原文是:“千舆翠羽盖,万锜绿沈枪。定有葛陂种,不知何处藏。”大意是说,谷中竹林繁茂,俯瞰,犹如千万顶碧翠的车盖;平视,宛似武库架上矗立的万杆长枪。其中定有葛陂湖中化龙的神竹,只是难以找到它藏身之所。葛陂湖,在今河南新蔡县北,相传后汉汝南人费长房学道十年而归,受师命投竹杖于湖中,化为飞龙,于是百怪不生,水物灵异。文与可的诗写出了筼筜谷茂竹的长势和自己临谷观竹时的欣喜之情,同时寓有以竹托人之意。而苏轼的和诗却不写竹而写笋,写竹笋给文与可生活带来的乐趣和情味,其中也不乏以笋托人之情。

首句“汉川修竹贱如蓬”,开篇就表明自己没有观赏修竹的意思。“贱如蓬”三字,极言竹之众多。竹多笋亦多,隐隐关合第三句,为“清贫”、“馋”作铺垫。当时苏轼在北方的密州,眼前没有茂密的修竹,提笔写竹就不能太实,像文与可诗中“千顶翠盖”、“万杆绿枪”那样的实景,很难从笔下流出。眼前无景,不便杜撰,于是避实就虚,写想象中的情事。所以第二句“斤斧何曾赦箨龙”,笔墨转向了作为美味佳肴的笋箨。箨龙,是笋的别名。《事物异名录·蔬谷·笋》:“竹谱,笋世呼为稚子,又曰稚龙、曰箨龙、曰龙孙。”唐代诗人卢仝《寄男抱孙》诗有“万箨抱龙儿,攒迸溢林薮。……箨龙正称冤,莫杀入汝口”的句子。苏轼此句,从卢仝诗中脱出,却另辟新境,借惜竹之情抒发贤才遭受摧残的感慨,同文与可借竹托人的用意暗合。可诗人并不想在这里过多地借题发挥,以免引起不愉快的回忆,勾出更沉重的心思,于是笔锋一转,唱出了轻松愉快的调子。

“料得清贫馋太守,渭滨千亩在胸中。”渭滨,一作“渭川”。两句大意是说,我猜想得出,由于廉洁而清贫的太守,一定见此野味而嘴馋,乃至想把渭水流域的千亩之竹尽吞胸中。这两句诗,既有羡慕之情,又有赞美之意,

【原文】

同时有戏谑的成分，体现了两位诗人之间亲密的情谊，深刻的了解。苏轼在《文与可画筼筜谷偃竹记》中写道："余诗云：'料得清贫馋太守，渭滨千亩在胸中'。与可是日与其妻游谷中，烧笋晚食，发函得诗，失笑，喷饭满案。"此记与诗可相佐证。

这首诗既沉重又轻快。其暗喻和寄托造成了沉重的一面；其戏谑与赞美又使情调变得诙谐而轻松。大手笔作诗，总是舒卷自如，举重若轻，而又内涵丰富，底蕴深厚。

对文与可的《筼筜谷》诗，苏轼的胞弟苏辙也有和诗，曰："谁言使君贫，已用谷量竹。盈谷万万竿，何曾一竿曲。"（《栾城集·和筼筜谷》）赞美中亦有嬉戏之意，与苏轼此诗可相参阅。

（崔承运　袁行霈）

司马君实独乐园

青山在屋上，流水在屋下。
中有五亩园，花竹秀而野。
花香袭杖屦，竹色侵杯斝。
樽酒乐余春，棋局消长夏。
洛阳古多士，风俗犹尔雅。
先生卧不出，冠盖倾洛社。
虽云与众乐，中有独乐者。
才全德不形，所贵知我寡。
先生独何事，四海望陶冶。
儿童诵君实，走卒知司马。

【原文】

持此欲安归？造物不我舍。

名声逐吾辈，此病天所赭。

抚掌笑先生，年来效喑哑。

此诗熙宁十年(1077)在徐州作，东坡时年四十二岁。东坡以熙宁九年罢密州任，最初的任命是移知河中府。十年正月初一日离开密州，取道澶、濮间，打算先去汴京。走到陈桥驿，又得到徙知徐州的任命。时不得入国门，只好寓居郊外范镇的东园。范镇于三月间往游嵩洛，带回来司马光为东坡《寄题超然台》的诗。四月二十一日，东坡到徐州任所。五月六日，读到司马光寄来的《独乐园记》，写了这首诗。

独乐园是司马光熙宁六年在洛阳所建的园。司马光与王安石政见不合，熙宁三年，神宗欲大用司马光，王安石反对，认为这“是为异论者立赤帜也”。司马光也不愿意留在朝廷，神宗任他为枢密副使，他上疏力辞，请求外任。是年九月，出知永兴军，熙宁四年四月，改判西京御史台，来到洛阳。六年，他在洛阳尊贤坊北国子监侧故营地买田二十亩，修造了这个园子，取名独乐园，并写了《独乐园记》和三首《独乐园咏》诗。

司马光给他的园子取名叫“独乐”是有深意的。在《记》文里，他首先说明自己既不同于王公大人之乐，也不同于圣贤之乐，而是像鹪鹩巢林、鼹鼠饮河一样“各尽其分而安之。”又说自己不敢比君子“所乐必与人共之”，所以叫“独乐”。在三首《独乐园咏》诗里，他用董仲舒、严子陵、韩伯休比拟自己，说董仲舒“邪说远去耳，圣言饱充腹。发策登汉庭，百家始消伏”；说严子陵“三旌岂非贵，不足易其介”；说韩伯休“如何彼女子，已复知姓字。惊逃入穷山，深畏为名累”。他对自己无力阻止新法的推行，不得不请求外放，实际上是满腹牢骚而又充满自信的。东坡这首诗针对司马光的这种思

【鉴赏】

想矛盾提出自己的看法，他其时并未去过洛阳，更没有到过独乐园。

诗的主旨，据东坡《乌台诗案》自言："此诗言四海望光执政，陶冶天下，以讥见任执政不得其人。"全诗分四段：

"青山在屋上"八句为第一段，正写独乐园。前四句写园的自然环境、园中景物；后四句以花、竹、棋、酒概括园中乐事。据《独乐园记》：园中有见山台，可以望见万安、轘辕、太室诸山；又有读书堂，"堂南有屋一区，引水北流贯宇下。"诗云："青山在屋上，流水在屋下"，谓此也。园内又有浇花亭、种竹斋，故曰"花竹秀而野"。诗的首四句形象地概括了《记》文中的很大一部分内容。纪昀评云："直起脱洒"，是恰当的。据李格非《洛阳名园记》："独乐园极卑小，不可与他园班。"此诗用自然脱洒的笔调极写园的朴野之趣，是和园的"卑小"和主人公的思想、性格相一致的。又，如前所述，东坡并未亲涉园地，只是根据《记》的内容加以概括，如果写景过细，反而会给人一种不真实的感觉。胡应麟《诗薮》讥此四句为"乐天声口"，"失之太平"，"取法"太"近"，意思是说它缺乏盛唐诗人的那种"高格响调"。他不理解诗人的审美情趣是不能离开审美对象的特征的。

"洛阳古多士"六句为第二段，是由"独乐"二字生发出来的文章。马永卿《元城语录》说司马光把园名叫做"独乐"，盖"自伤不得与众同也"。这自然是司马光《记》文中所包含的意思，但说得太直露，太简单。东坡这里却放开一步，绕一个弯，从"与众乐"中来突出"独乐"，更觉深婉有致。洛阳自古以来就是名流荟萃的地方，风俗淳美，你即使高卧不出，而洛社冠盖也会为之倾倒，会云集在你的周围，你是不可能不"与众乐"的；所以用"独乐"名园者，并非真有遁世绝俗之意，只不过是"有心人别有怀抱"耳。"虽云与众乐，中有独乐者"二句，和欧阳修在《醉翁亭记》中说的"人知从太守游而乐，而不知太守之乐其乐也"用意略同。司马光的《记》文和诗，其弦外之音，都流露出一种失职者的不平，东坡深知此意，但说得十分委婉、曲折，所谓露中有含，透中有皱，最是行文妙处。白居易晚年退居洛阳，爱香山之胜，与僧如满等结社于此，号称“洛社”。此借用以指司马光在洛阳的朋友们。

“才全德不形”以下八句是第三段，是全诗的主旨所在。这一段承接上文“先生卧不出，冠盖倾洛社”这层意思加以发展，先引老、庄之语作一顿挫，随即递入全诗的主旨。“才全德不形”，用《庄子》原话。《庄子·德充符》篇说，卫国有个叫哀骀它的人，外貌十分丑陋，但在他身上却有一种特殊的吸引力，无论男女，都会受到他的吸引，离他不开。鲁哀公和他相处不久，竟至甘心情愿想把国政交托给他，还生怕他不肯接受。庄子说，这是由于他“才全而德不形”。所谓“才全”，按照庄子的意思就是把生死、得失、穷达、贫富、贤与不肖、毁与誉，乃至饥渴、寒暑等等都看成是一种自然变化，而不让它扰乱自己的心灵。所谓“德不形”，意谓德不外露。德是最纯美的内心修养，虽不露于外，外物却会自自然然来亲附你，离不开你。按照《老子》的说法：“知我者希，则我贵矣。”人是愈不出名愈好的。你现在虽然无求于世，把毁誉、得失看得很淡，但由于你的才全德充，众望所归，虽欲逃名，其可得乎？据《渑水燕谈录》：“司马文正公以高才全德，大得中外之望。士大夫识与不识，称之曰君实；下至闾阎畎亩、匹夫匹妇，莫不能道司马公。身退十余年，而天下之人日冀其复用于朝。”诗中“儿童诵君实，走卒知司马”，说的就是这种情况。司马光是当时反对派的旗帜，士大夫不满新法的自然寄希望于司马光的起用。《乌台诗案》云：“言儿童走卒皆知其姓字，终当进用。……意亦讥朝廷新法不便，终用光改变此法也。”这正是全诗的主旨所在。

“名声逐吾辈”四句是第四段，把自己摆进去了。说，我们都背上了名气太大这个包袱，用道家的话说，真所谓“天之僇民”，是无法推卸自己的责任的。奇怪的是你近年却装聋作哑，不肯发表意见了。《乌台诗案》云：“意望光依前上言攻击新法也。”《东都事略》记司马光退居洛阳，“自是绝口不论事”。司马光自己也曾在神宗面前公开承认说自己“敢言不如苏轼”。作

【原文】

为一个政治家，他不像东坡似的诗人那么天真，他是很老练的。

此诗借《题独乐园》这个题目，对司马光的德业、抱负、威望、处境以及他内心深处的矛盾进行了深微的描写和刻划。在熙宁党争中，这是一个很尖锐的政治主题，东坡向来是不隐瞒自己的观点的。全诗于脱洒自然中别有一种精悍之气，东坡前期作品往往具有这样的特点。

（白敦仁）

子由将赴南都，与余会宿于逍遥堂，作两绝句，读之殆不可为怀，因和其诗以自解。余观子由自少旷达，天资近道，又得至人养生长年之诀，而余亦窃闻其一二，以为今者宦游相别之日浅，而异时退休相从之日长，既以自解，且以慰子由云

别期渐近不堪闻，风雨萧萧已断魂。
犹胜相逢不相识，形容变尽语音存。

但令朱雀长金花，此别还同一转车。
五百年间谁复在？会看铜狄两咨嗟。

熙宁九年(1076)十二月，东坡罢密州任，移知河中府。十年正月，行至

济南，在子由家住了一个多月。子由自熙宁六年九月为齐州掌书记，有家在济南，但他本人这时已罢掌书记任，正以上书言事留在东京，兄弟未能相见。二月，东坡至郓州，道出澶、濮间，子由自京师特意赶来相会。兄弟俩自从熙宁四年九月在颍州分别，已经快七年不见面了。子由决定送东坡去河中府上任，二人同行入京，刚走到陈桥驿，东坡又接到新的徙知徐州的任命，不得入国门。他们在东京城外范镇家住了一个多月。四月二十一日，子由陪同东坡来到徐州，两弟兄在徐州相聚一百多天，到了八月间，子由将赴南京（河南商丘）留守签判任，与东坡在徐州告别。行前，会宿逍遥堂，子由写了两首绝句留别。（见本书）二诗感情深挚，情调凄婉，东坡所谓"读之殆不可为怀"者。东坡则以雄浑之笔，沉郁之思，写了这两首和诗。东坡兄弟自少即怀用世之志，此时却想到"寻旧约"，想到"退休"，这是和他们当时所处政治环境分不开的。这一点，兄弟二人是心照不宣，不言而喻的，只是子由的诗说得更含蓄，东坡的诗写得更骏快而已。读东坡此二诗，应该抓住这一根本点，这不是一般的伤离惜别之作。

第一首"别期渐近不堪闻，风雨萧萧已断魂"，言别期渐近，已觉黯然销魂，更加风雨萧萧，助长了这种离情别绪。二句概括了子由诗中惜别之意，着重回答原诗提到的"风雨对床"那一层意思。三、四句"犹胜相逢不相识，形容变尽语音存。"表面看是推开一步，以相慰藉，实际上是更深入、更沉痛地表达了此时此地的复杂心情。纪昀评云："宽一步，更沉着"，这是很有道理的。在生活中人们常有这样的经验：两个朋友、亲人多年不见，岁月催人，容颜易老，一旦邂逅相逢，从外貌上彼此已经不能互相认识，但往往会从声音、神态上还能认出自己的亲人。唐人贺知章"乡音无改鬓毛衰"句，说的就是这种情形。东坡此诗，乍看之只不过是说我们虽然离多会少，但究竟还没有弄到相见不相识，只能从语音上辨认自己亲人的程度，所以还是值得互相宽慰的。但实际用意却远不止此。这里他用了一个典故，必须

【鉴赏】

弄清他为什么用典才能弄清诗人的真实意图，才能懂得此诗的精妙之处。《后汉书·党锢传》："夏馥为党魁"，当党锢祸起，宦官诬陷、收捕党人，党人纷纷亡命的时刻，夏馥也"剪发变形，隐匿姓名，为冶家佣（帮人打铁），亲突烟炭，形貌毁瘁，人无知者。弟静，遇馥不识，闻其言声，乃觉而拜之。"自熙宁变法以来，反对派不断受到贬斥，东坡兄弟也连年外放。这时，王安石已罢相，新党中的某些人更加肆意打击、排斥异己。东坡已经意识到这种危险处境，不过眼前自己还在徐州任职，子由也新近接到南京留守签判的任命，暂时还算得是比较侥幸的。他用夏馥的典故，既切合兄弟间情事，更重要的，暗示了党派倾轧中的危险处境和忿懑心情。他以尚未沦入夏馥那种可怕境地来宽慰子由，宽慰自己，曲折地表达了对时事的不满。果然，几年之后就发生了乌台诗案，则东坡的忧危之感，不是没有根据的。

第二首即题目所谓"子由天资近道，又得至人养生长年之诀"，从这一角度来说明"今者宦游相别之日浅，而异时退休相从之日长"的意思，以此安慰子由，宽解自己，但言外也同样蕴蓄着对时事的忿懑不平之情。

"朱雀"、"金花"都是道教炼丹书中的术语。施注引阴真君《金液还丹歌》云："北方正气为河车，东方甲乙成丹砂，两精合养归一体，朱雀调护生金花。"按李白《草创大还赠柳官迪》诗："朱鸟张炎威，白虎守本宅。"王琦注引淳于叔通《大丹赋》云："朱雀翱翔戏兮，飞扬色五采。"俞琰注云："朱雀，火也。"此诗第一句的大概意思是只要一旦金丹炼成，获得了长生久视之术。"一转车"用贾岛诗"碌碌复碌碌，百年双转毂"的意思，言人生一世，就像车轮旋转那样快速、短暂。一、二句连起来，意谓如果真能长生不死，那么，眼前这数年的分别，真像车轮一转，是非常短暂而快速的，确实算不了什么，值不得惋惜、留恋。

接下去二句"五百年间谁复在？会看铜狄两咨嗟。"承接上文长生久视之意，进一步把问题扩大了，意思加深了。从历史发展的长远观点看，五百年间，将会发生多么大的变化，今天那些争权夺利、煊赫一时的人，不是早也烟消云散了么？又和他们计较些什么呢？“铜狄”谓铜人，指汉武帝时所铸金人。这里又用了一个典故。《后汉书·方术传》记载，一个叫蓟子训的人，有神仙之术，“后因遁去，不知所止。”多年后，有人在长安东霸城看见他，“与一老公共摩挲铜人，相谓曰：‘适见铸此，已近五百岁矣’！”

宋代士大夫多信方士炼丹、养气之说，何薳《春渚纪闻》卷十云：“丹灶之事，士大夫与山林学道之人喜于谈访者十盖七八也。”苏辙早年也很注意这种“烧炼之事”，他在《龙川略志》中不止一次提到这个问题，并说自己“治平末泝峡还蜀，泊舟仙都山下，有道士以《阴真君长生金丹诀》石本相示，”并在一起讨论“烧炼事”。东坡在与王巩、张方平诸人的信札中也常常提到修炼，在黄州时写的诗中还提到在临皋亭设置别室，专放丹炉。但东坡并不相信有长生不死的人。此诗用“朱雀”、“金花”，只不过借用道书中的语言，藉以表达一种诗的意象。诗人从历史长河这一悠久观点来看待眼前短暂的、变动着的一切，包括个人的遭遇，时局的变化。纪昀评此诗云：“此亦刺当日小人营营，终归于尽，而语意浑然不露。”可谓抓住了这首诗的实质。

这两首诗都用了一些典故，以深化诗的意境和内涵，增强诗的形象性、含蓄性和表现力。东坡善于根据表情达意的特定需要，从大量的文献资料中，选择那些具有典型意义的名言警句或历史事实，发掘典故本身所包含的深广的意蕴，精确、贴切地加以提炼和运用。前代批评家颇有讥评东坡诗好用事的，但这问题应该具体分析，区别对待。像这里，特别是像第一首诗，如果不用夏馥这个典故，诗人的复杂心情，是不能在简短的几句诗中表现出来的。

（白敦仁）

【原文】

韩幹马十四匹

二马并驱攒八蹄，二马宛颈鬃尾齐；
一马任前双举后，一马却避长鸣嘶。
老髯奚官骑且顾，前身作马通马语。
后有八匹饮且行，微流赴吻若有声。
前者既济出林鹤，后者欲涉鹤俯啄。
最后一匹马中龙，不嘶不动尾摇风。
韩生画马真是马，苏子作诗如见画。
世无伯乐亦无韩，此诗此画谁当看？

苏轼既是诗人，又是画家，他的题画诗，多而且好。七绝如《惠崇春江晚景》和《书李世南所画秋景》都至今传诵。五古如《高邮陈直躬处士画雁》，纪昀称为“一片神行，化尽刻画之迹”。这首《韩幹马十四匹》则是七古中题画名篇。

韩幹，唐代京兆蓝田（今属陕西）人，相传年少时曾为酒肆雇工，经王维资助学画，与其师曹霸皆以画马著名，杜甫在《丹青引》里曾经提到他。他的《照夜白图》等作品尚存，而苏轼题诗的这幅画，却不复可见。诗题说是“马十四匹”，画中的马，却不止此数。南宋楼钥在《攻媿集·题赵尊道渥洼图序》里说：他看见的这幅渥洼图，乃是李公麟所临韩幹画马图，即苏轼曾为赋诗者。“马实十六，坡诗云‘十四匹’，岂误耶？”楼钥因而题苏轼诗于图后，自己还作了一首‘次韵’诗。李公麟临那幅画，自属可信。临本中的马是“十六匹”，也很值得注意。王文诰“据公诗，马十四匹，楼所见并非临本也”的案语，是缺乏根据的。细读苏轼的这首题画诗，就发现那些说“据公诗，马十四匹”的人，漏数了一匹，搞混了一匹，实际上是十六匹，和李公麟所临本相副。

诗题标明马的数目，但如果一匹一匹地叙述，就会像记流水账，流于平冗、琐碎。诗人匠心独运，虽将十六匹马一一摄入诗中，但时分时合、夹叙夹写，穿插转换，变化莫测。先分写，六匹马分为三组。“二马并驱攒八蹄”，以一句写二马，是第一组。“攒”，聚也。“攒八蹄”，再现了“二马并驱”之时腾空而起的动态。“二马宛颈鬃尾齐”，也以一句写二马，是第二组。“宛颈”，曲颈也。“鬃尾齐”，谓二马高低相同，修短一致。诗人抓住这两个特点，再现了二马齐步行进的风姿。“一马任前双举后，一马却避长鸣嘶”，两句各写一马，合起来是一组。“任”，用也。一马在前，用前腿负全身之重而双举后蹄，踢后一匹；后一匹退避，长声嘶鸣。大约是控诉前者无礼。四句诗写了六匹马，一一活现纸上。

接着，诗人迅速掉转笔锋，换韵换意，由写马转到写人，以免呆板。“老髯”二句，忽然插入，出人意外，似乎与题画马的主题无关。方东树就说：“‘老髯’二句一束夹，此为章法。”又说：“夹写中忽入‘老髯’二句议，闲情逸致，文外之文，弦外之音。”他把这两句看作“议”（议论），而不认为是“写”（描写），看作表现了“闲情逸致”的“文外之文”，离开了所画马的本身，这都不符合实际。至于这两句在章法变化上所起的妙用，他当然讲得很中肯；但实际上，其妙用不仅在章法变化。第一、只要弄懂第三组所写的是前马踢后马、后马退避长鸣，就会恍然于“奚官”之所以“顾”，正是由于听到马鸣。一个“顾”字，写出了多少东西！第二、“前身作马通马语”一句，似乎是“议”，但议论这干什么？其实，“前身作马”，是用一种独特的构思，夸张地形容那“奚官”能“通马语”；而“通马语”乃是特意针对“一马却避长鸣嘶”说的。前马踢后马，后马一面退避、一面“鸣嘶”，“奚官”听懂了那“鸣嘶”的含义,自然就对前马提出警告。可见“通马语”所暗示的内容也很丰富。第三、所谓“奚官”,就是养马的役人,在盛唐时代,多由胡人充当。“老髯”一词,用以描写“奚官”的外貌特征,正说明那是个胡人。更重要的一点是:“老髯奚官骑且顾”一句中的那个“骑”字,告诉我们“奚官”的胯下还有一匹马。就是说,作者从写马转到写人,而写人还是为了写马:不仅写“奚官”闻马鸣而“顾”马群,而且通过“奚官”所“骑”,写了第七匹马。

以上两句,把画面划分成前后两大部分;又以“奚官”的“骑且顾”,把两大部分联系起来,颇有“岭断云连”之妙。所谓“连”,就表现在“骑”和“顾”“奚官”所骑,乃十六马中的第七马,它把前六马和后九马连成一气。“奚官”闻第六马长鸣而回顾,表明他原先是朝后看的。为什么朝后看?就因为后面还有九匹马,而且正在渡河。先朝后看,又闻马嘶而回头朝前看,真是瞻前而顾后,整个马群,都纳入他的视野之中了。

接下去,由写人回到写马,而写法又与前四句不同。“后有八匹饮且行,微流赴吻若有声”:八马饮水,微流吸入唇吻,仿佛发出汩汩的响声。一个“后”字,确定了这八匹与前七匹在画幅上的位置:前七匹,早已过河;这八匹,正在渡河。八马渡河,自然有前有后,于是又分为两组。“前者既济出林鹤”,是说前面的已经渡到岸边,像“出林鹤”那样昂首上岸。“后者欲涉鹤俯啄”,是说后面的正要渡河,像“鹤俯啄”那样低头入水。四句诗,先合后分,共写八马。

“最后一匹马中龙”一句,先叙后议,赞美之情,溢于言表。《周礼·夏官·庾人》云:“马八尺以上为龙。”说这殿后的一匹是“马中龙”,已令人想见其骏伟的英姿。紧接着,又来了个特写镜头:“不嘶不动尾摇风。”“尾摇风”三字,固然十分生动、十分传神;“不嘶不动”四字,尤足以表现此马的神闲气稳、独立不群。别的马,或者已在彼岸驰骋,或者即将上岸;最后面的,也正在渡河。而它却“不嘶不动”,悠闲自若。这是为什么？就因为它是“马中龙”。真所谓“蹄间三丈是徐行”，自然不耽心拉下距离。

认为“据公诗马十四匹”的王文诰，既没有发现“奚官”所“骑”的那匹马，又搞混了这“最后一匹”马。他说：“此一匹，即八匹之一，非十五匹也。”其实，从句法、章法上看，这“最后一匹”和“后有八匹”是并列的，怎能说它是“八匹之一”？

十六匹马逐一写到，还写了“奚官”，写了河流，却一直未提“韩幹”、也未说“画”。形象如此生动，情景如此逼真，如果始终不说这是韩幹所画，读者就会认为他所写的乃是实境真马。然而题目又标明这是题韩幹画马的诗，通篇不点题，当然不妥。所以接下去便点题。归纳前面所写，自然得出了“韩生画马真是马”的结论。“画马真是马”，这是对韩幹的赞词。而作者既赞韩生，又自赞，公然说“苏子作诗如见画”。读完下两句，才看出作者之所以既赞韩生又自赞，乃是为全诗的结尾作铺垫。韩生善画马，苏子善作画马诗；从画中，从诗中，都可以看到真马，看到“马中龙”。可是，“世无伯乐亦无韩，此诗此画谁当看？”——世间没有善于相马的伯乐和善于画马的韩幹，连现实中的骏马都无人赏识，又何况画中的马、诗中的马！既然如此，韩生的这画、苏子的这诗，还有谁去看呢？两句诗收尽全篇，感慨无限，意味无穷。

全诗只十六句，却七次换韵，而换韵与换笔、换意相统一，显示了章法上的跳跃跌宕，错落变化。

这首诗的章法，前人多认为取法于韩愈的《画记》。如洪迈《容斋五笔》卷七和方东树《昭昧詹言》卷十二都这样说。这当然是不错的，但这首诗穷极变化，不可方物，似乎更多的是受了杜甫《韦讽录事宅观曹将军画马图》的启发。

（霍松林）

【原文】

李思训画长江绝岛图

山苍苍，水茫茫，大孤小孤江中央。
崖崩路绝猿鸟去，惟有乔木搀天长。
客舟何处来？棹歌中流声抑扬。
沙平风软望不到，孤山久与船低昂。
峨峨两烟鬟，晓镜开新妆。
舟中贾客莫漫狂，小姑前年嫁彭郎。

苏轼知画善画，他作了大量评画、题画的诗文，本诗是其中的名篇之一。诗中对画未加评骘，只是如《韩幹马十四匹》诗中所说的“苏子作诗如见画”，将画的内容传达给读者，表示了对李思训这幅作品的肯定。

李思训是我国“北宗”山水画的创始人，他是唐朝的宗室，开元间官至右武卫大将军，新、旧《唐书》均有传。他的山水画被称为“李将军山水”。他曾在江都（今属江苏扬州）、益州（州治在今四川成都）做过官，宦程所经，长江风景是他亲身观赏过的，此画即使不是对景写生，画中景色也是经过画家灵敏的眼光取得了印象的，和向壁虚构和对前人山水的临摹不同。诗中所叙的“大孤小孤”，大孤山在今江西九江市东南波阳湖中，四面洪涛，孤峰挺峙；小孤山在今江西彭泽县北、安徽宿松县东南的大江中，屹立中流。两山遥遥相对。“崖崩”两句，极写山势险峻，乔木苍然，是为画面最惹眼的中心。“客舟”以下四句，写画中小船，直如诗人身在画境之中，忽闻棹歌，不觉船之骤至。更进一步，诗人俨然进入了小舟之中，亲自体会着船在江上低昂浮泛之势。诗人曾有《出颍口初见淮山，是日至寿州》一律，其颔联

"长淮忽迷天远近，青山久与船低昂"，和第七句"波平风软望不到"，与这首诗的"沙平"两句，上下只改动了两个字，可见这两句是他舟行时亲身体会而获的得意之句，不觉重又用于这首题画诗上。至此，画面上所见的已完全写毕，照一般题画诗的惯例，应该是发表点评价，或对画上的景物发点感叹了，但苏轼却异军突起地用了一个特别的结束法，引入了有关画中风景的当地民间故事，使诗篇更加余音袅袅。

小孤山状如女子的发髻，故俗名髻山。小孤山又讹音作小姑山，山所在的附近江岸有澎浪矶，民间将"澎浪"谐转为"彭郎"，说彭郎是小姑的夫婿。南唐时，陈致雍曾有请改大姑、小姑庙中妇女神像的奏疏，吴曾《能改斋漫录》载有此事，可见民间流传的神幻故事已定型为一种神祇的祀典。苏轼将江面和湖面喻为"晓镜"，将大小孤山比作在晓镜里梳妆的女子的发髻，正是从民间故事而来。"舟中贾客"两句，与画中"客舟"呼应，遂使画中事物和民间故事融成一体，以当地的民间故事丰富了画境，实际上是对李思训作品的肯定。而这一肯定却不露痕迹，无怪清人方东树《昭昧詹言》评此诗时，称其"神完气足，遒转空妙。""空妙"的品评，对诗的结尾，可谓恰切之至。

（何满子）

百步洪二首[①] （其一）

长洪斗落[②]生跳波，轻舟南下如投梭。
水师绝叫凫雁起[③]，乱石一线争磋磨。
有如兔走鹰隼[④]落，骏马下注千丈坡。
断弦离柱箭脱手，飞电过隙珠翻荷。

【原文】

四山眩转风掠耳，但见流沫生千涡。
崄中[5]得乐虽一快，何异水伯夸秋河[6]。
我生乘化日夜逝，坐觉一念逾新罗。
纷纷争夺醉梦里，岂信荆棘埋铜驼[7]。
觉来俯仰失千劫，回视此水殊委蛇[8]。
君看岸边苍石上，古来篙眼如蜂窠。
但应此心无所住，造物虽驶如吾何。
回船上马各归去，多言譊譊[9]师所呵。

〔注〕 ① 此诗原序："王定国访余于彭城，一日，棹小舟与颜长道携盼、英、卿三子，游泗水，北上圣女山，南下百步洪，吹笛饮酒，乘月而归。余时以事不得往，夜著羽衣，伫立于黄楼上，相视而笑。以为李太白死，世间无此乐三百余年矣。定国既去逾月，复与参寥师放舟洪下，追怀曩游，以为陈迹，喟然而叹。故作二诗，一以遗参寥，一以寄定国，且示颜长道、舒尧文邀同赋云。"王定国，名巩，大名莘县人，工诗，与苏轼交谊颇厚。颜长道，名复，山东人。盼、英、卿，马盼盼、张英英、和某卿卿，是当时徐州的歌妓。参寥，僧道潜字，浙江於潜人。舒尧文，舒焕的字，时任徐州教授。 ② 斗落：同"陡落"。 ③ 水师：水手。绝叫：大声呼叫。凫雁：野鸭。 ④ 隼（sǔn笋）：一种猛禽。 ⑤ 崄中：奇险之中，崄同"险"。 ⑥ 水伯：指河伯。《庄子·秋水》说："秋水时至，百川灌河，泾流之大，两涘渚崖之间，不辨牛马，于是焉河伯欣然自喜，以为天下之美为尽在已。" ⑦ 荆棘埋铜驼：晋朝索靖看到天下将乱，曾指洛阳宫门外的铜驼说："会见汝在荆棘中耳！"（《晋书·索靖传》） ⑧ 委蛇：长而曲的样子，亦作委佗。 ⑨ 譊譊（náo挠）：争辩声。

百步洪在徐州东南二里。悬流湍急，乱石激涛，最为壮观，今已不存。诗作于宋神宗元丰元年(1078)，作者时任徐州知州。诗的前半写舟行洪中

的惊险，后半纵谈人生的哲理。

前半一大段开头四句写长洪为乱石所阻激，陡起猛落，急湍跳荡。舟行其间，就像投掷梭子一样，就连经常驾船的熟练水手，也不免大声叫唤，甚至水边的野鸭，也都惊飞起来。一线急流，和乱石互相磋磨，发出撞击的声响。次四句连用妙喻，形容这水波有如狡兔的疾走，鹰隼的猛落，如骏马奔下千丈的险坡，这轻舟如断弦离柱，如飞箭脱手，如飞电之过隙，如荷叶上跳跃的水珠，光怪离奇，势难控制。前两句状水波的猛势，后两句写船在波涛上动荡的情景，真是有声有势，渲染入神。接着以“四山眩转”等四句写船上乘客此时的感受：人们处于轻舟之中，仿佛四面的山峰都在旋转；急风掠过耳边，使人心动神驰。所见的是流沫飞逝，百漩千涡。在这奇险当中，虽说精神为之一快，却料想不到凭着秋水之涨，水伯竟然有如此的威力。“崄中”两句，总结形容水势的前文，转而开展纵谈哲理的后半，是承上启下之笔。

后半一大段，专谈哲理。“我生”以下六句，是由序文中所说人生会晤无常所引起的感慨。首两句是说：人生在世，生命是随着时光的推移而流逝的，好比逝水一样，在不舍昼夜地澌流着。但人的意念，却可以任意驰骋，能不为空间时间所限制，一转念的瞬息之间，就可以逾过辽远的新罗。“一念逾新罗”是化用佛家语：“新罗在海外，一念已逾。”（见《传灯录》卷二三），又发挥了庄子“其疾俯仰之间，而再抚四海之外”的思想（《庄子·在宥》）。表明生命虽然会像陶渊明所说的那样：“聊乘化以归尽”（《归去来辞》），任听自然去支配；意志倒是可以由人们自己掌握，不为造物所主宰。“纷纷争夺”两句，感叹人们在世间，不少人只知道攘权夺利，好似处在醉梦里一般。然而世事沧桑，变化极快，谁能相信洛阳宫门前的铜驼，竟会埋没在荆棘里面呢？这种世变的反复，看起来比洪水的奔流还要快些，可谁又能理解呢？后两句“觉来俯仰失千劫，回视此水殊委蛇”，是说觉悟过来，俯

【鉴赏】

仰之间，便像已经越过了千种劫波，就是说失去了许多光阴。千劫，意即长时；“劫”是梵文佛家语“劫波”的省称。再回头看看流水，则依然盘曲如故。就以百步洪而言，也还是安闲自得呢！以上六句是作者对生命、意念和世事的看法，杂糅了佛家道家的思想。

“君看”以下四句：是就行舟洪中的人说的。先说，古人在这百步洪里，也留下了不少遗迹，但是其人早已不复存在，只有岸边的苍石上，还留有蜂窠一般的篙眼。再说，但如能此心无所住著，自己的思想能够旷达，即便自然界运行得再快，也与我无妨。“住”，即住著，是佛家语，“僵化”的意思。《金刚经》里有“应无所住而生其心”的话，诗中采用了这种说法，以示人要自求解脱，不被外物所拘牵。结尾两句：“回船上马各归去，多言譊譊师所呵。”总束前文，悠然而止，表明关于人生的哲理，前面已经说了个梗概，至此，各人都该离船上马转向归途了；再多说多辩，参寥禅师是会对人们呵责的呢！诗的这一大段，总起来讲，是解说人生有限，宇宙无穷，人应超脱旷达，不为外物所奴役的道理。诗的结尾，非常幽默，足以显示诗人笔之所至、无所不适的超迈风格。

综观全诗，前半写景，有滩陡涡旋，一波三折之势；后半谈哲理，极飘逸超脱、不为物囿之妙。东坡诗风格上的一大特色是比喻的丰富、新鲜和贴切，在这首诗中写洪波湍急，在四句中连用七种比喻，各极其态，各逞其妍，笔墨淋漓恣肆，蔚为壮观，千古罕见。谈哲理部分，参入佛家思想，运以庄子文笔，启示人们应掌握自家的意念，力求超越时空的局限，以开脱胸襟求得自由。虽不免混杂一些佛、道的消极因素，但从述真、乐观，不受环境支配这些方面来说，又具有积极的一面。此诗的艺术性，确实是高超的。所谓行气如虹，行神如空，“常行于所当行，常止于所不可不止”（苏轼《答谢民师书》），可以作为此诗艺术手法的注脚。

（马祖熙）

月夜与客饮酒杏花下

杏花飞帘散余春[①]，明月入户寻幽人。
褰衣步月踏花影，炯如流水涵青蘋。
花间置酒清香发，争挽长条落香雪。
山城酒薄[②]不堪饮，劝君且吸杯中月。
洞箫声断月明中，惟忧[③]月落酒杯空。
明朝卷地春风恶，但见绿叶栖残红。

〔注〕 ① 散余春：一作“报余春”。 ② 酒薄：一作“薄酒”。 ③ 惟忧：一作“惟愁”。

这首七言古体诗据宋人王十朋注云：“按先生《诗话》云：‘仆在徐州，王子立、子敏皆馆于官舍。蜀人张师厚来过，二王方年少，吹洞箫，饮酒杏花下。’”可知作于徐州任上。又宋人施元之注云：“真迹草书，在武宁宰吴节夫家，今刻于黄州。”

这首诗的题目为“月夜与客饮酒杏花下”，所以除了写人还要写月、写花、写酒，既把四者揉为一体，又穿插写来，于完美统一中见错落之致。

诗的开头两句“杏花飞帘散余春，明月入户寻幽人”，开门见山，托出花与月。首句写花，花落春归，点明了时令。次句写月，月色入户，交代了具体时间和地点。两句大意是说，在一个暮春之夜，随风飘落的杏花，飞落在竹帘之上，它的飘落，似乎把春天的景色都给驱散了。而此时，寂寞的月，透过花间，照进庭院，来寻觅幽闲雅静之人。“寻幽人”的“寻”字很有意趣。

【鉴赏】

李白有诗曰："举杯邀明月，对影成三人"，诗人是主，明月是客，说明诗人意兴极浓，情不自禁地邀月对饮。而在此诗中，明月是主，诗人是客，明月那么多情，居然入户来寻幽人。那么，被邀之人，能不为月的盛情所感，从而高兴地与月赏花对饮吗？

接下来"褰衣步月踏花影，炯如流水涵青蘋"二句，是说诗人应明月之邀，揽衣举足，沿阶而下，踱步月光花影之中，欣赏这空明涵漾、似水涵青蘋的神秘月色。这两句空灵婉媚，妙趣横生。诗的上下两句都是先写月光，后写月影。"步月"是月光，"踏花"是月影；"炯如流水"是月光，"涵青蘋"是月影。"炯如流水"，是说月光清澈如水，"炯"字状月光的明亮，如杜甫《法镜寺》："朱甍半光炯，户牖粲可数"。"涵青蘋"是对月影的形象描绘，似水月光穿过杏花之后，便投下斑斑光影，宛如流水中荡漾着青蘋一般。流动的月光与摇曳的青蘋，使沉静的夜色有了动感，知月惜花的诗人，沐浴在花与月的清流之中，不正好可以一洗尘虑，一涤心胸吗！这两句诗勾画了一个清虚、明静、空灵而缥缈的超凡境界。

"花间置酒清香发，争挽长条落香雪"两句写花与酒。"长条"与"香雪"都是指花。杜甫《遣兴》诗中有"狂风挽断最长条"之句，白居易《晚春》诗中则说："百花落如雪"。"花间置酒"两句化用了杜、白诗意，写出了赏花与饮酒的强烈兴致。美酒置于花间，酒香更显浓郁；香花，趁着酒兴观赏，则赏花兴致也就更高。花与酒互相映发。诗人此时的情怀，与李白《月下独酌》"花间一壶酒，独酌无相亲"的意趣迥然不同，不是寂寞孤独，而是兴致勃勃。

"山城"以下四句，前两句写借月待客，突出"爱月"之心。山城偏僻，难得好酒，可是借月待客，则补酒薄之不足。"劝君且吸杯中月"一句，是从白居易《寓龙潭寺》诗"云随飞燕月随杯"中化出，表明诗人对月之爱远远超出了对酒之爱。后两句情绪渐转低沉，见诗人"惜月"之情。随着时间的推移，月光的流转，悠扬的箫声渐渐停息了，月下花间的几案之上，杯盘已空，诗人不禁忧从中来。此时诗人最忧虑的不是别的，而是月落。这里含着十分复杂的情感，被排挤出朝廷的诗人，虽然此时处境略有好转，但去国之情总不免带来凄清之感，在此山城，唯有明月与诗人长相陪伴。月落西山，诗人情无以堪。

诗的最后两句转写花，不过不是月下之花，而是想象中凋零之花。月落杯空，夜将尽矣，于是对月的哀愁转为对花的怜惜。今夕月下之花如此动人，明朝一阵恶风刮起，便会落英遍地，而满树杏花也就只剩下点点残红。诗中显然寄寓了人生命运的感慨。

这首诗韵味淳厚，声调流美，在表现手法上很有特色。首先是物与人的映衬，情与景的融入。人因物而情迁，物因人而生色。首句“杏花飞帘散余春”，是一派晚春景色，天上有明媚之月，花下有幽居之人，绮丽之中略带凄清之感。接着“明月入户寻幽人”一句，达到了物我相忘的境界。诗人因情设景，因景生情，情景交融，出神入化。

构思的错落有致、变化自如，使全诗情致显得更浓。开篇两句既写花又写月。三、四句重点写月，其中也有写花之笔。五、六句写花、写酒，但重在写花。七、八句写爱月之深。九、十句写惜月之情。最后两句是虚笔，借花的凋零写惜春之情，并寄有身世之感，寓意更深一层。通观全篇，诗人紧扣诗题，不断变换笔墨，围绕花、月、酒三者，妙趣横生。

诗人笔下的月，不仅是含情脉脉，而且带着一股仙气与诗情。这种仙气与诗情，是诗人超脱飘逸风格的体现，也是诗人热爱自然的心情的流露。

（袁行霈　崔承运）

【原文】

大风留金山两日

塔上一铃独自语:"明日颠风当断渡。"
朝来白浪打苍崖,倒射轩窗作飞雨。
龙骧万斛不敢过,渔舟一叶从掀舞。
细思城市有底忙,却笑蛟龙为谁怒?
无事久留僮仆怪,此风聊得妻孥许。
灊山道人独何事,夜半不眠听粥鼓。

金山,在今江苏镇江西北,据传,唐时裴头陀获金于此,故名。这首诗作于元丰二年(1079)四月,当时苏轼由徐州改知湖州,赴任途中,经过金山时作。

这首诗可分为两部分。前六句写"大风"。一二句借佛图澄事言大风将至。《晋书·佛图澄传》:"(石)勒死之年,天静无风,而塔上一铃独鸣。澄谓众曰:'铃音云:国有大丧,不出今年矣。'既而勒果死。"佛图澄借铃语言吉凶,苏轼借铃语言风兆。第二句是铃语的内容。颠风即狂风,杜甫有"晓来急雨春风颠"句(《逼侧行赠毕曜》)。三至六句写风势。"朝来"应"明日",写铃语应验,行文扣得很紧。风无形,故借浪以状风大:白浪打着苍崖,又从苍崖倒射于船上轩窗,像雨点般洒在船上。"打"、"射"、"飞"三字,把无形的风写得来有声有形,可触可感。正如汪师韩所说:"轩窗飞雨,写风浪之景,真能状丹青所不能状。"(《苏诗选评笺释》)"轩窗"已写到船,五六句通过集中写船进一步写风势。龙骧,晋龙骧将军王浚受命伐吴,造大船,一船可容二千余人,后因以龙骧称大船。十斗为斛,万斛,形容船的容量特大。从:任,听凭。大船不敢过,小船任掀舞,通过一大一小,极写风浪的险恶。僧惠洪说:“东坡微意特奇,如曰:‘见说骑鲸游汗漫,亦曾扪虱话辛酸。’……又曰:‘龙骧万斛不敢过,渔舟一叶纵掀舞。’以鲸为虱对,以龙骧为渔舟对,大小气焰之不等,其意若玩世。谓之秀杰之气,终不可没者,此类是也。”(《冷斋夜话》卷四)

后六句写人,写他们一行因风浪太大被迫“留金山两日”。七八句写他自己的态度。底:什么。意思是说,赶到湖州去也没有什么事,在这里逗留几天也没有什么不好,蛟龙掀起汹涌的怒涛难不倒我。这是一种随缘自适的态度。九、十句写妻孥僮仆的态度。他们想快点到湖州,如果“无事久留”,定会受到责怪,现在是因风而留,他们也就无话可说了。最后两句是写灊山道人的态度。灊山道人即苏轼的好友、诗僧道潜,又叫参寥子。苏轼这次由徐州赴湖州,曾先到南都(商丘)看望弟弟苏辙,然后才南下,“至高邮,见太虚(秦观)、参寥,遂载与俱。”(苏轼《跋秦太虚题名记》)可见这时参寥也在船上。粥鼓即粥鱼,又叫木鱼,和尚诵经所敲的法器。后两句说,尽管风浪正掀打着船舱,参寥却正专心专意地倾听金山寺的木鱼声。反映了僧人不以风浪为意的镇定态度。

纪昀说:“金山阻风中,有景有人在。”此诗前半写景,有声有色;后半写人,风趣幽默。“得行固愿留不恶”(《泗州僧伽塔》),全诗正表现了苏轼这种随缘自适、不以风浪为怀的神情。

(曾枣庄)

次韵秦太虚见戏耳聋

君不见诗人借车无可载[①],留得一钱何足赖[②]!

晚年更似杜陵翁,右臂虽存耳先聩[③]。

【原文】

人将蚁动作牛斗[④]，我觉风雷真一噫。
闻尘扫尽根性空[⑤]，不须更枕清流派[⑥]。
大朴初散失浑沌[⑦]，六凿相攘更胜坏[⑧]。
眼花乱坠酒生风，口业不停诗有债。
君知五蕴[⑨]皆是贼，人生一病今先差[⑩]。
但恐此心终未了，不见不闻还是碍。
今君疑我特佯聋，故作嘲诗穷险怪。
须防额痒出三耳[⑪]，莫放笔端风雨快。

〔注〕 ①“借车”句：孟郊《移居》诗：“借车载家具，家具少于车”。 ②“留得”句：杜甫《空囊》诗：“囊空恐羞涩，留得一钱看”。苏轼在这里是翻用其意。 ③“右臂”句：杜甫《清明》诗：“此身飘泊苦西东，右臂偏枯左耳聋”。④“人将”句：《晋书·殷仲堪传》载，仲堪的父亲曾患过一种奇怪的耳病，听到床下的蚂蚁动，以为是牛斗。 ⑤“闻尘”句：佛家把眼、耳、鼻、舌、身、意，称为“六根”，又进一步把这些器官的感觉称为“六尘”。譬如耳朵是“根”，听觉（闻）就是“尘”。闻尘扫尽，便是失去听觉，根性空，便是耳朵这个器官等于无用。 ⑥“不须”句：这里翻用晋代孙楚“枕流漱石”这句名言。以流水作枕，是为了洗耳。 ⑦“大朴”句：《庄子·应帝王》说，倏与忽相遇于浑沌处（“浑沌”也是一个人），倏与忽觉得浑沌没有人们都有的七窍，很是可怜，于是便助人为乐，一天帮浑沌凿一窍。浑沌本是活的，谁知七窍凿完，浑沌便死了。 ⑧“六凿”句：《庄子·外物》说，人的喜、怒、哀、乐、爱、恶这六种情感是“六凿”，人有各种情绪存在，便是“六凿相攘”，不得安宁。 ⑨ 五蕴：佛家把色、受、想、行、识称为“五蕴”。“五蕴皆是贼”和“六凿相攘”意思相同。 ⑩ 人生一病：指听觉。差：通瘥，病愈。 ⑪ 额痒出三耳：隋朝传说，有个叫张审通的秀才，夜间睡梦中在冥府任记录。一次，冥官为了奖励他，在他额头上也安上一只耳朵。审通醒来后，觉得额头发痒，转瞬间果真涌出一只耳朵，比原来的听觉更灵。于是一时传为奇事，称他是“三耳秀才”。但是这只耳朵有如鸡冠，顶在额头上，有损美观。（见

张君房《脞说》)

神宗元丰二年(1079),苏轼四十四岁。这一年,他由徐州改知湖州,三月里动身,四月底到达,此诗即写于途中。到八月,他因讪谤罪下狱,也就是文学史上常提到的“乌台诗案”。这首诗作于“诗案”前夕。当时已是山雨欲来,可作者却并没有觉察到问题的严重,他依然沉湎于感情上的冲动,特别是在秦观这样的至交面前(太虚,秦观的号)。

早在神宗熙宁三年(1070),王安石参知政事,开始推行新法时,苏氏兄弟就卷入一场政治斗争中。先是苏辙评论新法,使神宗不悦,于是贬为陈州学官。苏轼更加沉不住气,连写两个详细的奏章,纵论朝廷得失。这样,政争就进一步扩大。诗人自己也知道处境已难,就索性主动请求外调,神宗准许了他。诗人从此过着一种被猜忌的生涯,九年之中,换了四个地方,始而杭州,继而密州和徐州,后来是湖州。

外调之后,诗人更觉委屈,一种愤激情绪,往往在诗词中不择地而出。他的亲友为他耽心,在杭州时,表兄文同便在寄给他的诗中作了最直率的规戒,劝他“北客南来休问事,西湖虽好莫题诗”。但是,诗人这段时间的作品,反而出现了从来没有过的繁富,大多笔墨恣肆,隐寓讥讽这种情况,一直持续到“乌台诗案”发生。看来,诗人在受到严重打击之前,依然把世途艰险、宦海风波看得太轻了。

此年三月,诗人由徐州改知湖州,他接到朝命,便启程前往,路过松江,遇到秦观,免不了诗酒流连。大概诗人此时听力已减退,所以秦观写了一首诗和他开玩笑。这本是挚友间心灵上的默契,谁知却激发了诗人的诗兴,于是次韵赓和。

诗的开头先从孟郊《移居》诗说起,因为他自己也正在“移居”(由徐

【鉴赏】

到湖)。移居显得如此清贫,于是又很自然地联想起杜甫的“留得一钱看”这句自慰兼自嘲的话。下两句转入耳聋。杜甫的另两句诗:“此身飘泊苦西东,右臂偏枯左耳聋。”若只从字面上寻找,也许对上号的仅是耳聋,可是,读者觉得他引这两句杜诗,一定想从整个精神上合拍,只有这样,典才用活。“君不见诗人借车无可载,留得一钱何足赖! 晚年更似杜陵翁,右臂虽存耳先聩。”一气读下来,不都是浓得化不开的牢骚块垒吗?

下面便是正面入题,用亦庄亦谐的口气发表议论。他说:一般人总是那么提心吊胆,那么战战兢兢,我才不哩! “人将蚁动作牛斗,我觉风雷真一噫”,人家把蚂蚁之动看作牛斗,当成风雷,我听来不过是一声唉罢了。为什么我能这样呢? 是因为我根本就不听,“闻尘扫尽根性空,不须更枕清流派。”患得患失之情,在我思想上已一扫而空,我已不必像古人那般“枕流洗耳”了。诗人这些话是有针对性的,因为自从他离开朝廷之后,多年来忧谗畏讥,不见不闻,反倒觉得清净。

接着,他又深一层抒发感慨说:“大朴初散失浑沌,六凿相攘更胜坏。眼花乱坠酒生风,口业不停诗有债。”一个人若是能浑浑沌沌就好了,一有知识,便有忧患,所谓“人生识字忧患始”,知识愈多,自必愈加敏感,这就更坏事了,纷纷扰扰,等于酒后生风,眼花缭乱,该惹下多少“口业”呀! (口业,佛教语,指妄言、恶口、两舌、绮语。这里喻祸从口出。)这里,还同时提到“诗债”,很有点像是乌台诗案的谶语,实际上诗人何尝能预知!

再下面,他的感慨愈旋愈深,索性倾吐出内心的真情。他说:“君知五蕴皆是贼”,对事物的敏感于己有害,幸而现在我已耳聋,“人生一病今先差”,尽可不闻不问了。但是,这果真行吗? 此心还在,一切努力恐怕终将化为徒劳,所以“不见不闻还是碍”。诗人欲求超脱,终究不能的心情至此和盘托出。

诗写到这里,意思已完全说清了。但为了让自己和对方都轻松一下,他又强颜为笑,想用几句诙谐话遮盖住刚才所触及的衷曲。“今君疑我特佯聋,故作嘲诗穷险怪。须防额痒出三耳,莫放笔端风雨快。”你心疑我是装聋,所以写出这样险怪的诗来作调侃,可是,你须明白,你这种过分的聪明,会使你自己受到上天的戏弄,成了“三耳秀才”哩。

这首诗,恰好总结了诗人“诗案”之前一段时间内的思想情绪:他忧谗畏讥,却又未免“托大”。此时还是“我觉风雷真一噫”,到乌台诗案之时,只能“魂惊汤火命如鸡”(系于狱中所作)了。他经此打击,创巨痛深,所以在“诗案”以后,诗作的风格上以至手法上都有改变,由刘禹锡那样的喜讽刺,转而为白乐天式的旷达、陶渊明式的恬适——一句话,不再那么天真了。

天真,坦率,是诗人的本性,却又是他的苦难根源。读这位大诗人的诗,总不免有此感想。

(潘同寿)

端午遍游诸寺得禅字

肩舆任所适,遇胜辄流连。
焚香引幽步,酌茗开净筵。
微雨止还作,小窗幽更妍。
盆山不见日,草木自苍然。
忽登最高塔,眼界穷大千。
卞峰照城郭,震泽浮云天。
深沉既可喜,旷荡亦所便。

【原文】

幽寻未云毕，墟落生晚烟。
归来记所历，耿耿清不眠。
道人亦未寝，孤灯同夜禅。

这是一首记游诗，写于元丰二年(1079)的端午节，此时作者刚到湖州不久。同游者还有“苏门四学士”之一的秦观，秦观写有《同子瞻端午日游诸寺》可证。

诗的开头四句，直叙作者乘坐小轿任性而适，遇到胜景便游览一番。或焚香探幽；或品茗开筵，筵席上都是素净之物，以见其是在寺中游览，四句诗紧扣题目中的“遍游诸寺”四字。

“微雨”以下四句，转笔描绘江南五月的自然特色，蒙蒙细雨，时作时停，寺院的小窗，清幽妍丽，四面环山，如坐盆中，山多障日，故少见天日。草木郁郁葱葱，自生自长，苍然一片。苏轼本人对此四句诗很欣赏，自谓“非至吴越，不见此景。”(见《苕溪渔隐丛话》前集)这四句诗的确捕捉到湖州五月的景物特点。

当诗人登上湖州飞英寺中的飞英塔时，放眼观看大千世界，笔锋陡转，又是一番境界：诗人进一步描绘了阔大的景物。“下峰照城郭，震泽浮云天”二句，写景很有气魄，既写出下山的山色之佳，又传神地描绘出浮天无岸，烟波浩渺的太湖景象。此二句诗与“微雨”以下四句，都是写景的佳句。据《苕溪渔隐丛话》记载：“东坡渡江，至仪真，和《游蒋山诗》，寄金陵守王胜之益柔，公(按即王安石)亟取读之，至‘峰多巧障日，江远欲浮天’，乃抚几曰：‘老夫平生作诗，无此二句。’”这就可见王安石对“峰多”两句是如何服膺了。但这两句的意境，又完全出现在《端午遍游诸寺得禅字》的写景名句中。“盆山不见日”与“峰多巧障日”差可比肩，“震泽浮云天”比起“江远欲浮天"来有过之而无不及。

一个大手笔,写诗要能放能收,且看苏轼这首诗,在达到高峰之后,是如何收束的。他先插入两句议论,以作收束的过渡,对眼前所见的自然美景,发表了评论,说他既欣赏太湖的那种吐吸江湖、无所不容的深沉大度,又喜爱登高眺远,区宇开阔的旷荡。紧接此二句,便以天晚当归作收,却又带出"墟落生晚烟"的晚景来,写景又出一层。最后四句,又写到夜宿寺院的情景,看似累句,实则不然。与道人同对孤灯于古佛同参夜禅的描写,正是这一日游的一部分。

这首记游诗,作者在写景上没有固定的观察点,而是用中国传统画的散点透视之法,不断转换观察点,因此所摄取的景物,也是不断变化的,体现出"遇胜辄流连"的漫游特点。诗人的一日游,是按时间顺序而写,显得很自然,率易,但又时见奇峰拔地而起,六句写景佳句,便是奇崛之处,故能错落有致,平中见奇。

(刘文忠)

予以事系御史台狱,狱吏稍见侵,自度不能堪,死狱中不得一别子由,故作二诗授狱卒梁成,以遗子由

圣主如天万物春,小臣愚暗自亡身。

百年未满先偿债,十口无归更累人。

是处青山可埋骨,他年夜雨独伤神。

与君世世为兄弟,再结来生未了因。

【原文】

柏台霜气夜凄凄，风动琅珰月向低。
梦绕云山心似鹿，魂惊汤火命如鸡。
眼中犀角真吾子，身后牛衣愧老妻。
百岁神游定何处？桐乡知葬浙江西。

神宗元丰二年(1079)四月，苏轼从徐州知州调任湖州知州。由于他一直对当时王安石推行的新法持反对态度，在一些诗文中又对新法及因新法而显赫的“新进”作了讥刺，于是激怒了的对方，便累章弹劾他“作为诗文讪谤朝政及中外臣僚，无所畏惮”。这年八月，苏轼在湖州被逮，押至汴京在御史台狱中四月，审讯他的谏官竭力罗织罪名，多方株连，必欲置他于死地。由于当时一些元老重臣如吴充、范镇等上章营救，以及神宗祖母太皇太后曹氏出面干预，神宗才下令从轻发落，于这年十二月责授苏轼为检校水部员外郎黄州团练副使，在本州安置，不得签署公文。因和他有诗文往来而受株连的大小官员有张方平、王诜、司马光和他的弟弟苏辙等二十余人。这就是当时震惊朝野的“乌台(御史台)诗案”，赵宋开国以来，因文字批评朝政而被系狱的，苏轼是第一人。《系御史台狱寄子由二首》即是在狱中所写，子由是苏辙的字。

苏辙比苏轼小四岁。兄弟二人，自幼生活在一起，苏轼曾有诗说：“我年二十无朋俦，当时四海一子由”，兄弟情谊，到老不衰。当苏辙听到苏轼被捕的凶讯时，无异是晴天霹雳。他是最了解兄长的人。兄弟二人从政以后，彼此政见一致，苏辙很知道这次事件的严重性。这时，他正在应天府(北宋的南京，今河南商丘)任判官，立即上书神宗，自诉得到苏轼下狱的消息后，“举家惊号，忧在不测”，“臣早失怙恃，唯兄轼一人，相须为命”，“乞纳在身官以赎兄轼，得免下狱死为幸……”。后来苏轼结案，苏辙果真谪往筠州(今江西高安)为酒监。

苏轼被逮入狱后,首先想到的也是他的弟弟,他该怎样向弟弟解释和关照呢?

第一首主要是表达对苏辙的怀念。首联:“圣主如天万物春,小臣愚暗自亡身”。这是一种对自己遭受的巨大不幸的号恸之音。诗人想到,由于自己的过错,不仅自身和家庭将遭可怕的灾祸,并且还要连累弟弟和许多朋友,这时他除了祈求圣主的恩赦,忏悔自己的罪过以外,还能说些什么呢? 下一联“百年未满先偿债,十口无归更累人”:自分必死,想到身后一家都将连累弟弟照顾,更觉心头沉重。事实上这时他在湖州的家室已由苏辙接往商丘同住了。第三联“是处青山可埋骨,他年夜雨独伤神”,是说本来人死以后,到处的青山都可埋葬,但留下弟弟一人,倘逢空山夜雨之时,未免独自伤神,想到这里,真是情何以堪。原来苏轼早年与弟弟在旅驿读书,一次读到唐人韦应物的一首赠人诗“那知风雨夜,复此对床眠”一联,彼此十分感动,就相约将来入仕后尽早退隐以享受“风雨对床”的闲居之乐。后来苏轼中举后赴凤翔任判官,苏辙从汴京一直送到郑州才分手。苏轼在马上作诗赠弟,有“寒灯相对记畴昔,夜雨何时听萧瑟”之句。“夜雨”所指就是此昔日约言。可是现在一切都已太晚了。今生已矣,愿结他生未了之缘。“与君世世为兄弟,再结来生未了因”,这是多么深挚的兄弟之情啊。杜甫的挚友郑虔因罪被贬台州司户参军,杜甫饯别赠诗:“便与先生应永诀,九重泉路尽交期”,歌唱的是永不背弃的友情;而苏轼在这里歌唱的是生死与共的兄弟之情,深挚感人。

第二首主要是表达对子与妻的思念以及对自己的伤怀。“柏台霜气夜凄凄,风动琅珰月向低”。这二句描绘出月光下御史台监狱阴森的侧影。汉代御史台多种柏树,所以又称柏台(见《汉书·朱博传》)。琅珰,指屋檐下系的铃铎。诗人在不眠的寒夜,想到自己在刽子手屠刀的阴影之下,心

【鉴赏】

中充满了惊骇之情。“梦绕云山心似鹿，魂惊汤火命如鸡”，心如鹿撞，命运似鸡，就是这种心情的写照。据当时人记载，苏轼被捕时，押送他的狱卒“顾盼狞恶”，入狱时狱卒问他“五代有无誓书铁券?”即祖先有无功勋可以使子孙享受犯罪免死的待遇。这照例是对死囚提出的问题。在狱中，狱吏“诟辱通宵不忍闻”，也就是他在诗的序言中所说“狱吏稍见侵，自度不能堪，死狱中不得一别子由”的实际情况。“眼中犀角真吾子，身后牛衣愧老妻”：上句思念儿子，说他天庭饱满，逗人喜爱。下句言愧对妻子。牛衣，给牛御寒的草蓑。西汉王章少时贫病交迫，冬夜卧牛衣中，感伤而泣，与妻子诀别，妻子鼓励他不要气馁，努力读书。后来王章官至京兆尹，一次向皇帝上书，弹劾外戚权臣王凤，妻子劝止他，说：“做人要知足，你忘记了牛衣涕泣时么?”王章不听，果然因上书得祸，下狱死(见《汉书·王章传》)。这里苏轼既以王章表示对妻子的愧疚，也以王章的忠义敢言自剖对朝廷的忠诚。最后二句“百岁神游定何处? 桐乡知葬浙江西”。作者在这里自注说：“狱中闻杭湖间民为余作解厄道场者累月，故有此句。”当年苏轼由京官外放，首先就到杭州任三年通判(地方副长官)，在任期间，大有功德于杭人，因此杭州人民思之不已，为他作道场累月，这给了他很大的精神安慰。他说，死了以后，相信杭人一定会把他埋葬在那里，正像当年西汉朱邑在桐乡(今安徽舒城)做官时为邑人做了许多好事，死后葬于桐乡并建祠奉祀一样。

这两首诗是狱中“绝命诗”，出自肺腑，无暇雕琢，而自有感人的力量。苏轼反对新法，这是他认识上的局限。但执政者对持不同意见的对方大兴文字狱，这即使在当时，也被一般人视为不公正。“乌台诗案”给北宋后期的政局带来了明显的消极后果，士大夫多以不恤民命，讳言国事，自保身家为得计，以致元祐、绍圣，一反一复，元气大伤，国事终至不可收拾。苏轼这二首诗可说是这一历史悲剧的最生动见证。

(徐树仪)

【原文】

初到黄州

自笑平生为口忙，老来事业转荒唐。
长江绕郭知鱼美，好竹连山觉笋香。
逐客不妨员外置，诗人例作水曹郎。
只惭无补丝毫事，尚费官家压酒囊[①]。

〔注〕 ① 作者自注："检校官例，折支多得退酒袋。"

元丰二年（1079）底，苏轼得脱"乌台诗案"之狱，被贬为检校尚书水部员外郎黄州团练副使，并于次年抵达黄州（治所在今湖北黄冈）。这首诗，从题目看，可知是苏轼初到之时所作，它表现了诗人面对即将到来的严峻生活，内心复杂微妙的感情。

开篇二句，诗人以自嘲的口吻回顾了自己的人生道路。自幼便"奋厉有当世志"（苏辙所撰《墓志铭》）的苏轼，当然不会仅为口腹之欲而干禄，而且他自嘉祐二年（1057）初就科举，便以其惊人才华一直为朝廷重臣所注目，被视为宰相之器。然而，二十余年之后，不但没有"功成名遂"，反而蹉跌至此，无怪诗人自笑老来荒唐。其实他这时才四十六岁，正是壮盛之年。"荒唐"二字，看来轻松诙谐，却内含多少难言的自伤之情。

颔联宕开一笔，描绘初到所见。黄州三面临江，著名的武昌鱼便产于附近；大江两岸青山连绵，秀色可人，素来以产竹著称。宋初王禹偁的《黄冈竹楼记》，开篇便道"黄冈之地多竹"。苏轼于初到之际，风尘仆仆之中，见江波而思鱼美，望修竹而羡笋香，喜悦之情，溢于言表。其中"知"、"觉"二字，以想象之辞

【鉴赏】

入实见之景，描写对即将到来的生活的憧憬，紧扣初到题意，尤觉意味深长。

苏轼之谪黄州，所领一大串官衔都是虚授之职，并无实权，且是“本州安置，不得签书公事”，形同流放之罪人。故颈联中，诗人以逐客自命，并非夸张愤怼之辞。此联的出句是承接前面两联并更由此转下：既然自己平生一无所成，而黄州鱼美笋香，身为窜逐之人，在此作一名闲散的“员外”散官，（员外，正员之外的官。）又何乐而不为呢？在对句中，更以古今诗人自喻。水曹郎是属于水部的郎官，在以前的诗人中，何逊、张籍以及孟宾于都曾作过水部郎。苏轼借用这种巧合，幽默地说，这种职位好像总是为诗人而设。另外，苏轼本人正是因作诗攻击变法而险遭杀身之祸，最后贬谪黄州。因此，这句自我宽慰的话，不无牢骚之意。“不妨”、“例作”二字，牢骚之中兼带诙谐与放达，很能体现苏轼的个性。

末联则是反话正说，表现出东坡所特有的风格：如绵里藏针，平和中见锋颖，谈笑诙谐之际，令对手情伪毕露、无地自容。宋朝惯例，官吏俸禄，有相当一部分是用实物折价抵算，个人拿到这些不切于用的实物之后，只好再折价变卖，因此名义薪俸与实际所得常常相去甚远。苏轼作检校官，按规定要用朝廷造酒后废弃的退酒袋子（即压酒囊）折抵薪俸。故这表面是自惭尸位素餐，实际上却是说，贬官到此，今后将会破费朝廷许多抵作俸禄的“压酒囊”，这画龙点睛的一笔，勾勒出一种风趣而带讽刺性的喜剧气氛。这既是诗人苦中作乐的自嘲，也是对朝廷权势者的嘲笑。

这首诗，语言平实清浅，颇具行云流水之势，但其中的情感内涵却非常丰富，它不仅深刻地刻画出苏轼初到黄州时的复杂矛盾的心绪，而且还由这种心理变化体现出苏轼一贯的人生态度。这就是，无论遭到多大的打击和迫害，始终保持自己乐观超旷的胸襟，决不向命运低首屈服，更不为此摇尾乞怜，而是在自然中发现美，在逆境中寻求生活的乐趣，使生命永远充满活力和笑声。

（胡晓晖）

【原文】

雨晴后步至四望亭下鱼池上，遂自乾明寺前东冈上归二首

雨过浮萍合，蛙声满四邻。
海棠真一梦，梅子欲尝新。
拄杖闲挑菜，秋千不见人。
殷勤木芍药，独自殿余春。

高亭废已久，下有种鱼塘。
暮色千山入，春风百草香。
市桥人寂寂，古寺竹苍苍。
鹳鹤来何处，号鸣满夕阳。

苏轼于元丰三年(1080)二月一日到达黄州贬所，这两首诗是这年春末所作。

“奋厉有当世志”，敢于抨击时政的苏轼，以谤讪新政的罪名被捕入狱，几乎送命。经过中外臣僚的营救，得保首领，被贬为黄州团练副使，不得签书公事。他初来乍到黄州，惊魂未定，心灰意冷，杜门闭口，既不拜往迎来，更不谈论时事，常常独自一人钓鱼采药以自娱，信步逍遥以自适：“先生食饱无一事，散步逍遥自扪腹。”(《定惠院海棠》)本诗也是这种生活的写照。

第一首写雨晴后散步所见之景。一二句写雨晴。“雨过浮萍合”，说明先前的雨下得不小，若是毛毛细雨，就不致把浮萍冲散；也说明是初晴，否则，浮萍早合，就不会引起作者的注意了。“过”、“合”二字，恰切地写出了

【鉴赏】

大雨初晴。任何一个在农村生活过的人都知道，雨后青蛙叫得特欢，“蛙声满四邻”的“满”字，可谓传神之笔。三四句写春光已失，经过大雨的摧残，海棠花已落尽。苏轼在《定惠院海棠》诗中就说过，海棠虽美，但转瞬就凋谢了：“明朝酒醒还独来，雪落纷纷那忍触！”“海棠真一梦”，就是写海棠花已“纷纷”落尽，像梦一样难寻其踪影。但又何止“海棠真一梦”呢？大家熟知，苏轼在黄州不止一次地感叹“人间如梦”，他的经历不就是一场噩梦吗？因此，用梦来形容海棠的凋谢，浸透了他这时特有的感受。梅子成熟于夏初，“梅子欲尝新”，也说明春天是一去不返了。五六句写自己的孤独。“拄杖闲挑菜”——活画出了他那闲得无聊的神情。“秋千不见人”——他在《蝶恋花》中写过：“墙里秋千墙外道，墙外行人，墙里佳人笑。笑渐不闻声渐悄，多情却被无情恼。”佳人笑声渐失已令人烦恼，何况雨后秋千，根本不见佳人呢！最后两句以牡丹花（木芍药）在春末的独自开放，反衬百花凋零，春光已失。“殷勤木芍药”，赞牡丹情意恳切深厚，就是伤百花的无情。“独自殿余春”，可见他花已尽，在后曰殿，表明牡丹已是最后的花，余春即残春，独自为残春之殿，五字三层，层层充满了“迟暮”（纪昀语）之感。

第二首写“步至四望亭下鱼池上，遂自乾明寺东冈上归”。“高亭”即指四望亭，在东坡雪堂南面的高阜上。“种鱼”即养鱼，种鱼塘即题中所说的“鱼池”。高亭久废，不再是供人游赏，而是用来养鱼的地方，一开头就给人以荒凉之感。“暮色千山入”即“暮色入千山”，写天已晚，为“归”作铺垫。“春风百草香”，写春已残，故春风送来的不是花香而是草香。“市桥人寂寂”，应“暮色”句，因天将暮故市桥人散。古寺即乾明寺，“古寺竹苍苍”应“春风”句，因春已残，故再也见不到“杂花满山”，但见苍苍竹木而已。高亭久废，暮色初临，市桥人散，竹木苍苍，都给人以冷落寂静的感觉。最后两句的写法与前一首相似，以鹳鹤号鸣，反衬市桥沉寂。正因为万物俱寂，突然出现的鹳鹤声似乎充满了暮色苍茫的整个天空，听起来更加凄厉。白居易《琵琶行》有“此时无声胜有声”之句，苏轼这里的艺术效果则相反，是“此时有声胜无声”。《纪评苏诗》说，这两句寓“羁孤”之意。这确是哀号无告的苏轼贬官在这寂寞江城的生动写照。

这两首诗写景如画，景中有情，旨意含蓄，富有韵味。纪昀认为这两首诗，“格在唐宋之间”，第二首“纯乎杜（甫）意，结尤似。”宋诗明快，唐诗蕴藉，杜诗沉郁苍凉。苏轼诗以明快见长，而这两首诗却含蕴丰富，不露不张。不细加咀嚼，很容易当作一般写景诗读过。但稍加品味，就不难发现这些写景词句都浸透着他贬官黄州初期所特有的感伤色彩。第二首更具有杜诗沉郁苍凉的特色，结尾更是杜甫惯用的手法，宕开一层，在更加开阔的画面上抒怀。

（曾枣庄）

正月二十日往岐亭，郡人潘、古、郭三人送余于女王城东禅庄院

十日春寒不出门，不知江柳已摇村。
稍闻决决流冰谷，尽放青青没烧痕。
数亩荒园留我住，半瓶浊酒待君温。
去年今日关山路，细雨梅花正断魂。

岐亭在今湖北麻城西北，苏轼的好友陈慥（季常）隐居于此。苏轼贬官黄州期间，他们经常互访，苏轼这次往岐亭也是为访陈慥。潘、古、郭三人是苏轼到黄州后新结识的友人，潘指潘丙，字彦明，诗人潘大临之叔。古指

【鉴赏】

古耕道，能审音。郭指郭遘，喜为挽歌。他们三人对贬谪中的苏轼帮助颇大。苏轼《东坡八首》之七说：“潘子久不调，沽酒江南村。郭生本将种，卖药西市垣。古生亦好事，恐是押牙（古押牙为侠客）孙。家有一亩竹，无时客叩门。我穷旧交绝，三子独见存。从我于东坡，劳饷同一飧。”女王城在黄州城东十五里。苏轼于元丰三年（1080）赴黄州贬所途中，度春风岭，正是梅花凋谢时候，曾作《梅花二首》；过歧亭，遇故友陈慥。这次去歧亭访陈慥，正好时隔一年，景色依旧，想到去年的凄凉境况，不禁感慨万端，写下了这首著名的诗篇。

首联写春天来得很快，因“春寒”，仅仅十天不出门，而江边柳树已一片嫩绿。“江柳已摇村”的“摇”字很形象，活画出春风荡漾、江柳轻拂的神态。

颔联进一步描写春景。决决，流水声，卢纶《山店》有“决决溪泉到处闻”之句。冰谷，尚有薄冰的豁谷，柳宗元《晋问》：“雪山冰谷之积，观者胆掉。”谷中尚有冰，说明是早春。早春溪流甚细，故冠以“稍闻”二字，堪称词语精确。青青，新生野草的颜色。没，淹没，覆盖。烧痕，旧草为野火所烧，唯余痕迹。后句说青青新草覆盖了旧有烧痕。冠以“尽放”二字，更显得春意盎然。

颈联写潘、古、郭三人为他饯行。“数亩荒园”即指女王城东禅庄院。“留我住”，“待君温”，写出了三人对苏轼的深厚情谊。而这个地方正是他去年赴黄所经之地，今日友人的情谊，不禁使他回想起一年以前的孤独和凄凉。因此，尾联转以回忆作结。

去年苏轼赴黄途中所作的《梅花二首》，写得非常凄苦，读之，催人泪下。其一云：“春来幽谷水潺潺，的皪梅花草棘间。一夜东风吹石裂，半随飞雪度关山。”的皪（鲜明貌）的梅花生于草棘，已令人心寒，何况又被“东风”吹落殆尽呢？其二云：“何人把酒慰深幽，开自无聊落更愁。幸有清溪三百曲，不辞相送到黄州。”梅花开于草棘中，无人欣赏，已够无聊了；而又为“东风”摧落，或随飞雪度关山，或随清溪流黄州，自然更令人愁苦。所谓“去年今日关山路，细雨梅花正断魂”即指此。末句化用杜牧《清明》诗：“清明时节雨纷纷，路上行人欲断魂。”他现在也是“路上行人”，尾联不止是回忆“去年今日”，也是在写今年今日，真是“含蕴无穷”。（汪师韩《苏诗选评笺释》）王文诰说得好：“末句暗藏‘路上行人’四字，结住道中。读者徒知赞叹，未见其夺胎之巧也。”（《苏诗编注集成》卷二十一）

这首诗前四句写“往岐亭”途中所见，五六句写女王城饯别，末二句因饯别而联想到去年无人“把酒慰深幽”。看似全诗“于题不甚顾”（冯班语，见《纪批瀛奎律髓》），实际是紧扣题意。写初春之景，景色如画；写友人之情，情意深厚。全诗一气贯注，看似信笔挥洒，实则勾勒甚密，有天机自得之妙。

（曾枣庄）

雪后到乾明寺，遂宿

门外山光马亦惊，阶前屐齿我先行。
风花误入长春苑，云月长临不夜城。
未许牛羊伤至洁，且看鸦雀弄新晴。
更须携被留僧榻，待听摧檐泻竹声。

元丰四年（1081）冬，黄州大雪。苏轼在《书雪》中说：“今年黄州，大雪盈尺。吾方种麦东坡，得此固我所喜。但舍外无薪米者，亦为之耿耿不寐，悲夫！”苏轼写了好几篇咏雪的诗词，诗如《次韵陈四（慥）雪中赏梅》，词如

【鉴赏】

《满江红·大雪有怀朱康叔使君》。本篇是其中之一。

这首诗以写景生动见长。首联写“雪后到乾明寺”。温庭筠《侠客行》:“白马夜频惊,三更灞陵雪。”韦庄《和同年韦学士华下途中见寄》:“马惊门外山如活。”第一句即化用温、韦诗意,用“马亦惊”来烘托漫山皆雪,一片银色世界。一开头就给人造成强烈印象,起笔确实不凡:“写山光,真写得出。”(陈衍《宋诗精华录》卷二)第二句以“阶前屐齿”写“到乾明寺”,以“我先行”写自己对雪景的酷爱:以先赏为快。

颔联写寺中雪景。风花指雪,岑参《白雪歌送武判官归京》:“忽如一夜春风来,千树万树梨花开。”长春苑,皇帝宫苑,历朝多有,尉迟偓《中朝故事》:“长春宫,园林繁茂,花木无所不有,芳菲长如三春节。”不夜城,据《太平寰宇记》载,登州文登县有不夜城,以日出于东,故以不夜为名。一般也用来形容灯火通明的城市,这里指雪光映照,有如白昼。长春苑、不夜城皆指乾明寺。出句写乾明寺也是“千树万树梨花开”,时正严冬,梨花不当开,故置一“误”字。对句写乾明寺月光照于上,雪光映于下,有如不夜城一般,彻夜通明,故云“云月长临不夜城”。

颈联抒发自己对雪景的热爱。苏轼《西江月》:“可怜一溪风月,莫教踏碎琼瑶。”“未许”句,用法与此相同,这样至洁至净的银色世界,决不能让牛羊践踏,破坏她的纯洁。“且看”句,是想象雪晴之后,鸦雀戏弄于千树万树梨花间,尤其可人。

尾联写“遂宿”。前句写留宿乾明寺,后句申说留宿的目的是要欣赏大雪融化之景:雪大,融化时的雪水必多,定会发出摧檐泻竹之声。

此诗当然算不上苏轼咏雪诗的最上乘,但也决不像纪昀所批评的那样“俗”、“拙”、“不成语”。(《纪评苏诗》卷二十一)这首诗至少有两点值得肯定:一是写景形象,读了这首诗,好像我们也置身于这一银色世界一样。二是感情真挚,特别是后四句,充分抒发了他对这一至净至洁的雪景的热爱,反映出他的生活情趣。可以看出，他即使在贬所，生活态度仍然是积极的，并不以个人的遭遇介怀。

（曾枣庄）

正月二十日，与潘、郭二生出郊寻春，忽记去年是日同至女王城作诗，乃和前韵

东风未肯入东门，走马还寻去岁村。
人似秋鸿来有信，事如春梦了无痕。
江城白酒三杯酽[①]，野老苍颜一笑温。
已约年年为此会，故人不用赋《招魂》。

〔注〕 ① 酽（yàn 燕）：味浓。此指酒醇。

此诗作于元丰五年（1082）。正月二十日，对苏轼似乎是个值得纪念的日子。他从御史狱出来被贬逐去黄州途中，过麻城五关作《梅花》诗二首，正是元丰三年正月二十日。其一曰："春来空谷水潺潺，的皪梅花草棘间。昨夜东风吹石裂，半随飞雪度关山。"其二曰："何人把酒慰深幽，开自无聊落更愁。幸有清溪三百曲，不辞相送到黄州。"这两首诗，都在借"半随飞雪度关山"的梅花形象，流露一股淡淡的哀怨凄凉之感。到黄州次年，即元丰四年，"正月二十日，往岐亭，郡人潘、古、郭三人送余于女王城东禅庄院"，以此为题，作七律一首，末两句说："去年今日关山路，细雨梅花正断魂。"正是指一年前来黄途中过麻城五关作《梅花》诗时的情景。再过一年，即元丰

【鉴赏】

五年的正月二十日，又写了本诗，颇有乐在此间的味道。元丰《六年正月二十日复出东门仍用前韵》，又写了一首类似的诗。上举诸诗表现了诗人身处逆境而能超然旷达并最终执着于现实人生的精神境界。这和他从海南赦归时所说的“九死南荒吾不恨，兹游奇绝冠平生”，属同一气质，正是苏轼的高不可及处。

元丰五年写这首诗时，他来到黄州已两年了，乌台诗案的骇浪已成往事，“本州安置”的困境却无法摆脱。《初到黄州》就自找乐趣：“长江绕郭知鱼美，好竹连山觉笋香。”后又自寻精神寄托，手抄《金刚经》，又筑南堂，垦辟东坡；得郡守徐君猷庇护，访游近地，杂处渔樵。至黄州后续有新交，诗酒唱和。诗题中的“潘、郭二生”，即黄州新交朝夕相从的潘丙、郭溝。上年正月二十日，苏轼去歧亭访陈慥，潘、郭和另一新交古道耕相送至女王城，作过一首七律。一年过去了，又是正月二十日。想起去年今日潘、古、郭三人伴送出城所突然感到的春意，不免心境荡漾。起句是据去年所感的设想。“东风”为春之信使，如城里有了春意，当然是这位信使先自东门而入；现在，城居的苏轼一点感觉也没有，恐怕是“东风未肯入东门”吧。为什么“未肯入东门”呢？妙在不言之中。但“忽记去年是日”出城之前，不也是“十日春寒未出门”，一到郊外方知“江柳已摇村”的吗？就在这年到郊外尚未入城的早春时节，渴望春意的诗人主动“出郊寻春”了。他是旧地寻春，又是“走马”而去，所以次句说“走马还寻去岁村”。

接下去不写寻春所获，却宕开一笔，忽出警句：“人似秋鸿来有信，事如春梦了无痕。”纪昀评曰：“三、四深警”。人如候鸟，感信而动。鸿雁南来北往，即使年年如斯从不懈怠，在瞬息万变的宇宙中也不会留下什么痕迹。人之如候鸟，正在于此，只不过人间的信息比自然季候要复杂得多；但同样，人感而斯动，其中一切经历、一切思绪，也只如春梦一般，时过境迁，了无痕迹。苏轼之所以有“人似秋鸿，事如春梦”之感，究其根源，是由于他遭受过乌台诗案的沉重打击，又正在贬逐之中，只有把一切往事，一切留恋和烦恼，都强自推向“春梦了无痕”的虚无境地，以解脱失意中难以消除的痛苦。纪昀评所谓“深警”，大约就是此意。这是就三、四两句本身来说。若就它在全诗中的关合说，则妙在虚实离即之间。“人似秋鸿”，实接首联；“事如春梦”，反照下文。似乎把人生进取、政治抱负都看得淡漠了，于是才有超然旷达、出郊寻春之举，于是才有下边四句所表达的春游之乐。它看似游离，实为全诗的关键所在。

“江城”指位于长江北岸的黄州。味道醇厚的江城白酒，笑意温和的野老苍颜，既可具体指这次春游的欢聚畅饮，也可概括苏轼在黄州的生活乐趣。总之，他是以此为乐，甚至要以此为归宿了。去年访故友陈慥，有三位新交相送，春涌心头；今年出郊寻春，又有潘、郭为伴，酒醺颜面。山水自然之乐，人情朴野之纯，完全可以驱除那些烦恼的往事，也完全可以冲淡甚至忘却他当前的困厄。所以，诗的最后说：“已约年年为此会，故人不用赋《招魂》。”“赋《招魂》”，指宋玉以屈原忠而见弃，作《招魂》讽谏怀王，希望他悔悟，召还屈原[①]；苏轼在这里借指老朋友们为他的起复奔走。最后两句是在告慰故人：我在黄州过得很好，已和这里的朋友们约定每年作此寻春之游，你们不必为我的处境担忧，也不必为召我还京多操心。

苏轼“奋厉有当世志”，而且自信“致君尧舜，此事何难”。但在神宗、哲宗两朝党争中几经起落；而其“立朝大节极可观，才意高广，唯己之是信”[②]，又从不“俯身从众，卑论趋时”（《登州谢宣诏赴阙表》），遂使他一生陷于无边的灾难之中。苏轼对待历时三十年的灾难，总的态度是“随缘自适”，但各个时期又有不同。构隙初起，赴密州途中说过“用舍由时，行藏在我”（《沁园春》词）的话，那时确还有还朝愿望。乌台诗案中他自料必死无疑，谁知不死而贬去黄州，简直恍如隔世；经过这一次打击，“平时种种心，次第去莫留。”（《子由自南都来陈，三日而别》）他在黄州“求所以自新之方”，反觉“不可胜悔”，“今虽改之，后必复作”，不如“归诚佛僧，求一洗之，……则物我相忘，身心皆空。”（《黄州安国寺记》）再从他在黄州的诗词文赋和种种活动看，他对起复还朝已失去信心。因此，这首诗的结尾两句，不是牢骚，不是反语，是一种真情实感。苏轼在黄州寄情诗书山水，寄情新交故旧，尤其是切望惠及百姓，迥异于失意文士的消极避世。他的画像自题诗谓：“问汝平生功业，黄州惠州儋州”，也不应看作牢骚反话。他在最失意最痛苦之时，总在努力使自己和大家都得到安慰，都生活得愉快些，这是他度过一切灾难的精神力量。他临死时对儿子说：“吾生不恶，死必不坠。”人们敬仰他、纪念他，一个原因是他的诗、词、文、书、画五艺俱绝，另一原因就是他有一腔正直忠厚的心肠，一种开阔旷达的襟怀。

〔注〕 ① 此说出王逸《楚辞章句》，但经后人辨析，其说误。《招魂》应为屈原自招生魂之作。 ② 马永卿《元城语录》。

（程一中）

六年正月二十日，复出东门，仍用前韵

乱山环合水侵门，身在淮南尽处村。
五亩渐成终老计，九重新扫旧巢痕。
岂惟见惯沙鸥熟？已觉来多钓石温。
长与东风约今日，暗香先返玉梅魂。

这首诗作于元丰六年（1083）。苏轼在元丰四年，作《正月二十日往岐亭，郡人潘、古、郭三人送余于女王城东禅庄院》。元丰五年，作《正月二十日，与潘、郭二生出郊寻春，忽记去年是日同至女王城作诗，乃和前韵》。这年作此诗，仍用前韵。称“复出东门”，指上一次正月二十日出东门寻春，这

年再出东门寻春，在寻春里有希望朝廷再起用自己的含意。

这年，苏轼在黄州。苏轼初到黄州，住定惠院，后迁临皋亭，后又筑雪堂，家住临皋。他有《南堂》五首。即写在临皋亭的高陂上筑南堂住家。《南堂》之四："山家为割千房蜜，稚子新畦五亩蔬。"这首诗的开头："乱山环合"，"淮南尽处村"，即指他在黄州的住处。"五亩"可能指临皋的"五亩蔬"。在南堂住家，有山里的千房蜜和田里的五亩蔬，可以逐渐为终老作打算了。为什么想在黄州终老呢？因为朝廷已经不用他了。"九重新扫旧巢痕"，"九重"，宋玉《九辩》："君之门以九重。"指朝廷。新扫旧巢痕，陆游在《施司谏注东坡诗序》中解释这一句说："昔祖宗以三馆（按：本唐代弘文、集贤、史馆三馆，负责藏书、校书、修史等事）养士，储将相材。及元丰官制行（按：王安石改革官制），罢三馆。而东坡盖尝直史馆，然自谪为散官，削去史馆之职久矣，至是史馆亦废，故云：'新扫旧巢痕'，其用事之严如此。而'凤巢西隔九重门'，则又李义山诗也。"李商隐《越燕》之二"安巢复旧痕"为"旧巢痕"所本。这里指出，苏轼此句不仅用事贴切，还把李商隐诗中的用词，运用在自己的诗句里，更显得用词有据。

三联承"终老计"说，"岂惟见惯沙鸥熟？已觉来多钓石温。"自己说要终老黄州，岂止跟江边的沙鸥习熟，还觉得来的次数多了，自己钓鱼所坐之石也觉暖了。《列子・黄帝》："海上之人有好鸥鸟者，每旦之海上，从鸥鸟游，鸥鸟之至者百住而不止。其父曰：'吾闻鸥鸟皆从汝游，汝取来，吾玩之。'明日之海上，鸥鸟舞而不下也。"这诗说与鸥鸟已熟，钓石已温，含有甘心退隐，忘掉机心的意思。虽说要终老黄州，但还忘不了朝廷，所以又说："长与东风约今日，暗香先返玉梅魂。"长久与东风约定，到了正月里，梅花的香魂先返回去，梅花再一度开放。即希望自己能再回朝廷，神宗能再用他。唐末诗人韩偓《湖南梅花一冬再发偶题》："玉为通体依稀见，香号返魂容易回。""夭桃莫倚东风势，调鼎何曾用不才。"韩偓被排挤到湖南，想唐昭宗了解他，还能再起。梅花的花朵通体像玉，湖南梅花一冬两次开，第二次开好比魂的返回，意即希望自己再回朝廷。东坡诗的末句即化用韩偓诗意，浑然无迹。王文诰注："公（苏轼）《历陈仕迹状》云：'先帝（神宗）复对左右，哀怜奖激，意欲复用，而左右固争，以为不可。臣虽在远，亦具闻之。'此段语意适当其时，正此句之本意所谓'暗香先返'者也。"暗香指梅，林逋《山园小梅》："疏影横斜水清浅，暗香浮动月黄昏。"东风指君，神宗有起用他的意思，故称"与东风约今日"。诗题"复出东门"有寻春的意思，即希望梅花再开，他能再起用。

纪昀评："温雅可诵。"这首诗情意温厚，用思雅正。《宋诗精华录》卷二："读五、六两句，觉《旄丘》之'何多日也，''何其久也，'殊少含蓄矣。"《诗·邶风·旄丘》："叔兮伯兮，何多日也。""何其久也，必有以也。"《小序》说："狄人迫逐黎侯，黎侯寓于卫。卫侯不能修方伯连率（帅）之职，黎之臣子以责于卫也。"责怪卫侯何以多时不来救黎侯，何以这样久不来。可是苏轼的诗只说自己习惯于这种隐居生活，没有一点责怪的意味，显得更其温柔敦厚。又说"渐成终老计"，好像这是自己的打算，不说被朝臣排挤陷害，只说"九重新扫旧巢痕"，朝廷有新的作为，也很含蓄。他希望能够归朝奉职，这种希望在诗题里只说"复出东门"，含有寻春的意思，这个春天，即"暗香先返玉梅魂"，指梅花在正月里落后再开，比自己在罢斥后能再回朝。"温雅可诵"正是这首诗的特点。

（周振甫）

南堂五首

江上西山半隐堤，此邦台馆一时西。
南堂独有西南向，卧看千帆落浅溪。

【原文】

暮年眼力嗟犹在，多病颠毛却未华。
故作明窗书小字，更开幽室养丹砂。

他时夜雨困移床，坐厌愁声点客肠。
一听南堂新瓦响，似闻东坞小荷香。

山家为割千房蜜，稚子新畦五亩蔬。
更有南堂堪著客，不忧门外故人车。

扫地焚香闭阁眠，簟纹如水帐如烟。
客来梦觉知何处？挂起西窗浪接天。

这五首诗是苏轼贬谪黄州（今湖北黄冈）后的自我写照。元丰三年（1080）二月，苏轼到达黄州贬所，先寓居定惠院，后迁居黄州城南之临皋亭。元丰六年，他新葺南堂，即景抒怀，写下了这一组五首七绝。故苏辙作和诗《次韵子瞻临皋新葺南堂五绝》，其二有“旅食三年已是家，堂成非陋亦非华”之句（《栾城集》卷十二）。《南堂》虽有五首，但一气呵成，非常自然地组合在一个完整、和谐的画面上。诗篇既反映了诗人不得一展抱负的愁绪，又表现了他旷达、洒脱的襟怀。

“南堂”，在临皋亭，俯临长江。据《东坡志林》卷四云：“临皋亭下八十余步，便是大江。”苏轼在《迁居临皋亭》诗中亦说：“全家占江驿，绝境天为破。”

组诗的第一首起二句描绘临皋亭依傍西山，俯临长江的地理形势。接着用特写镜头刻画南堂窗含大江，极目远眺的景色：只见江中千帆停泊，江面一片烟波渺茫。淡淡几笔，勾勒出一幅景物寥廓的画面。

【鉴赏】

第二首由景及人,写南堂主人公的形象。当时苏轼四十八岁,所以自称“暮年”。不过,他的眼力并未衰退;身虽多病,但发尚未白。“故作”二句写诗人在明净的窗下,还能伏案书写小字,开幽室以养丹砂。苏轼在《与王定国书》中说:“近有人惠大丹砂少许,光彩甚奇,固不敢服。然其人教以养火,观其变化,聊以悦神度日。”苏辙在和诗中也说:“何方道士知人意,授与炉中一粒砂。”这里“养丹砂”,既是闲居无聊的生活反映,又是内心愁绪的自我排遣。

第三首承上写诗人幽居的心境。苏轼初谪黄州时,举目无亲,孤独寂寞。他闭门谢客,常常借酒消愁。“他时”二句是虚写,昔日风雨之夜不能安眠,独自坐听那淅沥不尽的雨声,点点滴滴,增人愁思。这里着一“点”字,把自然界的雨声与诗人的愁绪,融为一体,诗情显得更为凄婉。三、四句采用实写,如今诗人一听到南堂屋瓦上响起点滴的雨声,不禁联想到东坞池塘中盛开的荷花,似乎闻到那飘溢四周的沁人幽香。这样的虚实相间,细腻地刻画了诗人的内心世界。

第四首抒写诗人的清贫生活。苏轼在《东坡八首》序中说:“余至黄州二年,日以困匮,故人马正卿哀余乏食,为于郡中请故营地数十亩使得躬耕其中……垦辟之劳,筋力殆尽,释耒而叹,乃作是诗。”“山家”二句,艺术地概括了诗人垦殖以自给的艰苦情景。不过,“五亩”并非实指,而是借用孟郊《立德新居》诗“独治五亩蔬”句意。“更有”二句则从躬耕自给写到新葺南堂,透露出困厄的家境稍稍有了点变化。“不忧”句化用了陈平的故事。《汉书·陈平传》说,陈平“家乃负郭穷巷,以席为门,然门外多长者车辙。”这里借以显示出作者有南堂可以待客,不必为故人频来而担忧了。

第五首正面写安闲自得的情趣。“扫地”二句,写作者在南堂焚香扫地而昼寝,睡在细密的竹席上,帐子又非常轻柔。“帐如烟”,犹如李白《乌夜啼》中“碧纱如烟隔窗语”那样,形容纱帐似云烟缭绕一般的轻软。这种闭门焚香昼寝的境界,与苏轼在《黄州安国寺记》所写“焚香默坐”的心曲是一致的。也不同于王维《竹里馆》“独坐幽篁里，弹琴复长啸”的悠闲意境，而近似韦应物“鲜食寡欲，所居焚香扫地而坐”（李肇《国史补》）的高洁情怀。“客来”二句，写诗人睡梦中醒来，不知身在何方，但见西窗外水天相接，烟波浩渺。这样以景收结，不仅表现了清静而壮美的自然环境，而且与诗人悠闲自得的感情相融合，呈现出一种清幽绝俗的意境美。

这一组诗都是围绕着置身南堂的种种感受而写，五首诗的立意各不相同，分列开来，独立成篇。每首诗从一个侧面展现诗人闲居南堂的生活面貌，但各诗不是孤立，而是相互勾连的。五首诗联缀成一幅精美的山水人物图画。在这无声的画面上，读者既可以鸟瞰依山傍水的临皋亭风光，又能窥见栩栩如生的主人公形象。在结构安排上，诗人匠心独运，由外景转写内情，笔墨流利，一层深一层地自抒襟怀，不仅倾吐心灵深处的愁苦，而且表现泰然自处的情趣，同时又把感情与景象交融在一起，渐入化境，自具耐人咀味的艺术魅力。尤其是第五首，随意写出眼前即景，而情与景合，自然成趣。苏轼颇喜此诗，曾书之于邢敦夫的扇面上。黄庭坚初读，以为是刘禹锡的作品（见《诗人玉屑》卷十七引《王直方诗话》）。足见诗人初学刘禹锡，其诗风有逼近之处。

（曹济平）

东　坡

雨洗东坡月色清，市人行尽野人行。

莫嫌荦确坡头路，自爱铿然曳杖声。

东坡是一个地名，在当时黄州州治黄冈（今属湖北）城东。它并不是什

【鉴赏】

么风景胜地，但对作者来说，却是灌注了辛勤劳动、结下深厚感情的一个生活天地。宋神宗元丰初年，作者被贬官到黄州，弃置闲散，生活很困窘。老朋友马正卿看不过眼，给他从郡里申请下来一片撂荒的旧营地，苏轼加以整治，躬耕其中，这就是东坡。“荒田虽浪莽，高庳各有适。下隰种秔稌，东原莳枣栗”，诗人不只经营起禾稼果木，还在这里筑起居室——雪堂，亲自写了“东坡雪堂”四个大字，并自称东坡居士了。所以，他对这里是倾注着爱的。

诗一开始便把东坡置于一片清景之中。僻冈幽坡，一天月色，已是可人，又加以雨后的皎洁月光，透过无尘的碧空，敷洒在澡雪一新、珠水晶莹的万物上，这是何等澄明的境界！确实当得起一个“清”字。谢灵运写雨后丛林之象说：“密林含余清”。诗人的用字直可追步大谢。

诗人偏偏拈出夜景来写，不是无谓的。这个境界非“市人”所能享有。“日中为市”，市人为财利驱迫，只能在炎日嚣尘中奔波。唯有“野人”，脱离市集、置身名利圈外而躬耕的诗人，才有余裕独享这胜境。唯幽人才有雅事，所以“市人行尽野人行”。这读来极其自然平淡的一句诗，使我们不禁从“市人”身上嗅到一股奔走闹市嚣尘的喧闹气息，又从“野人”身上感受到一股幽人守志僻处而自足于怀的味道，而那自得、自矜之意，尽在不言中。诗人在另一首诗里说：“也知造物有深意，故遣佳人在空谷。”那虽是咏定惠院海棠的，实际是借海棠自咏身世，正好帮助我们理解这句诗所包含的意境。

那么，在这个诗人独有的天地里，难道就没有一点缺憾吗？有的。那大石丛错、凸凹不平的坡头路，就够磨难人的了。然而有什么了不起呢？将拄杖着实地点在上面，铿然一声，便支撑起矫健的步伐，更加精神抖擞地前进了。没有艰险，哪里来征服的欢欣！没有“荦确坡头路”，哪有“铿然曳杖声”！一个“莫嫌”，一个“自爱”，那以险为乐、视险如夷的豪迈精神，都在这一反一正的强烈感情对比中凸现出来了。这“荦确坡头路”不就是作者脚下坎坷的仕途么！作者对待仕途的挫折，从来就是抱着这种开朗乐观、意气昂扬的态度，绝不气馁颓丧。这种精神是能够给人以鼓舞和力量的。小诗所以感人，正由于诗人将这种可贵的精神与客观风物交融为一，构成浑然一体的境界，句句均是言景，又无句不是言情，寓情于景，托意深远，耐人咀嚼。同一时期，作者有《定风波》词写在风雨中的神态：“莫听穿林打叶声，何妨吟啸且徐行。竹杖芒鞋轻胜马，谁怕？一蓑烟雨任平生。”与此诗可谓异曲同工，拿来对照一读，颇为有趣。

（孙　静）

和秦太虚梅花

西湖处士骨应槁，只有此诗君压倒。
东坡先生心已灰，为爱君诗被花恼。
多情立马待黄昏，残雪消迟月出早。
江头千树春欲闇，竹外一枝斜更好。
孤山山下醉眠处，点缀裙腰纷不扫。
万里春随逐客来，十年花送佳人老。
去年花开我已病，今年对花还草草。
不如风雨卷春归，收拾余香还畀昊。

这首七言古诗写于元丰七年（1084）春天，苏轼贬官黄州（今湖北黄冈）的最后一段时期。

【鉴赏】

苏轼一向喜爱梅花，他的诗集中，以梅为题的就有近四十首，本诗便是其中之一。秦观（字太虚）的原唱《和黄法曹忆建溪梅花同参寥赋》[1]也是一首和诗。苏轼的这首次韵和作，于赏诗、咏梅之中，暗暗流露出自己的深沉感喟。全诗可分四个层次，每四句为一层。

首层赞美秦诗。西湖处士，指宋初诗人林逋，他隐居在杭州西湖孤山，终身不仕，故有此称。骨应槁，指死去已久。林逋在诗坛上以咏梅驰名，其“雪后园林才半树，水边篱落忽横枝”（《梅花》），以及“池水倒窥疏影动，屋檐斜入一枝低”（另首《梅花》）等名句，为人称赏，尤其是《山园小梅》“疏影横斜水清浅，暗香浮动月黄昏”一联，被推为咏梅绝唱。苏轼在这里却认为林逋死去已很久了，只有秦观这首梅花诗才压倒了他。其实，秦诗写得虽也不差，但究不能与林诗相敌，苏轼未尝不知，他自己就一向对林逋咏梅诗，尤其是“疏影”一联十分倾倒，称道其有“写物之功”（《东坡题跋·评诗人写物》卷三），因此，他在这里对秦观此诗的评价，只不过是欣赏之余冲口而出的夸大之辞，并非深思熟虑的确论。接下二句引到自身，然其意仍是赞美秦诗。“东坡先生”是他自称，对秦观这位门下士，自称“先生”算不得自大，反有一种亲密感。说自己本来“心已灰”，这里的“灰”，是《庄子·齐物论》中“槁木死灰”的“灰”，诗人遭受打击，贬官黄州至今五年，心境极坏，犹似槁木死灰，不大容易起感情的波澜了，现在却因为喜爱秦观这首梅花诗，故而“被花恼”，恼，撩拨，被梅花撩拨起了看花的兴致。

次层便写赏看梅花。诗人兴致勃发，等不到翌日，当天黄昏就骑着马兴冲冲地赶到长江边上，勒马伫立江头，观赏梅花。诗人赏梅必要咏梅，下面三句，他便即景取材，用先衬托后对比的手法来写梅。先说：“残雪消迟月出早”，节令虽已届春季，但还有一部分残雪迟迟不曾消溶；时正黄昏，月儿却早早地钻出了云缝，诗人将彼时所有的白雪、皓月拈入诗中，展现出一个冰清玉洁的境界来作为梅的背景，映衬得梅花更加高洁了。后说：“江头千树春欲阁”，千树，言梅花众多，“阁”同“暗”，江头梅花盛开，争娇斗艳，使得明媚的春光也相形暗淡了。繁花竞丽固然好，然而，诗人看到竹外有一枝斜开的梅花，相比之下，显得“更好”。“竹外一枝斜更好”，在这里，诗人并没有雕镂其幽艳丰姿之形，而侧重勾画她斜倚修竹的幽独闲雅之神，也许这正暗合诗人自己的落寞情怀吧，所以他才分外倾赏于那枝“无意苦争春”的竹外孤梅。这一句诗是东坡的得意之笔，论家们也赞赏备至，如魏庆之说：“语虽平易，然颇得梅之幽独闲静之趣”（《诗人玉屑》卷十七），纪昀声称：“实是名句，在和靖（林逋谥号）‘暗香’、‘疏影’一联之上，故无愧色”（王文诰辑注《苏轼诗集》卷二十二引）。

三层回忆旧游。面对苔枝缀玉，色清香幽，看着她，诗人不由回想起当年在杭州赏梅时的雅兴了：那时，自己在通判任上，因为向往林逋“梅妻鹤子”的风采，公务之暇常常在孤山一带赏梅饮酒，哪里醉了，就在哪里醉眠少休。往往一觉醒来，睁开眼睛看时，便见梅花纷纷扬扬落满身上和地下。洒在身上的，好像是在装点我的裙腰；掉在地下的，多得不能扫，也不舍得去扫掉它。裙腰，一般根据白居易《杭州春望》：“谁开湖寺西南路，草绿裙腰一道斜”诗意，认为是借喻长着碧草的山腰，或谓径指孤山，此解虽可通，但是，裙，古谓下裳，男女同用，联系上句“醉眠处”，这里也不妨直指诗人裙腰。第三句诗人继续遐想：以后自己由杭州调任密州（今山东诸城）、徐州、湖州（今属浙江），最后被贬在此地黄州，今日于春光之中重睹梅花芳容，就好像春也不远万里相随而来；离杭至今，又恰好十个年头，年年花开花落，人也逐年老去（已四十九岁），此情此景，岂不像那梅花年年岁岁在送我老去吗？逐客、佳人，都是诗人自喻。逐客称被朝廷迁谪之人，正是诗人目前身份；“佳人”一词在古代不专指美女，还指美好的人、有才干的人，后两者诗人都可以当之无愧。

末层抒发今日之慨。草草，形容忧虑的样子。畀，给予，昊，广大的天，界昊，交给上天。余香，春尽花凋，唯留余香，故云。上层忆旧游，已有慨意在其中了，此层则由花送人老想到命途多舛，身心都欠佳：去年花开，在病中挨过；今春赏梅，心情仍不舒畅。诗人因思自己这个穷愁潦倒的逐臣，实在有负良辰美景，倒不如让风雨送春归去，把那些梅花啦，其他什么花儿啦都交还给上天算了。诗至此黯然而结，语意沉痛，寄慨遥深。

全诗由梅而己、由己而梅，曲尽意致，感情沉郁。在语言上，出语虽多用典，除"裙腰"、槁木死"灰"外，还有"江上被花恼不彻"（杜甫《绝句》）、"劳人草草"（《诗·小雅·巷伯》）、"投畀有昊"（同上）等，不过由于牵搭自如，便似"水中著盐，但存盐味，不见盐质"，所以使人看不出用典的痕迹，而依旧给人一种造语平易、不事雕琢之感，这也只有苏轼这样的大手笔才能作到。

〔注〕 ① 全诗是："海陵参军不枯槁，醉忆梅花愁绝倒。为怜一树傍寒溪，花水多情自相恼。清泪斑斑知有恨，恨春相逢苦不早。甘心结子待君来，洗雨梳风为谁好？谁云广平心似铁，不惜珠玑与挥扫。月没参横画角哀，暗香消尽令人老。天分四时不相贷，孤芳转盼同衰草。要须健步远移归，乱插繁华向晴昊。"

（周慧珍）

海　棠

东风袅袅泛崇光，香雾空蒙月转廊。

只恐夜深花睡去，故烧高烛照红妆。

《王直方诗话》记载：东坡谪黄州，居定惠院之东，杂花满山，而独有海

棠一株,土人不知贵。对于这株幽居独处的海棠,横遭贬谪的苏轼自元丰三年(1080)一到黄州,便目其为知己,并数次小酌花下,为之赋诗。这首七绝也当是咏此海棠。

诗的开头两句,并不拘限于正面描写,也兼顾侧面渲染。“袅袅”,微风吹拂。“崇光”,此指海棠花光泽的高洁美丽。这两句把读者带入一个空蒙迷幻的境界,十分艳丽,然而略显幽寂。

在后两句中,作者由花及人,生发寄想,深切巧妙地表达了爱花惜花之情。“只恐夜深花睡去”一句,似借用了唐明皇、杨贵妃的一段故事。施注《苏诗》引《明皇杂录》:唐明皇登沉香亭,要召见杨贵妃,而她酒醉未醒。等到高力士和侍女把她扶来后,她醉颜残妆,鬓乱钗横,不能拜见。明皇笑道:“岂是妃子醉耶？真海棠睡未足耳。”明皇是以人喻花,而苏轼这里是以花喻人。在诗人的想象中,面前的这株海棠说不定会像人一样因夜深而睡去,所以,他特意点燃高烛,照耀海棠,使她打起精神,不致“睡去”。古人作诗,常有痴语。人花对话,怕花睡去,这当然只是诗人的想象,是痴语。这种痴语是从李商隐“客散酒醒深夜后,更持红烛赏残花”(《花下醉》)化出,较李诗更有情致。诗人叹良辰之易逝,伤盛时之不再,其深情绵邈之致在这两句中充分显现。虽然用了典故,却使人不觉,原因在于运化入妙,情景真切。

这首绝句,由于造语之工,想象之妙,感情之真诚,构思之别致,所以历来脍炙人口。早在南宋时期,它便和东坡的另一首作于元丰三年的七古诗(《寓居定惠院之东,杂花满山,有海棠一株,土人不知贵也》)一起,为人们广泛传诵。如果把这首绝句和其他几首作于黄州的“海棠”诗结合起来读,或许理解会更加深刻。

(徐少舟)

【原文】

题西林壁

横看成岭侧成峰，远近高低各不同。

不识庐山真面目，只缘身在此山中。

苏轼于神宗元丰七年(1084)由黄州贬所改迁汝州(治所在今河南临汝)团练副使。据南宋施宿《东坡先生年谱》:“四月发黄州，自九江抵兴国，取高安，访子由，因游庐山……”可知此诗约作于是年五月间。同时所作的游庐山诗，有《初入庐山五言绝句》(三首)、《瀑布亭》、《庐山二胜》(两首)、《赠总长老》等七首。《庐山二胜》前有短序云:“余游庐山，南北得十五六(意谓游程所至达全山十分之五六)，奇胜殆不可胜纪，而懒不作诗，独择其尤佳者作二首。”又《东坡志林》卷一“记游庐山”条自述在庐山所作诸诗，“最后与总长老同游西林”，“仆庐山诗尽于此矣。”可知这是他游遍庐山之后带有对庐山全貌的总结性的题咏。知道了这一背景，极有助于对这首诗的理解。

西林寺又称乾明寺，位于庐山七岭之西。姚宽《西溪丛语》评此诗首句谓:“南山宣律师《感通录》云:‘庐山七岭，共会于东，合而成峰。’因知东坡‘横看成岭侧成峰’之句，有自来矣。”如果不是泛游了全山，收摄远近高低的全部峰岭在胸中构成整体的形象，就正如《初入庐山》第一首中所说:“青山若无素，偃蹇不相亲。要识庐山面，他年是故人”那样，只能看到峰峦坡陀的偃蹇(偃蹇，高耸貌)之状了。

次句“远近高低各不同”，一本作“远近看山各不同”，语意更明晰，但内涵较窄，只有“远近”而不及“高低”，颇疑苏轼初作如此，而以后改成今句。所以此句实应读作为“远近高低看山各不同”，方与次句的“识”字紧密扣合。远处、低处所"识"的庐山,只是青山偃蹇,葱茏一片;愈贴近、愈登高,则眼中所"识"之山中景物又随身之所至而各各不同。此时此际,庐山的局部的"真面目"方能收于眼底。若问:"庐山就如你眼中所见么?"如果答道:"那还有问题！我不是亲自经历了庐山么?"这回答好像没有错。其实仅就所见的一峰一峦,一树一石,和别的山一峰一峦、一树一石相比,并无多大差别,并不足以反映庐山的全部风貌。庐山的全景,庐山的"真面目",它的总体形象,反而只有在远眺和鸟瞰时才能显现。因此诗人叹道:"不识庐山真面目,只缘身在此山中。"

全诗道出了一个平凡的哲理,包括了全体与部分、宏观与微观、分析和综合等耐人寻思的概念。苏轼慨叹身在山中反不识山的真面目之时,其实是识了庐山真面目之后的见道之言。是经过了横看、侧看、远看、近看、高看、低看,在胸中凝聚了局部的诸认识因而对庐山的全貌有了深刻的印象之后,才悟到"身在山中",即在山的某一局部时反而不识其真面目的事理。这时如果再下山回顾,眼中的山势虽仍然"偃蹇"如旧,但已不是如未游之前的"无素"和"不相亲"了。这时的庐山,在他已不是笼统的肤泛的面目,而是达到了具体的抽象。

这样,山水诗就具有了哲理性,不仅赢得了读者的广泛传诵和吟味,同时也成了人们讽喻某种社会现象的熟语。能产生这样的作用,就证明了这首诗的强大生命力。

(何满子)

高邮陈直躬处士画雁二首

野雁见人时,未起意先改。

君从何处看,得此无人态?

【原文】

无乃槁木形，人禽两自在。
北风振枯苇，微雪落璀璀。
惨澹云水昏，晶荧沙砾碎。
弋人怅何慕，一举渺江海。

众禽事纷争，野雁独闲洁。
徐行意自得，俯仰若有节。
我衰寄江湖，老伴杂鹅鸭。
作书问陈子，晓景画苕霅①。
依依聚圆沙，稍稍动斜月。
先鸣独鼓翅，吹乱芦花雪。

〔注〕 ① 苕霅(zhà 炸)：水名，在今浙江省境内。通称苕溪，其支流之一经吴兴县，名霅溪。

陈直躬，宋高邮(今属江苏)人，职业画家。绘画、人品皆为世人推重。苏轼曾写信给他，希望得到一幅有关苕霅晓景的画，陈直躬便画了一张以苕霅晨光为背景的野雁图相送。这两首诗就是题咏此画的。

大凡作画，画静易，画动也不难，但要从静止中画出动态来就很不容易。陈直躬此画能抓住野雁欲飞未飞的一刹那，用出神入化之笔再现出野雁的精神状态，这是苏轼为之倾倒的原因。第一首第一、二句从画面以外着笔，诗人在暗示自己已被雁画强烈吸引的同时，也让读者先体会野雁见人时“未起”而“意先改”的神态，第三、四句写出画面，画的是野雁“无人态”，第五、六句写画家“从何处看”，才没有惊动野雁而把它不见人时的自

【鉴赏】

然神态画出来。在展示画面和惊叹画家如何捕捉形象之间,显然还应该有诗人对绘画的赞美,可是苏轼有意把褒扬性词语收藏起来,让读者从无言之中去发现比任何语言都更多、更强烈的推奖之词,这是艺术空白的妙用。《庄子·齐物论》:“形固可使如槁木。”五六句用“槁木形”回答“从何处看”,由单纯的技法写到高级精神活动,用庄子的话说,就是由“技”而进入了“道”,这就把陈直躬的绘画同“画工”的简单描摹区别开来,表现了他摆脱匠气以后从事艺术创作时的精神状态,在他作画时,凝神而视,形同槁木,使雁不惊觉,仍怡然自得,就在这一刹那间捕捉住它的形象。“北风”以下四句写背景。其中除风、雪、云、水外,就只有白“沙”、“枯苇”:一片苍茫的氛围。一方面刻画了苕霅溪边冬日早晨风光,以应下首的“晓景”,另一方面也是对“闲洁”野雁的有力陪衬。描写中,作者用“振”写风,用“落”写雪,已把画在纸上的死物写活;继之,又用“惨澹”写云水,用“晶荧”写沙砾,使描写对象的境界全出。这是诗人笔力的高明之处,也是他重神韵的艺术观的体现。末两句的“弋人”呼应首句的“见人”,“一举渺江海”呼应第二句的“未起意先改”。本诗开头只说野雁见人时未起而先改之“意”,到此才说出它必一举而横绝江海,读画如此,方可谓之识者。自然,“渺江海”云云,是由画面的触发而产生的想象,但想象的依据则是诗人平时对自然景物的深刻体会。画家立意固然高远,而诗人则能凌超画家的意想之外;画绝,诗更绝。末两句说,野雁发现了人,即振翅起飞,弋人见雁意已改,知矢弹难加,用“怅”字;雁飞杳冥,一举凌空,用“渺”字:如此下字,纯乎神工,他人难及。又,扬雄《法言·问明》:“治则见,乱则隐。鸿飞冥冥,弋人何篡焉?”李轨注:“君子潜神重玄之域,以世网不能制御之”,即用鸿飞远空,矰缴不及来比喻脱羁远害。苏轼于元丰二年(1079)以“乌台诗案”系狱,获释后贬为黄州团练副使。元丰七年诏改汝州团练副使,次年五月,除知登州。第三年高太后听政,苏轼再度入京。这首诗写于元丰八年,在受尽折磨之后他预

【鉴赏】

感到有可能重新卷入政治斗争的漩涡，所以在这只洁身避祸的野雁身上，留下了诗人的影子。

到第二首，诗人明显地改变了表现手法：前一首多虚写，赞叹画之高绝以及画的背景；后一首多实写，写野雁“闲洁”的品质，以及求画雁的本意。

第二首诗一开始，作者用画外的“众禽”“纷争”反衬画中的“野雁”“闲洁”，也在鄙弃与倾羡之间写进了自己的心声。接下去，“徐行”、“俯仰”写动作，“意自得”、“若有节”写神情，是“闲洁”二字的绝妙注脚。“我衰”以下四句写诗人与此画的关系。“我衰寄江湖，老伴杂鹅鸭”既照应本首的“众禽事纷争”，又回顾前首的“弋人怅何慕，一举渺江海”，在吐露遭受打击以后苦闷心绪的同时，又寓托着不甘与小人为伍的情怀。句中“衰”、“寄”、“伴”、“杂”四字，在说明个人遭遇的过程中还传达了浓烈的感情色彩。“作书”两句表面上看只在交代雁画的来历，实际上，这一联诗的存在，不仅使不甘杂伴鹅鸭的思想更深一层，而且在全诗即将结束时点明诗、画的关系，也使诗篇条理清晰，布局谨严。“依依聚圆沙”，再写苕霅；“稍稍动斜月”，再写晓景。值得注意的是，作者在两首诗的第九、十句开头分别用上“惨澹”、“晶荧”、“依依”、“稍稍”，显然是有意安排的，它们不仅使画面更动人，诗的抒情味更浓烈，而且使两首诗音律显得整齐、协调。“先鸣”两句继续写雁。诗人的本意是题咏雁画，然而此诗一开始却由画中之雁想到画外的雁，又想到“众禽”，再想到观画的“我”，绕了一个大弯子，最后才用画雁作结束。也只有苏轼挥动“止于不可不止”的巨笔，方能在纵中寓擒，作出如此大胆的安排。从内容上看，最后两句中出现的这只野雁一边启喙长鸣，一边奋力鼓翅，以致吹乱了身边的“芦花雪”，这就是对第一首第四句所说的野雁的“无人态”的具体描绘。苏轼在全诗结尾处才详尽交代画面的这一细部，章法上出人意表，艺术上也终于给读者以完整的享受。此外，这两句使用极朴素的十个字，却把画面交代得清楚逼真、细致入微，读之令人既见陈氏雁画,又见苕霅欲起之真雁,笔力也是惊人的。

这两首诗以咏画为主,行文中又时时插进作者的思想情绪。结构上如行云流水,乍看似不可捉摸,但逐句寻绎,则又自然天成,触处生辉。诗中的意象不断变幻,但始终不离主线。甚至用韵措词,也常在规范中体现出诗人的个性来。苏轼题吴道子画时说:“出新意于法度之中,寄妙理于豪放之外。”如果借用这一断语来评价他自己的这两首诗,也是十分恰当的。

(李济阻)

书林逋诗后

吴侬生长湖山曲,呼吸湖光饮山绿。
不论世外隐君子,佣儿贩妇皆冰玉。
先生可是绝俗人,神清骨冷无由俗。
我不识君曾梦见,瞳子瞭然光可烛。
遗篇妙字处处有,步绕西湖看不足。
诗如东野不言寒,书似留台差少肉。
平生高节已难继,将死微言犹可录。
自言不作《封禅书》,更肯悲吟《白头曲》!
我笑吴人不好事,好作祠堂傍修竹。
不然配食水仙王,一盏寒泉荐秋菊。

这首诗元丰八年(1085)作,是写在林逋手书七言近体诗五首后面的①,所以诗里讲到林逋的诗和书法。全诗主要是赞美林逋的高风亮节,并赞美

【鉴赏】

他的诗和书法,最后讲到人们对他的纪念。

林逋死后,宋仁宗赐谥和靖先生。他住在西湖的孤山二十年,足迹不到城市。不娶,住处多种梅花,养鹤,称“梅妻鹤子”。他写的诗,随手散去,不留稿。有人问他为什么这样,他说:“我不欲取名于时,况后世乎?”② 他的诗平淡深美,表达了高尚志趣。七言五首,分别为《松扇》、《孤山雪中》、《孤山亭林》、《送史》、《春日》,计三十四行,署款“时皇上登宝位岁夏五月孤山北斋手书林逋记”。知此卷作于宋仁宗天圣元年(1023),时林逋五十七岁。

这首诗开头两句,写林逋生长的环境。“吴侬”,吴语称我和你都叫“侬”,当时杭州属于吴语区域。开首即称他们生长在湖山深曲处,山水清澄。“山绿”的绿指绿水。后两句讲那里的人物,世外的隐君子当然是高尚的,就是佣工贩妇也都是冰清玉洁的人。还没有写到林逋,已给人高洁的印象。

接下去写林逋高风亮节,本于天性。“先生可是绝俗人,神清骨冷无由俗。”先生岂是与世俗隔绝的人,上文写那个环境里除了“隐君子”外,还有“佣儿贩妇”,正说明他不是与世隔绝的。“神清骨冷”是从《晋书·卫玠传》“叔宝(卫玠字叔宝)神清骨冷”来的。当时所谓骨,指气质品格而言,从神情到品格都清冷,何从谈得到俗呢?接着,作者写他对林逋的钦仰,这种钦仰在梦中得到反映。他在梦中见到的林逋“瞳子瞭然光可烛”。《孟子·离娄上》:“胸中正,则眸之瞭焉。胸中不正,则眸子眊焉。”瞳人明亮,说明胸中正,跟神清有关;瞳人昏眊,说明胸中不正。林逋既是“神清骨冷”,在梦里看到他,自然是“瞳子瞭然”,再夸张一下,便成为“光可烛”,可以照见一切了。这样写,正显出诗人对林逋的仰慕已经形于梦寐了。这样写,概括了林逋为人的特点。林逋写湖上风光的七言近体诗中,有反映隐居生活和情思的确是“神清骨冷”。如《湖山小隐》二首之一:“道着权名便绝交,一峰青翠湿蘅芳。”如《湖上晚归》:“卧枕船舷归思清,望中浑恐是蓬瀛。”跟权和名绝交，想望的是仙山，正反映他无意功名。看来作者的赞美林逋，是跟林逋的这五首七言近体诗相结合的。

接下来就谈林逋的诗和书法。“遗篇妙字处处有，步绕西湖看不足。”这里赞美林逋诗善于用字，尤其是咏西湖之作，更为湖上风光传神。“诗如东野不言寒，书似留台差少肉。”这里用唐诗人孟郊（字东野）的诗来比林逋。作者《读孟郊诗》：“要当斗僧清，未足当韩豪。”认为孟郊的诗可以跟贾岛（曾为僧，名无本）诗比清，不过豪雄不及韩愈。作者《祭柳子玉文》称“郊寒岛瘦”，认为贾岛诗缺点是寒苦。这里指出林逋诗有贾岛之清而无其寒。“书似留台差少肉。”宋李建中，字得中，蜀人。善写真书行书。掌管西京（洛阳）留守御史台，因称留台。这句指林逋的书法像李建中，瘦硬有骨力。称赞林逋兼有二人之长而无其短。王世贞称“苏长公（轼）一歌，推许至矣。然至‘诗如东野不言寒，书似留台差少肉’二语，便是汝南月旦，何尝少屈狐笔也。”③一方面指出苏轼极为推重林逋的诗和书法，一方面又指出苏轼的评论，像董狐记事的直笔，不作虚美，不推重过分。这样讲是恰当的。

下面再结合他的诗来讲他的高风亮节。“平生高节已难继，将死微言犹可录。”作者自注：“逋临终诗云：‘茂陵他日求遗草，犹喜初无封禅书’”④。汉武帝的陵园称茂陵。《史记·司马相如传》：“相如既病免，家居茂陵（汉武帝生前即建茂陵）。天子曰：‘司马相如病甚，可往从悉取其书。若不然，后失之矣。’使所忠往，而相如已死，家无书。问其妻，对曰：‘……长卿未死时，为一卷书，曰：有使者来求书，奏之。’其遗札书言封禅事。”相如临死前还在讨好武帝，劝武帝到泰山去封禅，祭天地，告成功。林逋不肯这样做，正显出他的高节。“自言不作《封禅书》，更肯悲吟白头曲。”《白头吟》，乐府曲调名，原为卓文君因其夫司马相如对爱情不忠诚而作，后人多有以此曲为叹老嗟卑、自伤不遇之辞。此处当指后一义。和靖乃高士，连《封禅书》也不屑作，岂肯悲吟《白头吟》之曲，以自伤不遇呢？

【原文】

一结转到杭人对林逋的纪念。"我笑吴人不好事，好作祠堂傍修竹。不然配食水仙王，一盏寒泉荐秋菊。"王世贞称："始，钱塘人即孤山故庐，以祀和靖，游者病其湫隘。"吴人指杭县人，就林逋故居作祠堂，显得低下狭小。作者自注："湖上有水仙王庙。"即认为林逋应该和水仙王相配，在水仙王庙里受到祭祠，用一杯寒泉和秋菊来祭。王世贞又称："因长公诗后有'我笑吴人不好事，好作祠堂傍修竹'，遂徙置白香山祠，与长公配。"因为水仙王祠早已不存，所以后来改在白香山祠内祭祀林逋，把他跟苏轼相配。

这首诗的艺术特点，纪昀批里已经指出："起手如未睹佛像，先现圆光。"又说："结得夭矫。'修竹'、'秋菊'，皆取高洁相配，不图趁韵。"这首诗是赞美林逋，"平生高节"点明主旨在赞他的高风亮节。一开头从湖光到山绿，写环境的美好，从隐君子到佣奴贩妇，写人物的"皆冰玉"，这是陪衬。未写到林逋，已觉光彩照人。一结变化有力，故称"夭矫"，即另出新意。用"修竹"、"秋菊"来作陪衬，也是取高洁相配。写到林逋本人时，点明"神清骨冷"，显示他的高洁本于天性。又用梦见瞳子瞭然来写他的正直，显出钦仰之情。再评论他的诗和书法。又用司马相如来比，更突出他的高节。这一比又归到他的诗上，回到《书林逋诗后》之题。

〔注〕 ① 手卷藏故宫博物院。 ② 见《宋诗钞初集·和靖诗钞》小传。 ③ 见《艺苑卮言》，下同。 ④《宋诗钞初集·和靖诗钞》作："《自作寿堂，因书一绝以志之》：'茂陵他日求遗稿，犹喜曾无《封禅书》。'""草"作"稿"，"初"作"曾"。

（周振甫）

登州海市 并叙

予闻登州海市旧矣。父老云："尝出于春夏，今岁晚，不复见矣。"予到官五日而去，以不见为恨，祷于海神广德王之庙，明日见焉，乃作此诗。

【原文】

东方云海空复空，群仙出没空明中。
荡摇浮世生万象，岂有贝阙藏珠宫？
心知所见皆幻影，敢以耳目烦神工！
岁寒水冷天地闭，为我起蛰鞭鱼龙。
重楼翠阜出霜晓，异事惊倒百岁翁。
人间所得容力取，世外无物谁为雄？
率然有请不我拒，信我人厄非天穷。
潮阳太守南迁归，喜见石廪堆祝融。
自言正直动山鬼，岂知造物哀龙钟。
伸眉一笑岂易得，神之报汝亦已丰。
斜阳万里孤鸟没，但见碧海磨青铜。
新诗绮语亦安用？相与变灭随东风。

这首诗作于元丰八年(1085)。这年十月，苏轼到登州去做知州，到任五日，朝命赴京改任礼部郎中。这首诗的石刻末题作“元丰八年十月晦，书呈全叔承议”，可见是在十月底写的。登州(州治在今山东蓬莱)海市，登州海上，有时出现云气，呈现出宫室、楼台、城池、人物、车马等形状，称为海市，是大气中因光线折射所形成，反映地面物体的形象。广德王，即东海龙王。《通典·礼·山川》：“天宝十载正月，以东海为广德王。”

这首诗开头是对海市的想象，当时还没有看到海市。苏轼想象东方的云海里原来是空空的，后来在空明之处有群仙或现或隐，有浮世万象生出，在空中摇荡，这就是海市。浮世本指世事虚浮，这种海市中呈现的万象更是虚浮不定，难道真有贝阙珠宫？心知海市都是幻影，怎么敢烦劳神灵现

【鉴赏】

出海市来。《楚辞·九歌·河伯》:“紫贝阙兮朱(珠)宫。”指河伯用紫贝作阙(即宫前的望楼),用珠子作宫。在这里,作者认为海市不过是幻影,并非实有。

接下来讲阴历十月底,在登州一带,已是天寒水冷,是《易·坤·文言》所说的“天地闭”,草木不生,即海上不出现海市的时候。作者向东海龙王祷告,认为东海龙王把天寒水冷时蛰伏的蛇虫唤起来,又鞭打鱼龙,使它们作出海市。使重楼翠阜在降霜的天晓时出现,这样怪事百岁老翁也没有见过,所以要惊倒了。接着发议论,人间所能得到的东西容许人们用力去取得,海市是世外的幻影,并无实物,谁能占有它称雄呢?我轻率地向东海龙王发出请求,他却不拒绝我。从而确信我在世间所受的挫折,是遭到人为的打击,不是天要使我穷困。这就跟自己政治上所受打击结合起来了。早在元丰二年(1079),苏轼任湖州知州。御史舒亶专摘他的诗语以为讥刺时政,御史何正臣以为他愚弄朝廷,于是他被逮捕,下御史台狱。后责授黄州团练副使。此即乌台诗案,是受到别人的陷害。

接下去引韩愈事来作比。“潮阳太守南迁归,喜见石廪堆祝融。”韩愈在贞元十九年(803)官监察御史,上疏论宫市的弊害,贬阳山(在今广东)令。永贞元年(805),改江陵法曹参军,北归途中,曾游衡山,作《谒衡岳庙遂宿岳寺题门楼》:“我来正逢秋雨节,阴气晦昧无清风。潜心默祷若有应,岂非正直能感通!须臾静扫众峰出,仰见突兀撑青空。紫盖连延接天柱,石廪腾掷堆祝融。”紫盖峰连接天柱峰,石廪峰像腾跃而上,祝融峰像堆积着。韩愈是由监察御史贬官阳山令,北归时到衡山的。苏轼误记为这是在元和十五年(820)从潮州刺史召还北归途中所作。潮州(今广东潮安),当时又称潮阳郡,所以称潮阳太守。“自言正直动山鬼,岂知造物哀龙钟。”韩愈以为自己的正直感动山神,使阴云散开。哪里知道天在哀怜他的衰惫,不忍心让他空跑一趟。这里既讲韩愈，又联系自己。认为自己求神而看到海市，正像韩愈的求神看到众峰一样，也是天在哀怜自己。"伸眉一笑岂易得，神之报汝亦已丰。"看到海市，高兴得伸展眉头一笑，这样的快乐难道是容易得到的吗？这说明神的报答自己也够丰厚的了。

一结写海市消失的景象。"斜阳万里孤鸟没，但见碧海磨青铜。"在海市出现时，看到的是云气中的"重楼翠阜"，云气遮住太阳，也看不见飞鸟。海市消失了，云散了，才看到"斜阳万里"，孤鸟没于远天。海静无波，有似新磨的青铜镜。"新诗绮语亦安用？相与变灭随东风。"用绮丽的词语来写新诗，又有什么用，海市跟着东方海上吹来的风一起消失了。这里称"相与"，除了指海市消失外，当还有对人事的感慨，在"伸眉一笑"中，自己所受的打击也跟着消失了。没有消失的是"新诗绮语"，流传到后世。

查慎行《初白庵诗评》卷中："只'重楼翠阜出霜晓'一句着题，此外全用议论，亦避实击虚法也。若将幻影写作真境，纵摹拟尽情，终属拙手。"纪昀评《苏文忠公诗集》："海市只是'重楼翠阜'，此正不尽形容，亦正不能形容也。从未见之前，既见之后，与岁晚得见之实，结撰成篇，炜炜精光，欲夺人目。"在查评里面，指出这首诗是苏诗又一特色，这个特色表现在"只'重楼翠阜出霜晓'一句着题，此外全用议论"，即以议论为诗。但诗中议论与抽象议论不同，是诗的议论。如开头"岂有贝阙藏珠宫"，即海市都是空的。这个议论，是结合"东方云海"，"群仙出没"，"浮世万象"来的，又是结合"贝阙珠宫"来的。再像"人间所得容力取，世外无物谁为雄？"这个议论跟上文密切结合。如"世外无物"，即就"心知所见皆幻影"来的，幻影是"无物"。在"谁为雄"里又别出新意，这个新意跟下文讲韩愈诗有关。这样就不同于抽象议论，只是诗意的转折，转到"谁为雄"上。接下去又是把韩愈跟自己相比，韩愈"自言正直动山鬼"，使阴云散去，能看到衡山山峰；自己求东海

【鉴赏】

龙王，使在“岁寒天冷”时出现海市。这里妙在跟“谁为雄”若即若离。韩愈自认为靠他的正直能感动山神，有以他为雄的意思。但“谁为雄”是否定有人为雄，又跟下文否定韩愈感动山神，只是“造物哀龙钟”相应了。“人间所得”一联的议论，这样跟上下文的事例结合，就不同于抽象议论了。再像“自言正直”两句，说明天在可怜韩愈，也是议论。这个议论又是把自己和韩愈两件相似的事相比而来的，也不是抽象议论。一结的“相与变灭随东风”，也是议论，又是同上文讲海市的消失相结合的。

再就查、纪两家批语看，苏轼写他看到的海市，只有“重楼翠阜出霜晓”一句；写他未见海市前的想象，写他既见海市后的感想，写海市消失后的景象，都要写得多，这是为什么？查批认为“纵摹写尽情，终属拙手”，纪批认为“此正不尽形容，亦正不能形容也”。为什么尽情摹写是拙笔？为什么不能形容？原来海市常见于春夏，景象最美，到岁晚时出现的海市大为逊色，所看到的只有“重楼翠阜”，所以只用一句来写，这正是写实，并不是什么避实击虚，也不是不能形容。他开头写想象中的海市写得多，有“群仙出没”，有“浮世万象”，有“贝阙珠宫”，这是听别人讲的春夏的海市，比他看到的富丽多了，所以写得也多。到看了海市后的感想，结合“信我人厄非天穷”来写，话自然也多了。到海市消失后，描写海上景象，有碧海似青铜镜，有海市的“变灭随东风”，也就写得多了。假如苏轼在春夏时看到海市，他所看到的比他听到别人讲的更为富丽，那他就会加意描绘，并非“不能形容”，也非“摹拟尽情”是拙手了。他只用一句话来写他看到的海市，应该从写实角度来考虑。

王文诰注称：“此诗出之他人，则‘斜阳’二句已可结矣。公必找截干净而唱叹无穷，此犹海市灵奇不可以端倪也。”纪昀批：“是海市结语，不是观海结语。”这首诗用“斜阳”两句作结，写海市消失后的海上景象，虽然可以，但上文写海市，到“重楼翠阜”两句完了，转到“人间所得容力取，世外无物谁为雄”，已不限于写海市。接下去用韩愈游衡山的祷告，跟自己的求东海龙王相比，也不限于讲海市，归到“神之报汝亦已丰”，还是兼指韩愈和自己说，也不限于海市。因此光用“斜阳万里”两句作结，从“人间所得”到“斜阳万里”都不是专讲海市，在切题上嫌不够。加上“新诗绮语”两句，才关合到海市，更为切题。

（周振甫）

惠崇春江晓景二首（其一）

竹外桃花三两枝，春江水暖鸭先知。
蒌蒿满地芦芽短，正是河豚欲上时。

这首诗，一题作《惠崇春江晚景》，或题作《书衮仪所藏惠崇画》，是苏轼于神宗元丰八年（1085）在汴京（今河南开封）写的一首题画诗。一首好的题画诗，既要点明画面，使人如见其画，又要跳出画面，使人画外见意，从而既再现了画境，又扩展和深化了画境。

惠崇是能诗善画的僧人，郭若虚《图画见闻志》称其“工画鹅、雁、鹭鹚，尤工小景，善为寒汀远渚，萧洒虚旷之象”。这首诗所题的惠崇画，是一幅以早春景物为背景的春江鸭戏图。诗的前三句写了六样景物：竹子和竹外开放的桃花、江水和水上浮游的鸭子、布满地面的蒌蒿和新出嫩芽的芦苇。这些应当都是画中所有。分别来看，第一句写的是地面景；第二句写的是江上景；第三句写的是岸边景。从这三句诗，大致可以想见这幅画的取景和布局。

欣赏一幅画，如果只局限在目所能见的范围之内，那么，画笔所描摹、画面所展示的只是景物的色彩、形态、位置、数量、体积。就惠崇的这幅画而言，只画出了桃花之盛开、春江之溶漾、桃枝之在竹外、鸭群之在水上、蒌

【鉴赏】

蒿之密、芦芽之短，这是画家在自然界所能见到的，也是欣赏画的人在画幅上所能见到的。但是，苏轼的这首题画诗，却还写了要凭触觉才能感到的水之“暖”、要用思维才能想出的鸭之“知”、要靠经验和判断才能预言的河豚之“欲上”。这些，无论在自然界或画幅上，都不是目所能见，是通过诗人的想象和联想得之于视觉之外、得之于画面之外的。而这首诗的高妙处，正在于以这些想象和联想点活了画面，使画中的景物变得生机勃发，情趣盎然，不复是无机的组合、静止的罗列。这生机和情趣，可以是画幅本身所蕴含而由诗人的灵心慧眼发掘出来的，也可以是画幅所无而由诗人赏画时外加上去的。这也就是谭献在《复堂词录叙》中所说的“作者之用心未必然，而读者之用心何必不然”。

当然，读者用心之所以然，不应是漫无依据的胡思乱想。其想象的契机、联想的线索，应当是有端倪可寻的。诗人在欣赏惠崇这幅画时所以产生“水暖鸭先知”的想象，是因为画面本来有水有鸭，更从桃花开、蒿芦生所显示的季节而想到江水的温度和鸭子的感知。至于诗人之写“河豚欲上”，可以是因画面景物，而想起梅尧臣《范饶州坐中客语食河豚鱼》诗的前四句“春洲生荻芽，春岸飞杨花，河豚当是时，贵不数鱼虾”；更可能是从河豚食蒿、芦则肥、初生的蒿、芦又可用以羹鱼而生发的联想。可以与这首诗参读的有作者的一首《寒芦港》诗：“溶溶晴港漾春晖，芦笋生时柳絮飞。还有江南风物否？桃花流水鮆鱼肥”。两诗所写景物、季节及其思路，都很相似。

题画诗是题在画上的，应当做到诗与画两相映发，成为珠联璧合的整体；同时，作为一篇文学作品，它又应当离开了画仍不失其独立的艺术生命。今天，尽管人们早已看不到惠崇的这幅画了，而苏轼的这首诗却依然是众口传诵的名篇。不必看画，只从这首诗所再现的景物美、所创造的意境美，从诗人所表露的对大自然、对生活的兴会中，读者自会为之吸引，受到感染。

（陈邦炎）

【原文】

虢国夫人夜游图[①]

佳人自鞚玉花骢[②]，翩如惊燕蹋飞龙。
金鞭争道宝钗落，何人先入明光宫[③]？
宫中羯鼓催花柳[④]，玉奴弦索花奴手[⑤]。
坐中八姨[⑥]真贵人，走马来看不动尘。
明眸皓齿[⑦]谁复见，只有丹青余泪痕。
人间俯仰成今古，吴公台下雷塘路[⑧]。
当时亦笑张丽华[⑨]，不知门外韩擒虎[⑩]。

〔注〕 ① 夜游图：北宋末期，曾藏于宋徽宗画苑，据说上面有徽宗的题字。 ② 鞚：马勒。玉花骢：唐玄宗的名马。 ③ 明光宫：汉代有明光殿，此处借指唐宫。 ④ 羯鼓催花柳：唐人南卓《羯鼓录》："唐明皇好羯鼓，尝于庭内临轩击鼓，庭下柳杏时正发坼，明皇指而笑谓宫人曰：'此一事，不唤我作天公可乎？'"后来传为羯鼓催花的故事。羯鼓，唐代由羯族传来的一种鼓，形如漆筒，音响急促高昂。故名羯鼓。 ⑤ 玉奴：杨贵妃的小名。花奴：汝阳王李琎的小名。李琎善羯鼓，杨贵妃工弦索。 ⑥ 八姨：即秦国夫人。 ⑦ 明眸皓齿：连同上句的"走马"与下句的"丹青"，都指虢国夫人。 ⑧ 吴公台、雷塘：都在扬州。吴公台因陈将吴明彻得名。隋炀帝死后，初葬吴公台下，后来迁葬雷塘。 ⑨ 张丽华：南朝陈后主（陈叔宝）的宠妃，隋灭陈时，张丽华匿于胭脂井中，被隋将韩擒虎俘获，旋被杀。 ⑩ 门外韩擒虎：杜牧《台城曲》："楼头张丽华，门外韩擒虎。"

"虢国夫人夜游图"是唐代流传下来的一幅名画。图为张萱所绘，一说是出自周昉之手。先后曾珍藏在南唐宫廷、晏殊府第。哲宗元祐元年

【鉴赏】

(1086)，作者在汴京任职中书舍人曾看到此图，作了这首七言古诗。

虢国夫人是杨贵妃三姐的封号。据《旧唐书·杨贵妃传》，贵妃"有姊三人，皆有才貌。长曰大姨，封韩国夫人；三姨封虢国夫人；八姨封秦国夫人。并承恩泽，出入宫掖，势倾天下"。苏轼这首诗和杜甫的《丽人行》一脉相承，含有一定的讽谕意义。

诗的起四句为第一段，渲染虢国夫人恃宠骄肆。前两句所描绘的形象，正是图中虢国夫人形象的再现。作者写这位佳人，自己驾驭玉花骢马，淡妆多态。她骑在骏马上，身段轻盈，恍如惊飞的春燕。骏马骄驰在进宫的大道上，宛若游龙。真是美人名马，相互辉映；神采飞动，容光艳丽。《明皇杂录》记载：虢国夫人出入宫廷，常乘紫骢，使小黄门为御者。画和诗所绘写的都确有所据。"金鞭争道"两句，写虢国夫人的骄纵，和杨家炙手可热的气焰。作者用"金鞭争道宝钗落"这句，再现了图中的情景。为了抢先进入明光宫，杨家豪奴，居然挥动金鞭与公主争道，致使公主惊下马来，宝钗堕地。据史载，某年正月望日，杨家五宅夜游，与广平公主争道西市门，结果公主受惊落马。诗所写的，正是画意所在。

诗的第二段是"宫中羯鼓催花柳"以下六句。写虢国夫人入宫和宫中的情事。此刻宫中正作"羯鼓催花"之戏，贵妃亲自弹拨琵琶，汝阳王李琎在敲击羯鼓。在羯鼓争催的情况下，弦歌并起，舞姿柔曼，柳宠花娇。秦国夫人已经先期艳妆就座，打扮得非常娇贵。虢国夫人缓辔徐行，惊尘不动，素妆淡雅。显然，入宫以后马的步子是放慢了。真是珠光宝气，人影衣香，花团锦簇，在不夜的宫廷里，一派欢乐情景，纷呈纸上。诗中以玉奴和八姨作为衬映，而自鞚玉花骢的佳人，才是主体。画图是入神之画，诗是传神之诗，诗情画意，融为一体。作者写诗至此，于欢情笑意中，陡作警醒之笔。作者说：这绝代的佳人，如今又在何处呢？她那明眸皓齿，除了画图之外，谁又曾见到过呢？当年的欢笑，似乎今天在丹青上只留下点点惨痛的泪痕了。陡转两句，笔力千钧。

第三段是最后四句，紧承前文，作者在观图感叹之后，更对历史上一些回环往复的旧事，致以深沉的感慨。诗说："人间俯仰成今古，吴公台下雷塘路。当时亦笑张丽华，不知门外韩擒虎。"历史上的隋炀帝，当年也曾嘲笑过陈叔宝、张丽华一味享乐，不恤国事，不知道韩擒虎已经带领隋兵迫近宫门。可是隋炀帝后来也步陈叔宝的后尘，俯仰之间，身死人手，国破家亡，繁华成为尘土。言外之意，是说唐明皇、杨玉环、虢国夫人等，又重蹈了隋炀帝的覆辙。"吴公台下雷塘路"，葬埋了隋家风流天子；"马嵬坡前泥土中"，也不只是仅仅留下杨玉环的血污，她的三姨虢国夫人也被杀掉，必然在那里留下血染的游魂。荒淫享乐者的下场，千古以来，如出一辙。昙花一现的恩宠，换来的仅仅是一幅供人凭吊的图画和图上的丝丝泪痕。

全诗着意鲜明，前两段十句，全以画意为诗，笔墨酣畅。"明眸皓齿"两句转入主题，作轻微的感叹。末段四句，揭示作意。语意新警，亦讽亦慨，而千古恨事亦在其中，如此题图，大笔淋漓，有如史论，足以引起后人深思。

（马祖熙）

书李世南所画秋景二首（其一）

野水参差落涨痕，疏林欹倒出霜根。
扁舟一棹归何处？家在江南黄叶村。

这首诗作于哲宗元祐三年(1088)前后，当时苏轼作翰林学士，与宣德郎李世南同在汴京。李善画，作"秋景平远"图，诗人为其画题了二首七绝，

【鉴赏】

这是第一首。诗题名其画为"秋景",有的记载称这幅画为"秋景平远",或作"秋山林木平远"。综合各种称谓看来,"秋景"是对这幅画的内容总的概括,而具体呈现秋景的则是山水及林木,所谓"平远"即是指画中辽阔的水面景象。本诗的第二首有句云:"不是溪山成独往,何人解作挂猿枝",可知这幅画内是有山的,当是位于近处。本首题咏的着眼处在于水面及其近岸的林木,从而呈现出一片清疏旷远之景。

诗中写的画景是一幅"水乡秋色",或可名曰"水乡秋意"。首二句给读者展示一片萧疏的水乡深秋景象。把"野水"和三四两句联系着看,画中的水面是很远阔的。首二句所写乃是近处的岸边景象。"参差"是不整齐之意,这里是形容水和岸相接处的形象。由于深秋水落,岸边突出许多干地,同时水也停留在一些隈曲处,于是水岸边呈现出参差之状,夏季烟水弥漫时这一切都是不存在的。下面继以"落涨痕",表明秋水下落后旧日水涨淹没的岸边床地又都呈露出来了。这句展现出的是一派湾荒水涸的风味。次句写岸边景物。"疏林"点明秋景,与末句"黄叶村"前后相应,构成秋象。首句所写的水岸也可认为冬象,而"疏林"既别于木叶尽脱,更不同于枝叶浓密,只能是袅袅秋风中的树林。"疏林"下接以"欹倒",使形象丰富多姿,更饶画意。"出霜根"生于"落涨痕",涨痕退落后霜根乃出,一"落"一"出",上下相应。"落涨痕"与"出霜根",在"疏林"的映照下,具有浓厚的深秋意味。

三四两句,再在展向远方的画笔疏淡处着眼,逗出人情。从这两句提供的画面,可以想见,一舟棹向远方,尽处林木数点。面对这令人心神旷远的自然境界,于是诗人问道,那条小舟一桨一桨地划向何处啊?应是归去江南的黄叶村吧!诗人发挥自己的想象,于景物中融入人情,似幕后隐语,启示读者,赋予画幅以悠然无尽的情味。吟此二句,想象画景,似觉与舟中人浩然长往,心情无限畅适。

七绝的写法，一般是前二句叙写事物，后二句抒发情思。本诗虽全章在题咏秋景画，仍于前二句着重以浓笔勾勒景物，给人以亲切的时节风物之感。后二句在用淡墨略加点染之际，凭虚恣发想象，演出人情，觉画景之外，情调悠扬，极耐人寻味。苏轼才气横溢，情调高远，其诗善于驰骋神思，翻空出奇。其题风景画诗无论长篇短章，都能不停滞于物象，常从生活联想中蔚发奇思，丰富了画的意趣，使读者快然惬情。

（胡国瑞）

书鄢陵王主簿所画折枝二首

论画以形似，见与儿童邻。
赋诗必此诗，定非知诗人。
诗画本一律，天工与清新。
边鸾雀写生，赵昌花传神。
何如此两幅，疏淡含精匀。
谁言一点红，解寄无边春。

瘦竹如幽人，幽花如处女。
低昂枝上雀，摇荡花间雨。
双翎决将起，众叶纷自举。
可怜采花蜂，清蜜寄两股。
若人富天巧，春色入毫楮[1]。
悬知[2]君能诗，寄声求妙语。

【鉴赏】

〔注〕 ① 毫楮:毫,笔;楮,纸。 ② 悬知:猜想。

这是两首题画诗。鄢陵,即今河南鄢陵县。主簿,官职名。王主簿,生平不可考。折枝,花卉画的一种表现手法,花卉不画全株,只画连枝折下来的部分,故名折枝。

第一首从诗画创作理论谈起,由大处入笔,然后层层推进,最终归结到王主簿的折枝画。第二首与此相反,它以王主簿折枝画为描写对象,至篇末才以诗代简,表示愿意听到王主簿对写诗作画的"妙语"。这组诗虽然分为二首,但围绕"以诗题画",由画到诗,再由诗到画,最后仍然归结到诗,离中有合,体现了作者构思的精密。

第一首结合王主簿折枝画,抒写诗人对于"形似"论的意见。他认为,"以形似"作为论画的标准,和以为写诗只有写得形似才算好诗,都是错误的。他主张在"天工与清新"中赋咏事物之神韵。他所以推崇王主簿此画,叹羡它能用"一点红""寄无边春",正是因为这幅画虽然着墨不多,没有在纤毫毕肖上下功夫,但画家善于捕捉事物的精神韵态,所以更深刻地反映了事物的本质,作到了以少胜多。

苏轼精通诗、画,这里阐述的有关形似的艺术见解出于他多年的创作实践,在我国古代艺术理论中占有重要地位。但是,数百年来对苏轼的这首诗产生过种种误解。《韵语阳秋》卷十四云:"欧阳文忠公诗云……东坡诗云:'论画以形似,见与儿童邻。赋诗必此诗,定非知诗人。'或谓:'二公所论,不以形似,当画何物?'曰:'非谓画牛作马也,但以气韵为主耳。'谢赫曰:'卫协之画,虽不该备形妙,而有气韵,凌跨雄杰。'其此之谓乎?陈去非作《墨梅诗》云:'含章檐下春风面,造化工成秋兔毫。意得不求颜色似,前身相马九方皋。'后之鉴画者,如得九方皋相马法,则善矣。"《升庵诗话》卷十三也说:“东坡先生诗曰:‘论画以形似,见与儿童邻。作诗必此诗,定知非诗人。’(原文如此——引者注)言画贵神,诗贵韵也。然其言有偏,非至论也。晁以道和公诗云:‘画写物外形,要物形不改。诗传画外意,贵有画中态。’其论始为定,盖欲以补坡公之未备也。”否定苏轼,说他是在主张画牛作马,当然是没有根据的。称许苏轼,以为他主张作画应如九方皋相马那样,虽不辨牝牡骊黄,只要能识得千里马就行,同样有违本意。对苏轼毁誉参半,像晁以道那样“欲以补坡公之未备”,亦无必要。诚然,苏轼在否定“论画以形似”的同时没有专门论述形似与神似的关系,不过苏轼是在写诗,不是作科学论文。何况诗中说“论画以形似”,指的乃是把形似当作论画的唯一标准。“赋诗必此诗”是指只有形似,死于句下的诗。再说,第二首诗中对王主簿折枝画的描写是那么逼真、生动,也说明了苏轼赞许的是既能形似更能传神的作品,他否定的只是没有意趣、没有韵味的形似之作而已。

从章法上看,第一首诗的前四句分别阐述论画、赋诗的标准。“见与儿童邻”、“定非知诗人”二句斩钉截铁,表明了作者在深思熟虑之后的明晰认识和坚定态度。五、六句诗、画总提,正面标出观点。“边鸾”两句对理论来说是例证,对王主簿来说是对比与反衬,对本篇的行文来说又是从说理到咏画的过渡。边鸾,唐代画家,所画花鸟极精美,据说他画的孔雀跟活的一样,好像能鸣叫。赵昌,宋代画家,善画折枝花卉,人谓他能与花传神。最后四句归结到王主簿所画折枝。有了边鸾、赵昌作铺垫,再用“何如”二字褒贬,王主簿此画的地位已十分清楚。“疏淡”指用笔不多,着色清淡。“精匀”指精巧匀称。前面的“边鸾”两句意为互文,谓边、赵二人的绘画既能刻画工致,写物如生,又能揣摩意态,用笔传神,此类画已属形神兼备。这里,诗人用“疏淡含精匀”进一步置王画于边、赵二家之上,采用的是同类相比法。

【鉴赏】

第二首诗咏画，特点是精当、形象。说它精当，是因为其中出现的画面图像正可用来印证前首所述的艺术理论；说它形象，是因为诗中对王主簿的折枝画描写得如此生动，可给读者以优美的艺术享受。一、二句写竹用“瘦”，写花用“幽”，已颇具情致，同时再用“幽人”比竹、“处女”比花，则进一步状出了竹与花的风韵，这自然是诗人以“神似”论画、赋诗的结果。三、四句写雀。“低昂”二字再现构图的照应配合，“摇荡”二字传达画中生物呼之欲出的神态，正是于“疏淡含精匀”、“天工与清新”中表现内在情味的妙句。“双翎”句再写雀。决，急速。《庄子·逍遥游》：“决起而飞。”“决将起”，指将起而未起。“众叶纷自举”，再写折枝。“纷”字、“举”字，显示出叶片争欲挺出的神气。这两句所揭示的是意念中的动作，是画家传神的结果。七、八句描写细腻，连蜂儿股上的“清蜜”也分明可辨。这应该是苏轼并非全盘否定“形似”的明证。总观画面，不过一丛竹、数枝花、两头雀、一只蜂，却带来了盎然春意。“若人富天巧，春色入毫楮。”既是对画家技艺的总评价，同时又呼应前首，点明王主簿以“一点红”、“寄无边春”的艺术功力。最后两句别出新意，与“题画”的主题似断似续，正是苏轼“大略如行云流水，初无定质，但常行于所当行，常止于不可不止”（《答谢民师书》）这样一种写作方法的体现。

这两首诗是苏轼用诗歌形式评论文艺作品的名篇，其中关于“形似”的见解颇受后人注目。写作方法上，前首几乎全用议论，又是苏轼以“议论为诗”的一首代表作。宋人喜在诗中说理，不过，如不将哲理融于情景之中，难免理障，令人读来淡乎寡味。但苏轼此诗，不但议论中肯独到，而且与情景描写配合有致，故能摇曳多姿，不愧是诗歌园地里的一朵奇葩。

（李济阻）

书王定国所藏烟江叠嶂图

江上愁心千叠山，浮空积翠如云烟。
山耶云耶远莫知，烟空云散山依然。
但见两崖苍苍暗绝谷，中有百道飞来泉。
萦林络石隐复见，下赴谷口为奔川。
川平山开林麓断，小桥野店依山前。
行人稍度乔木外，渔舟一叶吞江天。
使君何从得此本，点缀毫末分清妍。
不知人间何处有此境，径欲往买二顷田。
君不见武昌樊口幽绝处，东坡先生留五年！
春风摇江天漠漠，暮云卷雨山娟娟。
丹枫翻鸦伴水宿，长松落雪惊昼眠。
桃花流水在人世，武陵岂必皆神仙？
江山清空我尘土，虽有去路寻无缘，
还君此画三叹息，山中故人应有招我归来篇。

此诗题下自注云："王晋卿画。"王诜(1037—1093)，字晋卿，太原人，居开封，北宋开国功臣王全斌之后(见《宋史·王全斌传·附传》)。妻英宗之女蜀国长公主，官驸马都尉。虽为贵戚，却远声色而爱文艺，与诗人画家苏轼、黄庭坚、米芾等交好。作宝绘堂于私第之东，收藏颇富，苏轼为作记。善诗词、书法，尤以工山水画著名。好写江上云山、幽谷寒林与平远风景，用李成皴法，也有金碧设色。兼善墨竹，学文同。据苏诗查注：这首诗另有

【鉴赏】

苏轼墨迹流传，其后有“元祐三年十二月十五日子瞻书”十三字。

方东树《昭昧詹言》卷十二云：“起段以写为叙，写得入妙而笔势又高，气又遒，神又王（旺）。”所谓“以写为叙”，是指这一段实质上是叙述《烟江叠嶂图》的内容，但没有抽象叙述，而是形象描写。其实，如果既不看诗题，又不看诗的下一段，就不会认为这是介绍《烟江叠嶂图》，只感到这是描写自然景物。

前四句，着眼于高处远处，写烟江叠嶂的总貌。“江上”，点“千叠山”的位置。“愁心”，融情入景。“浮空积翠”，是“积翠浮空”的倒装，其主语为“千叠山”。“积翠”，言翠色之浓。“千叠山”积蓄了无穷翠色，在远空浮动，像烟，也像云。而烟消云散之后，则山形依然。几句诗，变静景为动景，写远嶂千叠、翠色浮空之状如在目前。

次四句，由远而近，由高而低，先凸现苍苍两崖，再从两崖的绝谷中飞出百道泉水；这百道飞泉，萦林络石，时隐时现，终于“下赴谷口”，汇为巨川，奔腾前进。在这里，诗人以飞泉统众景，从而运用了以明见暗、以隐见显的艺术手法。两崖之间，有无数幽谷，因为“暗”而不见，无从写；只写百泉飞来，而百泉之所自出，即不难想见：这是以明见暗。林木扶疏，奇石磊落，可见可写；但要一一摹写，就不免多费笔墨，分散重点，于是只写百泉之“隐”，就不难想象其所以“隐”：这是以隐见显。

后四句，诗人把读者的视线从百泉的合流出谷引向近景。“川平、山开、林麓断”，展现了三个画面；“林麓断”处，“小桥”、“野店”、“乔木”、“行人”，历历如见。而“渔舟一叶”，又把视线推向开阔的烟江。“吞江天”三字，涵盖了“烟江叠嶂”的全景，真有尺幅万里之势。

“使君”以下四句自为一段。纪昀评云：“节奏之妙，纯乎化境。”方东树云：“四句正锋。”“使君何从得此本”一句回到本题，既变真景为画景，又点出此画乃王定国所藏；而此画之巧夺天工，也不言而喻，为“点缀毫末分清妍"的赞语提供了有力的根据。"不知人间何处有此境"一句,又由画境想到真境,希望于"人间"寻求如此美好的江山,买田退隐,从而把全篇的布局,从写景转向抒情和议论。

"君不见"以下是最后一段。以"君不见"领起,将读者引向诗人回忆中的天地。这回忆对于诗人来说,并不那么愉快。元丰二年(1079)三月,苏轼罢徐州知州,改知湖州。四月,到湖州任。何正臣摘引《湖州谢表》中的话,指斥苏轼"妄自尊大";舒亶、李定等又就其诗文罗织罪状。七月二十八日,苏轼于湖州被捕,投入御史台狱,这就是"乌台诗案"(御史台又叫"乌台")。十二月结案,贬黄州团练副使,本州安置、不得签书公事。苏轼从元丰三年二月到达贬所,至元丰七年四月改任汝州团练副使,共在黄州度过了四年多的辛酸岁月。现在,他因看《烟江叠嶂图》而有所感触,唤起了对往事的回忆。"君不见"领起的"武昌樊口幽绝处",点贬谪之地的幽深;"东坡先生留五年",言贬谪之时的漫长。以下四句,吴北江认为分写"四时之景",固然不算全错,因为的确写了景;但更确切地说,并非单纯写景,而是借景叙事、因景抒情。这四句,紧承前两句而来,概括了诗人在那"幽绝处""留五年"的经历和感受:春天,闲看"春风摇江天漠漠";夏季,独对"暮云卷雨山娟娟";秋夜寂寥,"丹枫翻鸦伴水宿";冬日沉醉,"长松落雪惊昼眠"。一年,两年,三年,四年,……年年如此!贬谪生涯,贬谪心情,都通过四时之景的描绘而得到了形象的表现。

"桃花流水"二句,用"桃花源"的典故而翻新其意。陶渊明所写的"桃花源",是苦于暴政的人们所追求的"春蚕收长丝,秋熟靡王税"的理想社会,后人又附会为仙境。苏轼则说:桃花源就"在人世",那里的人们也不见得都是"神仙"。这两句,就是对前面"不知人间何处有此境"的回答。"江山清空我尘土"一句,句中有转折。"江山清空",紧承"桃花流水在人世";"我尘土",遥接"君不见"以下六句,既指黄州的"五年"贬谪生活,又包括了当前的处境。惟其"我尘土"，才想到买田退隐。第一段的画境，第二段的"不知人间何处有此境"，第三段的"桃花流水在人世"和"江山清空"一线贯串，都指的是可以退隐的地方。而"虽有去路"以下数句，则是这条线的延伸。"寻无缘"的"寻"，正是"寻"退隐之处。因为欲"寻"而"无缘"，所以"还君此画三叹息"。虽"无缘"而仍欲"寻"，故以"山中故人应有招我归来篇"结束全诗。

这首诗以《书王定国所藏烟江叠嶂图》为题，当然首先是给藏画的王定国和作画的王晋卿看的。诗中的"君"也首先指王定国和王晋卿。王定国名巩，因受苏轼"乌台诗案"的株连，与苏轼同时被贬。王晋卿也同样被卷入"乌台诗案"，因为苏轼的那些"讥讽朝廷、谤讪中外"的诗，有些是王晋卿"镂刻印行"的。结果被贬到均州。还朝之后，三人相聚，"感叹之余，作诗相属，托物悲慨"（苏轼《和王晋卿》诗序）。此诗即是"托物悲慨"之作。

（霍松林）

赠刘景文

荷尽已无擎雨盖，菊残犹有傲霜枝。
一年好景君须记，最是橙黄橘绿时。

这首诗作于元祐五年（1090）苏轼知杭州时。刘季孙，字景文，北宋开封祥符（今属河南开封）人，当时任两浙兵马都监，也在杭州。苏轼很看重刘景文，曾称他为"慷慨奇士"，与他诗酒往还，交谊颇深。

诗中所咏为初冬景物。为了突出"橙黄橘绿"这一年中最好的景致，诗人先用高度概括的笔墨描绘了一幅残秋的图景：那曾经碧叶接天、红花映日的渚莲塘荷，现在早已翠减红衰，枯败的茎叶再也不能举起绿伞，遮挡风雨了；独立疏篱的残菊，虽然蒂有余香，却亦枝无全叶，唯有那挺拔的枝干斗风傲霜，依然劲节。自然界千姿万态，一年之中，花开花落，可说是季季不同，月月有异。这里，诗人却只选择了荷与菊这两种分别在夏、秋独擅胜场的花，写出它们的衰残，来衬托橙橘的岁寒之心。诗人的高明还在于，他不是简单地写出荷、菊花朵的凋零，而将描写的笔触伸向了荷叶和菊枝。这是因为，在百花中，"唯有绿荷红菡萏"，是"此花此叶长相映"的（李商隐《赠荷花》）。历来诗家咏荷，总少不了写叶：如"点溪荷叶叠青钱"（杜甫《绝句漫兴》）、"接天莲叶无穷碧"（杨万里《晓出净慈寺送林子方》）、"留得枯荷听雨声"（李商隐《宿骆氏亭寄怀崔雍崔衮》），……由此看来，终荷花之一生，荷叶都是为之增姿，不可或缺的。苏轼深知此理，才用擎雨无盖表明荷败净尽，真可谓曲笔传神！同样，菊之所以被誉为霜下之杰，不仅因为它蕊寒香冷，姿怀贞秀，还因为它有挺拔劲节的枝干。花残了，枝还能傲霜独立，才能充分体现它孤标傲世的品格。诗人的观察可谓细致矣，诗人把握事物本质的能力亦可谓强矣！这两句字面相对，内容相连，是谓"流水对"。"已无"、"犹有"，一气呵成，写出二花之异。

可是，不论是先谢还是后凋，它们毕竟都过时了，不得不退出竞争，让位于生机盎然的初冬骄子——橙和橘。至此，诗人才满怀喜悦地提醒人们：请记住，一年中最美好的风光还是在"青黄杂糅，文章烂兮"（屈原《橘颂》）的初冬时节！这里橙橘并提，实则偏重于橘。从屈原的《橘颂》到张九龄的《感遇（江南有丹橘）》，橘树一直是诗人歌颂的"嘉树"，橘实则"可以荐嘉客"。橘树那"经冬犹绿林"、"自有岁寒心"的坚贞节操，岂止荷、菊不如，直欲与松柏媲美了。难怪诗人要对它特别垂青！

前人曾将此诗与韩愈《早春呈水部张十八员外》一诗相提并论："'天街

【原文】

小雨润如酥，草色遥看近却无。最是一年春好处，绝胜烟柳满皇都。’此退之早春诗也；‘荷尽已无擎雨盖……’此子瞻初冬诗也。二诗意思颇同而词殊，皆曲尽其妙。”（胡仔《苕溪渔隐丛话》）两诗虽构思和描写手法相似，艺术工力悉敌，内容却以苏诗为胜。这是因为，韩诗虽也含有一定哲理，却仍只是一首单纯的写景诗；苏诗则不然，它融写景、咏物、赞人于一体，借物喻人，赞颂刘景文的品格和节操。韩诗所赞乃人人心目中皆以为好的早春；苏诗却把那些“悲秋伤春”的诗人眼中最为萧条的初冬写得富有生意和诗意，于此也可见他旷达开朗、不同寻常的性情和胸襟。真是浅语遥情，耐人寻味。

（陈文华）

泛　颍

我性喜临水，得颍意甚奇。
到官十来日，九日河之湄。
吏民喜相语：“使君老而痴。”
使君实不痴，流水有令姿。
绕郡十余里，不驶亦不迟。
上流直而清，下流曲而漪。
画船俯明镜，笑问“汝为谁？”
忽然生鳞甲，乱我须与眉。
散为百东坡，顷刻复在兹。
此岂水薄相，与我相娱嬉？
声色与臭味，颠倒炫小儿。

等是儿戏物，水中少磷缁。

赵陈两欧阳，同参天人师。

观妙各有得，共赋《泛颍》诗。

宋之颍州治所在今安徽阜阳。城临颍河。河亦即西湖。《清一统志》："西湖在阜阳县西北三里，长十里，广二里。颍河合诸水汇流处也。"

苏轼于元祐六年(1091)八月来知州事。元祐初，司马光一派上台，尽废王安石新法。苏轼经过多年阅历，看到"新法"实效，认为"不可尽改"，不肯"唯温(司马光封温国公)是随"，因而又为司马光一派所排挤，由翰林学士承旨兼侍读出知颍州。当时便有人说："内翰(翰林学士承旨的雅称)只消游湖中，便可以了郡事"(《王直方诗话》)。秦观也给苏轼寄诗说："十里荷花菡萏初，我公所至有西湖。欲将公事湖中了，见说官闲事亦无。"这首题为《泛颍》的诗，也就是写游湖的事。真的官闲无事吗？一方面，政简刑轻(即不去敲扑百姓，不去掠夺民财)，在封建社会中已算循吏；另一方面，当时，王安石变法已经失败，原来两派的政见之争，变成争权夺利，互相倾轧，使苏轼无可作为，但求洁身自好，因而以泛颍自娱。

题为"泛颍"，故不仅写"颍"，更着重写"泛"。

首两句，十字中包括三层意思：一是性本爱水；二是颍水之"奇"；三则言外之意是对颍自然爱得更甚了。爱到什么程度呢？接着写出"到官十来日，九日河之湄"。这是一个极不寻常的行动，因为从来未见过这样的"使君"。正是通过这一极不寻常的行动，写出了泛颍之勤，从而反映爱颍之深。他像拉家常似的，由颍到泛颍，由爱好到行动，作了初步介绍。至于颍之"奇"处与泛之可乐，留待下文再写。

下文怎样写法呢？

【鉴赏】

他妙想天开，用“吏民”的“笑相语”把诗境展开。吏民笑他“老而痴”，好像是贬语，其实却是亲昵的表现。苏轼在另一首诗中，代别人说：“吏民莫作官长看，我是识字耕田夫。”“吏民笑相语”正是没有把他当作官长看待，说他“老而痴”，就不是贬抑而是怜悯。更妙的是他竟否认为痴，这又与那些附庸风雅的文人不同。当然，否认为痴，又是为了转入“流水”“令姿”的描写。从诗的结构说，这四句是承上启下的过渡段。由于他插进“吏民”的笑语与自己的辩解，使得波澜起伏，妙趣横生。

水的姿态是很难写的，尤其是旁无山林，中无激湍，就更难写。诗人是怎样写的呢？

他抓紧“流”字，先从流速写，“不驶”、“不迟”，恰到好处。再就波澜写，或“直而清”，或“曲而漪”，把颍水上、下流的姿态作了细致刻画。前面说过：他写的是“泛颍”（与梅尧臣的“看水”不同），所以不是从一点写，而是要写泛颍的全过程（十余里、上流、下流），写直处、曲处的不同姿态。观察细致，刻画精密。

水的姿态还常因风而变化。但如直写“风乍起，吹皱一河河水”，就没有多少意思了。苏轼想得很妙：先写“画船俯明镜，笑问‘汝为谁？’”风平浪静，波平如镜，自己影子倒在水中，自己和自己开起玩笑。“汝”正是东坡自己。忽然，微风乍起，波摇影乱，便“散为百东坡”了；然而风一停，波又静，影子“又在兹”了。他不仅写出真相，还写出变相，不仅是画工之笔，简直是戏剧之笔了。对此，他设想为水之“薄相”（游戏，今沪语尚有之，只是写作“白相”），觉得是水在和自己开玩笑。方东树说：苏轼“随意吐属，自然高妙……情景涌现，如在目前”（《昭昧詹言》），用指此等，是很适合的。但还须看到：他之所以这样写，还有更深刻的用意，从下文可以看出。

“声色与臭味，颠倒炫小儿”。意谓世人为富贵荣华、声色货利所炫惑，弄得七颠八倒。在苏轼看来，其中得失，只是顷刻间的变化，也是儿戏之物，与水的玩笑没有二样。但水虽也是“儿戏物”，却“磨而不磷、涅而不缁”（《论语》），即不会使人丧失廉隅，不会使人同流合污。苏轼在《前赤壁赋》中指出“苟非吾生之所有，虽一毫而莫取。惟江上之清风，与山间之明月，耳得之而为声，目遇之而成色。取之不尽，用之不竭，是造物者与我之无尽藏也，而吾与子之所共适”。水与明月、清风一样，是“不用一钱买”的，是取不伤廉的。他的爱水、泛颍，用以自适，原因在此。这里也就写出了自己磨而不磷、涅而不缁与淡泊明志的个性。

最后补出泛颍同游之人，有赵德麟、陈师道及欧阳修的两个儿子，这是例有之笔。妙在用“同参天人师”与“观妙各有得”，对前文作了概括。所谓“天人”，即物我之间、客观与主观之间；而“观妙”则是由客观景物悟出人生哲理。陈师道诗中有：“信有千丈清，不如一尺浑”，意在和光同尘；苏轼则侧重“等是儿戏物，水中少磷缁”，确是各有所得的。

方东树说：“坡公之诗，每于终篇之外，恒有远景，匪人所测；于篇中又各有不测之境，其一段忽从天外插来，为寻常胸臆中所无有”（《昭昧詹言》）。用以欣赏此诗之结构，也是颇为适合的。

（吴孟复）

聚星堂雪

元祐六年十一月一日，祷雨张龙公，得小雪，与客会饮聚星堂。忽忆欧阳文忠公作守时，雪中约客赋诗，禁体物语，于艰难中特出奇丽，迩来四十余年莫有继者。仆以老门生继公后，虽不足追配先生，而宾客之美殆不减当时。公之二子（棐、辩）又适在郡。故辄举前令，各赋一篇。

【原文】

窗前暗响鸣枯叶，龙公试手初行雪。
映空先集疑有无，作态斜飞正愁绝。
众宾起舞风竹乱，老守先醉霜松折。
恨无翠袖点横斜，只有微灯照明灭。
归来尚喜更鼓永，晨起不待铃索掣。
未嫌长夜作衣棱，却怕初阳生眼缬。
欲浮大白追余赏，幸有回飙惊落屑。
模糊桧顶独多时，历乱瓦沟才一瞥。
汝南先贤有故事，醉翁《诗话》谁续说。
当时号令君听取：白战不许持寸铁。

这首诗在形式上的特点是“禁体”，即序中说的“禁用体物语”。什么叫“禁用体物语”呢？欧阳修的《雪中会客赋诗》小序云：“玉、月、梨、梅、练、絮、白、舞、鹅、鹤、银等事，皆请勿用。”这难道是故出难题，以便“于艰难中特出奇丽”吗？那岂不成了文字游戏？当然不是。

先看一下李商隐的《对雪》：

旋扑珠帘过粉墙，轻于柳絮重于霜。
已随江令夸琼树，又入卢家妒玉堂。
侵夜可能争桂魄，忍寒应欲试梅妆。
关河冻合东西路，肠断斑骓送陆郎。

此诗堆砌词藻，“多用故事”，写出一支“雪”的谜语，看不出有什么诗意。宋初“西昆”派诗人“学李商隐”，就专学这一类。由此可见，“禁用体物语”，正是要矫正“西昆体”流弊，使诗歌面向现实，以白描代替藻饰。欧阳修诗中说：“脱遗前言笑尘杂，搜索万象窥冥漠”，即有“力去陈言”，注意写实的意思。苏轼此诗，用白描语言，刻画喜雪心情，尤为细腻。

起句写“窗前”“枯叶”在“暗响”，再写“映空先集”，疑“有”疑“无”，纯属白描，确为初雪。欲落未落，“作态斜飞”，使人待之焦急，刻画尤为入神。这不仅把雪写活，而且写出望雪心情。久旱得雪，大家欢喜，“众宾起舞”，“老守先醉”，便是这种心情的生动表现。其中，“风竹乱”是舞姿，“霜松折”是醉态，但也是雪景。“恨无翠袖”，即《醉翁亭记》“宴酣之乐，非丝非竹”的意思。“横斜”是梅态也是舞姿，亦复语含双关。“微灯”写宴罢之后，灯光微淡，才能见雪；微雪时止时降，故望去若明若灭。纪昀说，此诗“句句恰是小雪，体物神妙，不愧名篇”，是不错的。但此诗之妙，主要还在于写出心情。

“归来”卧听“更鼓”，因更鼓知夜永，由夜永推知雪势（一般说来，雪多落于夜间，苏诗即有“夜静无风势转严”句）未已，故喜（《诗林广记》引此诗，“永”作“暗”，意更明白），即使冷到衣若生棱，也不以为嫌。人虽就寝，心在雪上，急欲了解雪下了多少，故次晨不待铃索之掣（太守有铃阁，每晨，吏人掣铃索通报），而已起床。这时最怕是雪晴“初阳”出（“生眼缬”谓照花了眼睛，形容天晴日出）。但事实上只是一场小雪，可是他还想对“余雪”再赏一下。从桧顶到瓦沟，一一注视；对疾风吹落下来的“余屑”也感到惊喜，这就加倍刻画出望雪、喜雪心情。杜甫说“忧国望年丰”。“雪兆丰年”，望雪即望丰年。这种心情正是忧国、忧民的表现。欧阳修诗中说：“乃知一雪万人喜”，这种忧喜是与广大人民一致的。

结处收到题目。“聚星堂”是欧阳修为知州时所建，“聚客赋诗”咏雪，“禁用体物语”是欧阳修“故事”。（有人说，“禁体”始于许洞。按宋初许洞为了难“九僧”，要其作诗禁用风、花、雪、月等字，见《六一诗话》）点明这些，

【原文】

自所当然。颍在汝水之南，故云“汝南”（颍在汉为汝阴郡，与汝南不是一地）。《汝南先贤传》是一本古书（今佚），这里借用“汝南先贤”指欧阳修。“故事”是“旧事”、“典故”的意思，即指咏雪事。“白战不许持寸铁”，指“禁用体物语”，“白战”，指不带武器的战斗，也就是所谓“肉搏战”，用作比喻生动形象，陈石遗谓：“最后画龙点睛，结不落套。”

试把此诗与上引李商隐诗相比，同为咏雪，而写法与内容迥不相同。李商隐那首诗（李商隐有很多好诗，但“西昆”专学这类），尽管词采藻丽，用典雅赡，究其思想，却很贫乏。苏轼洗去铅华，纯用白描，不惟“句句是小雪”，写出特征，且着重心理刻画，抉深入微，写出“乐以天下、忧以天下”的与万人同忧、喜的心情，实践了欧阳修讲的“搜索万象窥冥漠”的主张。清人翁方纲说，“诗至宋而益加细密，盖刻抉入里，非唐人所能囿”（《石洲诗话》）。苏轼此诗正可为其代表。黄庭坚之“夜听疏疏还密密，晓看整整复斜斜”（《咏雪呈广平公》），虽亦用白描，但中无寄托，仍近谜语，相较一下，有助赏鉴。

（吴孟复）

轼在颍州，与赵德麟同治西湖，未成，改扬州。三月十六日湖成，德麟有诗见怀，次韵

太山秋毫两无穷，巨细本出相形中。
大千起灭一尘里，未觉杭颍谁雌雄。
我在钱塘拓湖渌，大堤士女争昌丰。
六桥横绝天汉上，北山始与南屏通。

【原文】

忽惊二十五万丈，老葑席卷苍云空。
朅来颍尾弄秋色，一水萦带昭灵宫。
坐思吴越不可到，借君月斧修曈昽。
二十四桥亦何有，换此十顷玻璃风。
雷塘水干禾黍满，宝钗耕出馀鸾龙。
明年诗客来吊古，伴我霜夜号秋虫。

诗题已把写诗背景大体说清。作者于哲宗元祐六年(1091)调知颍州(州治在今安徽阜阳)，当时赵德麟(名令畤)为州判。由于那里常闹旱涝灾荒，两人“欲将百渎起凶岁”，决定浚治颍州西湖(在州治西北)。不过没有等到竣工，苏轼便于次年年初调知扬州。到了三月中旬，湖功完成，赵德麟兴奋地写诗寄怀苏轼，他便次其韵写下这首诗奉答。

全诗可分四节。头四句为一节，是开端。句下作者自注说：“来诗云与杭争雄”。原来苏轼知颍州前，曾知杭州，并在那里疏浚了杭州西湖，所以赵的来诗里有与杭州西湖争雄的话头。这也许是赵的一点幽默吧！作者便接过来以一个更加风趣的回答发端。

苏轼以道、佛两家思想作答。一二两句取道家齐物论思想。《庄子·齐物论》云：“天下莫大于秋毫之末，而太山为小。”秋毫怎么为大，太山倒为小呢？原来，从齐物论观点看来，“物量无穷”，大小只是相对而言。太山是大，可是比起更巨大的事物来，又为小；秋毫是小，可是比起更微细的东西来，又为大。所以太山、秋毫两者在大小序列中都是“无穷”的，至于称巨道细，那不过出在“相形”即相较范围中而已。大小如此，高下又何尝不是如此，又分什么杭、颍的雌雄呢！第三句取佛家思想。大千，也称三千大千世界，佛家用以称谓广大世界。《法华经》言，每一大千世界历劫则碎为一微尘,所以说“大千起灭一尘里”。大千世界至为广大,也不过起灭于一尘之中,杭、颍二湖不过大千世界中微乎其微的东西,又争什么高下呢?所以,从道家思想看也好,从佛家思想看也好,都“未觉杭颍谁雌雄”。

这个开头极妙。它以一个富有哲理的大议论凭空喝起,突兀有势,摇人心目,为全篇增神。所以纪昀评之为“入手奇伟”。此其一。这个回答,把人们带进一个饶有兴味的哲理境界中,妙趣横生,引人入胜。此其二。第三,这个别致的开端,表现了诗人的学识与胸襟,显露出诗人那种囊括万有、高视人间、洒然超脱、不凝滞于物的思想气质。正是这种气质,使他旷朗地对待一切,不那么执着一端,杭州也好,颍州也好,扬州也好,只要能在所历之处留下一点利国利民的事业就好。这成为贯串全诗的一条主线。

次六句为第二节,紧承杭颍雌雄辩难的话头,追叙治杭州西湖事。这六句虽然都是实叙其事,但通过诗人富有个性的艺术构思,“写来异样惊动”(汪师韩评语)。杭州西湖的湮塞,在于菰葑滋蔓,侵蚀湖面达二十五万余丈。苏轼主持将葑田泥土起出,用它在湖中筑成南北十多里的长堤,即后来所称苏堤。堤上架映波、锁澜、望山、压堤、束浦、跨虹等六桥,并遍植花柳,结果湖清似镜,长堤如画,面貌一新。首句写治湖。“拓湖渌”三字下得准确贴切,向葑夺水的情景毕现。次句写堤成后,士女遨游的欢乐,有意用了两首民歌的故实。一是乐府《大堤曲》:“朝发襄阳城,暮至大堤宿。大堤诸女儿,花艳惊郎目。”“大堤士女”本此。一为《诗·郑风·丰》:“子之丰兮,俟我乎巷兮”,“子之昌兮,俟我乎堂兮。”“争昌丰”本此。昌、丰都是形容仪容的丰茂。将两首民歌的意境糅和成句,不需词费,一片追逐嬉戏的欢乐场景跃然纸上,典实是运用得成功的。中间两句夸堤。说它好像横跨于银河之上,这一优美的想象,给长堤六桥涂上无比神奇壮丽的色彩,而那终古悬隔于西湖南北两端的北山与南屏山,如今一堤相通,也真好像牛郎、织女一般要拉起手来了,静止的事物都充满活气。后两句歌咏除葑。覆压二十五万丈水面的老葑,像遮蔽碧空的苍云,被席卷一空,露出万里晴空般澄澈的湖面,这已使人惊为壮举,偏又领以"忽惊"二字,好似压湖的老葑只于一夕飞去。湖功被颂扬到了近乎神异的地步,诗人那赞誉之情,欣喜之态,简直呼之欲出了。

"朅来"六句为第三节,由杭而颍,转到写颍州西湖。上节写杭州,意在夸湖。这一次因为湖功未成即离去,故侧重在治湖之意与去湖之感。笔法极活,随事而变。颍州西湖处颍水下游,"朅来颍尾",即承杭而言,指到颍州。作者到颍在元祐六年秋天,故言"弄秋色"。一水即指颍水。昭灵宫,祀张路斯之庙。相传张于隋初迁家颍上,自言是龙,后有许多灵异事迹,从唐初以来人们便立祠奉祀,逢旱多向之祈雨。宋神宗熙宁年间诏封为昭灵侯。这两句意在点明到颍州和拈出颍水,而全以景语出之,便形象生动。下二句转入治湖,妙语成趣。"坐"作"因"解,"吴越"指杭州。由于调至颍州,杭州没法到了,那么,就"借君(指赵)月斧"再造个西湖吧!《酉阳杂俎》载,唐文宗大和年间,有一士子游嵩山,遇一道士对他说,月亮乃七宝合成,其光受于日,"其凸处常八百三千户修之",他即修月者之一,并出示"斤凿"。后来遂以月斧借喻修文能手。诗人这里加以活用,将颍州西湖比喻为月,以月斧喻治湖,以修去朣胧即月不明亮之处喻澄清湖水。二句不仅语多风趣,选用的典实也颇优美。后两句再一个转折。二十四桥为扬州胜景,杜牧诗云:"二十四桥明月夜。"由于湖功将成,作者却由颍州改知扬州,因此不禁感慨道:二十四桥有什么了不起,竟被它掉换了这十顷明湖的清风。惋叹之情溢于言表。这两句乃是翻欧阳修成句而成。欧曾从扬州移官颍州,作西湖诗说:"都将二十四桥月,换得西湖十顷秋。"于后者颇有不足之意。苏轼恰好相反,由颍移扬,便承势做个小小翻案文章,还是西湖为好,二十四桥何足恋恋!妙手移接,显示出诗人点化的功力。这节六句三个层次,转接有势跌宕多姿。

“雷塘”四句为结尾。诗末自注说:“德麟见约来扬寄居,亦有意求扬倅。”这四句就是对赵这个意愿的回答。雷塘,在扬州东北,为隋炀帝葬处。炀帝生前常携宫人来此游览。唐时水利还很好,宋以来逐渐湮废,变为民田。所以诗里说水涸稼生,连宫妃遗物都耕出来了。《拾遗记》载魏文帝纳薛灵芸时,“外国献火珠龙鸾之钗”,诗中借此钗名。馀鸾龙,言只残存钗上鸾龙之饰。扬州可提的事物很多,偏偏要拈出雷塘来结尾,显然仍在对扬州水利废弛的不满。所以末两句幽默地说,你明年来扬可以吊古,伴我在秋夜唱出秋虫般凄苦的哀吟。那不足之意是分明的。可惜苏轼在扬没呆上多久,当年便转调他任,否则,雷塘水利也许又被兴复了吧!

宋人以议论为诗,以才学为诗,以文为诗。这首诗在这些方面往往能扬长避短。议论不坠于抽象说理,而富于耐人玩味的理趣;才学不流于堆垛故实,而能恰切用事以丰富诗的内涵;以文法入诗,不陷于平衍铺叙,而能注意形象飞动与腾挪波澜。本篇在章法上关合极紧,堪称巧构。首以与对方辩难始,结以答对方意愿止。中间则“前以杭之西湖陪说颍之西湖,后以欧阳之自扬移颍比己之自颍改扬,都有天然证佐,会成佳谈,构成绝唱”(汪师韩评语)。全篇跨度很大,包括杭、颍、扬三州,但不离湖水水利,从杭之西湖到颍之西湖再到扬之雷塘,一线贯串,散而不离。另外,翁方纲说:“唐诗妙境在虚处,宋诗妙境在实处。”如果说虚宜于神,那么实则宜于趣。这首诗运思用笔,风趣幽默,触处生春,无疑给宋诗的发展以极大的启示。

(孙　静)

书丹元子所示李太白真[1]

天人几何同一沤,谪仙非谪乃其游,

麾斥八极隘[2]九州。
化为两鸟鸣相酬，一鸣一止三千秋。
开元有道为少留，縻[3]之不可矧[4]肯求！
西望太白横峨岷，眼高四海空无人；
大儿汾阳中令君，小儿天台坐忘身。
"平生不识高将军，手污吾足乃敢瞋[5]！"
作诗一笑君应闻。

〔注〕 ① 真：画像。 ② 隘（ài 爱）：狭小，此处用作动词。 ③ 縻（mí 迷）：笼络，羁留。 ④ 矧（shěn 审）：况。 ⑤ 瞋：一作"嗔"；"瞋"、"嗔"本可通用，皆为怒意。但"瞋"又可作"瞪目"讲，兼有瞪目之态和愤怒之情，则更可取。

这是苏轼题在李白画像上的一首诗。这类诗，旧称"像赞"，多应像主或其后人之请，说些颂扬的话。苏轼晚于李白三百多年，在丹元子（一位姓姚的道士）所出示的李白像上主动题诗，这当然不是一般的"像赞"，而是诗人在抒发对这位伟大前辈的深刻而独特的理解。前人说苏诗"用事博"，钱钟书还从苏诗中看到"莎士比亚式的比喻，一连串把五花八门的形象来表达一件事物的一个方面或一种状态"（见《宋诗选注》）。这首诗运用典故和比喻，在十四句诗中就把十分复杂的"并庄、屈为心，合儒、仙、侠为气"（龚自珍《最录李白集》中语）的李白精神面貌表达得明朗而丰满。

全诗可分为两部分。开头两句异峰突起，写出了李白的高尚形象。"天人"是用魏邯郸淳赞扬曹植的话（见《三国志·魏志·王粲传》裴注引《魏略》），诗里借指古代才俊之士。沤，本义是水浸、水泡，这里是尽的意思。整句是说古来多少才俊之士都已湮没。这里用"天人几何同一沤"来

【鉴赏】

反衬李白的声名永垂。下句从“谪仙”翻出新意,显出李白的卓立不凡。

《新唐书·李白传》载,贺知章读了李白的文章,对他赞叹说:“子,谪人也!”后人因称李白为谪仙。但苏轼对此犹不满意,谪降人间,终是凡人,所以翻案说“谪仙非谪乃其游”:人间的李白并非神仙谪降,而是神仙出游。这个美妙的想象和赞誉,比贺知章的“谪仙人”高出一头,李白既不是谪仙,更不是天人,而是远远地超乎两者之上的到处遨游的神仙,因此第三句说“麾斥八极隘九州”。“麾”通“挥”,“麾斥”即“挥斥”。“挥斥八极”,语出《庄子·外篇·田子方》:“夫至人者,上窥青天,下潜黄泉,挥斥八极,神气不变。”郭象注“挥斥,犹纵放也”。所谓八极、九州,见于《淮南子·地形训》:“天地之间,九州八极”。九州原指上古时代中国的行政区划,其名称诸书不一,后因以九州泛指中华大地。而《淮南子》又说“九州之外有八寅,八寅之外有八纮,八纮之外有八极”,可知八极乃是比九州远为广阔的天地极境。这是说李白遨游天地,放纵八极,那个八极之内的小小的九州在他眼里就显得十分狭窄了。“化为”两句,信手用韩愈《双鸟诗》意,又生发出一个奇特的想象。韩诗说:“双鸟天外来,飞飞到中州。一鸟落城市,一鸟巢岩幽。不得相伴鸣,尔来三千秋。……还当三千秋,更起鸣相酬。”苏轼借此把同时的李白和杜甫喻为天外飞来的双鸟,把他们不朽的诗歌喻为“一鸣一止三千秋”——正不知古今几千年才出现一个李白、一个杜甫呢。

李白真是遨游八极的神仙,天外飞来的神鸟吗?当然不是。“麾斥八极隘九州”,只是从空间上比喻李白精神境界的阔大;“一鸣一止三千秋”,也只是从时间上比喻李白诗才的古今难遇。这些比喻想象,可以说虚而又玄,但恢廓宏远,其“逸怀浩气,超然乎尘埃之外”,正是从宏观上为李白立照传神。如此运笔,也是在为下文作铺垫。

“开元”两句,是说,遨游的神仙,天外的神鸟,只因见到人间有个开元盛世,才来此稍事勾留;想笼络他多留些时日尚且不可,他难道还肯去乞求什么吗？这么一转，总收以上恢宏的幻境；而李白的来到人间，不言而喻，应是王朝的瑞气，国家之大幸，当然不可以世俗之眼来看待他了。全诗十四句，前七句用幻境写李白的精神境界，到此收住。

后七句则着重写李白的蔑视权贵，是全诗的主旨所在。十四句句句用韵，韵随意转，七句换韵，音节颇有特色，这在古体诗中是少见的章法。因此，它曾被人错误地从换韵处割裂为两首诗。

后段以“西望”两句领起，乃是承前而来。李白《蜀道难》诗说：“西当太白有鸟道，可以横绝峨眉巅。”太白，在陕西武功县南，是秦岭主峰，与蜀中之峨眉同为著名的高山；两句本指秦、蜀之间，只有鸟道可通，人难逾越。苏轼化此两句为“西望太白横峨岷”，又引出下句“眼高四海空无人”，是说李白眼高绝顶，雄视四海。“大儿”句指郭子仪，郭是平服安史之乱的名将之一，曾封汾阳王，任中书令。《新唐书·李白传》载：“初游并州，见郭子仪奇之。子仪尝犯法，白为救免。及白坐永王璘败，当诛，子仪请解官以赎。”“小儿”句指天台道士司马承祯，他写过一篇《坐忘论》，列举坐忘安心之法七条以为修道阶次，因此称他为“坐忘人”。“身”，犹人。又李白《大鹏赋序》说：“予昔于江陵见天台司马子微（司马承祯之字），谓余有仙风道骨，可与神游八极之表。”这两句是说李白视天下无人，只和郭子仪、司马子微两人交好。句中的“大儿”、“小儿”，本是东汉末年祢衡的话。祢衡蔑视权贵，当面骂过曹操，一生只赞赏孔融、杨修，常说“大儿孔文举，小儿杨德祖”（见《后汉书·祢衡传》）。这里借来安在李白名下，显得口气很大。这四句连写李白的高视无人，因前七句已铺垫丰厚，所以平平道来，自然熨帖。但它又是在为下文蓄势，警策、高峰都在下两句。势足气壮，奇峰崛起：“平生不识高将军，手污吾足乃敢瞋！”唐玄宗最宠信的宦官高力士，曾先后被加封为右监门卫将军和骠骑大将军，称高力士为“将军”，以显其权势之盛。相传李白在宫中陪玄宗饮酒，醉后令高力士脱靴，高力士从此怀恨，于是中伤

【原文】

李白。这两句承前而起，托李白的口气说话。这时的李白已不止是一般地轻视高将军，简直是声色俱厉、痛加呵斥了。这，充分表现了李白，也表现了苏轼对权贵的蔑视。人称李白为“谪仙”，称苏轼为“坡仙”，论气质，论诗，苏轼都最接近李白，苏轼也自认为最理解李白。所以最后一句，诗人竟向死去三百年的像主通话了：我作诗已罢，付之一笑，你应该是听到的吧！

按《诗集》编次，这首诗当作于元祐八年(1093)冬定州任上。这年九月，高太后崩，哲宗亲政，上距乌台诗案已十四年。苏轼还朝后连乞外任，到了定州当知州。他已饱尝了新旧两党的轮番排挤。哲宗亲政后，章惇等人复据要职，苏轼又面临新的危机。但他这时已久经忧患，看透了权贵们的强争恶斗，不过是“粪黄满朝人更苦”，因此这首题像诗，也未必不是借李白以寄托他自己的愤慨。

(程一中)

壶中九华诗 并引

湖口人李正臣蓄异石九峰，玲珑宛转，若窗櫺然。予欲以百金买之，与仇池石为偶，方南迁未暇也。名之曰壶中九华，且以诗纪之。

清溪电转失云峰，梦里犹惊翠扫空。
五岭莫愁千嶂外，九华今在一壶中。
天池水落层层见，玉女窗明处处通。
念我仇池太孤绝，百金归买碧玲珑。

湖口即今江西湖口，旧属九江府，地在鄱阳湖之口，当江湖之冲，所以

得名。这是绍圣元年(1094)东坡六十岁时南迁道中写的诗。前一年,即元祐八年(1063)六月,东坡出知定州(今河北定县),九月,主持“元祐更化”的高太后病逝,哲宗亲政,朝局再次发生变化。绍圣元年四月,东坡“坐前掌制命语涉讥讪”的罪名,责知英州(今广东英德)军州事,途中三改谪令,六月至安徽当涂,再次奉到“责授建昌军司马,惠州安置,不得签书公事”的谪令。他遣长子苏迈带领家属去常州就食,“初欲独赴贬所。儿女辈涕泣求行,故独与幼子过一人来”(本集《与王庠书》)奔赴惠州(州治在今广东惠阳)贬所。七月,行至湖口,写了这首诗。苏过也写了一首七言古诗(见《斜川集》卷三),其小序云:“湖口人李正臣蓄异石,广袤尺余,而九峰玲珑,老人名之曰湖(壶)中九华,且以诗记之,命过继作。”据苏过此序,知所谓壶中九华只不过是一个“广袤尺余”的石山,属于文人清供的案头小品之类。题材本身十分狭窄,诗人运用自己奔放的想象力,小题大做,加以开掘,写下了自己南迁生活的一段感情经历。这正是黄庭坚所谓“棘端可以破镞,如甘蝇、飞卫之射”,“诗之奇也”。

诗人从实际生活、从大处远处落墨:“清溪电转失云峰,梦里犹惊翠扫空。”清清的溪流,斗折蛇行,迅转如电,舟行疾速,岸上入云的诸峰很快在眼中消失了。而爱山之情,梦寐不忘,在梦中犹时时看见那苍翠横空的山色,为之惊叹不置。二句想象飞越,感情浓至。东坡此次南迁,自陈留以下沿汴、泗舟行,过扬州,越长江泊金陵,背离中原,远窜南荒,“兄弟俱窜(苏辙先贬汝州,再贬袁州),家属流离”(《东坡续集》卷六《与程德孺书》),其心情是凄苦的。诗中通过景物描写,透露了对中原山水的依恋之情。“云峰”泛指江上高耸入云的山峰。赵次公注以为实指庐山,也未为不可,因为在湖口是可以望见庐山的。东坡同时还写了一首《归朝欢·与苏坚别》词,开头四句云:“我梦扁舟浮震泽,雪浪摇空千顷白,觉来满眼是庐山,倚天无数开青壁”。词的意境可以与此“梦里犹惊翠扫空”句相发明。“翠扫空”三字

【鉴赏】

由贾岛《望山》诗:“阴霪一以扫,浩翠写国门”化出,言苍翠的山色,像画家用大笔横扫,涂抹在广阔的天宇中的一幅画图。

三四句承接上文惜山之意,一气旋转而下,“五岭莫愁千嶂外,九华今在一壶中。”微露主旨,点醒题目。查初白评“五岭”句云:“三句带南迁意不觉。”这评语是恰当的。言“莫愁”,正见五岭千嶂之外之可愁;所以言“莫愁”者,由于“九华今在一壶中”,足以稍慰迁客寂寞之情耳。强作欢颜,聊以自慰,露中有含,透中有皱,最是抒情上乘。东坡以六十高龄,万里投荒,其愁苦是深重的,但他没有把自己的痛苦直白地倾吐出来,他轻轻地提出“莫愁”二字,从反面着笔,而这小小拳石,竟成了诗人此际的唯一安慰,则其中心的空虚、孤苦,可想而知。细细咀嚼饱含在语言形象中的情味,眼前便会出现一个老年诗人面对着这小小盆景、一往情深的孤苦形象,心情也会不自觉地受到感染。“一壶中”的“壶”,不过是盛放山石的盆盂之类,但由于“壶中”二字在文学上的传统用法,却给人带来一种灵异之感。《神仙传》说:一个叫壶公的人,“常悬一壶空屋上”,每天“日入之后”,他就“跳入壶中,人莫能见”,只有一个叫费长房的有道术的人能看见他,“知其非凡人也”。赵次公注云:此“壶公之壶也,中别有天地山川,故云耳”。有此二字,便把现实山石仙境化了,并为下文“天池水”、“玉女窗”作好准备,把读者带入一个虚无飘渺的神仙世界。

“天池水落层层见,玉女窗明处处通。”正面描写壶中九华形象。“层层见”言山石的层叠多姿,随着水落,一层层地显现出来,使人玩赏不置。“处处通”,写山石“玲珑宛转若窗棂然”的特点。“天池”只是泛指天上之池,不必坐实去找它在什么地方,旧注拘泥于出处,或说在青城,或说在庐山,或说在皖山,这是不必要的。“玉女窗”见《文选·鲁灵光殿赋》:“神仙岳岳于栋间,玉女窥窗而下视。”这是文学上常用的典故,李商隐诗:“玉女窗虚五夜风”,是其例。用“天池水”、“玉女窗”构成一个优美的、惝恍迷离的仙境情调，诗人的想象力是十分活跃的。

结尾“念我仇池太孤绝，百金归买碧玲珑”，言所以欲买之意。仇池是东坡在扬州所蓄异石，东坡有《双石》诗，其小引云：“至扬州获二石，其一绿色，冈峦迤逦，有穴达于背；其一正白可鉴，渍以盆水，置几案间。忽忆在颍州日，梦人请往一官府，榜曰仇池。觉而诵杜子美诗曰：‘万古仇池穴，潜通小有天。’乃戏作小诗，为僚友一笑。”这就是仇池石的由来。这个仇池石是东坡心爱之物，他称之为“希代之宝”。为了它，曾和王晋卿一起往复写了好几首诗，讨论以石易画问题，传为艺林佳话。这里“太孤绝”三字，和前面第三句“千嶂外”一层映带生情，使全诗内在的抒情脉络贯串一气，萦拂有致，再一次抒写了诗人的孤愤之情。

这首诗通过一个狭小的题材，铭记了诗人南迁途中的一段感情经历。东坡对这段经历是难以忘怀的。八年之后（据黄庭坚和诗知为建中靖国元年四月十六日），东坡自海外遇赦放还，重经湖口，特意访问了石的下落，则已为好事者所取去。东坡乃自和前韵再次写了一首诗。次年，即崇宁元年(1102)五月二十日，黄庭坚自荆南放还，系舟湖口，李正臣持东坡诗来见，时东坡已去世，石亦不可复见了。黄庭坚也次韵和了东坡此诗。经过两位大诗人前后十年间反复题咏，这个壶中九华石也和仇池石一样传为石中珍宝了。

（白敦仁）

八月七日初入赣过惶恐滩

七千里外二毛人，十八滩头一叶身。

山忆喜欢劳远梦，地名惶恐泣孤臣。

【原文】

长风送客添帆腹，积雨浮舟减石鳞。
使合与官充水手，此生何止略知津。

绍圣元年(1094)，“新党”再度执政，朝廷中掀起了一股打击“元祐党人”的恶浪，株连很广。苏轼被指责起草制诰、诏令中“语涉讥讪”、“讥斥先朝”，结果由定州知州调任英州知州，降一级。未到任所，再贬为宁远军节度副使，惠州安置。

这首诗是诗人赴惠州(今广东惠州)贬所路经惶恐滩时所作。诗题标明了写作的时间、地点。据江西《万安县志》载：“赣州二百里至岑县，又一百里至万安，其间有滩十八……滩水湍急，惟黄公为最甚。”南方人读“黄公”如“惶恐”，因被称惶恐滩，或以为自苏轼改名。

“七千里外二毛人，十八滩头一叶身。”意思是：我这个从七千里外被贬谪来的毛发斑白之人，只身在十八滩头颠簸漂零，简直就如一叶在波涛中翻滚。被贬荒远，如叶离枝，已见其苦；此叶又入险滩旋涡，其危更甚。本篇为七律起对格，“七千里”对“十八滩”，“二毛人”对“一叶身”，通过工巧的对偶，形象的比喻，既写出了被贬的路程(七千里外)，又刻画了当时的年貌(“二毛”斑斑)，又用强烈的对比写出了艰难的处境(“十八滩”、“一叶身”)，可谓妙手天成。《陈书·高祖纪》载：“南康赣石，旧有二十四滩，滩多巨石，行旅以为难。高祖之发也，水暴起数丈，三百里滩，巨石皆没。”在暴起数丈之湍流中，“一叶”飘零，处境之危可见。

颔联写心境：“山忆喜欢劳远梦，地名惶恐泣孤臣。”“喜欢”，苏轼自注：“蜀道中有错喜欢铺，在大散关上。”苏轼，蜀人，此以“喜欢”代指故乡山水。“孤臣”，失势无援之臣。(柳宗元《入黄溪闻猿》诗：“孤臣泪已尽，虚作断肠声。”)二句意谓：因思念故乡山水而忧思成梦，看到这叫惶恐的险滩就更叫我愁泣了。“劳远梦”可知思乡情切,“泣孤臣”可见心中悲苦。其实,这见“惶恐”而起悲思,不仅是写出了当时的处境和心情,也写出了世途险恶,暗含着对国事的忧愤。当时竞争激烈,政敌心狠手毒,令人动辄得咎;诗人乃心向王室,曾在施政用人方面对哲宗苦心劝谏,哲宗不但不听,反而远贤近佞,使许多才德之士遭贬荒远,这怎能不使人悲泣忧愤呢?见“惶恐”而“泣孤臣”,正是缘物抒情之笔。“山”对“地”,“喜欢”对“惶恐”,“劳远梦”对“泣孤臣”,不仅属对精工,而且内蕴丰富,感慨系之。

改“黄公”为“惶恐”,既有意趣,又能涉及身世国事,所以得到后人的承认和应用。如文天祥诗中就有“惶恐滩头说惶恐”、“遥知岭外相思处,不见滩头惶恐声”等句。

颈联写行舟,格调由凄苦转向雄放:“长风送客添帆腹”,是说帆受风,如大腹鼓起;“积雨浮舟减石鳞”,是写因雨水暴涨,再也看不到水流石上的波纹。一“添 ”一“减”,用工稳的“流水对”写出了顺风行舟的快意。苏轼豪放达观,从来不肯把自己埋没在“念念成劫”的痛苦之中。只有理解这一点,才能更好地理解作品的这种转折。

于是尾联放开一笔,更作达观语。“知津”,知渡口,即识途,出自《论语》。二句意谓:我正应当为官府充当水手,(与,为、替之意)因为我一生经历的风浪多的是,岂止是略识途而已。言外之意是,这点打击,在我看来,直是区区,算不了什么。

此诗前为凄苦语,后作旷达观,充分显示了诗人开阔的胸襟,也显示了苏诗“清雄”的特色。

(傅经顺)

【原文】

十一月二十六日松风亭下梅花盛开

春风岭上淮南村，昔年梅花曾断魂。
岂知流落复相见，蛮风蜑雨愁黄昏。
长条半落荔支浦，卧树独秀桄榔园。
岂惟幽光留夜色，直恐冷艳排冬温。
松风亭下荆棘里，两株玉蕊明朝暾。
海南仙云娇堕砌，月下缟衣来叩门。
酒醒梦觉起绕树，妙意有在终无言。
先生独饮勿叹息，幸有落月窥清尊。

这是东坡绍圣元年(1094)六十岁时在惠州贬所写的诗。这年六月，东坡在南迁途中再次奉到谪令，责授建昌军司马，惠州安置，不得签书公事。八月，再贬宁远军节度副使，仍惠州安置。十月三日，终于到达惠州贬所。最初寓居合江楼，十八日迁居嘉祐寺(见《后集》卷五《迁居》诗序)。松风亭在嘉祐寺侧近，东坡《松风亭记》云:"仰望亭宇，尚在木末"。又《题嘉祐寺》云:"始寓嘉祐寺松风亭，杖履所及，鸡犬皆相识。"是亭与寺都在半山坡上。十一月二十六日，松风亭下梅花盛开，诗人兴会浓至，写了这首诗。

"春风岭上"四句，从"昔年梅花"说起，引到今天的流放生活。东坡自注云:"余昔赴黄州，春风岭上见梅花，作两绝。明年正月，往岐亭道上赋诗云:'去年今日关山路，细雨梅花正断魂'。"自注所称两绝句，指元丰三年(1080)正月赴黄州贬所，路过麻城县春风岭时所作《梅花二首》。句云:"春来幽谷水潺潺，的皪梅花草棘间。"又云:"幸有清溪三百曲，不辞相送到黄州。"言落梅随水远道相送也。第二年，元丰四年正月往岐亭，想起春风岭上的梅花，又写了七律一首，有"去年"、"细雨"之句。这些十三、四年前在黄州谪迁生活中的往事，现因面对松风亭下盛开的梅花不觉涌上心来。"岂知"句极沉痛，诗人现在已经是六十岁的老人，岂料再次流落，再次见到这个谪迁生活中的旧侣——梅花，而且是在"蛮风蜑雨"的边荒之地，比起黄州，真是每况愈下，怎不令人生愁！"蛮风蜑雨"四字，形象地概括了岭南风土之异。惠州是兄弟民族聚居之区，旧时代轻视少数民族，泛称曰"蛮"；"蜑"是专名，即所谓"蜑子獠"。

以下转入流落中再次相见的梅花。"长条"四句，在写松风亭下梅花之前，先以荔支浦、桄榔园中所见作为陪衬。那些半落的长条，独秀的卧树，虽非盛开，但已深深地触拨着诗人的心灵，他为她们的"幽光"、"冷艳"而心醉。"留夜色"极写花的光彩照人，"排冬温"极写花的冰雪姿质。"冬温"是岭南季节的特点，着"直恐"二字，表现了诗人对花的关注，意谓在这温暖的南国，你该不会过于冰冷，不合时宜吧！诗人选择了"荔支浦"、"桄榔园"，给全诗的描写笼上一层浓郁的地方色彩。

"松风亭下"四句是题目的正面文字。如果说那些荔支浦上半落的长条，桄榔园中独秀的卧树，已经唤起诗人的深情，则此松风亭下"玉雪为骨冰为魂"的盛开的两株，将会引起诗人怎样的激赏！侵晨，他来到松风亭下，发现荆棘丛中盛开的梅花在初升的太阳光下明洁如玉，他完全陶醉了，他的身心进入了一个梦幻般的优美境界：他眼前已经看不见梅花，他仿佛觉得那是在月明之夜，一个缟衣素裳的海南仙子，乘着娇云，冉冉地降落到诗人书窗外的阶前，轻移莲步，来叩诗人寂寞深闭的双扉！这里的实际内容只不过是说盛开的花枝在召唤诗人，使他不能不破门而出，但他却用"缟衣叩门"这一优美联想进一步加以比拟，在诗人所提供的染上了浓郁的主观色彩的艺术氛围中，不言情而情韵无限，不能不为它的艺术魅力所倾倒。

【鉴赏】

纪昀评"海南仙人"二句云:"天人姿泽,非此笔不称此花。"这是很有见地的。从诗歌咏物的角度看,诗人在这里没有致力于梅花形貌的具体描绘,而是采取遗貌取神、虚处着笔的手法,抓住审美对象的独特风貌和个性,着力于侧面的烘托和渲染,达到一种优美动人的艺术境界。这里,不妨用黄庭坚咏水仙花的名作来作一比较。黄诗的头四句是:"凌波仙子生尘袜,水上盈盈步微月。是谁招此断肠魂?种作寒花寄愁绝。"诗人由"水仙"二字引起联想,用凌波微步的洛神来比拟花的风韵。这种比拟,当然不是外貌上的相似,而是着眼于两者之间在神采、性格上的相通,诗人描写的焦点是客观对象的神理。山谷的"凌波仙子"和东坡的"海南仙云"在艺术构思上是完全一致的,但东坡这里表现了更丰富的内容,更深邃的层次。

汪师韩《苏诗选评笺释》云:"秀色孤姿,涉笔如融风彩霭。集中梅花诗,有以清空入妙者,如《和秦太虚梅花》诗:'竹外一枝斜更好'是也;有以使事传神者,此诗'海南仙云娇堕砌,月下缟衣来叩门'是也。"汪氏所谓"使事",是由于旧注解释东坡这两句诗,认为他使用了《龙城录》中赵师雄的故事。据题为柳宗元著的《龙城录》中说:一个叫赵师雄的人游罗浮山,天寒日暮,他在似醒似醉间遇见一个淡妆素服、芳香袭人的美女,相与笑乐。醉寝懵然,但觉风寒相袭,东方已白。师雄起视,乃在大梅花树下。这时"月落参横",为之惆怅不已。经前人考订,《龙城录》的作者不是柳宗元而是王铚(张邦基《墨庄漫录》卷二,《朱子语类》卷一三八),有的又说是刘无言(《洪斋随笔》卷十),反正东坡不可能使用这本书中的故事。于是有人又说,不是东坡用《龙城录》,而是《龙城录》的作者袭取东坡此诗衍为小说故事。这问题用不着多去纠缠,难道像东坡这样想象丰富的诗人,不依靠前人书本,就写不出这两句好诗么?

结尾"酒醒梦觉"四句,又从梦幻世界回到现实中来。他"绕树无言",其思绪是深沉的。从诗的内在感情脉络看,这和前面"岂知流落复相见"句所隐含着的情思一脉相连。他如有所悟，但终于无言。他究竟能说什么？说给谁听呢？这真是"此时无声胜有声"了！说"勿叹息"，说"幸有"，是强作排遣口吻。在这朝暾已明、残月未尽的南国清晓，独把清尊，对此名花，不妨尽情领取这短暂的欢愉吧！

此诗意象优美，语言清新，感情浓至，想象飞越。每四句自成一个片段，一个层次，由春风岭上的昔年梅花，到荔支浦的半落长条、桄榔园的独秀卧树，逐步引出松风亭下玉雪般的两株，而以"岂知流落复相见"句为全篇眼目。声情跌宕，妙造自然，是东坡晚年得意之作。他采用同一韵脚，一口气写了《再用前韵》、《花落复次前韵》共三首七言歌行，前人称之为"韵险而语工，非大手笔不能到"（《遯斋闲览》）。

（白敦仁）

荔支叹

十里一置[①]飞尘灰，五里一堠[②]兵火催。
颠坑仆谷相枕藉，知是荔支龙眼来。
飞车跨山鹘横海[③]，风枝露叶如新采。
宫中美人一破颜[④]，惊尘溅血流千载。
永元荔支来交州[⑤]，天宝岁贡取之涪[⑥]。
至今欲食林甫肉，无人举觞酹伯游。
我愿天公怜赤子，莫生尤物为疮痏[⑦]。
雨顺风调百谷登，民不饥寒为上瑞。
君不见：武夷溪边粟粒芽[⑧]，前丁后蔡相笼加[⑨]。

【原文】

争新买宠各出意，今年斗品[⑩]充官茶。
吾君所乏岂此物？致养口体何陋耶！
洛阳相君忠孝家，可怜亦进姚黄花[⑪]。

〔注〕 ① 置：古代的驿站，差官歇脚换马的地方。 ② 堠（hòu 后）：古代记里程的土堆，这里也指驿站。 ③ 飞车：古代神话中能在天空飞行的快车。鹘（gǔ 骨）：海鸟的一种，古代船上刻鹘作为装饰，这里指海船。 ④ 宫中美人：指杨贵妃。破颜：发笑。《新唐书·杨贵妃传》："妃嗜荔支，必欲生致之，乃置骑传送，走数千里，味未变，已至京师。" ⑤ "永元"句：作者自注："汉永元中交州进荔支龙眼，十里一置，五里一堠，奔腾死亡，罹猛兽毒虫之害者无数。" ⑥ 天宝岁贡：作者自注："唐天宝中，盖取涪州荔支，自子午谷路进入。" ⑦ 尤物：特别美好的东西，一般用于贬义。疮痏（wěi 委）：疮伤。 ⑧ 粟粒芽：武夷山名贵的茶。 ⑨ 前丁后蔡：指丁谓和蔡襄。作者自注："大小龙茶始于丁晋公，而成于蔡君谟，欧阳永叔闻君谟进小龙团，惊叹曰：'君谟，士人也，何至作此事！'"丁谓，字谓之，真宗时为参知政事，封晋国公。蔡襄，字君谟，仁宗时进士。笼加：指包装。 ⑩ 斗品：宋代有赛茶之风，官僚们把选赛出的名品，称为斗品。 ⑪ 姚黄花：牡丹花的名品，其始为姚姓所培育。作者自注："洛阳贡花，自钱惟演始。"

这首七言古诗，作于哲宗绍圣二年（1095），作者正被贬谪在广东惠州（治所在今广东惠阳）。他初次尝到南方甜美的果品荔支、龙眼，极为赞赏；但也不禁联想到汉唐时代进贡荔支给人民造成的灾难。在诗中作者揭示了由于皇家的穷奢极欲，官吏媚上取宠，各地名产都得进贡的弊政。同时对宋代的进茶、进花，也作了深刻的讽刺。

开篇四句描写汉代传送荔支，刻不容缓，急如星火的情景。皇家为了要吃到南方进贡的新鲜荔支，不惜叫差官十里换一次马，五里设一个站亭，拼命地传送。快马疾驰，尘土飞扬，有如传递紧急军事情报一样。人马由于奔跑太快，导致死伤的人很多。有的跌入土坑，有的倒在山谷，尸体散乱地堆叠在一起，给人民带来意想不到的灾难。接下去“飞车跨山鹘横海”以下四句，写唐代传送荔支的情景，前两句指出唐明皇为了加快传递的速度，使尽一切办法，用飞车踏过山冈，用快船越过海道，让风枝露叶的荔支，如同新采的一样，供他们享受。后两句描述唐明皇为着博得杨贵妃的欢心，在进贡荔支的途中，不知摧残了多少人的生命，惊尘溅血，似乎千载而后，那些人的鲜血还没有干：“宫中美人一破颜，惊尘溅血流千载。”精神飞动，寄慨遥深，成为全诗警句。杜牧在《华清宫》诗中说：“一骑红尘妃子笑，无人知是荔支来。”揭露的正是这种情况，但造语不及东坡的雄浑。

接着以“永元荔支来交州”等八句，总结汉唐两代进贡荔支的弊政，并致以深沉的感慨和愿望。“永元”句总括开头四句，永元是汉和帝（刘肇）的年号，当时进贡的荔支，来自两广南部的交州。“天宝”句总括次四句，天宝是唐明皇（李隆基）的年号，唐时岁贡的荔支，是取自四川涪州（治所在今四川涪县）。“至今”两句，表明直到现今，人们都痛恨唐明皇时的宰相李林甫，他处处谄媚皇帝，阿谀取宠，对进贡荔支，不加谏阻，人们恨不得吃他的肉，这自然是可以理解的。然而对汉和帝时的唐伯游（唐羌字），却很少有人酹酒来纪念他。唐伯游当年做湖南临武县令，见到传送荔支，死亡惨重，曾经上书给汉和帝，建议罢除交州荔支的进贡，和帝因而下令不再进献。他为人民做过好事，却没有得到应有的尊敬。可见现在能够继承唐伯游精神的人是很少的。“我愿”以下四句，作者表白了自己虔诚的愿望，祝愿上天能够悯恤黎民，不要生出像荔支那样特殊美好的珍品，给人民带来灾祸。只要风调雨顺，百谷丰收，人民无饥寒冻馁之忧，这便是国家上等的祥瑞。作者感念民瘼的深情，表达了他“悲歌为黎民”的愿望。

最后八句又为一段，由感叹汉唐进贡荔支的弊政，联系到当世又有贡茶、贡花之事。进贡荔支，固然使人民遭殃；贡茶贡花，同样是官僚们取媚皇家的行径，同样会给人民带来苦难。应当予以罢除。作者先以“君不见武夷溪边粟粒芽，前丁后蔡相笼加”两句，提出福建贡茶，开始于宋真宗时的奸相丁谓，后来仁宗时的学士蔡襄，也进贡过名茶。他们各出主意，贡上粟粒芽等名茶，借以争新买宠。就在今年，官吏们还借斗茶为名，所得名品，都成了进贡皇家的官茶。这种奉养皇帝口体之欲的东西，只不过是满足皇帝的物质享受，对治国安民又有什么好处？难道君王所缺乏的就是这些？这样做也未免太鄙陋了。结尾两句：“洛阳相君忠孝家，可怜亦进姚黄花。”进一步揭出贡花一事，始于洛阳相君钱惟演。钱惟演是吴越王钱俶的儿子，钱俶主动归降宋朝，被称为“以忠孝而保社稷”。钱惟演晚年曾为使相，（宋代对留守节度使，加上侍中、中书令、同平章事〔宰相〕职衔，称为使相），留守西京（宋以洛阳为西京）。所以称洛阳相君，他曾经把洛阳名贵的姚黄牡丹，进贡给仁宗。从此洛阳就年年贡花。这两句感叹即使如洛阳使相，本是忠孝之家，可惜也向朝廷进贡名花以邀宠，而不知这种做法，对人民有害，言外不胜惋惜。

这首诗历来被誉为“史诗”。诗中把描写和议论结合起来，把对历史的批判和对现实的揭露结合起来。表明作者虽在政治上累遭打击，但他忠于国家，即使在贬所也仍然关心现实，常常在诗中提出自己的政见，指陈得失，一颗赤子之心，是经常和人民的疾苦联系在一起的。就诗来说，也写得跌宕起伏，沉郁顿挫，深得老杜神髓。

（马祖熙）

纵笔三首

寂寂东坡一病翁，白须萧散满霜风。
小儿误喜朱颜在，一笑那知是酒红。

【原文】

父老争看乌角巾，应缘曾现宰官身。
溪边古路三叉口，独立斜阳数过人。

北船不到米如珠，醉饱萧条半月无。
明日东家当祭灶，只鸡斗酒定膰吾。

这三首诗是苏轼六十四岁时在儋州(治所在今海南儋县西北，辖境在今海南岛西部地区)作。第一首自嘲衰老。首句，写处境寂寞，衰病成翁。次句，以风吹“萧散”的白须申述衰老。“霜”字既显须白之色，又带凄寒之气。这二句使人感到萧飒可伤。后二句忽借酒后脸上暂现红色一事，表现轻快的情绪，诗境转为绚烂。白居易《醉中对红叶》诗：“醉貌如霜叶，虽红不是春。”陆游《久雨小饮》诗：“樽前枯面暂生红。”也是写“醉面”之“红”，但直接指出不是“真红”。苏轼此诗，先写旁观的肯定，再写自己的否定，用笔较为曲折，也显得洒脱。“小儿误喜”，可能是儿子安慰父亲的话，更可能是诗人故作设想之辞。因为这时候，随侍诗人身边的儿子苏过，年已二十八岁，不会幼稚到把“酒红”当作“真红”，但诗人为了表达欢悦的心情，有意借儿子的话引来“喜”字；儿子之喜又引来他的“一笑”。但在“朱颜”与“喜”之前，先着一“误”字；经过“一笑”之后，又点破“朱颜”原是“酒红”。对儿子之喜的否定又不免回到对衰老的肯定。这里，诗人的情绪改变了，诗境改变了，但前面所写的可伤之事并没有改变。

诗篇的成功之处，就是通过情绪的变化，色彩的变化，内容的反复的否定和肯定，表现了诗人能用达观的态度、风趣的笔墨去对待和描写引人感伤之事，显得曲折坦荡，情趣风生，有过人的胸襟和笔力。

第二首，描写处境寂寞。前一首从寂寞写到热闹，这一首则从热闹写

【鉴赏】

到寂寞。起二句说诗人出门时,有许多“父老”围着看他。他目前虽然像隐者、普通书生那样戴着“乌角巾”,但“父老”们知道他是一个曾经做过“宰官”的不平常人。角巾是隐士们喜戴的头巾,屡见于《晋书》;乌是黑色,杜甫《南邻》诗有“锦里先生乌角巾”之句。“现宰官身”,语出《法华经》,宰官,泛指官吏,用典无痕。苏轼虽然在政治上屡遭打击,屡受贬谪,但他才名极大,贬谪时经常有人欢迎他。他在黄州时如此,在惠州时也是如此,他诗中就有“到处聚观香案吏”、“父老相携迎此翁”之句。在儋州,“父老争观”,想来也非止“曾现宰官身”之故,而该是他的文章、气节之名,也略传到海南中来。父老的亲近足以自豪,但说“缘”(因为)的是“宰官身”,又足自悲。这二句写的是热闹中的寂寞,自豪中的悲凉。后二句专写寂寞,弥见悲凉。一阵的热闹过去之后,“路人”少到可“数”,环境的荒僻寂寞可知。诗人闲着无事在“数”这些“路人”,加以“斜阳”、“古路”,只身“独立”,真是悲凉之至。但诗句只写物象,不着议论,不抒情感,不露“寂寞”与“悲凉”的字样,而寂寞与悲凉自在物象中见出。试想一个才高一世,在文坛、政坛都能大显身手的苏轼,落到这种境地,就其自身来说,是不幸,就国家来说,又是何等的不平!但诗人却不自嗟叹,而用自我欣赏、自我回味的心境来对待它。他的旷达胸怀形成了一层浓灰,盖着内心的不平之火,不使火气外露。但就读者感受说,这层浓灰只会把火的温热保持得更深微、更长久。

这诗的成功之处,就是能用恬淡的笔触,不露痕迹地来反映悲凉情境,蕴蓄着身世的不幸和社会的不平,高情远韵,余味悠然,而客观上却会引起读者极大的同情和为之产生愤慨。

第三首,写和儋州人民的深厚感情。起句写北方船只不到,儋州米价贵了起来,有“米珠薪桂”之慨。儋州当时耕种落后,产米很少,苏轼《和陶劝农六首》小序说:“海南多荒田,俗以贸香为业。所产秔稻,不足于食。”所以“北船不到”,米价高涨是必然的。次句写在上述情况下,诗人半月不得醉饱,这也是实况,参看他在儋州其他诗作可知。后二句写明天是东邻祭灶之日,他们和诗人感情极好,必然会以祭品相饷。膰,本义为祭肉,这里作动词用,指送祭灶品,即送“只鸡斗酒”。“只鸡斗酒”语出曹操《祭桥玄文》,切合祭品,可见用典精当。上二句写自己的窘况,也写儋州的环境;后二句写诗人对邻人的信赖,从一件具体小事侧面反映他和儋州人民感情的深厚。

这首诗的成功之处是以直截之笔写真率之怀。它直写诗人的渴酒思肉,直写对邻人送酒肉的期待,毫不掩饰,毫不做作,正如纪昀所评的“真得好”。诗写求酒肉,又写得这样真而不鄙。是否不鄙,就要看其“全人”,有待于“知人论世”了。苏轼其人,写此诗当然配得上称“真”,称“好”,称“不鄙”。

《纵笔三首》是苏轼晚年的白描好诗,第一首以风趣胜,第二首以含蓄胜,第三首以真率胜,共同的特点是作者胸怀旷达坦荡,诗篇笔调恬适闲远,情韵俱佳。王文诰评:“此三首平淡之极,却有无限作用,未易以情景论也。”它的“作用”,正在于诗篇所体现的作者心境与诗境的超旷闲逸,值得人们学习。

（陈祥耀）

被酒独行,遍至子云、威、徽、先觉四黎之舍三首 (其一)

半醒半醉问诸黎,竹刺藤梢步步迷。
但寻牛矢觅归路,家在牛栏西复西。

苏轼于六十二岁时贬谪儋州(州治在今海南岛儋县)。当时儋州地处

【鉴赏】

“登高望中原，但见积水空”的海岛中，一片荒凉。他身为“罪人”，受到种种监视，只有第三子苏过随行作伴，处境非常困难。初期僦居官舍，后来又被逐出。幸而得到王介石等人的帮助，在城南“污池之侧桄榔树下”，筑了五间泥房以居。他和当地人民有了很深的感情。诗中的子云、威、徽、先觉四个姓黎的，就是他在当地的要好的友人。

这首诗作于六十四岁时。写作者有一天带着酒后的醉意，遍访“四黎”之家，归途天色已暗，酒意未醒；并且地面上草木丛生，路径不明。他走入“竹刺藤梢”围绕的迷途中，要回家认不了路，只好沿着有牛粪的路径走，因为懂得自己的家就在牛栏之西。诗篇的最大特点就是敢于把人们认为最粗俗的东西“牛矢”（牛粪）取作诗材，写入诗中。韩愈在《进学解》中赞美良医能博取“牛溲（尿）马勃（药名），败鼓之皮”作为药物，他自己的诗，也好写粗丑的事物；但还没有用“牛溲”、“牛矢”之类入诗。沈德潜《说诗晬语》说：“苏子瞻胸有洪炉，金银铜锡，皆归熔铸。……韩文公后又开辟一境界也。”从这首诗看，熔铸的不止是“金银铜锡”，而且及于“牛溲、马勃”之类了。

诗篇浅易如话，毫不雕琢，又写了最粗俗的东西，但读起来使人感受的不是“浅俗”而是雅，不是“粗丑”而是美。论其原因：第一，写得新鲜。现实生活中某些可写的事物，以前没人敢写，没人写到，诗人第一次大胆地把它写出来了，自然使人感到新鲜。第二，写得真实。诗人写的是他的一次真实的生活经历，并非出于想象。这种真实，出之于生活经验，宋黄庶《宿赵屯》诗：“行逐羊豕迹，始识入市路。”写到类似情况，只是不敢用“矢”字；现在有经验的人在深山中找寻村落，碰到岔路无人可问时，还常凭“牛矢”辨路，因为有“牛矢”的路必然可以走到有居民的地方。情景真实，文字真实，必然会使人们感到亲切。第三，诗中具有与庸俗、丑恶截然相反的高尚情操，这是最重要的。诗人以曾官居清贵、才高一世的身份来到儋州，和当地的居民能结下深切的友谊；走在布满藤刺的荒地上，住在牛栏西面的泥房中,不是自伤自怜,而是充满乐观自得的感情,这不能不说是高尚的。第四,作者的诗功深。他把朴素内容写得生动富有风趣,一片行云流水、毫不经意的活泼姿态,确是大家气格。苏轼此诗,可以说明一个问题:文学作品的“雅”与“俗”是相对的;只要作者情愫高,功力深,写作时能从真情实感出发,能大胆创新,任何“俗”的题材都可以创造“雅”的意境,使它显得美,显得有味。

(陈祥耀)

儋耳

霹雳收威暮雨开,独凭栏槛倚崔嵬。
垂天雌霓云端下,快意雄风海上来。
野老已歌丰岁语,除书欲放逐臣回。
残年饱饭东坡老,一壑能专万事灰。

儋耳即今广东海南岛儋县。元祐八年(1093)哲宗亲政,重新起用新党。绍圣元年(1094)苏轼以讥斥先朝的罪名贬官惠州(州治在今广东惠阳),绍圣四年再贬儋耳。元符三年(1100)正月哲宗去世,徽宗继位,政局在短时间内发生了有利于元祐党人的变化,已死的追复原官,未死的逐渐内迁。六十五岁高龄的苏轼于五月内迁廉州(州治在今广西合浦),《儋耳》诗即作于此时。这首诗表现了他初得诏书时的欣喜之情,抒发了风烛残年,万念俱冷的深沉感慨。

首联写一阵雷雨之后的黄昏时刻,作者独自登高,凭栏远望。霹雳,疾

【鉴赏】

猛之雷。古人常以雷霆之怒，霹雳之威喻皇帝的威怒，这里既是写实景，也是以霹雳收威暗喻哲宗去世，徽宗继位，朝政更新。“暮雨”的“暮”，也是含义双关，暗示以前朝政的昏暗；“开”，表现了他对徽宗的幻想，以为朝政从此清明。徽宗刚继位，想清除朝廷的党争，似乎将大有作为，苏轼当时还不可能看清他的真面目。《六月二十日夜渡海》也说：“参横斗转欲三更，苦雨终风也解晴。云散月明谁点缀，天容海色本澄清。”这四句几乎可作“霹雳”句的注脚，表现了同样的幻想。崔嵬，山高貌。对句刻画了诗人凭倚栏槛遥望的神态。如果说出句是抒发的欣喜之情，那么对句的“独”字，则表现出孤寂之感，为尾联作好了铺垫。

颔联写登高所见，既是写眼前实景，又是象征时局。这是全诗最好的一联，被方东树誉为“奇警”（见《昭昧詹言》卷二十）。霓即虹，《埤雅》：“虹常双见，鲜盛者雄，其暗者雌。”夏天雨后多出现虹霓，是眼前实景；但作者不以彩虹入诗，而以暗淡的雌霓入诗，显然是有寓意的。五月苏轼得到诏书时，迫害元祐党人的二惇（章惇、安惇）、二蔡（蔡京、蔡卞），已受到台谏的排击，“雌霓云端下”正象征了政敌的失势。雄风，帝王之风，与“庶人之雌风”相对，语出宋玉《风赋》。儋耳四周皆海，雄风来自海上，这既是写海风之快意，又是暗喻内移诏命的降临。

颈联记双喜临门。一是野老之喜，苏轼初到儋州，遇上连年灾害，元符三年喜获丰收。苏轼与海南人民休戚与共，野老的喜事就是他的喜事。二是自己之喜。苏轼谪居海南，无时不盼望北归。就在这年的人日（正月七日）他还感慨说：“三策已应思贾让，孤忠犹未赦虞翻。”（《庚辰岁人日作》）贾让是汉哀帝时人，曾上治河三策，其中上策是引黄河北入海。苏轼在元祐年间也多次提出类似的主张，不被采纳。元符二年黄河再次决堤北流，他的主张得到了应验。虞翻是三国时吴人，因忤孙权，长期流放交州。现在总算“赦虞翻”，除书已到，逐臣即将北归，他的高兴是不难想象的。

尾联写今后的打算，说自己年事已高，只要能吃饱饭，有栖身之地，就再无奢求了。杜甫《病后过王倚饮赠歌》有“但使残年饱吃饭”语，上句即用其意。《庄子·秋水》载坎井之蛙语：“擅一壑之水而跨跱坎井之乐，此亦至矣！”庄子是讥井蛙之浅薄，但后人却以“专一丘之欢，擅一壑之美”表现“轻天下，细万物”的隐逸思想。（陆云《逸民赋序》）苏轼的用法与此相同。他晚年思想很矛盾，由于政治上一再遭受打击，经常发出“心似已灰之木”（《自题金山画像》）一类的感慨。但其思想深处仍是“报国心犹在”（《望湖亭》），“少壮欲及物，老闲余此心。”（《次韵定慧钦长老见寄》）诗的末句虽略嫌消沉，但全诗的基调正如清人汪师韩所说：“峭崒雄姿，经挫折而不稍损抑。浩然之气，于此见其心声。”（《苏诗选评》）

（曾枣庄）

澄迈驿通潮阁二首

倦客愁闻归路遥，眼明飞阁俯长桥。
贪看白鹭横秋浦，不觉青林没晚潮。

余生欲老海南村，帝遣巫阳招我魂。
杳杳天低鹘没处，青山一发是中原。

这两首七绝作于元符三年（1100），诗人离儋州之前。澄迈，县名，在今海南岛；通潮阁，一名通明阁，在澄迈县西。

第一首诗描绘登通潮阁所见情景，闲雅的笔触中隐然透出羁旅愁绪。

【鉴赏】

首句“倦客愁闻归路遥”，开门见山地点明诗人的心境和处境。“倦”字令人想见诗人旅途颠沛、神情困顿之态；而“归路”之“遥”，则暗示出漂泊之远，一怀愁绪由此而起。“愁闻”二字下得平淡，却将思乡盼归的心曲表达得十分真切，不管诗人是有所问而“闻”，还是他人无意之言而诗人有心而“闻”，都使人意会到身处偏远之地的诗人内心的落寞、孤寂。也许，他曾暗自期望：此处离故乡会近一点了吧？但是留心打听，方知归路依然遥远，怎不使旅客添“倦”，离人增愁呢？

诗人怀着思乡的愁闷心情独自行走，突然眼前一亮：前面有一座飞檐四张的高阁，凌空而起，俯视着跨水长桥。“眼明飞阁俯长桥”点出“通潮阁”之题。“眼明”二字极其准确地写出诗人对突兀而起的通潮阁的主观感受，而且使诗歌的情调由低抑转为豁朗。两句之间的起落变化，显示了诗人开阖自如的大手笔，也表现了诗人对人生磨难所持的乐观态度。正像他在另一首诗中所说：“九死南荒吾不恨，兹游奇绝冠平生。”（《六月二十日夜渡海》）把远贬海南视为难得的经历一样，在这里他也不肯让自己的精神就此委顿，而是竭力振作，将内心的愁苦化解开去。眼前这座凌空而起的通潮阁正是以其宏伟之势、阔大之景吸引了诗人的注意力。

诗歌很自然地由抒情转到写景：“贪看白鹭横秋浦，不觉青林没晚潮。”正因为“贪看”，全副身心被自然景色所吸引，故而“不觉”时光流逝……，写得意气悠然闲适，大有与物同化之趣。有意思的是，诗人写白鹭，不用“飞”或“翔”，却着一“横”字，而这“横”字正是诗人匠心独运之所在。首先，“横”字带出一股雄健之势，如同一团浓墨重重地抹在画面上，其气势，其力度，是“飞”或“翔”所不具备的。其次，这一“横”字中，点染了诗人的主观情感，传达出诗人的神情意态：诗人凭栏远眺，“贪看”一队白鹭在秋浦上飞翔，视线久久地追随着白鹭移动，故而有“横”的感觉。若用“飞”或“翔”，则见不出诗人久眺的身影。更妙的是，白鹭“横”于秋浦之上，化动为静。这种“静态”完全是诗人的主观感受，它既与人们观察展现于开阔背景上的运动时所获得的感受一致，暗示出秋浦水天一色，空寥清旷；同时，也是诗人心境之“静”的外现。最后一句用一个“没”字写晚潮，虽然是动态，却也是无声无息，令人不觉其“动”。正是在这至宁至静的境界中，时光悄然消逝，晚潮悄然而退，只有一片青葱的树林映着最后一抹斜晖……。而从诗人倚轩凝然不动的身影中，读者不难体会到深切的寂寞和一丝莫名的惆怅。

第二首着意抒发思乡盼归的心情。诗人从绍圣元年(1094)被贬出京师，六七年间一直漂泊在惠州、海南等地，北归无期，鬓发染霜，此时不觉悲从中来，发出“余生欲老海南村”的叹息：看来只得在这天涯海角之地度过残生了。然而，这自悲自悯的情感却不能淹没诗人心中执着的期望，他内心深处依然盼望有朝一日遇赦北还，因此第二句写道：“帝遣巫阳招我魂”。帝，指上帝；巫阳，古代女巫名，《楚辞・招魂》：“帝告巫阳曰：‘有人在下，我欲辅之。魂魄离散，汝筮予之。’巫阳乃下招曰：‘魂兮归来’！”诗人在这里巧妙地化用《招魂》之意，借上帝以指朝廷，借招魂以指奉旨内迁。诗人就像一个漂泊无依的游魂，苦苦地盼望上帝将它召还。无望已使人痛苦，而无望中的期望，更煎熬着诗人的心。这两句诗中翻腾着一种深沉炽热的情感，分外感人。

怀着强烈的思乡之情，诗人翘首北望，只见“杳杳天低鹘没处，青山一发是中原。”杳杳，形容极远。极目北眺，广漠的天空与苍莽原野相接，高飞远去的鹘鸟正消逝在天际；地平线上连绵起伏的青山犹如一丝纤发，那里，正是中原故乡！这两句以远渺之景抒写对故乡的怀念之情。“天低鹘没”，笔触洗炼，气韵清朗，极具情致。而“青山一发”，用头发丝来比喻天际的青山，更是新鲜别致。黄庭坚曾称赞苏轼的诗“气吞五湖三江”，而此句也显示了苏诗特有的磅礴气势。只不过它不是以恢宏之景表现出来，如“峨嵋翠扫空”；而是将壮观之景“化”小，运于股掌之间：“青山一发”。另一方面

"青山一发"又是实写之景。如此雄伟壮观的青山居然仅仅在地平线上露出一丝起伏的远影,可见青山之遥远,中原之遥远! 而这正表明了诗人遐思的悠长。青山在天际时隐时现,宛如发丝若有若无,它牵动着诗人思乡的情愫,勾起诗人执着的期望。

这两首七绝虽然都是抒写羁旅思乡的愁怀,但前一首以景写趣,韵调清雅悠闲,意趣隽永;而后一首以景写情,笔墨洒脱飘逸,情感炽热绵长。共同之处是,虽写悲伤之怀,却不流于颓唐委顿;画面疏朗,笔力雄放。前人称苏诗"清雄",这两首即是。

(韦凤娟)

六月二十日夜渡海

参横斗转欲三更,苦雨终风也解晴!
云散月明谁点缀,天容海色本澄清。
空余鲁叟乘桴意,粗识轩辕奏乐声。
九死南荒吾不恨,兹游奇绝冠平生!

绍圣元年(1094),哲宗亲政,蔡京、章惇之流用事,专整元祐旧臣;苏轼更成了打击迫害的主要对象,一贬再贬,由英州(州治在今广东英德)而惠州,最后远放儋州(州治在今广东儋县),前后七年。直到哲宗病死,才遇赦北还。这首诗,就是元符三年(1100)六月自海南岛返回时所作。

纪昀评此诗说:"前半纯是比体。如此措辞,自无痕迹。""比"者,"以彼物比此物也";既"以彼物比此物",很难不露"痕迹"。但这四句诗,的确是不露“比”的“痕迹”的。

“参横斗转”，是夜间渡海时所见；“欲三更”，则是据此所作的判断。曹植《善哉行》：“月没参横，北斗阑干。”这说明“参横斗转”，在中原乃是天快黎明之时的景象。而在海南，则与此不同，王文诰指出：“六月二十日海外之二、三鼓时，则参已早见矣。”这句诗写了景，更写了人。一是表明“欲三更”，黑夜已过去了一大半；二是表明天空是晴明的，剩下的一小半夜路也不难走。因此，这句诗调子明朗，可见其时诗人的心境。而在此之前，还是“苦雨终风”，一片漆黑。连绵不断的雨叫“苦雨”，大风叫“终风”。这一句紧承上句而来。诗人在“苦雨终风”的黑夜里不时仰首看天，终于看见了“参横斗转”，于是不胜惊喜地说：“苦雨终风也解晴。”

三、四两句，就“晴”字作进一步抒写：“云散月明”，“天容”是“澄清”的；风恬雨霁，星月交辉，“海色”也是“澄清”的。这两句，以“天容海色”对“云散月明”，仰观俯察，形象生动，连贯而下，灵动流走。而且还用了句内对：前句以“月明”对“云散”，后句以“海色”对“天容”。这四句诗，在结构方面又有共同点：每句分两节，先以四个字写客观景物，后以三个字表主观抒情或评论。唐人佳句，多浑然天成，情景交融。宋人造句，则力求洗练与深折。从这四句诗，既可看出苏诗的特点，也可看出宋诗的特点。

三、四两句看似写景，而诗人意在抒情，抒情中又含议论。就客观景物说，雨止风息，云散月明，写景如绘。就主观情怀说，始而说“欲三更”，继而说“也解晴”；然后又发一问：“云散月明”，还有“谁点缀”呢？又意味深长地说：“天容海色”，本来是“澄清”的。而这些抒情或评论，都紧扣客观景物，贴切而自然。仅就这一点说，已经是很有艺术魅力的好诗了。

然而上乘之作，还应有言外之意。三、四两句，写的是眼前景，语言明净，读者不觉得用了典故。但仔细寻味，又的确“字字有来历”。《晋书·谢重传》载：谢重陪会稽王司马道子夜坐，“于时月夜明净，道子叹以为佳。重

【鉴赏】

率尔曰：'意谓乃不如微云点缀。'道子戏曰：'卿居心不净，乃复强欲滓秽太清耶？'"（参看《世说新语·言语》）"云散月明谁点缀"一句中的"点缀"一词，即来自谢重的议论和道子的戏语，而"天容海色本澄清"，则与"月夜明净，道子叹以为佳"契合。这两句诗，境界开阔，义蕴深远，已经能给读者以美的感受和哲理的启迪；再和这个故事联系起来，就更多一层联想。王文诰就说：上句，"问章惇也"；下句，"公自谓也"。"问章惇"，意思是：你们那些"居心不净"的小人掌权，"滓秽太清"，弄得"苦雨终风"，天下怨愤。如今"云散明月"，还有谁"点缀"呢？"公自谓"，意思是：章惇之流"点缀"太空的"微云"既已散尽，天下终于"澄清"，强加于我苏轼的诬蔑之词也一扫而空。冤案一经昭雪，我这个被陷害的好人就又恢复了"澄清"的本来面目。从这里可以看出，如果用典贴切，就可以丰富诗的内涵，提高语言的表现力。

五、六两句，转入写"海"。三、四句上下交错，合用一个典故；这两句则分别用典，显得有变化。"鲁叟"指孔子。孔子是鲁国人，所以陶渊明《饮酒诗》有"汲汲鲁中叟"之句，称他为鲁国的老头儿。孔子曾说过"道不行，乘桴浮于海"（《论语·公冶长》），意思是：我的道在海内无法实行，坐上木筏子飘洋过海，也许能够实行吧！苏轼也提出过改革弊政的方案，但屡受打击，最终被流放到海南岛。在海南岛，"饮食不具，药石无有"，尽管和黎族人民交朋友，做了些传播文化的工作；但作为"罪人"，又哪里能谈得上"行道"？如今渡海北归，回想多年来的苦难历程，就发出了"空余鲁叟乘桴意"的感慨。这句诗，用典相当灵活。它包含的意思是：在内地，我和孔子同样是"道不行"。孔子想到海外去行道，却没去成；我虽然去了，并且在那里待了好几年，可是当我离开那儿渡海北归的时候，又有什么"行道"的实绩值得自慰呢？只不过空有孔子乘桴行道的想法还留在胸中罢了！这句诗，由于巧妙地用了人所共知的典，因而寥寥数字，就概括了曲折的事，抒发了复杂的情；而"乘桴"一词，又准确地表现了正在"渡海"的情景。"轩辕"即黄帝，黄帝奏乐，见《庄子·天运》："北门成问于黄帝曰：'帝张咸池之乐于洞庭之野，吾始闻之惧，复闻之怠，卒闻之而惑；荡荡默默，乃不自得。'"苏轼用这个典，以黄帝奏咸池之乐形容大海波涛之声，与"乘桴"渡海的情境很合拍。但不说"如听轩辕奏乐声"，却说"粗识轩辕奏乐声"，就又使人联想到苏轼的种种遭遇及其由此引起的心理活动。就是说：那"轩辕奏乐声"，他是领教过的；那"始闻之惧，复闻之怠，卒闻之而惑"，他是亲身经历、领会很深的。"粗识"的"粗"，不过是一种诙谐的说法，口里说"粗识"其实是"熟识"啊！

尾联推开一步，收束全诗。"兹游"，直译为现代汉语，就是"这次出游"或"这番游历"，这当然首先照应诗题，指"六月二十日夜渡海"。但又不仅指这次渡海，还推而广之，指自惠州贬儋县的全过程。绍圣元年，苏轼抵惠州贬所，不得签书公事。他从绍圣四年六月十一日与苏辙诀别、登舟渡海，到元符三年六月二十日渡海北归，在海南岛渡过了四个年头的流放生涯。这就是所谓"兹游"。很清楚，下句的"兹游"与上句的"九死南荒"并不是互不相蒙的两个概念，那"九死南荒"，即包含于"兹游"之中。当然，"兹游"的内容更大一些，它还包含此诗前六句所写的一切。

弄清了"兹游"的内容及其与"九死南荒"的关系，就可品出尾联的韵味。"九死"者，多次死去也。"九死南荒"而"吾不恨"者，是由于"兹游奇绝冠平生"，看到了海内看不到的"奇绝"景色。然而"九死南荒"，全出于政敌的迫害；他固然达观，但哪能毫无恨意呢？因此，"吾不恨"毕竟是诗的语言，不宜呆看。这句既含蓄，又幽默，对政敌的调侃之意，也见于言外。读至此，诗人的旷达襟怀和豪放性格也就跃然纸上了。

（霍松林）

【词】

【原文】

水龙吟

次韵章质夫杨花词

似花还似非花，也无人惜从教坠。抛家傍路，思量却是，无情有思。萦损柔肠，困酣娇眼，欲开还闭。梦随风万里，寻郎去处，又还被、莺呼起。　　不恨此花飞尽，恨西园、落红难缀。晓来雨过，遗踪何在，一池萍碎。春色三分，二分尘土，一分流水。细看来，不是杨花，点点是离人泪。

"眼前有景道不得，崔颢题诗在上头。"此李白有感于崔颢《黄鹤楼》诗也。而今，面对"曲尽杨花妙处"（魏庆之《诗人玉屑》）的章质夫杨花词，苏轼又待如何争而胜之呢？唯有另辟新境，自出新意。综观全词，其新有二：一、避开章词的实写杨花，而从虚处着笔，即化"无情"之花为"有思"之人。二、"直是言情，非复赋物"（沈谦《填词杂说》）。有此二端，遂使通篇不胜幽怨缠绵，又空灵飞动。从而，诚如王国维《人间词话》所言，苏词"和韵而似原唱"，章词则"原唱而似和韵"了。

"似花还似非花"，看其出手便自不凡，已定一篇咏物宗旨：既咏物象，又写人言情。刘熙载称起句"可作全词评语，盖不离不即也"（《艺概·词曲概》）。即谓人与花、物与情当在"不离不即"之间。唯其"不离"，方能使种种比兴想象切合本体，有迹可求，此词家所谓"不外于物"；唯其"不即"，方能不囿本体，神思飞越，展开想象，此词家所谓"不滞于物"。如果纯以咏杨花而论，则这一句又准确地把握住了杨花那"似花非花"的独特"风流标格"。说它"非花"，它却名为"杨花"，与百花同开同落，共同装饰春光，又一起送走春色。说它“似花”，它色淡无香，形态碎小，隐身枝头，向不为人注目爱怜。

次句承以“也无人惜从教坠”。一个“坠”字，赋杨花之飘落；一个“惜”字，有浓郁的感情色彩。“无人惜”，是说天下惜花者虽多，惜杨花者却少。然细加品味，亦反衬法，词人用笔之妙，正是于“无人惜”处，暗暗逗出缕缕怜惜杨花的情意，并为下片雨后觅踪伏笔。

“抛家傍路，思量却是，无情有思”三句承上“坠”字，写杨花离枝坠地、飘落无归情状。不说“离枝”，而言“抛家”，貌似“无情”，犹如韩愈所谓“杨花榆荚无才思，惟解漫天作雪飞”（《晚春》），实则“有思”，一似杜甫所称“落絮游丝亦有情”（《白丝行》）。咏物至此，已见拟人端倪，亦为下文花人合一张本。

“萦损柔肠，困酣娇眼，欲开还闭”，这三句紧承“有思”而来，咏物而“不滞于物”，大胆驰骋想象，将抽象的“有思”的杨花，化作了具体的有生命的人——一位春日思妇的形象。她那寸寸柔肠受尽了离愁的痛苦折磨，她的一双娇眼因春梦缠绕而困极难开。此处明写思妇而暗赋杨花，花人合一，无疑是苏词有别于章词的一种新的艺术创造。

以下“梦随”数句妙笔天成，既摄思妇之神，又摄杨花之魂，二者正在“不即不离”之间。从思妇来说，那是由怀人不至而牵引起的一场恼人春梦。她神魂飘扬，万里寻郎；但这里未至郎边，那边却早已啼莺惊梦。此化用唐人金昌绪《春怨》诗意：“打起黄莺儿，莫教枝上啼。啼时惊妾梦，不得到辽西。”但苏轼写来备觉缠绵哀怨而又轻灵飞动。就咏物象而言，描绘杨花那种随风飘舞、欲起旋落、似去又还之状，亦堪称生动真切，绝不亚于章词的“傍珠帘散漫，垂垂欲下，依前被、风扶起”。篇首所言“似花还似非花”，正可于此境界中心领神会。

张炎《词源》评此词“后段愈出愈奇”。奇在何处？奇在承上片“惜”字

【鉴赏】

意脉，借追踪杨花，抒发了一片惜春深情。缘物生情，以情映物，使情物交融而至浑化无迹之境。

“不恨此花飞尽，恨西园、落红难缀。”词人在这里是以落红陪衬杨花，盖无论万红凋零，抑或杨花飞尽，都意味着花事已尽，春色将逝。“不恨”者，乃是承上片“非花”、“无人惜”而言。其实，正如“无人惜”实即“有人惜”一样，说“不恨”者，实即“有恨”，是所谓曲笔传情。

以下由“晓来雨过”而问询杨花遗踪，真是痴人痴语。春水觅踪，可谓一往情深；但杨花不见，唯有一池浮萍在目，这就进一步加深了人的春恨。苏轼自注云：“杨花落水为浮萍，验之信然。”此说自然不合科学，但作为文学特别是作为抒情诗词，本来无须拘泥。无理有情，这里主要藉以表达一种浓郁的惜花之情和春去之恨。

情不足，恨未尽，于是继之以“春色三分，二分尘土，一分流水”。“春色”居然可以“分”，这是一种想象奇妙而兼以极度夸张的手法。这种手法其来有自，如唐诗人徐凝的《忆扬州》云：“天下三分明月夜，二分无赖是扬州。”宋初词人叶清臣的《贺圣朝》更说：“三分春色二分愁，更一分风雨。”苏词的“春色三分”，显然以叶词为蓝本。而从全篇词脉来考察，则“二分尘土”与上片“抛家傍路”相呼应，“一分流水”与上文“一池萍碎”一意相承。总之，花尽难觅，春归无迹。至此，杨花的最终归宿，和词人的满腔惜春之情水乳交融，将咏物抒情的题旨推向顶峰。

正因为咏物抒情已臻顶峰，所以词的煞拍尤为吃紧。写好了，画龙点睛，全篇生辉；写不好，画蛇添足，功亏一篑。此词的煞拍不愧为“点睛”之笔：“细看来，不是杨花，点点是离人泪。”情中景，景中情，总收上文，既干净利索，又余味无穷。词由眼前的流水，联想到思妇的泪水；又由思妇的点点泪珠，映带出空中的纷纷杨花。是离人泪似的杨花，还是杨花般的离人之泪？看其虚中有实，实中见虚，总在虚实相间、似与不似之间，“盖不离不即也”。再回顾篇首，令人欣然有悟，情趣倍生。不是吗？词人开宗明义，原本说得清楚：“似花还似非花。”

（朱德才）

满庭芳

元丰七年四月一日，余将去黄移汝，留别雪堂[1]邻里二三君子，会李仲览自江东来别，遂书以遗之。

归去来兮，吾归何处？万里家在岷峨[2]。百年强半，来日苦无多。坐见黄州再闰[3]，儿童尽、楚语吴歌。山中友，鸡豚社酒，相劝老东坡。　　云何，当此去，人生底事，来往如梭。待闲看秋风，洛水清波[4]。好在堂前细柳，应念我，莫剪柔柯。仍传语，江南父老，时与晒渔蓑。

〔注〕 ① 雪堂：苏轼在黄州的居所名，位于长江边，是他到黄州一年多之后友人帮助营建的。 ② 岷峨：四川有岷山、峨眉山，苏轼家乡在四川眉山县，故以岷峨代指家乡。 ③ 黄州再闰：苏轼谪居黄州五年，阴历三年一闰，故称“再闰”。 ④ 洛水清波：洛水流经洛阳，与汝州近，故云。

苏轼作词，有意与“花间”以来只言闺情琐事的传统相异，而尽情地把自己作为高人雅士、作为天才诗人的整个面貌、胸怀与学问从作品中呈现出来。一部东坡词集，抒情方式与技巧变化多端，因内容的需要而异。其中有一类作品，纯任性情，不假雕饰，脱口而出，无穷清新，它们在技巧和章

【鉴赏】

法上看不出有多少创造发明，却专以真实感人的情绪和浑然天成的结构取胜。这首留别黄州父老的词即其一例。

宋神宗元丰七年(1084)，因“乌台诗案”而谪居黄州达五年之久的苏轼，接到了量移汝州(今属河南)安置的命令。所谓量移，指的是被贬谪远方的臣子，遇赦酌情移近安置，并非平反复官。对于苏轼来说，这次虽是从遥远的黄州调到离京城较近的汝州，但五年前加给他的罪名并未撤销，官职也仍是一个“不得签书公事”的州团练副使，政治处境和实际地位都没有任何实质上的改善。因此，接到这个量移之令的苏轼，心中没有任何欣喜之感。这一年他已四十八岁，在二十多年的宦海生涯中，由于政治上的风云变幻，他不断地西去东来，南迁北徙，尝够了人生的苦味。当此再一次迁徙之际，政治牢骚与思乡之情交织在他胸中，使他思绪万千，心潮难平。不过苏轼毕竟是豪放旷达之士，他不愿、也决不会在牢骚与哀愁中沉沦下去。他很快地恢复了自我感觉的平衡，转而用亲切平和的笔调，向黄州父老娓娓动听地倾诉起依依难舍的别情来。以亲密的友情来驱散迁客的苦情，以久惯世路的旷达之怀来取代人生失意的哀愁，这，就是本篇的感情波澜的酝酿过程，也是词章思想内容的核心。南宋周煇《清波杂志》论曰：“居士词岂无去国怀乡之感，殊觉哀而不伤。”此评正适合于阐释这首词的情感特征。

上片开头三句，起势十分陡健，作者翘首西望，哀声长吟，乡情浓郁感人。首句“归去来兮”，一字不易地搬用陶渊明《归去来辞》首句，非常贴切地表达了自己思归西蜀故里的强烈愿望。这三句中，还包含了一段潜台词，让读者自去想象补充，这就是：当年陶渊明高唱“归去来兮”，是归隐之志已经得以实现之时的欢畅得意之辞，而东坡虽然一心想效法渊明，无奈量移汝州是不可抗拒的“君命”，此时仍在“待罪”之中，不能自由归去，因此自己吟唱“归去来兮”，仅仅是表示欲归不得的怅恨而已。接下来“百年强半，来日苦无多”二句，以时光易逝、人空老大的感叹，加浓了失意思乡的感情氛围。上片的后半，笔锋一转，撇开满腔愁思，抒发因在黄州居住五年所产生的对这里的山川人物的深厚情谊。楚语吴歌，铿然在耳；鸡豚社酒，宛然在目。黄州的语音风俗，黄州的父老乡亲对东坡先生敬之爱之的热烈场面，以及东坡临别依依的情怀，都在这一段真切细致的描写中展露出来了。

词的下片，进一步将宦途失意之怀与留恋黄州之意对写，突出了作者达观豪爽的可爱性格。过片三句，向父老申说自己不得不去汝州，并叹息人生无定，来往如梭，表明自己失意坎坷，无法掌握命运的痛苦之情。“待闲看秋风，洛水清波”二句，却一笔荡开，瞻望自己即将到达之地，随缘自适的思想顿然取代了愁苦之情。一个“闲”字，将上项哀思愁怀化开，抒情气氛从此变得开朗明澈。从“好在堂前细柳”至篇末，是此词的最后一个抒情层次，以对黄州雪堂的留恋再次表达了对邻里父老的深厚感情。渔蓑，是东坡在雪堂钓鱼时所服。嘱咐邻里莫折堂前细柳，恳请父老时时为晒渔蓑，言外之意显然是：自己有朝一日还要重返故地，再温习一下这段难忘的生活。措辞非常含蓄，不明说留恋黄州，而留恋之情早已充溢字里行间。东坡到黄州，原是以待罪之身来过被羁管的囚徒日子的，但颇得长官的眷顾，居民的亲近，加以由于他性情达观，思想通脱，善于自解自慰，变苦为乐，却在流放之地寻到了无穷的乐趣。他寒食开海棠之宴，秋江泛赤壁之舟，风流高雅地徜徉了五年之久。一旦言别，岂能不牵心挂肠于此地的山山水水和男女老幼？由此可知，本篇抒发的离情，是发自东坡内心的高度真实之情。本篇的优长，就在情真意切这四个字上。尤其是上下两片的后半，不但情致温厚，属辞雅逸，而且意象鲜明，婉转含蓄，是构成这个抒情佳篇的两个高潮。

（刘扬忠）

【原文】

满庭芳

蜗角[①]虚名，蝇头微利，算来着甚干忙。事皆前定，谁弱又谁强。且趁闲身未老，须放我、些子疏狂。百年里，浑教是醉，三万六千场。　思量、能几许？忧愁风雨，一半相妨。又何须抵死，说短论长。幸对清风皓月，苔茵展、云幕高张。江南好，千钟美酒，一曲《满庭芳》。

〔注〕 ① 蜗角：蜗牛角。比喻极微小的境地。《庄子·则阳》："有国于蜗之左角者，曰触氏；有国于蜗之右角者，曰蛮氏。时相与争地而战。"

这首《满庭芳》作于何时，已不可考，但从词中表现的内容和抒发的感情看，须是苏轼受到重大挫折后，大致可断为写于贬往黄州之后。此作以议论为主，夹以抒情。上片由讽世到愤世，下片从自叹到自适。它真实地展现了一个失败者复杂的内心世界，也生动地刻画了词人愤世嫉俗和飘逸旷达的两个性格层次，在封建社会中很有典型意义。

词人以议论发端，用形象的艺术概括对世俗热衷的名利作了无情的嘲讽。功名利禄曾占据过多少士人的心灵，主宰了多少士人喜怒哀乐的情感世界，它构成了世俗观念的核心。而经历了人世浮沉的苏轼却以蔑视的眼光，称之为"蜗角虚名，蝇头微利"，进而以"算来着甚干忙"揭示了追名逐利的虚幻。这不仅是对世俗观念的奚落，也是对蝇营狗苟尘俗人生的否定。词人由世俗对名利的追求，联想到党争中由此而带来的倾轧以及被伤害后的自身处境，叹道："事皆前定，谁弱又谁强。""事"，指名利得失之事，谓此事自有因缘,不可与争;但得者岂必强,而失者岂必弱,因此也无须过分介意。这个思想来自老子。《老子》说:“柔弱胜刚强。”(第三十六章)又说:“天下莫柔弱于水,而攻坚强者莫之能胜。”(第七十八章)这就是“谁弱又谁强”一句的本意。一方面,“木强则折”(第七十六章);一方面,“水善利万物而不争。……夫唯不争,故无尤”(第八章),苏轼领会此意,故“得罪以来,深自闭塞……不敢作文字”(黄州所作《答李端叔书》)。“饮中真味老更浓,醉里狂言醒可怕”(《定惠院寓居月夜偶出》),是他这个时期自处的信条。所以,“且趁闲身未老,须放我、些子疏狂。百年里,浑教是醉,三万六千场。”意图在醉中不问世事,以全身远祸。一“浑”字抒发了以沉醉替换痛苦的悲愤。一个愤世嫉俗而以无言抗争的词人形象呼之欲出。

过片于自叙中夹以议论。“思量、能几许”,承上“百年里”说来,谓人生能几;而“忧愁风雨,一半相妨”,即李白“为欢几何”之意。“风雨”自指政治上的风风雨雨,所“妨”者是人生乐事。陆游《假日书事》诗所云“但嫌忧畏(忧谗畏讥)妨人乐”,即是此意。苏轼一踏上仕途便卷入朝廷政治斗争的漩涡,此后命途多舛,先被排挤出朝,继又陷身大狱,幸免一死,带罪贬逐,昔时朋友相聚,文酒之欢,此时则唯有“清诗独吟还自和,白酒已尽谁能借。不惜青春忽忽过,但恐欢意年年谢”(《定惠院寓居月夜偶出》)。当此时,词人几于万念皆灰。“又何须抵死,说短论长”,是因“忧愁风雨”而彻悟之语。他的《答李端叔书》中有一段话可作为这两句词的极好注解:“轼少年时,读书作文,专为应举而已。既及进士第,贪得不已,又举制策,其实何所有。而其科号为‘直言极谏’,故每纷然诵说古今,考论是非,以应其名耳。人苦不自知,既以此得,因以为实能之,故哓哓至今,坐此得罪几死,所谓‘齐虏以口舌得官’,真可笑也。然世人遂以轼为欲立异同,则过矣。妄论利害,搀说得失,此正制科人习气。譬之候虫时鸟,自鸣自已,何足为损益。”可见,“抵死(老是)说短论长”之要不得。词人自嘲自解,其中实又包含满肚

【鉴赏】

子不平之气。下面笔锋一转,以"幸"字领起,以解脱的心情即景抒怀。造物者无尽藏的清风皓月、无际的苔茵、高张的云幕,这个浩大无穷的现象世界使词人的心量变得无限之大。那令人鄙夷的"蜗角虚名,蝇头微利"的狭小世界在眼前消失了,词人忘怀了世俗一切烦恼,再也无意向外驰求满足,而愿与造化同乐。最后在"江南好,千钟美酒,一曲《满庭芳》"的高唱中,情绪变得豁达开朗,超脱功利世界的闲静之情终于成为其人生的至乐之情,在新的精神平衡中洋溢着超乎俗世的圣洁理想,词人那飘逸旷达的风采跃然纸上。

苏轼在词中擅长抒写人生。他高于一般词人之处,在于他能从人生的矛盾、感情的漩涡中解脱出来,追求一种精神上的解放,正因如此,苏轼描写的人类心灵就比别人多一个层次。这也是他的词能使人"登高望远"的一个重要原因。

词人重在解脱,在感情生活中表达了一种理性追求,故不免要以议论入词。此首《满庭芳》便表现出这一特色。词人"满心而发,肆口而成",意显词浅,带有口语化的痕迹,似毫不经意,然又颇具匠心。对偶工整的起句成了后世用来议论名利最贴切最形象的概括。词的结构也颇为特殊,它打破了一般上片写景、下片抒情,或是层层递进的直线式结构法,而采用了平行式的结构法。词人在上片着重勾画的是世俗社会的名利世界,下片是人生命运的忧患世界,它们彼此呼应,构成了苏轼面临的人生矛盾。词人在这样的人生矛盾中寻求精神上的解脱,平行的结构也就在这种内在的思想脉络中和谐地统一起来。作为词人愤世嫉俗与飘逸旷达的两个性格侧面也就因此种结构法合理地、有层次地给揭示出来。

(吴惠娟)

满庭芳

有王长官者，弃官黄州三十三年，黄人谓之王先生。因送陈慥来过余，因为赋此。

三十三年，今谁存者，算只君与长江。凛然苍桧，霜干苦难双。闻道司州古县，云溪上、竹坞松窗。江南岸、不因送子，宁肯过吾邦？　扨扨，疏雨过，风林舞破，烟盖云幢。愿持此邀君，一饮空缸。居士先生老矣，真梦里相对残釭。歌声断，行人未起，船鼓已逢逢。

元丰六年(1083)五月，苏轼在黄州其友人陈慥报荆南庄田。时“有王长官者，弃官黄州三十三年”，因送陈慥去江南，过黄州访东坡，东坡故有此作。

陈慥字季常，“少时慕朱家、郭解为人，稍壮，折节读书，晚乃遁于光、黄间。东坡至黄，季常数从之游”(《施注苏诗》)。而作者对王长官，则是素闻其名，可谓神交已久，以前却无缘得见。因而此词虽涉三人交游，较多的篇幅却是写作者与这位王先生倾盖如故之情怀的。

全词大致可分三层。

上片全就王长官其人而发，描绘了一个饱经沧桑令人神往的高士的形象。首三句即发语惊人，盖“三十三年”于人生固然是一个不小的数目，但对于长江大河却不算什么。而词人竟说：“三十三年，今谁存者，算只君与长江。”这里隐含有作者对仕途风波的感喟：大浪淘沙，销磨了多少人物，唯有不恋宦情如王先生者得以长存，岂不可慨！措语之妙，都在将长江拟人

【鉴赏】

化的同时，则将人神化了。与作者《木兰花令·次欧公西湖韵》“与余同是识翁人，唯有西湖波底月”二句同味。王长官弃官不做达三十余年之久，其事虽不可得而详，但可见是不慕荣利之辈。从黄人尊称之为“王先生”看，他在为官期间也是为人爱戴的。“凛然苍桧，霜干苦难双”二句即喻其人品格之高，通过“苍桧”的形象比喻，其人傲干奇节，风骨凛然如见。王长官当时居住黄陂，唐代武德初以黄陂置南司州，故词云“闻道司州古县，云溪上、竹坞松窗”。强调“古县”历史悠久，则意味地灵人杰。“云溪”、“竹坞”、“松窗”，描绘其居处极幽，颇具隐逸情趣。“闻道”二字则见慕名之久，与相见恨晚之意。“江南岸”三句是说倘非王先生送陈慥来黄州，恐终不得见面也。语中既含幸会之意，又因王先生而归美陈季常。

过片到“相对残釭”句为第二层，写三人会饮。“扨扨”二字拟（雨）声，其韵铿然，有风雨骤至之感。“疏雨过，风林舞破，烟盖云幢”几句，承上片歇拍王、陈来访，却转入景语。既见当日气候景色，又照应前文“云溪上、竹坞松窗”的写照，暗示出这次遇合不同于俗人聚首。“烟盖云幢”，以车盖、幢帷形容树林。自然意象与人的气质搭成一种象征关系。造访者固属奇杰，而主人也非俗士，酒逢知己千杯少，故云“愿持此邀君，一饮空缸”。“一饮空缸”也就是干杯，但含有多少豪情！兴酣之际，也不免回顾人生遭际，抚事生哀，“居士先生老矣”，这是作者自叹。虽叹老，却无嗟卑之意。“真梦里”二句翻用杜诗《羌村三首》“夜阑更秉烛，相对如梦寐”，言外见三人相饮谈笑至夜深，彼此相契之深。

末三句为最后一层，写天明分手，船鼓催发，主客双方相见得迟，归去何疾。既幸有此遇，又不免杂着爽然若失之感。

全词将叙事、写人、写景、抒情打成一片，景为人设。所叙乃会友之快事，所写乃一方之奇人，所抒乃旷达之情感。与一般的描写离合情怀不同。在用笔上较恣肆，往往几句叙一意，而语具多义，故又耐人咀含。所用韵部，亦属洪亮，与词情悉称。故郑文焯谓其“健句入词，更奇峰特出”，“不事雕凿，字字苍寒，如空岩霜干，天风吹堕颇黎地上，铿然作碎玉声”（《手批东坡乐府》）。

（周啸天）

水调歌头

黄州快哉亭赠张偓佺

落日绣帘卷，亭下水连空。知君为我新作，窗户湿青红。长记平山堂上，攲枕江南烟雨，杳杳没孤鸿。认得醉翁语：“山色有无中。” 一千顷，都镜净，倒碧峰。忽然浪起，掀舞一叶白头翁。堪笑兰台公子，未解庄生天籁[1]，刚道有雌雄。一点浩然气，千里快哉风。

〔注〕 ① 天籁：《庄子·齐物论》说：“女（汝）闻人籁，而未闻地籁；女闻地籁，而未闻天籁夫！”“人籁”，谓箫管之音。“地籁”，谓穴窍之声。

张怀民字偓佺，又字梦得，谪居黄州，坦然自适，在其宅西南长江边筑亭，作为陶冶性情之所。苏轼贬黄州后，与张心境相同。他不仅欣赏江边的优美景致，而更钦佩张的气度。所以，苏轼为张的亭台取名为“快哉亭”，并赋此词相赠。时为宋神宗元丰六年（1083）。其后，苏辙又写《黄州快哉亭记》，极其生动地描绘了“快哉亭”周围的山光水影，并把张怀民的处世精神，予以表述。因而，苏辙这篇散文，便成为苏轼这首词的姊妹篇。

【鉴赏】

这首词有其独到的特色，它把写景、抒情和议论熔为一炉，表现作者身处逆境，泰然处之，大气凛然的精神世界，及其词作雄奇奔放的风格。

作者描写的对象，主要不在“快哉亭”本身，他的着眼点是“快哉亭”周围的广阔景象。开头四句，先用实笔，描绘亭下江水与碧空相接，远处夕阳与亭台相映的优美图景。词人坐在快哉亭上，卷起锦绣的窗帘，看到亭台和江面亭连水，水连空，水天一色的胜景。“知君为我新作”两句，就亭着一染笔，点明亭主人和自己的亲切关系，说自己知道你为接待我而特意建筑了这座亭台。亭台窗户涂抹上青的和红的油漆，色彩犹新。“湿”字形容油漆未干，颇为传神。

“长记平山堂上”五句，是回忆镜头，又是现实描写。作者用“长记”二字，唤起他曾在扬州平山堂所领略的“江南烟雨”、“杳杳没孤鸿”那种若隐若现、若有若无，高远空濛的江南山色的美好回忆。作者又以此比拟他在“快哉亭”上所目睹到的景致，这样就把“快哉亭”与“平山堂”融为一体，构成一种优美独特的意境。这种以忆景写景的笔法，确实比较新颖别致，使人耳目为之一新。

词人把快哉亭与平山堂融为一体，自然有其相互关连的因素。平山堂(在今江苏扬州市瘦西湖蜀冈法静寺内)，是苏轼老师欧阳修于宋仁宗庆历年间修建，“负堂而望，江南诸山，拱列檐下”(王象之《舆地纪胜》)，因此得名。其“壮丽为淮南第一”(叶梦得《避暑录话》)。快哉亭位于长江之滨，其佳境胜景，可以与平山堂比肩。正如苏辙所描绘的那样：“盖亭之所见，南北百里，东西一舍。涛澜汹涌，风云开阖。昼则舟楫出没于其前，夜则鱼龙悲啸于其下。变化倏忽，动心骇目，不可久视。今乃得玩之几席之上，举目而足。西望武昌诸山，冈陵起伏，草木行列，烟消日出，渔夫、樵父之舍，皆可指数。”(《黄州快哉亭记》)这正是苏轼把快哉亭与平山堂融为一体的原因。“欹枕江南烟雨”，传神写照，极为生动形象，意谓词人在平山堂上，欹枕斜躺着，观赏江南空濛的山色、迷茫的雨景。值得注意的是，词人为何对那消逝在烟雨迷茫中的“孤鸿”，如此记忆犹新、久久难以忘怀呢？联系词人身受贬斥，“杳杳没孤鸿”句中所寄寓的感慨，也就不言而喻了。尽管词人被贬谪黄州，但他能旷达超脱、怡然自得，陶醉在“山色有无中”的佳境之中。的确，这也是排除忧愁，解脱困境的绝妙办法。“认得醉翁语”云云，是指欧阳修《朝中措》中“平山栏槛倚晴空，山色有无中”两句词而言，意谓在晴日，站在平山堂前，就能领略江南山色空濛，时隐时现、若有若无的绝妙佳境。

上片是用虚实结合的笔法，描写快哉亭下及其远处的胜景。下片换头以下五句，又用特写镜头摄制亭前广阔江面倏忽变化、涛澜汹涌、风云开阖、动心骇目的壮观。词人并由此生发开来，抒发其江湖豪兴和对待人生的见解。“一千顷，都镜净，倒碧峰”三句，写眼前广阔明净的江面，清澈见底，碧绿的山峰，倒映在江水中，形成了一幅优美动人的平静的山水画卷。真是别具情趣，令人赏心悦目。然而，“忽然”两句，写一阵巨风，江面倏忽变化，涛澜汹涌，风云开阖，一个渔翁驾着一叶小舟，在狂风巨浪中掀舞。又出现一种“动心骇目”的惊险镜头。但是，渔翁并不惧怕，他驾一叶扁舟在风头浪尖上掀舞，却习以为常。词人看到，老渔翁与风浪搏斗的情景，顺势用大自然界的风来做话题，引出一段关于风的议论。战国时代楚国兰台令宋玉写了一篇《风赋》，写宋玉等人陪同楚襄王游兰台之宫，忽然刮起风来，楚襄王披襟当风说：“快哉此风！寡人所与庶人共者邪？”宋玉说：“此独大王之风耳，庶人安得而共之！”楚王不理解是什么意思，宋玉就向楚王解释说：“大王之风”经过优美的园林宫室，带着花草等香气，才吹到身上，所以清清凉凉，治病解酒，“发明耳目，宁体便人”，就称为“雄风”。“庶人之风”，起于穷巷之间，一路挟带污浊腐秽之气，吹到贫穷人家，使人精神凄惨，生病造热，故称之为“雌风”。显然，宋玉分风为“雌”“雄”，讽谏楚王之意是很明显的。妙在苏轼故意挑剔宋玉的毛病，一本正经地引经据典，批

【鉴赏】

评“兰台公子”“未解庄生天籁”。《庄子·齐物论》中有关于天籁、地籁、人籁的议论。风者，“天籁”也，乃是大自然演奏的乐曲，把它分什么雌雄不是很可笑吗？“一点浩然气，千里快哉风”，东坡说，正因为有一种浩然之气充塞于天地之间，因而才有“千里快哉风”，因而也才有今天这座黄州快哉亭啊！显然，东坡之嘲笑宋玉，读者不能当真，不过是词人酣笔豪情、借题发挥而已。“浩然气”典出于《孟子·公孙丑上》，孟子曰：“我善养吾浩然之气。……其为气也，至大至刚，以直养而无害，则塞于天地之间。”东坡所谓“浩然气”即由此而来，他从老渔翁与风浪的搏斗中，悟出了做人应当遵循的哲理：只要胸中有“一点浩然气”（指正气和节操），刚直不阿，坦然自适，在任何境遇中，就能处之泰然，如同领略“千里快哉风”那样舒适快意。苏轼这种豪迈的气概，探索人生的精神，显然具有积极的社会意义。词人与张怀民皆被贬黄州，他们能“不以谪为患”，“不以物伤性”，“自放山水之间”（《黄州快哉亭记》），相互勉励，藐视邪恶，这的确是难能可贵的。

下片在艺术构思和结构上，具有大起大落、大开大合的特点。换头以下五句，写江面的倏忽变化。先写江平如镜，紧接着，瞬息间突然涛澜汹涌，可谓巨大变化也。但词人并没有继续描写江面上的风云开阖，渔翁与风浪搏斗的“动心骇目”的场面，他却把笔锋一转，引用典故，就风的雌雄大发议论，去探索人生的哲理。最后陡然又用“一点浩然气，千里快哉风”顿住，与“忽然浪起”两句接应。这就使词作在结构和情节上，随着词人的滚滚思潮，瞬息变化，大开大阖，波澜起伏。真犹如黄河九曲，惊涛万里，令人目不暇给。

这首词的特点，与一般写景抒情词迥然不同，它表现了以散文入词，以议论入词的特色。它的议论，又非同凡响，其中寄寓着对人生的探索，蕴含着深邃的哲理，因而“其精微超旷，真足以开拓心胸，推倒豪杰”（刘熙载《艺概·诗概》）。

（陆永品）

【原文】

水调歌头

丙辰中秋，欢饮达旦，大醉，作此篇。兼怀子由。

明月几时有？把酒问青天。不知天上宫阙，今夕是何年？我欲乘风归去，又恐琼楼玉宇，高处不胜寒。起舞弄清影，何似在人间！　　转朱阁，低绮户，照无眠。不应有恨，何事长向别时圆？人有悲欢离合，月有阴晴圆缺，此事古难全。但愿人长久，千里共婵娟。

本篇长调词，作于宋神宗熙宁九年（1076），即丙辰年的中秋节日。时作者正任密州（今山东诸城）知州。从题序来看，这首词盖为醉后抒情，怀念兄弟（子由）之作。古人评论说："此词前半自是天仙化人之笔"（清程洪、先著《词洁》）。今天看来，本词通篇风调，又何尝不是这样。至于明卓人月把本词比为"画家大斧皴，书家擘窠体"，则是囿于"苏词粗豪"的传统之见。揆诸实际，本篇除具苏词一般共有的豪迈清雄特色之外，它还有其飘逸空灵以及韶秀方面的特点。与"粗"则是毫无关涉的。

这首中秋词作，主旨在于抒发作者外放无俚的茕独情怀。词中杂用道家思想，观照世界，并且自为排遣。作者俯仰古今变迁，感慨宇宙流转，厌薄险恶的宦海风涛，揭示睿智的人生理念。运用直接描绘的形象范畴，勾勒出一种皓月当空、美人千里、孤高旷远的境界氛围，把自己遗世独立意绪和往昔神话传说融合一起，在月的阴晴圆缺当中，渗进浓厚的哲学意味，是一首自然与社会高度契合的感喟作品。此种思想蕴涵，是至为明显的。

【鉴赏】

苏轼一生,是以崇尚儒学,讲究实务为主。但他也"龆龀好道",中年以后,又曾表示"皈依佛僧",是经常处在儒释道纠葛当中的。尤其是每当挫折失意,则老庄思想上升,以帮助自己解释穷通进退的困惑。这在苏轼一生中是数见不鲜的事。熙宁四年(1071),他以开封府推官通判杭州,是为了权且避开汴京政争旋涡。熙宁七年调知密州,虽曰出于自愿,实质上仍是处于外放冷遇地位。尽管他当时是"面貌加丰",颇有一些旷达表现,也难以掩饰深藏内心的幽愤。这首中秋词,正是此种宦途险恶体验的升华与总结。"大醉"遣怀是主;"兼怀子由"是辅。对于一贯秉持"尊主泽民"节操的作者来说,手足分离的私情,比起内忧边患的国势来,毕竟是属于次要的伦理负荷。此点在题序中并有明确揭举。

本词通篇咏月,月是词的中心形象,却处处关合人事,表现出自然社会契合的特点。它上片借明月自喻清高,下片用圆月衬托离别。开篇"明月几时有"一问,排空直入,笔力奇崛。诸家指出此处词意和屈原《天问》、李白《把酒问月》的传承关系,正可说明作者"奋励有当世志",而又不谐尘俗的怫郁心理。"不知天上宫阙,今夕是何年"以下数句,笔势夭矫回折,跌宕多彩。它说明作者在"出世"与"入世",亦即"退"与"进"、"仕"与"隐"之间抉择上的深自徘徊困惑心态。李泽厚在阐述苏轼诗文的美学观时说:"苏轼把中晚唐开其端的进取与退隐的矛盾双重心理发展到一个新的质变点"、"苏轼一生并未退隐"、"但他通过诗文所表达出来的那种人生空漠之感,却比前人任何口头上或事实上的'退隐'、'归田'、'遁世'要更深刻更沉重。"(《美的历程》)李氏这些论断,对理解《水调歌头》中秋词,是颇有启示意义的。

"我欲乘风归去,又恐琼楼玉宇,高处不胜寒"几句,把见于《酉阳杂俎》诸书的月的神话传说中"广寒清虚之府"具象化。说入世不易,出世则尤难。言外之意仍是说得在现实社会中好自为之。这里寄寓着作者出世入世的双重矛盾心理,也潜藏着作者对封建秩序的些微怀疑情绪,尽管词的

【鉴赏】

上下衔转处曾经表达自己顾影自怜、径欲遐举之意。苏轼诗文中，很多貌似“出世”的内容思想，实质都是“入世”思想的反拨形式，本篇正复如此。

下片融写实为写意，化景物为情思，一韵一意，一意一转，淋漓挥洒，无往不适。唐圭璋《唐宋词简释》评云：“转朱阁，低绮户，照无眠”三句，“实写月光照人无眠。以下愈转愈深，自成妙谛”。“照无眠”者，当兼月照不睡之人与月照愁人使不能入睡这两层意思。作者《永遇乐》(长忆别时)云“别来三度，孤光又满，冷落共谁同醉？卷珠帘，凄然顾影，共伊到明无寐”，即兼具这两层意思，可以参读。“不应有恨，何事长向别时圆”两句，承“照无眠”而下，笔致浏漓顿挫，表面上是恼月照人，增人“月圆人不圆”的怅恨，骨子里是本抱怀人心事，借见月而表达。石曼卿诗“月如无恨月长圆”，说的是月缺示有恨，无恨应长圆；词人糅入人事，谓月圆时，月固无恨矣，而人不圆，见圆月转有恨。又进一步说：月“长向别时圆”，亦“应有恨”。“不应”与“何事”两者抵消，即见此正面之命意。这里把人此时的思想感情移之于月，对石曼卿诗语是发展，对上文月照无眠又是转深一层。“人有悲欢离合，月有阴晴圆缺，此事古难全”三句，又转出一意，从“别时圆”生发而来。知人之离合(“悲欢”包含其中)，与月之圆缺(“阴晴”，谓月至中秋虽圆，亦有可见与不可见之时，与“圆缺”同等)，实自古而然。(此处偏义于“合”与“圆”，故云“难全”。)既知此理，便不应对圆月而感暌离，生无谓的怅恨。由感情转入理智，化悲怨而为旷达，这三句词意转折较大，而意脉仍承自上文。亲人间的欢聚既不能强求，当此中秋月圆，则唯有“但愿人长久，千里共婵娟”，亦足以慰情。两句据南朝宋人谢庄《月赋》“美人迈兮音尘阙，隔千里兮共明月”，转出更高的思想境界，向世间所有离别的亲人(包括自己的兄弟)，发出深挚的慰问和祝愿，给全词增加了积极奋发的意蕴。作者此后两年有《中秋月寄子由三首》诗云：“悠哉四子心，共此千里明。”(“四子”指友人舒焕、郑仅、顿起、赵杲卿)所向之祝长久、共婵娟者，更由亲人扩大到朋友了。下片词意三转，愈转愈深。不特意深，情更深，“但愿”二字，感人肺腑。南宋赵彦卫《云麓漫钞》谓曾见苏轼真迹，“但愿”作“但得”，并云“以此知前辈文章为后人妄改亦多矣”。但味词意，用“愿”字，情思实较“得”字为深厚，真迹作“得”者安知非属初稿而后自改为“愿”？说“后人妄改”，是只知其一而不知其二。

《水调歌头》中秋词，是苏词代表性篇章之一。它落想奇拔，蹊径独辟，极富浪漫色彩。格调上，它“一洗绮罗香泽之态，摆脱绸缪宛转之度；使人登高望远，举首高歌”（胡寅《酒边词序》），是历来公认的中秋词中的绝唱。在表现上，本词前半纵写，后半横叙。前半高屋建瓴，后半峰回路转。前半是对古老神话传说、故事笔记的推陈出新，也是对魏晋六朝游仙诗的递嬗发展。后半白描素写，人月双济。它名为演绎物理，实则阐释人生。笔势错综回环，摇曳有力。布局上，本词上片凌空而起，入虚处似；下片波澜层叠，返虚转实。最后虚实相萦，纡徐作结。豪宕中自有谨饬之致。

词中，作者既揭举了“敻绝尘寰的宇宙意识”，又屏弃那种“在神奇的永恒面前的错愕”心态（借用闻一多评《春江花月夜》语）。作者的世界观并非是完全超然地对待自然界的变化发展，而是努力从自然规律中寻求“随缘自娱”的生活意义。所以，尽管本词基本上是一种情怀寥落的秋的吟咏，读来却并不缺乏“触处生春”（赵翼）的韵味。

（徐翰逢　陈长明）

水调歌头

欧阳文忠公尝问余：琴诗何者最善？答以退之听颖师琴诗最善。公曰：此诗最奇丽，然非听琴，乃听琵琶也。余深然之。建安章质夫家善琵琶者,乞为歌词。余久不作,特取退之词,稍加隐括,使就声律,以遗之云。

昵昵儿女语,灯火夜微明。恩怨尔汝来去,弹指泪和声。忽变轩昂勇士,一鼓填然作气,千里不留行。回首暮云远,飞絮搅青冥。　众禽里,真彩凤,独不鸣。跻攀寸步千险,一落百寻轻。烦子指间风雨,置我肠中冰炭,起坐不能平。推手从归去,无泪与君倾。

唐代诗歌繁盛,音乐发达。唐人描写音乐美的诗歌,不乏名篇佳构。然而在宋词中,能成功地描写音乐的篇什,则寥寥无几。因为“诗难于咏物,词为尤难”(张炎《词源》)。而以词刻画无形的音乐,比之描绘花柳虫鱼等有形之物,更是难上加难。可是,苏轼这首咏音乐的《水调歌头》,却写得相当成功。不过,此词是根据韩愈写音乐的名篇《听颖师弹琴》改写的。韩诗原文如下:

昵昵儿女语,恩怨相尔汝。
划然变轩昂,勇士赴敌场。
浮云柳絮无根蒂,天地阔远随飞扬。
喧啾百鸟群,忽见孤凤凰。
跻攀分寸不可上,失势一落千丈强。
嗟余有两耳,未省听丝篁。
自闻颖师弹,起坐在一旁。
推手遽止之,湿衣泪滂滂。
颖乎尔诚能,无以冰炭置我肠。

【鉴赏】

韩诗历来受人称赏，以为“写琴声之妙入髓”，“可谓古今绝唱”，惟独欧阳修认为此作“非听琴，乃听琵琶诗”（见词序）。苏轼对老师的意见不便驳回，后来不同意欧阳公见解的人颇为不少，这且不去管它。反正东坡这首词是应章质夫家琵琶手之请，特取韩愈诗“稍加隐括”而成的。韩诗的妙处，在于运用一系列生动的比喻，来描摹妙手弹出的音声节奏，而极尽掩抑顿挫之趣。东坡改写成词，依然保存了韩诗的妙趣和神韵。

开端四句写乐声初发，仿佛静夜微弱的灯光下，一对青年男女在亲昵地窃窃私语，谈爱说恨，卿卿我我，往复不已。“弹指泪和声”——妙指弹出的声音拌和着眼泪——倒点一句，见出弹奏开始，音调既轻柔、细碎而又哀怨、低抑。“忽变”三句，写曲调由低抑到高昂，犹如气宇轩昂的勇士，在填然骤响的鼓声中，跃马驰骋，不可阻挡。其音色的雄壮磅礴可以想见。“回首”两句，以景物形容声情，指下的音响，一变而为远天的暮云，高空的飞絮，极尽缥缈幽远之致。接着是百鸟争喧，明媚的春色中振颤着宛转错杂的啁哳之声，此时彩凤不鸣。瞬息间高音突起，曲折而上，曲调转向艰涩，好像走进悬崖峭壁之中，脚登手攀，前行一寸，也要花费很大气力。正在步履维艰之际，音声陡然下降，恍如一落千丈，飘然坠入深渊，弦音戛然而止。

音乐由低抑幽怨，变而为雄壮高昂，缥缈幽远，和谐宛转，再变为冷涩艰险……读着这首词，宛然置身于响遏行云的妙曲缭绕之中，感情的潮水，不禁随着弦音的颤动而起伏激荡。这表明词人确乎借助于语言，把这位乐师的高妙弹技逼真地再现出来了。

如果说以上是对乐师高妙弹技和音乐美的正面描绘，那么，末后的五句，则是从听者心情的激动，反映出成功的弹奏所产生的感人的艺术效果。“指间风雨”，写弹者技艺之高，能兴风作雨；“肠中冰炭”，写听者感受之深，肠中忽而高寒、忽而酷热；并以“烦子”、“置我”等语，把弹者听者紧密关联起来。取譬也极简当而生动。音响之撼人，不仅使人坐立不宁，而且简直难以禁受，由于连连泣下，再没有泪水可以倾洒了。“无泪与君倾”，较之原诗中“湿衣泪滂滂”，更加翻进一层。

诉诸听觉的音乐美，缺乏空间形象的鲜明性和确定性，是很难捕捉和形容的。但词人巧于取譬，他运用男女谈情说爱、勇士大呼猛进、飘荡的晚云飞絮、百鸟和鸣、攀高步险等等自然和生活现象，极力摹写音声节奏的抑扬起伏和变化，借以传达乐曲的感情色调和内容。这一系列含义丰富的比喻，变抽象为具体，把诉诸听觉的音节组合，转化为诉诸视觉的生动形象，这就不难唤起一种类比的联想，从而产生动人心弦的感染力。末后再从音乐效果，进一步刻画弹技之高。笔墨精微神妙，可说与韩诗同一机杼，同入化境。

词中隐括体，倡自东坡。隐括前人诗篇有方便处，也有难处。原作虽可在创意、用语上提供凭借，却也为作者骋才运思带来桎梏，因而不易把作品写得自然无迹。然而，东坡的再创作却非常成功。他对原诗句意有删减，又有补充，既保留了原作的精神，又发挥了词体的长处，写来宛转错落，曲折尽意，浑成融贯，全章妥溜，宛如抒写自身的实感，句句从心扉中自在流出。王国维曾赞扬东坡《水龙吟》咏杨花“和韵而似元唱”（《人间词话》）。也不妨说这首《水调歌头》写音乐，虽属隐括前人诗篇，却宛如新创。这确可表明苏轼驾驭词体，具有过人的功力。

（刘乃昌）

满江红

寄鄂州朱使君寿昌

江汉西来，高楼下、蒲萄深碧。犹自带、岷峨雪浪，锦江春色。

【原文】

君是南山遗爱守，我为剑外思归客。对此间、风物岂无情，殷勤说。　《江表传》，君休读；狂处士，真堪惜。空洲对鹦鹉，苇花萧瑟。不独笑书生争底事，曹公黄祖俱飘忽。愿使君、还赋谪仙诗，追黄鹤。

本篇是宋神宗元丰年间苏轼贬居黄州时期写给友人朱寿昌的。朱寿昌，字康叔，当时任鄂州（治所今武汉市武昌）知州。鄂州同江北的黄州隔江相望，朱寿昌对身处逆境的苏轼时有馈问，两人交谊颇厚。苏轼由于诗文涉及新法，为某些官僚忌恨罗织，被逮入狱，结案后，以罪人身份安置黄州，内心是悲愤不平的。此词以慷慨愤激之调，振笔直书，开怀倾诉，通篇贯注了郁勃不平之气。

开篇由写景引入。长江、汉水自西方奔流直下，汇合于武汉，著名的黄鹤楼在武昌黄鹤山岿然屹立，俯瞰浩瀚的大江。发端两句，大笔勾勒，起势突兀，抓住了当地最有特色的胜景伟观。“蒲萄深碧”，重笔施彩，以酒色形容水色，用李白《襄阳歌》“遥看汉水鸭头绿，恰似葡萄初酦醅”。以下“犹自带”三字振起，继续以彩笔为江水染色。李白又有“江带峨眉雪”之句（《经乱离后天恩流夜郎忆旧游书怀》），杜甫《登楼》诗云：“锦江春色来天地。”苏轼在此不仅化用前人诗句，不着痕迹，自然入妙，而且用“蒲萄”、“雪浪”、“锦江”、“春色”等富有色彩感的词语，来形容“深碧”的江流，笔饱墨浓，引人入胜。值得注意的是，汹涌深碧的大江，既是友人驻地的胜景，又从四川流来，无形中沾带着词人故乡的某些风情。这就为下文感怀作了有力的铺垫。以下由景到人，一句写对方，一句写自己。朱寿昌曾知阆州，阆州在四川，唐属山南道。《宋史》本传载朱在阆断一疑狱，除暴安良，“郡称为神，蜀人至今传之”，即“南山遗爱守”所指。词中“南山”当是“山南”之误。以对

“剑外”,“山南”字面亦胜于“南山”。苏轼蜀人,称朱寿昌亦以其宦蜀之事;自称“剑外思归客”,映带有情。至此又回到眼前,面对此间风物,自会触景兴感,无限惆怅。“对此间”以下,将君、我归拢为一,逼出“殷勤说”三字,双流汇注,水到渠成。

“殷勤说”三字带出整个下片。换头两句,劝友人休读三国江左史乘(《江表传》多记三国吴事迹,原书今已不传,散见于裴松之《三国志》注中),以愤激语调唤起,恰说明感触很深,话题正要转向三国人物。“狂处士”四句,紧承上文,对恃才傲物、招致杀身之祸的祢衡,表示悼惜。祢衡因忠于汉室,曾不受折辱,大骂曹操,曹操不愿承担杀人之名,故意把他遣送给荆州刺史刘表,刘表又把他转送到江夏太守黄祖手下,后被黄祖所杀,葬于汉阳西南沙洲上,因为祢衡曾撰《鹦鹉赋》,有声名,故后人称此洲为鹦鹉洲。“空洲对鹦鹉,苇花萧瑟”,以萧索之景,寓惋惜之情,意在言外。接着笔锋一转,把讥刺的锋芒朝向了迫害文士的曹操、黄祖。“不独笑书生争底事,曹公黄祖俱飘忽。”“争底事”,即争何事,意谓书生何苦与此辈纠缠,以惹祸招灾。残害人才的曹操、黄祖,虽能称雄一时,不也归于泯灭了吗!这话是有弦外之音的,矛头隐隐指向对他罗织构陷的李定、舒亶一类人物。收尾三句,就眼前指点,转出正意,希望友人超然于风高浪急的政治漩涡之外,寄意于历久不朽的文章事业,撰写出色的作品来追蹑前贤。李白当年游览黄鹤楼,读到崔颢著名的《黄鹤楼》诗,曾有搁笔之叹,后来他写了《登金陵凤凰台》、《鹦鹉洲》等诗,据说都是有意同崔颢竞胜比美的。苏轼借用李白的故事,激励友人写出赶上黄鹤楼诗的名作。这既是勉人,又是作者个人襟怀志趣的流露。结句“黄鹤”与开端“高楼”呼应,拍合上文,以明本旨。

此词上片即地写景,由景到情,下笔关照到友、我两方,至“对此间风物岂无情”,一笔道破。有情就要倾吐、抒发,故由“情”字,导出“说”字。此处“说”含有倾诉、评说之意。下片正是面向友人开怀倾诉,慷慨评说。这种直泻胸臆、谈古论今的写法，容易导致浅露平直、缺乏情韵。但本篇却无此弊。一则，它即景怀古，《江表传》、鹦鹉洲、黄鹤楼云云，处处都联系“此间风物”，即当地的历史遗迹来评人述事，能使眼中景、意中事、胸中情相互契合；再则，它选用内涵丰富、饶有意趣的历史掌故来写怀，藏情于事，耐人咀咏；三则，笔端饱和感情，人们不难从中感到有一种苍凉悲慨、郁愤不平的激情，在字里行间涌流。从格调上说，本篇大异于缠绵惋恻之调，也不同于缥缈轶尘之曲，而以辞气慷慨见长。仿佛西来的江汉碧涛，注入奇峭的山崖峡谷，形成顿挫跌宕、起伏不平之势。这种词格，同苏轼贬斥黄州时那种复杂矛盾无法平静的内心世界是一致的。

（刘乃昌）

归朝欢

和苏坚伯固

我梦扁舟浮震泽，雪浪摇空千顷白。觉来满眼是庐山，倚天无数开青壁。此生长接淅，与君同是江南客。梦中游、觉来清赏，同作飞梭掷。　　明日西风还挂席，唱我新词泪沾臆。灵均去后楚山空，澧阳兰芷无颜色。君才如梦得，武陵更在西南极。《竹枝词》、莫徭新唱，谁谓古今隔。

绍圣元年(1094)七月，苏轼以“讥斥先朝”的罪名，责授宁远军节度副使，惠州(在今广东)安置。途经九江时，遇到了阔别多年的老友苏坚(伯固)。当时苏坚被命赴澧阳(今湖南澧县)任所。客中相遇，行脚匆匆，在临

歧泣别之际，子瞻为作《归朝欢》以赠。

离别，对于人生来说是一种很动感情的事，特别是暮年远别，在那山川阻隔、音讯难通的古代就更令人黯然销魂了。千古骚坛，此类作品占了很大的比例。它们大多借杨花柳枝、凄迷芳草、断肠月色和雁阵西风之类的景物，以抒写凄惋悒恻的情怀。直到东坡把一股雄健之风带进叙别词中，这种局面才得以改观。苏词中，像“一时分散水云乡，惟有落花芳草断人肠”(《南歌子·别润守许仲涂》)一类低回掩抑之音也是有的，但更多的词章表现了令人耳目一新的特征：纯真爽朗，境界阔大，气度高亢，披露了作者的浩逸襟怀。其中，《归朝欢》一词尤气象宏阔，情致高健，堪称东坡离别词的代表。

词的上片写作者与伯固同游庐山的所见所感。出人意表的是，他并没有一上来就去写庐山，却远远宕开一笔，从梦游太湖(震泽)落墨。“我梦”二句突兀而起，想落天外，神气极旺。千顷白浪翻空摇舞，而我们的诗人呢？却棹一叶之扁舟，徜徉于这云水之间，显得那么从容自若。这动与静、大与小的对比是如此强烈、鲜明，真是神来之笔。接下去，笔势一顿，借“觉来”二字实现了画面的转换，把人们带入了庐山胜景：望中青山蔚然深秀，千峰峭峙，拔地参天……好一派动人心魄的壮景。前面写震泽梦游是虚，后面写庐山清赏是实。虚实交映，相反相成，给人一种瑰丽多变、目不暇给的感觉。“雪浪摇空”，“青壁倚天”，这壮浪幽奇的湖山胜概，是多么令人神往。然而正当作者陶醉于这种似梦非梦的自然天趣之中时，一缕悲凉之感却袭上心头，使他又回到了坎坷的现实中来。“此生长接淅”，这是他宦海浮沉的生动概括。“接淅”，本于《孟子·万章下》“孔子之去齐，接淅而行”：途中淘米烧饭，不等把米淘完，沥干带起就走，言其匆遽狼狈之状。东坡一生屡遭贬黜，充满了艰难挫折。这暂时的游赏，是难以愈合他心灵的伤痛的。此处文意为之一折，是大开大阖之笔。“与君同是江南客”，九江在长江南，于此点出客中送客之意。尤其不可放过“同”、“客”二字，它上应“接

【鉴赏】

浙”,写彼此之飘蓬,下逗“飞梭”,言清欢之短暂。用以作柱,半篇皆活。“梦中”三句收束前片,迷离幻象,湖山清景,俱如飞梭过眼,转瞬即逝了。一结奇健,令人怅惘不尽。

过片换笔另起一意,写对伯固的勉励。东坡与伯固交谊笃厚,曾叙宗盟,每遇离别,必有所作。观其集中《生查子·送苏伯固》情文并茂,传诵众口。然此词作于衰暮,前程艰险,后会难期,故语气较前沉痛。苏伯固赴任澧阳,大概也不是愉快的差使,所以东坡要用迁客骚人的典实来慰勉伯固。一味伤感不是东坡的性格,他在泣别之余,更多的是对故人的期许与鼓励。此老倔强,平生不解作一软语,此词亦复如是。“明日”两句,点出送别。“挂席”即“挂帆”。扬帆西去,指苏坚的去处。唱新词而泣下,见出友情之深笃。随着西去的征帆,作者心随帆驶,由地及人,联想到在那里行吟漂泊过的屈原。“灵均”二句就是沿着这一思想脉络而出现的。“灵均”即屈原的别名。沅芷澧兰,这些散发着他人格光辉的香草,也因为伟人的逝去而憔悴无华了。“灵均”二句从反面落笔,映衬出屈子光并日月的品格,这是一层意思。另一层意思,则是隐约地流露出希望苏坚追踵前贤,能写出使山川增色的作品来。这一点,在下文中就表现得更明显了。“君才”以下各句,援引刘禹锡的故实,从正面着笔,写出了对苏坚的期望。刘禹锡因参加王叔文革新集团,贬为朗州(今湖南常德)司马,在武陵一带生活了十年,后来又到夔州(今重庆奉节)任刺史。在夔州,他效屈原居沅湘间依当地迎神舞曲作《九歌》的精神,用巴渝民歌《竹枝》曲调创作了九首《竹枝词》(见其《竹枝词引》),对词体的发展起了积极的作用。东坡即以此鼓励老友,期望他在逆境中奋起,像屈原、刘禹锡那样写出光耀古今的作品来。“君才”二句,充满了信任。你的才华不减梦得,他谪居的武陵(即常德)在这里的西南远方,又和你所要去的澧阳同是莫徭①聚居之地,到了那边便可接续刘梦得的余风,创作出可与《竹枝词》②媲美的“莫徭新唱”来,让这个寂寞已久的澧浦夷山，能重新鸣奏出诗的合唱，与千古名贤后先辉映。“谁谓古今隔”，语出谢灵运《七里濑》诗：“谁谓古今殊，异代可同调。”东坡略加剪裁，用以煞尾，便有精彩倍增之妙。这首词横放而不失空灵，直抒胸臆而又不流于平直，是一篇独具匠心的佳作。

〔注〕 ① 莫徭：部分瑶族的古称，隋时分布于今湖南大部、广东北部和广西东北一带，包括词中写到的武陵、澧阳在内。 ② 竹枝词：《新唐书·刘禹锡传》说刘的《竹枝词》为任朗州司马时所作，“于是武陵夷俚悉歌之”。宋葛立方《韵语阳秋》卷十五以其中皆说夔州事，断为任夔州刺史时作，谓史为误。苏轼此词从《新唐书》之说。

（周笃文 王玉麟）

念奴娇

赤壁怀古

大江东去，浪淘尽、千古风流人物。故垒西边，人道是、三国周郎赤壁。乱石穿空①，惊涛拍②岸，卷起千堆雪。江山如画，一时多少豪杰！ 遥想公瑾当年，小乔初嫁了，雄姿英发。羽扇纶巾，谈笑间、樯橹灰飞烟灭。故国神游，多情应笑我、早生华发。人生③如梦，一樽还酹江月。

〔注〕 ① 穿空：一作“崩云”。 ② 拍：一作“裂”。 ③ 生：一作“间”。

清代词论家徐釚谓东坡词“自有横槊气概，固是英雄本色”（《词苑丛谈》卷三）。在《东坡乐府》中，最具有这种英雄气格的代表作，恐怕要首推

【鉴赏】

这篇被誉为“千古绝唱”的《赤壁怀古》了。这篇词是北宋词坛上最为引人注目的作品之一。它写于宋神宗元丰五年(1082)七月。当时,由于苏轼诗文讽喻新法,为新派官僚罗织论罪贬谪到黄州,这首词是他游赏黄冈城外的赤壁矶时写下的。

此词上阕,先即地写景,为英雄人物出场铺垫。开篇从滚滚东流的长江着笔,随即用“浪淘尽”,把倾注不尽的大江与名高累世的历史人物联系起来,布置了一个极为广阔而悠久的空间时间背景。它既使人看到大江的汹涌奔腾,又使人想见风流人物的卓荦气概,更可体味到作者兀立江岸凭吊胜地雄杰所诱发的起伏激荡的心潮,气魄极大,笔力非凡。接着“故垒”两句,点出这里是传说中的古代赤壁战场。在苏轼写此词的八百七十多年前,东吴名将周瑜曾在长江南岸,指挥了以弱胜强的赤壁之战。当年的战场究竟在哪儿?向来众说纷纭,东坡在此不过是聊借怀古以抒感,读者不必刻舟求剑。“人道是”,下字极有分寸。“周郎赤壁”,既是拍合词题,又是为下阕缅怀公瑾预伏一笔。以下“乱石”三句,集中描写赤壁雄奇壮阔的景物:陡峭的山崖散乱地高插云霄,汹涌的骇浪猛烈地搏击着江岸,滔滔的江流卷起千万堆澎湃的雪浪。这种从不同角度而又诉诸于不同感觉的浓墨健笔的生动描写,一扫平庸萎靡的气氛,把读者顿时带进一个奔马轰雷、惊心动魄的奇险境界,使人心胸为之开阔,精神为之振奋!煞拍二句,总束上文,带起下片。“江山如画”,这明白精切、脱口而出的赞美,应是作者和读者从以上艺术地提供的大自然的雄伟画卷中自然而然地得出的结论。“地灵人杰”,锦绣山河,必然产生、哺育和吸引无数出色的英雄,三国正是人才辈出的时代:横槊赋诗的曹操,驰马射虎的孙权,隆中定策的诸葛亮,赤壁破敌的周公瑾……真可说是“一时多少豪杰!”

上片重在写景,将时间与空间的距离紧缩集中到三国时代的风云人物身上。但苏轼在众多的三国人物中,尤其向往那智破强敌的周瑜,故下片

【鉴赏】

由“遥想”领起五句，集中腕力塑造青年将领周瑜的形象。作者在历史事实的基础上，挑选足以表现人物个性的素材，经过艺术集中、提炼和加工，从几个方面把人物刻画得栩栩如生。据史载，建安三年东吴孙策亲自迎请二十四岁的周瑜，授予他“建威中郎将”的职衔，并同他一起攻取皖城。周瑜娶小乔，正在皖城战役胜利之时，而后十年他才指挥了有名的赤壁之战。此处把十年间的事集中到一起，在写赤壁之战前，忽插入“小乔初嫁了”这一生活细节，以美人烘托英雄，更见出周瑜的丰姿潇洒、韵华似锦、年轻有为，足以令人艳羡。同时也使人联想到：赢得这次抗曹战争的胜利，乃是使东吴据有江东、发展胜利形势的保证，否则难免出现如杜牧《赤壁》诗中所写的“铜雀春深锁二乔”的严重后果。这可使人意识到这次战争的重要意义。“雄姿英发”，“羽扇纶巾”，是从肖像仪态上描写周瑜束装儒雅，风度翩翩。纶巾，青丝带头巾，“葛巾毛扇”，是三国以来儒将常有的打扮，着力刻画其仪容装束，正反映出作为指挥官的周瑜临战潇洒从容，说明他对这次战争早已成竹在胸、稳操胜券。“谈笑间、樯橹灰飞烟灭”，抓住了火攻水战的特点，精切地概括了整个战争的胜利场景。据《三国志》引《江表传》，当时周瑜指挥吴军用轻便战舰，装满燥荻枯柴，浸以鱼油，诈称请降，驶向曹军，一时间“火烈风猛，往船如箭，飞埃绝烂，烧尽北船”。词中只用“灰飞烟灭”四字，就将曹军的惨败情景形容殆尽。试看，在滚滚奔流的大江之上，一位卓异不凡的青年将军周瑜，谈笑自若地指挥水军，抗御横江而来不可一世的强敌，使对方的万艘舳舻，顿时化为灰烬，这是何等的气势！苏轼为什么如此向慕周瑜？这是因为他觉察到北宋国力的软弱和辽夏军事政权的严重威胁，他时刻关心边庭战事，有着一腔报国疆场的热忱。面对边疆危机的加深，目睹宋廷的萎靡慵懦，他是多么渴望有如周瑜那样的豪杰，来扭转这很不景气的现状呵！这正是作者所以要缅怀赤壁之战，并精心塑造导演这一战争活剧的中心人物周瑜的思想契机。

【鉴赏】

然而，眼前的政治现实和词人被贬黄州的坎坷处境，却同他振兴王朝的祈望和有志报国的壮怀大相抵牾，所以当词人一旦从“神游故国”跌入现实，就不免思绪深沉、顿生感慨，而情不自禁地发出自笑多情、光阴虚掷的叹惋了。仕路蹭蹬，壮怀莫酬，使词人过早地自感苍老，这同年华方盛即卓有建树的周瑜适成对照。然而人生几何，何苦让种种“闲愁”萦回我心，还是放眼大江、举酒赏月吧！“一樽还酹江月”，玩味着这言近意远的诗句，一位襟怀超旷、识度明达、善于自解自慰的诗人，仿佛就浮现在我们眼前。词的收尾，感情激流忽作一跌宕，犹如在高原阔野中奔涌的江水，偶遇坎谷，略作回旋，随即继续流向旷远的前方。这是历史与现状、理想与实际经过尖锐的冲突之后在作者心理上的一种反映，这种感情跌宕，更使读者感到真实，从某种意义上说，更能引起读者的思考。

这首词从总的方面来看，气象磅礴，格调雄浑，高唱入云，其境界之宏大，是前所未有的。通篇大笔挥洒，却也衬以谐婉之句，英俊将军与妙龄美人相映生辉，昂奋豪情与感慨超旷的思绪迭相递转，做到了庄中含谐，直中有曲。特别是它第一次以空前的气魄和艺术力量塑造了一个英气勃发的人物形象，透露了作者有志报国、壮怀难酬的感慨，为用词体表达重大的社会题材，开拓了新的道路，产生了重大影响。据俞文豹《吹剑录》记载，当时有人认为此词须关西大汉手持铜琵琶、铁绰板进行演唱，虽然他们囿于传统观念，对东坡词新风不免微带讥诮，但也从另一方面说明，这首词的出现，对于仍然盛行缠绵悱恻之调的北宋词坛，确有振聋发聩的作用。

（刘乃昌）

【原文】

沁园春

孤馆灯青，野店鸡号，旅枕梦残。渐月华收练，晨霜耿耿；云山摛锦，朝露漙漙。世路无穷，劳生有限，似此区区长鲜欢。微吟罢，凭征鞍无语，往事千端。　当时共客长安，似二陆初来俱少年。有笔头千字，胸中万卷；致君尧舜，此事何难。用舍由时，行藏在我，袖手何妨闲处看。身长健，但优游卒岁，且斗尊前。

这首词一本有副题《赴密州早行马上寄子由》，作于神宗熙宁七年(1074)十月由海州出发赴密州(今山东诸城)途中，时苏轼三十九岁，由杭州通判调知密州，其弟苏辙时在齐州(今山东济南)。

这首词的突出特点是以议论入词，直抒胸臆，表现政治怀抱。词作一开头，作者便以“孤馆灯青，野店鸡号，旅枕梦残”以及“月华收练，晨霜耿耿；云山摛锦，朝露漙漙”数句，绘声绘色地画出了一幅旅途早行图。早行中，眼前月光、山色、晨霜、朝露，别具一番景象，但行人为了早日与弟弟联床夜话，畅叙别情，他对于眼前一切，已无心观赏。此时，作者“凭征鞍无语”，进入沉思，感叹“世路无穷，劳生有限”。为此，便引出了一大通议论来。作者想：他们兄弟俩，“当时共客长安，似二陆初来俱少年”。长安，代指宋都汴京。二陆，指西晋诗人陆机、陆云兄弟，吴亡后，二陆入洛阳，以文章为当时士大夫所推重，时年只二十余岁，词里用来比自己和弟弟苏辙。说他们兄弟俩具有远大抱负，要像伊尹那样，“使是君为尧舜之君”(《孟子》中语)；要像杜甫那样，“致君尧舜上，再使风俗淳”，以实现其“结人心、厚风俗、存纪纲”(《上神宗皇帝书》)的政治理想，而且，他们兄弟俩，“有笔头千

【鉴赏】

字，胸中万卷”，对于“致君尧舜”这一伟大功业，充满着信心和希望。眼下，他们兄弟俩在现实社会中都碰了壁。为了相互宽慰，作者将《论语》“用之则行，舍之则藏，惟我与尔有是夫”，《孔子家语》“优哉游哉，可以卒岁”，以及牛僧孺“休论世上升沉事，且斗尊前见在身”诗句，化入词中，并加以改造、发挥，以自开解。整首词，除了开头几句形象描述之外，其余大多是议论，成为一篇发牢骚的政治文字。

但是，这首词发议论，也并非疏放粗豪，统观全词，写景、抒情、议论合为一体，诗、文、经、史融会贯通，其“自在处”，表现了东坡词的特有风格。

上片写景：“孤”、“青”、“野”、“残”，点明早行时静寂、凄清的环境与心境。“世路无穷，劳生有限”，把思绪由自然界带向现实人生。接着，词作由景物描写转入叙事。“用舍由时，行藏在我”，又把思绪由理想世界带回现实的社会当中来。结处，“身长健，但优游卒岁，且斗尊前”，这是作者当时的实在心境；至此，矛盾暂归统一，作者的心情得到了暂时的宽慰。全词脉络清楚，上片的早行图与下片的议论贯穿一气，构成一个统一的整体。

苏轼是一位具有远大政治抱负的天才诗人，他写文章，如万斛泉源，不择地而出，他作词，“横放杰出”，同样是“行于所当行，止于所不可不止”。但是，如果把苏词看作是“曲子中缚不住”的“长短不葺之诗”，却也未必尽然，比如这首《沁园春》词，不仅写景、抒情、议论三者合为一体，而且在表现手法上，铺张排比，勾勒提掇，充分地体现了作者善于驾驭词调，善于将诗、文、经、史谱入歌词的本领。

这一词调，上片十一个四言句，下片八个四言句，多处用对仗，句法比较工整，而且，在许多整齐的句子之间，还穿插了几个长短句，如三言句、六言句、七言句和八言句，长短相间，参差错落。这个词调适合于以赋体入词，但又最忌板滞，它不同于短篇令词，也不同于一般长调，是个较难驾驭的词调。两宋词人当中，辛弃疾填了九首，刘克庄填了二十五首，陈人杰填了三十一首，这算是较为罕见的。许多名家，比如柳永、李清照、周邦彦、姜夔、史达祖、张炎等，都不见填制。但是，此调格局开张，掌握得好，却可造成排山倒海之势，收到良好的艺术效果。

苏轼这首《沁园春》词，上片写景，一下子罗列了七个四言句。前三个四言句，“孤馆灯青，野店鸡号，旅枕梦残”，句式相同，三脚并立。后四个四言句，“月华收练，晨霜耿耿；云山摛锦，朝露漙漙”，组成“扇面对”，由“渐”字构成领头格，贯穿到底。七个四言句组织绵密，构成了一幅整体的画面。紧接着，“世路无穷，劳生有限”，仍用四言对句，“征鞍无语，往事千端”，也是四言句。这十一个整齐的四言句，除了靠“渐”、“凭”两个领格字提携，还由两个长短句“似此区区长鲜欢”及“微吟罢”，在当中辗转运气。于是，十一个四言句，就不至于像是拆开来的七宝楼台，不成片段。下片八个四言句略有变化。前四个四言句，不再用“扇面对”，其中，“笔头千字，胸中万卷”，自成对仗，“致君尧舜，此事何难”二句不对。其余与上片大致相同。这段议论，先由换头“当时共客长安，似二陆初来俱少年”两个长短句叙事，承接上结所提“往事”，然后铺排议论。领格字“有”，从字面上看，仅管领“笔头”“胸中”二句，但“有”字下面的六个四言句，词意还是相贯通的，六个四言句之下，直接“袖手何妨闲处看”，还是具有一定气势的。最后，由一个三言短句“身长健”停顿蓄势，“但”字提携、转折，带上两个四言句“优游卒岁，且斗尊前”，为全词作结。

总之，《沁园春》词是苏轼以诗人句法入词的尝试，已稍露东坡本色。但这首词在艺术上仍有某些不足之处，如与《水调歌头》(明月几时有)等词作比较，就觉得《沁园春》以抽象的说理议论代替具体的形象描述，不如以情动人之作，具有那么大的感人力量。比如“身长健，但优游卒岁，且斗尊前”与“但愿人长久，千里共婵娟”，意思相近，但前者总不及后者那样有意境，那样耐人寻味。

（夏承焘　施议对）

【原文】

一丛花

初春病起

今年春浅腊侵年，冰雪破春妍。东风有信无人见，露微意、柳际花边。寒夜纵长，孤衾易暖，钟鼓渐清圆。　朝来初日半衔山，楼阁淡疏烟。游人便作寻芳计，小桃杏、应已争先。衰病少悰，疏慵自放，惟爱日高眠。

这是一首遣兴之作，描写词人初春病起，又喜悦又疏慵的心情。表现这种心情的作品本是古已有之，如谢灵运的《登池上楼》，写他"卧疴退空林"，当"新阳改故阴"之时登楼所见所感，并有"池塘生春草，园柳变鸣禽"的名句，一向为人称道，但它徒有佳句却无通体之美。而这首《一丛花》，词人抓住今年初春和病愈初起这一特殊情景和特有的心情感受，并由此结构全篇，于极普通、极寻常的生活感受中，写出了个性，可称佳品。

词的上片侧重初春病起之喜悦，下片侧重初春病起之疏慵。"今年春浅腊侵年，冰雪破春妍"，写春寒犹重耳，而用腊侵、雪破表述，一起句便呈新奇。"东风"二句进一步刻画"今年春浅"的特色：不光春来得迟，而且即"有信"也"无人见"，她只在"柳际花边"露了些"微意"。而敏感的词人已察觉了。这既表现了今年初春的异常，同时也暗中透露了词人特有的乍觉乍喜的心情。这里虽无具体的形象描绘，但"微意"和"柳际花边"却启人联想，含蕴深细，极见个性。接下去"寒夜"三句，直抒感受和喜悦心情。初春时节，纵然夜寒且长，但已是大地春回，所以"孤衾易暖"，就连那报时钟鼓，也觉其音韵"清圆"，入耳堪听了。至此，初春乍觉而兴奋之情，极有层次，极细腻地刻画出来，而这种情景正是病起的词人才会有的独特的心理感受。

下片结构与上片相似，但在意象的刻画和感情的抒发上有了变化。前二句写初春晨景，仍贴合着“病起”的特殊景况，所以只能写楼阁中所见所感，“初日半衔山，楼阁淡疏烟”，景象虽不阔大，但色调明丽，充满生机，清新可喜。这既是初春晨景的真实描绘，又符合作者独特的环境和心理感受。接下二句又由眼前景而说到游人郊苑寻芳，进而联想到“小桃杏、应已争先”。“争先”者，先于其他花卉而开放，下语甚隽。只说推想，未有实见，还是紧扣“初春病起”的独特情景落笔，写得生动活泼，意趣盎然。以上四句写景叙事，有实有虚，既描绘了“初春”之景，又表现了“病起”之情，清新韶秀，细密妥溜。这四句与上片前四句在写法上有所不同，上片前四句叙事兼写景，景是出以虚笔；下片四句写景兼叙事，景则有实有虚。这样的变化，不但避免了重复呆板，同时也符合词人病起遣兴的逻辑。因为这首词所写的是日出前后的情景，上片写日出之前，初醒时的感受和心情，故多意想之辞，病起逢春，自然兴奋愉悦；下片写日出之后，见到明丽的晨景，故以实笔描画，这既合乎情理，又为下文蓄势。词人由眼前景，自然会联想到寻芳之趣，联想到楼阁之外明媚春光之喜人，因而理应也“作寻芳计”。这写法上的变化正合题旨，结构上同中有异，自然活泼。最后三句“衰病少悰，疏慵自放，惟爱日高眠”，陡然逆转，与前景前情大异其趣。从结构上说，这里出现曲折，顿起波澜；从抒情上说，仍是紧扣“病起”二字。因为尽管春回大地，而病体方起，毕竟少欢乐之趣。“疏慵”应“少悰”，“爱眠”应“衰病”；而“日高眠”，又与“寻芳计”相对。由上文逢春情绪一起，到此处少欢又一跌，这种心理上的变化，正是“病起”者特有的，表达得深刻细腻，真切动人。

清人黄子云说：“诗不外乎情事景物，情事景物要不离乎真实无伪。一日有一日之情，有一日之景，作诗者若能随境兴怀，因题著句，则固景无不真，情无不诚矣。”(《野鸿诗的》)苏轼这首词恰是“能随境兴怀，因题著句”，笔下之“景”，无论为虚为实，“无不真”；笔下之“情”，无论是喜是忧，“无不诚”，这原因就在于他抓住了“初春”这一日和“病起”这一事的特殊情景，写出了“这一个”。

(张秉戍)

木兰花令

次欧公西湖韵[1]

霜余已失长淮阔，空听潺潺清颍咽。佳人犹唱醉翁词，四十三年如电抹。　草头秋露流珠滑，三五盈盈还二八。与余同是识翁人，惟有西湖波底月！

〔注〕 ① 欧阳修在颍州写有《木兰花令》(一名《玉楼春》)多首，其中一首是：西湖南北烟波阔，风里丝簧声韵咽。舞余裙带绿双垂，酒入香腮红一抹。　杯深不觉琉璃滑，贪看《六么》花十八。明朝车马各西东，惆怅画桥风与月。

这首词是苏轼在宋哲宗元祐六年(1091)写的。当时他五十六岁，任颍州(治所在今安徽省阜阳)知州。

上片写自己泛舟颍河时触景生情。他于当年八月下旬到达颍州，时已深秋，故称“霜余”。深秋是枯水季节，加上那年江淮久旱，淮河也就失去盛水季节那种宽阔的气势。这是写实。同样，第二句“空听潺潺清颍咽”的“清颍”写的也是实情，可以他的《泛颍》诗“上流直而清，下流曲而漪”为证，

"咽"字也写出了水浅声低的情景。水涨水落，水流有声，这本是自然现象，但词人却说水声潺潺是颍河在幽咽悲切。这是由于他当时沉浸在怀念恩师欧阳修的思绪中。因为欧公曾任颍州知州，最后并终老于此，他泛舟的颍河又是当年欧公经常游乐的地方。如今凭吊遗踪，一时之间自然感慨万分，思绪也就波涛起伏，不禁移情于景，就使颍河人格化了。正如他当时在《祭欧阳文忠公文》中所写的那样："清颍洋洋，东注于淮，我怀先生，岂有涯哉！"思念欧公之情，胜于洋洋颍水，无边无际，可见怀念之深。

正当作者极怀念之深情时，河上传来了歌声："佳人犹唱醉翁词。""醉翁词"是指欧公在宋仁宗皇祐元年(1049)知颍州至晚年退休居颍时所作词如组词《采桑子》等，当时以其疏隽雅丽的独特风格盛传于世。而数十年之后，歌女们仍在传唱，足见"颍人思公"。这不光是思其文采风流，更重要的是思其治颍政绩。欧公因支持范仲淹的政治革新，而被贬到滁州、扬州、颍州等地，但他能兴利除弊，务农节用，曾奏免黄河夫役万人，用以疏浚颍州境内河道和西湖，使"焦陂下与长淮通"，西湖遂"擅东颍之佳名"。因此人民至今仍在怀念他，传唱他的词和立祠祭祀，就是最好的说明。苏轼推算，他这次来颍州，上距欧公知颍州已四十三年了，岁月流逝，真如电光一闪而过，因此下一句说"四十三年如电抹"。

词的下片是发抒感慨和思念之情。过片由"四十三年如电抹"而来，感到人生如"草头秋露"，明澈圆润，流转似珠，但转眼即消失。下面的"三五盈盈还二八"是借用谢灵运《怨晓月赋》"昨三五兮既满，今二八兮将缺"，仍申此意。意思是十五日的月亮晶莹圆满，而到了二八即十六日，月轮就要缺一分了。总言时光流逝，人事迁变。此时距欧公去世亦已二十年，数十年后追思已逝的故人，常会发出如此的感慨。最后两句"与余同是识翁人，唯有西湖波底月"，结合自己与欧公的交情，以及欧公与颍州西湖的渊源，抒发怀人伤逝的感情，写得情思浓挚，沉哀入骨。句意承露消月缺而下，言

【鉴赏】

自欧公守颍以后四十三年，不特欧公早逝，即使当年识翁之人，今存者亦已无多，眼前在者，只有自己，以及西湖波底之月而已。写自己“识翁”，融合了早年知遇之恩，师生之谊，政见之相投，诗酒之欢会，尤其是对欧公政事道德文章之钦服种种情事。而西湖月之“识翁”，则是由于欧公居颍时常夜游西湖，波底明月对他特别熟悉，也不妨说代表了颍州人民心底对欧公难忘的记忆。在写法上，开端触景生情，以浓郁的怀念气氛涵盖全篇，气势耸动；结尾写波底月，是以景结情，首尾呼应，含蓄深沉，词味隽永。

这首词的题目是“次欧公西湖韵”，他按次韵的要求，用了欧词的原韵，所写的地点也相同。以前欧阳修为亡友尹师鲁作墓志，说自己作志“用意特深而语简，盖为师鲁文简而意深”，“死者有知，必受此文”(《论尹师鲁墓志》)。苏轼为告慰恩师，也按欧词的风格来和韵，并获得很大成功。宋人傅榦《注坡词》，曾引《本事曲集》云：“二词皆奇峭雅丽，如出一人，此所以中间歌咏，寂寥无闻也。”事实也正是如此，他们前唱后和，二词就成为绝唱。

苏轼的这首和韵与欧词也有不同之处。欧词作于盛夏，是饯别之作，重在赞美佳人的歌舞。苏词作于深秋，是怀念之作，重在颂德。词的上片着重写“思翁”，下片着重写“识翁”；“思”是“识”的前提，“识”是“思”的主旨。苏轼写作常禁体物语，如此词处处写思念，却不提思念一类的词；主旨在评议，却不露议的痕迹。

王若虚曾批评苏轼的和韵诗“虽穷极技巧，倾动一时，而害于天全者多矣”。这一批评确有道理，因为和韵是作茧自缚的诗法，难能而不一定可贵。但这首和韵却写得自由活泼，浑然天成，这是因为他对欧公心向往之，感情真挚，识见卓荦，故落笔生辉。同时，这也与他有丰富的学识、横绝一世的文才分不开。

(周义敢)

西江月

世事一场大梦，人生几度新凉？夜来风叶已鸣廊，看取眉头鬓上。　　酒贱常愁客少，月明多被云妨。中秋谁与共孤光，把盏凄然北望。

宋神宗元丰二年(1079)八月十八日，苏轼因"乌台诗案"入狱，九死一生。事后责授检校水部员外郎黄州团练副使，本州安置，不得签书公事。三年二月至黄州，过着近似流放的生活。此年中秋，距苏轼入狱日已近一整年，也是其受贬后的第一个中秋，皓月之下，回首往事、瞻念前程，词人不免百感交集。胡仔《苕溪渔隐丛话》后集卷三十九引《古今词话》云："东坡在黄州，中秋夜对月独酌，作《西江月》词。"词的上片写感伤，寓情于景，咏人生之短促，叹事业之无成。下片写悲愤，借景抒怀，感世道之险恶，悲人生之寥落。这些构成了苏轼贬逐生涯中人生乐章的主旋律，吟唱出一个政治上失意者郁积于心的牢骚与怨愤。

上片的起句便是一个沉重低缓的悲凉之音。"世事一场大梦，人生几度新凉"，感叹人生的虚幻与短促，发端便以悲剧气氛笼罩全词。以梦喻世事，不仅包含了因"乌台诗案"被系御史狱，以及在狱中备受凌辱等不堪回首的辛酸史，还概括了过去种种努力奋斗终随流光归于破灭的恨事。其中既有对人生旅程充满牢骚的评判，又有词人从怅念前尘到摆脱人生烦恼的感情挣扎。"人生几度新凉"有对于年华逝水的无限惋惜和悲叹。"新凉"二字照应中秋，苏轼曾云："凉天佳月即中秋"(《江月・序》)。而句中数量词兼疑问词"几度"的运用，则低回唱叹，更显示出人生的瞬间性。这与他

【鉴赏】

在《东栏梨花》诗“惆怅东栏一株雪，人生看得几清明”所流露的惘惘之情是相似的。三、四句“夜来风叶已鸣廊，看取眉头鬓上”，紧承起句，进一步唱出了因时令风物而引起的人生惆怅。词人以少总多，对千品万汇的秋色秋景，只撷取了最典型的西风、落叶。中秋之际，西风飒飒、落叶萧萧，风声、叶声充斥廊庑。西风萧瑟近岁暮，草木摇落而变衰。这悲戚的秋声震动了词人易感的心弦，情融景而出，愁缘境而生。感岁时，念自身，眉头鬓发已斑，迟暮之悲不禁油然而生。词人届年四十五岁，正为用世之年华，但带罪贬谪，进身之路被堵塞，前程茫茫，那“道理贯心肝，忠义填骨髓”的浩瀚之气不得不化为壮志未酬的长叹息。

下片“酒贱常愁客少，月明多被云妨”写的是眼前景，而词人心中无数翻腾压抑之情极欲借此一吐，真可谓调感怆于融会中。负罪放逐，势利小人避之如同水火，词人曾在黄州写的《东坡》诗中叹道：“我穷交旧绝。”有酒少客，门庭冷落。在酒贱与客少的矛盾中，流露了词人对世态炎凉的感愤。明月，既是写当前中秋之夜的实景，也是用以象征词人美好的理想和高洁的人格。他是一个关心和献身于政治的人，也是一个有抱负而不愿随俗浮沉的人。但月明云遮，才高人妒，忠而见谤，因谗入狱。在明月与浮云的矛盾中，抒发了词人对群小当道的愤懑。此二句与上片似断实连，由感己而愤世，又由愤世继而思及自身。于是在结拍中发出了“中秋谁与共孤光，把盏凄然北望”的悲慨。词人抚今思昔，心头怎能平静？他挚爱亲友，却长向别离！他忠于其君，却屡遭排斥！在人家宴乐、欢度佳节的时刻，他却成了一个天涯沦落人。于是词人念远怀人的无限情思，从口中唱出，充满了难耐的孤寂落寞及不被理解的苦痛凄凉。细品此结拍，我们仍能发现词人在寻求理解中有着一种人生的呼唤，这悲剧色彩的呼唤体现了他跌落进峡谷深渊后对人生和生活的热爱与追求，也激起了千百年来读者的强烈感应和共鸣。

此属吟咏节序之作，然极富诗情哲理。张炎曾在《词源》中谈道：“昔人咏节序,不惟不多,付之歌喉者,类是率俗,不过为应时纳祜之声耳。”而此调却非一般,词人当时含冤贬谪,有无数压抑亟待诉说,但身为罪人,忧谗畏讥,岂敢直抒胸臆?于是通过吟咏节序,含蓄地抒发心底之情。故词中笔笔应时,不离中秋,无论是新凉、风叶,还是贱酒、明月,均与节序有关。然词人由中秋思及人生,人生与中秋俱化。触类以感,慷慨悲歌,情深意长。词中运用比兴手法,将常见之景“酒贱常愁客少,月明多被云妨”来概括人生矛盾,言近旨远,辞浅意深,富于哲理,令人咀嚼回味。此调不用典故,不尚藻绘,只用一、二、五、六四句排偶稍事点缀,词语显得平妥精粹,情感充盈于声调,读之使人击节可叹,极易受到感染。

(吴惠娟)

西江月

玉骨那愁瘴雾,冰肌自有仙风。海仙时遣探芳丛,倒挂绿毛么凤。　　素面常嫌粉涴,洗妆不褪唇红。高情已逐晓云空,不与梨花[1]同梦。

〔注〕 ① 梨花:王昌龄梅诗:“落落寞寞路不分,梦中唤作梨花云。”东坡引用此诗。见《苕溪渔隐丛话》前集卷四十一引《高斋诗话》。近人认为《高斋诗话》所引两句不是王昌龄梅诗,而是王建的梨花诗,但《全唐诗》未收此诗,疑不能明,姑从旧说。

这首词是苏轼贬到惠州(今属广东)以后,绍圣三年(1096)十月间的作品。有的本子题作梅,也有的本子题作梅花(见龙榆生《东坡乐府笺》)。宋

【鉴赏】

人释惠洪《冷斋夜话》和王楙《野客丛书》都说这首词是苏轼为悼念侍妾朝云而作。细玩词意，他们的说法是可信的。

朝云，字子霞，姓王氏，钱塘（今浙江杭州）人，能歌善舞，少归苏轼为妾，曾生一子名遯，小名榦儿，未周岁而夭。苏轼自元丰八年（1085）继室王夫人去世后，没有再娶，其他几个侍妾也都先后辞去，绍圣元年南贬时，只有朝云相从，绍圣三年七月五日死于惠州，年三十四。苏轼作有《朝云墓志铭》、《悼朝云》诗及这首《西江月》词。

词的上阕写惠州梅花的风神。“玉骨那愁瘴雾”，凭空而起，说惠州的梅花不怕瘴雾的侵袭。古代广东沿海是瘴气很重的地区，唐代韩愈贬为潮州（治所在今广东潮安）刺史时写的一首诗中说“好收吾骨瘴江边”（《左迁至蓝关示侄孙湘》），也可以说明这一点。惠州的梅花生长在瘴疠之乡，却不怕瘴气的侵袭，是因为它“冰肌自有仙风”。冰雪般的肌体，神仙般的风致，瘴雾对它是无能为害的，它的仙姿艳态，引起了海仙的羡爱，“海仙时遣探芳丛”，经常地派遣使者来到花丛中探望，这个使者是谁呢？原来是“倒挂绿毛么凤”。这个么凤在岭南名叫“倒挂子”。东坡有诗云：“蓬莱宫中花鸟使，绿衣倒挂扶桑暾。”自注云：“岭南珍禽，有倒挂子，绿毛红喙，如鹦鹉而小，自东海来，非尘埃中物也。”

下阕追写梅花的形貌。“素面常嫌粉涴”，它的天然洁白的容貌，是不屑于用铅粉来妆饰的；施了铅粉，反而掩盖了它的自然美容。张祜说虢国夫人“却嫌脂粉污颜色，淡扫蛾眉朝至尊”，正是为了炫耀自己的天生国色，才摒弃粉黛而不用。“洗妆不褪唇红”，说唇上的红色不因卸妆而消减，这红也是天然的红。白色的梅花中，何来红色呢？据说广南的梅花，花叶四周皆红。《鸡肋编》云：“而梅，花叶四周皆红，故有‘洗妆’之句。”即使梅花谢了（洗妆），而梅叶仍有红色（不褪唇红），称得上是绚丽多姿，大可游目骋怀，然而面对着这种美景的东坡，却另有怀抱：“高情已逐晓云空，不与梨花同梦。”东坡慨叹爱梅的高尚情操已随着晓云而成空无，已不再梦见梅花，不像王昌龄梦见梨花云那样做同一类的梦了。句中“梨花”即“梨花云”，“云”字承前“晓云”而省。晓与朝叠韵同义，这句里的“晓云”，可以认为是朝云的代称，透露出这首词的主旨所在。

这一首悼亡词是借咏梅来抒发自己的哀伤之情的，写的是梅花，而且是惠州特产的梅花，却能很自然地绾合到朝云身上来。东坡在《殢人娇·赠朝云》一词里说：“朱唇箸点，更髻鬟生彩。这些个千生万生只在。”从中可以得知朝云长得很美。当东坡南贬时，只有她不畏瘴疠，跟随着万里投荒，她不仅有美的容貌，兼有美的心灵。上阕的前两句，赞赏惠州梅花的不畏瘴雾，实质上则是怀念朝云对自己的深情。下阕的前两句，结合《殢人娇·赠朝云》一词来看，很明显，也是在写朝云。再结合末两句来看，哀悼朝云的用意，更加明朗了。

咏物词贵在空灵蕴藉，言近旨远，给人以无限深思的余地，而忌拘于形似，索寞乏神，正如刘熙载所说的“词以不犯本位为高”（《艺概·词曲概》），在这首《西江月》里，他紧紧地把握住广南梅花的特色，用夸张的描写手段，多方面烘托出它的亭亭玉立、妖娆多姿的形象，单就写花来说，已经到了绝妙的境地，更妙的是这亭亭玉立、妖娆多姿的形象，同时也就是朝云的形象，如庄周化蝶，两相契合，浑然无迹，把比兴的表现手法发展到了高度。最后两句，回荡一笔，点明了主题，凄然伤怀之情，溢于言外。广南的梅花在这首词里获得了永久的生命，朝云也随之而获得了永久的生命，两种生命同时存在于仅仅五十个字的一首小令之中，这种回天的笔力，巧妙的构思，在咏物的诗词里极为罕见。就是他本人的《悼朝云》诗，感情虽真，艺术上却显得平实少采，也不及此词的拗折多姿，具有很强的感染力量。

（李廷先）

【原文】

西江月

顷在黄州,春夜行蕲水[①]中,过酒家饮,酒醉,乘月至一溪桥上,解鞍,曲肱醉卧少休。及觉已晓,乱山攒拥,流水锵然,疑非尘世也。书此语桥柱上。

照野弥弥浅浪,横空隐隐层霄。障泥未解玉骢骄,我欲醉眠芳草。　　可惜一溪风月,莫教踏碎琼瑶。解鞍欹枕绿杨桥,杜宇一声春晓。

〔注〕 ① 蕲水:水名,流经湖北蕲春县境,在黄州附近。

苏轼贬为黄州团练副使以后,在黄州写了不少寄情于山水的诗文。这首小词便是其中一首很有特色的佳作。

小序叙事简洁,描写生动,短短五十四字,即写出地点、时间、景物以及词人的感受。它充满了诗情画意,是一篇写得很优美的散文,可与其《记承天寺夜游》媲美。

上片头两句先写归途所见:“照野弥弥浅浪,横空隐隐层霄。”首句倒装,正常语序是:“浅浪弥弥照野。”主语是浅浪,浅浪可作比喻看,即月光也;也可作写实看,则溪水反射月光以照野。春夜,词人在蕲水边骑马而行,经过酒家饮酒,醉后乘着月色归去,经过一座溪桥。由于明月当空,所以才能看见清溪在辽阔的旷野流过。广阔的天空还有些淡淡的云层。“横空”,写出了天宇之广。说云层隐隐约约地在若有若无之间,更映衬了月色的皎洁。野外是广袤的,天宇是寥廓的,溪水是清澈的,在明月朗照之下,这无限的空间,美好的自然,便和诗人旷达的襟怀融合在一起了。

“障泥未解玉骢骄”是说那白色的骏马忽然活跃起来,提醒他的主人:要渡水了!障泥,是用锦或布制作的马鞯。它垫在马鞍之下,一直垂到马腹两边,用来遮挡尘土。《世说新语·术解》:“王武子善解马性,尝乘一马,著连钱障泥,前有水,终日不肯渡。云‘此必是惜障泥’。使人解去,便径渡。”词人在这里只是写了坐骑的神态,便衬托出濒临溪流的情景。把典故融化于景物描写之中,这是很成功的一个例子。此时,词人不胜酒力,从马上下来,等不及卸下马鞍鞯,即欲眠于芳草。“我欲醉眠芳草”,既写出了浓郁的醉态,又写了月下芳草之美以及词人因热爱这幽美的景色而产生的渴望,可以说收到了一石三鸟的效果。

过片二句,更进一步抒发十分迷恋、珍惜月色之佳的心情:“可惜一溪风月,莫教踏碎琼瑶”,这就为“解鞍少休”补充了看来非常奇特,实际上更为充足的理由。琼瑶,是美玉,这里比做皎洁的水上月色。可惜,是可爱的意思。这一溪风月确实太迷人了!你看,月光洒满了静静的原野,洒满了清澈的溪流,水月交辉,真像缀满了无数晶莹无瑕的珠玉。如果策马前进,马蹄岂不踏碎那些珍奇的琼瑶?这怎么能行呢?可千万不能让马儿踏碎它呵!词人在这里用的修辞手法是“借喻”,径以月色为“琼瑶”。由于感情的挚浓,使譬喻的客体升到了突出的地位,因而它的形象显得更鲜明,更生动。这种表现手法是从生活中来的,不背理,更不违情。叶燮在《原诗》中云:“夫情必依于理,情得然后理真,情理交至,事尚不得耶?”月色皎洁,加之以醉人痴语,怪不得异想天开,这是“理”;十分珍惜美好的月色,这是“情”。“情理交至”,这就更巧妙地揭开了词人所追求的精神世界的帷幕。这个境界是极为幽美、静谧、纯洁的,如果有一丁点儿外物羼入,就会被损害,被践踏。此一境界,当是东坡的独特感受,前人似未曾有过。

“解鞍欹枕绿杨桥”,词人终于用马鞍作枕,倚靠着它斜卧在绿杨桥上

"少休"了。这一觉当然睡得很香,及至醒来,"杜宇一声春晓",春天的黎明又是一番景色了。这个结尾如空谷传声,余音不绝。妙在又将展现一幅清新明丽的画卷,却留下空白,让读者自己用丰满的联想去感受它。作者在词中不去写"乱山攒拥,流水锵然"的景致,而是抓住了杜鹃在黎明的一声啼叫,便把野外春晨的景色作了"画龙点睛"的提示。这是因为他是从杜鹃啼叫声中醒过来的,由杜鹃之啼才首先感到春晨之美。词人真实地记录了他第一次难忘的感受,因而也就给读者留下了第一次动人的印象。

苏轼在这首小词里,反映他在黄州的旷放生活,表达了他乐观而豁达的胸襟。写景之中,处处有"我","我"之情怀,即在景中。天上的明月、云层,地上的溪流、芳草,乃至玉骢的骄姿,杜鹃的啼声,无不成为塑造"我"的典型性格的凭借。不论是醉还是醒,是月夜还是春晨,都能"无入不自得",随遇而成趣,逐步展示诗的意境。词人善于把意和境浑然凝结成为不可分割的整体。例如杜鹃之啼,春天之晓,与词人醉后的清醒是十分融洽的;犹如弥弥的浅浪,隐隐的层霄,一溪的风月和词人朦胧的醉意非常相称一样。元好问云:"自东坡一出,情性之外,不知有文字。"这话说得很有见地。否则,弥弥浅浪,"干卿何事"?一溪风月,也不过是大自然的图象而已。诗词佳作,每以情胜,良有以也。

(宋　廓)

西江月

平　山　堂[1]

三过平山堂下,半生弹指[2]声中。十年不见老仙翁,壁上龙蛇飞动。　　欲吊文章太守,仍歌杨柳春风。休言万事转头空,未转头时皆梦。

【鉴赏】

〔注〕 ① 平山堂:扬州名胜。宋王象之《舆地纪胜》卷三十七云:"平山堂,在州城西北五里,大明寺侧。庆历八年二月,欧公来牧是邦,为堂于大明寺庭之坤隅。江南诸山,拱列檐下,若可攀取,因目之曰平山堂。" ② 弹指:佛教名词,喻时间短暂。《翻译名义集》卷五《时分》:"二十念为一瞬,二十瞬名一弹指。"

宋神宗元丰二年(1079)四月,作者自徐州移知湖州,途经扬州时,知州鲜于侁设宴于平山堂。作者酒酣思贤,即席赋此词。释德洪《跋东坡平山堂词》云:"东坡登平山堂,怀醉翁,作此词。张嘉父谓予曰:时红妆成轮,名士堵立,看其落笔置笔,目送万里,殆欲仙去尔。"(《石门题跋》卷二)张嘉父与德洪均是作者的友人,张所云又是亲见,当为可信。

词的上片写瞻仰欧词手迹而生感慨。作者对他的恩师欧阳修怀有深挚的情谊,此刻置身于欧公所建的平山堂,自然思绪万千。他想这是第三次登临此堂了,在此之前,熙宁四年(1071)他离京任杭州通判,熙宁七年由杭州移知密州,都途经扬州,都曾来平山堂。自己受教于欧公门下十有六年,恩师当年曾寄予厚望,云"我老将休,付子斯文"。但多年来游宦南北,"狂谋谬算百不遂,惟有霜鬓来如期",真是事事不如意。如今已四十四岁了,半生转瞬即逝。他又回想,不见恩师也将近十年了。记得熙宁四年通判杭州,曾绕道颍州去谒见业已致仕的欧公。那是一次欢快的相聚,师生宴饮于颍州西湖,自己有《陪欧阳公燕西湖》一诗纪其盛:"谓公方壮须似雪,谓公已老光浮颊。朅来湖上饮美酒,醉后剧谈犹激烈。"欧公虽银须似雪,但仙风道骨,神采奕奕,批评新法,谈锋激烈。谁知此次竟成永诀,次年欧公就仙逝了。当闻此噩耗时,自己曾洒泪写祭文:上为天下恸,恸赤子无所仰庇;下以哭其私,虽不肖而承师教。

欧公虽早已仙去,但平山堂壁上仍刻有他亲书手迹,其中有他的词《朝

【鉴赏】

中措·送刘仲原甫出守维扬》:“平山阑槛倚晴空,山色有无中。手种堂前垂柳,别来几度春风。　　文章太守,挥毫万字,一饮千钟。行乐直须年少,尊前看取衰翁。”刘原甫名敞,嘉祐元年(1056)出守扬州,欧公赋此送行。刘原甫到任后登平山堂,怀念它的创建人,写有《登平山堂寄永叔内翰》一诗,云登堂远眺江南水光山色,感到美不胜收,自己真想学淮南王刘安,服药羽化而登仙。随后欧公写了和韵。如今欧、刘二公虽然不在了,可他们唱和诗词的手迹,都完整地保存下来了。瞻仰壁间欧公遗草,只觉龙蛇飞动,令人发扬蹈厉。

词的下片写听唱欧词而生感慨。此次置酒高会,不仅使自己能重新瞻仰欧词手迹,而且能再次听到红妆歌伎演唱欧词。欧词中的“文章太守”、“垂柳”、“春风”,其真正的含意和价值,也许只有他才能懂得。欧公曾谆谆告诫:“我所谓文,必与道俱。见利而迁,则非我徒。”(《颍州祭欧阳文忠公大人文》)作为文章太守、文坛领袖,欧公挥毫万字,是为了以文载道,辅君济民。其一生“以救时行道为贤,以犯颜纳说为忠”,绝不“见利而迁”。这种风范高节,德业文望,使“国有蓍龟,斯文有传,学者有师”,就像平山堂前的杨柳春风,化育士林,能给后人带来温暖和力量。

正由于直言敢谏,欧公屡遭贬谪,直至最后释位而去,退居颍州。人们还希望他能进而复用,谁知竟一去不回。作者决心谨承师命,坚守儒道,但等待自己的,将会是什么样的命运呢?自从因反对王安石变法而离京后,辗转南北,备尝艰辛磨难。白居易《自咏》诗云:“百年随手过,万事转头空。”白诗言人生百年,随手即过;世间万事,转头已空。作者进一步说,未转头时亦已空。“梦”也就是“空”的意思。

作者以梦幻作结,无疑是受到佛教的影响,《维摩经》云世间万物一律性空。他这样写,也许还因预感到灾祸即将临头。多年来他写了许多诗文,激烈批评新法,预计变法派也不会罢休。他的担心并非过虑,数月之后，御史府的李定、舒亶等人就弹劾他“包藏祸心，怨望皇上”，“讪谤谩骂，无人臣之节”。随即他锒铛入狱，“梦绕云山心似鹿，魂飞汤火命如鸡”（《狱中寄子由》），比“未转头时皆梦”更惨怛了。

此词采取抒情、叙事和议论相结合的写作方法。抒情时倾谈肺腑，语真情挚，虽不以含蓄取胜，但读来耐人寻味，有强烈的感染力量。叙事铺陈，慨叹自己半生蹇蹙困踬，缅怀与欧公十多年的交谊，展现了广阔的社会生活。他以议论入词，议论融入身世之感，成为词的有机组成部分。宋词常用情景交融的创作手法，创造环境气氛，以求点染之妙。而此词中的景物，并不是独立的描写对象，只是抒情时触及到的形象材料。

在构思上，此首以欧词《朝中措》为中心线索。上片写因见欧词手迹而有感于怀，下片写因听唱欧词而慨叹不已，上下片意脉不断，浑然一体。作者写友情词，惯用浓墨粗笔，纵挑横抹，以超迈的韵格，显露其胸中浩怀逸气。此词亦是其中一例。

（汤易水　周义敢）

临江仙

送王缄

忘却成都来十载，因君未免思量。凭将清泪洒江阳。故山知好在，孤客自悲凉。　　坐上别愁君未见，归来欲断无肠。殷勤且更尽离觞。此身如传舍，何处是吾乡！

龙榆生《东坡乐府笺》将本词收于未作编年的第三卷中。顾随《东

【鉴赏】

坡词说》以为此词与苏轼《江城子》(十年生死两茫茫)所抒写的感情极接近。按之本词首句"忘却成都来十载",十年之数亦相同,两词属稿日不会相差很远。《江城子》作于熙宁八年(1075)正月任密州知州时,本词当作于熙宁七年秋冬间。其时苏轼尚在杭州通判任所。题目是《送王缄》。缄,字元直,苏轼亡妻王氏之弟[①]。当时王元直自眉山到钱塘看望苏轼[②],回去时,苏轼写了这首词相送。词中抒发的感情极为复杂。概而言之,共有四条脉络可寻。一是送别的惆怅,二是悼亡的悲痛,三是政治上受排斥的失意,四是对故乡的思念。这四条感情脉络交织在一起,而以生离死别之痛为其主脉,遂使此词成为苏轼极度伤感的代表作之一。

上片写悲痛的勾起、扩展以至不能自已的情状。开头两句"忘却成都来十载,因君未免思量",一下子触到了苏轼爱情生活中的一个剧痛点。苏轼爱妻王弗自至和元年(1054)嫁到苏家以后,一直很细心地照顾着丈夫的生活。苏轼于婚后五年开始宦游生涯。王弗便在苏轼身边充当贤内助。苏轼性格豪爽,毫无防人之心,王弗有时还要提醒丈夫提防那些惯于逢迎的所谓"朋友",夫妻感情极为深笃。不料到治平二年(1065),王弗突然染病身亡,年仅二十六岁。这对苏轼来说,打击非常之大。为了摆脱悲痛的缠绕,他只好努力设法"忘却"过去的一切。哪知大凡人之至情,越是要"忘却",越是不易忘却。从王弗归葬眉山(眉山县所在的眉州属成都府路,故以"成都"称之)至王缄到钱塘看望苏轼,其间相隔正好"十载"(1065—1074)。这"十载"两字恰恰说明苏轼没有一年不在想念王弗。每逢一年,便作一次纪念,添一重伤感。十年便是十次纪念,十重伤感。"忘却"所起的作用不过是把纷繁堆积的难以忍受的悲痛,化为长久的有节制的悲痛而已。但是王缄的到来,一下子勾起了往日的回忆;日渐平复的感情创伤重又陷入了极度的痛楚之中。"凭将清泪洒江阳",凭,凭仗也,烦请也。语本是“凭君”,“君”字蒙上“因君”而省去。今日送别,请你将我伤心之泪带回家乡,洒向江头一吊。王缄此来,与苏轼盘桓甚久,日常话说故乡眉山种种情事,使苏轼知道“故山好在”(“好在”,无恙、依旧也),自感宽慰,但一方面觉得自己宦迹飘零,赋归无日,成为天涯孤客,又不禁悲从中来。所谓“悲凉”,原因有种种。苏轼当时因为与变法派政见不合而被迫到杭州任通判。内心本来就有一种压抑、孤独之感。眼下与乡愁、旅思及丧妻之痛搅混在一起,其情怀之恶,更是莫可名状了。由此可见,“孤客自悲凉”一句的意蕴是多么的丰富!

下片写送别的情怀及内心的自我排遣。过片“坐上别愁君未见,归来欲断无肠”,始入送别之意。题目是“送王缄”,而上片只写王缄到来后的悲凄情怀,看似与题目无关,其实不然。盖王缄为苏轼之内弟,即至爱亲属。由王缄来到而勾起对乃姊的思念,实为人之常情。人生世间,凡百痛苦,苟无可亲之人,只好忍住不说,一任其盘旋郁结于胸腹之中。一旦与亲人相对,方能尽情倾吐。这对排解苦闷,颇为有效。王缄千里来访,使苏轼十年积闷能对内弟一恸,亦可使其愁怀稍得舒展;且王缄此行带来故乡消息,苏轼的乡愁虽缘是而增,但促膝之际,孤寂也略略得解;更何况苏轼在政治上的种种不如意及一肚皮的不合时宜,早先无处可说,眼下方可畅所欲言,一吐为快。毋庸置疑,王缄的到来,在苏轼悲凉的感情中多少增添了几分暖意。而现在王缄又要匆匆离去,当然更使苏轼感到难以为怀了。于是国忧、乡思、家恨,统统融进了“别愁”之中,从而使这别愁的分量,与古往今来一切单纯的别愁顿有钧铢之别。但苏轼毕竟是善于自持的,而且在饯别的宴会上也不宜痛形于色,只是送别归来以后,内心的痛苦将有不可胜言者。“归来欲断无肠”,是说这次相见之前及相见之后,愁肠皆已断尽,以后虽再遇伤心之事,亦已无肠可断了。出语之痛心彻骨,实无以复加。“殷勤且更尽离觞”一句,意在借酒浇愁,排遣离怀,而无可奈何之意,亦见于言表。结尾两句，苏轼将整个人生一切看破，以求彻底之解决。这在今天看来，无疑过于虚无消极，而在苏轼当年，舍此似亦别无妙法。《汉书·盖宽饶传》云："富贵无常，忽则易人。此如传舍，阅人多矣。"本词"此身如传舍"一句借用上述典故而略加变通，以寓"人生如寄"之意。又《列子·天瑞篇》云："古者谓死人为归人。夫言死人为归人，则生人为行人矣。行而不知归，失家者也。"歇拍"何处是吾乡"暗用其意。苏轼另有《临江仙·送钱穆父》词云："人生如逆旅，我亦是行人。"意思与本词略同，而用典反不如本词深切。其时苏轼将调任密州知州，其倦宦之情，于此可见。关于末二句的妙处，顾随分析较为精辟，兹录于下："人有丧其爱子者，既哭之痛，不能自堪，遂引石孝友《西江月》词句，指其子之棺而詈之曰：'譬似当初没你。'常人闻之，或谓其彻悟，识者闻之，以为悲痛之极致也。此词结尾二句与此正同。"（《顾随文集·东坡词说》）

〔注〕 ① 龙榆生《东坡乐府笺》引施注："王箴字元直，东坡夫人同安君之弟也。"顾随《东坡词说》谓王箴即王缄。其说可从。 ② 王缄到杭州看望苏轼共有两次。本词所写为第一次。苏轼另有《仲天贶、王元直自眉山来见余钱塘，留半岁，既行，作绝句五首送之》诗，王文诰《苏诗总案》隶于元祐五年（1090）苏轼知杭州时。那是第二次。

（吴汝煜）

临江仙

送钱穆父

一别都门三改火[①]，天涯踏尽红尘。依然一笑作春温。无波真古井，有节是秋筠。 惆怅孤帆连夜发，送行淡月微云。尊前不用翠眉颦。人生如逆旅，我亦是行人。

【鉴赏】

〔注〕 ① 改火:古时钻木取火,四时各异其木,故有改火之称。唐宋时于寒食日赐百官新火,系沿此古制。后以改火为一年,“三改火”即过了三年。

苏轼此词作于宋哲宗元祐六年(1091)春,时任杭州知州。钱穆父,名勰,又称钱四,吴越让王之诸孙。元祐三年九月,因坐奏开封府狱空不实,出知越州(今浙江绍兴市),见《东都事略·钱勰传》。元祐五年十月,徙知瀛州(治所在今河北河间)。见《续资治通鉴长编》卷四四九,于次年春启行,途经杭州时,作者以此词赠行。

词的上片写与友人久别重逢。元祐初年,苏轼在朝为起居舍人,钱穆父为中书舍人,气类相善,友谊甚笃。元祐三年穆父出知越州,都门帐饮时,苏轼曾赋诗赠别。岁月如流,此次在杭州重聚,已是别后的第三个年头了。三年来,穆父奔走于京城、吴越之间,此次又远赴瀛州,真可谓“天涯踏尽红尘”。分别虽久,可情谊弥坚,相见欢笑,一似春风入怀。更为可喜的是穆父能以道自守,保持耿介风节,借用白居易《赠元稹》诗句来说,即“无波古井水,有节秋竹竿”。作者认为,穆父出守越州,同自己一样,是由于在朝好议论政事,为言官所攻。“欲息波澜须引去,吾侪岂独坐多言”(《次韵钱越州见寄》)。自动引去,好事者就无法兴风作浪了。穆父到越州,“卧治何妨昼掩门”,“闭眼丹田夜自存”(同上),作者说他像汉代的汲黯那样,任气节,修内行,卧闺阁而治东海郡和淮阳郡,政绩为天下先。

一般的送别词,大多写行者难留而寡欢,居者惜别而悲切。而苏轼此首以辅君治国、操守风节勉励友人,为友人开释胸怀,不仅动人以情,而且还使友人从理性上受到启迪,纯一道心,保持名节。苏轼赞颂汲黯行黄老之术,无为而治,有其思想局限性,但与元祐年间罢新法、轻赋税也有关系。

作者这样称誉穆父,也寓有身世之感。元祐中期,新旧党争仍在继续,

【鉴赏】

蜀党、洛党的矛盾也日益加剧。他请求出知杭州，就是为了息波澜，存名节。其《乞郡札子》云："欲依违苟且，雷同众人，则内愧本心，上负明主。若不改其操，知无不言，则怨仇交攻，不死即废。"（《东坡奏议集》卷五）他以道自守，一似古井不起波澜。他当时的《和钱四寄其弟龢》诗云："年来总作维摩病，堪笑东西二老人。"他认为，与穆父分别治钱塘江西之杭和江东之越，信念和操守是完全一致的。

词的下片写月夜送别友人。穆父所去的瀛州为僻郡，繁华不如越州，更不如开封府。特别是在熙宁年间，瀛州先是遭受旱灾，赤地千里，五谷不收。接着又连发地震，倾墙摧栋，遍地洪流。百姓南来逃荒，到元祐年间仍未恢复元气。穆父由知开封府徙越州，复徙瀛州，每下愈况，内心郁郁寡欢。早春时节，春风已绿江南岸，而河北仍然朔风凛冽。但规定的到任期间已逼近，不得不启行。夜中分别，送行的也只能是淡月微云。

宋代州郡长官宴席，例有官妓侑酒，而送别筵上，歌妓容易动情。苏轼词中，每劝以"不用敛双蛾"（《菩萨蛮·西湖送述古》）、"红粉莫悲啼"（《好事近·黄州送君猷》），与此词的"樽前不用翠眉颦"同一机杼。其用意，一是不要增加行者与送者临歧的悲感，二是世间离别本也是常事，则亦不用哀愁。这二者似乎有矛盾，实则可以统一在强抑悲怀、勉为达观这一点上，这符合苏轼在宦途多故之后锻炼出来的思想性格。就在前几天，当得知穆父正与宗族钱道士饮酒时，作者曾遣人送去酒二壶，诗一首，今晚饮别的酒与前几天送去的相同。送去的诗有云："金丹自足留衰鬓，苦泪何须点别肠。"词末二句言何必为暂时离别伤情。其实人生如寄，李白《春夜宴从弟桃花园序》云："夫天地者，万物之逆旅也，光阴者，百代之过客也。"既然人人都是天地间的过客，又何必计较眼前聚散和江南江北呢？苏轼送别词的结尾，一般均为友人解忧释虑，此首从道家借用思想武器，流露出一定的消极成分。但在当时，他为友人提供一种精神力量，使友人忘情升沉得失，虽远行而能安之若素。对穆父的眷眷惜别之情,写得深至精微,宛转回互。

苏轼一生交游广阔,朋辈众多。他对友人诚挚相待,输与府藏,表现在词作中,至情由性灵肺腑中流出,贯注着真情实感。如此首以思想活动为线索,先是回顾过去的交往,情谊深厚,怀恋足珍。话别时对友人关怀备至,双方意绪契合。而展望今后,则以旷达相期。感情一波三折,委曲跌宕,写得真可谓动人心弦。此首不以情景交融取胜,景物并不是独立描写对象。着重抒情,情似说尽,而读后愈觉情之无尽。又上下片结句,均融入议论。此议论借助于形象的文学语言,不直接说理,而理在其中。这种写法引人深思,也使词作波澜层生。

(汤易水　周义敢)

临江仙

夜饮东坡醒复醉,归来仿佛三更。家童鼻息已雷鸣。敲门都不应,倚杖听江声。　长恨此身非我有,何时忘却营营?夜阑风静縠纹平。小舟从此逝,江海寄馀生。

宋神宗元丰三年(1080),苏轼因乌台诗案,谪贬黄州(今湖北黄冈),住在城南长江边上的临皋亭。后来,又在不远处开垦了一片荒地,种上庄稼树木,名之曰东坡,自号东坡居士。还在这里筑屋名雪堂。对于经受了一场严重政治迫害的苏轼来说,此时是劫后余生,内心是忿懑而痛苦的。但他没有被痛苦压倒,而是表现出一种超人的旷达,一种不以世事萦怀的恬淡精神。有时布衣芒屩,出入于阡陌之上,有时月夜泛舟,放浪于山水之间,他要从大自然中寻求美的享受,领略人生的哲理。

【鉴赏】

据叶梦得《避暑录话》记载，东坡在黄州时，“与数客饮江上，夜归，江面际天，风露浩然，有当其意，乃作歌辞，所谓‘夜阑风静縠纹平。小舟从此逝，江海寄馀生’者，与客大歌数过而散。翌日，喧传子瞻夜作此辞，挂冠服江边，拏舟长啸去矣。郡守徐君猷闻之，惊且惧，以为州失罪人，急命驾往谒，则子瞻鼻鼾如雷，犹未兴也。然此语卒传至京师，虽裕陵（神宗）亦闻而疑之”。可见上面这首《临江仙》在当时就很有名。

这首词写于元丰五年九月，记叙深秋之夜词人在东坡雪堂开怀畅饮，醉后返归临皋的情景。“夜饮东坡醒复醉”，一开始就点明了夜饮的地点和醉酒的程度。醉而复醒，醒而复醉，当他回临皋寓所时，自然很晚了。“归来仿佛三更”，“仿佛”二字，传神地画出了词人醉眼蒙眬的情态。这开头两句，先一个“醒复醉”，再一个“仿佛”，就把他纵饮的豪兴淋漓尽致地表现出来了。

接着，下面三句，写词人已到寓所、在家门口停留下来的情景：“家童鼻息已雷鸣。敲门都不应，倚杖听江声。”人们读到这里，眼前就好像浮现出一位风神萧散的人物形象，一位襟怀旷达、遗世独立的“幽人”。你看，他醉复醒，醒复醉，恣意所适；时间对于他来说，三更，四更，无所不可；深夜归来，敲门不应，坦然处之。总的展示出一种达观的人生态度，一种超旷的精神世界，一种独特的个性和真情。

词的上片还创造了一个极其安恬的静美境界。因为夜阑更深，万籁俱寂，所以伫立门外，能听到门里家僮的鼾声；也正因为四周的极其静谧，所以词人在敲门不应的时候，能够悠悠然“倚杖听江声”。以动衬静，以有声衬无声，是常用的诗家手法，从写家僮“鼻息如雷”到进而写谛听江声，就把夜之深、夜之静完全衬托出来了，使人有身临其境之感。

清代王夫之《薑斋诗话》说：“情景名为二，而实不可离。神于诗者，妙合无垠。”而这首词更做到了情、景、理三者的妙合无垠。上片这段文字，看起来只是记叙词人夜饮归来的情形，没有一句直接抒情，然而，它却使你感到词人在“倚杖听江声”时，心中会有无限感慨。词中抒情主人公风神萧散的形象，还使人感受到有一种超然物外的理趣。这里面有许多没有说出来的话，留给读者去想象，去补充。对于历尽宦海风波、九死一生的苏东坡来说，现在置身于这宁静、旷阔的大自然中，会感到一种精神上的解脱，白天的忧愁和烦恼，人世的得失荣辱，刹那间被一笔勾销，进而想追求一种新的人生。

“倚杖听江声”，这个富有启发性的句子很自然地引出下片的内容。下片一开始，词人便慨然长叹道：“长恨此身非我有，何时忘却营营？”这突兀而起的喟叹，是词人长期孤愤心情的喷发，正反映了他在“听江声”时心境之不平静。妙在这两句直抒胸臆的议论中充满着哲理意味。

“长恨此身非我有”，是化用《庄子・知北游》“汝身非汝有也”句。“何时忘却营营”，也是化用《庄子・庚桑楚》“全汝形，抱汝生，无使汝思虑营营”。本是说，一个人的形体精神是天地自然所付与，此身非人所自有。为人当守本分，保其生机，不要因世事而思虑百端，随其周旋忙碌。苏轼政治上受大挫折，忧惧苦恼，向道家思想寻求超脱之方。这两句颇富哲理的议论，饱含着词人切身的感受，带有深沉的感情，一任情性，发自衷心，因而自有一种感人的力量。以议论为词，化用哲学语言入词，冲破了传统词的清规戒律，扩大了词的表现力。这种语言上的特色正表现出词人的独特个性。正如前人所说，东坡“横放杰出，自是曲子中缚不住者”。

词人静夜沉思，豁然有悟，既然自己无法掌握命运，就当全身远祸。顾盼眼前江上景致，是“夜阑风静縠纹平”，心与景会，神与物游，为如此静谧美好的大自然深深陶醉了。于是，他情不自禁地产生脱离现实社会的浪漫主义的遐想，唱道：“小舟从此逝，江海寄馀生。”他要趁此良辰美景，驾一叶扁舟，随波流逝，任意东西，他要将自己的有限生命融化在无限的大自然之中。

“夜阑风静縠纹平”，表面上看来只是一般写景的句子，其实不是纯粹写景，而是词人主观世界和客观世界相契合的产物。它意蕴丰富，富有启迪、暗示作用，象征着词人追求的宁静安谧的理想境界，接以“小舟”两句，自是顺理成章。苏东坡政治上受到沉重打击之后，思想几度变化，由积极用世转向消极低沉，又转而追求一种精神自由的、合乎自然的人生理想。在他复杂的人生观中，由于杂有某些老庄思想，因而在痛苦的逆境中形成了旷达不羁的性格。“小舟从此逝，江海寄馀生”，写得多么飘逸，又多么富有浪漫情调，这样的诗句，也只有从东坡磊落豁达的襟怀才能流出。

这首词写出了谪居中的苏东坡的真性情，反映了他的生活理想和精神追求，表现出他的独特性格。历史上的成功之作，无不体现作者的鲜明个性，因此，作为文学作品写出真情性是最难能可贵的。元好问评论东坡词说：“唐歌词多宫体，又皆极力为之。自东坡一出，情性之外，不知有文字，真有‘一洗万古凡马空’气象。”元好问道出了东坡词的总的特点：文如其人，个性鲜明。也是恰好指出了这首《临江仙》词的最成功之处。

（高　原）

鹧鸪天

林断山明竹隐墙，乱蝉衰草小池塘。翻空白鸟时时见，照水红蕖细细香。　　村舍外，古城旁，杖藜徐步转斜阳。殷勤昨夜三更雨，又得浮生一日凉。

宋神宗元丰五年（1082），苏轼在黄州（治所在今湖北黄冈）贬所，因政治上遭受重大打击，产生了随遇而安思想。此作即是他当时幽居生活的自我写照，在表现其失意心境及其形象刻画方面，有独到的艺术特色。

【鉴赏】

上片写景,写的是夏末秋初之景。开头两句,作者用推移镜头,由远而近,描绘自己身处的具体环境:远处郁郁葱葱的树林尽头,有高山耸入云端,清晰可见。近处,丛生的翠竹,像绿色的屏障,围护在一所墙院周围。这所墙院,正是词人的居所。靠近院落,有一个池塘,池边长满枯萎的衰草。蝉声四起,叫声乱成一团。在这两句词中,竟然写出了林、山、竹、墙、蝉、草、池塘七种景物,容量如此之大,堪为妙笔。这里呈现的景象,与词人熙宁十年(1077)任徐州知州时,描写"软草平莎过雨新,轻沙走马路无尘"、"麻叶层层𦶜叶光,谁家煮茧一村香"(《浣溪沙》)的乡村景色迥然不同。那几句词呈现出一种奔腾奋发、蒸蒸日上的景象;而"林断山明竹隐墙"两句则是一派幽狭的气氛。词人在徐州时政绩卓著,深得民心,所以他当时写的词,充满着积极奋发的精神。后来被贬黄州,身为"罪官",才能无从施展,只有过着"幽人"的生活。这首《鹧鸪天》即若隐若现地表现出他的此种境遇。

三四两句,含意更深邃。在宏廓的天空,不时地能看到白鸟在飞上飞下,自由翱翔。满池荷花,映照绿水,散发出柔和的芳香。意境如此清新淡雅,似乎颇有些诗情画意。并且词句对仗,工整严密。芙蕖是荷花的别名。"细细香",描写得颇为细腻,是说荷花散出的香味,不是扑鼻的浓烈香气,而是宜人的淡淡芳香。如若不是别的原因,生活在这样的境界中,的确是修身养性的乐土。然而,对于词人来说,他并非安于现状,着意留连这里的景致。他虽然描绘出白鸟翻空、红荷照水的画面,但与他倾心欣赏西湖那种"淡妆浓抹总相宜"的美丽景色,是不能相提并论的。在这里,透过此等画面,便能隐隐约约地看到词人那种百无聊赖、自寻安慰、无可奈何的心境。词的下片,作者又用自己的形象,生动地作了说明。

"村舍外,古城旁,杖藜徐步转斜阳。"这三句,字面上所描写的是词人的形象。"杖藜徐步"是写他的老态龙钟,还是病后的神态?是表现他自得其乐的隐逸生活,还是百无聊赖的失意情绪?这里似乎不是刻画词人老态龙钟的形象,因为写这首词时,他不过四十六岁;其余情况,大概是兼而有之。这三句似人物素描画,通过外部形象显示其内心世界,也是高明的手法。

最后两句,是画龙点睛之笔。词句的表面是说:天公饶有情意似的,昨夜三更时分下了一场好雨,使得他又度过了凉爽的一天。"殷勤"二字,是拟人化手法。但细细品味,说天公殷勤送来凉雨,却含有自嘲的酸辛,隐藏着词人的感慨。"又得浮生一日凉",是词中最显露的一句。"浮生",是说人生飘忽不定。《庄子·刻意》说:"其生若浮,其死若休。"苏轼的这种消极思想,即受庄子的影响。此句句首着一"又"字,分量很重,对揭示主题,起着重要的作用,它表现词人得过且过、日复一日地消磨岁月的无可奈何的情绪。

总观全词,从词作对特定环境的描写和作者形象的刻画,可以看到一个抑郁不得志的闲人的形象,所谓其身则闲,其心则苦了。

(陆永品)

少年游

润州作,代人寄远

去年相送,余杭门外,飞雪似杨花。今年春尽,杨花似雪,犹不见还家。　　对酒卷帘邀明月,风露透窗纱。恰似姮娥怜双燕,分明照、画梁斜。

宋神宗熙宁四年(1071)苏轼因与王安石议论不合,乞补外郡,被朝廷派往杭州作通判。这对被党争的政治漩涡搅得晕头转向的苏轼来说,无异于是一种精神上的解脱。杭州的湖光山色,市民与同僚对他的尊敬,僧人

与歌妓对他的崇拜，都使他感到从未有过的愉快。续娶的年轻的妻子和牙牙学语的儿女也使他感到惬意和温暖。杭州真的成了他的人间天堂，每一次因公而暂时离开杭州都使他依依不舍。熙宁六年冬天，他又被两浙转运使派往常、润、苏、秀等州赈济灾民，直到第二年入夏才回杭州。这是他离开杭州最长的一次，眷恋之情自然更为深切，沿途曾写有不少诗词表此衷曲，此词就是其中之一，作于润州(今江苏镇江)。

这首词有点特别。王文诰《苏诗总案》卷十一对此词作了说明："甲寅(熙宁七年)四月，有感雪中行役作。公(苏轼)以去年十一月发临平(镇名，在杭州东北)，及是春尽，犹行役未归，故托为此词。"这就是说，此词是作者有感于行役之苦而怀恋杭州及其家小而作，可是它托以"代人寄远"的形式，即借思妇想念行役在外的丈夫的口吻来表达他的思归之情。

上片以思妇的口吻，诉说亲人不当别而别，当归而未归。前三句分别点明离别的时间——"去年相送"；离别的地点——"余杭门外"；分别时的气候——"飞雪似杨花"。把分别的时间与地点说得如此之分明，说明她无时无刻不在惦念。大雪纷飞本不是出门的日子，可是公务在身不得不送丈夫冒雪出发，这种凄凉气氛自然又加深了平日的思念。后三句与前三句对举，同样点明时间——"今年春尽"，气候——"杨花似雪"，可是去年送别的丈夫"犹不见还家"。原以为此次行役的时间不长，当春即可还家，可如今春天已尽，杨花飘絮，却不见人归来，怎能不叫人牵肠挂肚呢？这一段引入了《诗·小雅·采薇》"昔我往矣，杨柳依依；今我来思，雨雪霏霏"的手法，而"雪似杨花"、"杨花似雪"两句，比拟既工，语亦精巧，可谓推陈出新，绝妙好辞。

下片着意刻画本想对酒邀月以慰寂寥，不意反惹惆怅。"对酒卷帘邀明月，风露透窗纱"，说的是在寂寞中，本想仿效李白的"举杯邀明月，对影成三人"，卷起帘子引明月作伴，可是风露又乘隙而入，透过窗纱，扑入襟怀。更恼人的是邀来的月亮偏只怜爱双栖燕子，把它的光辉与柔情斜斜地洒向那画梁上的燕巢，而置自己于不顾。这就不能不使她由羡慕双燕、嫉妒双燕，而更思念远方的亲人。

这个思妇的所思所念，是身为征人的作者所设想的，作者的恋家思归之情难道还不昭然吗？

此词艺术上的成功集中在两处：一是利用雪与杨花形状相似，却代表着两种不同节候的特点，互为比喻，一可以形象地表示气候由极冷到极暖，历时长久；二可以构成洁白迷蒙的景象，象征着纯真而纷乱的情思。也就是说，雪与杨花互喻，既有表情上的深度，又有形象上的美感。二是构思新巧别致。从双栖燕映衬出单栖人已是一种纤巧的联想，而把月照梁上燕，看作是月中嫦娥只垂爱于成双成对的燕，而不顾怜空闺独守之人，就更是一种绮思妙想了，其表现力远胜于一大段思妇的内心独白。

（谢楚发）

定风波

三月七日沙湖道中遇雨。雨具先去，同行皆狼狈，余独不觉。已而遂晴，故作此。

莫听穿林打叶声，何妨吟啸且徐行。竹杖芒鞋轻胜马，谁怕？一蓑烟雨任平生。　　料峭春风吹酒醒，微冷，山头斜照却相迎。回首向来萧瑟处，归去，也无风雨也无晴。

此词作于宋神宗元丰五年（1082），贬谪黄州后的第三年。写眼前景，

寓心中事；因自然现象，谈人生哲理。属于即景生情，而非因情造景。作者自有这种情怀，遇事便触发了。《东坡志林》说：“黄州东南三十里为沙湖，亦曰螺师店，予买田其间，因往相田。”途中遇雨，便写出这样一首于简朴中见深意、寻常处生波澜的词来。

首句“莫听穿林打叶声”，只“莫听”二字便见性情。雨点穿林打叶，发出声响，是客观存在，说“莫听”，就有外物不足萦怀之意。那么便怎样？“何妨吟啸且徐行”，是前一句的延伸。在雨中照常舒徐行步，呼应小序“同行皆狼狈，余独不觉”，又引出下文“谁怕”即不怕来。徐行而又吟啸，是加倍写；“何妨”二字逗出一点俏皮，更增加挑战色彩。首两句是全篇主脑，以下词情都是从此生发。

“竹杖芒鞋轻胜马。”先说竹杖芒鞋与马。前者是步行所用，属于闲人的。作者在两年后离开黄州量移汝州，途经庐山，有《初入庐山》诗云：“芒鞋青竹杖，自挂百钱游；可怪深山里，人人识故侯。”用到竹杖芒鞋，即他所谓“我是世间闲客此闲行”（《南歌子》）者。而马，则是官员或忙人的坐骑，即俗所谓“行人路上马蹄忙”者。两者都从“行”字引出，因而具有可比性。前者胜过后者在何处？其中道理，用一个“轻”字点明，耐人咀嚼。竹杖芒鞋诚然是轻的，轻巧，轻便，然而在雨中行路用它，拖泥带水的，比起骑马的便捷来又差远了。那么，这“轻”字必然另有含义，分明是有“无官一身轻”的意思。

何以见得？封建士大夫总有这么一项信条，是达则兼济天下，穷则独善其身。苏轼因反对新法，于元丰二年被人从他的诗中寻章摘句，硬说成是“谤讪朝政及中外臣僚”，于知湖州任上逮捕送御史台狱；羁押四月余，得免一死，谪任黄州团练副使，本州安置。元丰三年到黄州后，答李之仪书云：“得罪以来，深自闭塞，扁舟草屦，放浪山水间，与樵渔杂处，往往为醉人所推骂，辄自喜渐不为人识。”被人推搡漫骂，不识得他是个官，却以为这是可喜事;《初入庐山》诗的“可怪深山里,人人识故侯”,则是从另一面表达同样的意思。这种心理是奇特的,也可见他对于做官表示厌烦与畏惧。“官”的对面是“隐”,由此引出一句“一蓑烟雨任平生”来,是这条思路的自然发展。

关于“一蓑烟雨任平生”,流行有这样一种解释:“披着蓑衣在风雨里过一辈子,也处之泰然。(这表示能够顶得住辛苦的生活。)”(胡云翼《宋词选》)从积极处体会词意,但似乎没有真正触及苏轼思想的实际。这里的“一蓑烟雨”,我以为不是写眼前景,而是说的心中事。试想此时“雨具先去,同行皆狼狈”了,哪还有蓑衣可披?“烟雨”也不是写的沙湖道中雨,乃是江湖上烟波浩渺、风片雨丝的景象。苏轼是想着退隐于江湖!他写这首《定风波》在三月,到九月作《临江仙》词,又有“小舟从此逝,江海寄馀生”之句,使得负责管束他的黄州知州徐君猷听到后大吃一惊,以为这个罪官逃走了(叶梦得《避暑录话》卷二);结合答李之仪书中所述的“扁舟草屦,放浪山水间,与樵渔杂处”而自觉可喜,他的这一种心事,在黄州的头两三年里一而再、再而三地表白出来,用语虽或不同,却可以彼此互证。再看看别人对“一蓑”的用法,如陆游《题绣川驿》的“会买一蓑来钓雨”,和《舟过小孤有感》的“商略人生为何事,一蓑从此入空蒙”,不俨然是苏轼“一蓑烟雨任平生”、“小舟从此逝,江海寄馀生”那几句的翻版吗?陆游也是个宦途不得志的诗人,以放翁诗证东坡词,则“一蓑烟雨任平生”之为归隐的含义,也是可以了然的。苏轼对于张志和的《渔父》词“青箬笠,绿蓑衣,斜风细雨不须归”极为称赏,恨其曲调不传,曾改写为《浣溪沙》入歌(吴曾《能改斋漫录》卷十六)。江湖上的“斜风细雨”既令他如此向往,路上遭遇的几点雨自然就不觉得什么了。

下片到“山头斜照却相迎”三句,是写实,不须作过深的诠解;不过说“斜照相迎”,也透露着喜悦的情绪。词序说:“已而遂晴,故作此。”七个字闲闲写下,却是点睛之笔。没有这个“已而遂晴”,这首词他是不一定要写的。写晴,仍牵带着原先的风雨。他对于这一路上的雨而复晴,引出了怎样的感触来呢?

这就是接下去的几句:“回首向来萧瑟处,归去,也无风雨也无晴。”萧瑟,风雨声。“夜雨何时听萧瑟”,是苏轼的名句。天已晴了,回顾来程中所经风雨,自有一番感触。自然界阴晴圆缺的循环,早已惯见,毋庸怀疑;宦途中风雨的袭来,却很难料定何时能有转圜,必定有雨过天青的遭际吗?既然如此,则如黄庭坚所说的,“病人多梦医,囚人多梦赦”(《谪居黔南十首》),遭受风吹雨打的人那是要望晴的吧,苏轼却说自己已超然物外,因此,政治上、人生道路上风雨也好,晴也好,都无所谓,都不能使我挂怀。这便是“也无风雨也无晴”的意思。如何到得政治上“也无风雨也无晴”的境界?是“归去”!这个词汇从陶渊明的“归去来兮”取来,照应上文“一蓑烟雨任平生”。在江湖上,即使是烟雨迷蒙,也比宦途的风雨好多了。

(陈长明)

定风波

红　梅

好睡慵开莫厌迟,自怜冰脸不时宜。偶作小红桃杏色,闲雅,尚余孤瘦雪霜姿。　　休把闲心随物态,何事,酒生微晕沁瑶肌。诗老不知梅格在,吟咏,更看绿叶与青枝。

欣赏这首词,有两点值得注意:一、此词针对“诗老”石曼卿的《红梅》诗

【鉴赏】

而发，因而略见争奇斗胜之趣。二、苏轼有《红梅》诗三首，此词绝类其中第一首，当是从诗点化而来。而梅品即人品，就中不无自我写照意味。

石曼卿是宋初诗人，其《红梅》诗云："认桃无绿叶，辨杏有青枝。"苏轼以为仅有红梅之"形"，而无红梅之"神"。在苏轼看来，"论画以形似，见与儿童邻"（《书鄢陵王主簿所画折枝二首》）。他咏荷花曾赞它"天然地别是风流标格"（《荷华媚》）。真正的"梅格"，应当是"形"与"神"的有机结合和高度统一。所以，他下笔立意，既注意红梅与桃杏色泽之同，更突出红梅与桃杏气质之异，从而赋予她独特的"风流标格"——既艳如桃杏，又冷若冰霜。

词一起便出以拟人手法，花似美人，美人似花，饶有情致。"好睡慵开莫厌迟"，"慵开"指花，"好睡"拟人，"莫厌迟"，绾合花与人而情意宛转。就花时而言，梅花理应开在百花之先："前村深雪里，昨夜一枝开"（齐已《早梅》）；理应是报春使者："雪里已知春信至，寒梅点缀琼枝腻"（李清照《渔家傲·梅》）。不想由于"好睡"竟延误花期而与桃杏同时，故云"迟"，故请求谅解；莫嫌疏懒晚放，莫厌姗姗来迟。

然则与桃杏同放，是否切合时宜？"自怜冰脸不时宜"，梅花生就冰清玉洁之姿，怎合姹紫嫣红之群？无可奈何，唯有"乔妆改扮"以合春之"时宜"了。这就自然带出以下三句正面咏红梅文字。

"偶作小红桃杏色，闲雅，尚余孤瘦雪霜姿。"这三句是"词眼"，绘形绘神，正面画出红梅的美姿丰神。"小红桃杏色"，说她色如桃杏，鲜艳娇丽，切红梅的一个"红"字。"孤瘦雪霜姿"，说她斗雪凌霜，归结到梅花孤傲瘦劲的本性。"偶作"一词上下关连，天生妙语。不说红梅天生红色，却说美人因"自怜冰脸不时宜"，才"偶作"红色以趋时风。但以下之意立转，虽偶露红妆，光彩照人，却仍保留雪霜之姿质，依然还她"冰脸"本色。形神兼备，尤贵于神，这才是真正的"梅格"！

过片三句续对红梅作渲染，笔转而意仍承。“休把闲心随物态”，承“尚余孤瘦雪霜姿”；“酒生微晕沁瑶肌”，承“偶作小红桃杏色”。“闲心”、“瑶肌”，仍以美人喻花。言心性本是闲淡雅致，不应随世态而转移；肌肤本是洁白如玉，何以酒晕生红？“休把”二字一责，“何事”二字一诘，其辞若有憾焉，其意仍为红梅作回护。“物态”，指桃杏娇柔媚人的春态。红梅本具雪霜之质，不随俗作态媚人，虽呈红色，形类桃杏，乃是如美人不胜酒力所致，未曾堕其孤洁之本性。看他《红梅》诗此处云：“寒心未肯随春态，酒晕无端上玉肌”，其意昭然。这里是词体，故笔意婉转，不像做诗那样明白说出罢了。下面“诗老不知梅格在”，补笔点明，一纵一收，回到本意。红梅之所以不同于桃杏者，岂在于青枝绿叶之有无哉！这正是东坡咏红梅之慧眼独具、匠心独运处，也是他超越石曼卿《红梅》诗的真谛所在。

据王文诰《苏文忠公诗编注集成》，东坡三首《红梅》诗作于元丰五年贬黄州时，此词作年当稍后于诗。考东坡宦踪，他先是与当政者政见不合而自请外任，继之元丰二年因诗文罹罪下狱。元丰三年至七年，则以劫后余生来到黄州贬所，幽冷孤愤之感充郁心头。其咏定惠院海棠诗说：“只有名花苦幽独。”其《月夜偶出》云：“清诗独吟还自和。”身处逆境，然“一肚皮不合时宜”的苏轼，宁肯自怜幽独，“拣尽寒枝不肯栖，寂寞沙洲冷”（《卜算子·雁》），终不愿随波上下，俯仰由人。“尚余孤瘦雪霜姿”——他那高洁的本性绝不改变！

总之，此词不仅自出新意，以传神之笔写出了红梅的独特“风流标格”，更兼是词人自我品格的生动写照。清人刘熙载说：“东坡《定风波》云：‘尚余孤瘦雪霜姿。’《荷华媚》云：‘天然地别是风流标格。’‘雪霜姿’、‘风流标格’，学坡词者便可从此领取。”（《艺概·词曲概》）其《诗概》又云：“诗品出于人品。”这就是说，要学苏词的高远境界，必须具有苏轼那种超尘拔俗的胸襟，和艺术上的开拓创新精神。

（朱德才）

【原文】

定风波

常羡人间琢玉郎，天教分付点酥娘。自作清歌传皓齿，风起，雪飞炎海变清凉。　　万里归来年愈少，微笑，笑时犹带岭梅香。试问岭南应不好？却道，此心安处是吾乡。

这首词的原序说："王定国歌儿曰柔奴，姓宇文氏，眉目娟丽，善应对，家世住京师。定国南迁归，余问柔：'广南风土，应是不好？'柔对曰：'此心安处，便是吾乡。'因为缀词云。"宋神宗元丰二年（1079）六月，苏轼因"乌台诗案"被捕入狱，后贬为黄州团练副使。王巩字定国，从苏轼学为文，因收受苏诗而遭牵连，被贬宾州（治所在今广西宾阳县南）监盐酒税。宾州当时属广南西路，为岭南地区，僻远荒凉，生活艰苦。王巩赴岭南时，歌女柔奴同行。三年后王巩北归，出柔奴劝苏轼饮酒。苏轼作此词赞歌女，其中可见歌女性格，亦可看到苏轼的胸襟气度。

上片总写歌女，先从其主人写起："常羡人间琢玉郎，天教分付点酥娘。""琢玉郎"一词，苏轼不是第一次用以形容王巩。早在元丰元年苏轼知徐州时，王巩去看望他，未带家眷，苏轼有《次韵王巩独眠》一诗戏之云："居士身心如槁木，旅馆孤眠体生粟。谁能相思琢白玉，服药千朝偿一宿。"诗里用了卢仝《与马异结交诗》的典："白玉璞里琢出相思心，黄金矿里铸出相思泪。"因此"琢玉郎"就是指善于相思的多情种子。词中对王巩再一次称为"琢玉郎"，是使用有关他们两人故事的"今典"。连下句"天教分付点酥娘"，说是羡慕你这位多情男子，老天交付给你一位心灵手巧的"点酥娘"来了。"分付"即交付，一本作"乞与"。"乞"有"与"义，《广雅・释诂》："乞，予也。”与“分付”意同。“点酥娘”，本于梅尧臣诗。梅诗题甚长，为便于说明“点酥娘”，并诗全录如下。题云：“余之亲家有女子能点酥为诗，并花果麟凤等物，一皆妙绝，其家持以为岁日辛盘之助。余丧偶，儿女服未除，不作岁，因转赠通判。通判有诗见答，故走笔酬之。”诗云：“剪竹缠金大于掌，红缕龟纹挑作网。琼酥点出探春诗，玉刻小书题在榜。名花杂果能眩真，祥兽珍禽得非广。磊落男儿不足为，女工馀思聊可赏。”这里的“点酥”，大约相当于现在的裱花工艺吧。词用“点酥娘”一语，取梅诗的精神，夸赞柔奴的聪明才艺。“琢玉郎”、“点酥娘”，属对甚工。

第三句的“自”字紧承上句，专写柔奴：“自作清歌传皓齿，风起，雪飞炎海变清凉。”她能自作歌曲，清亮悦耳的歌声从她芳洁的口中传出，令人感到如同风起雪飞，使炎暑之地一变而为清凉之乡，使政治上失意的主人变忧郁苦闷、浮躁不宁而为超然旷放，恬静安详。苏词横放杰出，往往驰骋想象，构成奇美的境界，这里对“清歌”的夸张描写，表现了柔奴歌声独特的艺术效果。“诗言志，歌咏言”，“哀乐之心感，而歌咏之声发”（班固《汉书·艺文志》），美好超旷的歌声发自于美好超旷的心灵。这里赞其高超的歌技，更是颂其广博的胸襟。笔调空灵蕴藉，给人一种旷远清丽的美感。

下片写柔奴的北归，重点叙其答话。换头承上启下，先勾勒她的神态容貌：“万里归来年愈少。”岭南艰苦的生活她甘之如饴，心情舒畅，归来后容光焕发，更显年轻。“年愈少”多少带有夸张的成分，洋溢着词人赞美历险若夷的女性的热情。“微笑”二字，写出了柔奴在归来后的欢欣中透露出的度过艰难岁月的自豪感。“岭梅”，指大庾岭上的梅花，“笑时犹带岭梅香”，表现出浓郁的诗情。既写出了她北归时经过大庾岭这一沟通岭南岭北咽喉要道的情况，又以斗霜傲雪的岭梅喻人，赞美柔奴克服困难的坚强意志，为下边她的答话作了铺垫。最后写到词人和她的问答。先以否定语气提问：“试问岭南应不好？”“却道”，陡转，使答语“此心安处是吾乡”更显铿锵有力，警策隽永。白居易《初出城留别》中有“我生本无乡，心安是归处”，《种桃杏》中有“无论海角与天涯，大抵心安即是家”等语，苏轼的这句词，受白诗的启发，但又明显地带有王巩和柔奴遭遇的烙印，有着词人的个性特征，完全是苏东坡式的警语。它歌颂柔奴身处穷境而安之若素，和政治上失意的主人患难与共的可贵精神，同时也寄寓着作者自己随遇而安、无往不快的旷达情怀。

这首词写政治逆境出以风趣轻快的笔墨，情趣和理趣融而为一，写得空灵清旷，在苏轼黄州时期创作的词中具有代表性。

（吴小林）

南乡子

晚景落琼杯，照眼云山翠作堆。认得岷峨春雪浪，初来，万顷蒲萄涨渌醅[①]。　　春雨暗阳台，乱洒歌楼湿粉腮。一阵东风来卷地，吹回，落照江天一半开。

〔注〕①渌醅：渌，清澈。醅，未滤的酒。李白《襄阳歌》“遥看汉水鸭头绿，恰似蒲萄初酦醅”，为此词所本。

苏东坡似乎对自然界阴晴不定、倏忽变化的现象非常敏感。在三百数十首苏词中，写乍雨乍晴的奇丽景色的竟有二十多首。并且，首首风貌不同，使人不得不赞叹词人观察入微，感受细腻，表现技巧高超。

这首词作于元丰四年(1081)，傅幹注本的题目为“黄州临皋亭作”。苏轼因为写诗揭露新法的弊端，被贬为黄州团练副使本州安置不得签书公事，成为失去自由的罪人。到黄州后，他开始住在定惠院，以后又迁到长江边上的临皋亭。本词即描写一个春日的傍晚所见到的景色。

端起玉杯，只见落日斜照，青翠的云山倒映在酒杯中，把一杯玉液都染绿了。词人忽然觉得，这杯琼浆是那样熟悉，是那样有情，仿佛是老朋友似的。那碧绿的色彩，和满江的春水不是一样的吗？而满江的春水，正是故乡的岷山、峨眉山上的积雪融化而来的啊。你看那碧绿晶莹的江水，不正是清醇浓香的葡萄美酒吗？杯中的美酒是从江中舀起来的，难怪是老相识了。

多么奇特的审美感受啊！这感受由一杯酒而起：由倒影看到了天空，由酒的颜色而写到江水，由江水而想到岷峨，最后居然认为江水就是酒。仿佛这个小小的酒杯可以盛下整个世界。苏东坡的神通真是广大，将一个广大的空间装进小酒杯中，是他的拿手好戏。“水天浮白屋，河汉落酒樽。”“船稳江吹座，楼空月入樽。”“山城薄酒不堪饮，劝君且吸杯中月。”类似的诗句不少。独特的空间意识，正是苏轼旷达、宽广的胸怀的表现。

下半阕写骤雨复晴的景色。“春雨暗阳台，乱洒歌楼湿粉腮。”用“暗”和“乱”写春雨，抓住了春雨飘忽不定、倏来倏往的特征。来得突然，使人们不及回避，才能打湿美人的粉腮。既有琼杯美酒，又有美人粉腮，这场雨似乎扰乱了欢宴，真不是时候。但是，且慢！忽然有一阵东风卷地而来，吹散了云雨，落日的余晖从云缝中斜射出来，把半边天染红，碧绿的江水也“半江瑟瑟半江红”，景色奇丽，更胜于前，词人的酒兴怕更要高涨，“粉腮”怕更加娇艳，歌喉怕更要宛转悠扬吧。

乍一看来，词的上半阕写小酒杯中映出的世界，下半阕写乍雨还晴的景象，似乎两不相干，似乎纯是写景，无甚深意，率尔而作。但细细玩味，再联系词人当时的处境，便不难把握到其中的脉络。词的上半阕，由酒杯而云山，而江水，而岷峨，这是词人形象思维的过程，也是词外在的逻辑。艺术联想和想象的动力是情感。罪系黄州的苏东坡，端起酒杯，思乡之情便油然而生。正是这种情感作为动力，他的联想才最终指向故乡岷峨即蜀中，才产生了杯中之酒是岷峨的雪水这种奇特的心理。思乡之情是词的上半阕的内在逻辑。词的下半阕描绘倏忽变化的自然景观，给人动荡不定、神奇瑰丽的感觉。发展变化是宇宙的根本规律。自然界如此，人类社会亦如此。在政治斗争中遭到挫折的苏东坡，对自然界倏忽变化的敏感，不也包含着丰富的社会内容吗？我们可以说，词的下半阕在纯粹写景之中蕴含着身世之感。这样，整个一首词便神气贯通、融为一体了。上半阕思乡与下半阕人生的感慨原是二而一的东西。这样讲是否牵强附会？只要我们将苏词中描写乍雨乍晴的词多读几首，便会承认此说是有根据的。只不过在如像《定风波·沙湖道中遇雨》等一些词中，表现得较为明显，而在这首词中，却不露痕迹。唐末司空图主张“不着一字，尽得风流”。这正是本词的艺术特色。

（陈华昌）

南乡子

梅花词和杨元素

寒雀满疏篱，争抱寒柯看玉蕤。忽见客来花下坐，惊飞，踏散芳英落酒卮。　　痛饮又能诗，坐客无毡醉不知。花谢酒阑春到也，离离，一点微酸已着枝。

本词写于苏轼任杭州通判的第四年即熙宁七年（1074）初春。时杨元

素为杭州知州。元素名绘，所著《时贤本事曲子集》为我国最早的词话。全书已佚，尚有数条散见于其他载籍，近人赵万里《校辑宋金元人词》中有辑佚本。苏轼与杨元素唱和甚多。本词即是杨词的和作之一。可惜杨的原唱已经不存，否则，两词对读，一定会使读者更有兴味的。

词中没有正面描写梅花的姿态、神韵与品格，而是采用了侧面烘托的办法来加以表现。上片写寒雀喧枝，以热闹的气氛来渲染早梅所显示的姿态、风韵。岁暮风寒，百花尚无消息，只有梅花缀树，葳蕤如玉。在冰雪中熬了一冬的寒雀，值此梅花盛开之际，的知大地即将回春，自有无限喜悦之意。开头两句"寒雀满疏篱，争抱寒柯看玉蕤"，生动地描绘了寒雀对于物候变化的敏感。它们翔集在梅花周围，瞅准空档，便争相飞上枝头，好像要细细观赏花朵似的。寒梅着花，原是冷寂的，故前人咏梅，总喜欢赋予梅花一种孤独冷艳的性格。本词则不然。作者先从向往春天气息的寒雀写起，由欢蹦乱飞的寒雀引出梅花，便有了鸟语花香的意味，而梅花的性格也随之显得热乎起来。顾随先生自云早年极喜杨诚斋的绝句："百千寒雀下空庭，小集梅梢话晚晴。特地作团喧杀我，忽然惊散寂无声。"但读了苏轼此词以后，看法有了变化。他说："持以与此《南乡子》开端二语相比，苦水(按顾随自号苦水)不嫌他杨诗无神，却只嫌他杨诗无品。""'满'字、'看'字，颊上三毫，一何其清幽高寒，一何其湛妙圆寂耶?""一首《南乡子》，高处、妙处，只此开端二语。"(《顾随文集·东坡词说》)顾随深赏极爱开端二语，自是不差，而从"满"、"看"两字悟出"清幽高寒"及"圆寂"之说，似有未谛，且苏轼此词的妙处，亦不止这两句。"忽见客来花下坐，惊飞，踏散芳英落酒卮"，进一步从寒雀、早梅逗引出赏梅之人，而逗引的妙趣也不可轻轻放过。客来花下，寒雀自当惊飞，此原无足怪，妙在雀亦多情，迷花恋枝，不忍离去，竟至客来花下，尚未觉察，直至客人坐定酌酒，方始觉之，而惊飞之际，才不慎踏散芳英，则雀之爱花、迷花、惜花已尽此三句之中，故花之美艳绝伦及客之为花所陶醉俱不待繁言而明。再说，散落之芳英，不偏不倚，恰恰落在酒杯之中，此于赏梅之人，平添无穷雅兴，是则雀亦颇可人意。可见雀之于梅，在此词中实有相得益彰之妙。整个上片，由梅花盛开而飞扬出一片热烈的情致，因此梅花的惹人喜爱的美姿、丰神，也就不言而喻了。

下片写高人雅士在梅园举行的文酒之宴，借以衬托出梅花的风流高格调。“痛饮又能诗”的主语是风流太守杨元素及其宾客僚佐。杨元素才调不凡，门下自无俗客。诗、酒二事，此中人原是人人来得，不过这次有梅花助爽，饮兴、诗情便不同于往常。“痛饮”即开怀畅饮。俗语所谓“酒逢知己千杯少”，高人雅士喜以梅花为知己，“痛饮”固当，况又“能诗”。“能诗”又不限于其字面意义为善于写诗，这里暗用刘禹锡寄白居易诗句“苏州刺史例能诗”（时白任苏州刺史），以称美杨元素的文采风流。作者又有《诉衷情·送述古迓元素》词云：“钱塘风景古今奇，太守例能诗”，也是此意。“坐客无毡醉不知”，又用杜甫赠郑虔诗“才名四十年，坐客寒无毡”语。“醉不知”的主语是宴会的主人杨元素。坐客无毡则寒，如今饮兴正酣，故不复知。此句意不在写坐客之寒，而是写主人之醉。主人既醉，则宾客之醉亦可见。观主客的高情逸致，梅花的高格也不难想知了。“花谢酒阑春到也”，非指一次宴集时间如许之长，而是指自梅花开后，此等聚会，殆无虚日。歇拍二韵，“离离，一点微酸已着枝”，重新归结到梅，但寒柯玉蕤，已为满枝青梅所取代。咏梅花而兼及梅子，似属出格，但细察作者本意，原是要说明梅花的深可爱赏，虽日日对之痛饮狂歌，终无餍时，直至时序暗换，微酸着枝，尚有爱赏之意。古人早有所谓爱屋及乌之说，焉有爱梅花而不及梅子之理？何况不直说梅子而说“一点微酸”，诉之味觉形象，读来令人感到多么新颖可喜！整个下片，仍没有直接描写梅花的姿态、神韵与品格，但高人雅士为之留连忘返，逸兴遄飞，已经足以说明问题。

如前所说，本词是杨元素《梅花词》的和作。就题目要求来说，应该着重描写梅花,而就作者的创作意图来说,主要是要通过咏梅、赏梅来记录他与杨元素共事期间的一段美好生活和两人之间的深切友谊。这段生活,非梅花不足以喻其优雅;这种友谊,非梅花不足以拟其高洁。故全词既不句句粘住在梅花上,亦未尝有一笔怠慢了梅花。此即所谓不即不离,妙合无垠。

(吴汝煜)

南乡子

重九涵辉楼呈徐君猷

霜降水痕收,浅碧鳞鳞露远洲。酒力渐消风力软,飕飕,破帽多情却恋头。　佳节若为酬,但把清樽断送秋。万事到头都是梦,休休!明日黄花蝶也愁。

宋神宗元丰三年,苏轼得罪谪贬黄州,时知州为徐君猷,通判为孟亨之。苏轼与君猷弟徐得之书云:“始谪黄州,举目无亲。君猷一见,相待如骨肉,此意岂可忘哉!”又《跋君子泉铭》说:“予谪居黄州,通判承议郎孟震,字亨之,颇与予相善。”元丰四年有诗题云:“太守徐君猷、通守孟亨之皆不饮酒,以诗戏之。”可见苏轼虽为“罪官”,颇得长官厚待,迁谪之意稍减。这是理解此词的思想感情时所当注意的。

词是元丰五年重阳日在郡中涵辉楼宴席上写的。“霜降水痕收,浅碧鳞鳞露远洲”,从写景起。江上水浅,是深秋霜降季节现象,以“水痕收”表之。“浅碧”承上句江水,“鳞鳞”是水泛微波,似鱼鳞状;“露远洲”,水位下

【鉴赏】

降，露出江心沙洲，“远”字体现的是登楼遥望所见。两句是此时此地即目之景，暗中点题，境界清远。东坡虽处逆境，写秋色却无“悲秋”意绪，他还不是这样的人。

“酒力渐消风力软，飕飕，破帽多情却恋头”，此三句写酒后感受，不只是生理的，还有心理的，写法上又有几重转折。东坡好饮而量窄，自言“吾饮酒至少，常以把盏为乐，往往颓然坐睡”（《和陶饮酒二十首》叙）。这次宴饮，自有“不胜酒力”的一幕。及至“酒力渐消”，皮肤敏感，故觉有“风力”，一也。而风本甚微，故觉其“力软”，二也。风力虽“软”，仍觉有“飕飕”凉意，三也。然风力终是软，仍不至于落帽，四也。风力之微，已先于上句“浅碧鳞鳞”透出，至力不能落帽处再补一笔。此三句以“风力”为轴心，环绕它来发挥。晋时孟嘉落帽于龙山，是唐宋诗词常用的典故。楼中不比山上，又“风力软”，故帽不落，只是写实耳。寻常小事，甚至于不成其为一件事，原本不值一提，而郑重提出，至于翻用故典以表述之，则只为要说出“破帽恋头”四个字罢了。破帽恋头，寓意此身还不至被故人所弃，又加上“多情”二字以礼赞“破帽”，更是感人至深。至于“风”象征什么，看他元丰三年到黄州后《次韵答子由》诗“平生弱羽寄冲风，此去归飞识所从”之句，可以体会得到。这种深曲的寓意，也只是即兴借题发挥一下，点到即止，不宜太着痕迹。这是词体的要求，也是东坡此时的处境所规定，他只能这样写。

下片就涵辉楼上宴席，抒发感慨。“佳节若为酬，但把清樽断送秋”两句，本于杜牧《九日齐山登高》诗“但将酩酊酬佳节，不用登临恨落晖”，承其语而变其意。杜言“但将酩酊”，苏言“但把清樽”，都是只、且、一味饮酒之意，而所不同者，杜是乐饮酬谢佳节，此则把酒聊度清秋（“秋”字亦指此重阳秋节而言），其境遇不同，心事不同，情怀亦异。“断送”，此即打发走之意。政治上所受重大打击使他对待世事的态度有所变化，由忧惧转为达观，这乃是他在黄州时期所领悟到的安心之法。“万事到头都是梦，休休！”

词至此处，开口见喉咙，而语言却是借用宋初潘阆“万事到头都是梦，休嗟百计不如人”的成句，虽借用而仍如出于自己之口，以其自然契合之故。既然是“人间如梦”，则“一樽还酹江月”(《念奴娇·赤壁怀古》)可也，“但把清樽断送秋”亦无不可。“休休”就是口语中的“罢了呀罢了”。陶渊明无酒尚过重阳(《九日闲居》诗序：“秋菊盈园，而持醪靡由。”)，有酒时更是“何以称我情，浊酒且自陶。千载非所知，聊以永今朝”(《己酉岁九月九日》诗)。东坡是慕陶、学陶的，何况此时一座皆颇为相得之人，岂可不且醉今朝！“明日黄花蝶也愁”一句，参合他在知徐州时所作《九日次韵王巩》诗结尾“相逢不用忙归去，明日黄花蝶也愁”来理解，可知正是“且尽今日之欢”的意思。此词用的是他自己的“今典”，而彼诗则变化了唐郑谷《十日菊》“节去蜂愁蝶不知，晓庭还绕折残枝”诗意。郑谷诗的意思是：重阳过后，黄花被赏菊人折剩残枝了(郑诗后两句“自缘今日人心别，未必秋香一夜衰”可见)，蜂因无花可采而发愁，而蝴蝶不知已没有花了，因花枝已折而花香犹在，故仍来绕故丛；或亦可解为：花不在，香已渺，而蝶恋故处，仍来绕枝而飞。“蝶不知”者，非直接承上“愁”字作“不知愁”解，而是承句首二字为“不知节去”，即不知花残。节去花残，正是郑诗主意。东坡转深一步说“明日黄花蝶也愁”：十日已无菊，蜂愁“蝶也愁”，则不如趁赏现在之花，酬今朝之酒也。词末句径接“但把清樽断送秋”，与诗之“相逢不用忙归去”正一脉相通。后世论东坡此词者，于此句多未结合其《九日次韵王巩》诗为说，或只孤立赏其造句能“换骨”，或说本郑谷诗“却更进一层，言愁之甚”，或如《蓼园词选》所云：“‘明日黄花’句，自属达观，凡过去未来皆几非，在我安可学蜂蝶之恋香乎?”就嫌无法连结全词，讲得顺溜了。说“明日黄花蝶也愁”句应结合其徐州所作《九日次韵王巩》诗理解，有东坡自己的第一手资料可证。其黄州所作《与王巩定国》书云：“重九登栖霞楼[①]，望君凄然。歌《千秋岁》(按即“浅霜侵绿”一首，题“重阳徐州作”)，满坐识与不识，皆怀君。

遂作一词云:'霜降水痕收……'其卒章则徐州逍遥堂中夜与君和诗也。"可见词是有意沿用前诗句,两者的关系是很显然的。

全词以景起,以情结,句句不离题目(重九楼头饮宴),处处关系怀抱(失意而达观)。行文或用典,或不用,随意所宜。使用前人故事、成句处,或反用,或正引,或作小变化,都是为抒写自己胸襟怀抱服务,正是"使事不为事所使"。东坡是词坛大家,"以诗为词"是他词作的重要特色。以诗的题材内容入词,以诗的意境和语言入词,而仍然是词的味道,就是多了一层婉转的风致,如这篇《南乡子》即是一例。

〔注〕 ① 栖霞楼:按苏轼《水龙吟》(小舟横截春江)调名下注云:"闾丘大夫孝终公显尝守黄州,作栖霞楼,为郡中胜绝。"栖霞楼当即涵辉楼。

(陈长明)

南乡子

送述古

回首乱山横,不见居人只见城。谁似临平山上塔,亭亭,迎客西来送客行。　　归路晚风清,一枕初寒梦不成。今夜残灯斜照处,荧荧,秋雨晴时泪不晴。

苏轼这首词善于从社会人生常见的聚散之中展现出特定环境中的真情挚意。送别之作,牵涉到送行与被送行双方,联系双方的感情纽带是作品好坏的决定性因素。只有在二者深厚情谊的基础上,才说得上如何运用艺术的手段把它表现出来,而不致仅流于应酬而已。苏轼与陈述古交谊较深。述古名襄,比苏轼年长。当他还在朝时,便曾向宋神宗推荐苏轼是难得的人才。以后二人都因反对新法离朝外任，述古于熙宁五年(1072)五月由陈州移知杭州时，苏轼已任杭州通判半年。二人在这个风景名城一起宴集唱酬，十分相得。熙宁七年(1074)七月，陈调赴南都(宋之南京，今河南商丘)新任，于有美堂宴会僚佐，苏轼赋《虞美人》(湖山信是东南美)赠别。不久，陈离杭，苏轼追送至临平(在杭州东北面，即今余杭)，写下了这首情深意挚的送别词。

词以回顾二人两年来在一起共事的杭州城开始，虽是即景之笔，却在这拟写送述古的一回首之中表现了无限美好的回忆与惜别之情，而点出"居人"，含蓄地反映了陈述古在杭任上的爱民措施，以及离去时对"居人"的关注、眷顾之情。这种从眼前实景落笔而展衍开去与由景入情的写法，不仅使人感到亲切，而且增加了作品的深度。紧接着写临平山上的塔，仍就眼前景物落笔，实则是以客观的无知之物，衬托词人主观之情。"谁似"二字，既含有词人不像亭亭耸立的塔，能目送友人远去而深感遗憾，又反映了词人不像塔那样无动于衷地迎客西来复送客西去，而为友人的离去陷入深深的哀伤之中。同时，也反映了作者迎友人来杭又送友人离去的实际。

下阕承上阕以塔之无情送客衬己之惜别深情，再从正面和实处抒发。词意似断似续，实是妙笔。"归路晚风清"，友人既已离去，自己亦只得返程，然惜别的情思绵绵不绝。"梦不成"与"泪不晴"，都是实写词人对陈述古的思念，而又有一个递进、深化的过程。同时，在词的环境氛围与形象的描绘上，这两句也非常成功。"梦不成"，衬以初秋的寒意，愈显出环境气氛之凄清，"泪不晴"，置于微弱的残灯斜照之下，说雨晴而泪不晴，极有思致，愈展现出人物形象的孤寂及其内心思念友人的深情。

整首词就这样从一反一正、一虚一实之中，以通俗明白的语言，表现出词人对陈述古的深情厚谊与惜别之意。不用典故，不加藻饰，但写真景物真感情，在送别的题材中，令人有耳目一新之感。

(邱俊鹏)

【原文】

南乡子

集句

怅望送春杯杜牧，渐老逢春能几回杜甫。花满楚城愁远别许浑，伤怀，何况清丝急管催刘禹锡。　　吟断望乡台李商隐，万里归心独上来许浑。景物登临闲始见杜牧，徘徊，一寸相思一寸灰李商隐。

选取前人成句合为一篇叫集句。这本是诗中之一体，始见于西晋傅咸《七经诗》。宋代自石延年、王安石到文天祥，都喜为集句诗。天祥《集杜诗》二百篇最为著名。王安石又以集句为词，开词中集句一体。苏轼作有《南乡子・集句》三首，这是其第二首，词中所集皆唐人诗句。详审词意，当作于贬谪黄州时期。

“怅望送春杯”，起笔取杜牧《惜春》诗句，点对酒伤春现境。怅望着这杯送春之酒，撩起了比酒更浓的伤春之情。次句直抒伤春所以伤老。“渐老逢春能几回”，取杜甫《绝句漫兴九首》之句。杜甫此诗是飘泊成都时作。渐老，语意含悲。逢春，则一喜。能几回？又一悲。非但一悲，且将逢春之喜也一并化而为悲。一句之中一波三折，笔致淡宕而苍老。前人谓杜诗笔老，说得极是。东坡拿来此句，妙在正好写照了自己在“乌台诗案”后贬谪黄州的相似心情。东坡黄州诗《安国寺寻春》云“看花叹老忆年少，对酒思家愁老翁”，可尽此句意蕴。此时正是看花叹老，对酒思家，所以下句便道：“花满楚城愁远别。”此句取自许浑《竹林寺别友人》诗。时当春天，故曰花满。谪居黄州，正是楚城。远离故国，岂不深愁！花满楚城，触目伤心，真是春红万点愁如海呵！取此句实在切己之至。楚城一语，已贯入词人受迫害遭贬谪的政治背景这一深层意蕴，并隐然翻出之，词句便不等同于伤春伤别之原作。这极能体现集句古为今用之妙。“伤怀”，短韵二字，分量极重，囊括尽临老逢春远别之种种痛苦。上片有此二字自铸语，遂进一步将所集唐人诗句融为己有。“何况清丝急管催”，此句取自刘禹锡《洛中送韩七中丞之吴兴》诗。伤心人别有怀抱，更何况酒筵上清丝急管之音乐，只能加重难以为怀之悲哀呵。周邦彦《满庭芳》云：“憔悴江南倦客，不堪听、急管繁弦。”语意相似，若知人论世，则东坡此句实沉痛过之。据载，“东坡来黄州，二君（指太守、通判）厚礼之，无迁谪意。君猷秀惠列屋，杯觞流行，多为赋词。”（《苏轼诗集》卷二一《太守徐君猷通守孟亨之皆不饮酒以诗戏之》施元之注）词中所写酒筵丝管，当是黄州太守为东坡所设。

过片着力写思乡之情。“吟断望乡台”取自李商隐《晋昌晚归马上赠》诗。义山原诗云：“征南予更远，吟断望乡台。”这里虽是取其下句，其实亦有取上句。东坡宦游本不忘蜀，其《醉落魄·席上呈杨元素》云：“故山犹负平生约，西望峨嵋，长羡归飞鹤。”退隐还乡，几乎是东坡平生始终缠绕心头的一个情结。人穷则思返本，何况南迁愈远故国。当饮酒登高之际，又怎能不倍加望乡情切！下边纵笔写出：“万里归心独上来。”此句取自许浑《冬日登越王台怀归》诗。词人归心万里，同筵的诸君，又何人会此登临之意？“独”之一字，突出了词人的一份孤独感。东坡黄州诗《侄安节远来夜坐二首》云：“永夜思家在何处？”语意同一深沉。万里归心，本由宦游而生，更因迁谪愈切。无可摆脱的迁谪意识，在下句进一步流露出来。“景物登临闲始见”，取自杜牧《八月十二日得替后移居霅溪馆因题长句四韵》，盖有深意。原诗云：“景物登临闲始见，愿为闲客此闲行。”两句之中，闲字三见。东坡取其诗意，是整个地融摄，又暗注己意。春日之景物，只因此身已闲，始得从容登临见之真切如此。此句虽是言登临览景，其实已转而省察自身。闲之一字，饱含了自己遭贬谪无可作为的莫大痛苦。东坡黄州词《念

【鉴赏】

奴娇》(大江东去),即发抒理想落空、"人生如梦"(一作"人间如梦",此组《南乡子·集句》之三"须著人间比梦间"可参)之感。此句,正是感喟这份无可作为的痛苦与愤懑。然而,此时词人又能如何?"徘徊。"此二字,也是下片唯一自铸之语,但它所关消息甚大,暗示着词人此时心态由外向转而内向之一过渡。辗转徘徊,反思内心,正是"一寸相思一寸灰"。结笔取李义山《无题》(飒飒东风细雨来)诗句,沉痛至极,包孕至广。东坡黄州诗《寒食雨二首》云:"君门深九重,坟墓在万里。也拟哭途穷,死灰吹不起。"正是结笔乃至全词的极好注脚。君门不可通,故国不可还,两般相思,一样寒灰。一结哀感无穷。东坡在黄州,自有人所熟知的旷达一面(《念奴娇》、《赤壁赋》),可也有心若死灰的另一面。此词深刻反映了东坡当时心态的一个侧面。

此词落墨于酒筵,中间写望乡,结穴于一寸相思一寸灰的反思,呈现出一个从向外观照而返听收视、反观内心的心灵活动过程。由外向转而内向,是此词特色之一。这一点极可注意。北宋晁补之称东坡词"横放杰出,自是曲子中缚不住者"(《能改斋漫录》卷十六引)。而此词则证明,东坡词在横放杰出风格之外,更有内敛绵邈之一体。若进一步知人论世,则当时东坡之思想蕲向,实已从前期更多的向外用力,转变为更多的向内用力。南宋施宿《东坡先生年谱》元丰三年(1080)谱云:"到黄(州)无所用心,辄复覃思于《易》、《论语》,端居深念,若有所得。"可见此词呈现反观内心之特色并非偶然。同时,词中取唐人诗句无一而不切合词人当下之现境、命运、心态,既经其灵气融通,遂焕然而为一新篇章,具一新生命。集句为词,信手拈来,浑然天成,如自己出,是此词又一特色。东坡黄州诗《次韵孔毅父集古人句见赠五首》云"世间好语世人共,明月自满千家墀","用之如何在我耳,入手当令君丧魄",正是夫子自道。东坡这首集句词之成功,足见其博学强识,更足见其思想之自由灵活。陈寅恪先生《论再生缘》说:"六朝及天水一代之思想最为自由，故文章亦臻上乘。”又说：“苟无灵活自由之思想，以运用贯通于其间，即千言万语，尽成堆砌之死句。”可以移评东坡此词。好的集句实无异创作。宋代诗词盛行用典、隐括、集句和古人韵等法式，自其低下者而观之，不过为卑不足道的技巧。但自其高明者以观之，则体现了一种以故为新、善继传统和尚友古人、认同古人的文化精神，可说是技进乎道了。

（邓小军）

蘇軾詩文鑒賞辭典

（下）

领衔撰稿

夏承焘 臧克家 缪 钺 周汝昌

吴小如 霍松林 周振甫 袁行霈

王水照 曾枣庄

上海辞书出版社

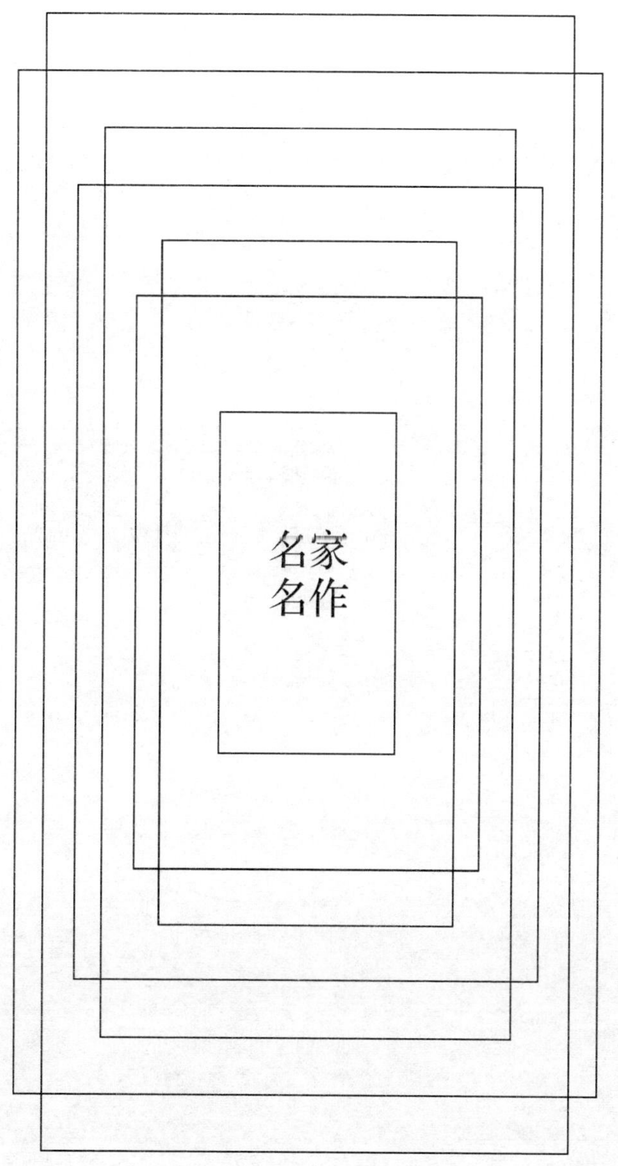

夏承焘　臧克家　缪钺　周汝昌　吴小如　霍松林　周振甫　袁行霈　王水照　曾枣庄　等撰写

【词】

【原文】

南歌子

游赏

山与歌眉敛，波同醉眼流。游人都上十三楼，不羡竹西歌吹古扬州。　　菰黍连昌歜[1]，琼彝倒玉舟。谁家《水调》唱《歌头》，声绕碧山飞去晚云留。

〔注〕 ① 菰黍连昌歜：歜，音蚕上声。昌歜即菖蒲根切细腌成的咸菜。《左传·僖公三十年》载周大子派遣周公阅聘问鲁国，宴请他的食物有"昌歜、白黑"。周公阅称为"荐五味，羞嘉谷"。（荐、羞，皆献进之意。）据历代注家解释：昌歜有五味之和；嘉谷指原料稻、黍，白黑指制成品白米糕、黑黍糕，还浇上油脂。词语用典，非谓必食此数物，取其意而已。

苏轼一到杭州就对杭州的山水发出惊叹，"余杭自是山水窟"，"故乡无此好湖山"，并表示死后愿能葬在这里。他先为通判，后作知州，在杭期间无日不在山水之间，甚至连辨讼决案等公务也在西湖办理。随着政治上的日益不得志，他对杭州的这种深情也与日俱增。他不仅把杭州当作游赏地、栖身所，更把它当作摆脱烦恼的精神逋逃薮。他写于杭州的诗词有不少就是这一段心灵历程的忠实纪录。此词就是其中之一。

这首词写的是杭州的游赏之乐，但并非写全杭州或全西湖，而是写宋时杭州名胜十三楼。这十三楼是临近西湖的一个风景点。周淙的《乾道临安志》有这样的记载："十三间楼去钱塘门二里许。苏轼治杭日，多治事于此。"

词一开头就写出了一个最为热烈的场面："山与歌眉敛，波同醉眼流。"

就是说，作者及其同伴面对湖光山色，尽情听歌，开怀痛饮。歌女眉头黛色浓聚，就像远处苍翠的山峦；醉后眼波流动，就像湖中的滟滟水波。接着补叙一笔：“游人都上十三楼。”意即凡是来游西湖的人，没有不上十三楼的，此一动人场面就出现在十三楼上。为了写出十三楼的观览之胜，作者将古扬州的竹西亭拿来比衬：“不羡竹西歌吹古扬州。”据《舆地纪胜》记载：“扬州竹西亭在北门外五里。”得名于杜牧《题扬州禅智寺》的“谁知竹西路，歌吹是扬州”。竹西亭为唐时名胜，向为游人羡慕。这里说只要一上十三楼，就不会再羡慕古代扬州的竹西亭了，意即十三楼并不比竹西亭逊色。

过片以后极写自己和同伴于此间的游赏之乐。“菰黍连昌歜”，写他们宴会上用的糕点，材料普通而精致味美。（一本题作“杭州端午”，则此指粽子。）“琼彝倒玉舟”，“彝”为贮酒器，“玉舟”即酒杯，句意为漂亮的酒壶，不断地往杯中倒酒。综上二句，意在表明他们游赏的目的不是为了口腹之欲，作烹龙炮凤的盛宴，而是贪恋湖山之美，追求精神上的愉快和满足。最后以写清歌曼唱满湖山作结：“谁家《水调》唱《歌头》，声绕碧山飞去晚云留。”《水调》，相传为隋炀帝于汴渠开掘成功后所自制，唐时为大曲，凡大曲有歌头，《水调歌头》即裁截其歌头，另倚新声。此二句是化用杜牧《扬州》“谁家唱水调，明月满扬州”诗意，但更富声情。意思是不知谁家唱起了水调一曲，歌喉宛转，音调悠扬，情满湖山，最后飘绕着近处的碧山而去，而傍晚的云彩却不肯流动，仿佛是被歌声所吸引而留步。这最后一笔极富表现力，一表明游人不知疲倦，至晚不归；二形容歌声之美妙动人，云彩也为之倾倒。

此词以写十三楼为中心，但并没有将这一名胜的风物作细致的刻画，而是用写意的笔法，着意描绘听歌、饮酒等雅兴豪举，烘托出一种与大自然同化的精神境界，给人一种飘然欲仙的愉悦之感。同时，对比手法的运用也为此词增色不少。十三楼的美色就是通过与竹西亭的对比而突现出来的，省了很多笔墨，却增添了强烈的艺术效果。此外移情的作用也不可小看。作者利用歌眉与远山、目光与水波的相似，付与远山和水波以人的感情，创造出"山与歌眉敛，波同醉眼流"的迷人的艺术佳境。晚云为歌声而留步，自然也是一种移情，耐人品味。

（谢楚发）

南歌子

雨暗初疑夜，风回便报晴，淡云斜照著山明。细草软沙溪路马蹄轻。　　卯酒醒还困，仙村梦不成，蓝桥何处觅云英？只有多情流水伴人行。

包括这首词在内，《东坡乐府》里有三首韵字相同、内容相近而且互相连属的《南歌子》，显然是同题之作。王氏四印斋本，三首编排在一起，且于第一首（日出西山雨）之下，标以"送行甫赴余姚"的题目，考其内容，与题不合，而排在这三首前面的另一首题作"湖州作"的《南歌子》，写的却是送别的内容。前人疑为词题互误，是有道理的。所以，"雨暗初疑夜"这一首，亦当是属于"湖州作"那个题目之下的篇章。苏轼由徐州转守湖州（今属浙江），是神宗元丰二年（1079）三月的事，到任不久，同年七月底，就发生了"乌台诗案"，苏轼随即被捕入狱。很可能，由于苏轼在湖州经历了这场巨大的政治风波，而同时所作的三首《南歌子》又都以描写晴雨变化的句子开头，所以毛氏汲古阁本就给它们加上了"寓意"二字的标题。苏轼到湖州，是那年三月奉命，四月到任，词中恰有"乱山深处过清明"之句，故而，三首《南歌子》当是赴任途中所作。那时，苏轼自己并不知道即将发生诗案，直

到七月七日,他还在湖州从容地曝晒图书字画,怀念那年新故的表兄文同,写了那篇著名的《篔筜谷偃竹记》,可见毛氏之所谓"寓意",乃出附会。

"雨暗初疑夜"这首小词,写的是作者行路途中的所见所感,反映了他那宦海漂泊的生活经历中的一个片断。苏轼那次调职赴任,自徐州往南京(商丘),再向东南方进发,过淮、泗,经金山、惠山、垂虹桥等胜迹,沿途旧地重游,多逢故人,不免相与感慨。在金山寺赠宝觉长老诗,有"稽首愿师怜久客,直将归路指茫茫"之句,可见作者当时心境。这首小词,则从轻松处着笔,聊发联想,叹人生之不得成仙而归去。开头所写晴雨变化,当是江南三月之实情。由于夜来阴雨连绵,时辰到了,不见天明,仍疑是夜;待到一阵春风把阴云吹散,迎来的已是晴朗天气。"淡云斜照著山明",写的是晨景,并非暮景。初升朝日,其光亦斜,亦是先把山头照得明亮。既是晴天,便可继续上路了。接下来,便是"细草软沙溪路马蹄轻"长句。这一句写得清新轻快的是春朝雨后乘马行于溪边路上之情味。苏轼喜作此等语句,"软草平莎过雨新,轻沙走马路无尘"(《浣溪沙·徐门石潭谢雨》),"山下兰芽短浸溪,松间沙路净无泥"(《浣溪沙·游蕲水清泉寺》),都与此二句非常近似,可以合看。下片着重写裴航遇云英,双双成仙的传奇故事,却从"卯酒醒还困"一句引发出来。卯酒,早晨卯时饮下之酒,亦即苏轼曾戏称为"浇书"之"晨饮"(见魏庆之《诗人玉屑》)。所谓"醒还困",既说酒未全醒,也说夜来睡眠未足,于是很自然地,单调而有节奏的踢踢踏踏的马蹄声,就引起神仙故事的联想来了。唐人裴铏所作《传奇》中,有一篇题作《裴航》的小说,故事离奇曲折,略谓:裴航下第归,与一女仙同舟,得其所示诗,有云:"蓝桥便是神仙窟,何必崎岖上玉清。"及至蓝桥驿,下道求浆,得遇云英,云英,女仙之妹也,经历访求玉杵臼、捣药服食诸曲折,终得结褵而升仙。苏轼此词中所谓"仙村",即指蓝桥而言;所谓"梦不成"者,谓神仙飘渺不可求,故有"何处觅云英"之感叹。最后,从幻想回到现实,为了找寻一点慰

【原文】

藉，作者觉得路边的溪水也还是有情的，它正鸣奏着潺潺的乐曲，伴随着自己，向前流淌着，这就是“只有多情流水伴人行”。

一首小词，总要写出一点情趣才能引人喜爱。苏轼这首《南歌子》的特点，在于写了他自己的联想，并且能够引起读者的联想，神仙故事如何如何，现实生活又如何如何，尽管人们从中获得的感受并不相同，但都会觉得它是有点味道的。这恐怕就是这首词的情趣所在了。

（王双启）

鹊桥仙

七夕送陈令举

缑山仙子，高情云渺，不学痴牛骙女。凤箫声断月明中，举手谢时人欲去。　　客槎曾犯，银河波浪，尚带天风海雨。相逢一醉是前缘，风雨散、飘然何处？

此词调寄《鹊桥仙》，以七夕为题，是咏调名本意，为送别友人陈令举而作，非必写于七月七日。陈舜俞，字令举，乌程（今浙江湖州市）人。熙宁中做过山阴知县，因抵制青苗法，遭贬居家。熙宁七年（1074）秋九月，苏轼同杨元素、陈令举、张子野等曾到湖州拜访知州李公择，作有《菩萨蛮·席上和陈令举》词，本篇之作大约亦在此时，为分别时所写。农历七月七日夜，称为七夕，古代民间神话，每年七夕，牛郎织女渡天河相会。向来写七夕题目的小词，都不外描写民间乞巧，或借以表达男女离恨。如张先《菩萨蛮·七夕》“双针竞引双丝缕，家家尽道迎牛女”，即是写前者；欧阳修《渔家傲·

七夕》"新欢往恨知何限,天上佳期贪眷恋",即是写后者。苏轼这首七夕词不同,他用来赠别,在立意上一反旧调,别开新境。

词写七夕,用事须得合题,故一般离不开鹊桥欢会、儿女私情。此词上片,也紧切七夕下笔,但用的却是王子乔飘然仙去的故事。据刘向《列仙传》载,周灵王太子王子乔,好吹笙作凤凰鸣,游伊洛之间,被道士浮丘公接上嵩高山三十余年。后于山上见柏良,对他说:"告我家,七月七日待我于缑氏山颠。"至时,果乘白鹤驻山头。望之不得到。举手谢时人,数日而去。李白《感遇诗》和《凤笙篇》,都写此事。苏轼此词上片,借这则神话故事,称颂一种超尘拔俗、不为柔情羁縻的飘逸旷放襟怀,以开解友人的离思别苦。发端三句,赞王子乔仙心超远,缥渺云天,不学牛郎织女身陷情网,作茧自缚。一扬一抑,独出机杼,顿成翻案之笔。缑山,在河南偃师县。缑山仙子,指王子乔,因为他在缑山仙去,故云。"凤箫"两句,承"不学"句而来,牛女渡河,两情缱绻,势难割舍;仙子吹箫月下,举手告别家人,飘然而去。前者由仙入凡,后者超凡归仙,趋向相反,故赞以"不学痴牛骙女"。李白《感遇》云:"吾爱王子晋,得道伊洛滨……举手白日间,分明谢时人。"上片词意,正与李白诗相近。

上片剪裁缑山仙子王子乔故事,泛咏七夕,隐隐为开解离愁作铺垫。下片写自己与友人的聚合与分离,仿佛前缘已定,事有必然。据东坡《记游松江》(《东坡志林》卷一)说:"吾昔自杭移高密,与杨元素同舟,而陈令举、张子野皆从余过李公择于湖,遂与刘孝叔俱至松江。夜半月出,置酒垂虹亭上。"苏轼于熙宁七年九月从杭州通判移任密州知州,与同时奉召还汴京的杭州知州杨元素同舟至湖州访李公择,陈令举、张子野同行,并与刘孝叔会于湖州府园之碧澜堂,称为"六客之会",席上张子野作《定风波令》,即"六客词",会后同泛舟游吴松江,至吴江垂虹亭畅饮高歌,"坐客欢甚,有醉倒者"。他们几位友人曾如此欢聚,如今又将星散了。下片就是记述这段

【鉴赏】

经历。但作者不是径直叙写,仍借与天河牛女有关的故事来进行比况。张华《博物志》载一则故事说:天河与海相通,年年有浮槎定期往来,海滨一人怀探险奇志,便多带干粮,乘槎浮去。经十余日,至一城郭,遇织布女和牵牛人,便问牵牛人,此是何处。牵牛人告诉他回去后问蜀人严君平便知。后来乘槎人还,问严君平。君平告以某年月日有客星犯牵牛宿,计算年月,正是乘槎人到天河之时。词人借用这则优美的神话故事,比况他们曾冲破澄澈的银浪泛舟而行。也许在明净的月夜,满天星斗映入波光,他们的航船,果真冲犯过牵牛宿呢!"槎",即竹筏,"客槎",一语双关:明指天河的"浮槎",暗喻他们所乘的客船。"尚带天风海雨",切合"浮槎"通海之说。与会者之一的杨元素,后来作诗寄东坡回忆此事,也说"仙舟游漾霅溪风",见吴聿《观林诗话》。煞拍两句笔墨落到赠别。"相逢一醉是前缘",写六客之会,"风雨散、飘然何处","风雨"承上"天风海雨",写朋友分袂,各自西东。两句,一写聚,一写散。"一醉是前缘",含慰藉之意;"飘然何处",有无限感慨。他们对于王安石新政,见解相同,临别之时,自是其情难已。

苏轼写七夕,摆脱了儿女艳情的旧套,借以抒写送别的友情,且用事上虽紧扣七夕,格调上却能以飘逸超旷,取代缠绵悱恻之风。使人读来,深感词人逸怀浩气,超乎尘垢之外,"不特兴会高骞,直觉有仙气缥缈于笔端"(《左庵词话》)。陆游在《跋东坡七夕词后》说:"昔人作七夕诗,率不免有珠栊绮疏惜别之意。惟东坡此篇,居然是星汉上语,歌之曲终,觉天风海雨逼人。"陆游的话,是此词的千古定评。

(刘乃昌)

望江南

超然台作

春未老，风细柳斜斜。试上超然台上看，半壕春水一城花。烟雨暗千家。　　寒食后，酒醒却咨嗟。休对故人思故国，且将新火试新茶。诗酒趁年华。

这首词作于熙宁九年(1076)暮春，在密州(今山东诸城县)任上。作者于熙宁七年十一月至密州，“处之期年”，即八年底，动工修葺园北旧台，并由其弟苏辙命其名曰“超然”，这就是超然台(据苏轼《超然台记》)。作者登超然台，眺望满城烟雨，触动乡思，写下了这首词。

这首词为双调，比原来的单调《望江南》增加了一叠。上片写登台时所见城中景象，包括三个层次。首先以春柳在春风中的姿态——“风细柳斜斜”，点明当时的季节特征：春已暮而未老。其次，以“试上”二句，直说登临远眺，而“半壕春水一城花”，在句中设对，以春水、春花，将眼前图景铺排开来。然后，以“烟雨暗千家”作结。三个层次先是由一个特写镜头导入，再是大场面的铺叙，最后，居高临下，说烟雨笼罩着千家万户。于是，满城风光，尽收眼底。这是上片，写春景。下片写情，乃触景生情，与上片所写之景，关系紧密。“寒食后，酒醒却咨嗟”，进一步将登临的时间点明。寒食，在清明前二日，相传为纪念介子推，从这一天起，禁火三天；寒食过后，重新点火，称为“新火”。此处点明“寒食后”，揣其用意：一是说，寒食过后，可以另起“新火”，二是说，寒食过后，正是清明节，应当返乡扫墓。但是，此时却欲归而归不得：一是因为公务在身，二是因为想继续进取，希望实现其“致

【鉴赏】

君尧舜”的宏大志愿。此时，作者的思想处于极端矛盾的状态之中。既由眼前之景触动思归之欲望，而这种欲望又不可能得到满足，因此，他只好自我开解，进行一番自我安慰。“休对故人思故国，且将新火试新茶。”“休对”、“且将”，这是最好的解脱办法，也是最切实的解脱办法。这一办法，虽十分勉强，无可奈何，但毕竟使思想上的矛盾暂时得到了解决。于是，“诗酒趁年华”，便进一步申明：必须超然物外，忘却尘世间一切，而抓紧时机，借诗酒以自娱。“年华”，指好时光，与开头所说“春未老”相应合。全词所写，紧紧围绕着“超然”二字，至此，即进入了“超然”的最高境界。这一境界，便是苏轼在密州时期心境与词境的具体体现。当然，细心玩味，似也不尽如此。这首词从“春未老”说起，既是针对时令，谓春风、春柳，春水、春花尚未老去，仍然充满春意，生机蓬勃，同时也是针对自己老大无成而发的，所谓春未老而人空老，可见心里是不自在的。从这个意义上看，苏东坡实际上并不真能“超然”。这种似是非是的境界，正是东坡精神世界的真实体现。

在作法上，作者按谱填词，也颇为讲究。《望江南》词，以单调为多，宋人喜作双调，《全宋词》中存词一百五十多首（不包括残篇）。宋人所作，成功例子并不多，而苏轼此词，却堪称典范。《望江南》词，上下两片居中两个七字句，通常是对仗句。苏轼这首词，上片两个七字句，上一句是散文句式，与下一句并不对，但下一句，“半壕春水一城花”，“半壕”对“一城”，“春水”对“（春）花”，却很工整，同样收到铺排场景的艺术效果。下片两个七字句，天设地造，不仅字面对得工，而且辞义也对得工。这组对句，道出了全词的中心意思。两组对句，一组写景，一组抒情，两相照应，两相关联。上一组对句，写的是异乡之景，下一组对句，抒的是故乡之情；上下合在一起看，可知上片所写之景乃由异乡人眼中看出，而下片所抒之情则由眼前之景所触发，景与情已经融为一体。令词小调，作得如此天衣无缝，实在难得。可见，苏轼并非豪放而不拘格律的词作者。

（施议对）

卜算子

黄州定慧院寓居作

缺月挂疏桐，漏断人初静。谁见幽人独往来，缥缈孤鸿影。

惊起却回头，有恨无人省。拣尽寒枝不肯栖，寂寞沙洲冷。

这首词是元丰五年（1082）十二月苏轼在黄州所作（王文诰《苏诗总案》）。先是熙宁中，苏轼与王安石政见不合，出补外官，他看到当时地方官吏执行新法多扰民者，心中不满，发抒于诗中，因此激怒新党，说苏轼诽谤朝政，遂逮捕下狱，百端罗织，必欲置之死地，即所谓“乌台诗案”。幸而神宗还算明白，终于释放苏轼出狱，贬为黄州团练副使。苏轼自元丰三年（1080）二月至黄州，至元丰七年六月乃量移汝州，在黄州贬所居住四年多。

定慧院在黄州东南。此词是苏轼在贬所抒怀之作。上半阕叙写寓居定惠院时的寂静情况。“漏”指漏壶，是古人计时的器具，从壶中滴水计算时间，夜深时，壶中滴水减少，仿佛断了，故“漏断”即指夜深。这段词意是说，在院中夜深人静，月挂疏桐之时，仿佛有个幽人独自往来，如同孤鸿之影。这个“幽人”，可能是想象的，也可能是苏轼自指。下半阕承接上文而专写孤鸿，说这个孤鸿惊恐不安，心怀幽恨，拣尽寒枝，都不肯栖息，只得归宿于荒冷的沙洲。这正是苏轼贬居黄州时心情与处境的写照，用比兴之法，借孤鸿衬托，正足以表达其“幽约怨悱不能自言之情”（张惠言《词选序》

【鉴赏】

语)。“拣尽寒枝不肯栖”句,南宋时曾有人认为:“鸿雁未尝栖宿树枝,惟在田野苇丛间,此亦语病也。”(《苕溪渔隐丛话前集》卷三十九)这种看法未免拘泥。金王若虚《滹南诗话》说:“东坡雁词云‘拣尽寒枝不肯栖’,以其不栖木,故云尔。盖激诡之致,词人正贵其如此。而或者以为语病,是尚可与言哉!”这是通达之见。

这首词虽是苏轼经历乌台诗案之后,贬居黄州,发抒其个人幽愤寂苦之情的作品,但是也曲折地反映了封建社会文字冤狱对人才的摧残,还是有一定的社会意义的。至于后人或谓此词为王氏女子而作(《能改斋漫录》卷十六),或谓为温都监女而作(《野客丛书》卷二十四)。都是好事者附会之辞,不足凭信。

这首词的艺术是很高妙的。黄庭坚评此词说:“语意高妙,似非吃烟火食人语,非胸中有万卷书,笔下无一点尘俗气,孰能至此!”(《豫章黄先生文集》卷二十六《跋东坡乐府》)评价可谓甚高。尤其“胸中有万卷书,笔下无一点尘俗气”二语,能说出苏词的真实本领,苏轼其他好词亦常有此种境界。陈廷焯评此词说:“寓意高远,运笔空灵,措语忠厚,是坡仙独至处,美成、白石亦不能到也。”(《词则·大雅集》)也推崇备至。至于这首词的章法也很奇特,前人已有道出者。胡仔说:“此词本咏夜景,至换头但只说鸿。正如《贺新郎》词‘乳燕飞华屋’,本咏夏景,至换头但只说榴花。盖其文章之妙,语意到处即为之,不可限以绳墨也。”(《苕溪渔隐丛话前集》卷三十九)这也可以看出苏轼在作词上的创新之处。

晚近人论词多以“豪放”为贵,而推苏轼为豪放之宗。这实在是一种偏见。宋词仍是以“婉约”为主流,而苏轼词的特长是“超旷”,“豪放”二字不足以尽之。这首《卜算子》词以及《水调歌头》(明月几时有)、《八声甘州》(有情风万里卷潮来)、《永遇乐》(明月如霜)、《定风波》(莫听穿林打叶声)等佳什,都是超旷之作,同时也不失词的传统的深美闳约的特点。这是评赏苏词时所极应注意的。

（缪　钺）

昭君怨

金山送柳子玉

谁作桓伊三弄[1]，惊破绿窗幽梦？新月与愁烟，满江天。

欲去又还不去，明日落花飞絮。飞絮送行舟，水东流。

〔注〕 ① 桓伊三弄：桓伊，字叔夏，小字子野。东晋时音乐家，善筝笛。《世说新语·任诞》载："王子猷（徽之）出都，尚在渚下。旧闻桓子野善吹笛，而不相识。遇桓于岸上过，王在船中，客有识之者云：'是桓子野。'王便令人与相闻云：'闻君善吹笛，试为我一奏。'桓时已贵显，素闻王名，即便回，下车，踞胡床，为作三调。弄毕，便上车去，客主不交一言。"

熙宁六年（1073）十一月，在杭州任通判的苏轼往常州、润州一带赈饥，恰好柳子玉要到舒州（今安徽安庆）灵仙观，二人便结伴同行。第二年二月，苏轼在金山送别柳子玉，遂作此词以赠。子玉名瑾，润州丹徒（今江苏镇江）人，其子仲远为苏轼堂妹婿，两人是谊兼戚友的。

词的上半阕写离别前的晚上。在夜深人静的时候，不知是谁吹起了优美的笛曲，将人从梦中惊醒。是什么样的梦呢？从"惊破"一词来看，似有怨恨之意。夜听名曲，本是赏心乐事，却引起了怨恨；而一旦梦醒，离愁就随之袭来，可见是个好梦。大概是梦见和朋友一起饮酒赋诗吧。欢聚的日子马上就要结束，怎不使人懊恼、愁闷？推开窗户，不知是要追寻那悠扬的

【鉴赏】

笛声，还是要寻回梦中的欢愉，只见江天茫茫，空荡荡的天上，挂着一弯孤单的新月，凄冷地望着人间。江天之际，迷迷蒙蒙、混混沌沌一片，那是被愁闷化作的烟雾塞满了。

上半阕写夜愁。融情入景，笛声，绿窗，新月，烟云，天空，江面，织成了一幅有声有色、浩淼幽清的图画。

下半阕遥想"明日"分别的情景。"欲去又还不去"，道了千万声珍重，但迟迟没有成行。二月春深，将是"落花飞絮"的时节，景象凄迷，那时别情更使人黯然。"飞絮送行舟，水东流。"设想离别的人终于走了，船儿离开江岸渐渐西去。送别的人站立江边，引颈远望，不愿离开，只有那多情的柳絮，像是明白人的心愿，追逐着行舟，代替人送行。而滔滔江水，全不理解人的心情，依旧东流入海。以"流水无情"反衬人之有情，又借"飞絮送行舟"表达人的深厚情意，结束全词，分外含蓄隽永。词所谓明日送行舟，未必即谓作此词的第二日开船，须作稍为宽泛的理解。诗集送柳子玉诗称"先生官罢乘风去"之后，复数有游宴之事，子玉始成行，可参。

通观全词，没有写一句惜别的话，没有强烈激切的抒情。将情感融入景物，通过景物描写渲染出一种情感氛围，使读者身不由己地被引进其所创造的意境之中，受到强烈的感染，这是本词的艺术魅力之所在。在众多的景物之中，又挑出一二件，直接赋予它们生命，起到画龙点睛的作用，使所有的自然物都生气勃勃，整个艺术画面都活了起来，这是本词的艺术特色。上半阕用"愁"写烟，使新月也带上了强烈的感情色彩；下半阕用"送"状柳絮，使之与东去的流水对比而生情。而"愁烟"和"飞絮"在形态上又有共同之处，它们都是飘忽不定、迷迷蒙蒙的自然物；它们轻虚空灵，似乎毫无重量，不可捕捉，但又能无限扩散，弥漫整个宇宙。用它们象征人世的飘泊不定，传达出迷蒙怅惘、拂之不去的眷恋之情，那是再妙不过的了。但作者似乎是随手拈来，毫不费力，只道眼前所见，显得极其自然。这正是词人的高超之处。

（陈华昌）

贺新郎

乳燕飞华屋，悄无人、桐阴转午，晚凉新浴。手弄生绡白团扇，扇手一时似玉。渐困倚、孤眠清熟。帘外谁来推绣户？枉教人梦断瑶台曲。又却是、风敲竹。　　石榴半吐红巾蹙，待浮花浪蕊都尽，伴君幽独。秾艳一枝细看取，芳心千重似束。又恐被、西风惊绿。若待得君来向此，花前对酒不忍触。共粉泪、两簌簌。

自从屈原用美人香草寄托君国之思，这种手法遂一直为后世诗人袭用。杜甫以“天寒翠袖薄，日暮倚修竹”之佳人自喻，东坡在自己的作品中也多次以美人寄身世之慨。这首《贺新郎》就是这类作品。

词的开头安排人物出场别具匠心，用一只小燕子引路，把读者的视线引向一座梧桐深院的华屋。而“乳燕飞华屋”，描画出环境气氛之幽静。华屋，暗示这里非寻常人家。傍晚清凉，在“悄无人”的桐阴下，推出一位出浴美人来。东坡喜爱写那“冰肌玉骨、自清凉无汗”的佳人，这出浴美人更能唤起一种表里澄清、一尘不染的美感吧。

“手弄生绡白团扇，扇手一时似玉”，进而工笔描绘美人“晚凉新浴”之后的闲雅风姿。东坡着意给人物设置了一个道具——“生绡白团扇”，这种轻罗小扇自是适合她的华贵身份，它的洁白精美更像它的主人一样纯洁玲珑。“扇手一时似玉”，表面上写美人的手和手中的扇都如白玉浮雕似的美好，同时也暗示了美人和她的扇子同样的命运。自从汉代班婕妤(汉成帝妃，为赵飞燕谮，失宠)作团扇歌后，在古代诗人笔下，白团扇常常是红颜薄命，佳人失时的象征。上文已一再渲染“悄无人”的寂静氛围，这里又写“手弄生绡白团扇”，着一“弄”字，便透露出美人内心一种无可奈何的寂寥，接以“扇手一时似玉”，实是暗示“妾身似秋扇”的命运。

以上写美人心态，主要还是用环境烘托、用象征、暗示方式，隐约迷离。她究竟在想什么呢？下面东坡便通过一个梦来表现。古今中外的文学家都喜欢写梦，它最适宜表现文学主人公心灵最深层的要眇幽微的情思。东坡运用得极其巧妙而自然。夏天，又是“新浴”，容易使人昏昏欲睡，自是一种生理反应。然而“渐困倚、孤眠清熟”一句，写睡眠而曰“孤”，曰“清”，却又使人感受到佳人处境之幽清和她内心的寂寞。瑶台，是帝王阆苑，也是天上仙宫，美人究竟做的什么梦呢？李白《清平调》写明皇与杨妃“若非群玉山头见，会向瑶台月下逢”，当是欢会的好梦吧？或者她像那“肌肤若冰雪，淖约若处子”的姑射女神，与嫦娥结伴，去过着那超然物外的仙家生活了。朦胧中仿佛有人掀开珠帘，敲打门窗，又不由引起她的一阵兴奋，引起她一种期待。可是从梦中惊醒，却是那风吹翠竹的萧萧声，等待她的仍旧是一片寂寞。唐李益诗云：“开门复动竹，疑是玉人来。”(《竹窗闻风寄苗发司空曙》)东坡化用了这种幽清的意境，着重写由梦而醒、由希望而失望的怅惘；“枉教人”、“却又是”，将美人这种感情上的波折凸现出来了。从上片整个构思来看，主要写美人孤眠。写“华屋”，写“晚凉”，写“弄扇”，都是映衬和暗示美人的空虚寂寞，而种种情愫尽在不言之中。无可告诉的怅惘之情最后翻成瑶台一梦。

杜甫笔下的佳人是“日暮倚修竹”，用萧萧修竹来映衬佳人。东坡则用秾艳独芳的榴花为美人写照。上片写到美人梦断瑶台，为了且散愁心，她穿过桐阴，来到了石榴花畔。“石榴半吐红巾蹙”，看那半开的榴花真似摺绉的红巾！白居易有诗云“山榴花似结红巾”（《题孤山寺山石榴花示诸僧众》），东坡句由此脱化而来，但把花写得更活了，“蹙”字形象地写出了榴花的外貌特征，又带有西子含颦的风韵，耐人寻味。“待浮花浪蕊都尽，伴君幽独”，这是美人观花引起的感触和情思。石榴在夏季开花，好像她是有意不与百花争春，待那些赶时髦的春花都凋谢尽了，她才蓓蕾初绽，晚花独芳。这幽独的榴花和幽独的美人是多么相似啊！因此，美人浮想联翩，想到心中所期待的远人。她似乎自言自语、无限深情地对心上人说：待那些浮花浪蕊谢尽的时候，你感到寂寞了，这里有石榴花陪伴您呀！“伴君幽独”一句中的“君”，隐隐指那瑶台梦中之人，与上片意脉暗连。这两句把榴花和“浮花浪蕊”对照，写榴花的坚贞忠诚，寓意深远。

“秾艳一枝细看取”，词中女主人公似乎又从遐想中把思绪收回来，仔细看取眼前的花儿了，这红艳秾丽的榴花多瓣重叠紧束。“芳心千重似束”，不仅捕捉住了榴花外形的特征，并再次托喻美人那颗坚贞不渝的芳心。美人对着花儿“细看取”，芳意重重之中，一颗多愁善感的心又飞到远处去。她由眼前之景想到将来之事。“又恐被、西风惊绿”，韶华易逝，好景难驻，绿枝翠叶尚不堪秋风，何况这娇柔的红花？一个“惊”字，绾合花与人；花是如此，人何以堪！由花及人，油然而生美人迟暮之感，美好年华就要在这幽寂的期待中过去了，不禁又想到了那瑶台梦中之人：“若待得君来向此，花前对酒不忍触。共粉泪、两簌簌。”美人又沉入遐想的境界中去：今日待君君不归，他日君归芳已歇。那时再到花前对酒共赏，恐不复看到这“秾艳一枝”、“芳心千重”的美景了。到那时难免对酒伤怀，泪珠儿、花瓣儿将一同簌簌落下了！《蓼园词选》评这结尾四句说：“是花是人，婉曲缠绵，耐人寻味不尽。”

整个下片看似只说榴花，实是句句写人。词中之榴花是美人眼中之花，有着浓郁的感情色彩。美人看花时而触景感怀，浮想联翩；时而以花自比，托花言志。有时她是站在花外观花，有时怜花惜花，亦自艾自叹，花与人合而为一了。这是别开生面的借物抒情之法。

关于这首词，前人传说纷纭。杨湜《古今词话》说：东坡知杭州时，府僚西湖宴集，官妓秀兰浴后倦卧，姗姗来迟，折一枝榴花请罪，东坡乃作此词，令秀兰歌之以侑觞。曾季狸《艇斋诗话》说：此词系东坡在杭州万顷寺作，寺有榴花树，是日有歌者昼寝云云。又陈鹄《耆旧续闻》说：有人在晁以道家见东坡此词真迹，问知为侍妾榴花作。然从词的内容看，词人为生活中某事而作，只不过借题发挥而已，这首词实是写东坡自己的情怀的。胡仔说得好："东坡此词，冠绝今古，托意高远，宁为一娼而发耶！"（《苕溪渔隐丛话》后集卷三十九）词中美人的"瑶台梦"颇可注意，它隐隐寓含着"君臣遇合"和超然物外两种理想境界，而这正是东坡性格中的两种主要特质。可叹"浮花浪蕊"偏能惑主，他仕途多舛，壮志难酬，而年华如水，期待杳茫，乃借佳人失时之态，寄政治失意之感，此其真正托意所在乎？

（高　原）

洞仙歌

【原文】

江南腊尽，早梅花开后。分付新春与垂柳。细腰肢、自有入格风流，仍更是、骨体清英雅秀。　　永丰坊那畔，尽日无人，谁见金丝弄晴昼？断肠是飞絮时，绿叶成阴，无个事、一成消瘦。又莫是东风逐君来，便吹散眉间，一点春皱。

这篇词写作年代不可确考，朱祖谋认为词意与《殢人娇》略同，把它编入熙宁十年(1077)。因为据《纪年录》，这年三月一日，苏轼在汴京与王诜(晋卿)会于四照亭，王诜侍女倩奴求曲，遂作《洞仙歌》、《殢人娇》与之。《殢人娇》题"小王都尉席上赠侍人"，与《纪年录》所记相合。《洞仙歌》倘真是写给倩奴的，其内容当会与倩奴有关。按南宋傅榦注本，《洞仙歌》题作"咏柳"。那么本篇则是借柳以喻人，人即在柳中。

上片写柳的体态标格和风度。起拍说腊尽梅凋，既点明节令，且借宾唤主，由冬梅引出春柳。以下"新春"紧承"腊尽"，腊月已尽，新春来临，早梅开过，杨柳萌发。柳丝弄碧，是春意繁闹的表征，故说"分付新春与垂柳"。"分付"，交付之意，着"分付"一词，仿佛春的活力、光彩、妖娆，均凝集于垂柳一身，从而突出了柳的形象。以下赞美柳的体态标格。柳枝婀娜，别有一种风流，使人想到少女的细腰。杜甫《绝句漫兴》早有"隔户杨柳弱袅袅，恰如十五女儿腰"之句。东坡正是抓住了这一特点，称颂她有合格入流的独特风韵，并进而用"清英秀雅"四字来品评其骨相。这就写出了垂柳的清高、英隽、雅洁、秀丽，见出她与浓艳富丽的浮花浪蕊迥然不同。作者把握住垂柳的姿质特色，从她的体态美，进而刻画了她的品格美。

下片转入对垂柳不幸遭遇的感叹。换头三句，写垂柳境况清寂、丽姿无主。长安永丰坊多柳，生在永丰园一角的垂柳，尽管在明媚春光中修饰姿容，分外妖娆，怎奈无人一顾。诗人白居易写过一首著名的《杨柳词》，据唐人孟棨《本事诗》载：白居易有妾名小蛮，善舞，白氏比为杨柳，有"杨柳小蛮腰"之句。及年事高迈，小蛮还很年轻，"因为杨柳之词以托意，曰：'一树春风万万枝，嫩于金色软于丝。永丰坊里东南角，尽日无人属阿谁?'"后宣宗听到此词，极表赞赏，遂命人取永丰柳两枝，移植禁中。东坡在这里化用

【鉴赏】

乐天诗意,略无痕迹,但平易晓畅的语句中,却藏有深沉的含义。“断肠”四句,紧承上文,写垂柳的凄苦身世,说:一到晚春,绿叶虽繁,柳絮飘零,她更将百无聊赖,必然日益瘦削、玉肌消减了。煞拍三句是展望前景,也许只有东风的吹拂,才可消愁释怨,使蛾眉般的弯弯柳叶,得以应时舒展。正如宋初诗人辛夤逊《柳》诗所说:“既待和风始展眉。”

全章用拟人法写柳,垂柳是词中的“主人公”。她身段苗条,体态轻盈,仪容秀雅。然而却寂寞无主,被禁锢在园林的一角,感受不到春光的温暖,也看不到改变命运的希望。这婀娜多姿、落寞失意的垂柳,宛然是骨相清雅、姿丽命蹇的佳人。词中句句写垂柳,却句句是写佳人。这佳人或许是向苏轼索词的倩奴,或许是与倩奴命运相似的女性。至少可以说,作者是以婉曲的手法,饱和感情的笔墨,描写了一位品格清淑而命运多舛的少女形象,对之倾注了无限的同情。

前人说:“咏物词极不易工,要须字字刻画,字字天然,方为上乘。”(《金粟词话》)咏物含蕴深湛,在于寄托,“贵有不粘不脱之妙”(《莲子居词话》)。东坡此词正具有这些优点。它句句刻画垂柳,清圆流畅,形神兼到,熨帖自然。并借柳喻人,把人的品格与身世融入对柳的形神描摹之中,物中有人,亦物亦人,既不粘滞于物,也不脱离所咏课题。就风格而论,此词缠绵幽怨,娴雅婉丽,曲尽垂柳风神,天然秀美处有似次韵章质夫的《杨花词》,而又别具一段倾城之姿。可以说,这是东坡婉约词的又一佳篇。

(刘乃昌)

洞仙歌

冰肌玉骨，自清凉无汗。水殿风来暗香满。绣帘开，一点明月窥人，人未寝，攲枕钗横鬓乱。　　起来携素手，庭户无声，时见疏星渡河汉。试问夜如何？夜已三更，金波淡，玉绳低转。但屈指西风几时来，又不道流年暗中偷换。

坡公的词，手笔的高超，情思的深婉，使人陶然心醉，使人渊然以思，爽然而又怅然，一时莫明其故安在。继而再思，始觉他于不知不觉中将一个人生的哲理问题，已然提到了你的面前，使你如梦之冉冉惊觉，如茗之永永回甘，真词家之圣手，文事之神工，他人总无此境。

即如此篇，其写作来由，老坡自家交代得清楚："仆七岁时见眉山老尼姓朱，忘其名，年九十余，自言：尝随其师入蜀主孟昶宫中。一日大热，蜀主与花蕊夫人夜起避暑摩诃池上，作一词。朱具能记之。今四十年，朱已死，人无知此词者。但记其首两句，暇日寻味，岂《洞仙歌令》乎，乃为足之。"这说明一个七岁的孩子，听了这样一段故事，竟是何等深刻地印在了他的心灵上，引起了何等的想象和神往，而四十年后（其时东坡当谪居黄州），这位文学奇人不但想起了它，而且运用了天才的艺术本领，将只余头两句的一首曲词，补成了完篇，——而且补得是那样的超妙，所以要相信古人是有奇才和奇迹出现过的。显然，东坡并不可能"体验"蜀主与花蕊夫人那样的"生活"而后才来创作，但他却"进入了角色"，这种创造的动机和方法，似乎已然隐约地透露出"代言体"剧曲的胚胎酝酿。

冰肌玉骨，可与"花容月貌"为对，但实有高下之分、雅俗之别了。盛夏之时，其人肌骨自凉，全无汗染之气，可想而得。以此之故，东坡乃即接曰：水殿风来暗香满。暗香者，何香？殿里焚焙之香？殿外莲荷之香？冰玉肌骨之人，既自清凉，应亦体自生香？一时俱难“分析”。即此一句，便见东坡文心笔力，何等不凡。学文之士，宜向此等处体会，方不致只看“热闹”耳。

以下写帘开，写月照，写欹枕，写钗鬓，须知总是为写大热二字，又不可为俗见所牵，去寻什么别的，自家将精神境界降低（或根本未曾能高），却说什么昶、蕊甚至坡公只一心在“男女”上摹写，岂不可悲哉。

上片全是交代“背景”。过片方写行止，写感受，写思索，写意境，写哲理。因大热人不能寐，及风来水殿，月到天中，再也不能闭置绣帘之内，于是起身而到中庭。以其无人，乃携手同行——所携者特曰素手，此本旧词，早见古诗，不足为奇，但东坡用来，正为蜀主原语呼应：其为冰玉生凉之手，又不待“刻画”，只一“素”字尽之，所以学文者若只以东坡“用传统词语”视之，便只得到“笺注家”能事，而失却艺术家心眼也。（所以好的笺注家须同时是艺术家，方可。）

既起之后，来至中庭，时已深宵，寂无人迹，闻无虫语，唯有微风时传暗香之夜气。仰而见月，于是由看月而又看银河天汉，盖时至六七月，河汉已愈显清晰。银河亦如此寂静无哗——时见流星一点，掠过其间。此笔写得又何等超妙入神！不禁令人想起孟襄阳写出“微云渡河汉，疏雨滴梧桐”时，当时一座叹为清绝。我则以为，东坡此一句，足抵孟公十字，不是秋夜之清绝，而是夏夜之静绝，大热中之静绝。写清绝之境不难，此境却实难落笔得神也。

“试问”一句，又从容传出二人携手大热中静玩夜空之景已久，已久。及闻已是三更，再观霄汉，果见月色澄辉，便觉减明，北斗玉绳，柄更低垂——真个宵深夜静，已到应该归寝之时了。但是大热不随夜色而稍减。于是又不禁共语：什么时候才得夏尽秋来，暑氛退净呢！

以上一切，皆非老尼朱氏所能传述，全出坡公自家为他二人而设身，而处地，而如觉大热，而如见星河，而如闻共语……学词者，又必须领会：汉、淡、转三韵，连写天象，时光暗转，是何等谐婉悦人，而又何等如闻微叹！

东坡既叙二人之事毕，乃于收煞全篇处，似代言，似自语，而感慨系之：当大热之际，人为思凉，谁不渴盼秋风早到，送爽驱炎？然而于此之间，谁又遑计夏逐年消，人随秋老乎？嗟嗟，人生不易，常是在现实缺陷中追求想象中的将来的美境；美境纵来，事亦随变；如此循环，永无止息——而流光不待，即在人的想望追求中而偷偷逝尽矣！当朱氏老尼追忆幼年之事，昶、蕊早已无存，而当东坡怀思制曲之时，老尼又复安在？当后人读坡词时，坡又何处？……是以东坡之意若曰：人宜把握现在。所以他写中秋词，也说"起舞弄清影，何似在人间？""……此事古难全，但愿人长久，千里共婵娟！"（此种例句，举之不尽）故东坡一生经历，人事种种，使之深悲；而其学识性质，又使之达观乐道。读东坡词，常使人觉其悲欢交织，喜而又叹者，殆因上述缘故而然欤？

此义既明，强分"婉约""豪放"，而欲使东坡归于一隅，岂不徒劳而自缚哉。

（周汝昌）

八声甘州

寄参寥子

有情风万里卷潮来，无情送潮归。问钱塘江上，西兴浦口，几度斜晖？不用思量今古，俯仰昔人非。谁似东坡老，白首忘机。　　记取西湖西畔，正春山好处，空翠烟霏。算诗人相

【原文】

得，如我与君稀。约它年、东还海道，愿谢公雅志莫相违。西州路，不应回首，为我沾衣。

这首词写作的时间、地点，多有异说：一、作于宋哲宗绍圣四年(1097)，时苏轼谪居儋州(今属海南岛儋县)，见清人王文诰《苏诗编注集成总案》卷四十一；二、作于哲宗元祐六年(1091)，时苏轼由杭州知州召为翰林学士承旨，将离杭州赴汴京，见朱祖谋《东坡乐府编年本》，后龙榆生《东坡乐府笺》、曹树铭《苏东坡词》从之；三、清人黄蓼园《蓼园词选》谓作于杭州任内："此词不过叹其久于杭州，未蒙内召耳"；四、建国后又有两说：元祐六年自杭到汴京后作和元祐四年(1089)初到杭州时作。

以上五说以第二说为胜。南宋胡仔《苕溪渔隐丛话·后集》卷三十九说："其词(即本篇)石刻后东坡自题云：'元祐六年三月六日。'余以《东坡先生年谱》考之，元祐四年知杭州，六年召为翰林学士承旨，则长短句盖此时作也。"苏轼离杭时间为元祐六年三月九日(据王宗稷《东坡先生年谱》)，则此词当是苏轼离杭前三天写赠给参寥的。这是一。又南宋傅榦《注坡词》卷五此词题下尚有"时在巽亭"四字。巽亭，在杭州东南。《乾道临安志》卷二："南园巽亭，庆历三年郡守蒋堂于旧治之东南建巽亭，以对江山之胜。"苏舜钦《杭州巽亭》诗："公自登临辟草莱，赫然危构压崔嵬。凉翻帘幌潮声过，清入琴尊雨气来。"苏轼当时所作《次韵詹适宣德小饮巽亭》："涛雷殷白昼。"这都说明巽亭能观潮，与本篇起句相合，而且说明苏轼可能曾游过此亭，就在巽亭小宴上与詹适诗歌唱和。这是二。词中所写景物皆为杭地，内容又系离别，这是三。故知其他四说都似未确。

参寥即僧道潜，於潜(旧县名，今并入浙江临安市)人，是当时一位著名的诗僧，与苏轼交往密切。此词乃苏轼临离杭州时的寄赠之作，为其豪迈超旷风格的代表作之一。词的上下片都以景语发端，议论继后，但融情入景，并非单纯写景；议论又伴随着激越深厚的感情一并流出，大气包举，格调高远。写景，说理，其核心却是一个情字，抒写他历经坎坷后了悟人生的深沉感慨。

上片"有情风"两句，劈头突兀而起，开笔不凡。表面上是写钱塘江潮一涨一落，但一说"有情"，一说"无情"，此"无情"，不是指自然之风本乃无情之物，而是指已被人格化的有情之风，却绝情地送潮归去，毫不依恋。所以，"有情卷潮来"和"无情送潮归"，并列之中却以后者为主，这就突出了此词抒写离情的特定场景，而不是一般的咏潮之作，如他的《南歌子·八月十八日观潮》词、《八月十五日看潮五绝》诗，着重渲染潮声和潮势，并不含有别种寓意。下面三句实为一个领字句，以"问"字领起。西兴，在钱塘江南岸，今杭州市萧山区境内。"几度斜晖"，即多少次看到残阳落照中的钱塘潮呵！苏轼在宋神宗熙宁年间任杭州通判时曾作《南歌子》说："笑看潮来潮去，了生涯。"他在杭时是经常观潮的。这里指与参寥多次同观潮景，颇堪纪念。"斜晖"，一则承上"潮归"，因落潮一般在傍晚时分，二则此景在我国古代诗词中往往是与离情结合在一起的特殊意象。如温庭筠《梦江南》："梳洗罢，独倚望江楼。过尽千帆皆不是，斜晖脉脉水悠悠，肠断白蘋洲。"柳永的《八声甘州》写思乡："渐霜风凄紧，关河冷落，残照当楼。"李清照《永遇乐》："落日熔金，暮云合璧，人在何处。"尤其是郎士元《送李遂之越》诗结句云："西兴待潮信，落日满孤舟"，更可与苏轼本篇合读。这夕阳的余光增添多少离人的愁苦！

"不用"以下皆为议论。议论紧承写景而出：长风万里卷潮来送潮去，似有情实无情，古今兴废，亦复如此。"不用"两句应作一句读，"思量今古"用不着，"俯仰昔人非"，即顷刻之间古人已成过眼云烟的感叹也用不着。王羲之《兰亭集序》云"向之所欣，俯仰之间，已为陈迹"，并发出"岂不痛哉"的呼喊。苏轼对于古今变迁，人事代谢，一概置之度外，泰然处之。"谁似"两句，又进一步

【鉴赏】

申述己意。苏轼时年五十六岁，垂垂老矣，故云“白首”。《庄子·天地篇》云：“有机械者必有机事，有机事者必有机心。”“机心”，指机诈权变的心计，忘机，则泯灭机心，无意功名利禄，达到超尘绝世、淡泊宁静的心境。苏轼在《和子由送春》诗中也说：“芍药樱桃俱扫地，鬓丝禅榻两忘机。”他是以此自豪和自夸的。

过片开头“记取”三句又写景：从上片写钱塘江景，到下片写西湖湖景，南江北湖，都是记述他与参寥在杭的游赏活动。“春山”，一些较早的版本作“暮山”，或许别有所据，但从词境来看，不如“春山”为佳。前面写钱塘江时已用“斜晖”，此处再用“暮山”，不免有犯重之嫌；“空翠烟霏”正是春山风光，“暮山”，则要用“暝色暗淡”、“暮霭沉沉”之类的描写；此词作于元祐六年三月，恰为春季，特别叮咛“记取”当时春景，留作别后的追思，于情理亦较吻合。这样，从江山美景中直接引入归隐的主旨了。

“算诗人”两句，先写与参寥的相知之深。参寥诗句甚著，苏轼称赞他诗句清绝，可与林逋比肩。他的《子瞻席上令歌舞者求诗，戏以此赠》云“底事东山窈窕娘，不将幽梦嘱襄王。禅心已作沾泥絮，肯逐春风上下狂”，妙趣横生，传诵一时。他与苏轼肝胆相照，友谊甚笃。早在苏轼任徐州知州时，他专程从余杭前去拜访；苏轼被贬黄州时，他不远二千里，至黄与苏轼游从；此次苏轼守杭，他又到杭州卜居智果精舍；甚至在以后苏轼南迁岭海时，他还打算往访，苏轼去信力加劝阻才罢。这就难怪苏轼算来算去，像自己和参寥那样亲密无间、荣辱不渝的至友，在世上是不多见的了。如此志趣相投，正是归隐佳侣，转接下文。

结尾几句是用谢安、羊昙的典故。《晋书·谢安传》：谢安虽为大臣，“然东山之志（即退隐会稽东山的‘雅志’），始末不渝，每形于言色”。他出镇广陵时，“造泛海之装，欲须经略粗定，自江道还东，雅志未就，遂遇疾笃”。病危还京，过西州门时，“自以本志不遂，深自慨失”。他死后，其外甥羊昙一次醉中过西州门，回忆往事，“悲感不已，以马策扣扇，诵曹子建诗曰：‘生存华屋处，零落归山丘。’恸哭而去”。这里以谢安自喻，以羊昙喻参寥，意思说，日后像谢安那样归隐的“雅志”盼能实现，免得老友像羊昙那样为我抱憾。顺便说明，苏轼词中常用此典，如《水调歌头》：“安石在东海，从事鬓惊秋。……一旦功成名遂，准拟东还海道，扶病入西州。雅志困轩冕，遗恨寄沧洲。”《南歌子·杭州端午》：“记取他年扶病入西州。”超然物外，寄情山水确实是苏轼重要的人生理想，也是这首词着重加以发挥的主题。

清末词学家郑文焯十分激赏此词。他在《手批东坡乐府》中评云：“突兀雪山，卷地而来，真似钱塘江上看潮时，添得此老胸中数万甲兵，是何气象雄且杰！妙在无一字豪宕，无一语险怪，又出以闲逸感喟之情，所谓骨重神寒，不食人间烟火气者。词境至此，观止矣！”可谓推崇备至。本篇语言明净骏快，音调铿锵响亮，但反映的心境仍是复杂的：有人生迍邅的悒郁，有兴会高昂的豪宕，更有了悟后的闲逸旷远——“骨重神寒，不食人间烟火气”。这种超旷的心态，又真实地交织着人生矛盾的苦恼和发扬蹈厉的豪情，使这首看似明快的词作蕴含着玩味不尽的情趣和思索不尽的哲理。

（王水照）

阮郎归

初 夏

绿槐高柳咽新蝉，薰风初入弦。碧纱窗下水沉烟，棋声惊昼眠。　　微雨过，小荷翻，榴花开欲燃。玉盆纤手弄清泉，琼珠碎却圆。

这首词写的是初夏时节的闺阁生活，闲雅而有生气。上片写初夏已悄

【鉴赏】

悄来到一个少女的身边。“绿槐高柳咽新蝉”，都是具有初夏特征的景物：枝叶繁茂的槐树，高大的柳树，还有浓绿深处的新蝉鸣声乍歇，一片阴凉幽静的庭园环境。“薰风初入弦”，又是初夏的气候特征。薰风，即暖和的南风。古人对这种助长万物的风曾写有《南风》歌大加赞颂：“南风之薰兮，可以解吾民之愠兮。南风之时兮，可以阜吾民之财兮。”据《礼记·乐记》载：“昔者，舜作五弦之琴以歌《南风》。”意即虞舜特制五弦琴为《南风》伴奏。这里的“薰风初入弦”，是说《南风》之歌又要开始入管弦被人歌唱，以喻南风初起。由于以上所写景物分别诉诸于视觉（绿槐、高柳）、听觉（咽新蝉）和触觉（薰风），使初夏的到来具有一种立体感，鲜明而真切。“碧纱窗下水沉烟，棋声惊昼眠”，进入室内描写。碧纱窗下的香炉中升腾着沉香（即水沈）的袅袅轻烟。碧纱白烟相衬，不仅具有形象之美，且有异香可闻，显得幽静闲雅。这时传来棋子着枰的响声，把正在午睡的女主人公惊醒。苏轼有《观棋》四言诗，其序云：“独游庐山白鹤观，观中人皆阖户昼寝，独闻棋声于古松流水之间，意欣然喜之。”诗句有云：“不闻人声，时闻落子。”这首词和这首诗一样，都是以棋声烘托环境的幽静。而棋声能“惊”她的昼眠，我们可以想象，在这么静的环境中，她大概已经睡足，所以丁丁的落子声便会把她惊醒。醒来不觉得余倦未消，心中没有不快，可见首夏清和天气之宜人。

下片写这个少女午梦醒来以后，尽情地领略和享受初夏时节的自然风光。“微雨过，小荷翻，榴花开欲燃”，又是另一番园池夏景。小荷初长成，小而娇嫩，在细雨过后随风摇曳；石榴花色本鲜红，经雨一洗，更是红得像火焰。这生机，这秀色，大概使这位少女陶醉了，于是出现了又一个生动的场面：“玉盆纤手弄清泉，琼珠碎却圆。”这位女主人公索性端着漂亮的瓷盆到清池边玩水。水花散溅到荷叶上，像珍珠那样圆润晶亮。可以想见，此时此刻这位少女的心情也恰如这飞珠溅玉的水花一样，喜悦，兴奋，不能自持。

在苏轼以前，写女性的闺情词，总离不开相思、孤闷、疏慵、倦怠，种种弱质愁情，可是苏轼在这里写的闺情却不是这样。女主人公单纯、天真，无忧无虑，不害单相思，困了就睡，醒了就去贪赏风景，拨弄清泉。她热爱生活，热爱自然，愿把自己融化在大自然的美色之中。这是一种健康的女性美，与初夏的勃勃生机构成一种和谐的情调。苏轼的此种词作，无疑给词坛，尤其是给闺情词，注入了一股甜美的清泉。

描写是这首词的主要表现方法。它注意景物描写、环境描写与人物描写的交叉运用，从而获得了很好的艺术效果。上片由绿槐、高柳、鸣蝉、南风等景物描写与碧纱窗、香烟、棋声等环境描写，以及午梦初醒的人物描写共同构成一幅有声有色的初夏闺情图。下片又以微雨、小荷、榴花等景物描写与洗弄清泉的人物描写结合，构成一幅活泼自然的庭园野趣图，女主人公的形象卓立其间。同时它还注意了动态描写，且不说“棋声惊昼眠”、“玉盆纤手弄清泉”的人物活动，就是景物也呈现出某种动感。小荷为微雨而翻动，可以想见它的迎风摇曳之姿。榴花本是静物，但用了一个“燃”字，又使它仿佛动了起来。这些动态描写对活跃气氛，丰富画面无疑起了有益的作用。

（谢楚发）

江城子

陶渊明以正月五日游斜川，临流班坐，顾瞻南阜，爱曾城之独秀，乃作斜川诗，至今使人想见其处。元丰壬戌之春，余躬耕于东坡，筑雪堂居之，南挹四望亭之后丘，西控北山之微泉，慨然而叹，此亦斜川之游也。

【原文】

乃作长短句，以《江城子》歌之。

梦中了了醉中醒，只渊明，是前生。走遍人间，依旧却躬耕。昨夜东坡春雨足，乌鹊喜，报新晴。　　雪堂西畔暗泉鸣，北山倾，小溪横。南望亭丘，孤秀耸曾城。都是斜川当日景，吾老矣，寄馀龄。

宋神宗元丰三年(1080)，苏轼四十五岁，因“乌台诗案”得罪谪黄州(今湖北黄冈)。次年春夏之际，苏轼生计困难，在老友马正卿帮助下向州郡求得黄州东门外东坡故营地数十亩，开垦耕种，以补食用之不足。苏轼因此自号东坡居士。这年冬天，黄州大雪盈尺，十二月二日微雪，至二十五日大雪始晴。下雪期间，苏轼在东坡营造了房屋，“作堂焉，号其正曰雪堂。堂以大雪中为，因绘雪于四壁之间，无容隙也。起居偃仰，环顾睥睨，无非雪者”(《东坡志林》卷四)。元丰五年初春，苏轼躬耕于东坡，居住于雪堂，感到满意自适，有似晋代诗人陶渊明田园生活一般。陶渊明《游斜川》诗序云：“辛酉正月五日，天气澄和，风物闲美。与二三邻曲，同游斜川。临长流，望曾城(“曾”同“层”。层城，神话传说中昆仑山最高级，此指江西鄣山，在庐山北)，魴鲤跃鳞于将夕，水鸥乘和以翻飞。……曾城傍无依接，独秀中皋，遥想灵山，有爱嘉名。”苏轼以为东坡雪堂初春的情景宛如渊明斜川之游，因有此作。

震动朝野的“乌台诗案”是北宋中期党争的恶果，它是苏轼仕宦以来所遭受到的空前严重的政治打击，几被置之死地。谪居黄州期间，他冷静思索和探讨了许多问题，政治态度与人生态度都发生了一些变化，在艺术上也开始追求平淡的趣味。晋代诗人陶渊明的归隐生活，恬静闲适的田园趣味，平淡朴质的诗风，对于躬耕东坡的苏轼变得亲切起来。他这时认真地研读陶渊明诗，并在诗词中多次表现出对渊明的仰慕之意。在这首《江城子》词中，苏轼仿佛与渊明神交异代，产生了共鸣。词充满了强烈的主观情绪，起笔甚为突兀，直以渊明就是自己的前生。他后来作的《和陶饮酒二十首》序云："吾饮酒至少，常以把盏为乐，往往颓然坐睡。人见其醉，而吾中了然，盖莫能名其为醉为醒也。"陶渊明好饮酒，自言："余闲居寡欢，兼比夜已长，偶有名酒，无夕不饮，顾影独尽，忽焉复醉。"(《饮酒二十首序》)苏轼能理解渊明饮酒的心情，深知他在梦中或醉中实际上都是清醒的，这是他们的共同之处。"走遍人间，依旧却躬耕"，充满了辛酸的情感，这种情况又与渊明偶合，两人的命运何其相似。渊明因不满现实政治而归田，苏轼却是以罪人的身份在贬所躬耕，这又是两人的不同之处。但他以旷达的态度对待人生的逆境，以逆为顺，因而"春雨足，乌鹊喜，报新晴"这些春天富于生气的景物使他欢欣，感到适意。

词的下片略叙东坡雪堂周围的景观。鸣泉、小溪、山亭、远峰，日与耳目相接，正如其《雪堂问潘邠老》所说："余之此堂，追其远者近之，收其近者内之，求之眉睫之间，是有八荒之趣。"仅以粗略的几笔勾画，表现出田园生活恬静清幽的境界，"意适于游，情寓于望"(同上文)，给人以超世遗物之感。作者接着以"都是斜川当日景"作一小结，是因心慕渊明，向往其斜川当日之游，遂觉所见亦斜川当日之景，同时又引申出更深沉的感慨。陶渊明四十一岁弃官归田，后来未再出仕，五十岁时作斜川之游。苏轼这时已经四十七岁，躬耕东坡，一切都好像渊明当日的境况，是否也会像渊明一样就此以了余生呢？那时王安石已罢政数年，章惇、蔡确等后期变法派执政，政治生活黑暗，苏轼东山再起的希望很小，因而产生迟暮之感，有于此终焉之意。结句"吾老矣，寄馀龄"的沉重悲叹，说明苏轼不是自我麻木，盲目乐观，而是对政局存在深深的忧虑，是"梦中了了"者。

这首词似随手写出，未曾着意经营，而词人胸中自有成熟的构想，故下笔从容不迫，不求工而自工。从纵的方面看：醉醒连渊明，渊明连躬耕，躬耕连东坡，东坡连及雪堂与周围景物，景物连斜川，最后回应到陶渊明《游斜川》诗之“开岁倏五十，吾生行归休”，迤逦写来，环环相扣，总不离于本题。从横的方面看：写周围景物，于所居之东坡则加细，说及一夜至晓的春雨、新晴；对西南诸景则只大略点出泉、溪、亭、丘，似零珠之散，合之则俨然是一幅东坡坐眺图，总归到“都是斜川当日景”之内，诚亦“至今使人想见其处”。以似斜川当日之景，引出对斜川当日之游的向往，对陶《游斜川》诗结尾所云“中觞纵遥怀，忘彼千载忧；且极今朝乐，明日非所求”，当亦冥契于心。苏轼对付逆境有自己的特殊态度。他对生活有信心，善于从个人痛苦情绪中解脱出来，很快适应环境，将生活安排得很好，随遇而安。从这首词里也侧面反映了他与险恶环境作斗争的方式：躬耕东坡，自食其力，窃比渊明澹焉忘忧的风节，而且对谪居生活感到适意，怡然自乐，令政敌们对他无可奈何。苏轼有时难免有一点衰迟之感，却也留心着局势的变化，注意保存自己，不久神宗皇帝死后，哲宗即位，他又起复，积极从政了。

（谢桃坊）

江城子

孤山竹阁送述古

翠蛾羞黛怯人看，掩霜纨，泪偷弹。且尽一尊，收泪唱《阳关》。漫道帝城天样远，天易见，见君难。　　画堂新构近孤山，曲栏干，为谁安？飞絮落花，春色属明年。欲棹小舟寻旧事，无处问，水连天。

词为宋神宗熙宁七年（1074）在杭州送别友人陈述古而作。陈襄字述

古，为杭州知州时，苏轼为通判，二人政治倾向基本相同，又是诗酒朋友，守杭期间甚为相得。这年七月，陈襄由杭州调知应天府（今河南商丘），于是僚友们为陈襄举行了几次饯别宴会。苏轼在这段时间先后共作了七首送别陈襄的词。其中有《菩萨蛮》，或题为“西湖席上代诸妓送陈述古”。这首《江城子》实际上也是代某妓送陈襄的。

竹阁在杭州西湖孤山寺内，为白居易在杭州时所建，故又称白公竹阁。据《乾道临安志》卷二云：“白公竹阁，在孤山，与柏堂相连，有唐刺史白居易祠堂。”继杭州僚佐在有美堂举行盛大饯送宴会之后，苏轼又与陈襄泛舟西湖，宴于孤山竹阁。在这些宴会上都是有官妓歌舞侑觞的。这首《江城子》便是作者摹拟某官妓语气，代她向陈襄表示惜别之意。

上阕描述此妓在饯别时的情景。首先表现她送别长官时的悲伤情态。“翠蛾”即蛾眉，借指妇女。“黛”本是一种黑色颜料，古代女子用来画眉，这里借指眉。“羞黛”为眉目含羞之态。“霜纨”指洁白如霜的纨扇。她因这次离别而伤心流泪，却又似感害羞，怕被人知道而取笑，于是用纨扇掩面而偷偷弹泪。她强制住眼泪，压抑着情感，唱起《阳关曲》，殷勤劝陈襄且尽离尊。《阳关曲》即唐代诗人王维《送元二使安西》诗谱入乐府后所称，亦名《渭城曲》，用于送别场合。上阕的结三句是官妓为陈襄劝酒时的赠别之语：“漫道帝城天样远，天易见，见君难。”这次陈襄赴应天府任，其地为北宋之“南京”，亦可称“帝城”。她曲折地表达自己留恋之情，认为帝城虽然有如天远，但此后见天容易，再见贤太守却不易了。这将是永远的离别。她清楚地知道：士大夫宦迹无定，他们与官妓在花间尊前的一点情意，离任后便会很快忘掉的。词情发展至此达到高潮，下阕全是模写官妓的相思之情。

“画堂”当指孤山寺内与竹阁相连接的柏堂。苏诗《孤山二咏并引》云：“孤山有陈时柏二株，其一为人所薪，山下老人自为儿时已见其枯矣，然坚

【鉴赏】

悍如金石,愈于未枯者。僧志诠作堂于其侧,名之曰柏堂。堂与白公居易竹阁相连属。”苏轼咏柏堂诗有“忽惊华构依岩出”句,诗作于熙宁六年六月以后,可见柏堂确为“新构”,建成始一年,而且可能由陈襄支持建造的(陈襄于五年五月到任)。在此宴别陈襄,自然有“楼观甫成人已去”之感。官妓想象,如果这位风流太守不离任,或许还可同她于画堂之曲栏徘徊观眺呢!由此免不了勾起一些往事的回忆。去年春天,苏轼与陈襄等僚友曾数次游湖,吟诗作词。苏轼《有以官法酒见饷者因用前韵求述古为移厨饮湖上》诗有“游舫已妆吴榜稳,舞衫初试越罗新”;后作《常润道中有怀钱塘寄述古》诗亦有“三月莺花付与公”之句,清人纪昀以为“此应为官妓而发”。可见当时游湖都有官妓歌舞相伴。“飞絮落花,春色属明年”,是说眼下已是花飞春尽,大好春色要到明年才有了。结尾处含蕴空灵而情意无穷。官妓想象她明年春日再驾着小船在西湖寻觅旧迹欢踪时,“无处问,水连天”,情事已经渺茫,唯有倍加想念与伤心而已。

这首词属于传统婉约词的写法,表现较为细致,语调柔婉。作者善于描摹歌妓的情态,揣测到她内心隐秘的情绪,很有分寸地表现出来,艳而不俗,哀而不伤,切合现实情景。游湖等事,大都有苏轼在场。他了解官妓们的思想与生活,尊重她们的人格,因而能将其情态表现得真实而生动。可以设想:当这位官妓在尊前请求苏轼代为作词以赠陈襄,词人对客挥毫,顷刻而就,她当即手执拍板情真意切地演唱起来,声泪俱下,在座诸公无不被感动,尤其是太守陈襄。

从这首词,可以看到宋代士大夫私人生活的一个方面。宋代统治阶级维持着歌妓制度,在官府服役的官妓,歌舞侍宴,送往迎来虚度青春,没有自由,精神生活十分痛苦。如仪真的一位官妓所说:“身隶乐籍,仪真过客如云,无时不开宴,望顷刻之适不可得。”(《夷坚丁志》卷十二)尽管她们身着绮罗,出入官府,实际上属于“贱民”,处于社会中卑贱的地位。由于职业关系，她们不得不歌舞侑觞，也不可能不与长官们尊前调情。这实际上是封建统治者公开玩弄妇女的一种方式。可见词中的官妓敬劝别酒、缅怀旧事、瞻念未来之时是有许多凄凉的情感，隐藏着对不幸命运的叹息悲伤。她们与长官的情谊，真真假假，很难说清。二者社会地位的悬殊又使他们之间不可能存在真正的情谊。苏轼为应酬官场习俗，实有相戏之意，将这种关系表现得扑朔迷离，真假难辨，非常巧妙。词的真实含意是比较复杂的。它是苏轼早期送别词中的佳作，反映了作者早期创作所受传统婉约词风的影响。

（谢桃坊）

江城子

湖上与张先同赋，时闻弹筝。

凤凰山下雨初晴，水风清，晚霞明。一朵芙蕖，开过尚盈盈。何处飞来双白鹭，如有意，慕娉婷。　　忽闻江上弄哀筝，苦含情，遣谁听！烟敛云收，依约是湘灵。欲待曲终寻问取，人不见，数峰青。

据词题，当是苏轼于熙宁五年(1072)至七年在杭州通判任上与当时已八十余岁的有名词人张先(990—1078)同游西湖时所作。词题云“与张先同赋”，但张先所赋词，今已佚。

关于这首词有两则传说。《墨庄漫录》卷一记载：东坡与客人同游西湖，其中二人有服。湖中有一彩舟，载淡妆妇女数人，其中一位三十余岁的正在弹筝，特别美丽。二客竟目送之。曲未终，彩舟已远去。东坡戏作此词。《瓮牖闲评》卷五则云：东坡与刘贡文等同游西湖，一美妇乘舟至，见东坡，自言："少年景慕高名，以在室无由得见，今已嫁为民妻，闻公游湖，不避罪而来。善弹筝，愿献一曲，辄求一小词，以为终身之荣，可乎？"东坡不能却，援笔赋此词与之。《瓮牖闲评》所记，似属无稽，但《墨庄漫录》所载，联系到苏轼通判杭州时，常与友人同游西湖的不少轶闻趣事，以及词题与词的内容来看，似不能说纯属子虚乌有。至于这种传说有多少分真实性，已很难判断，也没有多大的必要去进行详细的考辨。知道这首词是作者在游西湖时闻有人弹筝而作，也就足够我们去理解、分析这首词了。

这首词在写作上的最大特点，是富于情趣。作者紧扣"闻弹筝"这一词题，从多方面描写弹筝人的美好与动人的音乐。词把弹筝人置于雨后初晴、晚霞明丽的湖光山色之中，使人物与自然景色相映成趣，乐音与山水相得益彰。

在对人物的描写上，作者采用了比喻和衬托的手法。词的开头三句写山色湖光，只是作为人物的背景画面。"一朵芙蕖"两句紧接其后，既实写水面荷花，又是以出水芙蓉比喻弹筝的美人，收到了双关的艺术效果。从结构上看，这一表面写景，而实则转入对弹筝人的描写，真可说是天衣无缝。如果我们相信《墨庄漫录》关于弹筝人三十余岁，"风韵娴雅，绰有态度"的记载，则觉得"一朵芙蕖，开过尚盈盈"的比喻，不仅准确，而且极有情趣。接着便从白鹭似也有倾慕意来烘托弹筝人的美丽。假如《墨庄漫录》所记有着白衣（服丧）的两人见弹筝人之美而竟目送之的记载可信，那么词中之双白鹭也是喻指二客呆视不动的情状。

词的下阕重点写音乐。分几层来写：第一层是从乐曲总的旋律来写，故曰"哀筝"；第二层则从乐曲传达的感情来写，故言"苦（甚、极的意思）含情"；第三层"遣谁听"，是说乐曲哀伤，谁能忍听，是从听者的角度来写；第四层，再进一步渲染乐曲的哀伤，使无知的大自然也为之感动：烟霭为之敛容，云彩为之收色；最后再总括一句，这哀伤的乐曲就好像是湘水女神奏瑟在倾诉自己的哀伤（传说帝舜二妃娥皇、女英死后成为湘水之神。又屈原《远游》有“使湘灵鼓瑟兮”之句）。词写到这里，把乐曲的哀伤动人一步一步地推向最高峰，似乎这样哀怨动人的乐曲非人间所有，只能是出自像湘水女神那样的神灵之手。与此同时，“依约是湘灵”这总绾乐曲的一句，又隐喻弹筝人有如湘灵之美好。词的最后，承“依约”一句正待写人，却又采取欲擒故纵的手法，不仅没有正面去描写人物，反而写弹筝人已飘然远逝，只见青翠的山峰仍然静静地立在湖边，仿佛那哀怨的乐曲仍然荡漾在山间水际。从欣赏的心理角度来看，这种写法，既能紧扣读者的心弦，又留给人们以丰富的联想，真可谓“此时无声胜有声”，虽未见人胜见人了。“人不见，数峰青”两句，用唐代诗人钱起《省试湘灵鼓瑟》诗“曲终人不见，江上数峰青”，是那样的自然、贴切而又不露痕迹。即使不知其出处，也不妨碍我们理解其妙处，但我们知其出处，就更能体味其美妙。它不仅意象动人，而且在结构上还暗承“依约是湘灵”一句，把上下用典结合起来，而以“数峰青”收束，又回应词的开头“凤凰山下雨初晴”描写的雨过山青的景象，而富有回味，引人遐想。

（邱俊鹏）

江城子

密州出猎

老夫聊发少年狂，左牵黄，右擎苍，锦帽貂裘，千骑卷平冈。为报倾城随太守，亲射虎，看孙郎[①]。　　酒酣胸胆尚开张，鬓微霜，又何妨。持节云中，何日遣冯唐？会挽雕弓如满月，西北

【原文】

望，射天狼②。

〔注〕 ① 孙郎：即孙权。《三国志·吴志》载："权将如吴，亲乘马射虎于庱亭，马为虎所伤，权投以双戟，虎却废。" ② 天狼：星名，一名犬星，主侵掠，这里代指辽和西夏。

苏东坡是北宋词坛的大革新家，他作词时，正当柳永词风靡一世之际。他有志于改变《花间》以来柔媚的词风，就以柳永为对手。宋神宗熙宁八年，东坡任密州知州，曾因旱去常山祈雨，归途中与同官梅户曹会猎于铁沟，写了一首出猎词。他致书鲜于子骏说："近却颇作小词，虽无柳七郎风味，亦自是一家，呵呵。数日前猎于郊外，所获颇多。作得一阕，令东州壮士抵掌顿足而歌之，吹笛击鼓以为节，颇壮观也。"他树起了"自是一家"的旗帜，并对于自己的词有别于"柳七郎风味"，颇为得意。

出猎，对于东坡这样的文人来说，或许是偶然的一时豪兴，所以开篇便曰："老夫聊发少年狂。"狂者，豪情也。这首词通篇纵情放笔，气概豪迈，一个"狂"字贯穿全篇。看，今日词人左手牵黄犬，右臂驾苍鹰，好一副出猎的雄姿！随从武士个个也是"锦帽貂裘"，打猎装束。"千骑卷平冈"，千骑奔驰，腾空越野，好一幅壮观的出猎场面！"为报倾城随太守，亲射虎，看孙郎"，更是显出东坡"狂"劲儿来了。"太守"，东坡也。他说：快告诉全城的人，跟随我去打猎，看我像当年孙郎那样，亲自弯弓射虎吧！如此声情口吻，可见他何等豪兴！射虎，壮举也，孙郎，三国时代的孙权，曹操就曾称赞说："生子当如孙仲谋！"孙权射虎，在风华正茂之年，词人如今也要"亲射虎"，可见其英雄豪气，不减当年孙郎，亦是"聊发少年狂"也。写到这里，我们已经看到一个意气风发的狂飙式的人物形象：太守出猎而须"报"知人民跟随去看，其狂一也；出看而须"倾城"，其狂二也；猎必射虎，其狂三也；自比孙郎,其狂四也。

以上主要写在“出猎”这一特殊场合下表现出来的词人举止神态之“狂”,下片更由实而虚,进一步写词人“少年狂”的胸怀,抒发由打猎激发起来的壮志豪情。“酒酣胸胆尚开张”,是说酒酣时胸胆还能够开扩,足见年纪虽过青年,却并不衰飒。“鬓微霜,又何妨”,鬓边添了几根头发,又有什么要紧?廉颇能饭,就大有可用!此时东坡才39岁,因反对王安石新法,自请外任。此时西北边事紧张,熙宁三年,西夏大举进攻环、庆二州,四年占抚宁诸城。东坡因这次打猎,小试身手,进而便想带兵征讨西夏了。“持节云中,何日遣冯唐?”就是表达这层意思。汉文帝时云中太守魏尚抗击匈奴有功,但因报功不实,获罪削职。后来文帝听了冯唐的话,派冯唐持节去赦免魏尚,仍叫他当云中太守。这是东坡借以表示希望朝廷委以边任,到边疆抗敌。一个文人要求带兵打仗,并不奇怪,唐代诗人多有此志。东坡同时有《祭常山回小猎》诗说:“圣明若用西凉簿,白羽犹能效一挥。”《乌台诗案》记东坡自云:“意取(晋)西凉州主簿谢艾事。艾本书生也,善能用兵,故以此自比。若用轼为将,亦不减谢艾也。”可见当时东坡这种思想感情是真实的。“会挽雕弓如满月,西北望,射天狼。”词人最后为自己勾勒了一个挽弓劲射的英雄形象,英武豪迈,气概非凡。

这首词上片出猎,下片请战,场面热烈,情豪志壮,大有“横槊赋诗”的气概,把词中历来香艳软媚的儿女情,换成了报国立功,刚强壮武的英雄气了。这是东坡对温(庭筠)柳(永)为代表的传统词风的挑战,他以“揽辔澄清”之志,写慷慨豪雄之词,提高了词品,扩大了词境,打破了“词为艳科”的范围,把词从花间柳下、浅斟低唱的靡靡之音中解放出来,走向广阔的生活天地。凡是可以写诗的内容,无一不可以入词。词至东坡,其体始尊,从此词与诗并驾齐驱的地位逐渐得了确认。从这个角度看,东坡这首《江城子》在词的发展史上有着里程碑的意义。

(高　原)

【原文】

江城子

别徐州

天涯流落思无穷！既相逢，却匆匆。携手佳人，和泪折残红。为问东风余几许？春纵在，与谁同！　　隋堤三月水溶溶。背归鸿，去吴中。回首彭城，清泗与淮通。欲寄相思千点泪，流不到，楚江东。

苏轼于熙宁十年(1077)四月调知徐州，五月到任，历时近两年，元丰二年(1079)三月由徐州调往湖州。这首词就是他在离徐后赴湖州途中写的，故曰“别徐州”，又题作“恨别”。

况蕙风曾说：“‘真’字是词骨。情真，景真，所作必佳。”(《蕙风词话》卷一)苏轼这首词的突出特点便是“真”，情真，景真，语语真切，抒发了他对徐州风物人情无限留恋之情。

词以感慨起调，言天涯流落，愁思茫茫，无穷无尽。“天涯流落”，深寓词人的身世之感。苏轼外任多年，类同飘萍，自视亦天涯流落之人。在这之前的《醉落魄》词中，已有“人生到处萍飘泊”、“天涯同是伤沦落”的感慨；他在徐州写的《永遇乐》(明月如霜)中，又再兴“天涯倦客”之叹。他在徐州仅两年，又调往湖州，南北折腾，这就更增加了他的天涯流落之感。显然，这一句同时也饱含着词人对猝然调离徐州的感慨。词以感慨起调，是比较少见的。它是在矛盾痛苦之中，在辗转反侧、欲言不能、而又不吐不快的情况下，用千言万语凝成的一句话，竭肺腑之力，冲口而出，所以笔势凌厉、沉重。吐出这句感情激越的话之后，心情似乎平静了些，才又慢慢叙起。“既相逢，却匆匆”两句,转写自己与徐州人士的交往,相逢既晚(当时苏轼来徐州时已四十多岁),相处尤短,却匆匆离去!对邂逅相逢的喜悦,对骤然分别的痛惜,得而复失的哀怨,溢于言表。“携手”两句,写他永远不能忘记自己最后离开这个城市时依依惜别的动人一幕。他不正面写徐州官员与友人盛大宴别场面,而是攫取一个动人的细节:别筵上的歌妓——红粉佳人。“和泪折残红”,迹象与神情兼备,是抒发感情的极细微处:睹物伤怀,情思绵绵,辗转不忍离去,诸般情绪,皆在“和泪折残红”这一细节描写之中。且眼泪与残红相照,泪犹残红,残红溅泪,绸缪之至,极是渲染感情之笔。苏轼另有词《减字木兰花·彭门留别》①,有“玉觞无味,中有佳人千点泪”句,可与此句互参。“残红”同时也是写离徐的时间,启过拍“为问”三句。由残红而想到残春,因问东风尚余几许,其实,纵使春光仍在,而身离徐州,与谁同春!通过写离徐后的孤单,写对徐州的依恋,且笔触一步三折,婉转抑郁,是抒发感情极深沉处。

如果说词的上片侧重“情真”,那么,下片则是侧重“景真”,但又并非纯写景物,而是即景抒情,继续抒发上片未了之情。过片“隋堤三月水溶溶”,是写词人离徐途中的真景。苏轼是由汴河水路离开徐州的。诗集《罢徐州往南京马上走笔寄子由五首》中说:“古汴从西来,迎我向南京。东流入淮泗,送我东南行。”汴河,隋时所开,它西入黄河,南达江淮,在北宋仍是沟通京师与江淮的重要水道。沿河筑堤,世称隋堤。暮春三月,绿水溶溶,亦景亦情,柔情似水,一片纯真。“背归鸿,去吴中”,亦写途中之景,而意极沉痛。春光明媚,鸿雁北归故居,而词人自己却与雁行相反,离开徐州热土,南去吴中湖州。苏轼显然是把徐州当成了他的故乡,而自叹不如归鸿。“彭城”即徐州城。“清泗与淮通”又是一真景。苏轼不忍离徐,而现实偏偏无情,不得不背归鸿而去,故于途中频频回顾,直至去程已远,回顾之中,唯见清澈的泗水由西北而东南,向着淮水脉脉流去。看到泗水,触景生情,自然会想到徐州(泗水流经徐州),词人还不禁想起他在徐州所建筑的黄楼

【鉴赏】

呢！“荡荡清河堧，黄楼我所开”（《送郑户曹》）、“唯有黄楼临泗水”（《答范淳甫》），这些，不正是表现他对黄楼的感情吗？上引《罢徐州往南京……》诗下续云：“暂别还复见，依然有余情。春雨涨微波，一夜到彭城。过我黄楼下，朱栏照飞甍。”可以作为此语的补充。故歇拍三句，即景抒情，于沉痛之中交织着怅惘的情绪。徐州既相逢难再，因而词人欲托清泗流水把千滴相思之泪寄往徐州，怎奈楚江（指泗水）东流，相思难寄，怎不令词人怅然若失！托淮泗以寄泪，情真意厚，且想象丰富，造语精警；而楚江东流，又大有“自是人生长恨水长东”之意，感情沉痛、怅惘，不禁百无聊赖，黯然销魂！

此词之美，在于纯真，如上所说，情真，景真，而写景也是为了写情。真而不矜，处处赤诚，不矫揉造作，不忸怩作态。这是由于苏轼对徐州确实有深厚的感情基础。苏轼调任徐州之后，曾对徐州的山川地理、风俗民情，作过详细考察，从内心里爱上了这个南北要冲、古多豪杰的地方，因而满怀激情，赞颂备至。他自己也有一套治理徐州的方略。他曾蓑衣草鞋、舍家忘身，和徐州人民一起奋战特大洪水，从而与徐州人民结下了生死与共的情谊。他曾组织人民开发徐州煤矿，揭开了徐州煤矿史的第一页。他对徐州人民相当熟悉，白叟、黄童、采桑姑、络丝娘以及人民的生活方式甚至各种农作物，都成了他诗词取材的对象，他甚至学会了徐州的一些方言土语，并且写进了他的作品，他甚至想终老徐州②，尽管他当时只有四十多岁。徐州人民也爱戴这位长官，对他的人品、政绩、文学都很敬佩，男女老幼都喜欢和他接近。“旋抹红妆看使君，三三五五棘篱门，相排踏破蒨罗裙”（《浣溪沙》），写的就是徐州的村姑少女争看这位“使君”的生动场面。他的诗词，在当时就在人民中传诵。当苏轼调离徐州时，满城人民攀辕挽留，哭声填巷。正因为如此，苏轼对徐州才会那样恋恋不舍，才会写出这样一片纯情的告别词来。由于感情至真至切，所以下笔便纯是情语，而于文字则落其华芬，不假雕镂，雕镂反失其真。苏轼在这首词中所要告别的，是整个徐州，包括了徐州的广大人民，因而词中所流露的思想感情是极为可贵的。苏轼的这首词和他的其他诗词、事迹一样，至今还在徐州人民口头上流传，可谓君子之泽，历经沧桑而不竭！

〔注〕 ① 此词亦调离徐州时所写。彭门，即徐州。 ②《东坡集》卷三十二《灵璧张氏园亭记》："余为彭城二年，乐其风土，将去不忍，而彭城之父老亦莫余厌也。将买田于泗水之上而老焉。"

（邱鸣皋）

江城子

乙卯正月二十日夜记梦

十年生死两茫茫。不思量，自难忘。千里孤坟，无处话凄凉。纵使相逢应不识，尘满面，鬓如霜。　　夜来幽梦忽还乡，小轩窗，正梳妆。相顾无言，惟有泪千行。料得年年肠断处：明月夜，短松冈。

苏东坡十九岁时，与年方十六的王弗结婚。王弗年轻美貌，侍翁姑恭谨，对词人温柔贤惠，恩爱情深。可惜恩爱夫妻不到头，王弗活到二十七岁就年轻殂谢了。东坡丧失了这样一位爱侣，心中的沉痛，精神上所受到的打击，是难以言说的。父亲对他说："妇从汝于艰难，不可忘也。"（《亡妻王氏墓志铭》）熙宁八年（1075），东坡来到密州，这一年正月二十日，他梦见爱妻王氏，便写下了这首传诵千古的悼亡词。

文学史上，悼亡诗写得最好的有潘安仁与元微之，他们的作品悲切感人。前者状写爱侣去后，处孤室而凄怆，睹遗物而伤神；后者呢，已富且贵，

【鉴赏】

追忆往昔，真是贫贱夫妻百事哀呵，读之令人心痛。同是一个题目，东坡这首词的表现艺术却另具特色。这首词是“记梦”，而且明确写了做梦的日子。我们确认作者的“梦”是真实的，不是假托的。说是“记梦”，其实只有下片五句是记梦境，其他都是抒胸臆，诉悲怀的。写得真挚朴素，沉痛感人。

开头三句，单刀直入，概括性强，感人至深。如果是活着分手，即使山遥水阔，世事茫茫，总有重新晤面的希望；而今是隔着生死的界线，死者对人间世是茫然无知了，而活着的对逝者呢，不也是同样的吗？恩爱夫妻，撒手永诀，时间倏忽，转瞬十年。人虽云亡，而过去美好的情景“自难忘”呵！可是为什么在“自难忘”之上加了“不思量”？这不显得有点矛盾吗？然而并不，相反是觉得加得好，因为它真实。王弗逝世这十年间，东坡因反对王安石的新法，在政治上受压制，心境是悲愤的；到密州后，又逢凶年，忙于处理政务，生活上困苦到食杞菊以维持的地步，而且继室王润之（王弗堂妹）及儿子均在身边，哪能年年月月，朝朝暮暮都把逝世已久的妻子老记挂心间呢？不是经常悬念，但决不是已经忘却！十年忌辰，正是触动人心的日子，往事蓦然来到心间，久蓄心怀的情感潜流，忽如闸门大开，奔腾澎湃而不可遏止。如是乎有梦，是真实而又自然的。想到爱侣的死，感慨万千，远隔千里，无处可以话凄凉，话说得沉痛。如果坟墓近在身边，隔着生死，就能话凄凉了吗？这是抹煞了生死界线的痴语、情语，所以觉得格外感动人。“纵使相逢应不识，尘满面，鬓如霜。”这三个长短句，又把现实与梦幻混同了起来，把死别后的个人种种忧愤，包括在容颜的苍老、形体的衰败之中，这时他才三十九岁，已经“鬓如霜”了。“纵使相逢”句，要爱侣起死回生，这是不可能的假设，感情是深沉的也是悲痛的，表现了对爱侣的深切怀念，也把个人的变化作了形象的描绘，使这首词的意义更加深了一层。

对“记梦”来说，下片的头五句，才入了题。飘泊在外，雪泥鸿爪，凭借梦幻的翅膀忽然回到了时在念中的故乡。故乡，与爱侣共度甜蜜岁月的地方，那小室的窗前，亲切而又熟习，她呢，情态容貌，依稀当年，正在梳妆打扮。夫妻相见了，没有出现久别重逢、卿卿我我的亲昵之态，而是“相顾无言，唯有泪千行”！“无言”，包括了万语千言，表现了“此时无声胜有声”的沉痛之感，如果彼此申诉各自的别后种种，相忆相怜，那将从何说起？一个梦，把过去拉了回来，但当年的美好情景，并不存在。这是把现实的感受融入了梦中，使这个梦境也令人感到无限凄凉。

结尾三句，又从梦境落到现实上来。“明月夜，短松冈”，多么凄清幽独的环境呵。作者料想长眠地下的爱侣，在年年伤逝的这个日子，为了眷恋人世、难舍亲人，该是柔肠寸断了吧？这种表现手法，有点像杜工部的名作《月夜》。不说自己如何，反说对方如何，使得诗词意味，更加蕴蓄有味。

（臧克家）

蝶恋花

花褪残红青杏小，燕子飞时，绿水人家绕。枝上柳绵吹又少，天涯何处无芳草！　　墙里秋千墙外道，墙外行人，墙里佳人笑。笑渐不闻声渐悄，多情却被无情恼。

在词史上，苏轼是豪放派的代表作家。他的词横放杰出，清旷雄奇，“歌之曲终，觉天风海雨逼人”（陆游《跋东坡七夕词后》）。然而这样的作品不多，就数量而言，大都比较婉约。所以南宋王灼在《碧鸡漫志》中说：“东坡先生以文章余事作诗，溢而作词曲，高处出神入天，平处尚临镜笑春。”这两种风格似乎都融合在这首词中，它清婉雅丽，深笃超迈，具有一种扣人心

弦的艺术魅力。

此词上阕写暮春景色与伤春情绪，然却作旷达之语。这在一般的婉约词或豪放词中是看不到的。夫伤春与旷达，本是互不相关，甚至是相互对立的两种感情，然而词人却通过一系列艺术形象和流利的音律把它们统一起来。起句“花褪残红青杏小”，既写了衰亡，也写了新生，是对立的统一。残红褪尽，青杏初生，反映了自然界的新陈代谢，但它给予人的艺术感染却有几分悲凉。二、三两句则把视线离开枝头，移向广阔的空间，心情也自然随之轩敞。晏殊《破阵子》云：“燕子来时新社，梨花落后清明。”此处“燕子飞时”一语，正点明了节序是在春社（立春后第五个戊日），与起句所写的景色恰相符合。燕子在村头盘旋飞舞，给画面带来了盎然春意，增添了动态美。于是起句投下的悲凉阴影，似乎被冲淡了一些。“绿水人家”，写环境的优美。这句中的“绕”一作“晓”，明人俞仲茅《爰园词话》说：“余谓‘绕’字虽平，然是实境；‘晓’字无皈着。试通咏全章便见。”沈际飞也说：“合用‘绕’字，若‘晓’字，少着落。”但《诗人玉屑》卷二十一引《词语》却以为“晓”字好，与“绕”字相比，有“霄壤”之别。其实就词意而言，“晓”字虽虚，仅能点明时间；“绕”字虽实，却描绘了具体的形象，令人产生优美的联想；而村上人家，绿水环抱，也于中可见。所以这个字万万改它不得。

“枝上”二句先一跌，后一扬，在跌宕腾挪之中，表现了深挚的感情，旷达的襟抱。“枝上柳绵吹又少”，与起句“花褪残红青杏小”，本应同属一组，但如果接连描写，不用“燕子”二句穿插，则词中的音调和感情将一直在低旋律上进行。现在把它分开来，便可以在伤感的调子中注入疏朗的气氛。絮飞花落，最易撩人愁绪。这里不是说枝上柳絮被吹得满天飞扬，也不是说柳絮已被吹尽，而是说越吹越少。着一“又”字，则又表明词人之看絮飞花落，非止一次。伤春之感，惜春之情，自然见于言外。因此清人王士禛评曰：“‘枝上柳绵’，恐屯田（柳永）缘情绮靡，未必能过。”（《花草蒙拾》）可见

【鉴赏】

这是道地的婉约风格。相传苏轼谪居惠州(今属广东省),一年深秋,命侍儿朝云歌此词。朝云歌喉将啭,泪满衣襟。东坡问其故,回答说:“奴所不能歌者,是‘枝上柳绵吹又少,天涯何处无芳草’也。”东坡翻然大笑曰:“是吾政悲秋,而汝又伤春矣。”(《词林纪事》引《林下偶谈》)这则故事,再一次证明了这两句写得多么深婉感人。

下阕写人,“尤为奇情四溢”(《蓼园词选》评)。如果说上阕是在写景中寄托伤春之感,那么下阕则是通过人的关系、人的行动,表现对爱情以至整个人生的看法。“墙里秋千”,自然是指上面所说的那个“绿水人家”。由于绿水之内,环以高墙,所以墙外行人只能看到露出的秋千。不难想象,此刻发出笑声的佳人是在荡着秋千。在艺术描写上有一个藏和露的关系。如果把墙里女子荡秋千的欢乐场面写得袒露无遗,势必索然寡味。现在词人只露出墙头的秋千架,露出佳人的笑声,而佳人的容貌与动作,则全部隐藏起来,让“行人”与读者一起去想象,在想象中产生无穷意味。可以说,一堵围墙,挡住了视线,却挡不住姑娘们的笑声,挡不住行人的感情。词人(还有读者)想象的翅膀,更可以飞越围墙,创造出一个瑰丽的诗的境界。这种写法,可谓绝顶高明。自“花间”以来,写女性的小词,或写其体态妖娆、服饰华丽,或写其相悦相思、离愁别恨;然而“类不出乎绮怨”。东坡此词同样是写女性,情景生动而不流于艳,感情真率而不落于轻,在词史上是难能可贵的。从结构来看,下阕从第一句到第四句,词意流走,一气呵成,直到结尾,才作一停顿。诚如作者平时所说的“大略如行云流水,初无定质,但常行于所当行,常止于不可不止,文理自然,姿态横生”(《答谢民师书》)。其具体方法则是用的“顶真格”,即过片第二句的句首“墙外”,紧接第一句句末的“墙外道”,第四句句首的“笑”,紧接前一句句末的“笑”,这样就像火车之有挂钩一般,车头一动,后面的各节车厢便滚滚向前,不可遏止。

这首词中充满了矛盾:一是思想与现实的矛盾,二是情与情的矛盾,三是情与理的矛盾。而上下句之间、上下阕之间,往往体现出这种错综复杂的矛盾。例如上片结尾二句,“枝上柳绵吹又少”,感情极为低沉;“天涯何处无芳草”,则又表现得颇为乐观。这就反映出情与情的矛盾。“天涯”一句,语本屈原《离骚》“何所独无芳草兮,尔何怀乎故宇”,是卜者灵氛劝屈原的话,其思想与词人在《定风波》中所说的“此心安处是吾乡”是一致的,可是在现实中,词人却屡遭迁谪,此语仅足自慰而已。这种状况在胸怀旷达的词人来说能够泰然处之,而侍儿朝云则不能忍受,所以她唱到这里就情不自禁地掉下泪来。下结“多情却被无情恼”,不仅写出了情与情的矛盾,也写出了情与理的矛盾。佳人欢笑,行人多情,结果是佳人洒下一片笑声,杳然而去;行人凝望秋千,烦恼顿生。俞陛云《宋词选释》评此段曰:“多情而实无情,是色是空,公其有悟耶?”所云切中肯綮。词人虽然写的是感情,但其中也渗透着人生哲理,这些都是值得我们仔细吟味的。

(徐培均)

蝶恋花

暮春别李公择

簌簌无风花自堕。寂寞园林,柳老樱桃过。落日有情还照坐,山青一点横云破。　　路尽河回人转舵。系缆渔村,月暗孤灯火。凭仗飞魂招楚些,我思君处君思我。

李公择名常,是东坡的老朋友了。东坡通判杭州时,公择知湖州,为“六客”之会的东道主。嗣后东坡由密州调知河中府(后改知徐州),神宗熙

宁十年(1077)正月经过济南,李公择时知齐州(治所在济南),又相见,留月余始去,东坡和公择诗有"到处逢君是主人"之语。次年(元丰元年,1078)公择调任淮南西路提点刑狱公事,治所在寿春(今安徽寿县),遂南行,寒食日至徐州见东坡,相与宴饮唱酬,复"论事到深夜"。东坡诗集有徐州《送李公择》诗,中云"比年两见之,宾主更献酬",又云"颇尝见使君(东坡自指),有客如此不?欲别不忍言,惨惨集百忧"。施元之注:"公择与东坡,皆以论新法摈黜远外,意好最厚。"词当与诗同时作。以东坡此时间诗,亦可参知词情。

词首句"簌簌无风花自堕",写暮春花谢,是送公择时光景。《顾随文集·东坡词说》评为"发端高妙",又精细地剖析道:"夫写春而写暮春,写花而写落花,诗人弄笔,成千累万,老苏于此,有甚奇特?就参他第一句'簌簌无风花自堕','簌簌'字、'自'字,真将落花情理写出,再不为后人留些儿地步。尤妙在无风,便觉落花之落,乃是舒徐悠扬,不同于风雨中之飘零狼藉。乃至'堕'字,落花乃遂安闲自在地脚跟点地了也。"此句妙处诚如所言。接以"寂寞园林,柳老樱桃过",至此点出园林寂寞,人亦寂寞,感慨渐出。何为"柳老"?白居易戏答刘禹锡和其《别柳枝》绝句诗,有句云"柳老春深日又斜",略如"枝上柳绵吹又少"时节,不特柳老,春亦老矣。"樱桃过"者,是樱桃花期已过之谓。东坡在密州和子由《送春》诗云:"芍药樱桃俱扫地。"自注:"病过此二物。"可为"樱桃过"的例证,正巧今送李公择亦逢此时。东坡这期间另有《送笋芍药与公择》诗说道:"今日忽不乐,折尽园中花。园中亦何有,芍药袅残葩。"诗言芍药,词言樱桃,同时皆尽,而挚友将行。花木的荣瘁与朋侪的聚散,都是无可奈何的事,但一时俱至,为人情所不能堪罢了。能多留恋些时也好吧。"落日有情还照坐,山青一点横云破",可以想见,两人在"寂寞园林"之中对坐话别,有"相对无言"的时刻,这才分心领略到落日照坐之有情,青山横云之变态来。"欲别不忍言,惨惨集

【鉴赏】

百忧”，此时彼此都是满怀心事，可不是像陶渊明那样去“悠然见南山”了。上片主写暮春，却并非不露惜别之情，“照坐”之“坐”，明明点出是在话别，未曾冷落题中的“别”字也。

下片写送别。“路尽河回人转舵”：“路尽”，属送者，在岸上；“转舵”，属行者，在舟中；“河回”二字居中，相关前后。河道弯曲，船一转舵，不复望见；岸上人亦送到河曲处为止，故云“路尽”。不是岸上之路至此尽头了，是送行之路可尽于此。“系缆渔村，月暗孤灯火”，想象行舟今夜泊处情景：渔村冷落，又是想象行人必是中宵不寐，独对孤灯，为下文之“君思我”先点一笔。夜宿舟中，唯有暗月孤灯相伴。著此两句，便见作者对行人神驰心系之情。“月暗孤灯火”一句，顾随先生谓“火”字须是“明”字，修辞格律始合，今以为韵所牵，易“明”为“火”，不妥；如谓“灯火”二字合成一名，原无不可，但只着一“孤”字形容，未免凑合。东坡词语自有此类粗率处，不容讳言。“凭仗飞魂招楚些，我思君处君思我”，上句突如其来，似不可解，然实具深意。可以用东坡自己的诗语来说明。他晚年远贬海南，至元符三年（1100）徽宗即位，诏移廉州（今广西合浦）安置，遂北行渡海至澄迈驿通潮阁，有诗云：“馀生欲老海南村，帝遣巫阳招我魂。”《楚辞·招魂》假托天帝遣巫阳招屈原离散之魂，有“魂兮归来，反故居些”等语，东坡用此故典，意指朝廷召他回去。他与李公择都是因反对新法离开京城出守外郡的，情怀郁闷，已历数年，每思还朝，有所作为，而局面转变，未见朕兆，四方流荡，似无了期，此所以有“飞魂”之叹。按句意应作“凭仗楚些招飞魂”，今“飞魂”与“楚些”倒装，主要是为了押韵。末句“我思君处君思我”，采用回文，因有恳切浓至的情思为之撑腰，故不虚浮，无文字游戏的弱点。

（陈长明）

【原文】

蝶恋花

密州上元

灯火钱塘三五夜，明月如霜，照见人如画。帐底吹笙香吐麝，更无一点尘随马。　　寂寞山城人老也！击鼓吹箫，却入农桑社。火冷灯稀霜露下，昏昏雪意云垂野。

苏轼于宋神宗熙宁七年(1074)九月，由杭州通判调知密州(今山东诸城)，十一月三日到任。次年正月十五，写下这首词。

题目是“密州上元”，词却从钱塘即杭州的上元夜写起。苏轼在熙宁四年十一月到杭州任，在杭州整整三年，过了三个元宵节，印象是深刻而新鲜的。元宵的特点，第一是灯，唐苏味道《正月十五夜》诗称为“火树银花”，宋欧阳修《生查子·元夕》词又有“花市灯如昼”之句。苏轼对此虽未细写，而因为那是“东南形胜，三吴都会，钱塘自古繁华”(柳永《望海潮》词)的地方，仅点了一句“灯火钱塘三五夜”，其灯夕的盛况便可想见。其次是月。“明月如霜”，用“如霜”形容月，是取其色白。但元宵的月又不同于平常。十五夜月正圆，灯月交辉，引来满城士女，争相游赏。南北宋都很重视这一个节日。《东京梦华录》“元宵”说：“五陵年少，满路行歌；万户千门，笙簧未彻。”《武林旧事》说：“元夕节物，妇人皆戴珠翠、闹蛾、玉梅、雪柳，……而衣多尚白，盖月下所宜也。”就是词中所谓的“人如画”了。这还是街市的游人。至于富贵人家庆赏元宵，又另有一种排场。《梦粱录》“元宵”：“府第中有家乐儿童，亦各动笙簧琴瑟，清音嘹亮，最可人听。……内侍蒋苑使家，珠帘低下，笙歌并作。”这“帐底吹笙香吐麝”所写的情景，到南宋时杭州升为临安

【鉴赏】

府，做了都城，可就越见繁奢了。“更无一点尘随马”，化用上述苏味道《正月十五夜》诗“暗尘随马去，明月逐人来”句，进一步从动态写游人。说“无一点尘”，更显得江南气候之清润。

上片整个描写杭州元宵景致，写灯，写月，写人，词句虽不多，却是“有声有色”。乍看似与题中“密州”无涉。到过片一句“寂寞山城人老也”，只用“寂寞”二字一点，便将前面“钱塘三五夜”那一片热闹景象全部移来，为密州上元当前光景作反衬，再不须多着一字，使人领会到密州上元的寂寞冷落究是如何了。如此点入本题，真是“笔端回万牛”，绝大的工力。作者以于两地为前后任的经历作关合，得此奇文，在他以前的诗词中，曾未见有如此章法。

本来么，苏轼刚到密州两个多月，即逢上元，密州上元之夜，也该是有灯有月，也有游人，如果正面叙写，也不是无可点染，也可以题作“密州上元”。但是，他当时的处境却令他不能如此下笔。密州上元比之“钱塘三五夜”之不须多写，在作者来说，不止是“曾经沧海难为水”，更因为他这一次由杭州调知密州，环境和条件出现了很大的变化，遂使心情完全不同。他在下一年所写的《超然台记》中，有一段话追述他的这场变化：“余自钱塘移守胶西，释舟楫之安而服车马之劳，去雕墙之美而蔽采椽之居，背湖山之观而适桑麻之野。”一句话，从大城市转到山沟沟来了。这还不是他感到“寂寞”的原因。况且他此来是由通判改任知州，升了官，也无郁郁不乐之理。他心境沉重的真正原因是如《超然台记》接着所说的：“始至之日，岁比不登，盗贼满野，狱讼充斥，而斋厨索然，日食杞菊，人固疑余之不乐也。”苏轼是个亲民的官，作为一州之长，地方连年蝗旱，“天上无雨，地下无麦”（《论河北京东盗贼状》），连知州和通判也只能每天吃枸杞和菊花（《后杞菊赋序》：“日与通守刘君廷式循古城废圃求杞菊食之。”），百姓的生活困苦更可想而知，使这位刚到新任年仅四十的“使君”忧愁满腹，不禁有“人老也”之叹。他在这上元之夜，随意闲行，听到箫鼓之声，走去看看，原来是村民正在举行社祭，祈求丰年。这个古老的风俗在《周礼》中已有记载："凡国祈年于田祖，吹《豳雅》，击土鼓，以乐田畯（农神）。"王维《凉州郊外游望》诗也说："婆娑依里社，箫鼓赛田神。"然而词人面对眼前农民祈年的场面，耳闻箫鼓之声，仍排遣不去心头的落寞。结末二句"火冷灯稀霜露下，昏昏雪意云垂野"，意象惨淡，作者心间的愁恼可以想见。

王国维论词，谓"能写真景物、真感情者，谓之有境界"。苏轼这首《蝶恋花》，确是"有境界"之作。他在《南行前集叙》中说他们父子出川赴京途中所作诗文，是"山川之秀美，风俗之朴陋，贤人君子之遗迹，与凡耳目之所接者，杂然有触于中而发于咏叹"，以此言衡量此词，亦无不合。他作词，于内容、笔墨不囿于成规，自抒胸臆，意之所到，笔亦随之，不求工而自工。此词章法之奇，转折之大，含蕴之深，体现出了他当时的境遇和心情。诚如元好问所言："唐歌词多宫体，又皆极力为之。自东坡一出，情性之外，不知有文字，真有'一洗万古凡马空'气象。"（《新轩乐府引》）

（陈长明）

采桑子

多情多感仍多病，多景楼中。尊酒相逢，乐事回头一笑空。

停杯且听琵琶语，细撚轻拢。醉脸春融，斜照江天一抹红。

东坡喜吟咏，词集中颇多歌席酬赠、即事命笔的"急就章"。这些临时随意而发、肆口而成的作品，不容深思，无暇推敲，未必完美，但却更足以显示东坡丰富的生活积累、深厚的文化素养和敏捷的创作才华，别有系人心

【鉴赏】

处。这阕《采桑子》，正属于此类。

据东坡的友人杨绘（元素）记载：宋神宗熙宁七年甲寅（1074）仲冬，东坡由杭州通判调知密州，途经润州（治所在今江苏镇江市），与孙洙巨源、王存正仲集会于该地风景奇胜的甘露寺多景楼。席间，京师官妓甚多，而一个名叫胡琴的，姿色技艺尤其美好。酒阑，孙巨源请求东坡说："残霞晚照，非奇词不尽。"东坡于是填了这阕《采桑子》。东坡另有《润州甘露寺弹筝》一诗，亦为同时所作，可参读。

"万事开头难"，吟诗填词也不例外。但东坡填这阕《采桑子》却能毫不费力地从"多景楼"的"多"字获取灵感，从杜甫《水宿遣兴奉呈群公》的首句"鲁钝仍多病"借来句型和后三字，写出了连用三个"多"字的言情语句作为发端。它像"劈地抽森秀"的太华，以其奇兀给人以强烈的印象，并顿时产生出磁铁般吸引读者的力量。多景楼在今镇江市北固山后峰、甘露寺后部，下临长江，三面滨水，登楼四望，整个城市可尽收眼底，曾被米芾赞为天下江山第一楼。东坡是个博古通今，关心时政，喜欢寻幽探胜的人，在这样的多景楼上眺望壮丽的江山，他能不触景生情吗？想到三国时的孙权曾建都于此地，六朝的宋武帝刘裕曾居住于此地、起兵讨伐桓玄于此地，东晋谢安、梁武帝萧衍曾留连于此山等等历史事实，他能不感慨系之吗？想到他先因与执政的王安石政见不合，自请外任离京而今奔走于道路，他能不满怀愁绪，病已病时吗？东坡不把自己的"情"、"感"和"病"之"多"的内容一一写出，只用此七字概括。近人陈洵说："词笔莫妙于留。盖能留则不尽而有余味，离合顺逆，皆可随意指挥，而深沉浑厚，皆由此得。"（《海绡说词》）东坡可以说是深得"留"的三昧了。关于这起句有善"留"之妙，还必须补充说明一下，就是他所以那样戛然而止，迅疾道出"多景楼中"，为的是顾及全篇，不使这忧愁情绪的抒发过多而成为赘疣。紧接着的"尊酒相逢"，点明与孙巨源、王正仲等集会于多景楼之事，极其平实。像山脉之有起伏，浪潮之有高低，如此平实，为的是给下面抒情的"乐事回头一笑空"铺垫。"乐事回头一笑空”，与起句“多情多感仍多病”的语意相连，意谓这次集会多景楼而饮酒听歌，诚为“乐事”，可惜不能长久，“一笑”之后，“回头”来眼前的“乐事”便会消失而“空”无所有，只有“多情”、“多感”、“多病”依然留在心头。哀怨无穷，尽在言外。以上四句构成上片。它是虚与实的结合，言事与言情的结合，而以虚为主，以言情为主。惟其如此，所以既不浮泛，又颇空灵。四句之中，前二句先言情后言事，后二句先言事后言情，亦错落有致。

“停杯且听琵琶语”，领起下片。“停杯”承上，与“尊酒相逢”相呼应。“且听琵琶语”启下，是“乐事”的补充。“琵琶语”，由白居易《琵琶行》的“今夜闻君琵琶语”句而来，指琵琶所弹奏的乐曲。“且”是姑且的意思。因为既“多情多感仍多病”，又认为“乐事回头一笑空”，就不能以认真的态度来对待音乐，以振奋的精神来欣赏音乐，东坡所以特地挑选了这个虚字“且”来着于“听”字之前，用以表现他当时无聊赖、不经意的心态。“细撚轻拢”句，亦自白居易《琵琶行》中的诗句化出，赞美弹奏琵琶的技艺。他本无心欣赏，然而却被吸引，说明演奏得确实美妙。“撚”，指左手手指按弦在柱上左右搓转的手法。“拢”，指左手手指按弦向里推的手法。赞美之情除了通过“细”和“轻”两字来表达外，还借助于这四个从《琵琶行》诗句中化出的字来引起读者对《琵琶行》中那段脍炙人口的“轻拢慢撚抹复挑，初为《霓裳》后《六么》。大弦嘈嘈如急雨，小弦切切如私语。嘈嘈切切错杂弹，大珠小珠落玉盘……”的描写之联想来实现。赞罢弹奏琵琶的美妙，顺势描写弹奏者，也就是前面所说的那位叫做胡琴的姑娘。东坡惜墨如金，不去写其容貌、形体和服饰等，只用“醉脸春融”四字表现其神态。这四字，丽而不艳，媚中含庄，稍加想象，就不难看见一个喝了少许酒后，两颊泛红，嘴角含笑，充满了青春气息，怀抱琵琶的少女坐在你的面前。

“结句须要放开，含有余不尽之意，以景结情最好。”（沈义父《乐府指迷》）此词的结句“斜照江天一抹红”，正是景语。这句景语，可视为当时“残霞晚照”的写实,也可视为是借以形容胡琴姑娘之“醉脸”的,妙在一语双关。它的色彩尽管明快,但其基调仍是感伤的,与上片完全一致。

沈祥龙在《论词随笔》中说:“小令须突然而来,悠然而去,数语曲折含蓄,有言外不尽之致。”东坡这阕《采桑子》,虽然不是完美无缺的精品,但却非常符合沈祥龙所总结的对小令的要求,当可为则。

(何均地)

永遇乐

孙巨源以八月十五日离海州,坐别于景疏楼上。既而与余会于润州,至楚州乃别。余以十一月[1]十五日至海州,与太守会于景疏楼上,作此词以寄巨源。

长忆别时,景疏楼上,明月如水。美酒清歌,留连不住,月随人千里。别来三度,孤光又满,冷落共谁同醉?卷珠帘、凄然顾影,共伊到明无寐。　　今朝有客,来从濉上,能道使君深意。凭仗清淮,分明到海,中有相思泪。而今何在?西垣清禁,夜永露华侵被。此时看、回廊晓月,也应暗记。

〔注〕 ① 十一月:按傅藻《东坡纪年录》记苏轼熙宁七年十一月三日到密州任,不应此月十五日仍在海州。“一”字疑误衍。

孙洙字巨源,神宗熙宁七年(1074)八月,自知海州调汴京任修起居注、知制诰。时苏轼自杭州赴密州知州任,与巨源相遇于润州,同行至楚州分

道。苏轼至海州,作此词以表怀念之情。一般表达念友思亲的怀人之作,无论是直吐胸臆,还是借景映托,多是从作者一方落笔,而苏轼此词却一反常格,从对方写,通篇皆为设想之辞,有人有己,扑朔迷离,并"不以虚为虚,而以实为虚,化景物为情思,从首至尾自然如行云流水"(范晞文《对床夜语》卷二引《四虚序》),写法上很别致。

上片由设想巨源当初离别海州时写起,以月为抒情线索。首三句写景疏楼上饯别时"明月如水";"美酒"三句写巨源起行后明月有情,"随人千里";下六句写别来三度月圆,而旅途孤单,无人同醉,唯有明月相共,照影无眠。几种不同情景,层深递进。但这都是出自词人的想象,都是从对方在月下的心理感受上落笔,写得极有层次,形象逼真,情景宛然。词人这样着力刻画,是"化景物为情思","藉景物映托",给读者以若有其事之感,但表面上是映托巨源,实际上是写词人自己怀人之思。写对方越深细,越真切,越见情致,则映己之思念越强烈,越深沉,比正面直书更生动感人。

换头另起一境,写此时此刻己方的情景。过片三句点破引发词人遥思之因,有客从滩上来,捎带了巨源"深意",遂使词人更加痴情怀念。"凭仗"三句,又发奇想。淮河发源于河南,东经安徽、江苏入洪泽湖,其下游流经淮阴、涟水入海。此时孙巨源在汴京,苏轼在海州,友人泪洒清淮,东流到海,见出其念我之情深;自己看出淮水中有友人相思之泪,又说明怀友之意切。举目所见,无不联想到友情,而且也知道友人也必念到自己。淮水之泪,将对方之深意,己方之情思,外化为具体形象,设想精奇,抒情深透。"而今"以下六句,又翻进一境,再写意想中景象,回应上片几次点月,使全篇浑然圆妥,勾连一气,意脉层深。"夜永"句设想巨源在西垣(中书省)任起居舍人宫中值宿时情景,长夜无眠,孤清寂寞,"此时看、回廊晓月",当起怀我之情,刻画更为感人,有形象,有情思。词人不说自己彻夜无眠,对月怀人,而说对方如此,仍是借人映己。最后“也应暗记”,四字可谓神来之笔,这里有人有我,深细婉曲,既写到了巨源的心理,又写出了自己的深意,是提醒,也是确信巨源会“暗记”往日的情景,二人绵长情思,具见言外。实在是“一篇之妙在乎落句”,看似平平,其实回振全篇,含蓄空灵,宕出远神。

这首词主意是怀人的,但词中无一语道及,又无语不申此意;写对方又以景物映托,运实于虚,借人映己,使词情更为深透、委婉,其突出特色正可用“心已神驰到彼,诗从对面飞来”(浦起龙《读杜心解》)二语概括。

(张秉戍)

永遇乐

彭城夜宿燕子楼,梦盼盼,因作此词。

明月如霜,好风如水,清景无限。曲港跳鱼,圆荷泻露,寂寞无人见。紞如三鼓,铿然一叶,黯黯梦云惊断。夜茫茫、重寻无处,觉来小园行遍。　　天涯倦客,山中归路,望断故园心眼。燕子楼空,佳人何在,空锁楼中燕。古今如梦,何曾梦觉,但有旧欢新怨。异时对、黄楼夜景,为余浩叹。

燕子楼在彭城(今江苏徐州)。据说此楼乃唐张尚书为爱妓关盼盼所筑。盼盼善歌舞,雅多风态。张氏死后,盼盼念旧爱而不嫁,居是楼十余年。白居易有《燕子楼》诗三首并序述其事。历代诗人有感于此,也为燕子楼留下了不少诗篇。

苏轼这首词作于元丰元年(1078)十月。自熙宁四年(1071)以来,苏轼已相继接任杭州通判、密州知州，其时正改知徐州。由于仕途上的波折和远离政治中心，加以频繁迁调，孤寂落寞之感不时袭上心头，以致使他十分向往探寻心灵上的超脱和自由。这首词以“夜宿燕子楼，梦盼盼”为题，可能是托为此言，但他不从红粉艳情着笔，只用“梦云惊断”稍作点染，便一笔宕开，由燕子楼生发出对人生宇宙的思考和感慨。

词的开端以景生发，融情入景，铺写燕子楼小园之夜。月色明亮，皎洁如霜；秋风和畅，清凉如水。词人提笔就把人引入了一个无限清幽的境地。“清景无限”既是对暮秋夜景的描绘，也是词人的心灵得到清景抚慰后的情感抒发。接着景由大入小，由静变动：曲港跳鱼，泼剌有声；圆荷泻露，晶莹可爱。港之曲，荷之圆，足见画面的线条美与图案美。鱼之上跳，露之下泻，呈现了一上一下的动态美。词人以动衬静，使本来就十分寂静的深夜，显得越发安谧了。鱼跳暗点人静，露泻可见夜深；“寂寞无人”之意，先已逗出，“见”字也于句外知之，盖得见然后才能写也。但“跳”之倏忽，“泻”之细微，又非胸次无尘，心中有会，何能见而写之？“寂寞无人见”一句，含意颇深。园池中跳鱼泻露之景，夜夜可有，终是无人见的时候多；自己偶来，若是无心，虽在眼前，亦不得见，所以就此景而论，径说“寂寞无人见”，亦无不可。《记承天夜游》云：“何夜无月，何处无竹柏，但少闲人如吾两人耳。”东坡往往有此妙悟，二例可互参。

以下转从听觉写出：三更鼓响，秋夜深沉；一片叶落，铿然作声。梦被鼓声叶声惊醒，更觉黯然心伤。“纨如”和“铿然”写出了声之清晰，以声点静，更加重加浓了夜之清绝和幽绝。好梦难圆，怅然若失，自有寻梦之举。词人于半睡半醒中寻绎断梦，然夜色茫茫，寻梦无处，惆怅满怀，低回欲绝，便踏遍小园以自遣。“茫茫”既描绘了无边的夜色，也写出了梦醒后的茫然之情。词先写夜景，后述惊梦游园，故梦与夜景，相互辉映，似真似幻，惝恍迷离。又因这一布局之巧，前六句小园之景既是寻梦时所知所见，也成了

【鉴赏】

词人着意要表现的一种悟境：世人被名利所扰，营营终日，犹如自己睡里梦里，眼前身畔有多少良辰美景交臂失之。这真是“清景无限”可叹“寂寞无人见”！词人心与境会，借景抒怀，于上片已透出消息。

下片直抒感慨，议论纷陈，触处生辉。词人登高望远，油然而起身世之感。“倦”字道出了他内心的无限怅惘和烦恼。七载外任，久别京城，怎不牵动去国怀乡的愁思！山隐隐，路茫茫，望不到迢迢故乡，欲归无期，徒存此愿，何处可诉心曲？面对燕子小楼，幽情难已，不免发出“燕子楼空，佳人何在，空锁楼中燕”的喟叹。发生在楼中悲欢交织的爱情故事，有道不完的要眇情，写不完的凄迷境，但苏轼只十三个字便说尽了，由人亡楼空悟得万物本体的瞬息生灭，然后以空灵超宕出之，直抒感慨：人生之梦未醒，只因欢怨之情未断。其感慨包容了多少古与今、倦客与佳人、梦幻与现实的绵绵情事，其感慨超越了自我，推及了人生和宇宙。词人的词思还在驰骋，他从燕子楼想到黄楼，从今日又思及未来。黄楼为苏轼所改建，是黄河决堤洪水退去后的纪念，也是苏轼守徐州政绩的象征。但词人设想后人见黄楼凭吊自己，亦同今日自己见燕子楼思盼盼一样，抒发出“后之视今亦犹今之视昔”（王羲之《兰亭集序》）的无穷感慨。这是词人思考人生的结晶。词人把对历史的咏叹，对现实以至未来的思考，巧妙地结合在一起，终于挣脱了由政治波折而带来的感情镣铐，精神获得了解放。尺幅中竟蕴含了如此深广的喟叹，沉挚之思，浩瀚之气，令人玩索不尽。

此词在《东坡乐府》中极有艺术特色。首先是章法的独到之处。上片前六句正写燕子楼小园夜景，后六句则追述梦醒之由和寻梦之行，用的是倒装逆挽手法，因其倒装逆挽，突出了小园清幽的夜景，使其成为上片的主体。其次词人将景、情、理熔于一炉，围绕燕子楼情事而发。景是燕子楼小园的清幽之景，情为词人于燕子楼惊梦后萦绕于怀的黯黯之情，理即由燕子楼关盼盼事而悟得的“人生如梦似幻”之理。然景中有情，情景交融；情中有理，以理化情。燕子楼小园之无限清景和深夜寻幽的词人之澄澈心境可谓合而为一，心不为名利所绊，所见之景则淡远清空，而寂寞无人见之美景与“寂寞而莫我知”之词人又何其相似。物我一境，情与境谐。梦断盼盼之情黯黯，望断故园之情惘惘，词人悟得古今同梦，便情为理化，从情之缠碍中获得解脱，变得超旷放达，喜怒哀乐乃至荣辱毁誉，全然无意留存于心间，见出格高韵胜。故此词虽和婉淡丽而不失其高旷清雄，议论洒脱而不流于枯燥寡味。

词中论及的人生哲理，无疑是受了佛老思想的影响。词人在对外部世界的追求中接连失败，于是便转向对内心世界的探寻。在这样的情况下，借景抒怀难免有些超尘绝俗之念，这是完全可以理解的。

（吴惠娟）

行香子

清夜无尘，月色如银。酒斟时、须满十分。浮名浮利，虚苦劳神。叹隙中驹，石中火，梦中身。　　虽抱文章，开口谁亲。且陶陶、乐尽天真。几时归去，作个闲人。对一张琴，一壶酒，一溪云。

这首词的写作时间不可确考，从其所表现的强烈退隐愿望来看，应是苏轼在元祐时期(1086—1093)的作品。当时宋哲宗年幼，高太后主持朝政，罢行新法，起用旧派，苏轼受到特殊恩遇。但是政敌朱光庭、黄庆基等人曾多次以类似“乌台诗案”之事欲再度诬陷苏轼，因高太后的保护，他虽未受害，

【鉴赏】

但却使他对官场生活无比厌倦,感到“心形俱悴”,产生退隐思想。苏轼曾在诗中表示:“老病思归真暂寓,功名如幻终何得。从来自笑画蛇足,此事何殊食鸡肋”(《与叶淳老侯敦夫张秉道同相视新河》);“那知老病浑无用,欲向君王乞镜湖”(《次韵子由使契丹至涿州见寄》)。两诗为元祐五、六年间知杭州时作,此词思想与之相近,就是他把酒对月之时抒写其退隐之意的。

作者首先描述了抒情环境:夜气清新,尘滓皆无,月光皎洁如银。此种夜的恬美,只有月明人静之后才能感到,与日间尘世的喧嚣判若两个世界。把酒对月常是诗人的一种雅兴:美酒盈尊,独自一人,仰望夜空,遐想无穷。唐代诗人李白月下独酌时浮想翩翩,抒写了狂放的浪漫主义激情。苏轼正为政治纷争所困扰,心情苦闷,因而他这时没有“把酒问青天”,也没有“起舞弄清影”,而是严肃地思索人生的意义。月夜的空阔神秘,阒寂无人,正好冷静地来思索人生,以求解脱。苏轼以博学雄辩著称,在诗词里经常发表议论。此词在描述了抒情环境之后便进入玄学思辨了。作者曾在作品中多次表达过“人生如梦”的主题思想,但在这首词里却表达得更明白、更集中。他想说明:人们追求名利是徒然劳神费力的,万物在宇宙中都是短暂的,人的一生只不过如“隙中驹,石中火,梦中身”一样地须臾即逝。作者为说明人生的虚无,从古代典籍里找出了三个习用的比喻。《庄子·知北游》云:“人生天地之间,若白驹之过郤(隙),忽然而已。”古人将日影喻为白驹,意为人生短暂得像日影移过墙壁缝隙一样。《文选》潘岳《河阳县作》李善《注》引古乐府诗“凿石见火能几时”和白居易《对酒》的“石火光中寄此身”,亦谓人生如燧石之火。《庄子·齐物论》言人“方其梦也,不知其梦也,梦之中又占其梦焉,觉而后知其梦也;且有大觉而后知此其大梦也,而愚者自以为觉”。唐人李群玉《自遣》之“浮生暂寄梦中身”即表述庄子之意。苏轼才华横溢,在这首词上片结句里令人惊佩地集中使用三个表示人生虚无的词语,构成博喻,而且都有出处。将古人关于人生虚无之语密集一处,说明作者对这一问题是经过长期认真思索过的。上片的议论虽然不可能具体展开，却概括集中，已达到很深的程度。

下片开头，以感叹的语气补足关于人生虚无的认识。“虽抱文章，开口谁亲”是古代士人“宏材乏近用”，不被知遇的感慨。苏轼在元祐时虽受朝廷恩遇，而实际上却无所作为，“团团如磨牛，步步踏陈迹”，加以群小攻击，故有是感。他在心情苦闷之时，寻求着自我解脱的方法。善于从困扰、纷争、痛苦中自我解脱，豪放达观，这正是苏轼人生态度的特点。他解脱的办法是追求现实享乐，待有机会则乞身退隐。“且陶陶、乐尽天真”是其现实享乐的方式。“陶陶”，欢乐的样子。《诗·王风·君子阳阳》：“君子陶陶，……其乐只且！”只有经常在“陶陶”之中才似乎恢复与获得了人的本性，忘掉了人生的种种烦恼。但最好的解脱方法莫过于远离官场，归隐田园。看来苏轼还不打算立即退隐，“几时归去”很难逆料，而田园生活却令人十分向往。弹琴，饮酒，赏玩山水，吟风弄月，闲情逸致，这是我国文人理想的一种生活方式。他们恬淡寡欲，并无奢望，只需要大自然赏赐一点便能满足，“一张琴，一壶酒，一溪云”就足够了。这多清高而又富有诗意！

苏轼是一位思想复杂和个性鲜明的作家。他在作品中既表现建功立业的积极思想，也经常流露人生虚无的消极思想。如果仅就某一作品来评价这位作家，都可能会是片面的。这首《行香子》的确表现了苏轼思想消极的方面，但也深刻地反映了他在政治生活中的苦闷情绪，因其建功立业的宏伟抱负在封建社会是难以实现的。苏轼从青年时代进入仕途之日起就有退隐的愿望。其实他并不厌弃人生，他的退隐是有条件的，须得像古代范蠡、张良、谢安等杰出人物那样，实现了政治抱负之后功成身退。因而“几时归去，作个闲人”，这就要根据政治条件而定了。事实上，他在一生的政治生涯中并未功成名遂，也就没有实现退隐的愿望，临到晚年竟被远谪海南。

全词在抒情中插入议论，它是作者从生活感受中悟出的人生认识，很有哲理意义，我们读后不致感到其说得枯燥。此词在题材内容和表现方式等方面都与传统婉约词相异，是东坡词中风格旷达的作品。据宋人洪迈《容斋四笔》所记，南宋绍兴初年就有人略改动苏轼此词，以讽刺朝廷削减给官员的额外赏赐名目，致使当局停止讨论施行。可见它在宋代文人中甚为流传，能引起一些不满现实的士大夫的情感共鸣。

（谢桃坊）

行香子

携手江村，梅雪飘裙。情何限、处处消魂。故人不见，旧曲重闻。向望湖楼，孤山寺，涌金门。　　寻常行处，题诗千首，绣罗衫、与拂红尘。别来相忆，知是何人。有湖中月，江边柳，陇头云。

宋神宗熙宁六年（1073），苏轼在杭州通判任上。宋制，知州知府总掌郡政，又设通判监政，共商和裁决管内大事。当时杭州知州陈襄，字述古，是苏轼的至交诗友。他们都是因反对王安石新法而被排斥出朝，外任地方官职的。这年十一月，苏轼因公到常州、润州视灾赈饥，姻亲柳瑾（子玉）附载同行。次年元旦过丹阳（今属江苏），至京口（今江苏镇江市）与柳瑾相别。此词题为“丹阳寄述古”，据宋人傅藻《东坡纪年录》，它是苏轼“自京口还，寄述古作”，则当作于二月由京口至宜兴（今属江苏）途中，返丹阳之时。词中表现了苏轼对杭州诗友的怀念之情。

作者以追念与友人“携手江村”的难忘情景开始，引起对友人的怀念。风景依稀，又是一年之春了。去年初春，苏轼与陈襄曾到杭州郊外寻春。

【鉴赏】

苏轼作有《正月二十一日病后述古邀往城外寻春》诗，陈襄的和诗有“暗惊梅萼万枝新”之句。词中的“梅雪飘裙”即指两人寻春时正值梅花似雪，飘沾衣裙。友情与诗情，使他们游赏时无比欢乐，消魂陶醉。“故人不见”一句，使词意转折，表明江村寻春已成往事，去年同游的故人不在眼前。每当吟诵寻春旧曲之时，就更加怀念了。作者笔端带着情感，形象地表达了与陈襄的深情厚谊。顺着思念的情绪，词人更想念他们在杭州西湖诗酒游乐的地方——望湖楼、孤山寺、涌金门。这三处都是风景胜地。词的下片紧接着回味游赏时两人吟咏酬唱的情形：平常经过的地方，动辄题诗千首。“寻常行处”用杜甫《曲江二首》“酒债寻常行处有”字面，“千首”言其多。他们游览所至，每有题诗，于是生发出下文“绣罗衫、与拂红尘”的句子。“与”字下省去宾语，承上句谓所题的诗。这里用了个本朝故事。宋吴处厚《青箱杂记》卷六载：“世传魏野尝从莱公（寇准）游陕府僧舍，各有留题。后复同游，见莱公之诗已用碧纱笼护，而野诗独否，尘昏满壁。时有从行官妓颇慧黠，即以袂就拂之。野徐曰：‘若得常将红袖拂，也应胜似碧纱笼。’莱公大笑。”宋时州郡长官游乐，常有官妓相从。“绣罗衫”，如温庭筠《菩萨蛮》“新贴绣罗襦”，为女子所服。这一句呼应陈襄前诗，也就是唤起对前游的回忆。词意发展到此，本应直接抒写目前对友人的思念之情了，但作者却从另一角度来写。他猜想，自离开杭州之后是谁在思念他。当然不言而喻应是他作此词以寄的友人陈襄了。然而作者又再巧妙地绕了个弯子，将人对他的思念转化为自然物对他的思念。“湖中月，江边柳，陇头云”不是泛指，而是说的西湖、钱塘江和城西南诸名山的景物，本是他们在杭州时常游赏的，它们对他的相忆，意为召唤他回去了。同时，陈襄作为杭州一郡的长官，可以说就是湖山的主人，湖山的召唤就是主人的召唤，“何人”二字在这里得到了落实。一点意思表达得如此曲折有致，遣词造句又是这样的清新蕴藉，借用辛稼轩的话来说：“看使君，于此事，定不凡。”（《水调歌头·送郑厚卿赴衡州》）

【原文】

苏轼在杭州时期，政治处境十分矛盾，因反对新法而外任，而又得推行新法。他写过许多反对新法的诗歌，“托事以讽，庶几有补于国”；又勤于职守，捕蝗赈饥，关心民瘼，在力所能及的范围内，“因法以便民”。政事之余，他也同许多宋代文人一样，能很好安排个人生活。这首《行香子》正是从一个侧面反映了宋代士大夫的生活，不仅表现了与友人的深厚情谊，也流露出对西湖自然景物的热爱。《行香子》是他早期的作品之一，它已突破了传统艳科的范围，无论在题材和句法等方面都有显见的以诗为词的特点。这首词虽属酬赠之作，却是情真意真，写法上能从侧面入手，词情反复开阖，抓住了词调结构的特点，将上下两结处理得含蓄而有诗意，在苏轼早期词中是一首较好的作品。

（谢桃坊）

行香子

过七里濑[1]

一叶舟轻，双桨鸿惊。水天清、影湛波平。鱼翻藻鉴，鹭点烟汀。过沙溪急，霜溪冷，月溪明。　　重重似画，曲曲如屏。算当年、虚老严陵。君臣一梦，今古空名。但远山长，云山乱，晓山青。

〔注〕 ① 七里濑：又名七里滩、七里泷，在今浙江桐庐城南三十里处。两岸青山相对，江中水流湍急。

德国艺术理论家莱辛谈诗和画的差别时认为，诗是时间的艺术，适宜于表现在时间中持续的事物；画是空间的艺术，适宜于表现在空间中并列

的事物。东坡这首小词,既描绘了静止的画面,又表现了画面的流动,将动和静、虚与实结合得如此巧妙,给人以诗情画意的美感享受。

神宗熙宁六年(1073)二月,在杭州任通判的苏轼,放棹富春江,由新城至桐庐。这一带景色很美,一叶小舟,荡着双桨,像惊飞的鸿雁一样,飞快地掠过水面。天空碧蓝,水色清明,山色天光,尽入江水,波平如镜。水中游鱼,清晰可数,不时跃出明镜般的水面;水边沙洲,白鹭点点,悠闲自得如超脱尘世的仙翁。词人用简练的笔墨,满怀深情地描绘了在同一空间并列的事物:水、天、小船、游鱼、白鹭,为我们展开了一幅形象生动、色彩鲜明的图画。紧接着,用一"过"字领下边的三句——"沙溪急,霜溪冷,月溪明",使画面飞速地移动起来,高度简练概括地记录了沿途的景色和主观的感受。这儿,既是空间的转换,又是时间的推移,更是情绪的波动。船经沙滩,水流湍急,舟飞如箭,使人既高兴又紧张;早晨行船,两岸树木罩上了一层白霜,水面清冷,使人感到寒意料峭;夜晚降临,月亮升起,银白色的光辉洒满了山、树,江水泛着银波,波光莹莹,置身在这清凉透明的世界里,词人仿佛觉得自己的整个身心也晶莹透明起来。

以上是词的上半阕,写水。下半阕开头两句转换写山:"重重似画,曲曲如屏":两岸连山,往纵深看则重重叠叠,如画景;从横列看则曲曲折折,如屏风。词写水则特详,写山则至简,章法变化,体现了在江上舟中观察景物近则精细远则粗略的特点。富春山水,夙享嘉誉,如南朝梁代吴均《与宋元思书》所说:"自富阳至桐庐,一百许里,奇山异水,天下独绝。水皆缥碧,千丈见底,游鱼细石,直视无碍。急湍甚箭,猛浪若奔。夹岸高山,皆生寒树,负势竞上,互相轩邈,争高直指,千百成峰。"与此词对看,更能体会东坡抒写之妙。富春江是东汉严光隐居的地方。严光是东汉光武帝刘秀的同学。刘秀当皇帝后,严光隐姓埋名,避而不见。刘秀打听到他的下落后,三次征召,才把他请到京城,授谏议大夫,并百般礼遇。"君臣一梦",指光武帝与严光同床共卧事。但严光对富贵荣华坚辞不受,仍回到富春江钓鱼。

【原文】

对于严光的隐居，不少人称赞，但亦有人认为是沽名钓誉。唐代的韩偓《招隐》诗即写道："时人未会严陵志，不钓鲈鱼只钓名。"东坡在此，也笑严光当年白白在此终老，只留下空名而已。唯有青山依旧，朝夕百态，在人心目。下半阕以山起，以山结，中间插入议论感慨，而以"虚老"粘上文，"但"字转下意，衔接自然。结尾用一"但"字领"远山长，云山乱，晓山青"三个跳跃的短句，又与上半阕"沙溪急，霜溪冷，月溪明"遥相呼应。前面写水，后面写山，异曲同工，以景结情。人生的感慨，历史的沉思，都融化在一片流动闪烁、如诗如画的水光山色之中，隽永含蓄，韵味无穷。

苏东坡经常发出"人生如梦"的感慨，但他的感慨总是融化在对自然的永恒和美丽的礼赞之中，因而总是给人一种生动活泼的、生意盎然的美感。这就是为什么虽然某些评论家批评苏东坡消极、悲观，而人们仍然喜爱苏词的主要原因。人们从苏词中得到的，不是灰色的颓唐，而是绿色的欢欣。谓予不信，不妨将这首小词吟诵几遍，待走进富春江那"重重似画，曲曲如屏"的光洁灵秀的天地之中，难道不觉得肉体和灵魂都得到净化而升华到一种更高的境界之中吗？

（陈华昌）

菩萨蛮

回文。夏闺怨

柳庭风静人眠昼，昼眠人静风庭柳。香汗薄衫凉，凉衫薄汗香。　手红冰碗藕，藕碗冰红手。郎笑藕丝长，长丝藕笑郎。

回文，是中国诗歌特有的体制，诗词字句回旋往返，都能成文可诵。通

常说的回文诗，主要是指可以倒读的诗篇。如南朝齐王融《后园作回文诗》“斜峰绕径曲，耸石带山连。花余拂戏鸟，树密隐鸣蝉”，倒读亦能成文。六朝以还，作者渐多，咏歌日盛，工巧益增。宋人桑世昌编有《回文类聚》四卷，收录了大量的回文作品。尽管回文作者用足心机，毕竟近于文字游戏，有价值的作品不多，可以说是难能而不可贵。宋词中回文体较少，《东坡乐府》中有七调，姑录其“四时闺怨”中的“夏闺怨”一首，聊备一格。

东坡这首回文词，两句一组，下句为上句的倒读，这比起一般回文诗整首倒读的作法要容易些，因而对作者思想束缚也少些。一首好的回文诗词，除了在格律、内容、感情、意境等方面的要求外，还有一种特殊的讲究，就是倒读后的文意应与原来的有所不同，这是比较难办到的。东坡的七首回文词中，如“邮便问人羞，羞人问便邮”、“颦浅念谁人，人谁念浅颦”、“楼上不宜秋，秋宜不上楼”、“归不恨开迟，迟开恨不归”等，下句补充发展了上句，故为妙构。

再看这首“夏闺怨”。上片写闺人昼寝的情景，下片写醒后的怨思。用意虽不甚深，词语自清美可诵。“柳庭”二句，关键在一“静”字。上句云“风静”，下句云“人静”。风静时庭柳低垂，闺人困倦而眠；当昼眠正熟，清风又吹拂起庭柳了。同是写“静”，却从不同角度着笔。静中见动，动中有静，颇见巧思。三、四句，细写昼眠的人。风吹香汗，薄衫生凉；而在凉衫中又透出依微的汗香。变化在“薄衫”与“薄汗”二语，写衫之薄，点出“夏”意，写汗之薄，便有风韵，而以一“凉”字串起，夏闺昼眠的形象自可想见。过片二句，是睡醒后的活动。她那红润的手儿持着盛了冰块和莲藕的玉碗，而这盛了冰块和莲藕的玉碗又冰了她那红润的手儿。上句的“冰”是名词，下句的“冰”作动词用。古人常在冬天凿冰藏于地窖，留待夏天解暑之用。杜甫《陪诸贵公子丈八沟携妓纳凉》诗“公子调冰水，佳人雪藕丝”，写以冰水拌藕，犹本词“手红”二句意。“郎笑藕丝长，长丝藕笑郎”，收两句为全词之

【原文】

旨。"藕丝长",象征着人的情意绵长,古乐府中,常以"藕"谐"偶",以"丝"谐"思",藕节同心,故亦象征情人的永好。《读曲歌》:"思欢久,不爱独枝莲(怜),只惜同心藕(偶)。"自然,郎的笑是有调笑的意味的,故闺人报以"长丝藕笑郎"之语。笑郎,大概是笑他的太不领情或是不识情趣吧。郎的情意不如藕丝之长,末句始露出"闺怨"本意。

(陈永正)

虞美人

有美堂[①]赠述古

湖山信是东南美,一望弥千里。使君能得几回来?便使樽前醉倒更徘徊。　沙河塘[②]里灯初上,水调[③]谁家唱?夜阑风静欲归时,惟有一江明月碧琉璃。

〔注〕 ① 有美堂:在杭州城内吴山上,宋仁宗时梅挚所建。欧阳修《有美堂记》云:"嘉祐二年,龙图阁直学士尚书吏部郎中梅公出守于杭。于其行也,天子宠之以诗。于是始作有美之堂,盖取赐诗之首章而名之。"(《居士集》卷四十)赐诗首章曰:"地有吴山美,东南第一州。" ② 沙河塘:在杭州城南,通钱塘江,宋时为杭州繁华地区。 ③ 水调:曲名。王灼《碧鸡漫志》卷四引《脞说》云:"《水调》、《河传》,炀帝将幸江都时所制,声韵悲切,帝喜之。"《本事诗·事感第二》记唐玄宗听唱《水调》而凄然泣下。此曲北宋仍传唱,刘敞《公是集》有《扬州闻歌》云:"淮南旧有《于遮》舞,隋俗今传《水调》声。"

关于此词的写作,宋人傅榦的《注坡词》所叙甚详。傅云:"《本事集》

云：陈述古守杭，已及瓜代，未交前数日，宴僚佐于有美堂。侵夜月色如练，前望浙江，后顾西湖，沙河塘正出其下，陈公慨然，请贰车苏子瞻赋之，即席而就。”陈述古名襄，其离杭州知州任，徙知应天府（今河南商丘）在宋神宗熙宁七年（1074）七月，可知词作于此时，苏轼时为杭州通判。

上片写览景兴怀。钱塘环以湖山，左右映带，秀丽奇绝。加上闽商海贾，风帆浪舶，自古繁盛。而有美堂在城南吴山最高处，尤为登览之胜。正如欧阳修在《有美堂记》中所云：“独所谓有美堂者，山水登临之美，人物邑居之繁，一寓目而尽得之。盖钱塘兼有天下之美，而斯堂者又尽得钱塘之美焉。”如许内容，苏轼仅用二句简括述之，从远处着想，大处落墨，境界阔大，气派不凡。面对江山胜景，僚佐们在物我交融中感到无比欢乐，词人更感到陈公重游的机会无多，应该直饮到醉倒樽前，再多流连些时候。

然而，“樽前醉倒更徘徊”，也反映了词人此时此刻的心情：使君此去，何时方能重来？何时方能置酒高会？他的惜别深情是由于他们志同道合。据《宋史·陈襄传》，他因批评王安石和“论青苗法不便”，被贬出知陈州、杭州。然而他不以迁谪为意，“平居存心以讲求民间利病为急”。而苏轼亦因同样的原因离开朝廷到杭州，他自言“政虽无术，心则在民”。在这里，我们无须论列变法派与反变法派的是非功过，但我们应看到在他们共事的两年多过程中，能协调一致，组织治蝗，赈济饥民，浚治钱塘六井，奖掖文学后进。在他们力所能及的范围内，确实做了不少有益于人民的事。如今即将天隔南北，心情岂能平静？我们不妨看苏轼写于同时的送述古的词句：“今夜残灯斜照处，荧荧，秋雨晴时泪不晴。”（《南乡子》）“欲棹小舟寻旧事，无处问，水连天。”（《江城子》）这些都表现了他恋恋不舍的心情。

下片写有美堂上所观夜景。过片承上流连徘徊而来，以至明月当空、市区灯火初上尚未离去。灯火黄昏，会使人感到凄清寂寥，更何况此时又传来《水调》悲歌。想当年，隋炀帝于开汴河时令制此曲，制者取材于河工

【鉴赏】

之劳歌，因而声韵悲切。传至唐代，唐玄宗听后伤时悼往，凄然泣下。而杜牧在他的著名的《扬州》诗中写道："谁家唱水调，明月满扬州。"直到宋代，此曲仍风行民间。这种悲歌，此时更增添离怀别思。离思是一种抽象的思绪，能感觉到，却看不见，摸不着，对它本身作具体描摹很困难。词人借助灯火和悲歌，既写出环境，又写出心境，极见功力之深。

离别词往往被人写得惨戚憯凄，不忍卒读。而苏轼写此类词则凄清而不凄怆，忧愁而不愁苦。他惯于为离别的亲友解除忧虑，开释情怀，此首以"一江明月碧琉璃"作结，水月交映，意境阔远，令人豁然开朗。这江面月色由夜阑风静而来，明澈如镜，清辉万里，温婉静谧。它留给人们充分的想象天地，想象词人以此来象征述古为人高洁耿介，象征他们友情的冰清玉洁，象征他们前程的光明，等等，总之是言有尽而意无穷。苏轼是写月夜的能手，在他三百数十首词作中，写有月夜的有五十多首。他写月变化多端，神妙独到，多不雷同，此首结句仅是其中一例。

官场饯行，即席赋诗词，或赞行人之显贵，或想象道途的风光，常常因陈袭旧，仅是应酬而已。而苏轼此首以真情出之，写得深沉委婉，真实诚挚。在写作时他抓住有美堂居高临下的特点。上片以乐景写忧思，寓情于景。下片因景寓情，由忧而乐。词人把景物和情思交织起来写，有层次地表现出感情的波澜。通篇八句，有六句直接写景，景物有动有静，有雄放有清丽，做到了动静相生，刚柔相济。有二句直接写情，但"樽前醉倒更徘徊"却是全篇关键所在。宴饮由白天而灯火黄昏而夜阑风静，均由"徘徊"生出，充分表现了述古留恋钱塘之意和僚佐们的友情。

（周义敢）

【原文】

虞美人

波声拍枕长淮晓，隙月窥人小。无情汴水自东流，只载一船离恨向西州。　　竹溪花浦曾同醉，酒味多于泪。谁教风鉴在尘埃？酝造一场烦恼送人来！

元丰七年(1084)十一月，东坡至高邮与秦观相会，秦观追送渡淮，于淮上饮别，东坡遂作此词。惠洪《冷斋夜话》谓曾“见其亲笔，醉墨超放，气压王子敬(献之)”。此词情真意切，可想见苏、秦两人的深挚交谊。

起二句，写在淮上饮别后的情景。秦观厚意拳拳，自高邮相送，溯运河而上，经宝应至山阳，止于淮上，途程二百余里。临流帐饮，惜别依依。词人归卧船中，只听到淮水波声，如拍枕畔，不知不觉又天亮了。着一“晓”字，已暗示一夜睡得不宁贴。“隙月”，指在船篷罅隙中所见之月。据王文诰《苏文忠公诗编注集成·总案》载，苏轼于冬至日抵山阳，十二月一日抵泗州。与秦观别时当在十一月底，所见之月是天亮前从东方升起不久的残月，故“窥人小”三字便形容真切。“无情汴水自东流，只载一船离恨向西州”，二语为集中名句。汴水一支自开封向东南流，经应天府(北宋之南京，今河南商丘)、宿州，于泗州入淮。苏轼此行，先由淮上抵泗州，然后溯汴水西行入应天府。流水无情，随着故人东去，而自己却载满一船离愁别恨，独向西行。“无情流水多情客”(《泛金船》)，类似的意思，在苏词中也有，而本词之佳，全在“载一船离恨”一语。以水喻愁，前人多有，苏轼是词，则把愁恨物质化了，可以载在船中，逆流而去。这个妙喻被后人竞相摹拟。东坡的门人张耒《绝句》：“亭亭画舸系春潭，只待行人酒半酣。不管烟波与风

【鉴赏】

雨，载将离恨过江南。”李清照《武陵春》词“只恐双溪舴艋舟，载不动、许多愁”，声名竟出苏词之上。张元幹《谒金门》“艇子相呼相语，载取暮愁归去”，亦有情致。董解元《西厢记诸宫调》卷六云：“休问离愁轻重，向个马儿上驼也驼不动。”则置愁于马背；王实甫《西厢记》云：“遍人间烦恼填胸臆，量这些大小车儿如何载得起？”又载愁于车上。以上数例，虽不免有蹈袭之嫌，仍能各出新意。至如朱淑真“可怜禁载许多愁”及明人“双桨别离船，驾起一天烦恼”之类，情辞俱竭，了无余味了。“西州”，龙榆生《东坡乐府笺》引傅注以为扬州，误。词中只是泛指西边的州郡，即东坡此行的目的地。

过片二句，追忆当年两人同游的情景。元丰二年，东坡自徐州徙知湖州，与秦观偕行，过无锡，游惠山，唱和甚乐。复会于松江，至吴兴，泊西观音院，遍游诸寺。词云“竹溪花浦曾同醉”，当指此时情事。“酒味”，指当日的欢聚；“泪”，谓别后的悲辛。元丰二年端午后，秦观别东坡，赴会稽。七月，东坡因乌台诗案下诏狱，秦观闻讯，急渡江至吴兴寻问消息。以后几年间，苏轼居黄州贬所，与秦观不复相见。“酒味多于泪”，当有感而发。末两句故作反语，足见真情。词人在深深叹息：谁叫我在芸芸众生中发现了您，认识您的价值，并获得您的友谊啊？如今反而使我增添了无穷无尽的烦恼！“风鉴”，指以风貌品评人物。吴处厚《青箱杂记》卷四：“风鉴一事，乃昔贤甄识人物拔擢贤才之所急。”东坡对秦观的赏拔，可谓不遗余力。熙宁七年(1074)，东坡得读秦观诗词，大为惊叹，遂结神交。三年后两人相见，过从甚欢。后屡次向王安石推荐秦观。元丰七年，致书安石，称美秦“行义修饬，才敏过人，此外傅综史传，通晓佛书，讲习医药，明练法律”，希望王安石“少借齿牙，使增重于世”。作为苏门四学士之一的秦观，对苏轼知遇之情也是永志不忘的。

(陈永正)

【原文】

河满子

湖州作,寄益守冯当世

见说岷峨凄怆,旋闻江汉澄清。但觉秋来归梦好,西南自有长城。东府三人最少①,西山八国初平。　　莫负花溪纵赏,何妨药市微行。试问当垆人在否,空教是处闻名。唱著子渊新曲,应须分外含情。

〔注〕　①“东府”句:北宋时,中书门下掌政务,称东府;枢密院掌军政,称西府,合称二府,都是最高国务机关。东府长官为同中书门下平章事(即宰相),和参知政事(即副宰相)。宰相、参政员数,据洪迈《容斋三笔》,或三员,或四员。宋太祖初时三宰相,后一相二参、二相一参不等,自后颇以二相二参为率。词中言“三人”,似指熙宁三年王安石为相,冯京、王珪为参政时。但人员登黜频繁,不必坐实定指此三人。

冯当世,名京,鄂州江夏(今湖北武汉市武昌)人。神宗熙宁四年(1071)为参知政事时,曾荐苏轼、刘攽直舍人院掌外制,为皇帝起草诏令,未获准,苏轼即出为杭州通判,刘攽为泰州通判。两人都是反对新法的。冯京本与王安石政见不合,著论抨击新法失当,参政后又数与安石辩论于神宗之前,终被排挤,出守外郡。成都府路所属茂州(治所在今四川茂汶羌族自治县)旧领羁縻九州,皆蕃部(少数民族)聚居,茂州旧无城墙,居民每被抢掠。熙宁九年三月,知州奏准筑城,因城基侵占蕃人住地,发生纠纷,蕃部结连数千人,攻城占隘。朝廷调冯京由知渭州改知成都府兼成都府路利州路安抚使,前往处理。(见司马光《涑水纪闻》卷十四、《续资治通鉴长编》卷二七四)《宋史·冯京传》载:“蕃部何丹方寇鸡宗关,闻京兵至,请降。议者遂欲荡其巢窟。京请于朝,为禁侵掠,给稼器,饷粮食,使之归。夷人喜,争出犬豕,割血受盟,愿世世为汉藩。”十月,事渐平,召京入朝知枢密院事,次年春离成都。这就是本词上片所写的时事背景。词题“益守”,通行诸本作“南守”,今从南宋傅榦《注坡词》。成都府路在宋初曾称益州路。此词全篇也是用成都事最多,作“益”应无可疑。

因冯京曾知成都府,东坡自己又是成都府路所属的眉州眉山县人,全词便以成都事为核心,称美冯京在当地的治绩和表达自己的欣悦之情。起首“见说岷峨凄怆,旋闻江汉澄清”,指冯京迅速安定茂州局势事。“见说”、“旋闻”,表明问题解决得很快,又宛然是远道听到家乡新闻的口气,这里面便透出一种亲切感。岷峨为四川的岷山和峨眉山,是东坡故乡的名山。他在《满庭芳》词中自言“万里家在岷峨”,广义又借指蜀中。“江汉澄清”,一方面是以江、汉二水之复归澄清,比喻兵乱的平定,同时还暗取《诗·大雅·江汉》赞美周宣王时召虎平淮夷的诗意。《江汉》诗说:“江汉汤汤,武夫洸洸(勇武貌)。经营四方,告成于王。四方既平,王国庶定。时靡有争,王心载宁。”以冯京比拟召虎,歌颂得体,事迹又颇为切近。“但觉秋来归梦好”,承上“江汉澄清”而来,又映带“岷峨凄怆”之时。久客思乡,故有“归梦”;乱止忧除,故觉“梦好”。黄山谷《谪居黔南十首》(摘白乐天句)有云:“如何春来梦,合眼在乡社。”任渊注:“一本作‘秋来何所梦,合眼见乡社’。”此两句与东坡之“秋来归梦”,若合符契。大抵境遇心事相同者,出语亦易相近。古人又岂无此类言语,总之各自写其胸臆,也不能说是谁剿袭谁了。东坡之“归梦好”,是因为蜀中有能人镇守,即所谓“西南自有长城”。长城本义是古代北方为防备匈奴所筑的城墙,东西连绵长至万里,引申指国家所倚赖的能臣良将。南朝宋檀道济被文帝收捕,怒曰:“乃坏汝万里长城!”唐李勣守并州,突厥不敢南侵,唐太宗甚至夸他是“贤长城远矣”。词至此,以“长城”为喻，转入写冯京。“东府三人最少”，提到他任参知政事的时候，在宰执中年纪最轻，意味着最有锐气。冯京于熙宁三年六月为枢密副使，旋改参知政事，踏进政府最高层以此开端，东坡也不忘他在参政任上推荐自己的一段因缘，所以提出这一点。“西山八国初平”，借用韦皋事以指冯京之安抚茂州诸蕃部。写其事功亦以称美其人。韦皋于唐德宗贞元九年任剑南西川节度使，出兵西山破吐蕃军，招抚原附吐蕃的西山羌族八个部落，“处其众于维、霸、保等州，给以种粮、耕牛，咸乐生业”（《旧唐书·东女传》）。韦、冯都是镇守西川，事实又相类，此句用典十分贴切，比之直写冯京茂州事，显得典雅有风致。

上片主要写冯京守成都时的事功，下片转从成都地理历史、风土人情生发，结合冯京的知府兼安抚使身份，拟写他在那里的公余游赏生活，和人民的关系，起到调剂词情的作用。“莫负花溪纵赏，何妨药市微行”。“花溪”即浣花溪，在成都城西郊。陆游《老学庵笔记》卷八载：“四月十九日，成都谓之浣花。遨头宴于杜子美草堂沧浪亭。倾城皆出，锦绣夹道。自开岁宴游，至是而止，故最盛于他时。予客蜀数年，屡赴此集，未尝不晴。蜀人云：‘虽戴白之老，未尝见浣花日雨也。’”这确是一个游赏的好去处。以“遨头”称州郡长官，意为嬉游队伍的首领。东坡有“遨头要及浣花前”的诗句。“药市”在成都城南玉局观。《老学庵笔记》卷六谓“成都药市以玉局化为最盛，用九月九日”；其《汉宫春》词以“重阳药市”与“元夕灯山”为对，其盛况也可以想见。庄绰《鸡肋编》卷上记成都重九药市较详：“于谯门外至玉局化五门，设肆以货百药，犀麝之类皆堆积。府尹、监司，皆武行（步行）以阅。又于五门之下设大尊，容数十斛，置杯勺，凡名道人者，皆恣饮。如是者五日。”这两处游乐，都是群众性的盛集，且都有州郡长官参与。词以“莫负”、“何妨”的敦劝口吻出之，期盼冯京与民同乐，委婉入情。接着“试问当垆人在否，空教是处闻名”，提起有名的“文君当垆”故事。《史记·司马相如列

【鉴赏】

传》载成都人司马相如字长卿，在临邛“买一酒舍酤酒，而令文君当垆。相如身自著犊鼻裈，与保庸（奴婢）杂作，涤器于市中”。词中只写到文君，当兼有相如在内。这是一则文人才女的风流故事，历代被人津津乐道。如李商隐《杜工部蜀中离席》诗云：“美酒成都堪送老，当垆仍是卓文君。”而他的另一首《寄蜀客》诗则云：“君到临邛问酒垆，近来还有长卿无？”东坡的“试问当垆人在否”，立意与之相同，也是说这样的风流人物不在了，只有佳话留传。这意味着人文鼎盛的成都，应该还有特出的人才出现，这就期望着地方长官的教导和识拔了。结尾“唱著子渊新曲，应须分外含情”，便体现了这样的意思。汉宣帝时，蜀人王褒字子渊，有俊才，为益州刺史王襄作《中和》、《乐职》、《宣布》等颂诗，言当地在王襄的治理下，政治和平，百官各得其职，风化普洽，无所不被。诗成，选好事者依《鹿鸣》之声，习而歌之。歌曲传入朝廷，命征王褒入都。这两句重点在“新曲”二字，借王褒作诗教歌称美王襄事，转到歌颂冯京的意思上面。这是指文治，与上片的颂其武功相呼应。“应须分外含情”，表示了东坡拳拳的情意，这内中应该有政治上志同道合的一份。

这首词似为应酬之作，而能输入个人情思，穿插历史感慨，如“但觉秋来归梦好”、“试问当垆人在否”等句，便见意境不俗。又全首述事、用典较多，比较质实，又多排偶句，但读来颇觉流利，以有诸多虚词斡旋其间，如上片之“见说”、“旋闻”、“但觉”、“自有”，下片之“莫负”、“何妨”、“试问”、“空教”、“唱著”、“应须”，又多用于句首，两两呼应，使全词气机不滞。它的格局近诗，气息还是词的，是东坡以诗为词的又一例证。还有一点，在东坡词三百多首中，写时事、大事的仅此一首，也是值得注意的。

关于这首词的写作时间，尚有疑点。据题云“湖州作”，各本于“湖州”无异文。按东坡行迹，涉及湖州者有两个时期：一是熙宁四年至七年（1071—1074）任杭州通判期间及离杭赴密州时，曾数次经过湖州；又一是元丰二年（1079）四月至七月间知湖州。词写寄冯京，紧扣成都事。冯京至熙宁九年始知成都府，则词非作于熙宁七年及以前甚明。龙沐勋《东坡乐府笺》据朱祖谋《东坡乐府》编年本列于熙宁七年甲寅，误。至于东坡知湖州时，距冯京安抚茂州蕃部已二年半，别成都入朝任知枢密院事亦逾年。东坡消息不至于太隔膜，以至词的上片还把茂州事当作新闻，下片仍按冯京在成都任上的情况来写。若依词的内容来斟酌作年，似在熙宁九年冬至十年春之间为近是。（词中的“秋来归梦好”，可以是指茂州事解决的时间，不必是作词时间。）此时东坡知密州已近尾声，九年十一月离密州，辗转道上，十年二月至汴京，将赴徐州新任。题中“湖州”字或有误。

（陈长明）

更漏子

送孙巨源

水涵空，山照市，西汉二疏乡里。新白发，旧黄金，故人恩义深。　　海东头，山尽处，自古客槎来去。槎有信，赴秋期，使君行不归。

宋神宗熙宁七年（1074）十月，苏轼在楚州（今江苏淮安）别孙巨源，作此词。孙洙字巨源，扬州人。在谏院时，与王安石政见不合，乞补外郡，知海州（今江苏连云港）。此年八月十五日离海州赴京任修起居注、知制诰。九月，苏轼被命罢杭州通判，权知密州。苏、孙二人曾会于润州（今江苏镇江），并同至楚州相别。

上片用西汉二疏（疏广、疏受）故事赞颂孙洙。二疏叔侄皆东海（海州）

【鉴赏】

人。广为太子太傅，受为少傅，官居要职而同时请退归乡里，得到世人景仰。孙洙曾知海州，故云“二疏乡里”。作者别有《次韵孙巨源寄涟水李盛二著作并以见寄五绝》，其二曰：“高才晚岁终难进，勇退常年正急流。不独二疏为可慕，他时当有景孙楼。”自注：“巨源近离海州，郡有景疏楼。”作者认为：海州人景仰二疏，曾为建造景疏楼，将来必定还会有景孙楼。对海州来说，孙洙和二疏一样都是值得纪念的。“水涵空，山照市，西汉二疏乡里”，三句说海州碧水连天，青山映帘，江山神秀所钟，古往今来出现了不少可景仰的人物。前有二疏，后有孙洙，都为此水色山光增添异彩。“新白发，旧黄金，故人恩义深”。三句以二疏事说孙洙。二疏请归，宣帝赐黄金二十斤，太子赠五十斤，公卿大夫、故人邑子设祖道，供帐东都门外，举行盛大欢送会。（《汉书·疏广传》）“新”与“旧”二字，将二疏与孙洙联系在一起。点明，这虽是发生在很久很久以前的故事，但说的却是眼前人。孙洙海州一任，白发新添，博得州人殷勤相送，这是老友在此邦留下的深恩厚义所致。此意与诗中所设想的“景孙楼”暗相关合。

下片以乘槎故事叙说别情。《博物志》载：近世人居海上，每年八月，见海槎来，不违时，赍一年粮，乘之到天河。见妇人织，丈夫饮牛，问之不答。遣归，问严君平，某年某月日，客星犯牛斗，即此人也。这是传说中的故事，作者借以说孙洙，谓其即将浮海通天河，晋京任职。“海东头，山尽处，自古客槎来去。”“海”与“山”照应上片之“水”与“山”，将乘槎浮海故事与海州及孙洙联系在一起。在作者的想象中，当时有人乘槎到天河，大概就是从这里出发的。但是，自古以来，客槎有来有往，每年秋八月一定准时来到海上，人（孙洙）则未有归期。“槎有信，赴秋期，使君行不归”。其中“有信”、“不归”，就把着眼点集中在眼前人（孙洙）身上，突出送别。这里，一方面用浮海通天河说应召晋京，一方面以归期无定抒写不忍相别之情。

词作所写两个故事似毫不相干，但用到海州，用在孙洙身上，两件事就联系在一起了。作者以这两个故事为孙洙送别，既是对孙洙的赞颂，也体现了自己的不安情绪。在仕途上，作者与孙洙有着共同的遭遇，为了从政治斗争的旋涡中逃脱出来，二人皆乞外任。而今，孙洙接到调令，即将返回朝廷，这不能不引起作者的思想波动。因为致君尧舜的理想尚未实现，有机会奉调晋京，这自然是值得庆贺的。但是归期无定，前景难测，又不能不令人担心。总的看，作者之不忍别，其中包含着仕途中的无穷忧患情思，不仅仅是“故人恩义”。读这首词，必须将作者的身世联系在一起，才能较为切实地把握其用意。

（施议对）

醉落魄

苏州阊门留别

苍颜华发，故山归计何时决！旧交新贵音书绝，惟有佳人，犹作殷勤别。　　离亭欲去歌声咽，潇潇细雨凉吹颊。泪珠不用罗巾浥，弹在罗衫，图得见时说。

神宗熙宁七年(1074)十月，苏轼由杭州通判移知密州，途经苏州，饯别时书此赠某歌妓。阊门是苏州的西北门，地近运河边，市廛繁盛。别筵当在此举行。词的上片写自己在备尝坎坷中遇知音。熙宁七年，作者才三十九岁，正处盛年，为何开篇即云“苍颜华发”？这自然是有见于佳人的豆蔻年华而自感老大，但也是实写由于政治上的失意而未老先衰。熙宁三年，他在汴京《送安淳秀才失解西归》诗中即云：“狂谋谬算百不遂，惟有霜鬓来如期。”四年过去了，事事不如意，自然更增华发。他自幼即有救时济世之

【鉴赏】

志，在思想上儒家的进取精神占主导地位，但也受佛老思想的影响，从政之初就想及早退归林下。纵观其一生，一直处于“欲仕不能，欲隐不忍”的矛盾之中。自因反对新法而离京后，他郁郁不得志，思念故乡之情就更迫切。只是因为“我亦恋薄禄，因循失归休”，故山归计才久而未决。

作者反对王安石变法，特别反对王安石重用“巧进之士”，“新进勇锐之人”。在他看来，这些人飞扬跋扈，残政扰民，道不同不相为谋，自然不会通书。“惟有佳人，犹作殷勤别。”在眼前，只有这位歌妓情意恳切，输肝沥胆，是可贵的知己。作者并未留下这位佳人的姓名和其他有关材料，但我们可以从他同时写于苏州的词《阮郎归》所提供的情况，作些推想。词中有云：“一年三度过苏台，清樽长是开。佳人相问苦相猜，这回来不来？”一年之中，作者三次来苏州，可能宴席间与这位佳人几度相逢，相互间会有较深的了解，故此词词序亦云，这次赴密州，佳人问能否再重聚时“其色凄然”，可见是一往情深。我们在这首阊门留别词中，看到作者不仅以平等的态度相待侍宴的歌妓，对她以及她们寄予深刻的同情，而且进一步把佳人当作可以推心置腹的知音，把自己的宦游漂泊与歌妓不幸的命运联系起来。同是天涯沦落人，同样有不幸的命运，在临别之际，作者自然会触动真情。用语虽是平常，含蕴则极深至。

下片写与佳人依依惜别的深情。由“殷勤别”到“离亭欲去”，意脉相连，过片自然。不同的是上片由己及人，下片由人到己，充分体现出双方意绪契合，情感交流。歌妓擅唱，以歌赠别属情理之中。但“多情自古伤离别”，与自己最爱重的知音作别，就必然是未歌先凄咽，以至于泣不成声。然而此时无声胜有声，一个“咽”字说尽了佳人的海样情深。

结句与武则天《如意娘》诗之诗意“看朱成碧思纷纷，憔悴支离为忆君。不信比来长下泪，开箱验取石榴裙”相近。作者用意则更进一层，劝佳人不用罗巾揾泪，任它洒满罗衫，等待再次相会时，以此作为相知贵心的见证。

这既是劝慰佳人,也是自我宽解,今日酒泪相别,但愿后会有期。作者的赠别词一般均以宽慰对方作结,此首用“图得见时说”来鼓励佳人,对再次相聚抱有信心。真情流于肺腑,对佳人体贴入微。

按现在通行的编年本,苏轼任杭州通判之后词作渐多,到了离杭州赴密州前后,更大量创作词篇的,自此一发而不可收。他注意学习前人的经验。沿用晚唐五代以来婉约词的某些写作技巧来写歌妓,但不写浅斟低唱,不涉艳冶风情,而是以幽怨缠绵的手法,表达身世之感和政治怀抱。这是他的歌妓词的创造性,赋予歌妓词新的灵魂和新的生命。

(汤易水　周义敢)

醉落魄

离京口作

轻云微月,二更酒醒船初发。孤城回望苍烟合。记得歌时,不记归时节。　　巾偏扇坠藤床滑,觉来幽梦无人说。此生飘荡何时歇?家在西南,常作东南别。

羁旅行役,本是词人墨客经常吟咏的主题。苏东坡的这首小词,读起来却很别致。它表现的是酒醒后突然涌上心头的瞬间感受。

月色微微,云彩轻轻。是二更了吧?词人从沉醉中醒来,听着咿咿呀呀的摇橹声,船家告诉他,刚开船哩。从船舱中往回望,只见孤城笼罩在一片烟雾迷蒙之中。这一切仿佛在做梦一样。只记得饮酒高歌时的情景,怎么又回到船上来了呢?真是月朦胧,云朦胧,孤城朦胧,人的意识也朦胧。

【鉴赏】

一切都融化在轻柔朦胧的月色之中了。景和情的和谐,巧妙地烘出了醉醒后的心理状态。

下半阕紧接上半阕,描写醉后的形态:头巾儿歪在一边,扇子坠落在舱板上,藤床分外滑腻,仿佛连身子也挂不住似的。中国画讲究传神,中国诗也讲究传神。“巾偏扇坠藤床滑”,短短七个字,就将醉态刻画得惟妙惟肖。词人终于记起来了,他刚才还真做了个梦。但天地之间,一叶小舟托着他的躯体在迷蒙的江面上飘荡,朋友们留在岸上了,亲人们远在一方,向何人诉说自己的梦境呢?词人不禁有些悲慨了,这样飘荡不定的生活几时才能结束呢?他的家远在西南的四川,而人却长年累月地在东南奔波。真是不幸啊!最后两句,像从朦胧中浮现出来的航灯,照亮了词人心灵深处埋藏的思乡之情。但他究竟做了个什么样的梦,依然没有说,而却留给读者去猜想。

这首词作于熙宁六年(1073)冬,苏轼正在杭州通判任上。他经常来往于镇江(即京口)、丹阳、常州一带,公务冗忙,四处奔波,对故乡的思念之情不时袭上心头。这首词以朴素的语言、自然的笔调,含蓄蕴藉地表现了酒醉醒后思乡的心境,显得很有特色。酒醒后的情景,柳永的《雨霖铃》也描写过。那是一种什么样的情景呢?“今宵酒醒何处?杨柳岸,晓风残月。此去经年,应是良辰好景虚设。便纵有千种风情,更与何人说?”景不朦胧,情感也不朦胧。一切都鲜明热烈。风流浪子要诉说的是“千种风情”而不是“梦”,要诉说的对象是热恋中的情人,而不是不确定的朋友亲人。两相比较,更能使人领略到两种不同形态的美。

(陈华昌)

【原文】

如梦令

为向东坡传语，人在玉堂深处。别后有谁来？雪压小桥无路。归去，归去，江上一犁春雨。

这阕《如梦令》，毛氏汲古阁本题作《有寄》，傅榦本调下注云："寄黄州杨使君二首，公时在翰苑。"当是元祐元年(1086)九月以后，元祐四年三月以前，苏轼在京城官翰林学士期间所作。

苏轼在"乌台诗案"后，被贬为检校尚书水部员外郎黄州团练副使本州安置。自元丰三年(1080)二月到黄州，至元丰七年四月离去，在黄州住了四年零两个月。在此期间，他一方面在州城东门外垦辟了故营地数十亩，命名为东坡，躬耕其中；一方面狎渔樵之侣，穷山水之胜，乐其土风，生活颇为惬意。因此，他对黄州，特别对东坡，感情深厚，在量移汝州时的《别黄州》诗中说"桑下岂无三宿恋"，在《过江夜行武昌山上闻黄州鼓角》诗中说"黄州鼓角亦多情，送我南来不辞远"，在《满庭芳》词中说"好在堂前细柳，应念我、莫剪柔柯。仍传语，江南父老，时与晒渔蓑"。在京城官翰林学士期间，虽受重视，但既与司马光等在一些政治措施上议论不合，又遭程颐等竭力排挤，心情并不舒畅，因此一再表示厌倦京官生涯，不时浮起归耕念头。如在诗里说："我恨今犹在泥滓，劝君莫棹酒船回"(《送钱穆父出守越州绝句二首》其二)，"我亦江海人，市朝非所安"(《送曹辅赴闽漕》)，"如君尚出麾，顾我宜耕垄。告归谢先手，求去悔不勇"(《送周正孺知东川》)；还在词里说："须信人生如寄"(《西江月》)，"居士，居士，莫忘小桥流水"(《如梦令》)。这阕《如梦令》，抒写怀念黄州之情，表现归耕东坡之意，正是苏轼

【鉴赏】

上述两个时期的特定生活及由此产生的特定心理状态的反映和流露。

全词分为三层。首二句“为向东坡传语，人在玉堂深处”，是第一层。它以明快的语言，交代他在“玉堂（翰林院）深处”，向黄州东坡表达思念之情，引起下文。这两句的语气，十分亲切，甚类杜甫《赠别何邕》的“五陵花满眼，传语故乡春”。在苏轼心目中，黄州东坡，俨然是他的第二故乡，所以思念之情才如此殷切。

次二句“别后有谁来？雪压小桥无路”，是第二层。它是“传语”的内容，是苏轼对别后黄州东坡的冷清荒凉景象的揣想。为了避免平直，故先设一问。有此一问，便摇曳生姿，并起到了让读者注意下句的作用。“雪压小桥无路”，仍承上句带有问意，似乎是说：别后有没有人来？是雪压住了小桥，路不通吗？以景语曲折表达之，既富于形象性，又深得“婉”字之妙。雪压住了小桥，无路可通，就没有谁来；如果不是，就会有谁来。是与否之间，都表现了对别后黄州东坡的无限关心，也体现了“人在玉堂深处”遥想的情景。

末三句“归去，归去，江上一犁春雨”，是第三层。它紧承上意，亦是“传语”的内容，表达归耕东坡的意愿。陶渊明在《归去来兮辞》里说：“田园将芜胡不归！”苏轼在这里的思绪是：东坡可耕胡不归！“归去，归去”，直抒胸臆，是愿望，是决定，是决心。“江上一犁春雨”，是说春雨喜降，恰宜犁地春耕，补充要急于“归去”的理由，说明“归去”的打算。“一犁春雨”四字，使人自然地想起他所作《江城子》词“昨夜东坡春雨足，乌鹊喜，报新晴”的意境。宋人俞成在《萤雪丛说》卷上《诗随景物下语》条，将此写农耕的“一犁春雨”，与写渔父的“一蓑烟雨”、写舟子的“一篙春水”等，并称为“皆曲尽形容之妙”。妙在哪里呢？妙在捕捉住了雨后春耕的特殊景象，妙在饱和着轻快的情感。

清人周济在《介存斋论词杂著》中说：“人赏东坡粗豪，吾赏东坡韶秀。

韶秀是东坡佳处，粗豪则病也。”这阕《如梦令》，便是苏轼的韶秀之作，像山间的一湾清溪，像西天的一抹晚霞，淡雅自然，无一字雕刻，无一语奇险，无毫厘粗豪气息。

（何均地）

阳关曲

中秋月

暮云收尽溢清寒，银汉无声转玉盘。此生此夜不长好，明月明年何处看。

就在产生那首卓绝千古的中秋兼怀胞弟的词章（《水调歌头》）之后不久，苏轼兄弟便得到了团聚的机会。熙宁九年（1076）冬苏轼得到移知河中府的命令，离密州南下。次年春，苏辙自京师往迎，兄弟同赴京师。抵陈桥驿，苏轼奉命改知徐州。四月，苏辙又随兄来徐州任所，住到中秋以后方离去。七年来，兄弟第一次同赏月华，而不再是“千里共婵娟”。苏辙有《水调歌头》（徐州中秋）记其事，苏轼则写下这首小词，题为“中秋月”，自然也写“人月圆”的喜悦；调寄《阳关曲》，则又涉及别情。

月到中秋分外明，是“中秋月”的特点。首句便及此意。但并不直接从月光下笔，而从“暮云”说起，用笔富于波折。盖明月先被云遮，一旦“暮云收尽”，转觉清光更多。没有这层“面纱”先衬托一下，便显不出如此效果。句中并无“月光”、“如水”等字面，而“溢”字，“清寒”二字，都深得月光如水的神趣，全是积水空明的感觉。月明星稀，银河也显得非常淡远。“银汉无声”并不只是简单的写实，它似乎说银河本来应该有声（李贺就有“银浦流云学水声”的诗句）的，但由于遥远，也就“无声”了，天宇空阔的感觉便由此传出。“江天一色无纤尘”，最引人注目、惹人喜爱的，是“皎皎空中孤月轮”。今宵它显得格外团圞，恰如一面“白玉盘”似的。李白《古朗月行》：“小时不识月，呼作白玉盘。”这比喻写出月儿冰清玉洁的美感，而“转”字不但赋予它神奇的动感，而且暗示它的圆。两句并没有写赏月的人，但全是赏心悦目之意，而人自在其中。没有游赏情事的具体描写，词境转觉清新空灵。

明月团圞，诚然可爱，更值兄弟团聚，共度良宵，这不能不令词人赞叹“此生此夜”之“好”了。从这层意思说，“此生此夜不长好”大有佳会难得，当尽情游乐，不负今宵之意。不过，恰如明月是暂满还亏一样，人生也是会难别易的。兄弟分离在即，又不能不令词人慨叹“此生此夜”之短。从这层意思说，“此生此夜不长好”又直接引出末句的别情。但这里并未像“今夜清尊对客，明夜孤帆水驿，依旧照离忧”（苏辙《水调歌头》）那样挑明此意，结果其意味反而更加深远。说“明月明年何处看”，当然含有“未必明年此会同”的意思，即有“离忧”在焉。同时，“何处看”不仅就对方发问，也是对自己发问。作者长期外放，屡经迁徙。“明年何处”，实寓行踪萍寄之感。这比子由词的含义也更多一重。末二句意思衔接，对仗天成。“此生此夜”与“明月明年”作对，字面工整，假借巧妙。“明月”之“明”与“明年”之“明”义异而字同，借来与二“此”字对仗，实是妙手偶得。叠字唱答，再加上“不长好”、“何处看”一否定一疑问作唱答，便产生出悠悠不尽的情韵。

全词避开情事的实写，只在“中秋月”上着笔。从月色的美好写到“人月圆”的愉快，又从今年此夜推想明年中秋，归结到别情。形象集中，境界高远，语言清丽，意味深长。

此作诗词集皆收入。除文辞外，声律上也有特色。他后来有《书彭城观月诗》一文,引录原诗后说:“余十八年前中秋夜与子由观月彭城作此诗,以《阳关》歌之。”《阳关曲》原以王维《送元二使安西》诗为歌词,苏轼此词与王维诗平仄四声,大体相合,等于词家之依谱填词,故此词也反映了苏轼“通词乐,知音律”的一面。

(周啸天)

减字木兰花

维熊佳梦,释氏老君亲抱送。壮气横秋,未满三朝已食牛。
犀钱玉果[①],利市平分沾四座。多谢无功,此事如何着得侬!

〔注〕 ① 犀钱玉果:犀角色黄,钱色似之,故曰犀钱。果白如玉,故曰玉果。这个“果”大概是花生之类。似是用线把钱果串在一起以分赠宾客。

诗词中的应酬作品,绝大多数是内容空泛的陈词滥调,有些比较高明的作品,也不过是用上一些典故敷衍成篇而已,即大手笔也不免。这首词是作者经过吴兴(今浙江湖州市),在他的老朋友李公择生子三朝宴客席上写下的。题前有一段作者的自注,把原委说得很清楚。由于他们的交谊,已达到“忘形到尔汝”的程度,所以主人“求歌辞,乃为作此戏之”,也就是说,这是一首开开玩笑的作品。

起首两句,一是化用杜甫《徐卿二子歌》中“徐卿二子生绝奇,感应吉梦相追随。孔子释氏亲抱送,并是天上麒麟儿”的诗句;一是把杜诗“吉梦”字面的来历——《诗·小雅·斯干》中“吉梦维何?维熊维罴,男

【鉴赏】

子之祥”诸句，化成“维熊佳梦”四字，以“梦”字叶“送”字。虽然是烂熟的典故，但锤炼得却很自然。三、四两句，以夸诞大言，善颂善祷。“气横秋”字面本于孔稚圭《北山移文》“霜气横秋”，结合杜甫《送韦十六评事充同谷郡防御判官》诗的“子虽躯干小，老气横九州”，而改用一“壮”字，切合小儿特点。第四句本出于《尸子》：“虎豹之驹，虽未成文，已有食牛之气”。但这里主要仍然是翻用杜甫《徐卿二子歌》中“小儿五岁气食牛，满堂宾客皆回头”的句子。上片仅此四句，大多是从杜诗中借来。可是一经熔铸，语言更觉矫健挺拔。并且这首词是即席赋成的，具见作者腹笥丰富，从容不迫。

古时习俗，三朝洗儿，富有人家，一般都要大会宾客，作汤饼之宴。席上散发喜钱喜果，叫作“利市”。喜钱用之于汤饼宴上者俗称“洗儿钱”。据说唐明皇曾赐给杨贵妃洗儿钱，又见于唐王建的《宫词》，可见这个习俗，由来已久了。下片第一、二两句“犀钱玉果，利市平分沾四座”就是描写这种场面。三、四两句才转入调笑戏谑。题下作者自注引秘阁《古笑林》说：“晋元帝生子，宴百官，赐束帛，殷羡谢曰：‘臣等无功受赏。’帝曰：‘此事岂容卿有功乎！’同舍每以为笑。”作者把这个笑话，隐括成为“多谢无功，此事如何着得侬”，把晋元帝、殷羡两人的对话变成自己的独白，把第二人称的“卿”字换成第一人称的“侬”(我)字，意思是多谢，多谢，我是无功受赏了，这件事情，怎么可以该着我有功呢？语言幽默风趣，谑而不虐，所以弄得“举坐皆绝倒”，确实不是作者在自我吹擂。在这篇作品中，虽然没有什么思想内容可言，但如果把眼光放在另外一个角度，看作者语言吐属的典雅得体，看他隐括前人诗句的技巧，是那么娴熟，老练，再看文字中所洋溢的欢乐气氛和作者自身开朗而诙谐的性格，岂不也是一种精神享受吗？

（江辛眉）

【原文】

减字木兰花

钱塘西湖有诗僧清顺，所居藏春坞，门前有二古松，各有凌霄花络其上，顺常昼卧其下。余为郡①，一日屏骑从过之，松风骚然，顺指落花求韵，余为赋此。

双龙对起，白甲苍髯烟雨里。疏影微香，下有幽人昼梦长。
湖风清软，双鹊飞来争噪晚。翠飐②红轻，时下凌霄百尺英。

〔注〕 ① 为郡：作地方的行政长官。秦时分天下为三十六郡，长官称太守。宋时地方行政单位叫州，长官称知州。此处言知杭州。 ② 飐(zhǎn)：风吹物动。

本词的作意，小序里交代得很清楚。东坡爱和僧人交往，喜欢谈禅说法，词既是应和尚的请求而作，自然透露出禅机。

“双龙对起”，起笔便有拔地千寻、突兀凌云之势。两株古松冲天而起，铜枝铁干，屈伸偃仰，如白甲苍髯的两条巨龙，张牙舞爪，在烟雨中飞腾。前两句写古松，写的是想象中的幻景。有人说，后面明明写的是晴天，和烟雨矛盾。这是不明白幻景和实景的区别。词人乍一见古松，即产生龙的联想，而龙是兴风作雨的神物，恍惚中似见双龙在风雨中翻腾。当时已是傍晚，浓荫遮掩的枝干，若隐若现，也容易产生烟雨的感觉。

词人眼见凌霄花的金红色花朵，掩映在一片墨绿苍翠之间，他仿佛闻到了一股淡淡的清香。一个和尚，躺在浓荫下的竹床上，正在沉沉大睡哩。

【鉴赏】

多么悠闲自在啊。

从湖上吹来的风，又清又软，多么温柔，不知是怕吹醒了幽人呢还是怜惜娇嫩的凌霄花儿。一对喜鹊，飞来树上，叽叽喳喳争吵些什么呢？但树自在，花自香，幽人自梦。有人说，一对喜鹊争噪，将“疏影微香”、“幽人梦长”的意境搅得稀糟。这是不明白闹与静的辩证关系。人世的纷争更能显出佛门的超脱，鸟儿的鸣叫更能显示境界的幽静。隋王籍不是有“蝉噪林逾静，鸟鸣山更幽”（《入若耶溪》）的名句吗？

在微风的摩挲之下，青翠的松枝伸展摇动，金红色的凌霄花儿微微颤动。在浓绿的枝叶之中，忽然一点金红，轻飘飘、慢悠悠地离开枝蔓，缓缓而下，渐落渐近，安然无声。过了好一会儿，又是一点金红，缓缓而下。如此境界，令人神清气爽，思虑顿消，整个身心都融化在一片无我、无物、无思、无虑，纯任自然，天机自运的恬淡之中。

综观全词，在对立中求得和谐，是其创造意境的艺术特色。整首词写的物象只有两种：古松和凌霄花。前者是阳刚之美，后者是阴柔之美。而凌霄花是描写的重点，“双龙对起”的劲健气势被“疏影微香”、“湖风清软”所软化，作为一种陪衬，统一在阴柔之美中。从词的上片看，是动与静的对立，“对起”的飞腾激烈的动势和“疏影微香”、“幽人昼梦”静态形成对比。词的下片是闹与静的对立，鹊的“噪”和凌霄花无言的“下”形成对比。就是在这种对立的和谐之中，词人创造出了一种超然物外，虚静清空的艺术境界。一切都是那么自然，没有主观的评价，没有自我情感的直接表露，他只是作为一个旁观者，为我们描绘出了一幅风景画。而在这天然的图画中，没有任何人力的作用，没有人的丝毫活动，树风花鸟自由自在，了无交涉，昼梦的幽人似乎也融化在自然之中了。这是禅意的诗的艺术表现。

（陈华昌）

【原文】

减字木兰花

己卯儋耳春词

春牛春杖，无限春风来海上。便丐春工，染得桃红似肉红。

春幡春胜，一阵春风吹酒醒。不似天涯，卷起杨花似雪花。

这首词作于苏轼贬谪海南岛儋耳（今海南省儋州市）之时。己卯，宋哲宗元符二年（1099）。春词，为立春所作之词，别本题注即作《立春》。

海南岛在宋时被目为蛮瘴僻远的“天涯海角”之地，前人偶有所咏，大都是面对异乡荒凉景色，兴起飘零流落的悲感。苏轼此词却以欢快跳跃的笔触，突出了边陲绚丽的春光和充满生机的大自然，在我国词史中，这是对海南之春的第一首热情赞歌。苏轼与其他逐客不同，他对异地风物不是排斥、敌视，而是由衷地认同。他当时所作的《被酒独行，遍至子云、威、徽、先觉四黎之舍》诗中也说“莫作天涯万里意，溪边自有舞雩风”，写溪风习习，顿忘身处天涯，与此词同旨。苏轼一生足迹走遍大半个中国，或是游宦，或是贬逐，但他对所到之地总是怀着第二故乡的感情，这又反映出他随遇而安的旷达人生观。

《减字木兰花》上、下片句式全同。此词上、下片首句，都从立春的习俗发端。古时立春日，“立青幡，施土牛耕人于门外，以示兆民（兆民，即百姓）”（《后汉书・礼仪志上》）。春牛即泥牛。春杖指耕夫持打牛的棍子侍立；后亦有“打春”之俗，由人扮“勾芒神”，鞭打土牛。春幡，即“青幡”，指旗帜。春胜，一种剪纸，剪成图案或文字，又称剪胜、彩胜，也是表示迎春之意。上、下片首句交代立春日习俗后，第二句都是写“春风”：一则曰“无限

【鉴赏】

春风来海上”。作者《儋耳》诗也说:“垂天雌霓云端下,快意雄风海上来。”风从海上来,不仅写出地处海岛的特点,而且境界壮阔,令人胸襟为之一舒。二则曰“一阵春风吹酒醒”,点明迎春仪式的宴席上春酒醉人,兴致勃发,情趣浓郁。两处写“春风”都有力地强化全词欢快的基调。以后都出以景语:上片写桃花,下片写杨花,红白相衬,分外妖娆。写桃花句,大意是乞得春神之力,把桃花染成粉红。丐,乞求。这里把春神人格化,见出造物主孳乳人间万物的亲切之情。写杨花句,却是全词点睛之笔。海南地暖,其时已见杨花。作者次年人日有诗云“新巢语燕还窥砚”,方回《瀛奎律髓》评云:“海南人日,燕已来巢,亦异事。”盖在中原,燕到春分前后始至,与杨柳飞花约略同时。以此知海南物候之异,杨花、新燕并早春可见。而早春时节,中原时或降雪。作者用海南所无的雪花来比拟海南早见的杨花,那么,海南不是跟中原一般景色么!于是发出“不似天涯”的感叹了。——这实在是全词的主旨所在。

如前所述,此词内容一是礼赞海南之春,在我国古代诗词题材中有开拓意义;二是表达作者旷达之怀,对我国旧时代知识分子影响深远。这是苏轼此词高出常人的地方。我们不妨以南北宋之交的朱敦儒的两首词来对读。朱敦儒的《诉衷情》也写立春:“青旗彩胜又迎春,暖律应祥云。金盘内家生菜,宫院遍承恩。　时节好,管弦新,度升平。惠风迟日,柳眼梅心,任醉芳尊。”这里也有“青旗”、“彩胜”、“惠风”、“柳眼”、“醉尊”,但一派宫廷的富贵“升平”气象,了解南北宋之交政局的读者自然会对此词产生遗憾和失望。比之苏词真切的自然风光,逊色得多了。朱敦儒另一首《沙塞子》说:“万里飘零南越,山引泪,酒添愁。不见凤楼龙阙又惊秋。　九日江亭闲望,蛮树绕,瘴云浮。肠断红蕉花晚水西流。”这是写南越(今岭南两广等地)的重阳节。但所见者为“蛮树”、“瘴云”,由景引情者为“山引泪,酒添愁”,突出的是“不见凤楼龙阙”的流落异乡之悲。朱敦儒此词作于南渡以后,思乡之愁含有家国之痛,其思想和艺术都有可取之处,吴曾《能改斋漫录》卷十七"颜持约词不减唐人语"条也称赞此词"不减唐人语"。但此类内容的词作在当时词人中不难发现,与苏词相比,又迥异其趣。二词相较,对异地风物有排斥和认同的差别,从而更可见出苏词的独特个性。

这首词在写作手法上的特点是大量使用同字。把同一个字重复地间隔使用,有的修辞学书上称为"类字"。(如果接连使用称"叠字",如李清照《声声慢》"寻寻觅觅,冷冷清清,凄凄惨惨戚戚"。)清人许昂霄《词综偶评》云:"《玉台新咏》载梁元帝《春日》诗用二十三'春'字,鲍泉奉和用三十'新'字……余谓此体实起于渊明《止酒》诗,当名之曰'止酒诗体'。"本来,遣词造句一般要避免重复。《文心雕龙·练字第三十九》提出的四项练字要求,其中之一就是"权重出",以"同字相犯"为戒。但是,有的作者偏偏利用"同字"来获得别一种艺术效果:音调增加美听,主旨得到强调和渲染。而其间用法颇多变化,仍有高下之别。陶渊明的《止酒》诗,每句用"止"字,共二十个,可能受了民间歌谣的影响,毕竟是游戏之作。梁元帝《春日》诗(一作简文帝诗)说:"春还春节美,春日春风过。春心日日异,春情处处多。处处春芳动,日日春禽变。春意春已繁,春人春不见。不见怀春人,徒望春光新。春愁春自结,春结谁能申。欲道春园趣,复忆春时人。春人竟何在,空爽上春期。独念春花落,还似昔春时。"共十八句竟用二十三个"春"字,再加上"日日"、"处处"、"不见"等重用两次,字法稠叠,颇嫌堆垛。再如五代时欧阳炯《清平乐》:"春来阶砌,春雨如丝细。春地满飘红杏蒂,春燕舞随风势。　春幡细缕春缯,春闺一点春灯,自是春心缭乱,非干春梦无凭。"这首词也写立春,为突出伤春之情,一连用了十个"春"字,句句用"春",有两句用了两个"春"字,也稍有平板堆砌之感。

苏轼此词却不然。全词八句,共用七个"春"字(其中两个是"春风"),但不平均配置,有的一句两个,有的一句一个,有三句不用,显得错落有致;

而不用"春"字之句，如"染得桃红似肉红"，"卷起杨花似雪花"，却分别用了两个"红"字，两个"花"字。其实，苏轼在写作此词时，并非有意要作如此复杂的变化，他只是为海南春色所感发，一气贯注地写下这首词，因而自然真切，朴实感人，而无丝毫玩弄技巧之弊。后世词人中也不乏擅长此法的，南宋周紫芝的《蝶恋花》下片："春去可堪人也去，枝上残红，不忍抬头觑。假使留春春肯住，唤谁相伴春同处。"前后用四个"春"字，强调"春去人也去"的孤寂。蔡伸的《踏莎行》下片"百计留君，留君不住，留君不住君须去。望君频向梦中来，免教肠断巫山雨"，共用五个"君"字，突出留君之难。这都是佳例。

（王水照）

浣溪沙

游蕲水清泉寺，寺临兰溪，溪水西流。

山下兰芽短浸溪，松间沙路净无泥，萧萧暮雨子规啼。　　谁道人生无再少？门前流水尚能西，休将白发唱黄鸡。

这首小词是苏轼贬居黄州时期，于元丰五年（1082）三月游蕲水清泉寺时所作。蕲水，县名，即今湖北浠水县，距黄州不远。《东坡志林》卷一云："黄州东南三十里为沙湖，亦曰螺师店，予买田其间，因往相田得疾。闻麻桥人庞安常善医而聋，遂往求疗。……疾愈，与之同游清泉寺。寺在蕲水郭门外二里许，有王逸少洗笔泉，水极甘，下临兰溪，溪水西流。余作歌云。"这里所指的歌，即这首《浣溪沙》，除第五句"门前"作"君看"外，其余文

字完全相同。

东坡为人胸襟坦荡旷达，善于因缘自适。他因诗中有所谓“讥讽朝廷”语，被罗织罪名入狱，“乌台诗案”过后，于元丰三年二月贬到黄州。初时虽也吟过“饮中真味老更浓，醉里狂言醒可怕”（《定惠院寓居月夜偶出》）那样惴惴不安的诗句，但当生活安顿下来之后，樵夫野老的帮助，亲朋故旧的关心，州郡长官的礼遇，山川风物的吸引，促使他拨开眼前的阴霾，敞开了超旷爽朗的心扉。这首乐观的呼唤青春的人生之歌，当是在这种心情下吟出的。

上阕三句，写清泉寺幽雅的风光和环境。山下小溪潺湲，岸边的兰草刚刚萌生娇嫩的幼芽。松林间的沙路，仿佛经过清泉冲刷，一尘不染，异常洁净。傍晚细雨潇潇，寺外传来了杜鹃的啼声。这一派画意的光景，涤去官场的恶浊，没有市朝的尘嚣。它优美，洁净，潇洒……充满诗的情趣，春的生机。它爽人耳目，沁人心脾，诱发诗人爱悦自然、执著人生的情怀。

环境启迪，灵感生发，风水相遭，兴会飙举。于是词人在下阕迸发出使人感奋的议论。这种议论不是抽象的，概念化的，而是即景取喻，以富有情韵的语言，摅写有关人生的哲理。“谁道”两句，以反诘唤起，以借喻回答。“人生长恨水长东”，光阴犹如昼夜不停的流水，匆匆向东奔驶，一去不可复返，青春对于人只有一次，正如古人所说：“花有重开日，人无再少时。”这是不可抗拒的自然规律。然而，在某种意义上讲，人未始不可以老当益壮，自强不息的精神，往往能焕发出青春的光彩。谁说青春不能回复呢？你看门前的流水不是也能向西奔流吗！东坡在作此词稍后就吟过“我老多遗忘，得君如再少”（《吊李台卿》）的诗句。可见在特定的条件下，人是未尝不可以“再少”的。

人们惯用“白发”、“黄鸡”比喻世事匆促，光景催年，发出衰飒的悲吟。白居易当年在《醉歌》中唱道：“谁道使君不解歌，听唱黄鸡与白日。黄鸡催晓丑时鸣，白日催年酉前没。腰间红绶系未稳，镜里朱颜看已失。”苏轼也曾化用乐天诗，吟过“试呼白发感秋人，令唱黄鸡催晓曲”(《与临安令宗人同年剧饮》)之句。此处作者反其意而用之，希望人们不要徒发自伤衰老之叹。“谁道人生无再少?”“休将白发唱黄鸡!”这与另一首《浣溪沙》中所云“莫唱黄鸡并白发”，用意相同。这并非仅为自我宽慰。应该说，这是不伏衰老的宣言，这是对生活、对未来的向往和追求，这是对青春活力的召唤。在贬谪生活中，能一反感伤迟暮的低沉之调，唱出如此催人自强的爽健歌曲，这体现出苏轼执著生活、旷达乐观的性格。

(刘乃昌)

浣溪沙

【原文】

万顷风涛不记苏，雪晴江上麦千车。但令人饱我愁无。

翠袖倚风萦柳絮，绛唇得酒烂樱珠。樽前呵手镊霜须。

词前作者有小序云：“十二月二日，雨后微雪，太守徐君猷携酒见过，坐上作《浣溪沙》三首。明日酒醒，雪大作，又作二首。时元丰五年也。”据此可知作者于元丰五年(1082)十二月二日和三日先后作了五首《浣溪沙》。此篇为三日“又作二首”中的第二首。

这是一篇在词史上值得十分重视的作品。在此之前的文人词作中，还未发现过用词这种艺术形式来表达关心人民疾苦的。苏轼本来一贯比较关心和同情人民的疾苦，对北宋王朝“取之无术，用之无度”的政策所造成的民穷役重的状况极为不满。他主张轻徭薄赋，认为民裕才能国富，食足而后兵强，反对以“国用不足”为由，而“求广利之门”。基于这种思想，他反对新法言其于民不便，并因此屡遭排挤，终受陷害贬谪。他谪居黄州一年多后，因生活困难，躬耕东坡。垦辟之劳，使他进一步体会到“湿薪如桂米如珠”的民生疾苦，而写下这首小词。

词的首句，南宋傅榦撰《注坡词》引旧注云：“公有薄田在苏，今岁为风涛荡尽。”若据傅引旧注，则“万顷风涛不记苏”的“苏”，当指苏州，旧注中的“公”，当指苏轼。全句意思应为：苏轼未把在苏州为风灾荡尽的田产记挂心上。但据现有资料，苏轼被贬黄州时无田产在苏州，只在熙宁七年(1074)曾于常州宜兴置田产。旧注者于其时是否别有所据，不得而知。因此，不拟采傅引旧注作解。从词前小序得知，苏轼此词乃徐君猷过访的第二天酒醒之后见大雪纷飞时所作。联系前一首写的“半夜银山上积苏”与“涛江烟渚一时无”的景象来看，又知徐君猷离去的当天夜晚，即由白天的“微雪”转为大雪。“万顷风涛不记苏”，当是“万顷风涛苏不记”，为押韵而将“苏”字倒置。谓昨日醉中，风涛大作，醒来已不大记得了，只见江上雪晴，眼前一片银装世界。词人立刻从雪兆丰年的联想中，想象到麦千车的丰收景象，而为人民能够饱食感到庆幸。（当然，若按傅引旧注作解，则表现词人不计较个人的损失，只要人民能够饱食也就心安了，似亦无不可。）下片回叙前一天徐君猷过访时酒筵间的情景：歌伎的翠袖在柳絮般洁白、轻盈的雪花萦绕中摇曳，她那红润的嘴唇酒后更加鲜艳，就像熟透了的樱桃；而词人却在酒筵歌席间，呵着发冻的手，镊着已经变白了的胡须，思绪万端。

在艺术上，这首词的最大特点，是以乐景表忧思，以艳丽衬愁情。这种相反相成的艺术手法运用得非常巧妙、成功，完全符合生活的逻辑。词的上片描写雪景和由之而联想到的来年丰收的景象，以及因人民有希望获得饱食而喜悦的心情，境界辽阔，节奏亦较轻快。不过，“但令”一词所表达的仅仅是词人一种美好的愿望，因而其间又不无一丝淡淡的哀愁。下片的“翠袖”、“白雪”相映成趣，“绛唇”、“樱珠”艳上加艳。但是，这些艳丽的场景，却和“樽前呵手镊霜须”的愁苦形象形成了鲜明的对比。鲜艳的青春形象，愈衬出词人容颜的衰老。词人摄取“呵手镊霜须”这一富有典型特征的动作，极大地增强了艺术的形象性和含蓄性，深刻地揭示了抒情主人公在谪贬的特定环境中的内心世界。这一忧思的形象，很像以白雪萦绕翠袖和鲜艳的绛唇为背景的特写镜头，对比强烈，含蕴丰富、深刻。

从艺术感受来看，上片比较明快，下片更显得深婉，而上片的情思抒发，似乎在为下片的无声形象作提示。这样，上下两片的重点，就很自然地都落在最末的无声形象上，从而展示出词人因济民无术，处于身不由己的境地，容颜日衰，而又不甘心的复杂感情。它们彼此呼应，互为表里，而全词也就靠这种内在的思绪脉络和谐地统一起来，表现了词人一个昼夜的活动和心境。

遣词、用字的准确、鲜明、形象、自然，也是这首词在艺术上的成功之处。如“不记”二字，看来无足轻重，但它却切词序“酒醒”而表现了醉中的蒙眬。“但令”一词，确切地表达了由实景引起的联想中产生的美好愿望。“倚”、“萦”两字的运用，境界全出。“烂樱珠”，着一“烂”字，活画出酒后朱唇的红润欲滴。而“镊”字一出，多少情思，都表现在这一无声的动作中了。

正是上述的艺术特点，使这首词的境界鲜明，形象突出，情思深婉，收到了言已尽而意不尽的艺术效果，成为词中的妙品。

（邱俊鹏）

浣溪沙

咏　橘

菊暗荷枯一夜霜，新苞绿叶照林光。竹篱茅舍出青黄。

香雾噀人惊半破，清泉流齿怯初尝。吴姬三日手犹香。

咏物诗词，义兼比兴，讲求气象，自然容易受到好评。唐宋诗人，遵循《诗经》以来的“美”、“刺”原则，每借物寓意，有所寄讽，并以此为咏物“正宗”，而直写物象的纯粹的咏物之作，似乎已落入第二义了。其实，“纯用赋体，描写确肖”的咏物诗词，只要在选材炼意、琢句谋篇方面技巧娴熟，精美工致，也不失为佳构。

东坡是咏物能手，他的诗词中既有托讽深远的名篇，也有刻画精工的妙制，像这首咏橘词，可谓“写气图貌，既随物以宛转；属采附声，亦与心而徘徊”（《文心雕龙・物色》），巧言切状，体物细微，虽无深刻的思想内容，亦足以令人低回寻味不已。

“菊暗荷枯一夜霜”，先布置环境。咏物词，特别是咏小物的词，往往由于题材狭窄，难以展开，低手为之，易成枯窘。东坡才大，先在题前落笔，下文便有余地抒发。唐人皮日休《石榴歌》首句“蝉噪秋枝槐叶黄”，同此手段。“菊暗荷枯”四字，是东坡《赠刘景文》诗“荷尽已无擎雨盖，菊残犹有傲霜枝”的概括。“一夜霜”，经霜之后，橘始变黄而味愈美。晋王羲之帖：“奉橘三百枚，霜未降，未易多得。”又白居易《拣贡橘书情》诗：“琼浆气味得霜成。”皆可参证。“新苞”句，轻轻点出题目。新苞，指新橘。橘有皮包裹，故称。又，橘树常绿，凌寒不凋。《楚辞・橘颂》：“绿叶素荣，纷其可嘉兮。”沈

【原文】

约《橘》诗："绿叶迎露滋，朱苞待霜润。"东坡用"新苞绿叶"四字，何等自然，再以"照林光"描绘之，可谓得橘之神了。"竹篱茅舍出青黄"，好在一"出"字。竹篱茅舍，掩映于青黄相间的橘林之中，可见橘树生长之盛，人家环境之美，一年好景，正当此时。上片三句，纯是赋体，不杂一点抒情成分，然词人对橘的喜爱之情自见于字里行间。

过片二句，写尝橘的情状。擘开橘皮，芳香的油腺如雾般喷溅；初尝新橘，汁水在齿舌间如泉般流淌。"香雾"、"清泉"之喻，大概是东坡颇为得意的，他的《食柑》诗也有"清泉簌簌先流齿，香雾霏霏欲噀人"之句，后来南宋诗人曾几更把它压缩为"流泉喷雾真宜酒"(《曾宏甫分饷洞庭柑》)一语了。此词中"惊"、"怯"二字，活画出女子尝橘时的娇态。惊，是惊于橘皮迸裂时香雾溅人，怯，是怯于橘汁的凉冷和酸味。末句点出"吴姬"，头际也点明新橘的产地。吴中产橘，尤以太湖中东西两洞庭山所产者为最著，洞庭橘在唐宋时为贡物。词中谓"三日手犹香"，着意夸张。以此作结，余音不绝，亦自有"三日绕梁"之妙。

（陈永正）

浣溪沙

徐州石潭谢雨，道上作五首。潭在城东二十里，常与泗水增减清浊相应。

照日深红暖见鱼，连村绿暗晚藏乌。黄童白叟聚睢盱。
麋鹿逢人虽未惯，猿猱闻鼓不须呼。归来说与采桑姑。

旋抹红妆看使君，三三五五棘篱门。相排踏破蒨罗裙。

【原文】

老幼扶携收麦社，乌鸢翔舞赛神村。道逢醉叟卧黄昏。

麻叶层层𦮀叶光，谁家煮茧一村香？隔篱娇语络丝娘。

垂白杖藜抬醉眼，捋青捣麨软饥肠。问言豆叶几时黄？

元丰元年(1078)徐州发生严重春旱，作者有诗云："东方久旱千里赤，三月行人口生土"(《起伏龙行》)。作为一州的长官，他曾往石潭求雨，得雨后，又往石潭谢雨，沿途经过农村。这组《浣溪沙》词即记途中观感，共五首，这里是前三首。

第一首写以石潭为中心的村野风光，及聚观谢雨仪式的民众的欢乐。《起伏龙行》序云："父老云，(石潭)与泗水通，增损清浊，相应不差。时有河鱼出焉。"故首句写到潭鱼。西沉的太阳，格外红而大，也染红了潭水。由于刚下过雨，潭水增多，大约也涌进了不少河鱼，它们似乎贪恋着夕照的温暖，纷纷游到水面。鱼而可见，也写出了潭水的清澈。与大旱时水浊无鱼应成一番对照。从石潭四望，村复一村，佳木茏葱，只听得栖鸦的啼噪，而不见其影。两句一写见，一写闻。不易见的(潭鱼)见了，易见的(昏鸦)反不见了，写出了农村得雨后风光为之一新，也流露出作者喜悦的心情。三句撇景而写人。儿童黄发，老人白首，故称"黄童白叟"，这是聚观谢雨的人群中的一部分。"睢盱"二字俱从"目"，张目仰视貌，兼有喜悦之义。《易经·豫卦》"盱豫"，《疏》："盱谓睢盱。睢盱者，喜悦之貌。"这里还暗用韩愈《元和圣德诗》"黄童白叟，踊跃欢呀"句意。只及童叟之乐，则一般村人之乐，及作者乐人之乐可知。是举一反三的手法。

谢雨的盛会，打破了林潭的寂静。常到潭边饮水的"麋鹿"突然逢人，惊恐地逃避了。而喜庆的鼓声却招来了顽皮的"猿猱"。"虽未惯"与"不须呼”相映成趣，两种情态，各各逼真。颇有助于表现和平熙乐的气氛。细细品味，似觉其中含有借以比拟人物的意趣。山村的老人纯朴木讷，初见知州不免有几分“未惯”，孩童则活泼好动，听到祭神仪式开始的鼓声，已争向前来，恐落人后了。他们回家必得要兴奋地追说一天的见闻，说给谁呢？当然是未能目睹盛况的“采桑姑”们了。“归来说与采桑姑”，这节外生枝一笔，妙趣横生，丰富了词的内涵。

词中始终没有正面写谢雨之事，只从鼓声间接透露了一点消息。却写到日、村、潭、树等自然景物，鱼、鸟、猿、鹿等各类动物，黄童、白叟、采桑姑等各色人物及其活动，织成一幅有声有色的画图。上片竟连用“深红”、“绿暗”、“黄”、“白”等色彩字，细辨则前二属实色（真色），后二属虚色（假色），交错使用，画面生动悦目。下片则赋而兼比。全词无往而非喜雨、谢雨的情事。这正表现出作手取舍经营的匠心。前五句是实写，末一句是虚写，实写易板滞，以虚相救，始觉词意玩味不尽。

第二首写谢雨途中见闻。情形与前者又不一样。上片作者着重写村姑形象，似乎就是顺着前一首写下去的。村姑不像朱门少女深锁闺中，但仍不能和男子们一样随便远足去瞧热闹，所以只能在门首聚观，这是很富于特征的情态。久旱得雨是喜事，“使君”（州郡长官的敬称，这里是作者自谓）路过是大事，不免打扮一下才出来看。劳动人民的女子打扮方式，决不会是“弄妆梳洗迟”的，“旋抹红妆”四字足以为之传神。匆匆打扮一下，是长期生活养成的习惯，同时也表现出心情的急切。选择一件茜草红汁染就的罗裙（“蒨罗裙”）穿上，又自含爱美的心理。“看使君”当然有一睹使君风采之意，同时也有观看热闹的意味在内。“三三五五”总起来说人不少，分散着便不能说太多，但“棘篱门”毕竟小了一些，都争着向外探望，你推我挤（“相排”），便有人尖叫裙子被踏破了。短短数语就刻画出一幅极风趣生动的农村风俗画。作者下笔十分自然，似是实写生活中事，以至使人觉得它同杜牧《村行》诗的“篱窥蒨裙女”一句只是暗中相合而已。

下片写到田野、祠堂，又是一番光景：村民们老幼相扶相携，来到打麦子的土地祠；为感谢上天降雨，备酒食以酬神，剩余的祭品引来馋嘴的乌鸢，在村头盘旋不去。两个细节都表现出喜雨带来的欢欣。结句则是一个特写，黄昏时分，有个老头儿醉倒在道边。这与前两句形成忙与闲，众与寡，远景与特写的对比。但它同样富于典型性。“桑柘影斜春社散，家家扶得醉人归”（王驾《社日》），酩酊大醉是欢饮的结果，它反映出一种普遍的喜悦心情。

如果说全词就像几个电影镜头组成，那么，上片则是个连续的长镜头；下片却像两个切割镜头，老幼收麦、乌鸢翔舞是远景，老叟醉卧道旁是特写。通过一系列画面表现出农村得雨后的气象。“使君”虽只是个陪衬角色，但其与民同乐的心情也洋溢纸上。

第三首写村中见闻。上片写农事活动。首句写地头的作物。“檾”（音倾）即苘麻，是麻的一种。“麻叶层层”是写作物茂盛，“檾叶光”是说叶片滋润有光泽，二语互文见义，是雨后庄稼实况。从具体经济作物又见出时值初夏，正是春蚕已老，茧子丰收的时节。于是村中有煮茧事。煮茧的气味很大，只有怀着丰收喜悦的人嗅来才全然是一股清香。未到农舍，在村头先嗅茧香，“谁家煮茧”云云，传达出一种新鲜好奇的感觉，实际上煮茧络丝何止一家。“一村香”之语倍有情味。走进村来，隔着篱墙，就可以听到缫丝女郎娇媚悦耳的谈笑声了。“络丝娘”本俗语中的虫名，即络纬，又名纺织娘，其声如织布，颇动听。这里转用来指蚕妇，便觉诗意盎然，味甚隽永。另有一种别具会心的解释说：“从前江南养蚕的人家禁忌迷信很多，如蚕时不得到别家串门。这里言女郎隔着篱笆说话，殆此风宋时已然。”（俞平伯《唐宋词选释》）则此句还反映了当时的民俗。

下片写作者对农民生活的采访，须发将白的老翁拄着藜杖，老眼迷离

【原文】

似醉,捋下新麦("捋青")炒干后捣成粉末以果腹,故云"软饥肠"。这里的"软",本字为"馔",有"送食"之义,见《广韵》。两句可见村中生活仍有困难,流露出作者的关切之情。于是更询问:豆类作物几时成熟?粮食能否接上?简单的一问,含蕴不尽。

要之,作者并没有把雨后农村理想化,他不停留在隔篱的观察上,而是较深入地接触到农民生活的实际情况,所以具有相当浓郁的生活气息。作者把词的题材扩大到农村,写农民的劳动生活,对于词境开拓有积极的影响。

(周啸天)

浣溪沙

簌簌衣巾落枣花,村南村北响缫车。牛衣古柳卖黄瓜。
酒困路长惟欲睡,日高人渴漫思茶。敲门试问野人家。

词者,具名曲子词,即今日所说的"唱词儿"是也。初起民间,后落于文士之手,遂为雅制。然而花间酒畔,艳丽为多。创新境者,李后主、柳耆卿、苏东坡,皆另辟鸿蒙,沾溉百世。然能创新境犹易,创奇境更难。所谓奇,非荒诞怪谲之意,但出人意表,全在常流想外,使人击赏赞叹,此即奇境。在词境中夐乎未有,乍开耳目,不禁称奇叫绝者,如坡公此作,可谓奇甚。

常说天风海雨,一洗绮罗香泽之习,足令诵者胸次振爽,为之轩朗寥廓——此犹是不寻常之为奇者也。若坡公此等词,则唯以最寻常最普通最不“值得”入咏的景物风光写之为词，此真奇外之奇！

可知千古未有之奇境，正在无奇之中。

试看他首句即奇：花落衣上，簌簌有声，何花也而具此斤两？曰：枣花。枣花者，无丽色，无浓馨，形状屑细，最不惹人注目，而经东坡一写，其体琐而质重，纷纷而飘落于过路人，使之衣巾皆满，飒飒如闻声响。此境已极可喜矣。此簌簌之枣花声，旋即为另一嘒嘒之妙音所夺——又何音也？曰缫车。昔者农家，耕织两重，盖衣食双营，皆由己手，而采桑育蚕，缫丝纺织，则妇女之重要功课。当枣花洒落之时，正缫丝忙迫之际，家家户户，响彻村周，范石湖所谓“缫车嘈嘈似风雨”，足资想象。行人至此，不禁驻足。为欲追凉，先寻老柳，——却见绿荫覆地，早有著牛衣之卖瓜人占尽清凉福地矣。

以上，写尽村农风物。

过片以下，便笔端一换，专属行人。农家缫丝，时在初夏，时大麦已然登场，天已甚热。酒困，途长，日高人倦，触暑烦劳之状跃然纸上。看来，古柳下之黄瓜，早已试过，了不济事，唯念茶浆，方能解渴。然而又何处可得甘露？当此之时，乃知农野之人家，远胜于大士之洞府，于是叩其门而求焉——古所谓“乞浆”，正此义此情也。

在《全宋词》中，月露风花，比比皆是，寻此奇境，唯有坡公，所以为千古独绝。

然而，东坡又何为而写此词耶？盖他自家那时正做“使君”——元丰元年，东坡在知徐州任上，地方春旱，因至城东二十里石潭乞雨；既得喜雨，故复至石潭谢焉，于路中作此等小词五章，此其第四也。一片为民忧喜之心情，于此写之。其境之奇，其笔之奇，方知并非无故。

（周汝昌）

【原文】

浣溪沙

软草平莎过雨新，轻沙走马路无尘。何时收拾耦耕身？

日暖桑麻光似泼，风来蒿艾气如薰。使君元是此中人。

这首词系作者于徐州石潭谢雨道上所作《浣溪沙五首》中的第五首。词中写徐州农村久旱逢雨之后所呈现的一派欣欣向荣、丰收在望景象，流露出作者对农村田园生活的热爱和他希冀归耕田园的愿望。

上片首二句“软草平莎过雨新，轻沙走马路无尘”，不仅写出“草”之“软”、“沙”之“轻”，而且写出作者在这种清新宜人的环境之中舒适轻松的感受。久旱逢雨，如沐甘霖，经雨之后的道上，“软草平莎”，油绿水灵，格外清新；路面上，一层薄沙，经雨之后，净而无尘，作者纵马驰骋，自是十分惬意。触此美景，不禁使他情动于衷，遂脱口而出：“何时收拾耦耕身？”“耦耕”，指二人并耜而耕，典出《论语·微子》：“长沮、桀溺耦而耕。”长沮、桀溺是春秋末年的两个隐者。二人因见世道衰微，遂隐居不仕。苏轼则与之不同。苏轼自幼胸怀奇志，期在为国建树奇勋。但在王安石变法时，他因与王政见不合，便自请外放，历任地方官。“收拾耦耕身”，不仅表现出他对农村田园生活的热爱，同时也是他在政治上不得意的情况下，仕途坎坷、思想矛盾的一种反映。

下片“日暖桑麻光似泼，风来蒿艾气如薰”二句，承上接转，将意境宕开，从道上写到田野里的蓬勃景象。在春日的照耀之下，桑麻欣欣向荣，闪烁着诱人的绿光；一阵暖风，挟带着蒿艾的熏香扑鼻而来，沁人心肺。这两句对仗工稳，且妙用点染之法。上写日照桑麻之景，先用画笔一“点”；“光似泼”则用大笔涂抹，尽力渲染，将春日雨过天晴后田野中的蓬勃景象渲染得淋漓尽致；下句亦用点染之法，先点明“风来蒿艾”之景，再渲染其香气“如薰”。“光似泼”用实笔，“气如薰”用虚写。一“光”、一“气”，虚实相间，有色有香，并生妙趣。“使君元是此中人”一句，总上作结，画龙点睛，为升华之笔。它既道出了作者“收拾耦耕身”的思想本源，又将作者对农村田园生活的热爱之情更进一步深化。作者身为“使君”，却能不忘他“元是此中人”，且乐于如此，应该说这是难能可贵的。苏轼《题渊明诗》云：“非余之世农，亦不能识此语之妙也。”而这也正是苏轼农村词之所以臻于妙境的真谛所在。

这首词的结构十分奇特，与前四首均不同，也与一般词的结构不同。前四首《浣溪沙》词全是写景叙事，并不直接抒情、议论，而是于字行之间蕴蓄着作者的喜悦之情。这一首既不像前四首《浣溪沙》词那样，也不是把景物和感受分开来写，而是用写景和抒情互相错综层递的形式来写。上片首二句写作者于道中所见之景，接着触景生情，自然逗出他希冀归耕田园的愿望；下片首二句写作者所见田园之景，又自然触景生情，照应“何时收拾耦耕身”而想到自己“元是此中人”。这样写，不仅使全词情景交融，浑然一体，而且用层递的手法，使词情深化升华，臻于妙境。特别“软草平莎过雨新”二句、“日暖桑麻光似泼”二句，似平却奇，出诗入画，显示出苏轼农村词清新开阔、含蓄隽永的艺术特色。

（王元明）

浣溪沙

春　情

道字娇讹语未成，未应春阁梦多情。朝来何事绿鬟倾。

【原文】

彩索身轻长趁燕，红窗睡重不闻莺。困人天气近清明。

“良辰美景奈何天，赏心乐事谁家院。”这是汤显祖《牡丹亭》中的两句曲词。明媚的春色，给年轻姑娘带来了无限欢乐，也带来了绵绵春恨。这首词中的女主人公刚踏进青春的门槛，带有更多孩提时的天真，但青春的烦恼已悄悄地闯进她的心房。

请看，她说起话来字音儿从嘴里一连串地滚出来，使人听不分明。她并非咬字不清，分明带着撒娇、讨人爱怜的成分，说明她年齿尚稚。但是，为什么她早晨醒来却鬓发不整，无心梳理呢？不会是春闺夜梦，想什么情人吧！“多情”，宋元俗语，指情人。魏夫人《卷珠帘》词：“多情因甚相辜负。”“何事”是因状态不正常而有所疑，“未应”是猜测而不肯定，二句倒装，将“梦多情”提前来说，故作惊人之笔。其实作者也知道，“花面丫头十三四”还未解风情，他不过是意存调侃而已。这两句将少女的春情写得若有若无，巧妙地表现了情窦初开的少女的心理特点。

词的上片写少女朝慵初起的娇态，下片写她贪玩好睡的憨态。她不像那些早已成熟、受着现实爱情熬煎的女子那样，情感毕竟还没有达到缠绵执著的地步。你看，她在春光的感召下，早已把梦中的烦恼抛到了九霄云外，腾身在秋千架上，秋千一起一落，如在追逐飞过的燕子。玩累了，就睡在红窗下，黄莺儿动听的歌声怎么也唤不醒她。她玩得那样痛快，那样尽兴，睡得那样香甜，那样酣沉，哪像个有心事的人呢？是的，她并不是由于晚上没睡好，白天这样贪睡，纯粹是因为快要到清明了，正是困人的季节啊！这样的解释分明带有打趣的味道，在肯定中包含着否定，更有幽默感。我们当然不会把她的酣睡仅仅归因于“困人天气近清明”的。

贺裳《皱水轩词筌》说：“苏子瞻有铜琶铁板之讥，然其《浣溪沙·春闺》

曰'彩索身轻长趁燕,红窗睡重不闻莺',如此风调,令十七八女郎歌之,岂在'晓风残月'之下。"确实,苏轼并非仅以豪放词独步词坛,他的婉约词也写得非常出色。这首词刻画了一个少女的可爱形象,丝毫没有一般闺情词的轻薄成分。语言活泼而有风趣,或正或反,不言春情而春情自见,言春情而又无迹可寻,含蓄蕴藉,轻松幽默,刷新了婉约词的意境。将此词和当时风行天下的柳永的最出色的作品比,也是毫不逊色的。

(陈华昌)

浣溪沙

风压轻云贴水飞,乍晴池馆燕争泥。沈郎多病不胜衣。

沙上不闻鸿雁信,竹间时听鹧鸪啼。此情惟有落花知!

这首词一说是李璟的作品,见《李璟李煜词补遗》。因明代所刊《类编草堂诗余》署为李璟所作,故《补遗》误收。应据元刻本定为东坡词。它写的是春景,但作于何年春天已无法确知。

"风压轻云贴水飞,乍晴池馆燕争泥。"作者用轻快的笔触三涂两抹,就把一幅生机勃勃的春天画图呈现在读者眼底了。他既没有用浓重的色彩,也没有用艳丽的词藻,而只是轻描淡写地勾勒出几样景物,便使读者更强烈地感到一股清新的春之气息。这是何等笔力!

在一个多云转晴的春日里,作者徜徉于池馆(周围有水池的屋子)内外,但见和风吹拂大地,薄云贴水迅飞,轻阴搁雨,天气初晴,那衔泥的新燕,正软语呢喃。按理说,面对着这春意盎然的良辰佳景,作者也应该心情

【鉴赏】

振奋、逸兴遄飞了吧？哪知紧接着一句却是“沈郎多病不胜衣”！作者竟自比多病的沈约，腰围带减，瘦损不堪，值兹阳和气清之际，更加弱不禁风了。

首句连用三个动词压、贴、飞，构成连动句式，振动起整个画面。次句把时、空交互在一起写：季节是春天（由燕争泥可推知），天气是初晴，地点在池馆内外。这两句色彩明快。第三句点出作者自己，由于情感外射，整幅画面顿时从明快变为阴郁；这一喜、一忧、一扬、一抑，产生了跌宕的审美效果，更增加了词的动态美。诗意到此出现了巨大转折，为过渡到下片做好了准备。

“沙上不闻鸿雁信，竹间时听鹧鸪啼。”鸿雁传书，出于《汉书·苏武传》诗、词里常用这个典故。如今连鸿雁也不捎个信来。鹧鸪啼声，俗谓似“行不得也，哥哥！”“行不得也，哥哥！”……更时时勾起词人对故旧的思念。“沙上”“竹间”，既分别为鸿雁和鹧鸪栖息之地，也极可能即作者举目所见之景。作者谪居黄州期间所写“拣尽寒枝不肯栖，寂寞沙洲冷”（《卜算子·黄州定惠院寓居作》）的情境，与此词类似。

“此情惟有落花知！”落花本无知；但由于作者的移情作用，竟使无知的落花变成了深知作者心情的知己。这样融情入景，使得情景交融，其中含蕴的“韵外之致”（司空图《与李生论诗书》）就格外耐人寻味了。唐代皎然《诗式》说：“两重意以上，皆文外之旨。”这句则至少包含了三重意思。一、“惟有”二字，说明除落花之外，人们对作者的心情都不理解；二、落花为什么能够理解作者的心情呢？岂不是由于作者与落花的命运相似么？三、落花无言，即使它理解作者的心情，也无可劝慰。这样寻味下去，不就越思越深了么？

全词仅上片开头两句写景，第三句抒情，用的是先实后虚的手法。下片则虚实结合，情中见景。在苏轼笔下，不仅“一切景语皆情语也”（王国维《人间词话》），而且于情语中也往往见景物。这是一种很高妙的手法。

（蔡厚示）

【原文】

浣溪沙

元丰七年十二月二十四日,从泗州刘倩叔游南山。

细雨斜风作晓寒,淡烟疏柳媚晴滩。入淮清洛渐漫漫。

雪沫乳花浮午盏,蓼茸蒿笋试春盘。人间有味是清欢。

这首南山纪游之作,掇拾眼前景物,却涉笔成趣,寓意深刻,有自然浑成之妙。

元丰七年(1085)三月,苏轼在黄州贬所过了四年多谪居生活之后,被命迁汝州(今属河南临汝)团练副使。这种量移虽然不是升迁,但却标志着政治气候的转机。据《宋史》本传,神宗手札移轼汝州,有"人材实难,不忍终弃"之语。这年四月东坡离黄赴汝,心境比较轻松,一路上颇事游访。畅游庐山,在江西筠州探视了胞弟子由,到金陵又与致仕家居的王安石酬唱累日,且有买田江干、相偕归隐之约。这年岁暮,苏轼来到泗州,即上书朝廷,请罢汝州职,回宜兴休养。本词就是在这种背景下创作的。

小序中提到的刘倩叔,不详其人。查傅藻《东坡纪年录》,元丰七年内,东坡与之同游泗州南山并都有词记述的,有十一月晦日之刘仲达,为眉山旧相识,作《满庭芳》;十二月之泗州太守(王明清《挥麈后录》卷七谓名刘士彦),作《行香子》;同月二十四日之刘倩叔,作《浣溪沙》。词序称"泗州刘倩叔",又不带写官职,当不是前二刘。按东坡诗集元丰八年正月泗州作有《书刘君射堂》诗,施元之注谓《续帖》刻石有东坡自注云:"刘曾随其父典眉

【鉴赏】

州。”(分类本此诗题为《刘乙新作射堂》,题下注“乙父尝知眉州”。)故诗首句称“兰玉当年刺史家”。王文诰《苏诗总案》因谓此诗中“刘君”与二刘(士彦、仲达)不合,乃家于泗州者,即刘倩叔。可备参考。盖词题称“泗州”是指其本籍或寄籍;其父曾知眉州,与东坡沾一层关系,故同游南山,并得他为射堂题诗。

这首小令是以时间为序来铺叙景物的。从早上写到中午,从细雨写到天晴,层次非常清楚。上片写沿途景观。第一句写清晨,风斜雨细,瑟瑟寒侵,这在残冬腊月是很难耐的,可是东坡却只以“作晓寒”三字出之,表现了一种不大在乎的态度。第二句写向午的景物:雨脚渐收,烟云淡荡,河滩疏柳,尽沐晴晖。俨然成了一幅淡远的风景图画了。一个“媚”字尤能传出作者喜悦的心声。“媚”者,动态之美也。作者从摇曳于淡云晴日中的疏柳,觉察到萌发中的春潮。于残冬岁暮之中把握住物象的新机,这正是东坡逸怀浩气的表现,是他精神境界上度越恒流之处。“入淮”句寄兴遥深,一结甚远。句中的“清洛”,即“洛涧”,发源于合肥,北流至怀远合于淮水,地距泗州(宋治在临淮)不近,非目力能及。那么词中为什么又要提到清洛呢?这是一种虚摹的笔法。作者从眼前的淮水联想到上游的清碧的洛涧,当它汇入浊淮以后,就变得混混沌沌一片浩茫了。这是单纯的景物描写吗?是否含有“在山泉水清,出山泉水浊”的归隐林泉的寓意在内呢?

下片写春盘初试的杯盏清欢。一起两句,作者抓住了两件有特征性的事物来描写:乳白色的香茶一盏和翡翠般的春蔬一盘。两相映托,便有浓郁的节物气氛和诱人的力量。“雪沫”句写点茶,用笔入微,蔡襄《茶录》:“凡欲点茶,先须熁盏令热,冷则茶不浮。”又云:“钞茶先注汤,调令极匀,又添注入,环回击拂,汤上盏可四分则止。视面色鲜白,著盏无水痕,为绝佳。”这可视为对“雪沫乳花”的详尽的注解。午盏,指午茶。此句可说是对宋人茶道的形象描绘。“蓼茸蒿笋”，即蓼芽与蒿茎，这是立春的应时节物。《风土记》：“元旦以葱、蒜、韭、蓼、蒿芥杂和而食之，名五辛盘，取迎新之意。”东坡此次出游为腊月廿四日，距春节很近，故得预赏春盘以应节候。两句中一言饮，一言食。以樽俎间的微物入词，本是很难讨好的。因为这些供人口腹之欲的物品，严格说来不是精神范畴的审美对象。可是东坡却用以入词，而且是用一种属对工整的形式来写的，这就难上加难。试看“雪沫”、“蓼茸”二句，词性字声，纤悉皆合，既工整熨帖，又流转自然，可见笔力之健举。《浣溪沙》为六句七言之体制，上下片皆以单句作结，故末句之经营，十分重要。即如下片以“人间有味是清欢”作结，则前面所铺陈的景物，如午盏之茶香，春盘之蔬美等，一并升华为清欢之意趣了。其饾饤细物，并成妙谛，而不以琐屑为病者，就在于煞尾收得好，有画龙点睛，叫破全篇之功效。近人刘永济《词论》云：“小令尤以结语取重，必通首蓄意、蓄势，于结句得之，自然有神韵。”持论此词，真有笙磬之合。一经结句点破，前此之细雨晓寒，晴滩烟柳，无不与词心契合，并化清欢了。虽然这里没有什么华堂宴席与金碧楼台，但是，对于一个心地坦荡与情致高洁的诗人来说，有什么比摆脱羁绊和归向自然更令人欣快的呢？在《前赤壁赋》中，作者曾热情讴歌过江上之清风与山间之明月，认为这是造物者赐予人们的无尽宝藏。而今天拨响他的琴弦的，仍然是这同一个共振的频率。我们的词人是多么向往宁静无忧的田园生活呵。“人间有味是清欢”，这是一个具有哲理性的命题，用在词的结尾，却自然浑成，有照彻全篇之妙趣。此诚所谓“意到语工，不期高远而自高远”之作也。

（周笃文）

【原文】

浣溪沙

送梅庭老赴上党学官

门外东风雪洒裾，山头回首望三吴。不应弹铗为无鱼。

上党从来天下脊，先生元是古之儒。时平不用鲁连书。

这是一首送友赴任之作。梅庭老生平未详，从词里可知他是三吴地区（“三吴”，诸说不一，大抵指今浙东、苏南一带）人。“上党”，一本作“潞州”，治所在今山西长治，北宋时与辽邦接近，地属边鄙。“学官”掌地方文教，职位不显，可谓“食之无味，弃之可惜”。梅庭老赴任，想必不太情愿，而又不得已而为之，苏轼便针对他这种心情写了这首词送他。

“门外东风雪洒裾”，是写送别的时间与景象。尽管春已来临，但因春雪，而气候尚很寒冷。而“飞雪似杨花”的情景，隐含无限惜别之意。彼此握别，意见言外。这时有“雪洒裾（衣襟）”，而不言“泪沾衣”，颇具豪爽气概。次句即有一较大跳跃，由眼前写到别后，想象梅庭老别去途中，于“山头回首望三吴”，对故园依依不舍。这里作者不是强调三吴可恋，而是写一种人之常情。第三句便针对这种心情进一言：“不应弹铗为无鱼。”这句用战国齐人冯谖事，冯谖为孟尝君食客，曾嫌不受重视，弹铗（宝剑）作歌道：“长铗归来乎，食无鱼。”（《战国策·齐策》）此句意谓梅庭老做了学官，总算是“食有鱼”，不必唱归来。同时又似乎是说，尽管上党地方艰苦，亦不必计较个人待遇，弹铗使气。正因意在两可之间，语尤忠厚。

过片音调转高亢：“上党从来天下脊。”意谓勿嫌上党边远，其地势实险要。盖秦曾置上党郡，因其地势高，故有“与天为党”之说。杜牧《贺中书门下平泽潞启》:“上党之地,肘京洛而履蒲津,倚太原而跨河朔,战国时,张仪以为天下之脊。”作者《雪浪石》诗亦云:“太行西来万马屯,势与岱岳争雄尊。飞狐上党天下脊,半掩落日先黄昏。”可以参读。“先生元是古之儒”,此称许梅庭老有如古之大儒,以天下为己任,意谓勿以学官而自卑。此联笔力豪迈,高唱警挺,可以壮友人行色。然而不免还有一个问题,上党诚为要地,学官毕竟冷闲,既有大志大才,何以不当大任呢？这就补出末句:“时平不用鲁连书。”鲁连,即鲁仲连,战国齐人,曾游赵,值秦兵围赵,魏遣人说赵奉秦为帝,鲁仲连力排此议,使赵保持了独立。后十余年,燕、齐交战,燕将攻下齐之聊城,聊城人谗之于燕,燕将惧诛,因保守聊城,不敢归。齐田单攻聊城,岁余,士卒多死而聊城不下,鲁仲连乃为箭书射入城中,以利害劝说燕将或全师归燕,或降齐受封,择一而行之,勿行一朝之忿,杀身亡聊城,至功败名灭。燕将见书,泣三日,犹豫不能自决,乃自杀。田单遂复聊城,归而欲以爵封鲁仲连,鲁仲连逃隐于海上。《史记》给他很高评价。因上党是赵地,当时宋辽早已议和,故云时代承平,梅庭老即有鲁连奇策,亦无所用之。既有劝勉其安心本职工作之意,又含有对其生未逢辰不得重用之遭际的同情。

全首仅六句,却委曲周详,既同情于友人不得志的遭遇,又复风义相期,开导他努力于公事。作者是用自己乐观旷达的人生态度去影响朋友,出语洒脱却发自肺腑,故能动人。《浣溪沙》词调,在作者以前如晏、欧等名家手里,大抵只用于写景抒怀,而此词却以之写临别赠言,致力于用意,有如文章之“序”体,开拓了小词的题材内容。下片的联语对仗自然工稳,音情高古;两片结语均用战国故事,为全词增添了色泽和韵味。

(周啸天)

【原文】

点绛唇

红杏飘香，柳含烟翠拖轻缕。水边朱户，尽卷黄昏雨。　　烛影摇风，一枕伤春绪。归不去，凤楼何处，芳草迷归路。

东坡才大如海，其词堂庑亦大。如“有情风万里卷潮来，无情送潮归”，固然极富创新之局面，而如“枝上柳绵吹又少，天涯何处无芳草”，则又深具传统之神理。此首《点绛唇》亦然。此词所写，乃是词人对于所爱女子无法如愿以偿之一片深情怀想。

上片悬想伊人之情境。“红杏飘香，柳含烟翠拖轻缕”，起笔点染春色如画。万紫千红之春光，数红杏、柳烟最具有特征性，故词中素有“红杏枝头春意闹”、“江上柳如烟”之名句。此写红杏意犹未足，更写其香，杏花之香，别具一种清芬，写出飘香，足见词人感受之馨逸。此写翠柳，状之以含烟，又状之以拖轻缕，既能写出其轻如烟之态，又写出其垂丝拂拂之姿，亦足见词人感受之美好。这番美好的春色，本是大自然赐予人类之造化，词人则以之赋予对伊人之钟情。这是以春色暗示伊人之美好。下边二句，遂由境及人。“水边朱户”，点出伊人所居。朱户、临水，皆暗示伊人之美、之秀气。笔意与起二句同一旨趣。“尽卷黄昏雨”，词笔至此终于写出伊人，同时又已轻轻宕开。伊人卷帘，其所见唯一片黄昏雨而已。黄昏雨，隐然喻说着一个愁字。句首之尽字，犹言总是，实已道出伊人相思之久，无可奈何之情。此情融于一片黄昏雨景，隐秀之至。

下片写自己相思情境。“烛影摇风，一枕伤春绪。”烛影暗承上文黄昏而来，摇风，可见窗户洞开，亦暗合前之朱户卷帘。伤春绪即相思情，一枕，言总是愁卧，愁绪满怀，相思成疾矣。此句又正与尽卷黄昏雨相映照。上写伊人卷帘愁望黄昏之雨，此写自己相思成疾卧对风烛，遂以虚摹与写实，造成共时之奇境。挽合之精妙，有如两镜交辉，启示着双方心灵相向、灵犀相通但是无法如愿以偿之人生命运。“归不去”，遂一语道尽此情无法圆满之恨事。“凤楼何处。芳草迷归路。”凤楼朱户归不去。唯有长存于词人心灵中之瞩望而已。“何处”二字，问得凄然，其情毕见。瞩望终非现实，现实是两人之间，横亘着一段不可逾越之距离。词人以芳草萋萋之归路象喻之。此路虽是归路，直指凤楼朱户，但实在无法越过。句中“迷”之一字，感情沉重而深刻，迷惘失落之感，天长地远之恨，意余言外。

东坡此词艺术造诣之妙，在于结构之回环婉转。歇拍、过片，两人情境，一样相思，无计团圆，前后映照。起句对杏香柳烟之一往情深，与结句芳草迷路之归去无计，则相反相成，愈神往，愈凄迷。其结构回环婉转如此。此词造诣之妙，又在于意境之凄美空灵。红杏柳烟，属相思中之境界，而春色宛然如画。芳草归路，象喻人间阻绝，亦具凄美之感。此词结构、意境、皆深得唐五代宋初令词传统之神理。若论其造语，则和婉莹秀，如“水边朱户，尽卷黄昏雨”，“凤楼何处，芳草迷归路”，置于晏欧集中，真可乱其楮叶。东坡才大，其词作之佳胜，又岂止横放杰出之一途而已。

此词意蕴之本体，实为词人之深情。若无有一份真情实感，恐难有如此艺术造诣。东坡一生，如天马行空，似无所挂碍。然而，东坡亦是性情中人，此词有以见之。此词之本事或缘起，今难考知了。

（邓小军）

【原文】

蝶恋花

记得画屏初会遇。好梦惊回，望断高唐路。燕子双飞来又去，纱窗几度春光暮。　　那日绣帘相见处，低眼佯行，笑整香云缕。敛尽春山羞不语，人前深意难轻诉。

苏轼的词具有多种风格是人所共知的。有的像天风海雨那样雄奇奔放，由此而创豪放一派；有的像花间流莺那样婉转多情，并不亚于柳、秦诸家。这首《蝶恋花》就是一首柔情似水的纯爱情词。它毫无掩饰地写出了一个男子的单相思。

上片回忆了恋爱的全过程：初遇——破灭——思念。"记得画屏初会遇"，写出这爱情的开端是美妙的，令人难忘的，与心爱的人在画屏之间的初次会遇，至今记得清清楚楚。可是不知出于什么原因，情缘突然被割断了，这无异于一场美梦的破灭，一切幸福的向往都化为泡影，所以紧接着就说"好梦惊回，望断高唐路。""高唐"，即高唐观，又称高唐台，在古云梦泽中，宋玉《高唐赋》和《神女赋》中写楚怀王和楚襄王都曾于此观中梦与巫山神女相遇。这里借以比喻再也不能与情人相会了。"燕子双飞来又去，纱窗几度春光暮"，进一步写出男主人公的一片痴情。虽然是"高唐梦断"，情丝却还紧紧相连：梁间的双飞燕春来又秋去，美丽的春光几度从窗前悄悄走过，而对她的思念却并不因时间的流逝而减弱半分。其特别标举燕子是双飞，春光是从纱窗前走过，是因为这些物象最惹人相思，意在表明自己这几年是在极度的思念中度过的，是在没有希望的等待中度过的。

下片回过头来集中描述他们之间最甜蜜的一次会遇。"那日绣帘相见处”,点明相会的时间与地点。“低眼佯行,笑整香云缕”,活画出女方的娇羞之态:低眉垂眼,假意要走开,却微笑着用手整理自己的鬓发(即香云缕)。一个“佯”字,见出她的忸怩之态,一个“笑”字,传出钟情于他的心底秘密。当人理鬓自也是一种保持最佳容姿以取悦于人的亲昵表示。“敛尽春山羞不语,人前深意难轻诉”,进一步写出女方的内心活动:敛起眉头不说话,不是对他无情,实在出于害羞。一个姑娘家怎好在人前轻率地倾吐自己的爱情呢?可愈是如此,愈见其纯真,愈是招人疼爱。全词就以此甜蜜的回忆的结束而结束,活泼而有分寸,细腻而有余味。

作者在这里描写的相思之情是赤裸裸的,热乎乎的,可也是健康的,朴素的,就像爱情本身那么健康,就像生活本身那么朴素。女主人公自然是青楼中人物,男主人公是封建社会中的青年士子无疑。他们可以向意中人表示自己的爱情,但无权决定自己的婚姻。他们之间的爱情的中断,决不是女方的变心,更不是男方的负情,而是受着外力的压迫与阻挠。正因为如此,才值得男主人公相思不已;正因为如此,才能使人去思索这个千古难解之谜:为什么自古红颜多薄命?为什么自古多情空余恨?

此词在艺术上有两个显著的特点。一是顺叙、倒叙的交叉运用,使结构错落有致。上片先写爱情的“好梦惊回”,下片再写甜蜜的欢会,自然是倒叙。单就上片说,从初会写到破裂,再写到无穷尽的思念,自然又是顺叙。如此交叉安排,使其具有简单的情节,颇有点像现代的抒情性短篇小说的梗概,收到了曲折生情、摇曳生姿的艺术效果。

二是运用了反衬手法,即以相见之欢反衬相离之苦。此词下片特意集中笔墨将勾魂摄魄的欢会详加描述,就正是为了反衬男主人公失恋的痛苦。因为只有爱得如此之深,才能思得如此之切;只有享受过如此的欢愉,才能产生如此的痛苦。这不比说任何伤心的话更伤心十分吗?

(谢楚发)

【原文】

蝶恋花

蝶懒莺慵春过半。花落狂风，小院残红满。午醉未醒红日晚，黄昏帘幕无人卷。　　云鬓鬅松眉黛浅。总是愁媒，欲诉谁消遣。未信此情难系绊，杨花犹有东风管。

这是苏轼写的一首闺情词。主人公是一位多情善感的少女，她在暮春时节，独处幽闺，不免苦闷无聊，对花伤春。李冠也有一首写少女伤春的《蝶恋花》，词中说："桃李依依春暗度……一片芳心千万绪，人间没个安排处。"苏轼这首《蝶恋花》写的也正是这样的内容。比较起来，李词显得较为明畅疏朗，苏词则颇为含蓄细腻。

此词上片由写景过渡到写人。春光已消逝大半，蝴蝶懒得飞舞，黄莺也有些倦怠，风卷花落，残红满院。面对这"风雨送春归"、"无计留春住"的情景，心事重重的少女，不免触目伤情，倍添寂寥之感。自然，蝶、莺本来不见得慵懒，但从这位少女的眼光看来，不免有些无精打采了。发端写景，下了"懒"、"慵"、"狂"、"残"等字，就使周围景物蒙上了主人公的感情色彩，隐约地透露了主人公的心境。以下写人：红日偏西，午醉未醒，光线渐暗，帘幕低垂。此情此景，分明使人感到主人公情懒意慵，神倦魂销。无一语言及伤春，而伤春意绪却宛然在目。

下片由写人的外在形象，过渡到写人的内心世界。头上发髻散乱，眉间黛墨淡浅，可见无心梳妆。古代闺阁少女是很讲究打扮装束的。如今她懒画蛾眉，慵于梳头，说明心事沉重，精神不振。首句以形写神，以下承上刻画愁思之重。"总是愁媒，欲诉谁消遣"，是说触处皆能生愁，无人可为排解。唐代诗人李咸用《途中逢友人》诗说:"烟花随处作愁媒。"烟花泛指春景,佳景本可娱人,但对情绪不佳的人,偏会撩拨起无限愁情。"总"字统括一切,一切景物都成为愁的触媒,而又无人可以倾诉,则心绪之烦乱,襟怀之孤寂,可以想见。到此已把愁情推向高潮。煞拍宕开,谓此情将不会一无依托,杨花尚有东风来吹拂照管,难道自身连杨花也不如吗!《古乐府·杨白花》歌有"春风一夜入闺闼,杨花飘荡落南家"之句;庾信《春赋》也说:"二月杨花满路飞。"杨花似花非花,在花中身价不高,且随风飘荡,有似薄命红颜,一无依托。这里即景取喻,悲凉之情以旷语出之,愈觉凄恻动人。

全词用"蝶"、"莺"、"残红"、"帘幕"、"云鬓"、"杨花"等柔美的意象,来烘托少女的形象;用春意阑珊的环境,来映现少女伤春的心境。句句写伤春情怀,但通篇不露伤春字面,所谓"言其用而不言其名"(《诗人玉屑》卷十),有含蓄不露、词绮情婉之妙。近人吴梅云:"余谓公词豪放缜密,两擅其长。世人第就豪放处论,遂有铁板铜琶之诮,不知公婉约处,何让温、韦。"(《词学通论》)本篇正显示出东坡词缜密婉约有似温、韦的一面。

(刘乃昌)

醉翁操

琅琊幽谷,山水奇丽,泉鸣空涧,若中音会,醉翁喜之,把酒临听,辄欣然忘归。既去十余年,而好奇之士沈遵闻之往游,以琴写其声,曰《醉翁操》,节奏疏宕而音指华畅,知琴者以为绝伦。然有其声而无其辞。翁虽为作歌,而与琴声不合。又依《楚词》作《醉翁引》,好事者亦倚其辞以制曲。虽粗合韵度而琴声为词所绳约,非天成也。后三十余年,翁既捐馆舍,遵亦没久矣。有庐山玉涧道人崔闲,特妙于琴,恨此曲之无词,乃

【原文】

谱其声，而请于东坡居士以补之云。

琅然，清圆，谁弹，响空山。无言，惟翁醉中知[1]其天。月明风露娟娟，人未眠。荷蒉过山前，曰有心也哉此贤。　　醉翁啸咏，声和流泉。醉翁去后，空有朝吟夜怨[2]。山有时而童颠，水有时而回川。思翁无岁年，翁今为飞仙。此意在人间，试听徽外三两弦。

〔注〕 ① 知：《词律》、《词谱》“知”作“和”。　② 空有朝吟夜怨：《词律》、《词谱》“怨”作平声。

这是琴曲，属正宫。苏轼词集原不载。同时郭祥正效作一首，序云：“予甥以子瞻所作《醉翁操》见寄，以为未工也。倚其声作之。”此后，辛弃疾作一首，始编入集中，即正式沿用为词调。又，楼钥二首，其一和苏氏韵。宋人所作，合五首。双调，九十一字。上片十句十平韵，下片十句八平韵。

据苏轼自序可知，这是为琴曲《醉翁操》所谱写的一首词。醉翁，即欧阳修。庆历中，欧阳修谪守滁州，其间有琅琊幽谷，山川奇丽，鸣泉飞瀑，声若环佩。欧阳修曾把酒临听，乐而忘归。这是大自然之声，乃天籁也。十余年后，太常博士沈遵，依据这自然之声，以琴写之，谱制为琴曲《醉翁操》。此曲宫声三叠，节奏疏宕，音指华畅，乃琴曲中之绝妙者。但此天生绝妙之曲，有其声而无其辞，实一恨事。现传《欧阳文忠公集》中有《醉翁吟》（即《醉翁引》），据说是为此曲而谱写的歌词。但苏轼认为，欧阳修的歌词与琴声不合。另有依《楚歌》所作之《醉翁引》，苏轼亦以为仅是“粗合韵度”而已，因琴声为词所绳约，已失去琴曲之自然美，非天成也。因此，苏轼此词就是专门为这一天生绝妙之曲而谱写的。

由于时代变迁，琴曲《醉翁操》原来是有其声而无其辞，此后乐谱失传，却变成有其辞而无其声。现传苏轼所作词，是否得其天籁，这就只能从语言文字中加以揣摩。

这首词上片写流泉之自然声响及其感人效果。

"琅然，清圆，谁弹，响空山。"四句为鸣泉飞瀑之所谓声若环佩，创造出一个美好意境。琅然，乃玉声。《楚辞·九歌》曰："抚长剑兮玉珥，璆锵鸣兮琳琅。"此用以状流泉之声响。清圆两字，有用以形容月的，如杜甫《舟中》诗"昨夜月清圆"；有用以形容荷叶的，如周邦彦《苏幕遮》词"水面清圆，一一风荷举"；有用以形容声音的，如苏轼《一丛花》词"钟鼓渐清圆"。这里也是用来说声音——泉声的清越圆转。在这十分幽静的山谷中，是谁弹奏起这一绝妙的乐曲？

"无言，惟翁醉中知其天。"这是对上面设问的回答。谓：这是天地间自然生成的绝妙乐曲。这一绝妙的乐曲，很少有人能得其妙趣，只有醉翁欧阳修能于醉中得之，亦即理解其天然妙趣。于是，这就进一步表明了流泉声响之无限美妙。

"月明风露娟娟，人未眠。"二句不是正面写声响，但却说出了声响所产生的巨大感人效果。谓：在此明月之夜，"风含翠篠娟娟静，雨裛芙蕖冉冉香"（杜甫《狂夫》诗句），人们因为受此美妙乐曲所陶醉，迟迟未能入眠。

"荷蒉过山前，曰有心也哉此贤。"上二句说一般人听此乐曲听得入了迷，此二句说这一乐曲如何打动了荷蒉者。《论语·宪问》："子击磬于卫，有荷蒉而过孔氏之门者，曰：'有心哉，击磬乎！'既而曰：'鄙哉，硁硁乎！莫己知也，斯己而已矣。深则厉，浅则揭。'子曰：'果哉，末之难矣。'"词作将此流泉之声响比作孔子之击磬声，用荷蒉者对击磬声的评价，颂扬流泉之自然声响。

下片写醉翁的啸咏声及琴曲声。

【鉴赏】

“醉翁啸咏,声和流泉。”二句照应上片所说,只有醉翁欧阳修才能得其天然妙趣。欧阳修曾作醉翁亭于滁州,在琅琊幽谷听鸣泉,且啸且咏,乐而忘还,天籁人籁,完全融为一体。

“醉翁去后,空有朝吟夜怨。”二句说醉翁离开滁州,流泉失去知音,只留下自然声响,但此自然声响,朝夕吟咏,似带有怨恨情绪。“怨”为平声,作名词解。

“山有时而童颠,水有时而回川。”二句说时光流转,山川变换。琅琊一山,林壑蔚然深秀,却并非永远保持原状。童颠,指山无草木。谓:蔚然而深秀之琅琊,有时候也将失去其奇丽景象。至于水,同样也不是永远朝着一个方向往前流动的。因此,琅琊幽谷之鸣泉也就不可能完美地保留下来。

“思翁无岁年,翁今为飞仙。”二句说,山川变换,人事变换,人们因鸣泉而念及醉翁,而醉翁却已化仙而去。《十洲记》载:蓬莱山周回五千里,有圆海绕山,无风而洪波百丈,不可往来,唯飞仙能到其处耳。词谓醉翁化为飞仙,一去不复返,鸣泉之美妙,也就再也无人聆赏了。

但是,“此意在人间,试听徽外三两弦”。二句说,鸣泉虽不复存在,醉翁也已化为飞仙,但鸣泉之美妙乐曲,醉翁所追求之绝妙意境,却仍然留在人间,这就是琴曲《醉翁操》。因为琴曲《醉翁操》乃鸣泉之另一知音沈遵,以琴声描摹下来的乐曲,同是鸣泉之天然和声。词作最后将着眼点落在琴声上,突出了全词的主题。

从词意上看,词作写鸣泉及其和声,能将无形之声响写得如此真实可感,如果不是对于大自然的造化之工有着真切的体验,无论如何不能臻于此境。而且,从格式上看,词作句式及字声配搭非常奇特。开头四句,“琅然,清圆,谁弹,响空山。”只有一个仄声字(“响”),其余都是平声。接着二句亦然。这样的安排,恐怕与此曲所属宫调有关。同时,上下两结句作七言拗句，当也是特意安排的。（据盛配《词调订律》卷十九，未刊）这都是琴曲韵度所留下的音乐印记。盛配先生指出：统观全调，音节和平。有如流水清泠。（同上）苏词甚工，郭祥正之言未可信也。所以，郑文焯曰："读此词，髯苏之深于律可知。"（《郑文焯手批〈东坡乐府〉》）

（施议对）

【文】

【原文】

刑赏忠厚之至论

尧、舜、禹、汤、文、武、成、康之际，何其爱民之深，忧民之切，而待天下之以君子长者之道也。有一善，从而赏之，又从而咏歌嗟叹之，所以乐其始而勉其终。有一不善，从而罚之，又从而哀矜惩创之，所以弃其旧而开其新。故其吁俞[①]之声，欢休惨戚，见于虞、夏、商、周之书。

成、康既没，穆王立，而周道始衰，然犹命其臣吕侯而告之以祥刑。其言忧而不伤，威而不怒，慈爱而能断，恻然有哀怜无辜之心，故孔子犹有取焉[②]。

《传》曰："赏疑从与"，所以广恩也；"罚疑从去"，所以慎刑也。当尧之时，皋陶[③]为士，将杀人，皋陶曰"杀之"三，尧曰"宥之"三，故天下畏皋陶执法之坚，而乐尧用刑之宽。四岳[④]曰："鲧[⑤]可用。"尧曰："不可，鲧方命圮族[⑥]。"既而曰："试之。"何尧之不听皋陶之杀人，而从四岳之用鲧也？然则圣人之意，盖亦可见矣。《书》曰："罪疑惟轻，功疑惟重。与其杀不辜，宁失不经[⑦]。"呜呼！尽之矣！

可以赏，可以无赏，赏之过乎仁；可以罚，可以无罚，罚之过乎义。过乎仁，不失为君子；过乎义，则流而入于忍人。故仁可过也，义不可过也。

古者，赏不以爵禄，刑不以刀锯。赏以爵禄，是赏之道行于爵禄之所加，而不行于爵禄之所不加也。刑以刀锯，是刑之威施于刀锯之所及，而不施于刀锯之所不及也。先王知天下之善不胜赏，而爵禄不足以劝也；知天下之恶不胜刑，而刀锯不足以裁也。是故疑则举而归之于仁。以君子长者之道待天下，使天下相率而归于君子长者之道，故曰：忠厚之至也。

《诗》曰："君子如祉，乱庶遄已；君子如怒，乱庶遄沮[⑧]。"夫君子之已乱，岂有异术哉？时其喜怒而无失乎仁而已矣。《春秋》之义，立法贵严，而责人贵宽。因其褒贬之义，以制赏罚，亦忠厚之至也。

〔注〕 ① 吁俞：《尚书·尧典》："帝曰'吁！咈哉！'"吁（xū 须），感叹声。《尚书·尧典》："帝曰'俞'。"俞，犹言"然"，表示应允。 ②"故孔子"句：《尚书》传为孔子所编纂。《吕刑》被收入，故云："孔子犹有取焉。" ③ 皋陶（yáo 姚）：尧时的士官，狱官之长。 ④ 四岳：族中首要，主四方名山大岳之官，因有四岳之称，可以参议政事。 ⑤ 鲧（gǔn 滚）：尧的臣子，传说乃大禹的父亲。 ⑥ 方命：《汉书·王商传》引作"放命"，即"弃命"。圮（pǐ 丕）族：即"毁族"。见《尚书·尧典》。 ⑦ 宁失不经：意为宁愿承担失刑的罪责。不经，谓非常之罪。见《尚书·大禹谟》。 ⑧ 祉（zhī 支）：喜。遄（chuán 船）：迅速。沮（jù 巨）：止。见《诗·小雅·巧言》。

宋仁宗嘉祐二年（1057），二十二岁的苏轼应礼部试，写了这篇《刑赏忠厚之至论》。当时的主考官是欧阳修，详定官是梅尧臣。梅主张取为第一名，欧阳修也很赏识，怀疑可能是他的门生曾巩所作，考虑到文中"皋陶曰'杀之'三，尧曰'宥之'三"这两句话没有注明出处，最后决定取为第二名。及入谢，欧阳修问到那两句话的出处，"东坡笑曰：'想当然耳！'"（龚颐正《芥隐笔记》）由此可见，即使写这种严格的应试之文，才华横溢的苏轼也是不排斥丰富的想像力的。

试题出自《尚书·大禹谟》："罪疑惟轻，功疑惟重。"孔安国传注文："刑疑附轻，赏疑从重，忠厚之至。"苏轼误记为"赏疑从与，罚疑从去"，于是紧紧抓住这一题目，主要阐明古代的贤君赏善惩恶，都是本着忠厚宽大的原则，主张"使天下相率而归于君子长者之道"。应试之文，佳作极少，但这篇

【鉴赏】

文章却是佼佼者,有其鲜明特色。

由于文章的题目出自《尚书》,所以先以咏叹先王爱民之深,忧民之切开头,紧扣主旨。接着从赏善与罚不善两方面说明,总归于"忠厚"二字。周道衰落之后,穆王还是把要善于用刑的方法,告诉吕侯。所谓"祥刑",意谓用刑须审慎从事。王先谦《孔传参正》认为"祥"当为"详"。按《汉书·明帝纪》:"详刑慎罚,明察单辞。"又《刘恺传》:"非先王详刑之道也。"引《尚书》郑玄注云:"详,审察之也。""详刑"实际上就是要"慎刑",所以说孔子对此还是给予了肯定。衰世尚且如此,何况盛世呢?这是退一步说,从而更加夯实了主旨的深厚基础。

但是,赏罚之道,要完全掌握它,并非易事。轻重的分量,也难以掂得很准。所以文章从经文中拈出了一个"疑"字。解决疑难问题的原则就是"罪疑惟轻,功疑惟重"。所谓"广恩""慎刑",都体现了"忠厚"之义。为了说明这个问题,作者引用了唐尧不从皋陶执法杀人的意见,而同意四岳任用鲧的例子,体现先王刑赏之道,一本忠厚。通过叙事中的剖析,文章又引用《书经》的警句加以论断,复以咏叹出之,不仅使主旨更加突出,而且与开头遥相呼应,使人有浑然一体的感觉。

行文至此,主旨似乎已经完全阐明了,但是,作者并不就此收住,反而蓄足气势,横生波澜,展示了他不可羁縻的才思。关于可赏可不赏,可罚可不罚的提示,这自然是上承"疑"字而来,但它并不是前者的重复。"疑"是有问题,而此则认识上已经基本明确,其概念和前者又不完全相同。而在这个范围内的过赏过罚问题,苏轼认为"过乎仁,不失为君子;过乎义,则流而入于忍人"。通过这一层挖掘,既深化了主旨,又体现了作者认识事物剖细入微的能力。而其断语"仁可过也,义不可过也",则又表现了极大的概括力,显得斩钉截铁,十分精悍有力。

赏和罚的范畴剖析明白之后,接着进一步又探讨赏和罚(刑)的方式。

作者认为,古代赏赐有功者不一定用爵禄,处罚有罪者不一定用刀锯;加之“善不胜赏”,“恶不胜刑”,范畴和方式实际上都被扩大了。如此发挥,真是处处贯通,无往而不可。但是既要放得开,又要收得拢。“是故疑则举而归之于仁”,仍然再拈出“疑”字,使文眼在笔阵墨浪中豁然透气,又复归结到“忠厚之至也”这个主旨上来。余波振荡,最后又引用《诗经》、《春秋》之义,十分鲜明地捧出了题目。题目亦即结论,在结构上显得非常紧密而完整。

在漫长的封建社会里,统治者动辄施以刑罚,并不“慎刑”,至于“广恩”、赏赐之类,也往往是统治阶级内部的事。所以文章提出的赏善惩恶一本忠厚的原则,不过表现了试官和作者希望不要滥刑无辜,要求推行“仁政”的善良愿望而已。为政之道,宽猛相济。《左传》中记载郑国大政治家子产以水火之喻论政宽猛的话,孔子听了,深受感动,也说:“宽以济猛,猛以济宽,政是以和。”博学的苏轼不可能不知道这段故事。宋代以经文为题取士,至明清变而为八股,谓之制义。应试者是不能违背经义的。对此,也就不必苛求古人了。

（宋廓）

留侯论

古之所谓豪杰之士者,必有过人之节。人情有所不能忍者,匹夫见辱,拔剑而起,挺身而斗,此不足为勇也。天下有大勇者,卒然临之而不惊,无故加之而不怒。此其所挟持者甚大,而其志甚远也。

夫子房受书[①]于圯上之老人也,其事甚怪;然亦安知其非秦之世有隐君子者,出而试之?观其所以微见其意者,皆圣贤相与警戒之义,而世不察,以为鬼物[②],亦已过矣。且其意不在书。当韩之亡,秦之方盛也,以刀锯鼎镬待天下之士,其平居

【原文】

无罪夷灭者，不可胜数，虽有贲、育[③]，无所复施。夫持法太急者，其锋不可犯，而其末可乘[④]。子房不忍忿忿之心，以匹夫之力，而逞于一击之间。当此之时，子房之不死者，其间不能容发，盖亦已危矣。千金之子，不死于盗贼，何者？其身之可爱，而盗贼之不足以死也。子房以盖世之才，不为伊尹、太公[⑤]之谋，而特出于荆轲、聂政[⑥]之计，以侥幸于不死，此固圯上之老人所为深惜者也。是故倨傲鲜腆[⑦]而深折之，彼其能有所忍也，然后可以就大事，故曰："孺子可教也。"

楚庄王伐郑，郑伯[⑧]肉袒牵羊以逆。庄王曰："其君能下人，必能信用其民矣。"遂舍之。勾践之困于会稽，而归臣妾于吴者，三年而不倦[⑨]。且夫有报人之志，而不能下人者，是匹夫之刚也。夫老人者，以为子房才有馀而忧其度量之不足，故深折其少年刚锐之气，使之忍小忿而就大谋。何则？非有平生之素，卒然相遇于草野之间，而命以仆妾之役，油然而不怪者，此固秦皇帝之所不能惊，而项籍之所不能怒也。

观夫高祖之所以胜，而项籍之所以败者，在能忍与不能忍之间而已矣。项籍唯不能忍，是以百战百胜而轻用其锋；高祖忍之，养其全锋而待其弊，此子房教之也。当淮阴破齐，而欲自王，高祖发怒，见于词色，由此观之，犹有刚强不忍之气，非子房其谁全之[⑩]？

太史公疑子房以为魁梧奇伟，而其状貌乃如妇人女子[⑪]，不称其志气。而愚以为此其所以为子房欤！

〔注〕 ① 子房受书：见《史记·留侯世家》。 ② 以为鬼物：王充《论衡·

自然》引人之说云:“或曰:张良游泗水之上,遇黄石公授太公书,盖天佐汉诛秦,故命令神石为鬼书授人。” ③ 贲、育:孟贲、夏育,古代勇士。④ 而其末可乘:谓待其力量衰微到极点时始有机会可乘。案:此句一作“而其势未可乘”。连下文博浪一击不中,秦皇大索天下,张良变名姓逃亡之事,理亦可通。 ⑤ 伊尹、太公:伊尹,商朝开国功臣。太公,又称太公望,即吕尚,周朝开国功臣。 ⑥ 荆轲、聂政:战国时刺客。荆轲曾为燕太子丹刺杀秦王(始皇),未成被杀。聂政曾为严仲子刺杀韩相侠累,事成后毁容自杀。 ⑦ 鲜腆:无礼。 ⑧ 郑伯:即郑襄公。文中所引楚庄王伐郑事见于《左传·宣公十二年》。 ⑨ “勾践”三句:《史记·越王勾践世家》载,越国被吴国打败后,越王勾践曾和范蠡入官(臣隶)于吴,勾践自请为臣,妻为妾,三年后才被放回越国。他卧薪尝胆,发奋复仇,终于灭了吴国。⑩ “当淮阴”数句:《史记·淮阴侯列传》载,韩信平齐后,派人见汉王刘邦,求封为假(暂时代理)齐王以镇齐。刘邦大骂韩信。张良、陈平暗中踩刘邦足,附耳告以今局势不利于汉,应善待韩信,以免生变。刘邦顿时醒悟,改口答应,并派张良去立韩信为齐王,征调他的兵攻击项羽。 ⑪ “太史公”二句:见《史记·留侯世家》文末“太史公曰”。

【鉴赏】

这篇议论文论的是张良。它是作者嘉祐六年(1061)正月应制科时所上“进论”之一,作年当在此前。张良,字子房,辅佐刘邦灭秦破项,建立汉朝,封于留(今江苏沛县东南),称留侯。《留侯论》并不全面评论他的生平和功业,而只论述他之所以取得成功的主观方面的根本原因——“能忍”的过人之节。这个问题过去未有人道及,是作者的创见。

开头一段是立论,提出能忍、不能忍这个命题。“古之所谓豪杰之士者,必有过人之节”,是泛言,举凡忠勇、坚毅等等超乎常人的节操,全都包括在内。以下则扣住《留侯论》本题,加以申说,将“过人之节”具体到“忍”字。说“忍”,又是从“勇”字来说,提出匹夫之勇不算勇,只有“人情有所不能忍者”,“卒(猝)然临之而不惊,无故加之而不怒”,也就是说,能忍,才是

【鉴赏】

大勇；而其所以能忍，又是因为抱负甚大，志向甚远的缘故。表面看来，勇和忍似乎是对立的，作者却指出了它们的统一性，充满辩证法，非常精警深刻。这是作者的基本论点，也是全篇的主意。虽然这里并未指名，实际是对张良而言。以下全是对张良的具体论证。

文中举了张良狙击秦王、进履受书、劝说刘邦封韩信为齐王三件事。这三件事表面看来似无关连，但作者却敏锐地看到了它们之间的联系，由此提出了他的独创见解。

第二段先从前两件事说。人们孤立地看圯上老人赠书事，因而把一些神怪传闻当作事实。作者把这件事同张良狙击秦王联系起来，把他为韩报仇不能忍小忿，逞匹夫之勇，与成大事所需要的大忍耐联系起来，指出这是秦时的隐士对张良忍耐心的考验观察，其用意并不在书的授受。指出老人的行动所暗示的，都是圣贤间互相警示劝戒的道理。这几层意思紧密钩连，互为论证，结构非常严密。拂去老人赠书的神奇色彩，关系到基本立论，因为如果这真是神怪的行为而非人事，就无法按常理论之。老人赠书的用意，则是从张良和老人的行动本身这两个方面来论证。从张良讲，他狙击秦王的行动，是"不忍忿忿之心"的表现，这种荆轲、聂政式的刺杀行为，在当秦势方盛时无异于白白送死。老人因为痛惜其才，才"出而试之"，故意用傲慢无礼的举动"无故加之"，极力摧折侮辱他，以磨炼他的性格，"深折其少年刚锐之气"，使其"能有所忍"。从老人说，他对张良的一系列折辱举动，显然不是出于无心。当老人故意走到张良跟前堕履又命他取履时，张良"欲殴之"，仍有不能忍之心；因念其年老而下桥取履是"强忍"着，老人岂有不知，故又提出更带侮辱性的要求：替我穿履！张良想，既已为老人取履了，就再替他穿上吧。这"能忍"的程度又进了一步，但老人还要再看看。他以足受履，笑而去，行了里许路，见张良只是目送着他，并无异常的表现，这才再走回来，对张良说："孺子可教矣！"这就自己道出了有意试察的用心。太史公的笔墨也很传神:写张良"欲殴之","强忍","业为取履,因履之","殊大惊,因目之",一连串带动作的心理描写把个"忍"字的深化过程刻画得丝丝入扣。随后因"平明"、"鸡鸣"赴约仍然迟到而一再受到怒责,终于以"夜未半"即往,得到老人的首肯,完成了"忍"的磨练。这给作者取为立论主题提供了材料。如果老人的用意是在赠书,只须将书授与即可;之所以"深折之",正说明"其意不在书"。"且其意不在书",而在使其(张良)能忍,二者实为一个意思。清人金圣叹说:"此一句(即"且其意不在书")乃一篇之头也。"又总评说:"此文得意在'且其意不在书'一句起,掀翻尽变,如广陵秋涛之排空而起也。"(《天下才子必读书》卷十四)清人沈德潜也说:"'其意不在书'一语,空际掀翻,如海上潮来,银山蹴起。"(《唐宋八大家文读本》卷二十一)都指出此句是通篇立意的关键。

为了加强说服力,第三段又引史为证,再次申说上段之意。文中先引郑伯能忍而不战退敌,勾践能忍而终灭吴国,以见忍的极端重要性,说明圯上老人何以要"出而试之"。又概述老人"深折"张良的情景,证明他的举动确实是对张良的考察试验。前者是从动机讲,后者是从事实讲,行动的目的则是"使之忍小忿而就大谋"(这句系用《论语·卫灵公》"小不忍则乱大谋"语意,即上文所谓"圣贤相与警戒之义"),后来的结果则是使张良达到了"秦皇帝之所不能惊,而项籍之所不能怒"的境界。

以上都是就张良早年的两件事而言,第四段又举他后来在刘邦项籍斗争中的一个例证以实之。没有这个例证,张良在圯上的表现,可以视为偶然;有了这个例证,上面的论证才开花结果,落到实处。这段的精妙之处在于,作者不是孤立地讲张良,而是联系到刘、项两家的斗争来举例。文中把刘邦之所以胜和项籍之所以败,归结为能忍和不能忍,而以韩信求假封为齐王的事例,把刘邦之能忍归结为系由张良成全,不仅说明了能忍对于张良、对于刘、项的事业的重大意义,还说明了圯上老人的启导所起的巨大作用，大大增强了通篇议论的说服力。末尾以揣度作结，谓子房的状貌也表现出能忍的特征，思致新颖，风调翩翩，余味不尽。

张良一生功业的取得，原因固然是多方面的，但能忍起了重要作用，却无疑义，此文扣住能忍、不能忍，反复论说，见解精辟，辞气雄辩。因为始终围绕一个意思说，所以能把问题讲得深透，也能使文章奇正相形，虚实相生，变化无穷。文中论张良的忍，就有正说，有反说，有历史引证，有当代人物作为陪衬，末尾还借司马迁文加以点染，使文章妙趣横生。通篇主意本来是论张良能忍，但大半篇幅（整个二三两大段）又全是讲他不能忍，可以说，通篇结构是用他的先不能忍证出他的其后能忍，可称一奇。明人杨慎《三苏文范》说："东坡文如长江大河，一泻千里，至其浑浩流转，曲折变化之妙，则无复可以名状，而尤长于陈述叙事。留侯一论，其立论超卓如此。"王慎中称"此文若断若续，变幻不羁，曲尽文家操纵之妙"（茅坤《宋大家苏文忠公文钞》卷十四引），都颇能道出此文特色。细读原文，我们会发现通篇不作一平庸句，不作一平铺直叙语，所以为后世学文者视为范本。

（王思宇）

教战守策[1]

夫当今生民之患，果安在哉？在于知安而不知危，能逸而不能劳。此其患不见于今，而将见于他日。今不为之计，其后将有所不可救者。

昔者先王[2]知兵之不可去也，是故天下虽平，不敢忘战。秋冬之隙，致民田猎[3]以讲武，教之以进退坐作[4]之方，使其耳目习于钟鼓旌旗之间而不乱，使其心志安于斩刈杀伐之际而不慑。

是以虽有盗贼之变，而民不至于惊溃。及至后世，用迂儒之议，以去兵为王者之盛节[⑤]，天下既定，则卷甲而藏之。数十年之后，甲兵顿弊[⑥]，而人民日以安于佚乐；卒[⑦]有盗贼之警，则相与恐惧讹言，不战而走。开元、天宝[⑧]之际，天下岂不大治？惟其民安于太平之乐，豢于游戏酒食之间，其刚心勇气，消耗钝眊，痿蹶而不复振。是以区区之禄山一出而乘之，四方之民，兽奔鸟窜，乞为囚虏之不暇[⑨]。天下分裂，而唐室固以微矣。

盖尝试论之：天下之势，譬如一身。王公贵人所以养其身者，岂不至哉？而其平居常苦于多疾。至于农夫小民，终岁勤苦而未尝告疾，此其故何也？夫风雨霜露寒暑之变，此疾之所由生也。农夫小民，盛夏力作而穷冬暴露，其筋骸之所冲犯，肌肤之所浸渍，轻霜露而狎风雨，是故寒暑不能为之毒。今王公贵人处于重屋之下，出则乘舆，风则袭裘，雨则御盖，凡所以虑患之具莫不备至，畏之太甚而养之太过，小不如意，则寒暑入之矣。是故善养身者，使之能逸而能劳，步趋动作，使其四体狃于寒暑之变，然后可以刚健强力，涉险而不伤。夫民亦然。今者治平之日久，天下之人骄惰脆弱，如妇人孺子，不出于闺门。论战斗之事，则缩颈而股栗；闻盗贼之名，则掩耳而不愿听。而士大夫亦未尝言兵，以为生事扰民，渐不可长：此不亦畏之太甚而养之太过欤？

且夫天下固有意外之患也。愚者见四方之无事，则以为变故无自而有，此亦不然矣！今国家所以奉西北之虏者，岁以百万计[⑩]。奉之者有限，而求之者无厌，此其势必至于战。战者，必然之势也。不先于我，则先于彼；不出于西，则出于北。所不可知者，有迟速远近，而要以不能免也。天下苟不免于用

【原文】

兵，而用之不以渐，使民于安乐无事之中，一旦出身而蹈死地，则其为患必有所不测。故曰：天下之民知安而不知危，能逸而不能劳。此臣所谓大患也。

臣欲使士大夫尊尚武勇，讲习兵法。庶人之在官者，教以行阵之节；役民之司盗者，授以击刺之术。每岁终则聚于郡府，如古都试之法[11]，有胜负，有赏罚，而行之既久，则又以军法从事。然议者必以为无故而动民，又挠以军法，则民将不安；而臣以为此所以安民也。天下果未能去兵，则其一旦将以不教之民而驱之战。夫无故而动民，虽有小恐，然孰与夫一旦之危哉？

今天下屯聚之兵，骄豪而多怨，陵压百姓而邀其上者，何故？此其心以为天下之知战者，惟我而已。如使平民皆习于兵，彼知有所敌，则固已破其奸谋而折其骄气。利害之际，岂不亦甚明欤？

〔注〕 ① 苏轼应“制科”时撰《进策》二十五篇，其中包括《策略》五篇、《策别》十七篇、《策断》三篇。《教战守策》为《策别》中《安万民》之五，原题无“策”字，据通行选本加。 ② 先王：指夏、商、周三代之王。 ③ 田猎：围猎。据《周礼·夏官·大司马》记载，古时秋、冬农闲时节，招民练武。或与围猎同时进行。 ④ 坐作：坐与起，行与止。为教练士卒的科目。 ⑤ 盛节：崇高的美德。 ⑥ 顿弊：残破不锋利。顿，通“钝”。 ⑦ 卒：同“猝”，突然间。 ⑧ 开元、天宝：均唐玄宗年号。开元(713—741)、天宝(742—756)，为唐朝盛世。 ⑨“四方之民”三句：据《资治通鉴》卷二百十七，天宝十四载(755)十一月，安禄山反于范阳，“时海内久承平，百姓累世不识兵革，猝闻范阳兵起，远近震骇。河北皆禄山统内，所过州县，望风瓦解。守令或开门出迎。或弃城窜匿，或为所擒戮，无敢拒之者”。 ⑩“今国家”句：宋仁宗庆历年间，曾每年向辽国缴纳银二十万两、绢三十万匹；向西夏

缴纳“银、绮、绢、茶二十万五千”(《宋史纪事本末》卷二十一、卷三十)。百万,是举其约数。 ⑪古都试之法:西汉韩延寿创立的制度,定期在郡府所在地练兵习武。

【鉴赏】

北宋嘉祐六年(1061),二十六岁的苏轼参加了“材识兼茂明于体用科”考试,司马光等人任考官,在秘阁考了六篇论文;随后宋仁宗又亲临崇政殿,御试制科策问,苏轼以如椽之笔,大胆针砭时弊,撰写了包括本文在内的一系列适合世用的政论文,由衷希望宋仁宗能够虚心采纳,“励精庶政,督察百官,果断而力行”(苏轼《辩试馆职策问札子》)。

北宋中叶以后,辽和西夏成为宋朝西北边疆的严重威胁,战争随时可能爆发,然而宋朝的国力薄弱,执政者的怯于外敌和唯图苟安,则又为历代所少见。对于日益深化的民族矛盾和边防危机,许多正视现实的文人都表现出极大的关注和担忧。苏轼之父苏洵写出名作《六国论》,借论史讽喻现实,抨击朝廷的赂敌政策;又在《审敌》一文中一针见血地指出,屈己求和表面上是求得了“息民”,其实质却只能是“残民”。苏轼的《教战守策》,正是在此基础上,进一步论证赂敌息民的危害,并倡言教民习武、能战能守和加强战备。

本文起首就要言不繁,点明弊端。开头一句设问:“夫当今生民之患,果安在哉?”触目惊心,引起对生存问题的关注。接着,不容置疑地断定:当世大患,在于“知安而不知危,能逸而不能劳”。如不早作计议,终将不可救药。

那么,究竟应该如何计议,如何动作呢?苏轼没有急于坦陈自己的见解,而是笔锋一转,将话头引至先王时代,从先王的“天下虽平,不敢忘战”,说到后世的“去兵卷甲”,“不战而走”,直至感叹唐人安于佚乐,以至区区安禄山一出,所谓大唐盛世犹如摧枯拉朽一般,“而唐室固以微矣”。此中道理，显然不必细说。

广征史事、借古鉴今是苏轼素有的特长，本文则更以生动的说理、浅近的譬喻令仁宗动心，用身边的事实让人信服。他告诉众人，治国犹如养身，养尊处优的贵人何以疾病不断，风餐露宿的穷人又何以病不加身，关键在于是否经常亲历辛劳苦痛。“是故善养身者，使之能逸而能劳，步趋动作，使其四体狃于寒暑之变，然后可以刚健强力，涉险而不伤。”苏轼认为，生活的磨难不仅能提高人体免疫能力，还可锻炼意志；相反，安逸不仅令人患病，还将使人畏战，无论于民于国，均极为不利。因此，所谓“扰民”的论调可以休矣，“息民”的结果只能是灾难。

随后，又从分析当前形势入手，论证战争的不可避免。“赂敌”也好，“息民”也罢，均于事无补。他尤其担忧的是：战争不可避免，人们却依然故我，耽于安乐，一旦让这些沉溺于安佚之中的人去迎战，后果可想而知。于是，大声疾呼：“天下之民知安而不知危，能逸而不能劳。此臣所谓大患也。”又一次点明本文主旨。

论说至此，“知安忘危”的弊端已经分析得相当透彻，于是瓜熟蒂落，水到渠成，开始正面阐说教民战守的具体方法及其益处。他提倡士大夫人人尊尚武勇，讲习兵法；希望老百姓个个练习阵法，激励斗志。最后又指出，全民皆兵还有一大收益，就是令军队感觉到无形压力，迫使宋军将士打消骄横的毛病和怨气，这也是当时的宋军缺乏战斗力的一大症结。

本文遵循了苏洵倡导的“有为而作，精悍确苦，言必中当世之过”的文学主张（见苏轼《凫绎先生文集序》），也反映出青年苏轼辅君治国、报效朝廷的济世理想。他不仅立志洒血疆场，为国捐躯，也力求以笔帮助朝廷克服弊端，为维护宋王朝的长治久安尽力。因此他能够在制科考试中敢议敢言，纵横开阖，对各种社会弊病大加挞伐。北宋李觏谓苏轼的二十五策“霆轰风飞，震伏天下”（《经进东坡文集事略》卷十五引），可见他的这些政论、说理文于当时影响之巨大。

苏轼曾说："凡文字，少小时须令气象峥嵘，彩色绚烂，渐老渐熟，乃造平淡。"(《与二郎侄》)本文旨在说理，不像文学散文可以大肆渲染铺叙，但也已表现出苏轼文章中那种笔墨澜翻、飘沙走石的气势。

苏轼善于借古鉴今，反复论证、剖析，颇具战国纵横家雄辩滔滔、笔势突兀的风格，文章极具说服力。本文援引史实，既说先王前贤成功的事例，又叙后世迂儒失败的教训，正反论证，两相对照，令读者自然意识到居安知危的迫切和重要。如此还嫌不够，他又举出"安史之乱"这样一个尽人皆知的史实，将盛唐的衰亡归结于世人的安逸，令人怦然心惊之余，不能不顺着他的思路继续伸展，联想到眼前的社会，延伸到自己的周围。

苏轼曾谈及写作体会："吾文如万斛泉源，不择地皆可出，在平地滔滔汩汩，虽一日千里无难；乃其与山石曲折，随物赋形而不可知也。"(《自评文》)他的文章确能根据不同的描写对象或表达需要，呈现不同的形态。本文或论古，或证今，或说理，或譬喻，均浅显易懂，形象鲜明，极其自然，显示出苏轼独有的随心所欲的自然文风。尤其是以养身喻治国，通俗而亲切，难怪清人沈德潜赞叹："乐天诗，东坡文，虽庸夫妇竖读之亦当首肯，此种是也。"(《唐宋八大家文读本》卷二十二)

本文逻辑顺序相当清晰，自始至终沿着"安逸是害，战守则强"这样一条主线推理论证，层层呼应，用语精辟。例如论证宋廷"赂敌"政策的必不可行，只用了三句话："奉之者有限，而求之者无厌，此其势必至于战。"既浅显，又真确，充分显示出苏轼敏锐的思辨能力和高超的驾驭文字的技艺。

(孙小力)

【原文】

上梅直讲书

某官执事:轼每读《诗》至《鸱鸮》[①],读《书》至《君奭》[②],常窃悲周公之不遇。及观《史》,见孔子厄于陈、蔡之间,而弦歌之声不绝[③]。颜渊、仲由之徒相与问答。夫子曰:"'匪兕匪虎,率彼旷野[④]。'吾道非耶?吾何为于此?"颜渊曰:"夫子之道至大,故天下莫能容。虽然,不容何病?不容然后见君子。"夫子油然而笑曰:"回,使尔多财,吾为尔宰。"夫天下虽不能容,而其徒自足以相乐如此。乃今知周公之富贵,有不如夫子之贫贱。夫以召公之贤,以管、蔡之亲,而不知其心,则周公谁与乐其富贵。而夫子之所与共贫贱者,皆天下之贤才,则亦足与乐乎此矣。

轼七八岁时,始知读书。闻今天下有欧阳公者,其为人如古孟轲、韩愈之徒;而又有梅公者从之游,而与之上下其议论[⑤]。其后益壮,始能读其文词,想见其为人,意其飘然脱去世俗之乐而自乐其乐也。方学为对偶声律之文,求升斗之禄,自度无以进见于诸公之间。来京师逾年[⑥],未尝窥其门。今年春,天下之士群至于礼部[⑦],执事与欧阳公实亲试之,诚不自意,获在第二。既而闻之人,执事爱其文,以为有孟轲之风,而欧阳公亦以其能不为世俗之文也而取焉。是以在此,非左右为之先容,非亲旧为之请属,而向之十馀年间闻其名而不得见者,一朝为知己。退而思之,人不可以苟富贵,亦不可以徒贫贱,有大贤焉而为其徒,则亦足恃矣。苟其侥一时之幸,从车骑数十人,使闾巷小民聚观而赞叹之,亦何以易此乐也。

《传》曰:“不怨天,不尤人⑧。”盖“优哉游哉,可以卒岁⑨”。执事名满天下,而位不过五品⑩,其容色温然而不怒,其文章宽厚敦朴而无怨言,此必有所乐乎斯道也。轼愿与闻焉。

〔注〕 ①《鸱鸮》:《诗·豳风》篇名。旧说成王初立,周公摄政,周公之弟管叔鲜、蔡叔度散布流言,周公作此诗托鸟言志,诉说自己的艰难处境。《毛诗序》:“成王未知周公之志,公乃为诗以遗王,名之曰《鸱鸮》焉。” ②《君奭》:《尚书》篇名。周武王死后,周公与弟召公奭共辅成王,召公误信周公篡位的流言,周公作此文自辩,兼以互勉。 ③“见孔子”二句:据《史记·孔子世家》载,鲁哀公六年(前489),孔子师徒被陈、蔡两国大夫围困于郊野,粮食断绝,有人患病,孔子仍弹琴诵诗,坚持讲学。 ④“匪兕”两句:出自《诗·小雅·何草不黄》。原意是说,征夫不是兕(犀牛一类动物)不是虎,却在旷野上奔跑不停。这里孔子用以自比。匪,通“非”。率,循。 ⑤ 上下其议论:相互研讨。 ⑥ 来京师逾年:苏轼于嘉祐元年(1056)五月到达京师,九月考取举人,次年春参加进士考试。此信为中进士后所写,故说“来京师逾年”。 ⑦ 礼部:宋代进士科试由尚书省礼部主持,称为“省试”。 ⑧“《传》曰”数句:语出《论语·宪问》。 ⑨“优哉”两句:《左传·襄公二十一年》:“《诗》曰:‘优哉游哉,聊以卒岁。’”按此乃佚诗。 ⑩ 五品:宋代官阶为九品,每品又分正、从。梅尧臣时为国子监直讲,是五品官。

苏轼一向非常重视文章的立意构思,善于对所写内容进行深入提炼,发掘出事物的必然之理,摆脱固定的套式,自出新意,独运匠心。他所悟得的事理,既表现出超越常人的卓荦识见,又往往反映出高远的情志,给人以启迪和教益。《上梅直讲书》便是这样的杰作佳构。

本文是嘉祐二年(1057)苏轼考中进士后写给梅尧臣的一封信。梅尧臣是苏轼所崇敬的文坛前辈,时任国子监直讲。嘉祐二年礼部试进士,他

【鉴赏】

为参详官，读到苏轼的试卷大加赞赏，“以为有孟轲之风”，于是便推荐给主考官欧阳修。“文忠惊喜，以为异人。欲以冠多士，疑曾子固所为。子固，文忠门下士也，乃置公第二”（苏辙《东坡先生墓志铭》）。这篇书信便抒写了作者中第后的由衷喜悦，表达了受到欧、梅识拔、前辈奖许的感激之情，通篇贯穿着一个“乐”字。

作者没有直抒胸臆，却是凌空而起，劈头叹惜周公之不遇；接着引述孔子师徒厄于陈、蔡而弦歌不绝，相得甚欢；而后以“乃今知”领起下文，兼收上两层文意，感慨周公虽富贵而有管蔡之流言、召公之疑虑，不如孔子虽贫贱而得天下贤才，其乐无穷。这段文字，劣周公，优孔子，以周公来反衬孔子，出人意外，立意警奇；乍看似无关题意，实则立足点高而自处亦高，是暗以孔子比欧、梅，以孔门弟子自况，说明富贵不足重，而师徒以道相乐，才是人间最高的乐趣。作者一扫通常干谒文字浮夸阿谀的风气，表达出不同凡俗的高尚情怀和人生追求。文中先以孔子师徒相乐立案，为全文确立主脑，又以交游贤才遭遇知己之乐笼盖全文，提领整篇，使文章具有一种居高临下的气势。这样构思，完全打破了书信的常格，是颇有艺术独创性的。

“轼七八岁时，始知读书”以下开始折入正题，直叙蒙受识拔遭遇知己之乐。先自述年少时即闻欧、梅之令名，稍壮又能读其文想像其人，且设想二公会能“脱去世俗之乐而自乐其乐”，这既显出仰慕之情由来已久，又对欧、梅之乐虚点一笔。接着写来京逾年无缘一见，而会试礼部意外地受到识拔，荣幸地获得奖许。十年仰慕无由见，一朝相逢成知己，得意快慰之情可想而知。这一层叙述被识拔的经过，娓娓而谈，感情真挚，文势跌宕，笔墨淋漓。“退而思之”以下，自然地转入议论，表示人的一生既不能以不光明的手段获取富贵，也不应该庸庸碌碌地甘居贫贱，有大贤人在此而能做他的弟子，也就足以有靠托而值得引为自豪了。这既反映出自己一举中第的内心快慰，又抒写出遭际欧、梅知遇的喜悦之情，同时又回应了上文周公富贵而有烦恼和孔子贫贱而足乐，进一步表明了自己的荣辱观，反映出作者高尚的志趣和磊落的襟怀；且再用侥幸荣获富贵、车骑雍容、市民围观的世俗之乐来作一反衬，愈加突出了东坡自乐其乐的精诚和真趣。

"《传》曰"以下引述书传，并结合对方的声誉、丰采和文章，写梅公虽官非通显却自处坦然，从而颂扬梅公必有乐乎超凡拔俗的明达之道，最后收结到以聆听对方的教诲为请。这既表明二人的志趣完全投合，将彼此双方的高情雅怀融汇为一，运笔极为空灵飘洒；同时又承应上文，含蓄委婉地表达出请求谒见的心情，口吻亦十分得体。

纵观全文，通篇以"乐"字为纲，用"乐"字呼应：由孔子师徒的相知之乐，写到欧、梅的"自乐其乐"，转到自身受知遇之乐，拍合到梅氏必"乐乎斯道"，下笔处处不离"乐"字。作者写乐，一扫中第释褐便踌躇满志的浅薄识见，摆脱了乐富贵、忧贫贱的庸俗世风，而升华到超越外物的高雅精神境界，专从遭遇知己、师友以道相乐的角度立论，使文情超拔卓异，潇洒脱俗，既表现了对梅尧臣的仰慕推尊，又蕴含着个人的高自期许，真是高怀雅论，足以大破俗肠。作者写来文势开拓而荡漾，为赞孔子贫贱之乐，先悲周公富贵之不遇；为写欧、梅知遇之隆，先叙无缘进谒之久，起伏跌宕，舒卷自然，且语言爽畅，文笔摇曳生姿。金圣叹云："文态如天际白云，飘然从风，自成舒卷。人固不知其胡为而然，云亦不自知其所以然。"（《天下才子必读书》卷十四）可谓是对本文韵致最称精妙的形容。

（刘乃昌　高洪奎）

【原文】

日　喻

生而眇者不识日，问之有目者。或告之曰："日之状如铜盘。"扣盘而得其声。他日闻钟，以为日也。或告之曰："日之光如烛。"扪烛而得其形。他日揣籥[①]，以为日也。日之与钟、籥亦远矣，而眇者不知其异：以其未尝见而求之人也。

道之难见也甚于日，而人之未达也，无以异于眇。达者告之，虽有巧譬善导，亦无以过于盘与烛也。自盘而之[②]钟，自烛而之籥，转而相之，岂有既[③]乎！故世之言道者，或即其所见而名之，或莫之见而意之：皆求道之过也。

然则道卒不可求欤？苏子曰：道可致[④]而不可求。何谓"致"？孙武曰："善战者致人，不致于人。"子夏曰："百工居肆以成其事，君子学以致其道。"莫之求而自至，斯以为"致"也欤？

南方多没[⑤]人，日与水居也，七岁而能涉，十岁而能浮，十五而能没矣。夫没者，岂苟然哉？必将有得于水之道者。日与水居，则十五而得其道；生不识水，则虽壮，见舟而畏之。故北方之勇者，问于没人，而求其所以没，以其言试之河，未有不溺者也。故凡不学而务求道，皆北方之学没者也。

昔者以声律取士，士杂学而不志于道；今也以经术取士，士知求道而不务学。渤海[⑥]吴君彦律，有志于学者也，方求举于礼部[⑦]，作《日喻》以告之。

〔注〕 ① 籥(yuè 月)：管乐器，形状如笛。 ② 之：到，这里有展转变易的意味。下文"之籥"的"之"义同。 ③ 既：止，尽。 ④ 致：使事物自然而

然到达。 ⑤ 没:潜水。 ⑥ 渤海:旧郡名。《旧唐书·地理志》:“沧州上,汉渤海郡,隋因之,武德元年改为沧州。”今属河北。唐、宋人有称郡望的习惯。据《宋史·地理志》,河北路滨州,徽宗大观二年赐渤海郡名,已在苏轼身后,本篇“渤海”当不指此地。 ⑦ 礼部:宋代尚书省官署名,主持进士科考试是其任务之一。考试举行于京师,称礼部试或省试。

本文据傅藻《东坡纪年录》谓作于宋神宗元丰元年(1078)十月十二日,《乌台诗案》作“十三日”。其写作缘由,末尾交代得很清楚:“渤海吴君彦律,有志于学者也,方求举于礼部,作《日喻》以告之。”写作背景及用意,篇末也有说明:“昔者以声律取士,士杂学而不志于道;今也以经术取士,士知求道而不务学。”“经术取士”,指神宗熙宁四年(1071)二月,根据王安石的建议,下诏罢诗赋及明经诸科,改用经义、策论试进士。于是,一般士子专在经传注疏中讨生活。八年六月,王安石《三经新义》(三经指《诗》、《尚书》、《周礼》)颁行以后,“士趋时好,专以王氏《三经义》为捷径,非徒不观史,而于所习经外,他经及诸子无复读者。故于古今人物及世治乱兴衰之迹,亦漫不省”(朱弁《曲洧旧闻》卷三)。在苏轼看来,旧制“以声律(诗赋)取士”,士子旁搜远绍,所学繁杂,固然没有专心致志去探索儒家经世之道(“杂学而不志于道”);如今“以经术取士”,则士子又急于求成,取径狭窄,只传王氏一家之说,“知求道而不务学”,走的又何尝是正路!因此,他才以日为喻,提出自己的见解。这点意思,《乌台诗案》中苏轼供词说得更为明白:“元丰元年,轼知徐州。十月十三日,在本州监酒正字吴琯锁厅得解,赴省试。轼作文一篇,名为《日喻》,以讥讽近日科场之士,但务求进,不务积学,故皆空言而无所得。以讥讽朝廷更改科场新法不便也。”《诗案》供词有逼供成分,力求“上纲”,但也有可供参证之处。

文章一开头,就讲了一个“生而眇者不识日”的故事。有人告诉盲人

【鉴赏】

"日之状如铜盘";也有人告诉他"日之光如烛"。无论是用盘比喻太阳的形状,还是以烛比喻太阳能发光,就比喻本身而言并没有错。但盲人以为声似铜盘的钟和形似烛的籥就是太阳,闹了笑话。毛病就出在"眇者不知其异:以其未尝见而求之人也。"这是一则寓言,是比喻的高级形态。故事说明了一个道理:自己未亲眼目睹,只靠道听途说,就难免会产生谬误。这是仅就盲人识日闹笑话的故事引出的一般性结论。至此,还没有引到学道这一严肃的话题上来。紧接着,"道之难见也甚于日,而人之未达也,无异于眇",把盲人识日和士子学道这两个方面相联系,并作比较。着一"甚"字,表示意思的递进,由浅入深,由平易引向奥秘,在整篇文章中起到承上启下、折入正题的作用。这里所说的"道",可以讲成"道理",也可引申为"法则"、"规律",实际上是指儒家之道,总之是无形的。如果让一个"达者"——通晓事理的人讲给"未达"者听,即使"巧譬善导",怎么也不能比用盘来比喻太阳之形状和用烛来比喻它能发光来得贴切了。如果"言道"也像教盲人识日那样从盘扯到钟,从烛扯到籥,辗转比附,没完没了,岂不是枉费精力而竟无所得!所以说:"世之言道者,或即其所见而名之,或莫之见而意之:皆求道之过也。""求道",是说自己不直接下苦功,一味向人讨教,一知半解,再加以主观臆想,以为这就得到了"道",这无异于眇者之识日。"日喻"之"喻",意思正在这里。

"道"既不可"求",那何以能"达"呢?文章用"然则道卒不可求欤"一转,引向"道可致而不可求"的论题上来。这是苏轼的正面回答,也是全文的核心所在,是他勖勉吴彦律的要言妙道。而这个"致",是不太容易领悟的,于是对"致"作了诠释。先引《孙子兵法·虚实篇》的话:"善战者致人,不致于人。"意思说,善于作战的人,自居主动地位,诱使敌人兵马劳倦,仓促交战,而陷于被动。再引《论语·子张》篇中子夏的话:"百工居肆以成其事,君子学以致其道。"各行各业的手艺人,在作坊里完成自己的工作。读书人只要坚持不懈地学习，就能自然而然地通达“道”。最后，作者自己来回答什么是“致”：“莫之求而自至，斯以为‘致’也欤?”不去求它而它自己就来了，这就是“致”。引用《孙子》的话不仅解释了“致”字，而且还说明了掌握主动的必要；引用子夏的话，又说明了“学”是“致道”的不二法门，强调了刻苦学习的必要性。

接着，又抓住一个“学”字，深入一层说开去。苏轼所谓“学”，指的是实际的经验，古人称之为阅历，今人谓之实践。这里，又用南方人和北方人学“没”作比，突出长期实践的重要，并进一步指出，单凭求教而不下苦功的危害：“凡不学而务求道，皆北方之学没者也。”从开端到此，凡四节，用了两则寓言故事。前两节，先引寓言然后进入议论；后两节，则先议论然后引寓言。这样变换手法，使文章显得活泼多姿。

文章昭示人们：要想学有所得，必须亲身实践，日积月累，水到渠成。如其没有或不肯下苦功，只是拾人牙慧，道听途说，再加上主观臆测，则必然闹笑话，出偏差，甚而至于酿成无可弥补的损失。这些对今天的读者也还是有启发意义的。

煞尾点出作文主旨。由“昔者”带出“今也”，又以前者衬托后者。作者的立意在于反对“杂学而不志道”和“求道而不务学”两种倾向，而认为后者危害尤烈。前面的许多设喻、说理文字，都是为讽“今”而作的铺垫；“今也”两句，才是点睛之笔。不过处理得很隐蔽，也许是由于处境使然。而前面的文字也实在写得好，运用寓言故事说理，借助形象思维，启发读者想像，打动读者心灵，让大家通过感性认识，循序渐进，上升到理性认识阶段，娓娓道来，富于艺术感染力，也就增强了文章的说服力。

苏轼的论说文，吸取《孟子》、《庄子》和《战国策》的艺术经验并加以发展，取譬设喻，说理生动、深刻而不流于空洞的说教，从而形成了自己的特色。苏轼不愧为宋代诗文革新运动的最后完成者。

（黄进德）

【原文】

喜雨亭记

亭以雨名,志喜也。古者有喜则以名物,示不忘也。周公得禾,以名其书[①];汉武得鼎,以名其年[②];叔孙胜狄,以名其子[③]。其喜之大小不齐,其示不忘一也。

余至扶风之明年,始治官舍,为亭于堂之北,而凿池其南,引流种木,以为休息之所。是岁之春,雨麦[④]于岐山之阳,其占为有年。既而弥月不雨,民方以为忧。越三月乙卯乃雨,甲子又雨,民以为未足;丁卯大雨,三日乃止。官吏相与庆于庭,商贾相与歌于市,农夫相与忭于野,忧者以乐,病者以愈,而吾亭适成。

于是举酒于亭上以属客,而告之曰:“五日不雨可乎?”曰:“五日不雨则无麦。”“十日不雨可乎?”曰:“十日不雨则无禾。”无麦无禾,岁且荐饥[⑤],狱讼繁兴,而盗贼滋炽。则吾与二三子,虽欲优游以乐于此亭,其可得耶?今天不遗斯民,始旱而赐之以雨,使吾与二三子,得相与优游而乐于亭者,皆雨之赐也。其又可忘邪?

既以名亭,又从而歌之。歌曰:使天而雨珠,寒者不得以为襦;使天而雨玉,饥者不得以为粟。一雨三日,繄谁之力?民曰太守,太守不有。归之天子,天子曰不。归之造物,造物不自以为功;归之太空,太空冥冥,不可得而名。吾以名吾亭。

〔注〕 ①“周公得禾”二句:据《尚书·微子之命》记载,周成王的叔父唐叔得到异株而共穗的稻子,献给成王,成王命他给与周公(姬旦,也是成王的

叔父,成王初即位时,由周公当国),周公得禾后,作了《嘉禾》,宣扬天子之命。 ②“汉武得鼎”二句:据《史记·孝武本纪》记载,汉武帝元狩七年夏六月,汾阴(今山西万荣县西南宝鼎)一个名叫锦的巫者得宝鼎(古代常以鼎为传国的重器),奏闻朝廷,武帝命迎鼎至甘泉,并把年号改为元鼎。 ③“叔孙胜狄”二句:据《左传·文公十一年》记载,这年冬,狄人攻鲁,鲁文公使叔孙得臣击败狄军,获其首领侨如,为了庆祝这次战功,叔孙得臣便把自己的儿子宣伯取名侨如。 ④ 雨麦:天上像下雨似的落下麦子,这当是附会的传闻。一说是播种麦子。 ⑤ 荐饥:谓连年灾歉。语出《左传·僖公十三年》:“冬,晋荐饥。”孔颖达疏引李巡曰:“连岁不熟曰荐。”

这是一篇记叙文,抒写作者喜雨的感情,表现了对人民生活的关心。文中云:“余至扶风之明年”。扶风,旧郡名,即宋之凤翔府(今属陕西)。苏轼于嘉祐六年(1061)十二月任凤翔府签判,此文当作于次年三月。喜雨亭在凤翔府城东北。

以亭阁楼台为题的记叙文,差不多总要或多或少地具体描写亭阁楼台本身或它周围的景色。此文则不然,它不仅没有对喜雨亭作任何具体的描绘,对亭子周围的景色,也未著只字,通篇都是扣住喜雨亭的命名,抒写喜雨之情。其内容构思,在这类记叙文中独具特色。

此文共分四段。第一段是总写。“亭以雨名,志喜也。”用雨来给亭命名,是为了表示喜雨的感情。这两句揭出全篇题旨,通篇文字都是对它的发挥。下面引周公、汉武帝、叔孙得臣为证,不仅是在说明他以雨名亭的依据,主要还在借“古者有喜则以名物”的事例,着力烘托、渲染喜雨之情。文中所举之人都是帝王(汉武)、将相(周公、叔孙得臣),所举之事都是关涉国家的大事,作者把喜雨亭命名的事与之等量齐观,正表现了他对春雨的极大喜悦和极度重视。第二段是从屡降春雨写官吏、商贾、农夫的喜雨心情。“而吾亭适成”一句点出亭和雨的关系,是此段也是全篇的关键。有了这一

【鉴赏】

句，喜雨亭的命名就顺理成章，极为自然；没有这一句，就显得牵强硬凑。第三段是借亭上宴饮，从国计民生方面抒写喜雨之情，最后归结到“使吾与二三子，得相与优游而乐于此亭者，皆雨之赐也”，用“其又可忘邪”一句，点出之所以要以雨名亭的原故。第四段用“一雨三日，繄（yī 伊，语助词）谁之力”，引出“太守不有（不归为己有）”，“天子曰不（否）”，“造物不自以为功”，“太空冥冥，不可得而名（太空高远无边，找不到一个确切的名称称呼它）”，最后归结到“吾以名吾亭”，借以志喜，仍是在写喜雨之情。

一二两段主要写以雨名亭的理由，三四两段主要写以雨名亭的深刻含义。全文以喜雨名亭起，以喜雨亭命名结；各段都紧扣着亭的命名，从不同方面、不同角度，反复抒写喜雨之情，读来回环往复，具有唱叹之致，把喜雨的感情写得深浓之极，仿佛奏出了一首沁人心脾的“喜雨咏叹调”。

文思波澜起伏，行文富于曲折变化，是此文另一个突出特色。苏轼天才横溢，性格豪迈，所作文章，大多纵横驰驱，奇伟瑰丽。本篇总共三百多字，而“雨”字竟有十五个，但一处有一处写法，一处有一处风调。第三、第四两段之“不雨”、“雨珠”、“雨玉”，是虚写；第二段之春雨则是实写。文中说，这年春天，天雨麦于岐山（在今陕西中部）的南面。这种异兆，预示着本年是一个丰年，一扬；但是接着整整一个多月都不下雨，老百姓都开始忧虑起来，一跌；过了三个月（“越三月”之三月包括正月、二月和又开始下雨的三月在内）乙卯（三月八日）这天才下雨，甲子（三月十七日）这天又下雨，又一扬；然而“民以为未足”，又一跌；丁卯（三月二十日）又降大雨，一连下了三天，又一扬：单写下雨，竟有这样多的转折！而且，乙卯、甲子之雨不合写而特地分写：始则“乃雨”，继则“又雨”，而且是在“弥月不雨，民方以为忧”之后，百姓自当欢欣无限；但忽然紧接“民以为未足”，更是扬中有抑，抑在扬中，文情之妙，无以复加。“丁卯大雨”之后复加一句，特别点明“三日乃止”，极写雨量之充分，炼句达意，也极精切。

又如喜雨，文中从古人说到今人，从人间说到天上，从农夫说到官吏、商贾、忧者、病者以至太守、天子、造物、太空，从衣食问题说到狱讼繁兴、盗贼滋盛，思想何等开阔，联想何等丰富！写喜雨之情，第一段是以古人之喜衬托今天之喜。第二段是明写。“官吏相与庆于庭，商贾相与歌于市，农夫相与忭于野，忧者以乐，病者以愈”，不仅描写切合对象的身分，极为生动，而且前三句同后二句在句式上也有变化。第三段五日、十日不雨几句，是从反面着笔，由不雨之严重后果，写出雨之极端重要，也是用人们不雨之忧愁，写出有雨之喜悦，是暗写。而“今天不遗斯民”几句，又是明写。第四段雨珠、雨玉四句，写法与五日、十日不雨四句相同；奇妙的是，这里的假设（雨珠、雨玉）虽然绝对不能成立，而所讲的道理却千真万确，充满辩证法，所以金圣叹称它是“口头常语，天外奇文”（《天下才子必读书》）。“一雨三日”以下几句从自然哲理的角度写，奇思妙想，文情才情，更使人觉有天助。

此文还有一个突出的特色，就是语言的诗化。不仅末段的歌，本来就是诗，其他各段的语言，也都像诗一样精练、优美、生动。特别是排句的大量运用更使作品语言诗化。如第一段“周公得禾”以下六句，第二段“官吏相与庆于庭”以下五句，第三段“五日”、“十日”四句，末段“使天而雨珠”以下四句，“民曰太守”以下四句，都是排句。这些排句加强了文意，增强了语言的声调美和作品的艺术表现力。它们分散在全篇，避免过分集中，同时各组排句在句式上又有变化，因而使作品语言更富感染力，又不破坏通篇行文的活泼生动。末尾用歌词作结，把韵文和散文有机地结合在一起，也使文章更有情致。元代虞集称此文“题小而语大，议论干涉国政民生大体”（《三苏文范》卷十四引），明代著名文学家王世贞把此文同范仲淹的《岳阳楼记》并提，说它“笔力有千钧重”（《三苏文范》卷十四引。按：《苏长公合作》卷一引作茅坤语），足见历代对它的赞赏。

（王思宇）

【原文】

凌虚台记

国于南山[①]之下，宜若起居饮食，与山接也。四方之山，莫高于终南；而都邑之丽山者，莫近于扶风[②]。以至近求最高，其势必得。而太守之居，未尝知有山焉。虽非事之所以损益，而物理有不当然者，此凌虚之所为筑也。

方其未筑也，太守陈公杖屦逍遥于其下。见山之出于林木之上者，累累如人之旅行于墙外而见其髻也。曰："是必有异。"使工凿其前为方池，以其土筑台，高出于屋之危而止。然后人之至于其上者，怳然不知台之高，而以为山之踊跃奋迅而出也。

公曰："是宜名凌虚。"以告其从事[③]苏轼，而求文以为记。轼复于公曰："物之废兴成毁，不可得而知也。昔者荒草野田，霜露之所蒙翳，狐虺之所窜伏，方是时，岂知有凌虚台耶？废兴成毁，相寻于无穷；则台之复为荒草野田，皆不可知也。尝试与公登台而望：其东则秦穆之祈年、橐泉也，其南则汉武之长杨、五柞，而其北则隋之仁寿、唐之九成也。计其一时之盛，宏杰诡丽，坚固而不可动者，岂特百倍于台而已哉？然而数世之后，欲求其仿佛，而破瓦颓垣，无复存者。既已化为禾黍荆棘丘墟陇亩矣，而况于此台欤？夫台犹不足恃以长久，而况于人事之得丧，忽往而忽来者欤？而或者欲以夸世而自足，则过矣！盖世有足恃者，而不在乎台之存亡也！"既已言于公，退而为之记。

〔注〕 ① 南山：即下文终南山，在陕西西安市南，秦岭的主峰之一。② 扶风：宋之凤翔府，隋、唐时曾称扶风郡。文中是以旧郡名代称。治所

【鉴赏】

在天兴(今陕西凤翔)。府属另有扶风县,非本文所指。 ③ 从事:汉以后州郡长官自辟僚属,多以从事为称,至宋废此名。此亦借用。

宋仁宗嘉祐八年(1063),苏轼二十八岁,正在大理评事签书凤翔府(今陕西凤翔)判官任上。是年,陈希亮接任凤翔知府,“于后圃筑凌虚台以望南山,属公为记,公因以讽之”(王文诰《苏诗总案》卷四)。讽之与否,此段公案容后再议,且看苏轼是如何遵嘱敷演为记的。

前两段是题内应有之文字。首先记叙凌虚台修建的缘起。按照情理,知府所居紧邻终南山,本当起居饮食都跟山接近,然陈希亮并未加以充分利用,这于人事,诸如有碍起居饮食等等,虽无什么影响,然而,以事理言之,近山竟不知观山,却总是一种缺憾。作者指出,这便是建筑凌虚台的原因。然后描写筑台经过。凌虚台尚未修筑时,陈氏拄杖漫步其下,惊异于山景之奇特:露出在林木上面的山峰,一座接一座,就像有人在墙外行走只看见他的发髻一般,因而悟到:“是必有异”——此中必有奇异可观的景致。知府要观赏山景了,于是便令工匠破土动工,建造了这座土台。台造得很艺术:仅仅高出屋脊,使此后临台凭眺的游人,恍恍惚惚,竟至弄不清台的高度,还以为是平地上突然长出来的一座山呢。

以上叙写缘起、经过两段“遵命”文字,似是《凌虚台记》这篇记叙文的主要内容,然而细味却不是。第三段开头写道,知府将此台命名“凌虚”后,“求文以为记”,故自此以下,方是文章主旨之所在。

这占据篇幅一半有余的最后一段,清人金圣叹指出:“读之如有许多层节,却只是‘废兴成毁’二段,一写再写耳。”(《天下才子必读书》卷八)“废兴成毁”的议论,确是文章的关键。而此议论,林云铭指出,则又由知府之命名“凌虚”而来:此台突起空中无所附丽,如蜃楼,如彩云,如飞鸟;蜃楼未有

【鉴赏】

不灭，彩云未有不散，飞鸟未有不还(《古文析义》卷十五)。苏轼诠破知府命名之意，从而发挥见解说："物之废兴成毁，不可得而知也。"这一句立论，此后便一意反复，滚滚议论了：就眼前所造凌虚台，作者正面议论兴成、废毁道，过去这里是一片荒草田野，是霜露遮盖的地方，是狐狸毒蛇逃窜藏身的场所；当此时，哪能知道如今会建造起一座凌虚台？——由无台而至有台，"兴成"也。然而事物的废兴成毁接连不断，沧海桑田，凌虚台又将变成荒草田野。——由台之成而逆料其必毁，"废毁"也。正论既罢，作者又将与知府登台眺望到的古代宫殿遗迹，进行开拓援证，即景演说，指出，东面秦穆公的祈年宫与橐泉宫，南面汉武帝的长杨宫和五柞宫，北面隋朝的仁寿宫亦即由唐改名的九成宫，它们当年的兴盛：规模之宏伟，形式之奇美，建筑之坚固不可动摇，难道只是强过凌虚台百倍吗？可谓"兴成"矣！然而几代之后，却早已变成种植禾黍的田地与荆棘丛生的荒野了，想要寻找出它们依稀相似的痕迹，便连一块破瓦、断墙也不存在了，完全"废毁"了。以实例补证了兴成、废毁。帝王宫殿尚且如此，又"而况于此台欤"？笔锋一转，将宕出之笔依旧兜回到台上。"夫台犹不足恃以长久，而况于人事之得丧"，再一折，自然而毫无痕迹地转入人事的议论。作者认为，人事之得失(诸如黜陟、荣辱、离合、存亡等等)，忽往而忽来，无一定之状，无一定之理。由此，有些人想依靠建筑楼台炫耀于世，并以之满足，那就错了。议论于此一抑后，马上又一扬："盖世有足恃者，而不在乎台之存亡也!"然则"足恃者"究竟指什么，作者引而不发，却以"既已言于公，退而为之记"两句一带，结束了全文。这就颇费读者思索了。其实，体味他这通"废兴成毁"的议论，所谓足恃者正隐在不足恃者的后面：从时间久长的"物"，到反复苍黄的"人事"，一切都会变成历史陈迹，一切都如过眼云烟，亦即一切都是"虚"的——把这些不足恃者都淘尽，便水落石出了：唯有道德、功业、文章(儒家所谓"立德"、"立功"、"立言")，才能历久不废，经久不朽——此方是"奋厉有当世志"(《东坡先生墓志铭》)的作者心目中的"足恃者",也是其在另文《墨妙亭记》中所明确指出的:"凡有物必归于尽,而恃形以为固者,尤不可长。虽金石之坚,俄而变坏。至于功名文章,其传世垂后,犹为差久。""足恃者"的思想,正是本文的精魂。

然而,本文中论及人事得丧几句,自明代始,却引起了一场前文提及的讽与不讽的公案:有人认为文章有讥刺陈希亮之意,有人却以为否。"讥刺"说者道:"《喜雨亭记》,全是赞太守;《凌虚台记》,全是讥太守"(《三苏文范》卷十四引杨慎语);"太难为太守矣,一篇骂太守文字"(同上引李贽语);"苏公往往有此一段旷达处,却于陈太守少回护"(茅坤《宋大家苏文忠公文抄》卷二十五),等等,不一而足。而持异议者则说:"盖其胸中实有旷观达识,故以至理出为高文。若认作一篇讥太守文字,恐非当日作记本旨"(《古文观止》卷十一);"登高感慨,写出杰士风气,卓老(即李贽,下文李卓吾同)谓骂,非也"(《苏长公合作》卷二引陈元植语);"李卓吾谓是一篇骂太守文字。然宋朝无不识字之太守,岂有骂而不知,知而复用乎?"(林云铭《古文析义》卷十五)阵势大致相当。宋人邵博《邵氏闻见后录》卷十五有段记载说:"陈希亮,字公弼,天资刚正人也,嘉祐中知凤翔府。东坡初擢制科,签书判官事,吏呼苏贤良。公弼怒曰:'府判官,何贤良也。'杖其吏不顾,或谒入不得见。……东坡作府斋醮祷祈诸小文,公弼必涂墨改定,数往反。至为公弼作《凌虚台记》……公弼览之笑曰:'吾视苏明允(轼父)犹子也,某犹孙子也。平日故不以辞色假之者,以其年少暴得大名,惧夫满而不胜也。乃不吾乐邪?'不易一字,亟命刻之石。"若邵说可信,则本文显然不含讥刺太守之意,否则,对苏轼要求如此严格的陈公弼,岂能"不易一字"? 此其一。其次,如前所述,废兴成毁之论本是诠解、发挥其所命名"凌虚"之意,由物而兼及人事,由人事之得失论及台之不足恃、不足夸,顺理成章,不能狭隘地纳入讥刺之轨。再次,作者彼时正当从政之初、希冀奋发有为之时,

【鉴赏】

于就题发挥、随势生发之中，流露出希望多作些有利于人的事业，以垂诸久远的思想，是勉人，亦未始不是自勉。因此，“讥刺”说难以使人折服。诚然，一言以蔽之，本文无非是在发挥老庄齐得丧的论调，然而推而广泛，带出勉人兼以自勉的结论，却又有其不容忽略的积极用意在。

本文最足称道之处，首先是叙事、描写、议论的错杂并用。记，本是“纪事之文”(吴讷《文章辨体序说·记》引《金石例》语)，“以善叙事为主”(同上引真德秀语)。苏轼却不主故常，其“记”多以叙述、描写、议论间错并用，而尤以议论见长。本文的格局即是首段叙事，次段描写，末段议论。而妙在叙事文字并不纯作记叙，却与议论交织而出；描写文字亦非全属描写，其间又杂以叙事成分；大段的议论，则又与台周景色、台址昔日荒凉的描写，以及历史陈迹的叙述，虚虚实实、水乳交融地糅和在一起。如此，便使全文叙事、写景议论化，而议论则又形象化，突破了“记”这种文体的常规写法。

其次，是其议论文字写得貌似游离，实连意脉。以大段议论作为文章主干，已迥别于一般景物记，而其所发之论，又在一步步地宕了开去：先自总体到个别——由总体的物，论及个别之物的台；继又自古及今——由今日之凌虚台，追论到古代秦、汉、隋、唐的故宫；复又自物而入人事——由物(台)之不足恃，推论到人事的得失，一步远似一步，好像游离了知府求记的本旨，实则不然。他的随势生发，无一不在紧连“凌虚”的意脉：废兴成毁的物(包括个别的今之台与古之宫)，与忽往忽来的人事之得失，都“不可知”、“不足恃”，亦即都是世间凌虚之物、凌虚之事——由此可见，他始终在诠释、在阐发着此台命名之意，紧扣“凌虚”，有的放矢，由此及彼，往复取势，做足了“凌虚”的文章。最后归本于“足恃者”，属借题发挥，依旧连着题的意脉。难怪林云铭要惊叹其行文之妙：“行文亦有凌虚之概，踊跃奋迅而出，大奇!”

(周慧珍)

超然台记

凡物皆有可观。苟有可观,皆有可乐,非必怪奇伟丽者也。铺糟啜醨,皆可以醉;果蔬草木,皆可以饱。推此类也,吾安往而不乐?

夫所谓求福而辞祸者,以福可喜而祸可悲也。人之所欲无穷,而物之可以足吾欲者有尽。美恶之辨战乎中,而去取之择交乎前,则可乐者常少,而可悲者常多,是谓求祸而辞福。夫求祸而辞福,岂人之情也哉?物有以盖之矣。彼游[①]于物之内,而不游于物之外;物非有大小也,自其内而观之,未有不高且大者也。彼挟其高大以临我,则我常眩乱反覆,如隙中之观斗,又焉知胜负之所在?是以美恶横生,而忧乐出焉;可不大哀乎!

余自钱塘移守胶西,释舟楫之安而服车马之劳,去雕墙之美而蔽采椽之居,背湖山之观而适桑麻之野。始至之日,岁比不登,盗贼满野,狱讼充斥;而斋厨索然,日食杞菊,人固疑余之不乐也。处之期年,而貌加丰,发之白者日以反黑。余既乐其风俗之淳,而其吏民亦安予之拙也,于是治其园圃,洁其庭宇,伐安丘、高密[②]之木,以修补破败,为苟全之计。而园之北,因城以为台者旧矣;稍葺而新之,时相与登览,放意肆志焉。南望马耳、常山[③],出没隐见,若近若远,庶几有隐君子乎?而其东则卢山,秦人卢敖之所从遁也[④]。西望穆陵[⑤],隐然如城郭,师尚父、齐桓公之遗烈[⑥],犹有存者。北俯潍水,慨然太息,

【原文】

思淮阴之功，而吊其不终[7]。台高而安，深而明，夏凉而冬温。雨雪之朝，风月之夕，余未尝不在，客未尝不从。撷园蔬，取池鱼，酿秫酒，瀹脱粟而食之。曰：乐哉游乎！

方是时，余弟子由适在济南，闻而赋之，且名其台曰“超然”[8]。以见余之无所往而不乐者，盖游于物之外也。

〔注〕 ① 游：游心，涉想。 ② 安丘、高密：皆密州属县。 ③ 马耳、常山：皆山名。马耳在山东诸城县南五里，常山在诸城县南二十里。 ④ 卢山：在诸城县南三十里，因卢敖而得名。苏轼《卢山五咏·卢敖洞》自注：“《图经》云：‘敖，秦博士，避难此山，遂得道。’” ⑤ 穆陵：关名，故址在今山东临朐东南大岘山上。 ⑥ 师尚父：《史记·齐太公世家》谓太公望吕尚者，其先祖封于吕，本姓姜氏，从其封姓，故曰吕尚。《索隐》云：“姓姜名牙，后文王得之渭滨，云‘吾先君太公望子久矣’，故号太公望。盖牙是字，尚是其名，后武王号为师尚父也。”武王克商后，封师尚父于齐营丘，为开国之君。齐桓公：春秋齐国国君，五霸之一。《左传·僖公四年》记齐桓公伐楚，楚成王遣使者至齐军中质问：两国一北一南，风马牛不相及，何故竟兵临我楚地？管仲回答：“昔召康公命我先君太公曰：‘五侯九伯，女（汝）实征之，以夹辅周室。’赐我先君履（所践履之界，指得行征伐之范围），东至于海，西至于河，南至于穆陵，北至于无棣。”杨伯峻《春秋左传注》谓此“穆陵”疑即今湖北麻城县北一百里与河南光山县、新县接界之穆陵关，春秋时属楚，故管仲说齐先君太公实受命得专征伐，有权至楚国之境；或以今山东临朐县南一百里大岘山之穆陵关当之，恐不合《传》意云云。今按苏轼登超然台所望之穆陵关自在山东，而文章连及于“师尚父、齐桓公之遗烈”，当是因《左传》“南至于穆陵”的同名楚地而触发遐想。 ⑦ 潍水：《水经·潍水》“又北过高密县西”郦道元注：“昔韩信与楚将龙且夹潍水而阵于此，信夜令为万馀囊，盛沙以遏潍水，引军击且，伪退，且追北，信决水，水大至，且军半不得渡，遂斩龙且于是水。”不终：指韩信先以功封王，后贬淮阴侯，终被吕后所杀。 ⑧ “余弟”三句：苏轼弟辙（字子由）于熙宁六年至九年任齐州（治所在今山东济南）掌书记。有《超然台赋》，《序》云：“老子曰：‘虽有荣观，燕处

超然。'尝试以'超然'命之,可乎？因为之赋。"

超然台在宋密州(治所在今山东诸城)北城上。作者在新旧党争中自请外调,于神宗熙宁四年(1071)通判杭州,至七年移知密州。又明年(1075),修葺超然台。文章即写于此时。虽属景物记,然超然台上说超然,又不啻是作者自写胸襟之作。文章大旨乃是反映作者超然物外、无往而不乐的人生态度,但在某些句子的夹缝中,隐约能体味到蕴蓄在他内心深处的一丝苦闷,尽管它是被掩盖在一片超然之乐的下面。

文章起笔峥嵘,以"凡物"两字领起,陡然发挥了一通"凡物皆有可观"因而"皆有可乐"的议论。作者认为,不必定是奇异瑰丽的东西才能使人快乐,即便是食酒糟、饮薄酒也可以醉,吃瓜果菜蔬也可以饱。由此,他推论出"吾安往而不乐"的观点,表明了自己知足常乐、超然达观的思想认识。虽无一字涉及台上,然而这段议论却正是点出了台名"超然"的题旨,起到了正面阐发超然则乐的道理的作用;并且"乐"字为全文定下了基调。

第二段便从"乐"字拓开,说明不超然则哀的道理。作者先从议论祸福与悲喜的关系入手,认为人们之所以要求福而避祸,是因为"福可喜而祸可悲"。然而却又有求福反而祸至的情况,这显然是违背人之常情的。作者指出,"求祸而辞福"这种反常情况的出现,其客观原因便是人的欲望无穷,而能满足人欲望的物质又有限,于是有些人为了满足其奢望,便总是在心里、眼前权衡、抉择,以至"可乐者常少,而可悲者常多",经常陷入烦恼之中。然后,作者又进一步指出,这种情况产生的主观原因,则是"物有以盖之矣"——外物蒙蔽住了他们的视野,亦即他们不能超然于物外("游于物之外"),而被束缚在物质享受之中("游于物之内")。物本无大小贵贱之分,但人一旦被束缚在其中,便眼界狭小,如在缝隙中观战,不能洞察胜负

【鉴赏】

的关键在何处了，于是自然就“美恶横生，而忧乐出焉”。

上文一正一反互相补充，从理论上阐述了超然则乐、不超然则哀的论点，为下文超然情事叙述的展开作了铺垫，因此下面一段便顺势入事，转入记叙他的生活遭遇及其旷达情怀了。首先以对比手法，叙写作者离开了交通方便，居处华丽，山水优美的杭州，来到交通不便，居处简陋，而又无山水游乐的密州。继之描写密州的穷僻与自己的窘况。其穷僻则是天灾频仍，连年歉收，以至盗贼遍野，诉讼案件很多；其窘况则是，堂堂太守，竟至厨房空荡无物，唯靠枸杞、菊花之类野菜填饱肚子。这里自身窘况的描写，当不是作者夸大其辞，他在《〈后杞菊赋〉序》中说：“及移守胶西，意且一饱，而斋厨索然，不堪其忧，日与通守刘君廷式循古城废圃求杞菊食之”。赋中又说：“吾方以杞为粮，以菊为糗，春食苗，夏食叶，秋食花实，而冬食根”。正是此种生活的实录。正由于杭、密之条件差异悬殊，因此人们都怀疑他定会闷闷不乐，殊不料，作者住了一年，却因之而面容丰满，连白发也一天天返黑了。这又是反常之事了，此中必有秘诀。果有秘诀，且作者早已在开首言明了：超然则乐。乐则心宽体胖，表明了作者的确具有乐观旷达的胸怀，所以才不以境况之苦而自扰，反而爱上了所在地的风土人情，并且做出了不少于民有益的善政，如他所谦言“吏民亦安予之拙”。凡此种种，作为封建官吏，正是多数人难能做到的，由此更可见出他精神的可贵、可嘉。作者的可爱之处还在于，热爱生活，兴趣广泛，每到一地总是兴致盎然地登山临水，探奇访胜。故此接着便描写他在政事之暇，修葺旧台，与朋友登临观览尽兴快乐的情事。不过，作为一个有血有肉、感情丰富的人，作者并不是无是无非、一味盲目乐观的，政治上的失意，不能不在他心上留下阴影，他自有其痛楚，因之不能过分相信他的随缘旷放。当他从台上四面眺望时，他不能自已地流露出了这种感情，只要细加咀嚼，就不难体味出来。

他南望马耳山、常山，东望卢山，想象那里住有逃世的隐士；西望穆陵关，仰慕姜太公、齐桓公的显赫勋业；北瞰潍河，慨叹淮阴侯韩信当年建立大功而不得善终。这里，台周之景固属巧合，但他凭吊古人所反映出来的思想感情，却带有一定的必然性。作者“奋厉有当世志”（《东坡先生墓志铭》），而不容于朝，被迫外任，因之时怀危惧，透露出仰慕隐士、欲全身远害的思想。然而，这段情绪仅如此一闪而过，下面转以轻松的笔触描写台的高大、安稳、深广、明亮，又叙写他“乐哉游乎”的逍遥自在。文章至此总归之一“乐”，可知作者尽管有隐痛，但善于自我解脱，能够保持喜乐如常的生活态度，从而使“乐”始终成为他生活中的主题歌。

最后一段交待了其弟苏辙（子由）为此台命名并作赋的事。文章到此方点明“超然”二字，具有画龙点睛之妙。且结句“以见余之无所往而不乐者，盖游于物之外也”，既照应开头，又与前文所说乐少悲多的人“游于物之内，而不游于物之外”，如应不应，有意无意，形成了鲜明的对照，见出两种人不同的思想境界，令人回味无穷。

同《凌虚台记》一样，作者按主题展开的需要，间错并用了议论、叙事及描写的手法，然两文彼此绝不雷同，稍加对照即可看出。全文由理入事，由事及景，再以理收煞，逐层推进，宕出兜回，其意都朝着中心凝聚的向心力——“超然”两字上：前面两段议论自正至反阐发“超然”之意，第三段叙事忽及四方形胜，忽入四时佳景，也总归在“超然”之中，即或则抒写其超然而乐的情怀，或则描写其超然而乐的情事。至此，“超然”之意只是隐伏在字里行间，始终不曾明言。末段点题，方呼应全文，而结句之中又见“超然”之意，照应开头，关合全文，堪谓极尽布局密合、收纵自如之妙了。

（周慧珍）

【原文】

放鹤亭记

熙宁十年秋，彭城大水。云龙山人张君[①]之草堂，水及其半扉。明年春，水落，迁于故居之东，东山之麓。升高而望，得异境焉，作亭于其上。彭城之山，冈岭四合，隐然如大环，独缺其西十二[②]。而山人之亭，适当其缺。春夏之交，草木际天，秋冬雪月，千里一色。风雨晦明之间，俯仰百变。山人有二鹤，甚驯而善飞。旦则望西山之缺而放焉，纵其所如，或立于陂田，或翔于云表，暮则傃[③]东山而归，故名之曰"放鹤亭"。

郡守苏轼，时从宾客僚吏，往见山人。饮酒于斯亭而乐之，挹[④]山人而告之，曰："子知隐居之乐乎？虽南面之君，未可与易也。《易》曰：'鸣鹤在阴，其子和之[⑤]。'《诗》曰：'鹤鸣于九皋，声闻于天[⑥]。'盖其为物，清远闲放，超然于尘垢之外。故《易》、《诗》人以比贤人君子隐德之士，狎而玩之，宜若有益而无损者，然卫懿公好鹤则亡其国[⑦]。周公作《酒诰》[⑧]，卫武公作《抑戒》[⑨]，以为荒惑败乱无若酒者，而刘伶、阮籍[⑩]之徒，以此全其真而名后世。嗟夫！南面之君，虽清远闲放如鹤者，犹不得好，好之则亡其国。而山林遁世之士，虽荒惑败乱如酒者，犹不能为害，而况于鹤乎？由此观之，其为乐未可以同日而语也。"

山人欣然而笑曰："有是哉！"乃作《放鹤》、《招鹤》之歌曰："鹤飞去兮西山之缺。高翔而下览兮择所适。翻然敛翼，宛将集兮，忽何所见，矫然而复击。独终日于涧谷之间兮，啄苍苔而履白石。”“鹤归来兮东山之阴。其下有人兮,黄冠草屦,葛衣而鼓琴。躬耕而食兮,其馀以汝饱。归来归来兮,西山不可以久留。”

元丰元年十一月初八日记。

〔注〕 ① 张君:张师厚,字天骥,一字圣涂,号云龙山人。苏轼有《跋张希甫墓志后》,叙及其家庭情事。 ② 十二:指山如大圆环而缺其西部的十分之二。一作“一面”。 ③ 傃(sù 素):向。 ④ 挹(yì 邑):酌。指向张天骥斟酒。 ⑤“鸣鹤”二句:语出《易·中孚·九二》。 ⑥“鹤鸣”二句:语出《诗·小雅·鹤鸣》。 ⑦“卫懿公好鹤”句:《左传·闵公二年》:“冬十二月,狄人伐卫,卫懿公好鹤,鹤有乘轩者。将战,国人受甲者皆曰:‘使鹤,鹤实有禄位,余焉能战?’……及狄人,战于荧泽,卫师败绩,遂灭卫。” ⑧《酒诰》:《尚书》篇名。《尚书·康诰》序:“成王既伐管叔、蔡叔,以殷余民,封康叔,作《康诰》、《酒诰》、《梓材》。”《酒诰》孔安国传:“康叔监殷民,殷民化纣嗜酒,故以戒酒诰。” ⑨《抑戒》:指《抑》,《诗·大雅》篇名。《毛诗序》:“《抑》,卫武公刺厉王,亦以自警也。”其第三章云:“颠复厥德,荒湛于酒。” ⑩ 刘伶、阮籍:《晋书·刘伶传》:“(刘伶)初不以家产有无介意。常乘鹿车,携一壶酒,使人荷锸而随之,谓曰:‘死便埋我。’其遗形骸如此。”《晋书·阮籍传》:“(阮籍)本有济世志,属魏晋之际,天下多故,名士少有全者,籍由是不与世事,遂酣饮为常。文帝初欲为武帝求婚于籍,籍醉六十日,不得言而止。”

云龙山人张天骥所筑放鹤亭,坐落在徐州城南“冈岭四合”、“草木际天”的云龙山上。作者知徐州时,与山人过从甚密,故亭子落成,便为之作记,时当宋神宗元丰元年(1078)十一月。

文章于结构上可分三段:首段叙亭写鹤,中段论隐居之乐,末段作《放鹤》、《招鹤》二歌。然观其文意,则可析为鹤、隐者、感慨三层,亦即通过写

【鉴赏】

鹤来写隐者，又通过写隐者来寄托感慨。

记既为亭而作，一般人写来，必拘于题目，在“亭”上大作文章。作者却不然。他用精练、简短的文字叙完亭子修建的缘起、位置和景色后，便以大量的笔墨描述“鹤”，鹤的踪迹与意态翔舞全文。鹤是山人之鹤：“山人有二鹤，甚驯而善飞”。山人朝朝夕夕就在这新建的亭子里，对着西山缺处放鹤、招鹤（“放鹤亭”由此得名）。二鹤放浪山野，纵其所如：“或立于陂田，或翔于云表”；或“高翔下览”，“翻然敛翼”，或又“矫然复击”，在广袤无垠的天地之间，高飞远引，自由往来。鹤被描写得如此“清远闲放”，俨然“超然于尘垢之外”，作者自然另有用意，其意旨在以鹤状人，将鹤来比喻其主人这位隐君子。此比于理论上既不牵强，作者引经据典道：《易》和《诗》的作者都拿鹤来比贤人君子、隐德之士；在感性认识上也是形象可信的，我们从二鹤无拘无束、任意翱翔的浮光掠影中，不是分明看到了山人的逍遥自在、悠然闲适的风神仪态吗？作者以不无羡慕的笔调描写出了张天骥的隐居之乐。为了充分表达他对隐居之乐的观感，又拉南面之君来对比。在酒筵上，他告诉山人说，隐居的无限乐趣，即使是统治一国的君主也不能相比。缘何？因为同是鹤，如山人这样的隐逸者，拿它做玩好物，乃有益无害，其乐无穷，而卫懿公爱好养鹤，竟因此亡了国；同为酒，似刘伶、阮籍一类德高行洁的隐士，赖酒保全自己并留名后世，而君王好酒，却是遭到告诫，如周公作《酒诰》便是训诫康叔，卫武公作《抑戒》便是警戒自己。由此，作者得出结论道，同是好鹤好酒，因人不同（隐者或君王），“其为乐未可以同日而语也”。这一段议论，言之凿凿，信而有征，真可见得南面之乐，无以易隐居之乐了。而又妙在，两两相较作为论据的一“鹤”一“酒”，得来的也极其自然：鹤是题内原有之义，酒则从“饮酒于斯亭而乐之”句拈来，为当筵指点之文。高手人作文，堪谓“无一字无来处”了。

作者以极其歆羡的态度赞颂了张天骥的山林隐逸之趣，不料却因此而遭到了时人的责难。邵博《邵氏闻见后录》卷十五记载说:"或问东坡:'云龙山人张天骥者,一无知村夫耳。公为作《放鹤亭记》,以比古隐者,又遗以诗,有"脱身声利中,道德自濯澡",过矣。'"而东坡则笑曰:"装铺席耳。""铺席"为宋人俗语,意即"门面"。这段对话说明,即便在当时,依旧有人不曾吃透文章,以为作者在无端抬高、歌颂张天骥这一"无知村夫"。而作者的诙谐答辞则又透露出了其言在此而意在彼的消息:无非是借说山人来寄托自己的感慨罢了。

那么,作者彼时有何感慨,又因何不直白,却要借山人来做文章?原来,作者因上书批评新法,开罪了变法派,不安于朝而于熙宁四年(1071)自乞外任,这是他政治生涯中的第一次打击。至作本文之时业已第八个年头,他仍然浪迹在外,不能还朝,心头难免产生抑塞之感。仕既不如意,隐亦不能得,因羡山人之闲放,慨自身之受束,便措辞巧妙地表白自己对隐逸生活的向往,对党同伐异的官场的厌恶与不满。他在上引"澡"字韵的同一诗篇(《过云龙山人张天骥》)中写道:"吾生如寄耳,归计失不早。故山岂敢忘,但恐迫华皓。从君好种秫,斗酒时自劳",可以透见此种心情。

作者曾盛赞唐代诗人兼画家王维的诗是"诗中有画",而一身荣膺散文家、诗人、画家等等称号的作者本人,其《放鹤亭记》这篇文章,则又可谓是文中有诗亦有画了。文于中间纵论隐居之乐后,本已成言讫意尽之势了,不料作者手中那支生花妙笔,又以楚辞笔法撰出"放鹤"、"招鹤"二歌诗来轻轻收住全文。歌辞既清旷,意绪亦飘忽,使文章更富韵致而耐人吟味。寥寥短幅之中,画意又较诗意为浓。不仅二鹤之一招一式皆可成画,即如山人之一举一动:"升高而望"、放鹤招鹤、"黄冠草屦"、"葛衣而鼓琴"、"躬耕而食",作者与山人乐于其亭之一咏一觞,以及"冈岭四合,隐然如大环","春夏之交,草木际天","秋冬雪月,千里一色"等自然景物,莫不涉笔皆是画。其画有山有水,有人有物,有动有静,读之味之,令人如身履画境而觉

【原文】

心旷神怡。

两两成对，交替行文，也是本文艺术上的精到之处。作者为文，或事或典，或人或物，每好成对双行，本文尤为突出。如山人与鹤、鹤与山人（见首段、末段），宾客与亭主、隐德之士与南面之君、鹤与酒（皆见中段），他如“旦则”、“暮则”，放鹤、招鹤，“《易》曰”、“《诗》曰”等，都或平行，或相反，或对勘，或伴讲，交替行文，相映成趣。且出处转掉，极其自然，全不费力。此等笔意，的确使人称羡不已。

（周慧珍）

灵壁张氏园亭记

道京师而东，水浮浊流，陆走黄尘，陂田苍莽，行者倦厌。凡八百里，始得灵壁张氏之园于汴之阳[①]。其外修竹森然以高，乔木蓊然以深。其中因汴之馀浸以为陂池，取山之怪石以为岩阜，蒲苇莲芡，有江湖之思；椅桐桧柏，有山林之气；奇花美草，有京洛之态；华堂厦屋，有吴蜀之巧。其深可以隐，其富可以养。果蔬可以饱邻里，鱼鳖笋茹可以馈四方之宾客。余自彭城移守吴兴，由宋[②]登舟，三宿而至其下。肩舆叩门，见张氏之子硕。硕求余文以记之。

维张氏世有显人，自其伯父殿中君，与其先人通判府君，始家灵壁，而为此园，作兰皋之亭以养其亲。其后出仕于朝，名闻一时，推其馀力，日增治之，于今五十馀年矣。其木皆十围，岸谷隐然。凡园之百物，无一不可人意者，信其用力之多且久也。

古之君子，不必仕，不必不仕。必仕则忘其身，必不仕则忘其君。譬之饮食，适于饥饱而已。然士罕能蹈其义、赴其节。处者安于故而难出，出者狃于利而忘返。于是有违亲绝俗之讥，怀禄苟安之弊。今张氏之先君，所以为其子孙之计虑者远且周，是故筑室艺园于汴、泗[③]之间，舟车冠盖之冲，凡朝夕之奉，燕游之乐，不求而足。使其子孙开门而出仕，则跬步市朝之上，闭门而归隐，则俯仰山林之下。于以养生治性，行义求志，无适而不可。故其子孙仕者皆有循吏良能之称，处者皆有节士廉退之行。盖其先君子之泽也。

余为彭城二年，乐其土风。将去不忍，而彭城之父老亦莫余厌也，将买田于泗水之上而老焉。南望灵壁，鸡犬之声相闻，幅巾杖屦，岁时往来于张氏之园，以与其子孙游，将必有日矣。

元丰二年三月二十七日记。

〔注〕 ① 灵壁：本秦符离县地。汉属沛郡。隋属徐州。唐时降为灵壁镇。《元和郡县图志》卷九《河南道》五《符离县》："灵壁故城，在县东北九十里。"宋哲宗元祐七年改为县。今属安徽省。汴之阳：汴水北岸。汴水上流受黄河水，隋朝之后其故道由旧郑州、开封至商丘，改东南流经灵壁、泗县入淮河。北宋漕运江淮湖浙的粮粟入京师，皆由此道。故文中称张氏园亭地处"舟车冠盖之冲"。 ② 宋：宋州，北宋升为南京应天府，治所在今河南商丘。苏轼罢徐州任，至此病留半月，转水路赴湖州。 ③ 泗：泗水，发源于今山东泗水县东蒙山南麓，流经曲阜、徐州。宋熙宁中黄河改道流向东南，于徐州合泗水入淮河。

苏轼因反对王安石新法而遭到排斥，自请外放，由开封府推官通判杭州。不久徙知密州，又徙知徐州、湖州。本文就是苏轼于神宗元丰二年

【鉴赏】

(1079),由商丘循汴河赴湖州任途中,经过灵璧张氏园亭,应张硕之请而作的一篇记文。

这里记的是一座私家庄园。通过记述这座庄园的地理位置、景物、规模、用处及其建筑始末,苏轼生发一通议论,以别抒怀抱。自“古之君子”以下,则是全文的重心所在。

这个重心即是围绕“不必仕,不必不仕”这一命题所进行的探讨,及其所作出的抉择。

仕与隐,是古代知识分子所面临的人生首要课题,从而也构成了古典诗文中的永恒主题之一。苏轼提出“不必仕”,是因为他认为“必仕则忘其身”。一个人如果一心追求功名爵禄,不顾政局的好坏、执政者是否贤明,就会入迷途而不知返,临危境而不知止,必然招来杀身之祸。此之谓“忘其身”。苏轼提出“不必不仕”,是因为他认为“必不仕则忘其君”。一个人如果永远优游燕息于山林风月之中,固然可以全身远祸,陶情怡性,但却丢开了为君主效力的义务,没有负起对国家、社会的责任。此之谓“忘其君”。而在苏轼看来,一般的知识分子恰恰好走这两个极端。后者招来“违亲绝俗”的非议,前者又犯了“怀禄苟安”的毛病。苏轼自己的主张则是“蹈其义”,“赴其节”,“养生治性,行义求志,无适而不可”。他打了个奇妙的比喻:譬如人的饮食,饥渴的时候,就应吃喝;吃饱喝足,就应当停止。说到底,他还是主张出仕的,只是在仕途中不要沉迷,应当临危即止,急流勇退。

这流露了苏轼在辗转流徙的仕宦生涯中的典型心态。一方面,他认为自己多年的入仕从政,已经尽到了自己对君主效力的义务;另一方面,他又担心因自己与执政者的政见不合,而遭到进一步的迫害,因此产生了急流勇退的想法。他力图对这两方面都作出合理的解释,以维系其精神的平衡,摆脱仕宦不遇的烦恼和痛苦。

鉴于以上心态,苏轼从张氏园亭受到启发。他认为这种“其深可以隐,其富可以养"的庄园，既是出仕的根据地，又是退隐的避风港。出仕，有庄园的物产可以养其亲，为行义求志解除后顾之忧；退隐，也不但有庄园的物产可以养其老，更有山林景致可以怡其性，为全身远祸找到一块理想的乐土。苏轼还认为，建筑这样的庄园不仅是为个人计，而且也是为子孙计。所以在文章的最后一段，他表示相中了徐州：一是这地方的地理位置、物产风景及民风民俗好；二是这地方的百姓对自己有感情。他想在徐州购置一座庄园，与张氏庄园南北相望，以便退隐之后在这里养老，且时与张氏子孙往来游乐。文章以此作结，表现了苏轼趋归隐逸的思想。

从不久苏轼在湖州知州任上发生"乌台诗案"，遭到下狱陷害来看，他在本文中流露的急流勇退的想法并非没有根据，也不是出于一时之兴，他在离徐州赴南京时写给苏辙的诗中就说过"归耕何时决，田舍我已卜"，"逝将解簪绂，卖剑买牛具"了。

为充分表达文章的重心，文章的开头就不能不详细描述张氏园亭的地理位置、环境风貌、景物构筑、物产养植，以突现"其深可以隐，其富可以养"的作用，及张氏先人构筑此园亭的远见卓识和泽及子孙的功德。这些内容越是写得充分，作者最后"将买田于泗水之上而老焉"的构想才更有基础，更显得合理。同时，也满足了张硕要求作者向世人介绍其园亭之美，及其先人功德的愿望。

形式上，文章熔记叙、描写、议论、抒情于一炉，特别表现出苏文惯有的善于理性思辨的特长。议论风生，长短句式的相互搭配，间以一连串的对偶句式的穿插，使行文如行云流水，无风自涌，具有雄辩的气势。

（任国绪）

【原文】

石钟山记

"《水经》云：'彭蠡之口，有石钟山焉。'郦元以为'下临深潭，微风鼓浪，水石相搏，声如洪钟'。"是说也，人常疑之。今以钟磬置水中，虽大风浪不能鸣也，而况石乎？至唐李渤始"访其遗踪"，得双石于潭上，"扣而聆之，南声函胡，北音清越[①]，枹[②]止响腾，馀韵徐歇"，自以为得之矣。然是说也，余尤疑之。石之铿然有声者，所在皆是也，而此独以"钟"名，何哉？

元丰七年六月丁丑，余自齐安[③]舟行适临汝，而长子迈将赴饶之德兴尉，送之至湖口，因得观所谓石钟者。寺僧使小童持斧，于乱石间择其一二扣之，空空[④]焉，余固笑而不信也。至莫夜月明，独与迈乘小舟至绝壁下。大石侧立千尺，如猛兽奇鬼，森然欲搏人；而山上栖鹘，闻人声亦惊起，磔磔云霄间；又有若老人欬且笑于山谷中者，或曰："此鹳鹤也。"余方心动欲还，而大声发于水上，噌吰如钟鼓不绝。舟人大恐。徐而察之，则山下皆石穴罅，不知其浅深，微波入焉，涵澹澎湃[⑤]而为此也。舟回至两山间，将入港口，有大石当中流，可坐百人，空中而多窍，与风水相吞吐，有窾坎镗鞳之声，与向之噌吰者相应，如乐作焉。因笑谓迈曰："汝识之乎？噌吰者，周景王之无射[⑥]也；窾坎镗鞳者，魏庄子[⑦]之歌钟也。古之人不余欺也。"

事不目见耳闻而臆断其有无，可乎？郦元之所见闻，殆与余同，而言之不详；士大夫终不肯以小舟夜泊绝壁之下，故莫能知；而渔工水师，虽知而不能言：此世所以不传也。而陋者乃以斧斤考击而求之,自以为得其实。余是以记之,盖叹郦元之简,而笑李渤之陋也。

〔注〕 ① 南声函胡:南边那块石头声音浑厚重浊。北音清越:北边那块石头声音清脆悠扬。 ② 枹(fú 浮):同桴,木制的鼓槌。 ③ 齐安:旧郡名,即黄州(今湖北黄冈)。 ④ 空空:象声词,击石声。下文噌吰(chēng hóng 撑洪)为厚重深沉的钟声。窾(kuǎn 款)坎为击物声。镗鞳(tāng tà 汤踏)为钟鼓声。 ⑤ 涵澹澎湃:波浪汹涌激荡的样子。 ⑥ 无射(yì 亦):我国古代律吕名,六律之一。这里指钟。《左传·昭公二十一年》载,这年春周景王铸钟,律中无射。 ⑦ 魏庄子:即魏绛,谥庄子,晋大夫。《左传·襄公十一年》载,郑国送歌钟等乐器与晋悼公,悼公分一半赐给魏绛。

元丰七年(1084)正月,神宗出手札命苏轼由黄州(今湖北黄冈)移任汝州(今河南临汝)团练副使本州安置。三月文书到,四月离黄州,计划走水路经长江、淮河入洛赴任所,先至江西,游庐山,五月至筠州(今江西高安)别其弟子由(时监筠州盐酒税),六月送长子迈赴饶州德兴(今属江西)县尉任,途经湖口,游石钟山,写了这篇游记。文中将议论和叙述相结合,通过夜游石钟山的实地考查,对郦道元和李渤关于石钟山得名的说法进行了分析批评,提出了事不目见耳闻不能臆断其有无的论断,表现了作者注重调查研究的求实精神,富有教育意义。

全文分为三段。第一段对前人记载提出质疑,第二段夜游石钟山,通过实践对问题求证,第三段得出结论。为突出主题,作者不先写游山,开头即引述郦道元和李渤关于石钟山得名的不同说法。郦道元(466 或 472? —527),字善长,北魏地理学家、散文家。《水经》是一部较有条理地记述古代中国河流水系的地理著作,旧说为汉人桑钦所著,但今传本中有许多汉以后的地名,清人王鸣盛以为非一人一时之作,较为合理。郦道元

【鉴赏】

为它作注，写成《水经注》。彭蠡即鄱阳湖，在今江西北部。石钟山有南北二山，南名上钟山，在湖口县城西，滨鄱阳湖；北名下钟山，在湖口城东，临大江。文中所引《水经》文字及郦道元的注，系从李渤《辨石钟山记》转引，今本《水经注》均佚去。李渤，字濬之，唐贞元中隐居庐山，号白鹿先生。《辨石钟山记》收在《文苑英华》卷八三三及《全唐文》卷七一二，文末署明作于唐德宗贞元戊寅（十四年，798），文宗大和元年（827）吴文干将其刻石于湖口，苏轼所见即此，石刻今已不存。郦道元认为石钟山的得名是因为它"下临深潭，微风鼓浪，水石相搏，声如洪钟"。李渤否定了郦道元的说法，他亲临其地考察，在潭上得到两块石头，敲击时发出铿锵的金石之声，认为这就是山名石钟的缘故。作者对二说都有怀疑，但并没有立刻作出判断。这段文字极简洁，特别是对前人说法的辩驳，虽只三言两语，却极生动。

引述郦、李的说法全用议论。第二段写作者自己的意见，却不是直说，而是用叙事笔调，以游石钟山的事实本身，自然表达出来；游山的具体描写，就是作者对此山得名的解释。这二者融为一体，正是此文最大的特色，也是它的成功之处。这样写，不仅使作者的意见显得真实可信，还使文章富有变化。如果仍用议论，那就只能写出一篇纯粹的考证文章，失去了游记的意趣。

游石钟山，重点在写山的得名的由来。作者之所以选择在莫（暮）夜去游览，也是因为夜里环境宁静，更容易体察到细微的声音。文中也写了环境景物，但这种描写是为了渲染气氛，更好地表现和突出主题。文中写了奇石、栖鹘、鹳鹤，突出了"夜"和"静"。用"猛兽奇鬼、森然欲搏人"形容夜里壁立千尺的巨石的狰狞可怖，用"若老人欬且笑于山谷中者"写鸣叫的鹳鹤，比喻都极生动，读来使人有毛骨悚然之感；栖鹘闻人声而惊飞，深山中鹳鹤的鸣声清晰可辨，也正见出月夜的寂静。这种寂静可怖的气氛，使得作者"心动欲还"，然而正在此时，却忽闻"大声发于水上"，这样可以更加使人感到惊喜和诧异；而环境越寂静，越能显出石钟山钟声的洪亮。这就从人的心理和音响效果两个方面，突出石钟山钟声的作用。两处钟声，一处由声响而及地形，一处由地形而及声响，不仅描绘出石钟山下都是巨大的石头洞穴和裂缝的特殊地形构造，道出了风浪与山石孔洞冲撞激荡而发声的原理，揭示了石钟山得名的真正由来，还在月夜寂静的水面上，突然发出一阵绝妙的钟鼓齐鸣曲，使读者如身临其境，仿佛看到了那结构奇特的石钟山，听到了那奇异的钟鼓声。结末引周景王和魏庄子的古钟来比拟，既点明石钟山发出的声音有如洪钟，同时也表达作者的喜悦心情。清代桐城派古文家刘大櫆说："以心动欲还，跌出大声发于水上，才有波折，而兴会更觉淋漓。钟声二处必取古钟二事以实之，具此诙谐文章，妙趣洋溢行间，坡公第一首记文。"(清王文濡辑《评校音注古文辞类纂》卷五十六引)分析是精当的。这一节没有一句议论，全用形象的描绘，把问题的答案揭示出来，显示了作者卓越的艺术才能。

游山，本来是一件极平常的事。作者却把它提高到理性的高度，从中悟出深刻的道理，总结出一个重要的结论："事不目见耳闻而臆断其有无"，肯定要犯错误。"目见耳闻"讲的就是实地调查。它虽然是从游山这件小事总结出来，却具有普遍意义。它不仅是正面经验的总结，同时还包含着李渤和作者自己的反面教训在内，因而很有说服力。李渤虽然也作了现场调查但很不深入，便轻率否定了郦道元水石相搏而发大声的说法，所以犯了错误。作者在没有调查之前，也对郦道元的说法持怀疑态度，而且还举出了表面看来似乎很有道理的论证，如果他不调查，便"臆断其有无"，同样要犯与李渤相同的错误。正因为作者没有"臆断"，作了进一步的调查，才发觉"郦元之所见闻，殆与余同"，并用自己的"目见耳闻"，补充了郦道元"言之不详"的内容。文章还告诉我们，这种调查还必须是认真细致的，浮光掠影、蜻蜓点水似的调查绝对不

【鉴赏】

行；要探求真理，必须付出艰苦的努力，有时甚至还要冒些风险。李渤虽然“访其遗踪”，但因为他只在潭上转了转，没有到潭下去看一看，因而凭叩石发声便认为得到了“石钟”的实际，这只能是错误的结论。苏轼因为月夜去潭下作了细致的考察，才把问题的本质弄清。末尾深深慨叹事不目见耳闻不能臆断其有无这个道理常常被人忽视，明白说出写作此文的目的，就是要引起人们对这个问题的重视，避免主观臆断的错误。这段文字不仅强化了本文的现实意义，还带有浓厚的抒情性，增加了作品的艺术感染力，读后使人警醒感叹。

除了融议论、叙述、抒情于一体这个特点之外，行文富于曲折变化，也是本文的一个突出特色。例如引述郦道元和李渤的说法，本来是极枯燥的内容，作者加上两个辩驳，即顿见精彩。文中写对旧说之疑共有三次，不仅每次写法不同，即便在同一次中，文笔也有曲折。对郦道元，是以人之疑引出己之疑，而己之疑又是以比喻来表达。李渤本来是在纠正郦说，作者引述时，特别加一句“自以为得之矣”，紧接着陡然一转——“然是说也，余尤疑之”，着一“尤”字，说它较郦说更不可信；驳李全用议论，一针见血，也不同于对郦之用比喻。对寺僧使小童持斧敲击所谓“石钟”，用“空空焉”形容敲出之声，又仅以“余固笑而不信也”一句表示不屑一驳，矛头直指到三百年前得双石“扣而聆之”的李渤；而且，此节插在游山之前，也使文章平添波澜。至于对两处水石之声的描写绝不雷同，前面已经提到，更是传神的绝妙笔墨。总之，此文所记之事、所讨论的问题虽极平常，但通篇几句一折，有些地方一句一转，极起伏变化之致，如江流云涌，仪态万方。

（王思宇）

文与可画筼筜谷偃竹记[①]

竹之始生，一寸之萌耳，而节叶具焉。自蜩腹蛇蚹以至于剑拔十寻者，生而有之也。今画者乃节节而为之，叶叶而累之，岂复有竹乎？故画竹，必先得成竹于胸中，执笔熟视，乃见其所欲画者，急起从之，振笔直遂，以追其所见，如兔起鹘落，少纵则逝矣。与可之教予如此。予不能然也，而心识其所以然。夫既心识其所以然而不能然者，内外不一，心手不相应，不学之过也。故凡有见于中而操之不熟者，平居自视了然，而临事忽焉丧之，岂独竹乎？子由[②]为《墨竹赋》以遗与可曰："庖丁，解牛者也，而养生者取之；轮扁，斲轮者也，而读书者与之。今夫夫子之托于斯竹也，而予以为有道者则非耶？"子由未尝画也，故得其意而已。若予者，岂独得其意，并得其法。

与可画竹，初不自贵重。四方之人，持缣素而请者，足相蹑于其门。与可厌之，投诸地而骂曰："吾将以为袜！"士大夫传之，以为口实。及与可自洋州还[③]，而余为徐州[④]。与可以书遗余曰："近语士大夫，吾墨竹一派，近在彭城[⑤]，可往求之。袜材当萃于子矣。"书尾复写一诗，其略曰："拟将一段鹅溪绢，扫取寒梢万尺长。"予谓与可："竹长万尺，当用绢二百五十匹，知公倦于笔砚，愿得此绢而已！"与可无以答，则曰："吾言妄矣，世岂有万尺竹哉？"余因而实之，答其诗曰："世间亦有千寻竹，月落庭空影许长。"与可笑曰："苏子辩矣，然二百五十匹绢，吾将买田而归老焉。"因以所画《筼筜谷偃竹》遗予曰："此竹数尺

【原文】

耳，而有万尺之势。”筼筜谷在洋州，与可尝令予作《洋州三十咏》，《筼筜谷》其一也。予诗云：“汉川修竹贱如蓬，斤斧何曾赦箨龙。料得清贫馋太守，渭滨千亩在胸中。”与可是日与其妻游谷中，烧笋晚食，发函得诗，失笑喷饭满案。

元丰二年正月二十日，与可没于陈州⑥。是岁七月七日，予在湖州⑦曝书画，见此竹，废卷而哭失声。昔曹孟德祭桥公文⑧，有车过腹痛之语，而余亦载与可畴昔戏笑之言者，以见与可于予亲厚无间如此也。

〔注〕 ① 文与可：即文同（1018—1079），北宋画家，字与可，梓州永泰（今四川盐亭东）人。与苏轼为中表兄弟。善画山水，尤善画竹，创深墨为面，淡墨为背的竹叶画法，开后世“湖州竹派”。筼筜（yún dāng 云当）谷：山谷名，在洋州（今陕西洋县）西北，以盛产筼筜（生长在水边的大竹子）名。偃竹，仰斜的竹子。 ② 子由：苏轼胞弟苏辙的字。 ③“及与可”句：文同于宋仁宗熙宁八年（1075）出任洋州知州，十年还京师汴梁（今河南开封）。④“而余”句：苏轼于熙宁九年任徐州（治今江苏徐州）知州。 ⑤ 彭城：今江苏徐州市。 ⑥ 陈州：治今河南淮阳。 ⑦ 湖州：治今浙江湖州。⑧ 曹孟德：即曹操（155—220），字孟德，三国时政治家、军事家、诗人。汉时进位丞相，子丕称帝后追尊为魏武帝。

元丰二年（1079）七月七日，苏轼在晾晒书画时，发现亡故的文与可送给自己的一幅《筼筜谷偃竹图》，见物生情，就写了这篇杂记。文与可生前曾以这样的竹子为题材，作画赠与苏轼。本文即以此画为线索，叙述作者和文与可的深挚友谊及睹物思人的悲痛，写得庄谐相衬，情深意切，是篇典型地体现苏轼文理自然、姿态横生特点的优秀散文。

全文分三段。第一段开头不是直接就写悼念之情或两人的交往，而是从文与可的画竹理论写起，突兀不凡，生面别开，起首就给人以一种新鲜感。文章说文与可认为画竹“必先得成竹于胸中”，画竹之前先要把握对象的整体形象和精神实质，做到融会于心，酝酿成熟，然后振笔直书，一气呵成，才能生动传神地把它再现出来。相反，如果临时求其细微末节，机械地一节一节画，一叶一叶描，就无法画活竹子。这实际是主张意在笔先，反对临画敷衍；主张整体上的“神似”，反对枝节之间的“形似”。作者以赞同的口吻所表述和发挥的这个见解，十分精辟，不仅对整个文艺领域具有普遍的指导意义，而且“胸有成竹”已成为人们处事的准则，和活在群众笔底口头的成语了。上述行文生动流畅，如用“兔起鹘落”的比喻，就非常形象地说明了运笔的神速。下面作者接着叙说自己对这个文与可教给他的道理，虽然心里明白，但实践起来却不能得心应手，原因就在于“不学之过”，并把此画竹方法提到哲理的高度，“岂独竹乎”，说明了这一点。最后又引用其弟子由（苏辙）送给文与可的《墨竹赋》中的几句话，通过《庄子·养生主》中庖丁解牛和《天道》中轮扁斵轮两个典故，说明子由对与可所画竹子的看法：庖丁解牛由于掌握规律而得心应手，游刃有余，文惠君从中悟出了养生之道；轮扁造车轮，使正在读书的齐桓公懂得了技艺只能从实践中体会的道理，与可在画竹中寄托的思想说明他也是个深悟事物规律的人。作者认为子由仅得与可的画意，而自己并得其画法，是最了解与可的人。这段通过叙述文与可的画论以及子由和作者自己对此画论的反映，不仅写出了文与可画技的高妙和见解的卓绝，而且也道出了自己对文与可的敬仰之情和知己之感。其中有议论，有描写，或述人之言，或直抒己见，纵横错落，灵动多变，显得言而有味，情理俱谐。

第二段叙述作者和文与可交往中的趣事。先写与可画竹开始不自贵重，于是四方之人纷纷拿着细绢登门求画，引起他的讨厌，把绢掷在地上骂道：“吾将以为袜！”要把细绢作袜穿。后苏轼为徐州知州，苏轼自己也是个

【鉴赏】

善画墨竹的名家，所以文与可写信给苏轼开玩笑地说：近来告诉士大夫，可到彭城（即徐州）去求画，“袜材当萃于子矣”。临末还写了一首诗，其中两句说：“拟将一段鹅溪绢，扫取寒梢万尺长。”鹅溪在今四川盐亭县西北，是盛产作画用的名绢的地方。寒梢指竹子，这两句意思是将要用名绢为苏轼画一幅万尺长的墨竹。苏轼就风趣地回答说：“竹长万尺，当用绢二百五十匹，知公倦于笔砚，愿得此绢而已！”接着叙两人书信往返，就世上是否有万尺竹展开争论。苏轼证实有这样的竹子，并写诗说：“世间亦有千寻竹，月落庭空影许长。”意即在想像天地或艺术意境中是存在具万尺长气势的竹子的。这里苏轼偷换了一个概念，回答得十分巧妙。所以文与可又回信笑着说：“苏子辩矣，然二百五十匹绢，吾将买田而归老焉。”并把所画的筼筜谷偃竹图送与苏轼，说“此竹数尺耳，而有万尺之势”，形容他画的竹子形神兼备，气势非凡。这不仅进一步证明了苏轼的竹有万尺之说，而且也可看作是他“胸有成竹”画论的卓越实践，既巧妙点题，非常自然地交待了《筼筜谷偃竹图》的由来，又和开头画竹理论的叙说相呼应，衔接十分紧凑。下面就抓住筼筜谷这一地名，继续写两人信牍往来：文与可任洋州知州时，要苏轼作《洋州三十咏》，《筼筜谷》即是其中之一，诗云：“汉川（汉水）修竹贱如蓬，斤斧何曾赦箨龙。料得清贫馋太守，渭滨千亩在胸中。”箨龙即竹笋。“斤斧何曾赦”，即把竹笋砍伐了，连下称“馋太守”，又把笋都吃了，所以说“渭滨千亩在胸中”。《史记·货殖列传》有“渭川千亩竹”之语。文与可接到这封诗信时，正值与妻子在谷中“烧笋晚食”，碰巧被苏轼的话说中，所以读罢诗句“失笑喷饭满案”。全段写得幽默风趣，亲切自然，而就在这些日常生活的琐事中，在这些戏语笑话里，文与可和作者坦率、高雅的胸襟气度，机敏、超卓的智慧才能以及两人的亲密友谊，都得到了活泼而生动的表现。

最后一段说明写作此文的缘由。先说在文与可死后七个月，“曝书画，见此竹，废卷而哭失声”。“哭失声”三字写尽了作者睹物思人的无限悲痛。

接着又引用曹操祭桥玄的典故来点明文章主旨。此典见《三国志·武帝纪》裴松之注。曹操年少时不为人所器重，而桥玄却很赏识他。桥玄死后，曹操有次行军经过桥玄的故乡睢阳，曾遣使致祭桥玄，并作《祀故太尉桥玄文》，文中说："又承从容约誓之言：'殂逝之后，路有经由，不以斗酒只鸡过相沃酹，车过三步，腹痛勿怪。'虽临时戏笑之言，非至亲之笃好，胡肯为此辞乎？"作者引用这个典故来强调"余亦载与可畴昔戏笑之言者，以见与可于予亲厚无间如此也"，引用典故十分自然贴切，平淡语中现出悼念亡友的挚情一片。如果说第一段重议论，第二段重叙述，那么这简短的第三段，则更富有绵长的抒情意味。

该文信笔挥洒，舒卷自如，"常行于所当行，常止于所不可不止"，如同行云流水一般；文中有正论，有戏语，或引诗赋，或摘书牍，时而讲琐事，时而举典故，机变灵活，姿态横生。不过它虽然写得随便洒脱，纵横变化，但并不杂乱无章，散漫失纪，而是始终紧扣题目，环绕着文与可所画的《筼筜谷偃竹图》来展开文章：先是议"胸有成竹"的绘画理论，这是画《筼筜谷偃竹图》的基础；中间是叙两人的诗歌赠答，书札往来，交待《偃竹图》的由来和有关趣事；后是写见画思人，抒发悲怆之情，通篇以画相贯串，以怀念友情为中心，显得形散神不散，做到了自由挥洒和谨守章法的完美结合。这是一篇悼念性的文字，而前人曾评此作"戏笑成文"（郑之惠《苏长公合作》）。这篇散文的主要部分确实颇多诙谐之语，写得妙趣横生，但唯其如此，正可见出作者和文与可的"亲厚无间"，而文与可一旦亡故，作者的悲痛之深也就可想而知。以喜衬悲，也益见其悲，较好地体现了艺术的辩证法。此文语言天然本色，朴素清新。全文好似从作者胸中自然流出，滔滔汩汩，毫无滞碍，所用语言不加雕琢，文从字顺，活泼流畅。正如明代王舜俞所说："文至东坡真是不须作文，只随便记录便是文。"（《苏长公小品》）

（吴小林）

【原文】

记游定惠院

黄州定惠院东小山上,有海棠一株,特繁茂。每岁盛开,必携客置酒,已五醉[①]其下矣。今年复与参寥师及二三子访焉[②],则园已易主。主虽市井人[③],然以予故,稍加培治。山上多老枳木[④],性瘦韧,筋脉呈露,如老人项颈。花白而圆,如大珠累累,香色皆不凡。此木不为人所喜,稍稍伐去,以予故亦得不伐。既饮,往憩于尚氏之第。尚氏亦市井人也,而居处修洁,如吴越间人,竹林花圃皆可喜。醉卧小板阁上,稍醒,闻坐客崔成老弹雷氏琴[⑤],作悲风晓月,铮铮然,意非人间也。晚乃步出城东,鬻[⑥]大木盆,意者谓可以注清泉,瀹瓜李,遂夤缘[⑦]小沟,入何氏、韩氏竹园[⑧]。时何氏方作堂竹间,既辟地矣,遂置酒竹阴下。有刘唐年主簿者,馈油煎饵,其名为甚酥[⑨],味极美。客尚欲饮,而予忽兴尽,乃径归。道过何氏小圃,乞其藂橘[⑩],移种雪堂之西。坐客徐君得之[⑪]将适闽中,以后会未可期,请予记之,为异日拊掌[⑫]。时参寥独不饮,以枣汤代之。

〔注〕 ① 五醉:苏轼于元丰三年二月到达黄州贬所,至此已五见海棠开花。 ② 参寥师:僧参寥,本姓何,名昙潜,钱塘(今浙江杭州)人。苏轼为更名道潜,后号参寥子。师,是对僧人的尊称。苏轼通判杭州时与之交游。崇宁末,归老江湖,赐号妙总大师。苏轼《〈参寥泉铭〉序》说:"余谪黄州,参寥子不远数千里从余于东坡,留期年,尝与同游武昌之西山,梦相与赋诗,有寒食清明、石泉槐火之句"。二三子:同游者有徐大正、崔闲等人。 ③ 市井人:指普通的市民。 ④ 枳(zhǐ纸):亦称"枸橘",一种落叶小乔木,茎上有刺,果实可入药。 ⑤ 雷氏琴:苏轼题跋有《家藏雷琴》一首,言琴上有"雷

家记”字样。文记此琴之妙说:“其岳不容指,而弦不敓,此最琴之妙,而雷琴独然。求其法不可得,乃破其所藏雷琴求之。琴声出于两池间,其背微隆,若薤叶然,声欲出而隘,徘徊不去,乃有馀韵,此最不传之妙。”敓(xiàn 线):散。崔成老:崔闲。 ⑥ 鬻:本义是“卖”的意思,这里作“买”讲。 ⑦ 夤缘:循沿。 ⑧ 何氏、韩氏:指何圣可、韩毅甫。 ⑨ 为甚酥:宋周紫芝《竹坡诗话》:“东坡在黄州时,尝赴何秀才会,食油果甚酥。因问主人此名为何。主人对以无名。东坡又问为甚酥,坐客皆曰:‘是可以为名矣。’又潘长官以东坡不能饮,每为设醴。坡笑曰:‘此必错煮水也。’他日忽思油果,作诗求之云:‘野饮花前百事无,腰间唯系一葫芦。已倾潘子错煮水,更觅君家为甚酥。’” ⑩ 蘩橘:一丛橘树。蘩,同“丛”。 ⑪ 徐君得之:徐大正,字得之,黄州知州徐大受君猷之弟,作者的朋友。 ⑫ 拊掌:鼓掌,表示欢乐。

本文是苏轼贬居黄州(治今湖北黄冈)时应徐大正之请而写的一篇记游小品。定惠院在黄冈县城东南,东坡初到黄州时曾寓居于此,后又常往游。据其《上巳日,与二三子携酒出游,随所见辄作数句,明日集之为诗,故辞无伦次》诗王十朋集注引《志林》,东坡此次游定惠院为元丰七年(1084)三月初三日事。文中记述了与二三友人一天愉快的游赏,随物赋形,信笔抒意,以淡雅的笔触,将叙事、写景、抒情融为一体,渲染出一种清新隽永的意境,引人入胜,耐人寻味。

开篇写游定惠院东小山(即柯山),观赏海棠和枳木,醉酒花下。写海棠只用“特繁茂”一笔带过,引出“每岁盛开,必携客置酒,已五醉其下”,以昔游之乐烘托今游之乐,具有浓重的抒情意味。苏轼初至黄州,所作《寓居定惠院之东,杂花满山,有海棠一株,土人不知贵也》诗,极力赞美这“佳人在空谷”的海棠幽独高雅和美丽清淑的品格,并悬想其乃移自西蜀(蜀中盛产海棠),而自己以蜀人谪居此间,引为患难之交。由此可以想见作者对这株海棠喜爱之深和置酒花下的情怀。写枳木则着重刻画其性状,以老人的脖颈形容枳木筋脉裸露在外，用一串串的大珍珠比喻洁白而圆润的花朵，都很新颖形象。不论写海棠还是枳木，均透露出园圃主人对作者的深挚友情。——山园虽已易主，新主人以东坡之故，对他所喜爱的林木仍加意保存、爱护。起笔用笔富有变化，不落俗套。“既饮”以下依次写憩于尚氏宅第的潇洒和不拘形迹，听崔成老弹雷氏琴的超然感受，买木盆以清泉浸渍瓜果的乐趣，入何氏园竹阴置酒的幽雅，席上“油煎饵”的酥美，归途乞丛橘移植的清兴……十余件野游细事，一一写来，不嫌堆砌，不觉平板，不待安排，不拘体式，幽默风趣，灵动自然，仿佛率意挥洒，而情韵遂现，娓娓动听，是东坡小品文中的佳作。明袁宏道《雪涛阁集序》说：东坡小品文，“于物无不收，于法无不有，于情无不畅，于境无不取”。于此可见一斑。

（刘乃昌　高洪奎）

记承天寺夜游

元丰六年[①]十月十二日，夜，解衣欲睡；月色入户，欣然起行。念无与为乐者，遂至承天寺寻张怀民[②]。怀民亦未寝，相与步于中庭。庭下如积水空明，水中藻荇交横，盖竹柏影也。何夜无月？何处无竹柏？但少闲人如吾两人者耳！

〔注〕 ① 元丰六年：公元1080年。元丰为宋神宗年号。 ② 承天寺：在今湖北省黄冈县南。张怀民：字梦得，苏轼的友人。

苏轼自己评论他的文学创作，有一段话很精辟：

吾文如万斛泉源，不择地皆可出。在平地，滔滔汩汩，虽一日千里无难。及其与山石曲折，随物赋形，而不可知也。所可知者，常行于所当行，常止于不可不止，如是而已矣！其他，虽吾亦不能知也。（《文说》）

这段话，可与他的另一段话相补充："夫昔之为文者，非能为之为工，乃不能不为之为工也。山川之有云雾，草木之有华实，充满勃郁而见于外，夫虽欲无有，其可得耶？"（《江行唱和集序》）

这里最重要的一点是：文，是"充满勃郁"于内而不得不表现于外的东西。胸有"万斛泉源"，才能"不择地皆可出"；胸中空无所有，光凭技巧，就写不出好文章。苏轼的确是胸有"万斛泉源"的大作家。就其散文创作而言，那"万斛泉源"溢为政论和史论，涛翻浪涌，汪洋浩瀚；溢为游记、书札、叙跋等杂文，回旋激荡，烟波生色。

不妨据此来赏读这一篇随笔性的小文章《记承天寺夜游》。

这篇文章只有八十四个字，从胸中自然流出，"行于所当行"，"止于不可不止"，无从划分段落。但它不是"在平地"直流的。只有几十个字，如果"在平地"直流，一泻无余，还有什么韵味！细读此文，它虽然自然流行，却"与山石曲折"，层次分明。"元丰六年十月十二日，夜"。这像是写日记，老老实实地写出年月日，又写了个"夜"字，接下去就应该写"夜"里干什么。究竟干什么呢？"解衣欲睡"，没什么可干的。可就在"解衣"之时，看见"月色入户"，就又感到有什么可干了，便"欣然起行"。干什么呢？寻"乐"。一个人"行"了一阵，不很"乐"，再有一个人就好了；忽而想起一个可以共"乐"的人，就去找他。这些思想活动和行动，是用"念无与为乐者，遂至承天寺寻张怀民"两句表现出来的。寻见张怀民了没有，寻见后讲了些什么，约他寻什么"乐"，他是否同意：在一般人笔下，这都是要写的。作者却只写了这么两句："怀民亦未寝，相与步于中庭。"接着便写景：

【鉴赏】

庭下如积水空明，水中藻荇交横，盖竹柏影也。

“步于中庭”的时候，目光为满院月光所吸引，引起一种错觉：“积水空明”，空明得能够看清横斜交错的各种水草。院子里怎么会有藻、荇之类的水草呢？抬头一看，看见了竹、柏，同时也看见了碧空的皓月，这才醒悟过来：原来不是藻荇，而是月光照出的竹、柏影子！“月光如水”的比喻是常用的，但运用之妙，因人而异。不能说作者没有用这个比喻，但和一般人的用法却很不相同，所产生的艺术效果也很不相同。

文思如滔滔流水，“与山石曲折”，至此当“止于不可不止”了。“止”于什么呢？因见“月色入户”而“欣然起行”，当止于月；看见“藻荇交横”，却原来是“竹柏影也”，当止于“竹柏”；谁赏月？谁看竹柏？是他和张怀民，当止于他和张怀民。于是总括这一切，写了如下几句，便悠然而止：

何夜无月？何处无竹柏？但少闲人如吾两人者耳！

寥寥数笔，摄取了一个生活片断。叙事简净，写景如绘，而抒情即寓于叙事、写景之中。叙事、写景、抒情，又都集中于写人；写人，又突出一点：“闲”。入“夜”即“解衣欲睡”，“闲”；见“月色入户”，便“欣然起行”，“闲”；与张怀民“步于中庭”，连“竹柏影”都看得那么仔细、那么清楚，两个人都很“闲”。“何夜无月？何处无松柏？”但冬夜出游赏月看竹柏的，却只有“吾两人”，因为别人是忙人，“吾两人”是“闲人”。结尾的“闲人”是点睛之笔，以别人的不“闲”反衬“吾两人”的“闲”。惟其“闲”，才能“夜游”，才能欣赏月夜的美景。读完全文，两个“闲人”的身影、心情及其所观赏的景色，都历历如见。

苏轼于元丰三年(1080)二月到达黄州贬所，名义是团练副使，却“本州安置，不得签书公事”。这篇文章一开头就记“夜游”之时是“元丰六年十月十二日”，表明他在黄州贬所已经快满四年了。张怀民此时也谪居黄州，暂寓承天寺。这两人，都因被贬而得“闲”，气味也相投。张怀民赠墨二枚给苏轼，苏轼作《书怀民所遗墨》一文以记之。张怀民修了一座亭子，“以览江流之胜”；苏轼名之曰“快哉”，苏轼的弟弟苏辙写了《黄州快哉亭记》，至今为人们所传诵。记的末段说：

士生于世，使其中不自得，将何往而非病？使其中坦然，不以物伤性，将何适而非快？今张君不以谪为患，窃会计之馀功，而自放山水之间，此其中宜有以过人者。将蓬户瓮牖，无所不快；而况乎濯长江之清流，揖西山之白云，穷耳目之胜以自适也哉？不然，连山绝壑，长林古木，振之以清风，照之以明月，此皆骚人思士之所以悲伤憔悴而不能胜者，乌睹其为快也哉！

这段文字，正可与《记承天寺夜游》参看。

苏轼的心胸的确很“坦然”。累遭贬谪，仍然乐观、旷达；即使流放到儋耳，也不曾像“骚人思士”那样“悲伤憔悴”。但他有志用世，并不自愿当“闲人”。因贬得“闲”，“自放于山水之间”，赏明月，看竹柏，自适其适，自乐其乐；但并不得意。他那“自适”与“自乐”，其中包含了失意情怀的自我排遣。《记承天寺夜游》的字里行间、特别是结尾数句的字里行间，都表现了这种特殊心境；只不过表现得非常含蓄罢了。有人单纯赞赏“其意境可与陶渊明之‘采菊东篱下，悠然见南山’相比”，似乎还失掉了些什么。

（霍松林）

书上元夜游

己卯上元，予在儋州，有老书生数人来过，曰：“良月嘉夜，先生能一出乎？”予欣然从之。步城西，入僧舍，历小巷，民夷[①]杂揉，屠沽纷然。归舍已三鼓矣。舍中掩关熟睡，已再鼾矣。

【原文】

放杖而笑,孰为得失?过[②]问先生何笑,盖自笑也。然亦笑韩退之钓鱼无得,更欲远去,不知走海者未必得大鱼也。

〔注〕①民:指汉族。夷:指当地少数民族。 ②过:苏轼的幼子,字叔党。绍圣四年(1097)随侍苏轼于海南。

这是哲宗元符二年己卯(1099)东坡在海南儋州(治今海南儋县)贬所写的一篇小品,《东坡志林》题为《儋耳夜书》。

随笔小品之体,肇始于魏晋,繁盛于两宋,东坡最擅胜场,而其游记小品更多佳构。东坡的小品文,信笔挥洒,款款而谈,不假雕饰,真率自然,字字从性灵中流出,在他的散文中独具风韵。今人吕叔湘曾说:"或直抒所怀,或因事见理,处处有一东坡,其为人,其哲学,皆豁然呈现。"(《笔记文选读》)正确地道出了东坡小品文的妙处。

这篇小品,前半记述与海南文士月夜出游的一个生活断片。在那明月皎洁的上元(农历正月十五日)美好之夜,应几位老书生之邀,东坡"欣然"出游。城西的风光,僧舍的景物,小巷的民情,纷纷攘攘的生意人,都引起他浓厚的兴趣,使他流连忘返,回到家中,天已三更,儿子也已掩门熟睡。东坡借这一生活断片,不用细节刻画,自然透露出了儋州小城上元之夜的繁荣景象、祥和风俗,并抒发出一种悠然自得的心情,反映了自己与海南人民的亲切交谊,文笔轻快自然,隽永优美。"步"、"人"、"历"三个动词连用写出了东坡从容观赏景物的心态和乐而忘返的浓厚游兴。以"杂揉"形容汉族和黎族的融洽相处,用"纷然"描写市井气象的繁荣,文笔简净。作者的三鼓始归和儿子的"掩关熟睡",说明他们虽然远谪海南,但与生活环境十分和谐,心境十分安闲恬静。

【鉴赏】

“放杖而笑”以下，写作者由“欣然”出游而悟得的因缘自适、随遇而安、当下即是的生活哲理。但东坡不是用议论来直接阐说，而是用富有生活情趣的“放杖而笑”来表现，这四个字又本于《庄子·知北游》。由“放杖而笑”引出儿子发问，从而推进到“自笑”和笑人。东坡的“自笑”，是他出游后的悠然自得之笑，是苦中求乐的自我慰藉之笑。“笑韩退之”，则是笑他思度拘滞，不善超拔。韩愈曾写过一首《赠侯喜》诗，是借钓鱼寄寓对人事的感慨。诗中说：门生侯喜叫他到洛水钓鱼，洛水很浅，是虾蟆、雀儿戏游的地方，不值得垂钓。果然他们从早钓到晚，举竿引线，好不容易才钓到一寸长的小鱼，这时他们很为感慨扫兴。诗的下文写道：“我今行事尽如此，此事正好为吾规。半世遑遑就举选，一名始得红颜衰。人间事势岂不见，徒自辛苦终何为。便当提携妻与子，南入箕颍无还时。叔起（侯喜之字）君今气方锐，我言至切君勿嗤。君欲钓鱼须远去，大鱼岂肯居沮洳。”韩愈写此诗时才三十四岁，在仕途上不甚得意，赴京师调选官职，竟无所成，侯喜则奔走举场十余年，不获知遇。故韩愈的钓鱼之喻，既是不满仕途的愤激之谈，又含有对门人的激励之意。但在苏轼看来，“钓鱼须远去”，未免有意于希进务得。把握当前随缘任天，自能无往而不适；远行下海，执意追寻，未必能得其所求。苏轼的自笑和笑人，从正反两个方面反映了他的随缘自适的思想，这是他身处无可奈何的逆境中所产生的自慰自解的特殊心态。他认为，一切得失都是相对的，只要抓住当前，与环境协调，就会悠然自得；心怀奢望，不切实际地务得而强求，反会心力交瘁，自寻困扰。

小文信笔写来，既饶有情趣，又寓理于事，耐人寻味，堪称东坡小品文的佳篇。

（刘乃昌　高洪奎）

【原文】

答谢民师书

轼启。近奉违，亟辱问讯，具审起居佳胜，感慰深矣。轼受性刚简，学迂材下，坐废累年[①]，不敢复齿缙绅[②]。自还海北[③]，见平生亲旧，惘然如隔世人，况与左右无一日之雅[④]，而敢求交乎？数赐见临，倾盖如故[⑤]，幸甚过望，不可言也。

所示书教及诗赋杂文，观之熟矣。大略如行云流水，初无定质，但常行于所当行，常止于所不可不止，文理自然，姿态横生。孔子曰："言之不文，行而不远[⑥]。"又曰："辞，达而已矣[⑦]。"夫言止于达意，即疑若不文，是大不然。求物之妙，如系风捕影[⑧]；能使是物了然于心者，盖千万人而不一遇也，而况能使了然于口与手者乎？是之谓辞达。辞至于能达，则文不可胜用矣。扬雄好为艰深之辞，以文浅易之说；若正言之，则人人知之矣。此正所谓"雕虫篆刻"[⑨]者，其《太玄》、《法言》皆是类也，而独悔于赋，何哉？终身雕虫而独变其音节，便谓之"经"，可乎[⑩]？屈原作《离骚经》，盖风、雅之再变者，虽与日月争光可也[⑪]，可以其似赋而谓之"雕虫"乎？使贾谊见孔子，升堂有馀矣；而乃以赋鄙之，至与司马相如同科[⑫]。雄之陋，如此比者甚众。可与知者道，难与俗人言也，因论文偶及之耳。欧阳文忠公言文章如精金美玉，市有定价，非人所能以口舌定贵贱也[⑬]。纷纷多言，岂能有益于左右，愧悚不已。

所须惠力法雨堂字[⑭]，轼本不善作大字，强作终不佳，又舟中局迫难写，未能如教。然轼方过临江[⑮]，当往游焉。或僧欲

【原文】

有所记录,当作数句留院中,慰左右念亲之意。今日已至峡山寺[16],少留即去。愈远,惟万万以时自爱。不宣。

〔注〕 ① 坐废:因罪受贬。累年:多年。苏轼于绍圣元年(1094)责授宁远军节度副使惠州安置,绍圣四年(1097)再责授琼州别驾昌化军安置,至元符三年(1100)被赦还,南贬已达六年。 ②"不敢"句:谓不敢自居于士大夫之列,与之交游。 ③"自还"句:指渡海北还。苏轼于元符三年六月二十日渡海。 ④ 无一日之雅:语见《汉书·谷永传》,意谓素无交谊。雅,平素,引申为交往。 ⑤"倾盖"句:意谓一见如故。邹阳《狱中上书自明》有"白头如新,倾盖如故"语。倾盖,指途中偶然相遇,停车交谈,两个车盖相倚而倾斜。 ⑥"言之"二句:语出《左传·襄公二十五年》"仲尼曰:'志有之:"言以足志,文以足言。"不言,谁知其志。言之无文,行而不远。'" ⑦ 辞,达而已矣:见《论语·卫灵公》。 ⑧ 系风捕影:风与影都没有实体,难以捕捉,用来比喻了解客观事物的奥妙底蕴很不容易。《汉书·郊祀志下》:"如系风捕影,终不可得。" ⑨ 雕虫篆刻:语出扬雄《法言·吾子》:"或曰:'吾子少而好赋?'曰:'然。童子雕虫篆刻。'俄而曰:'壮夫不为也。'"这里用以比喻辞赋为小技。西汉童子学习的秦朝八种书体,虫书、刻符是其中纤巧难学的两种。雕虫篆刻,是说雕琢虫书,篆写刻符,都是童子所习的小技。 ⑩"终身"三句:扬雄仿《易》作《太玄》,仿《论语》作《法言》,自命为是著述经传,苏轼认为这只是不用讲求音节的赋体而改用散文罢了,不能算作经传。 ⑪"屈原"三句:《史记·屈原列传》:"《国风》好色而不淫,《小雅》怨诽而不乱,若《离骚》者,可谓兼之矣。……推此志也,虽与日月争光可也。"《诗经》里有"变风"、"变雅",所以苏轼说《离骚》是风雅之再变者。 ⑫"使贾谊"四句:扬雄《法言·吾子》:"如孔氏之门用赋也,则贾谊升堂,相如入室矣;如其不用何!"苏轼反对此说,认为应该给贾谊以较高的评价,不能因为他作过赋就贬低他,与司马相如相提并论。升堂有馀,古人把学问由浅入深的三种境界喻为"入门"、"升堂"、"入室",升堂有馀是说快达到"入室"的造诣极高的境界了。 ⑬ 欧阳文忠公言:欧阳修《苏氏文集序》:"斯文,金玉也,弃掷埋没粪土,不能消蚀。其见遗于一时,必有收而宝之于后世者。"此意苏轼曾多次引述,如《答刘沔都曹书》云:"以此知文章如金玉

【鉴赏】

珠贝，未易鄙弃也。”又《答毛滂书》：“文章如金玉，各有定价。先后进相汲引，因其言以信于世，则有之矣。至其品目高下，盖付之众口，决非一夫所能抑扬。”曾敏行《独醒杂志》卷一载，苏轼谓谢民师曰：“子之文如上等紫磨黄金。”又用以比人，如《答黄鲁直书》：“此人如精金美玉，不即人而人即之，将逃名而不可得，何以我称扬为！”又《太息一章送秦少章》：“士如良金美玉，市有定价，岂可以爱憎口舌贵贱之欤！”等等。本篇引欧阳修语，当只“文章如金玉”一喻，“市有定价”以下，是苏轼的引申发挥，故各篇措语多有不同。 ⑭ 惠力：寺名，一作慧力，在江西临江（今清江）县南二里。临江邻近谢氏家乡新淦，谢氏请苏轼为惠力寺法雨堂题额。《东坡经进文集事略》本“堂”后有“两”字。 ⑮ 临江：宋临江军，治所在今江西清江县。新淦亦其属县。 ⑯ 峡山寺：在广东清远县清远峡。苏轼绍圣元年来惠州时曾游其地，有《题广州清远峡山寺》文。

本文又题作《与谢民师推官书》。谢举廉，字民师，新淦（今江西新干）人，元丰八年（1085）进士，颇有诗名，与叔父谢懋、谢岐，弟谢世充同榜登第，时称“四谢”。元符三年（1100），苏轼自海南遇赦北还，六月过海，十月至广州。当时谢民师任广州推官，曾携带诗文谒见苏轼，很得苏轼的赏识。苏轼离开广州后，谢民师多函候，本篇是苏轼行至广东清远写给谢民师的复信。

这封书信，开端陈述双方交谊，收尾答复对方请托，中间重点谈艺论文。苏轼晚年连遭远贬，历经坎坷，饱尝人事冷暖、世态炎凉，不愿轻易纳交官府中人。“不敢复齿缙绅”一语，话中有话，浸透了作者酸楚郁愤的情愫。他多年谪居岭海，如今遇赦北归，实乃意外之大幸，“见平生亲旧，惘然如隔世人”，只一笔，写尽了大难不死者绝处逢生的真切体验。备受迫害与冷遇的苏轼，长期故旧星散、交游断绝，而素无往来的谢氏，却多次问讯、过往，情亲意厚，对方的殷殷相待，使苏轼感到“倾盖如故”。这段文字坦率地陈述了苏轼由保留观察到乐于纳交的复杂心理，与友人诚挚而亲切地交流了思想。收尾对谢氏求索墨迹作出恳切说明、答复，并将当下行踪告知友人，措辞简当而亲切。

书信的重点是阐述自己对文艺问题的见解。作者由赞扬谢民师的作品，发表了“行云流水，初无定质”一段妙论，表达了自己崇尚平易自然文风的一贯主张。他自评其文云：“吾文如万斛泉源，不择地而出，在平地滔滔汩汩，虽一日千里无难；及其与山石曲折，随物赋形，而不可知也。所可知者，常行于所当行，常止于不可不止，如是而已矣。”(《文说》)这段话与信中所云可以互相参证，足见这种天然美的风格苏轼最为倾心，事实上也只有他的文章才达到了这种境界。崇尚天然美并不忽视文采。引用孔子的两段话，既强调重文，又强调达意。人或以为“止于达意”，“疑若不文”，苏轼把两者统一起来予以诠解，纠正了“辞达”只是语言表现问题的片面理解。他认为一要能“求物之妙”，即善于寻求客观事物的奥妙底蕴，把握难以捕捉的生动意象；二要“能使是物了然于心”，即细致地观察、熟悉、认识、理解事物的内在本质；三要“能了然于口与手”，即以准确而形象的语言予以生动的表现。只有如此，才叫“辞达”。辞而能达，便一定会很有文采了。他的解说，深刻揭示了文艺创作中物、意、言三者的关系，触及了文艺创作的特殊规律，给孔子“辞达”说注入了新的意蕴。倡导辞达，自然反对故为艰深，故下文借批评扬雄“好为艰深之辞，以文浅易之说”，进一步阐述“行云流水”的境界和“辞达”的要求，并非在于形式，而首先取决于内容。正由于此，所以扬雄的终身雕篆，独变其音节，不足以称“经”，屈原作《离骚》，不能因为形近于赋而予以贬低。屈原的《离骚》上承风雅而加以变化，其成就可说光照日月；贾谊学力甚高，倘生当其时，何妨作孔子的“入室”弟子，而扬雄因为他写过赋就鄙视他，这是单从形式着眼，表明扬雄识度浅陋。这里经过对扬雄的驳议，更加深层地昭示了苏轼重天然、讲文采、反对故作艰涩

【原文】

的文学观。末引欧阳修在《〈苏氏文集〉序》中所说的“斯文,金玉也”一句语意而加以发挥,作为收结,既回应上文,又表明未敢自是,体现了学界老宿谦谨自律和平等待人的良好学风。

与友人论文一段,先借称颂对方文风提出自己正面的风格理想和美学追求,次借诠解先哲名言阐述创作三昧,再以驳诘前人旧说申论自己的见解。行文中以“行云流水”喻文风的自然,以“系风捕影”喻把握创作兴会,以“精金美玉”喻文章佳妙,语言新颖生动,富有文采。《晚村精选八大家古文》说:“论文到精妙处,亦唯东坡能达。”正说明本篇论文臻于精妙之域,进入“辞达”之境,体现了苏文的本色。

(刘乃昌　高洪奎)

答张文潜县丞书

轼顿首文潜县丞张君足下[①]。久别思仰。到京公私纷然,未暇奉书。忽辱手教,且审起居佳胜,至慰!至慰!惠示文编,三复感叹。甚矣,君之似子由也。子由之文实胜仆,而世俗不知,乃以为不如。其为人深不愿人知之,其文如其为人,故汪洋澹泊,有一唱三叹之声,而其秀杰之气,终不可没。作《黄楼赋》,乃稍自振厉,若欲以警发愦愦者。而或者便谓仆代作,此尤可笑。“是殆见吾善者机也[②]。”

文字之衰,未有如今日者也。其源实出于王氏[③]。王氏之文,未必不善也,而患在于好使人同己。自孔子不能使人同,颜渊之仁,子路之勇,不能以相移,而王氏欲以其学同天下!地之美者,同于生物,不同于所生。惟荒瘠斥卤之地,弥望皆黄茅白苇，此则王氏之同也。

近见章子厚[④]言，先帝晚年甚患文字之陋，欲稍变取士法，特未暇耳。议者欲稍复诗赋，立《春秋》学官，甚美。仆老矣，使后生犹得见古人之大全者，正赖黄鲁直、秦少游、晁无咎、陈履常[⑤]与君等数人耳。如闻君作太学博士，愿益勉之。"德輶如毛，民鲜克举之。我仪图之，爱莫助之[⑥]"。此外千万善爱。偶饮卯酒[⑦]，醉。来人求书，不能复覼缕[⑧]。

〔注〕 ① 县丞：县令的佐官。当时张耒为咸平(今河南通许县地)县丞。 ②"是殆见吾善者机也"：此句是引用《庄子·应帝王》壶子说的话。"善者机"即生机。 ③ 王氏：指王安石。 ④ 章子厚：即章惇。时任知枢密院事。 ⑤ 黄鲁直：即黄庭坚。秦少游：即秦观。晁无咎：即晁补之。陈履常：即陈师道。以上四人，并见《宋史·文苑传六》。⑥"德輶如毛"四句：语出《诗·大雅·烝民》："人亦有言，德輶如毛，民鲜克举之，我仪图之，维仲山甫举之，爱莫助之。"原诗作者尹吉甫是歌颂周宣王能任用仲山甫治国，使国家中兴。輶，轻。仪，宜。我，原指尹吉甫，苏轼用以自喻。苏轼引诗的意思是说，恢复先儒之学，是件大功德，作起来并不难，可一般人却难以胜任，我考虑只有你张耒与黄、晁、秦、陈等人能够胜任。但我老了，已无法帮助你，希望你好自为之。⑦ 卯酒：即卯时酒，清晨饮的酒。白居易《卯时酒》诗："未如卯时酒，神速功力倍。" ⑧ 覼(luó 罗)缕：详细陈述。

张文潜名耒，和黄庭坚、秦观、晁补之同游苏轼之门，并称"苏门四学士"。这四人的诗文不仅得到苏轼的指点，并且因苏轼的赏识誉扬而名闻天下。但苏轼却不以师长自居，而待四人如友朋。这封书信就充分表现了苏轼善于奖掖后进的精神。

书中首先赞扬了张耒文章的成就。这赞扬是通过高度评价苏辙(子

【鉴赏】

由)的文章造诣来体现的。因为作者先肯定张耒的文章和苏辙的文章十分相似,所以赞扬苏辙也就等于赞扬张耒。而对苏辙的赞扬又是拿苏辙与自己相比来论说的。当时的世俗之士认为苏辙的文章不如苏轼的作得好,而苏轼却自谦地说苏辙实在胜过自己。苏辙文章的长处之所以不被人知,是因为苏辙的为人不愿宣扬自己。而苏辙的文章也就有如他的为人一样——"汪洋澹泊,有一唱三叹之声,而其秀杰之气,终不可没"。这无疑是在告诉张耒,他的文章也达到了这种境界。《宋史·张耒传》载张耒"游学于陈,学官苏辙爱之,因得从轼游。轼亦深知之,称其文汪洋冲澹,有一唱三叹之声",正是采纳了本文评价苏辙的说法。这对张耒无疑是极大的鼓励。

但作者的深意尚不止于此。他还委婉含蓄地指出,苏辙的文风也不是千篇一律,一成不变的。他的《黄楼赋》就有发聩振聋的雄厉之气。而一些人竟因此赋与自己的文风近似,误以为是由自己代作的,这就特别可笑了。苏轼进而指出,苏辙的《黄楼赋》也不是在模仿自己,而不过是自己好的文章达到了《黄楼赋》的水平罢了。作者这里不单是自谦,且有两层深意:其一,作者主张学无常师,文章也没有什么既定的格式,要按照自己的生活感受来写。《黄楼赋》之所以有雄厉之气,在苏轼看来,正是因为苏辙主观上"欲以警发愦愦者"的结果。这实际是在肯定张耒文章成就的同时,进一步提出更高的要求,希望他取得突破性的进展。苏轼的这种主张是一贯的。他《自评文》就说:"吾文如万斛泉源,不择地皆可出……随物赋形,而不可知也。所可知者,常行于所当行,常止于不可不止,如是而已矣。"他在《答谢民师书》中也称赞谢之诗文"大略如行云流水,初无定质,但常行于所当行,常止于所不可不止,文理自然,姿态横生"。其二,与此相联系,苏轼的自谦表现了他不以文章宗师自居的襟怀。尽管苏辙是他的弟弟,但他充分尊重苏辙的创作个性,所以他绝不会代替苏辙作文章。这也等于对张耒说:你虽是我的门生,但我也绝不要求你一味学习模仿我和苏辙,你尽管按照自己的生活体验去创作。这就为下段批判王安石"好使人同己","欲以其学同天下"张本。所以,这段内容虽重要,但还不是全文的重心所在。

全文的重心在后两段,中心内容是批判王安石利用手中的权力废止先儒之学,以私家之学取天下士的行为,勉励张耒和其他门生一起为恢复先儒之学,"使后生犹得见古人之大全者"而尽力。

《宋史·王安石传》载:"初,安石训释《诗》、《书》、《周礼》,既成,颁之学官,天下号曰'新义'……一时学者,无敢不传习,主司纯用以取士,士莫得自名一说,先儒传注,一切废不用。黜《春秋》之书,不使列于学官,至戏目为'断烂朝报'。"本文批判王安石"患在于好使人同己","欲以其学同天下",就是指此而言。苏轼指出,王安石这样作,造成了严重后果:"文字之衰,未有如今日者也。其源实出于王氏。"作者谴责王安石有背先师孔子的遗则,讥讽其"新义"有如一块盐碱地,只能培植出一片黄茅白苇。

应当指出,王安石的做法虽有片面之处,也因此产生某些流弊,但他不迷信先儒传注,勇于发挥"新义",也有其可取的一面,而且对促进学术发展也当有一定的积极影响。苏轼(也包括后来的《宋史》作者)对此一概否定,未免偏颇。

但苏轼这样作也有他的目的。这封答书作于元祐元年(即公元1086年。王文诰《苏诗总案》列于上一年即元丰八年底)。是年,哲宗新即位,起用旧党,司马光、章惇等人掌权,苏轼也被召回朝,由礼部郎中迁起居舍人,再迁中书舍人。司马光等废止一切王安石所行之法,其中也包括改变其取士之法,取缔王学;同时酝酿恢复先儒之学,立《春秋》学官。从本文第三段来看,苏轼对司马光等的作法是赞同的。他写这封答书的目的也正是要把这个信息通报给张耒。不仅如此,苏轼当时可能已经向执政者荐举张耒并被采纳了,所以他才能向张耒说:"如闻君作太学博士,愿益勉之。"据《宋史·张耒传》，张耒于县丞任后即“入为太学录”，可见苏轼的话没有落空。

这一年，黄庭坚在朝任校书郎，晁补之为太学正，秦观为太学博士，陈师道也为太学博士，可谓人才济济。苏轼再荐张耒，就是希望他和上述诸人一起承担起恢复先儒之学的重任，彻底结束以王氏经学取士的局面。苏轼认为自己年事已高，未来的事业全靠这批后进去开拓。所以在文章结尾，他特别就此引《诗·大雅·烝民》的句子，勉励劝诫张耒养德自爱，担起重任，足见他对后进的拳拳护持之心。

全文从评为文之术到论治学之德，环环相生，层层深入；赞扬门生，表白自己，则以评苏辙之文为媒介，采用委婉含蓄式；批判王安石以王氏经学取士，则直斥其非，采用直露式；勉励门生，则采用谆谆劝诫式。章法严整，论说得体，表现了苏文多方面的艺术成就。

（任国绪）

《范文正公集》叙

庆历三年，轼始总角[①]入乡校，士有自京师来者，以鲁人石守道所作《庆历圣德诗》示乡先生[②]。轼从旁窃观，则能诵习其词，问先生以所颂十一人者何人也？先生曰：“童子何用知之？”轼曰：“此天人也耶，则不敢知；若亦人耳，何为其不可？”先生奇轼言，尽以告之，且曰：“韩、范、富、欧阳，此四人者，人杰也！”时虽未尽了，则已私识之矣。

嘉祐二年，始举进士，至京师，则范公没；既葬，而墓碑[③]出，读之至流涕，曰：“吾得其为人，盖十有五年，而不一见其面，岂非命欤！”是岁登第，始见知于欧阳公，因公以识韩、富，皆以国士[④]待轼，曰："恨子不识范文正公。"其后三年[⑤]，过许，始识公之仲子今丞相尧夫。又六年[⑥]，始见其叔彝叟京师。又十一年[⑦]，遂与其季德孺同僚于徐，皆一见如旧，且以公遗藁见属为叙。又十三年，乃克为之。

呜呼！公之功德盖不待文而显，其文亦不待叙而传。然不敢辞者，以八岁知敬爱公，今四十七年矣。彼三杰者皆得从之游，而公独不识，以为平生之恨；若获挂名其文字中，以自托于门下士之末，岂非畴昔之愿也哉！

古之君子，如伊尹、太公、管仲、乐毅之流，其王霸之略，皆素定于畎亩中，非仕而后学者也。淮阴侯见高帝于汉中，论刘项短长，画取三秦，如指诸掌，及佐帝定天下，汉中之言，无一不酬者；诸葛孔明卧草庐中，与先主论曹操、孙权，规取刘璋，因蜀之资，以争天下，终身不易其言。此岂口传耳受，尝试为之，而侥倖其或成者哉？公在天圣中，居太夫人忧，则已有忧天下致太平之意，故为万言书以遗宰相，天下传诵。至用为将，擢为执政，考其平生所为，无出此书者。今其集二十卷，为诗赋二百六十八，为文一百六十五，其于仁义礼乐、忠信孝悌，盖如饥渴之于饮食，欲须臾忘而不可得；如火之热，如水之湿，盖其天性有不得不然者。虽弄翰戏语，率然而作，必归于此。故天下信其诚，争师尊之。孔子曰："有德者必有言[⑧]。"非有言也，德之发于口者也。又曰："我战则克，祭则受福[⑨]。"非能战也，德之见于怒者也。

〔注〕 ① 总角：指童年。儿童将头发梳成左右两个辫子，叫总角。 ② 石

守道：石介，字守道。《庆历圣德诗》所赞十一人，杜衍、章德象、晏殊、贾昌朝、范仲淹、富弼、韩琦几人同时执政，欧阳修、余靖、王素、蔡襄几人均为谏官。据《东坡志林》卷二，苏轼八岁入小学，老师为道士张易简。 ③ 墓碑：指欧阳修所作《资政殿学士户部侍郎文正范公神道碑铭》和富弼所作《墓志铭》。 ④ 国士：一国中的杰出人才。 ⑤ 其后三年：指嘉祐五年(1060)，苏轼居母丧期满自蜀返京，过许州(今河南许昌)，遇范仲淹次子范纯仁(字尧夫)。 ⑥ 又六年：指治平二年(1065)，苏轼罢凤翔(今属陕西)府签判至京任职，遇范仲淹第三子范纯礼(字彝叟)。 ⑦ 又十一年：指熙宁十年(1077)，苏轼由密州(今山东诸城)改知徐州，时范仲淹第四子范纯粹(字德孺)知滕县(今属山东)，时县属徐州，因称同僚。 ⑧ 有德者必有言：《论语·宪问》语。 ⑨“我战则克”二句：《礼记·礼器》引孔子语，是引述知礼之人自称战则必胜，祭祀则必得福。

【鉴赏】

此文一本篇末有“元祐四年(1089)四月二十一日”句，当即作于此时。范仲淹，字希文，吴县(今江苏苏州)人，谥文正。他是北宋爱国将领，一代名臣，作者对他非常崇敬。

此文前半篇写作者对范仲淹的景仰和终身不得一见的遗恨。文章以四十七年前一件小事开头：宋仁宗庆历三年(1043)，作者八岁，入乡校读小学，读到当时文学家石介写的《庆历圣德诗》，知道了范仲淹。由老师之口，引出韩、范、富、欧阳，赞为人杰，自然逼真，文章也极灵动跳脱。如开篇即由作者发一通议论，就会落入此类文章的窠臼。四十七年前的事历历如在目前，可见印象何等深刻，说明范仲淹在作者的幼小心灵中，已具有崇高地位。如今重又道及，不仅见出作者对范氏的景仰、眷恋之深，还包含着对他的深切悼念。字面平平叙述，实则情深无比，而这正是作者撰写此文的原由。下面分年叙事，叙嘉祐二年(1057)入京读范仲淹墓碑，识范之次子尧夫，见范之三子彝叟，与范之幼子德孺同僚，均是用的这种写法。这五件事，直接讲到范仲淹的前两件详写，集中地抒写不得一见范仲淹的痛悼、抱恨之情。读墓碑而流涕，将不得一见范仲淹归之为“命”；从欧阳修、韩琦、富弼等人“恨子不识范文正公”的话，写出不仅作者以此为恨，欧阳修等也引以为憾。这些文字，凝结着作者伤心的泪水。讲到范仲淹三子则简写，但不合写而一次一次分写，每写一次，又把这种感情加重渲染一次。通过这一系列叙述，蓄势已满，最后用“呜呼”一节文字，归结到“以八岁知敬爱公，今四十七年矣。彼三杰者皆得从之游，而公独不识，以为平生之恨”，把这种感情写得如海之深，如地之厚，强烈地激荡着读者的心。从乡校“私识”到写作此文，共叙七事，前两件标明庆历、嘉祐年号，后五件则全用后多少年形式，以表明所隔时间之长，最后点出“今四十七年矣”，这不仅使写法富有变化，也是为了更强烈地表达四十七年终不得一见范仲淹之面的“平生之根”。在作此文的前五年，即元丰八年(1085)，有《跋范文正公帖》云：“轼自省事，便欲一见范文正公，而终不可得。览其遗迹，至于泫然。人之云亡，邦国殄瘁，可不哀哉！”可见他对范仲淹的这种感情正是始终缭绕于心的。

后半篇赞范仲淹的事功文章，重点写事功。这段写法同上段不同，它没有具体条列范仲淹的种种功勋，而是把他同古代杰出人物作比拟，从总的方面加以极精练地概括。伊尹是商朝的开国功臣，太公即吕尚，又称太公望，是周朝的开国功臣。他们得遇商汤、周文王之前，都是平民，伊尹耕于莘(在今山东曹县北)野，太公隐于渭(在今陕西)滨。管仲，名夷吾，辅佐齐桓公，使之成为春秋五霸之一。乐毅，燕国名将，燕昭王时曾大胜齐军，连下七十二城。淮阴侯即韩信，他曾向刘邦分析刘(邦)、项(羽)的有利不利条件，建议刘邦东取三秦(今陕西一带)。刘邦采纳其言，后来果得实现。诸葛亮隐居隆中(今湖北襄阳西)时，刘备三顾茅庐，诸葛亮向刘备评说曹操、孙权，建议他西取益州(刘璋为益州牧)，联合东吴孙权，共抗曹操，然后

【鉴赏】

统一中国。刘备死后，诸葛亮扶佐刘禅，为实现这个计划而奋斗，“鞠躬尽瘁，死而后已”。据《宋史·范仲淹传》记载，范在天圣中监楚州（今江苏淮安）粮料院，母丧去官，时晏殊知应天府（今河南商丘，晏殊不久后即任副宰相），闻仲淹名，召置府学，范仲淹上书请择郡守，举县令，斥游惰，去冗僭，慎选举，抚将帅，共万余言。康定元年（1043），范仲淹以龙图阁直学士任陕西经略安抚副使，庆历二年任陕西四路经略安抚招讨使，威镇西北，羌人称为“龙图老子”。庆历三年春任枢密副使，其秋改任参知政事（副宰相），主持“庆历新政”，又上明黜陟、抑侥倖、精贡举、择长官、均公田、厚农桑、修武备，推恩信、重命令、减徭役等十事。“居太夫人忧（为母居丧），则已有忧天下致太平之意”，暗用其《岳阳楼记》“先天下之忧而忧，后天下之乐而乐”语意。范仲淹的这些经历，同伊尹、太公、诸葛亮、韩信等人很相似，作者把他同他们比拟，突出他早年身居卑位时，即已抱负远大，怀有治国方略，这样更能充分表现他对国家人民的卓越贡献；如果具体条列他的事功，反而显得琐碎而没有力量。

范仲淹是作者非常崇敬的先贤，对于他的文章，自然不能去具体评论其短长，文中只用“其于仁义礼乐、忠信孝悌，盖如饥渴之于饮食，欲须臾忘而不可得；如火之热，如水之湿，盖其天性有不得不然者”两个生动的比喻，总的论赞，最后引出“有德者必有言”，“我战则克，祭则受福”，文章事功，双收作结。《宋史·范仲淹传》说：“仲淹内刚外和，性至孝，以母在时方贫，其后虽贵，非宾客不重肉。妻子衣食，仅能自充。而好施予，置义庄里中，以赡族人。泛爱乐善，士多出其门下，虽里巷之人，皆能道其名字。死之日，四方闻者，皆为叹息。”足见苏轼对他的崇高评价，绝非谀辞虚誉。

苏轼是一个至性至情的人，本篇就是一篇至情之文。一般地说，写一个人，从没见过他的面，很难写出感情；本篇却恰恰相反，从数十年景仰思慕而终未一见立意，把对范仲淹的感情写得像江河大海，深厚无比。在序引中抒情的不少，但像本篇这样感人的，却极罕见。盖作者心中本有无限深情，文辞又足达之。前人称此文是“率意而书”，“识度自远”（明茅坤《宋大家苏文忠公文抄》卷二十三），“历叙因缘慕望处，情文并妙”（清储欣《唐宋十大家全集录·东坡集录》卷五），都看到它是作者真情的自然流露。

（王思宇）

方山子传

方山子[①]，光、黄[②]间隐人也。少时慕朱家、郭解[③]为人，闾里之侠皆宗之。稍壮，折节读书，欲以此驰骋当世，然终不遇。晚乃遁于光、黄间曰岐亭[④]。庵居蔬食，不与世相闻。弃车马，毁冠服，徒步往来山中，人莫识也。见其所著帽，方屋[⑤]而高，曰：“此岂古方山冠[⑥]之遗像乎？”因谓之方山子。

余谪居于黄，过岐亭，适见焉。曰：“呜呼！此吾故人陈慥季常也，何为而在此？”方山子亦矍然问余所以至此者。余告之故。俯而不答，仰而笑。呼余宿其家。环堵萧然，而妻子奴婢皆有自得之意。余既耸然异之。独念方山子少时，使酒好剑，用财如粪土。前十有九年[⑦]，余在岐下[⑧]，见方山子从两骑，挟二矢，游西山，鹊起于前，使骑逐而射之，不获。方山子怒马独出，一发得之。因与余马上论用兵及古今成败，自谓一世豪士。今几日耳，精悍之色，犹见于眉间，而岂山中之人哉！

然方山子世有勋阀，当得官，使从事于其间，今已显闻。而其家在洛阳，园宅壮丽，与公侯等；河北有田，岁得帛千匹，

【原文】

亦足以富乐。皆弃不取,独来穷山中,此岂无得而然哉?

余闻光、黄间多异人,往往阳狂[⑨]垢污,不可得而见。方山子傥[⑩]见之与?

〔注〕 ① 方山子:即宋陈慥(zào 造),字季常,晚年隐于光州、黄州间。苏轼任凤翔签判时,与其相识。 ② 光、黄:即光州(治所在今河南潢川)、黄州(治所在今湖北黄冈)。 ③ 朱家、郭解:二人皆为汉代著名游侠,喜替人排忧解难。 ④ 岐亭:镇名,在今湖北麻城。 ⑤ 方屋:方顶。屋,古人帽子顶部高起的部分。 ⑥ 方山冠:汉代祭祀宗庙时乐舞者所戴的一种帽子。唐宋时,隐者每喜戴之。 ⑦ 前十有九年:即嘉祐八年(1063),时作者任凤翔签判。 ⑧ 岐下:指凤翔,因其地东北有岐山,故云。 ⑨ 阳狂:佯狂。 ⑩ 傥:或许。

人物传记,如果不是出于一些外在的原因,如受人请托等,则定是有为而作。换句话说,作者选择某人作为传主,一定是对方的身上有着某些令他特别感兴趣的东西,因而愿意将其记录下来。那么,在方山子身上,最能打动苏轼的是什么呢?是他的"异"。在文中,他就明确表示对方山子的行事"耸然异之"。

文章一开始,作者便写出了传主与常人不同的生活道路:少年时血气方刚,一身侠气;成年后折节读书,有志用世;到了晚年,由于无所遇合,乃隐于光州与黄州之间。但他的无所遇合,是否意味着无法走上宦途呢?作者写道:"方山子世有勋阀,当得官,使从事于其间,今已显闻。"可见他的理想并不是追求个人地位,因而也就与一般的因宦途失意而隐居者有所区别。同时,即使是隐居,是否一定要过贫困的生活呢?作者又写道:"其家在洛阳,园宅壮丽,与公侯等;河北有田,岁得帛千匹,亦足以富乐。"可见"庵居蔬食"是他的主观追求。因此,他能够"弃车马,毁冠服,徒步往来山中”，戴着“方屋而高”的帽子，表现出种种奇异行为，也是非常自然的。然而，如果仅仅这样来写，虽然也能说明问题，却似乎过于简略。于是，作者便有意识地选择了传主少年和晚岁两种具有对比性的行为表现，来进一步丰富其形象。写少年，是何等地意气风发，飞扬跋扈：“前十有九年，余在岐下，见方山子从两骑，挟二矢，游西山，鹊起于前，使骑逐而射之，不获。方山子怒马独出，一发得之。因与余马上论用兵及古今成败，自谓一世豪士。”写晚岁，又是何等地安贫乐道，心境恬淡：“呼余宿其家。环堵萧然，而妻子奴婢皆有自得之意。”（妻子奴婢都能自得，方山子自己就更不用说了。）总的说来，侠和隐是两种不同的生活态度，反映了两种不同的行为模式，这一对矛盾能够巧妙地统一在一个人身上，难道还不奇异吗？作者就是这样写出了一个栩栩如生的人物形象。

人们的社会经历构成了各自的历史，而历史作为现在的过去，又必定会对现在起着或大或小的影响。从这个意义上来看，方山子的由侠到隐，由入世到出世，也不可能是思想感情上的彻底消解。作者已经从他的神情上看到了这一点：“今几日耳，精悍之色，犹见于眉间”。那么，这种思想感情的延续之下隐藏着的是什么呢？文章的最后似也有此一问：“余闻光、黄间多异人，往往阳狂垢污，不可得而见。方山子傥见之与？”“阳狂”二字透露了个中消息。原来，这些所谓“异人”的不寻常的行为乃是一种掩饰，是为了压抑心中的激情，平息心中的矛盾。方山子不正是如此吗？他折节读书，原是为了有所作为，干出一番事业，但由于无所遇合，只得被迫归隐。他的心中怎能不萦绕着难以解脱的痛苦呢？他过去的少年壮志怎能不以某种方式流露出来呢？作者以疑似的口吻问他是否能见到那些“阳狂垢污”的“异人”，其实，答案是肯定的。因为，他自己就是这样的一个异人，当然会同类相求。所以，作者认定，方山子“岂山中之人哉”！作者所面对的是一个受到时人注目的隐士，作者也用了不少篇幅去描写这位隐士的生

【鉴赏】

活、思想和行为。然而，在苏轼心目中，传主实际上又不可能完全做到和光同尘。困难在于，这后一层意思并不能直接点出，而只能用暗示的方法在由侠到隐的过程中去进行表现，其效果应该是包孕深厚，耐人寻味。要想得心应手地做到这一点，并不容易。于此，可以见出苏轼杰出的创造力。

苏轼对韩愈的道德文章一向非常钦佩。从艺术渊源上去考察，这篇传记显然受到了韩愈的《送董邵南序》一文的影响。韩文命意幽微，层次曲折，明为送行，实为劝阻。正如朱宗洛在《古文一隅》卷中所云："本是送他往，却要止他往，故'合'一层易说，'不合'一层难说。文语语作吞吐之笔，曰'吾闻'，曰'乌知'，曰'聊以'，于放活处隐约其意，立言最妙。其末一段，忽作开宕，与'不合'意初看若了不相涉，其实用借笔以提醒之，一曰'为我'，再曰'为我'，嘱董生正以止董生也。想其用笔之妙，真有烟云缭绕之胜。"过珙认为"唐文惟韩奇，此又为韩中之奇"(《古文评注》卷七)，并非虚言。苏文与之相比，不仅在思想意蕴的表现上所运用的方法相同，而且在谋篇布局上也颇为相似。如两篇都是先从正面加以渲染，随着文意的展开，从字里行间，让人体会出意旨的转折。甚至连末段以富有包孕性的问句作结，都可以认为是受到了韩文的启发。

《方山子传》中表现出丰富复杂的心灵矛盾，是苏轼当时的处境使然。北宋神宗元丰二年(1078)，苏轼被李定等人诬以诗文谤讪新法，下狱治罪，九死一生。后被贬为黄州团练副使。这对一向胸怀大志，希望做出一番事业的苏轼来说，无疑是一个非常沉重的打击。因此，他对方山子的"欲以此驰骋当世，然终不遇"的遭遇，别有感触。写方山子，实际上是自悲不遇。但他方以诗文被祸，不便直言，于是才隐约其辞，语多深婉。在这个意义上，可以说，《方山子传》是苏轼在黄州的心态的一种形象的折射。

(周勋初　张宏生)

前赤壁赋

壬戌之秋，七月既望，苏子与客泛舟游于赤壁之下。清风徐来，水波不兴。举酒属客，诵明月之诗，歌窈窕之章[①]。少焉，月出于东山之上，徘徊于斗牛之间[②]。白露横江，水光接天。纵一苇[③]之所如，凌万顷之茫然。浩浩乎如冯虚御风[④]，而不知其所止；飘飘乎如遗世独立，羽化而登仙。

于是饮酒乐甚，扣舷而歌之。歌曰："桂棹兮兰桨，击空明兮溯流光[⑤]。渺渺兮予怀，望美人兮天一方[⑥]。"客有吹洞箫者[⑦]，倚歌而和之。其声呜呜然，如怨如慕，如泣如诉，馀音袅袅，不绝如缕，舞幽壑之潜蛟，泣孤舟之嫠妇[⑧]。

苏子愀然，正襟危坐而问客曰："何为其然也？"

客曰："'月明星稀，乌鹊南飞'[⑨]，此非曹孟德之诗乎？西望夏口[⑩]，东望武昌[⑪]，山川相缪，郁乎苍苍，此非孟德之困于周郎者乎[⑫]？方其破荆州[⑬]，下江陵[⑭]，顺流而东也，舳舻[⑮]千里，旌旗蔽空，酾酒临江，横槊赋诗[⑯]，固一世之雄也，而今安在哉！况吾与子渔樵于江渚之上，侣鱼虾而友麋鹿。驾一叶之扁舟，举匏樽以相属。寄蜉蝣于天地，渺沧海之一粟。哀吾生之须臾，羡长江之无穷。挟飞仙以遨游，抱明月而长终。知不可乎骤得，托遗响于悲风[⑰]。"

苏子曰："客亦知夫水与月乎？逝者如斯，而未尝往也[⑱]；盈虚者如彼，而卒莫消长也[⑲]。盖将自其变者而观之，则天地曾不能以一瞬；自其不变者而观之，则物与我皆无尽也[⑳]，而又

【原文】

何羡乎？且夫天地之间，物各有主，苟非吾之所有，虽一毫而莫取。惟江上之清风，与山间之明月，耳得之而为声，目遇之而成色，取之无禁，用之不竭，是造物者之无尽藏也，而吾与子之所共适㉑。”

客喜而笑，洗盏更酌。肴核既尽，杯盘狼藉。相与枕藉乎舟中，不知东方之既白。

〔注〕 ① 窈窕之章：指上“明月之诗”中的诗句。按诗即《诗·陈风·月出》，其第一章云：“月出皎兮，佼人僚兮，舒窈纠兮。”窈纠即窈窕。 ② 斗牛之间：斗、牛，指天上的斗宿与牛宿。古代以星辰配地上的方位，斗牛之间下合吴越分野；吴越分野在黄州之东，故实指东方的天际。 ③ 一苇：喻所乘小舟。语出《诗·卫风·河广》：“谁谓河广，一苇杭(航)之。” ④ 冯虚御风：冯同“凭”，意谓船行如凌空驾风一样。 ⑤“击空明”句：意谓船桨拍着清澈江波，在月光下的水面逆流上驶。空明、流光是互文，状水也状月；溯，逆流而上。 ⑥“渺渺兮”二句：运化《楚辞·九歌》“目眇眇兮愁予”句及《九章·思美人》题意，抒发贬谪黄州思君而不能见的情怀。美人，古人常用以象征君王或良友。 ⑦ 客有吹洞箫者：此客为道士杨世昌，见宋施元之、顾禧注苏诗《次韵孔毅父久旱已而甚雨三首》注。清赵翼《陔馀丛考》卷二四《〈赤壁赋〉洞箫客》条：“东坡《赤壁赋》‘客有吹洞箫者’，不著姓字。吴匏庵(按系明人，名宽，字原博，号匏庵，卒谥文定)有诗云：‘西飞一鹤去何祥？有客吹箫杨世昌。……’据此则客乃杨世昌也。”杨世昌为绵竹(今属四川)人，苏轼《次韵孔毅父》诗中所称之“西州杨道士”及“洞箫入手声且哀”，即指此人。 ⑧“舞幽壑”二句：形容洞箫声悲切，使潜伏于深壑中的蛟龙起舞，孤舟中的寡妇啜泣。嫠(lí黎)妇：寡妇。 ⑨“月明”二句：曹操《短歌行》中的诗句。 ⑩ 夏口：今湖北武汉市汉口。 ⑪ 武昌：今湖北鄂城。 ⑫“此非”句：指汉末建安十三年(208)曹操被周瑜击败于赤壁。此，指黄州江面。“此非……乎”，是存疑句法，表示不能十分确断此地即赤壁战场旧地。孟德，曹操字。周郎，周瑜；瑜年少有威名，江东人称为周郎。⑬ 荆州：汉代荆州包括湖北、湖南及河南南部部分土地，汉末荆州首府在

【鉴赏】

襄阳。 ⑭ 江陵：今属湖北，数度为荆州首府。 ⑮ 舳舻（zhú lú 轴卢）：指战船。舳是船后掌舵处，舻是船前划桨处。 ⑯ 横槊赋诗：形容气概雄迈。语出唐元稹所作杜甫墓志铭："曹氏父子鞍马间为文，往往横槊赋诗。"槊，长矛。 ⑰"挟飞仙"四句：意思是，登仙、与明月这样永在是办不到的，所以只能将悲思通过箫声诉之于秋风。 ⑱"逝者如斯"二句：《论语·子罕》："子在川上曰：'逝者如斯夫，不舍昼夜。'"意为川水不分日夜地这样流逝而去。苏轼引用孔子的话，又补充一句"未尝往也"，意思是川水虽逝去而河流仍在。 ⑲"盈虚者"二句：上文用"如斯"，是以舟边的长江为比，是近处，故用"斯"；此句用月为比，在远处，故用"彼"。盈虚，指月的盈亏，意思是月亮忽圆忽缺，但究竟没有消损或增大。 ⑳"盖将"四句：意思是，如从变动这面看，天地万物每一瞬间都在变化；从不变这面看，宇宙与人类都是长存的。 ㉑ 共适：今存苏轼手写《赤壁赋》，"共适"作"共食"，食的意思是享用。但明代以后本子大多作"共适"。两字均可通。

此赋作于北宋神宗元丰五年（1082）作者谪居黄州（今湖北黄冈）时，因同年另有《后赤壁赋》，故世人习称为《前赤壁赋》。

关于这一次赤壁之游，苏轼在《与范子丰》函中曾有所记述："黄州少西，山麓斗入江中，石室如丹，传云曹公败所——所谓'赤壁'者；或曰非也。……今日李委秀才来相别，因以小舟载酒饮赤壁下。李善吹笛，酒酣作数弄，风起水涌，大鱼皆出，山上有栖鹘，亦惊起。坐念孟德、公瑾如昨日耳！"可知此赋确是记游的实录。参照同时所作的《念奴娇·赤壁怀古》一词，更可看出赋中咏及曹操，词中咏及周瑜，两两相当；而词中"人道是、三国周郎赤壁"一句，用"人道是"三字传疑；此赋中用"此非孟德之困于周郎者乎"一句传疑；正可与《与范子丰》函中的"传云"、"或曰"两句相发明。但一赋一词，已使黄州赤壁的声名压倒了真正的古战场嘉鱼、蒲圻间的赤壁了。

凡是记游的诗文，首先当然要求写景叙事生动有味，更需要在写景叙

【鉴赏】

事中注入作家浓郁的主观感情，才能神情飞动，诗趣盎然；倘若景与情交融之外，更能从物我之间即主客观的契合之间生发出哲理的意蕴，那便是上乘之作了。苏轼的许多杰作，大抵能达到这种最高境界。例如人们都熟悉的一首小诗《题西林壁》，全诗只有四句二十八字，就景、情、理三者兼备。头一句"横看成岭侧成峰"是写景；次句"远近高低各不同"是对景下评，显示出作者看山的惊喜之情；末两句"不识庐山真面目，只缘身在此山中"，就是对主客观的关系发抒哲学的认识论的解悟了。但一首七绝究竟不能细致地写景、充分地抒情和畅遂地宣示哲理，而在一篇赋里却行。《赤壁赋》通常被归为抒情小赋，其实依其内涵的重点说，更是一篇哲理小赋。

因此，从"苏子愀然"以下主客对答的三个自然段，应是全赋的重心所在。

主客对答是赋体中传统的表现手法，主与客都是作者一人的化身。在这篇赋里，客的观点和感情是苏轼的日常的感受和苦恼，而主人苏子所发抒的则是他超脱地俯察人与宇宙之后的哲学的领悟。前者沉郁，后者达观；前者充满人事沧桑与吾生有涯的感慨，后者则表现了诗人与大自然合而为一的心灵净化的境界。

但这种意蕴都不是藉抽象的灰色的言语表述，而是诉之于月下江游的眼前景物和由景物所引起的感触，因此才有强烈的感染力和渗透力。一方是由月夜江上想起曹操的诗句，由诗句联想起曹操兵下江南、横槊赋诗的英雄气概，进而产生了"千古风流人物"不免"浪淘尽"，空留山川遗迹的感慨，转而抱恨于人生须臾，江山无穷，登仙乏术的无可奈何；一方则顺手以眼前的江水与山月作比，以水的逝去而又长流、月的盈亏而又永生的现象，阐发变与不变、瞬间与永恒的关系，归结到人生应投入大化，方能超脱无谓的苦恼。这两方面的感情，包括人生苦闷和物我参透，当然都是苏轼在贬谪生活中的烦恼以及要求摆脱烦恼的旷达态度的表露。

然而，作为全赋重心的主客对答部分，如果没有前两段为之创造环境气氛，培养情绪，那么，主客对答的感情宣泄和哲理发挥，就不能产生出色的效果，乃至缺乏基础了。首段是点题，描写赤壁泛舟的情景，就记游来说，仅此一段，文意就已独立自足。这一段的描写，主客的情绪是愉快的，轻松的，彼此都陶醉在初夜江上的泛游之中。接着，第二段是由轻松到沉重，由愉快到抑郁的过渡，快乐的扣舷而歌引出了缠绵悲凉的洞箫声，刹那间情绪就转向了莫名的惆怅。这一过渡自然圆转，不露一丝圭角，使读者不知不觉地为这种感情的抑扬起伏所吸引，迫不及待地去倾听下面的对话，并且欣然同意这段对话乃是情理之所必有，正如对话结束，愁结解开以后的喜笑重酌也是情理之所必然一样。全赋的构架布局可说是天造地设，无瑕可击的。

抒情小赋自六朝起已代替西汉的大赋成为赋的主流，并且逐渐趋向散文化，成为韵散交织的更为自由的文体。唐以后，散赋已成为赋的基本形式，比四六对仗的骈体文还要自由疏放，但诗味却更为浓郁。散赋摆脱了堆砌典故、拘守声律的束缚，句法自由，结构自由，韵律也自由。但它又确实保持着赋的精神，与散文迥乎有别。这篇《赤壁赋》可说是散赋的杰出代表作之一。

在形式上，这篇赋既抛弃了通常作赋的架势，捐除了“若夫”、“尔乃”、“是以”等通常赋体中常用的转圜接笋的辞语，使感情的流动转折十分畅遂；用韵都在有意无意之间，如出天籁，只在每节的结束数句稍加强调。如第一段的“天”、“然”、“仙”，第二段的“慕”、“诉”、“缕”、“妇”，“客曰”一段的“鹿”、“属”、“粟”与“穷”、“终”、“风”，以及下一段的“主”、“取”与“色”、“竭”、“适”等。全赋若无韵而有韵，字面上的韵涵藏在全赋的感情节奏和叙述节奏之中，斧凿之痕全泯。先不论其全赋情景哲理的含蕴，即以表现方法而论，无怪于历代文论家的推崇，以至于唐庚称颂为“东坡《赤壁》二赋，一洗万古，欲仿佛其一语，毕世不可得也”(《唐子西文录》)了。

（何满子）

【原文】

后赤壁赋

是岁十月之望，步自雪堂[①]，将归于临皋[②]。二客从予，过黄泥之坂[③]。霜露既降，木叶尽脱，人影在地，仰见明月。顾而乐之，行歌相答。

已而叹曰："有客无酒，有酒无肴；月白风清，如此良夜何？"客曰："今者薄暮，举网得鱼，巨口细鳞，状如松江之鲈[④]。顾安所得酒乎？"归而谋诸妇。妇曰："我有斗酒，藏之久矣，以待子不时之需。"

于是携酒与鱼，复游于赤壁之下。江流有声，断岸[⑤]千尺。山高月小，水落石出。曾日月之几何[⑥]，而江山不可复识矣。予乃摄衣[⑦]而上，履巉岩[⑧]，披蒙茸[⑨]，踞虎豹[⑩]，登虬龙[⑪]；攀栖鹘之危巢[⑫]，俯冯夷之幽宫[⑬]。盖二客不能从焉。划然长啸，草木震动，山鸣谷应，风起水涌。余亦悄然而悲，肃然而恐，凛乎其不可留也。返而登舟，放乎中流，听其所止而休焉。时夜将半，四顾寂寥。适有孤鹤，横江东来。翅如车轮，玄裳缟衣[⑭]，戛然长鸣，掠予舟而西也。

须臾客去，予亦就睡。梦一道士，羽衣蹁跹[⑮]，过临皋之下，揖予而言曰："赤壁之游乐乎？"问其姓名，俯而不答。"呜呼噫嘻！我知之矣。畴昔[⑯]之夜，飞鸣而过我者，非子也耶？"道士顾笑，予亦惊悟[⑰]。开户视之，不见其处。

〔注〕 ① 雪堂：苏轼谪居黄州后，在东坡筑室，名曰雪堂。 ② 临皋：在黄

州城南，濒临长江。苏轼在黄州，初寓定惠院，不久迁居临皋。后东坡雪堂建成，家属仍居临皋。 ③ 黄泥之坂：由雪堂至临皋必经之路。 ④ 松江之鲈：松江即吴淞江，古代记载江中出四鳃鲈鱼，其味鲜美。唐以后专以今上海市松江县产的鲈鱼称松江鲈鱼。 ⑤ 断岸：陡峭的崖岸，指赤壁。 ⑥ 几何：没有多久，指距上次七月十六日之游未久。 ⑦ 摄衣：提起衣襟。 ⑧ 履巉岩：踏着高峻的山岩。 ⑨ 披蒙茸：拨开茂密的乱草。 ⑩ 踞虎豹：蹲坐在状若虎豹的山石上。 ⑪ 登虬龙：跨过状如虬龙的古木。虬龙，传说中有角的小龙。盘曲的树干似之，故以代称。 ⑫ 危巢：高巢。此句意为攀扶着有高巢的树。 ⑬"俯冯夷"句：冯夷，水神名，相传他溺死于河中，为河伯。句意是说往下俯视大江。 ⑭ 玄裳缟衣：黑色下裙，白色上衣。鹤羽洁白，翅旁及尾部呈黑色。这里借人的服色以说鹤的毛色。 ⑮ 蹁跹：一本作"蹁仙"，或作"翩翻"。形容道士步履飘忽之状。又以形容鹤的舞姿，如杜甫《西阁曝日》诗："翩翻山巅鹤。"这里双关道士与鹤的步态。 ⑯ 畴昔：往日。畴字是语首助词，无义。"畴昔之夜"，这里指昨夜。 ⑰ 悟：一本作"寤"，意同，均作"觉醒"解。

《前赤壁赋》是记夏历七月十六夜的江游，本篇是记十月十五夜的江游，读者首先能感受到的是两赋因季节不同而呈现的景物的变化。前赋是"清风徐来，水波不兴"，"白露横江，水光接天"，一派新秋的景象；后赋是"霜露既降，木叶尽脱"，"山高月小，水落石出"的初冬江上之景。除了时令景色外，两次夜游的起兴和游程也大不相同。第一次是有目的、预先计划好的月下泛舟，人不离舟，所写的只是江与月，感情和议论也围绕着江与月而发，一气贯彻；这一次却并无江游的预谋，在散步中为"月白风清"的良夜所吸引，陡起游兴，才再度泛舟的，而且还舍舟登山，山游后又复舟游，过程曲折得多，展示的景色也因之而繁富。但更重要的区别是，前赋是作者以自己出面，发表了一篇议论，写的是舟中发生的实事；后赋则用道士化鹤这一俨然是印证前赋"羽化而登仙"的虚幻故事，作为高潮也作为余韵，以抒

【鉴赏】

发超脱的情怀。对这两赋的意境，清代批评家金圣叹的领会颇为高明，他在《天下才子必读书》中评道："前赋是特地发明胸前一段真实了悟，后赋是承上文从现身现境一一指示此一段真实了悟。"又说："若无后赋，前赋不明；若无前赋，后赋无谓。"把前后两赋的异同和关系说得相当透彻。

如果道士化鹤掠舟而过又到斋中相见不是托之于梦幻，那就变成一个荒诞的神怪故事，情趣也就因之顿减了。作者将这情节置之于若疑若信的恍惚的梦境，便觉得满纸空灵奇幻之中，作者的精神状态却是真实可信的。鹤是实体，梦中的道士为鹤的化现，是作者的积想所致的幻觉。从这个幻觉中透露了作者精神升腾入大自然的旷达之思，将自己升华而与大自然合为一体了。

此赋的写景，一向被历代文评家所推赏。其杰出之处在于不假辞藻，自然而工致。如首段的"人影在地，仰见明月"；第三段的"江流有声，断岸千尺。山高月小，水落石出"和"山鸣谷应，风起水涌"等语，全用白描，却给人以清新之感，字面质朴而诗情丰腴。这是诗人突入了自然之后，汲取了风景的精髓，以简约平淡的语言给以准确表达的缘故，其风味极像陶渊明的诗句。苏轼在古代诗人中最倾服陶渊明，自称"吾于诗人无所甚好，独好渊明之诗。渊明作诗不多，然其诗质而实绮，癯而实腴，自曹、刘、鲍、谢、李、杜诸人，皆莫及也"（见苏辙《子瞻和陶渊明诗集引》所述）。爱陶心切，便不知不觉追求着陶渊明"外枯而中膏，似淡而实美"（苏轼《评韩柳诗》）的境界。

写景写得好，是因为景中有情。所谓景中有情，不一定是在刻画景物时寄予感慨，而在于所刻画的对象中透露出作者的视角，作者对景物的体会，也即是有作者的诗情在内。于是风景与人格一致，达到了方苞所谓"胸无杂物，触处流露，不知其所以然而然"（王文濡《评校音注古文辞类纂》评此文引）的主客观契合的创作心理状态。

此赋的散文味更重，但音律依然有韵文的铿锵。好几处押的是"藏韵"，有如书法笔画中的藏锋。如第二段"藏之久矣"的"久"，与上句"酒"押韵；第三段"而江山不可复识矣"的"识"，与前面"尺"、"出"押韵；"盖二客不能从焉"的"从"，与前面"茸"、"龙"、"宫"及后面的"动"、"涌"、"恐"押韵；"听其所止而休焉"的"休"，与前面"留也"的"留"和"舟"、"流"押韵，韵字后面均带虚字作尾，都必须在诵读时才能体察。赋的古义为诵，古人称不歌而诵的为赋，赋原是要诵读才能诵出滋味来的。

（何满子）

黠鼠赋

苏子夜坐，有鼠方啮。拊床而止之，既止复作。使童子烛之，有橐中空。嘐嘐聱聱[1]，声在橐中。曰："嘻！此鼠之见闭而不得去者也。"发而视之，寂无所有。举烛而索，中有死鼠。童子惊曰："是方啮也，而遽死耶？向为何声，岂其鬼耶？"覆而出之，堕地乃走。虽有敏者，莫措其手。

苏子叹曰："异哉！是鼠之黠也。闭于橐中，橐坚而不可穴也。故不啮而啮，以声致人；不死而死，以形求脱也。吾闻有生，莫智于人。扰龙伐蛟，登龟狩麟[2]，役万物而君之[3]，卒见使于一鼠。堕此虫之计中，惊脱兔于处女[4]。乌在其为智也？"

坐而假寐，私念其故。若有告余者曰："汝惟多学而识之[5]，望道而未见也。不一[6]于汝，而二于物[7]，故一鼠之啮而为之变也。人能碎千金之璧，不能无失声于破釜；能搏猛虎，

【原文】

不能无变色于蜂虿[8]：此不一之患也。言出于汝，而忘之耶？”余俛而笑，仰而觉。使童子执笔，记余之怍[9]。

〔注〕 ① 嘐(jiāo交)嘐聱(áo熬)聱：象声词，鼠咬物声。 ② 扰龙：驯服龙。《左传·昭公二十九年》载古代有董父，能“扰畜龙，以服事帝舜”。杜预注：“扰，驯服之也。”伐蛟：擒蛟。登龟：古以为龟有灵，取以决吉凶，入宗庙，故曰“登”。《礼记·月令》：“季夏之月，命渔师伐蛟，取鼍，登龟，取鼋。”狩麟：《春秋·哀公十四年》：“西狩获麟。” ③ 君之：谓做它们的主宰。④“惊脱兔”句：《孙子·九地》形容用兵之法：“始如处女，敌人开户，后如脱兔，敌不及拒。”谓开始像处女一般沉静，使敌人不注意防备，然后像逃走的兔子一样突然行动，使敌人来不及抵抗。 ⑤ 识(zhì志)：通“志”，记。⑥ 一：专心。 ⑦ 二于物：受外物干扰、左右。 ⑧“人能”四句：传为苏轼十岁时所作《夏侯太初论》中句，见《能改斋漫录》卷八引《王立之诗话》，又见于苏轼《颜乐亭诗》序和此赋中。 ⑨ 怍(zuò作)：惭愧。

这是一篇寓言式的咏物小赋。首段叙述黠鼠装死逃脱的故事，次段写作者悟出鼠的狡猾，感叹为其所骗，末段由这件日常小事引出一番议论，从而说明了一个很深刻的道理：在所有的生灵中，人是最有智慧的，但智慧的充分发挥必须依赖意志的专一。倘能精神高度集中，用心专一，便能搏击猛虎，役使万物，而无所惧怕；如果精力分散，懈怠疏忽，就不免受外物出其不意的干扰，堂堂的万物之灵便会陷入黠鼠的圈套，被一个小小的动物捉弄。可见成功来自专心，漏洞出于麻痹，从事任何事情都应该认真严谨，心无旁骛。

这篇咏物小赋，先写一个极平常的小事——黠鼠逃脱的经过。从“有鼠方啮”到发现“声在橐中”，到童子惊怪“中有死鼠”，到鼠“堕地乃走”，故事极简单而情节又曲折有趣。黠鼠的作声引人、假死骗人、乘机逃脱，童子的发现、困惑、惊怪与措手不及，都写得简截逼真，有声有色，幽默风趣。

故事的曲折性重在突出一个“黠”字。由“苏子叹曰”转入对这件小事的思考分析，先点明“黠”字，与题目相应，然后再剖析“黠”的表现：“不啮而啮，以声致人；不死而死，以形求脱”。以下写有生之物“莫智于人”，却“见使于一鼠”，堕其计中，仍在渲染“黠”字，同时提出一个问题：万物之灵的人为何堕一虫的计中呢？接着以“坐而假寐，私念其故”再转入更深一层的思索。但作者不是采用简单推理和内心独白，而是借睡意朦胧中的自我对话，来昭示为鼠所骗的原因，从而导出带有普遍意义的结论，说明了凝神专一的重要性。最后“俛而笑，仰而觉”，再唤童子出场，以人物活动收结全文。

这篇小赋论事明理，因物见意：人物、情节、对话与理性思维相融合，行文寓庄于谐，独出心裁，新颖别致，引人入胜。其体裁属于用韵散赋，如第一段的“空”与“中”，“走”与“手”；第二段的“人”与“麟”，“鼠”与“女”；第三段的“见”与“变”，“觉”与“怍”，都叶韵，读来增加音节之美。清人张伯行《唐宋八大家文钞》评《前赤壁赋》说：“以文为赋，藏叶韵于不觉，此坡公工笔也。”本篇也是如此。

（刘乃昌　高洪奎）

书蒲永昇画后

古今画水，多作平远细皱，其善者不过能为波头起伏，使人至以手扪之，谓有洼隆，以为至妙矣。然其品格，特与印板水纸争工拙于毫厘间耳。

唐广明[①]中，处士孙位始出新意，画奔湍巨浪，与山石曲

【原文】

折,随物赋形,尽水之变,号称神逸。其后蜀人黄筌、孙知微皆得其笔法。始,知微欲于大慈寺[②]寿宁院壁作湖滩水石四堵,营度经岁,终不肯下笔。一日仓皇入寺,索笔甚急,奋袂如风,须臾而成,作输泻跳蹙之势,汹汹欲崩屋也。知微既死,笔法中绝五十余年。

近岁成都人蒲永昇,嗜酒放浪,性与画会,始作活水,得二孙本意,自黄居寀兄弟、李怀衮[③]之流,皆不及也。王公富人或以势力使之,永昇辄嘻笑舍去。遇其欲画,不择贵贱,顷刻而成。尝与余临寿宁院水,作二十四幅,每夏日挂之高堂素壁,即阴风袭人,毛发为立。永昇今老矣,画亦难得,而世之识真者亦少。如往时董羽[④]、近日常州戚氏[⑤]画水,世或传宝之;如董、戚之流,可谓死水,未可与永昇同年而语也。元丰三年十二月十八日夜,黄州临皋亭[⑥]西斋戏书。

〔注〕 ① 广明:唐僖宗年号(880—881)。 ② 大慈寺:成都寺庙。 ③ 李怀衮:宋代画家,成都人。善画山水花鸟。 ④ 董羽:宋代画家,字仲翔,俗号董哑子,毗陵(今江苏常州)人。善画鱼龙海水。 ⑤ 常州戚氏:指宋代常州画家戚化元、戚文秀,均工山水。 ⑥ 临皋亭:苏轼贬谪黄州期间寓居之处,在朝宗门外长江边上。

这是蒲永昇画的一篇题跋,元丰三年(1080)十二月作于黄州。蒲永昇是作者的友人,此文既赞其画,又赞其人。宋郭若虚《图画见闻志》曾引述此文,谓"子瞻在黄州临皋亭,乘兴书数百言(按即此文)寄成都僧惟简",知此文乃书寄惟简之作。

形似还是神似,是绘画中的两大派别。苏轼是反对形似、主张神似的,他在《书鄢陵王主簿所画折枝二首》(其一)中说:“论画以形似,见与儿童邻。”《书蒲永昇画后》论说的,也是这个主张。

此文专论画水。文中提出的“死水”、“活水”的见解,非常精辟。作者是主张活水,反对死水的。文中从对面着笔,先说死水,然后再说活水,通过对比,可以把自己的见解讲得更深透。

死水,就是从静止的状态去画水,求其形似。在第一段中,作者对此作了非常简洁而生动的概括。“平远细皱”是这种画的基本特征,画得最好的能逼真地表现波头的起伏,把水波凹下去凸出来的形状描画得分明可见,就像真的一般,以致人们信以为真,竟用手去摸。宋人沈括《梦溪笔谈》卷十七《书画》云:“又有观画而以手摸之,相传以为色不隐指者(隐指,谓硌触手指)为佳画。”范镇《东斋记事》卷四也记了一个故事:“又有赵昌者,汉州(今四川广汉)人,善画花。每晨朝露下时,绕栏槛谛玩,手中调采色写之。自号写生赵昌。人谓赵昌画染成,不布采色,验之者以手扪摸,不为采色所隐,乃真赵昌画也。”所讲的情形,同苏轼此文所写相类。画水波的波纹至于“以手扪之,谓有洼隆(低和高)”,已达形似之极致。但是它却有一个致命的弱点:是死的。它只画出了水的形,没有画出水的神,因而没有生气。苏轼认为,这种画呆板俗气,其品格同工匠们的印板水纹纸没有什么差别,真是一针见血。

下面转到画活水。第二段讲蒲永昇之前画活水的情形。孙位是晚唐时期著名画家,曾改名孙遇。早年居会稽山(在今浙江绍兴),号会稽山人。僖宗时随驾入蜀,以处士身分为蜀之文成殿上将军,特别擅长画水,是画活水的创始者。《益州名画录》说他所画龙水,“龙拏水汹,千状万态,势愈飞动”。黄筌为宋初画家,字要叔,成都人,曾从孙位学画龙水。下文的黄居寀,为黄筌第三子,他与兄居实、居宝,均工绘画。孙知微,宋初画家,字太古,眉州彭山(今属四川)人,善画山水、仙宫、星辰人物。文中具体讲了二

【鉴赏】

孙，内容各有侧重。于孙位，是讲活水画的具体特点："画奔湍巨浪，与山石曲折，随物赋形（随着水所遇山石形状不同而赋予水不同的形态），尽水之变，号称神逸。"根本之点是一个"动"字，从动态上画水。"动"才能"活"，才能有千姿百态的变化，才不是死水一潭。于孙知微，是写创作活水画的精神状态，即灵感。"营度经岁"是说捕捉现实中的湖滩水石的典型特点，使之烂熟于胸，并不是闭门空想。一旦酝酿成熟，灵感激发，即抓住这稍纵即逝的时刻，"奋袂如风，须臾而成，作输泻跳蹙之势（形容急流奔泻与山石激荡飞迸之状），汹汹欲崩屋也"。这一节，字字跳动，读来惊心动魄。写二孙，虽各有侧重，却又是辩证统一的：要画出孙位那样的画面，必然要有孙知微那种创作的激情；而具备孙知微这种创作激情，必然会画出孙位那样的画面。这样的画不是去追求某个小小波纹的逼真，而是从整体画出水的精神，也就是文中所说的"神逸"。这同画死水有着根本的区别。

最后一段才归到蒲永昇的画上来。上文说"知微既死，笔法中绝五十余年"，足见蒲继起的可贵。"嗜酒放浪，性与画会，始作活水，得二孙本意"，不仅写出了他的豪放性格，还写出他在绘画上的极高造诣。"王公富人"一节，更写了他不慕荣利、不畏权贵的高尚品格，正所谓画品与人品相得益彰。文中所说临寿宁院水，即上文孙知微所作者。写蒲氏所临之画，又不同于二孙，是通过画的效果来表现画面的传神："每夏日挂之高堂素壁，即阴风袭人，毛发为立。"这里虽然没有具体描写画面，却可使人想见巨涛奔腾之状。结尾把蒲永昇的活水同董羽、戚氏的死水对比，叹蒲氏之老，惜流俗不识其画的真正价值，感慨欷歔，充满对友人的怀念之情，令人叹惋不置。

用生动形象的画面来发表自己的画论，是此文的杰出之处。于死水，用"以手扪之，谓有洼隆"，"特与印板水纸争工拙于毫厘间"形容其死板；于活水，用绘画时"仓黄（慌张）入寺，索笔大急，奋袂如风，须臾而成"形容其灵感神来的创作情形，用画面“输泻跳蹙”、“汹汹欲崩屋”的奔涌水势形容其飞动传神的艺术效果。虽只三言两语，却形象地揭示了它们的本质特征；不用空洞的议论，却表达了死水、活水画论的神髓。通篇全写画水，而写法极富变化，绝无一处相同。苏轼本人也工绘画，尤其善作枯木怪石，画法即取神似。明郑之惠等《苏长公合作》补卷下引王圣俞云：“东坡善画，故知画；知画，故言入底里。”清沈德潜《唐宋八家文读本》卷二十四云：“活水死水，可悟行文之法。中苍黄入寺一段，尤能状出神来之候。盖古今妙文，无不成于神来者，天机忽动，得之自然，人力不与也。”此文结尾云“戏书”，正是临皋亭西斋灯下的神来之笔。

（王思宇）

韩幹画马赞

韩幹之马四。其一在陆，骧首奋鬣，若有所望，顿足而长鸣。其一欲涉，尻高首下，择所由济[①]，踽蹐而未成。其二在水，前者反顾，若以鼻语，后者不应，欲饮而留行。以为厩马也，则前无羁络，后无箠策；以为野马也，则隅目[②]耸耳，丰臆细尾，皆中度程[③]。萧然如贤大夫贵公子，相与解带脱帽，临水而濯缨[④]。遂欲高举远引，友麋鹿而终天年[⑤]，则不可得矣，盖优哉游哉[⑥]，聊以卒岁而无营。

〔注〕 ① 择所由济：选择渡河的地方。济，渡河。 ② 隅目：眼眶棱角分明。杜甫《骢马行》：“隅目青荧夹镜悬”。一说斜着眼睛看。张衡《西京赋》：“隅目高眶。”薛综注：“隅目，角眼视也。高眶，深瞳子也。” ③ 皆中度程：全

符合良马的标准。 ④“临水”句:表明行为高洁,不同世俗同流合污。濯缨,清洗冠带。《楚辞·渔父》有“沧浪之水清兮,可以濯我缨”句。 ⑤“友麋鹿”句:回到大自然中过自由自在的生活。天年,人的自然寿命。 ⑥优哉游哉:从容不迫、悠然自得的样子。语出《左传·襄公二十一年》。

【鉴赏】

韩幹是唐代著名画家,京兆(今陕西西安市)人,善画人物,尤工鞍马,深得王维的推重。他是画家曹霸的弟子,杜甫《丹青引赠曹将军霸》诗说:“弟子韩幹早入室,亦能画马穷殊相。”他曾为唐玄宗画马。赞,是一种文体,多用于褒扬赞美,与“颂”体相似。从内容说,有史赞(词兼褒贬)、像赞(或称“真赞”,赞颂人物)、杂赞(褒美文章、书画等)之分;就形式说,有散文和韵语之别。本篇韩幹画马赞,用散文笔调的韵文写成,属于杂赞小品。

首句点明画面马数,而后分别描述四匹马各自不同的形态和神情。其中一匹在陆,一匹欲涉,两匹在水中。简明的交待之笔,既点出群马的空间背景是在旷野的水陆之间,又显示四马在画面中的布局,表明这是一幅“群马渡水图”。画赞在大体说明了画面构图的基础上,用极为简洁精当的语言,刻画了四匹马各具特点的动作性形态:有的“骧首奋鬣”,有的“尻高首下”,有的“反顾”,有的“欲引而留行”。可说形态生动,各具个性,准确地再现了韩幹的群马图,正如作者在《韩幹马十四匹》中所说:“韩生画马真是马,苏子作诗如见画。”

这篇画赞的妙处,还在于作者不仅写出了群马的形态,而且再现了它们的精神。如写在陆的那匹,除“骧首奋鬣”这一画中可见之形外,更写其“若有所望”的神情、“顿足”的动作和“长鸣”声响;写在水的两匹,除“前者反顾”这一形态刻画外,更用“若以鼻语,后者不应”,表现出仿佛两马互相在进行感情的交流。借助于这些传神之笔,简直把画面中的马完全写活了。

这篇画赞尤其精妙之处,更在于作者由绘形传神进而写出群马的气韵和风度。它们既不像头带羁络的“厩马”,而又体态中度有别于“野马”。它们无营无求,无拘无束,从容闲暇,潇洒自得,犹如贤大夫贵公子解带脱帽、临流濯缨,神态极为飘逸。这一精湛的比喻,可谓深得韩幹马图的神韵。“遂欲高举远引”而不可得,只好优游卒岁等语,以观画而诱发的幽想逸思,更进一步地摹写出韩幹笔下神品超拔旷远的精神内蕴。

这篇画赞不足一百六十字,以极其精粹简赅的文字把作为造型艺术的绘画,转化为语言艺术,不仅真切地再现了画面中诉诸视觉的形象,而且传达了它耐人品味的风神,更进而写出了原作的画外意蕴,所谓“画中景,画面韵,画外意”。摹写准确,尽其极致,体现出了苏轼画赞的高妙入神。

(刘乃昌　高洪奎)

文与可[①]飞白赞

呜呼哀哉,与可岂其多好,好奇也欤?抑其不试,故艺也[②]。始余见其诗与文,又得见其行草篆隶也,以为止此矣。既没一年,而复见其飞白。美哉多乎,其尽万物之态也。霏霏乎其若轻云之蔽月,翻翻乎其若长风之卷旆也[③]。猗猗乎其若游丝之萦柳絮,袅袅乎其若流水之舞荇带也。离离乎其远而相属,缩缩乎其近而不隘也。其工至于如此,而余乃今知之。则余之知与可者固无几,而其所不知者盖不可胜计也。呜呼哀哉!

〔注〕 ① 文与可:名同,梓州永泰(今四川盐亭东)人。北宋著名的书画家,

苏轼的从表兄。曾知洋州、湖州。著有《丹渊集》。 ② 抑其不试，故艺也：语出《论语·子罕》："牢曰：子云：'吾不试，故艺。'"试，用。艺，掌握多种技艺。 ③ 翻翻：翻腾貌。旆（pèi配）：旗帜的通称。

【鉴赏】

本文作于文与可去世一年后，苏轼发现了文氏的飞白，惊叹其艺术造诣，故而写下这篇赞文。

飞白，是书法艺术的一种。飞白体的特点是笔画露白，似枯笔所写，具有独特的艺术魅力。本文紧紧围绕飞白的这种特点，用博喻手法，准确、生动、形象地描绘出文与可飞白的艺术造境。

"美哉多乎，其尽万物之态也。"是总的赞美，振起文气，统领全部赞词。自"霏霏乎"至"袅袅乎"四句，以自然风物为喻，赞其走笔用墨的工力造境；"离离乎"、"缩缩乎"二句，直接赞其笔画字架结构方面的艺术工力。短短六句，囊括了文与可飞白艺术的全部要素。词彩绚丽，风光旖旎。其艺术工力适足与文与可的飞白工力相比美。

"霏霏乎"句，从曹植《洛神赋》之"髣髴兮若轻云之蔽月"句化出。曹句用以形容望中所见洛神的若隐若现、轻盈飘逸的形象。此句则用以形容飞白书法所特有的，走笔至墨淡露白处那种清淡飘逸的艺术美感。霏霏，云初起之貌。轻云，形容墨淡；轻云蔽月，形容微微露白，恰到好处。

"翻翻乎"句，用以形容重笔浓墨，随意挥洒的刚劲飞动的气势。长风，足见风势之厚；卷旆，更见风势的猛烈无阻。以长风卷旆形容笔墨的浓重飞动，极富声色。同时"旆"之被"卷"，也暗示墨之露白，仍未离飞白的特点。

"猗猗乎"句，用以形容笔势若断若续，柔婉牵缠的美感。猗猗，柔弱不绝貌。游丝，春日虫类所吐之浮游之丝。游丝萦柳絮，极见卷扬牵缠的柔婉之态。

“袅袅乎”句，用以形容笔势流动而又摇曳多姿的美感。袅袅，摇曳貌。荇，一种水菜。荇生水上，故水流而荇舞。杜甫曾有“水荇牵风翠带长”之句，历来脍炙人口。本句与杜诗有异曲同工之妙。

“离离乎”、“缩缩乎”二句，是说笔画字架结构疏而不断，密而不滞，甩得开，收得拢，疏密相间，错落有致。

以上六句，极尽描写比喻之能事，不仅表现了苏轼过人的文才，更说明他本人是一位精通“书理”的大书家，所以他才能对文与可的飞白艺术体会得如此深切透辟。

在赞文与可飞白之前之后，作者还概括指出文与可的诗文造诣，及其书法兼擅行、草、篆、隶各体的成就；并以新发现的飞白为例，说明文与可是一位在多种艺术领域中取得了多方面成就的艺术家，他的作品恐怕还有许多不曾被人发现，未为世人所知。对文与可的英年早逝，表示了深切的惋惜痛悼之情。这种布局，颇富匠心，表明作者赞文与可的飞白，始终是和赞其“全人”分不开的。以文传人，寄托哀思，苏轼有焉。

（任国绪）

三槐堂铭 并叙

天可必乎[①]？贤者不必贵，仁者不必寿。天不可必乎？仁者必有后。二者将安取衷哉！吾闻之申包胥曰[②]：“人众者胜天，天定亦能胜人[③]。”世之论天者，皆不待其定而求之，故以天为茫茫，善者以怠，恶者以肆。盗跖之寿[④]，孔颜之厄[⑤]，此皆天之未定者也。松柏生于山林，其始也困于蓬蒿，厄于牛羊，而其终也，贯四时阅千岁而不改者，其天定也。善恶之报，至于

【原文】

子孙，而其定也久矣。吾以所见所闻所传闻考之，而其可必也审矣。

国之将兴，必有世德之臣，厚施而不食其报，然后其子孙能与守文太平之主共天下之福。故兵部侍郎晋国王公显于汉周之际[6]，历事太祖、太宗，文武忠孝，天下望以为相，而公卒以直道不容于时。盖尝手植三槐于庭曰："吾子孙必有为三公[7]者。"已而，其子魏国文正公相真宗皇帝于景德、祥符之间朝廷清明、天下无事之时[8]，享其福禄荣名者十有八年。今夫寓物于人，明日而取之，有得有否。而晋公修德于身，责报于天，取必于数十年之后，如持左券，交手相付。吾是以知天之果可必也。吾不及见魏公，而见其子懿敏公[9]，以直谏事仁宗皇帝，出入侍从将帅三十余年，位不满其德。天将复兴王氏也欤？何其子孙之多贤也。世有以晋公比李栖筠者[10]，其雄才直气，真不相上下，而栖筠之子吉甫[11]，其孙德裕[12]，功名富贵，略与王氏等，而忠信仁厚，不及魏公父子。由此观之，王氏之福盖未艾也。懿敏公之子巩与吾游，好德而文，以世其家。吾是以录之。铭曰：

呜呼休哉！魏公之业，与槐俱萌。封植之勤，必世乃成。既相真宗，四方砥平。归视其家，槐荫满庭。吾侪小人，朝不及夕。相时射利，皇恤厥德。庶几侥幸，不种而获。不有君子，其何能国。王城之东，晋公所庐。郁郁三槐，惟德之符。呜呼休哉！

〔注〕 ① 必：必然，必然性。 ② 申包胥：春秋时楚国大夫。姓公孙，封于

申，故号申包胥。与伍子胥友善。子胥以父兄被害逃于吴，率吴军破楚，申包胥到秦求救兵，哭于秦廷七日七夜，终使秦发兵救楚，打败吴军。后不受楚王之封而逃亡。 ③“人众者胜天”二句：语出《史记·伍子胥列传》。 ④ 跖：春秋战国之际人民起义领袖。旧时被诬称为盗跖。 ⑤ 孔颜：孔子与颜回。 ⑥ 晋国王公：指王祜。《宋史》有传。 ⑦ 三公：为朝廷政治军事最高长官的总称。周代、两汉名称各有同异。宋代以太师、太傅、太保为三师，太尉、司徒、司空为三公，不常置，无实职，作为宰相、亲王、使相的加衔。 ⑧ 魏国文正公：指王祜子王旦。《宋史》有传。 ⑨ 懿敏公：指王旦子王素。《宋史》有传。 ⑩ 李栖筠：字贞一，唐赵郡人。善文章。安史之乱，肃宗驻灵武，李栖筠发兵赴难，擢殿中侍御史。代宗朝为御史大夫，有重名于世。 ⑪ 吉甫：李吉甫，字弘宪。少好学，能文。仕宪宗，两度为相。著有《元和郡县图志》。 ⑫ 德裕：李德裕，字文饶。以父荫补校书郎。武宗时为相，执政六年，进太尉，封卫国公。宣宗朝遭牛党打击，贬潮州司马，再贬崖州司户，卒。

本文的主干不在铭文，而在叙文。叙文是交代作铭的原因的，这交代也只有四句话：“懿敏公之子巩与吾游，好德而文，以世其家。吾是以录之。”据《宋史·王素传》附其子王巩传曰：“巩有隽才，长于诗，从苏轼游。轼守徐州，巩往访之……轼得罪，巩亦窜宾州。”足见王巩与苏轼交往之深。整篇叙文的重心则是作者有感于王巩“好德而文，以世其家”而生发的议论。

议论的中心论点是天数有定，果报不爽，善恶之报，至于子孙。这种宿命论的观点，实在是陈腐之极。但作者在以王巩的曾祖父王祜、祖父王旦、父亲王素这三世功德富贵为据去证成其论点时，肯定了为人臣者当建立功业，修德于身，却也不无积极的思想意义。

文章开头就提出上天对人的果报是否必然的问题。如果必然的话，为什么贤者往往不能富贵，仁者往往不能长寿呢？如果不存在必然的话，为

【鉴赏】

什么仁者大都能够子孙繁衍兴旺呢？这一对矛盾的提出，乍看似乎不利于作者宣扬果报不爽的论点，其实恰好为其提出善恶之报至于子孙的观点蓄势。为解决前面的矛盾，也为阐明后面的观点，作者就势提出了个天“定”与“不定”的问题。作者认为，天数之“定”，必须经历由“不定”到“定”的发展过程。当其“不定”阶段，果报还不能显现，因而产生了“贤者不必贵”、“仁者不必寿”的现象，“盗跖之寿，孔颜之厄”就是例子。如果世人于此阶段强求果报，就会误认为上天茫然无知，不明善恶，不施报应；善人就会对他的行善丧失信心，恶人就会更加放胆作恶，肆无忌惮。正确的态度应该是确信天数有“定”，耐心等待，积善修德，把果报寄托到后世子孙身上。

这就为下文宣扬王巩的曾祖父王祐种槐于庭，“取必于数十年之后”，提供了理论根据。而王祐之子王旦的仕至宰相，位极人臣，荣华富贵，也就成了证实这理论的确凿证据。

严格说来，作者拿文章的第二段作为支持第一段论点的依据，并非无懈可击。因为王祐本人以文章显于后汉、后周之际，得到宋太祖的赏识，历仕太祖、太宗两朝，累任监察御史、中书舍人、兵部侍郎等职。功名富贵，不可谓小，并不存在果报“不必”的问题。他“手植三槐于庭曰：‘吾子孙必有为三公者。’”说明他的胃口太大，对自己不曾位至“三公”不满，所以他要种槐用以激励子孙去博取“三公”高位。这和天之果报完全不相干。但作者却强行把王祐打入“天下望以为相，而公卒以直道不容于时”的“贤者不必贵”、“厚施而不食其报”的行列，以“为相”作为果报的标准，其目的何在呢？

原来作者写这篇文章的真实目的是要宣扬王巩先人的功德，并以此为王巩去博取社会声誉。这样就发生了一个问题：王祐只位至兵部侍郎，其子王旦却至宰相，王旦之子王素在朝中最高至学士，大部分时间是出任地方州郡长官，而王巩本人，直到作者写这篇文章时还不曾在朝廷或地方担任显职。如果采用记叙文体去详细具体地如实写出上述情况，对王祐来说，是父不如子，对王素、王巩来说，都是子不如父，难以搞平衡。并且王祐种槐以激励子孙是事实，三槐堂又完好无损地存在，王素、王巩父子俩岂非有负于先人的期望！现在作者换了个角度，采用议论文体，把王氏世代功德纳入“善恶之报，至于子孙”的理论轨道，且以“为相”作为善报的标准，问题就迎刃而解了。于是，王旦的为相，就成了王祐的功劳，是他修德的结果；而王素的不曾入相也没有什么不好，将意味着天会施善报于他的子孙，“王氏之福盖未艾也”，因而王巩的前途、福泽也是不可限量的。好了，矛盾的各方都摆平了，对王巩先人功德的宣扬也成功了。苏轼作文的本领实在高明。

与叙文相比，铭文则写得直率而动情。内容上也有所突破，以自己的“不种而获”沐浴国恩，归之于“不有君子，其何能国”，说明王氏父子的功业不仅泽及子孙，且泽及世人。这又提高了叙文的思想境界。

（任国绪）

祭欧阳文忠公文

呜呼哀哉！公之生于世，六十有六年。民有父母[①]，国有蓍龟[②]，斯文有传[③]，学者有师。君子有所恃而不恐，小人有所畏而不为。譬如大川乔岳，不见其运动，而功利之及于物者，盖不可以数计而周知。今公之没也，赤子无所仰芘[④]，朝廷无所稽疑[⑤]，斯文化为异端，而学者至于用夷[⑥]。君子以为无为为善[⑦]，而小人沛然自以为得时。譬如深渊大泽，龙亡而虎逝，则变怪杂出，舞鳝鳣而号狐狸[⑧]。昔其未用也，天下以为病；而其既用也[⑨]，则又以为迟。及其释位而去也[⑩]，莫不冀其复用；至

【原文】

其请老而归也⑪,莫不惆怅失望,而犹庶几于万一者,幸公之未衰。孰谓公无复有意于斯世也,奄一去而莫予追。岂厌世溷浊,絜身而逝乎?将民之无禄,而天莫之遗⑫?昔我先君,怀宝遁世⑬,非公则莫能致;而不肖无状,因缘出入,受教于门下者,十有六年于兹⑭。闻公之丧,义当匍匐往救⑮,而怀禄不去,愧古人以忸怩⑯。缄词千里,以寓一哀而已矣。盖上以为天下恸,而下以哭其私。呜呼哀哉。

〔注〕 ①“民有”句:称颂欧阳修做官爱民如子。《诗经·小雅·南山有台》:“乐只君子,民之父母。” ②“国有”句:赞美欧阳修识见卓荦,能为国决疑定策。蓍龟,蓍草和龟甲,古代用以占卜吉凶。《易·系辞上》:“探赜索隐,钩深致远,以定天下之吉凶,成天下之亹亹者,莫大乎蓍龟。” ③“斯文”句:推许欧阳修对宋代文学运动的杰出贡献。斯文,语出《论语·子罕》:“天之将丧斯文也,后死者不得与于斯文也!”原指礼乐制度,此指文章。 ④ 芘:通“庇”,庇护。 ⑤ 稽疑:决断疑事。 ⑥ 夷:指外来的佛教。欧阳修曾作《本论》三篇,申斥“佛为夷狄”,祸患中国千余载,当以儒家之礼乐制胜之。 ⑦“君子”句:意谓士大夫沉溺于道家的清静无为。《老子》六十三章:“为无为,事无事。” ⑧“舞䲡鳝”句:形容变怪十分猖獗。䲡,同“鳅”,泥鳅。鳝,同“鳝”,黄鳝。 ⑨ 既用:指受到重用。仁宗嘉祐五年(1060),欧阳修任枢密副使,次年转参知政事,年五十五岁。 ⑩ 释位:解职。英宗治平四年(1067),欧阳修罢参知政事,出知亳州,年六十一岁。⑪ 请老:请求退休养老。欧阳修自治平三年起,先后十余次上书求去,神宗熙宁四年(1071),退居颍州,年六十五岁。 ⑫“将民”二句:意谓抑或百姓无福,而上天不愿您留在人间?据《左传·哀公十六年》,孔子卒,鲁哀公诔词说:“昊天不吊,不慭遗一老。”《晚村精选八大家古文》:“只言世之不可无公,而天不慭遗,以致其哀悼之意,依仿尼父诔,其尊欧阳也至矣。”⑬“昔我”二句:嘉祐元年(1056)五月,苏洵携二子入京,献文给欧阳修,欧阳修荐为秘书省校书郎。怀宝,怀才,指满腹经纶。 ⑭ 十有六年:嘉祐二

年(1057)欧阳修知贡举,苏轼中进士,至欧阳修病逝为十六年。 ⑮ 匍匐:竭力。《诗经·邶风·谷风》:"凡民有丧,匍匐救之。"郑玄笺:"匍匐,尽力也。" ⑯"愧古人"句:意谓未能仿效古人弃官奔师丧而感到羞愧。忸怩,羞惭。

神宗熙宁五年(1072)闰七月二十三日,宋代著名政治家、文坛魁首、学界宗师欧阳修遽然长逝。噩耗传来,天下震惊,四海饮泣。苏轼满怀着深沉悲痛,在杭州通判任上写下了这篇传诵人口的祭文。祭文主要歌颂欧阳修在辅翼国政、振兴文化学术事业中所起的重要作用,赞美他进退有据的高风亮节,表达出平生知己之感,抒发了真挚深沉的悼念之情。

文章以"呜呼哀哉"发端,结尾又用此语收束,无限悲痛,滚滚哀思,都由肺腑中坌涌而出,幽咽凄楚,悱恻感人。全文可分为四层。第一层概述欧阳修一生的业绩。"民有父母,国有蓍龟"以下四句,歌颂欧公爱护百姓、决断国策、宏扬文化、传布学术的巨大勋劳;"君子有所恃"两句,赞扬他支持正气,疾恨邪恶的凛然风节;"譬如"以下四句以高山大川为喻,称许欧公的德泽自然施及于万物,不可以数计。行文简括而生动,字里行间蕴含着对欧公的尊崇之情。第二层从其死后着笔,写欧公逝世对百姓、国家、文化、学术的重大损失。"赤子"四句承上"民有父母"四句,"君子"两句承上"君子有所恃"两句。生时的贡献与死后的损失两相映衬,构成鲜明对比,表明欧阳修的存殁关系到国运民情、时势隆替。"譬如"几句象征哲人殒没、群小相庆的情况,正从反面映衬出欧阳修的刚介方正。以上两层分别从生前死后着笔,却无不集中地突现了欧阳修关系国运消长的重要历史地位。其排比句的运用完全与内容契合,增强了感人的力量。第三层又逆笔倒转,叙写欧公的出处大节。由"未用"到"既用",由"释位"到"请老",直至去世,五次递转,充分渲染出欧公在天下人心目中的崇高地位和对当世的重大影响。接着，又连用两个反诘句直抒痛惜哀悼之情。“将民之无禄，而天莫之遗”两句仿鲁哀公诔孔子之语悼欧公，肃穆典重，推尊欧公达到极致。第四层追述两世通家之好，自身受教之恩，以未能闻丧奔唁为憾，最后从“为天下恸”、“以哭其私”，即从公论私交两方面申明哀悼逝者乃出于由衷的哀思，行文戛然而止，悲恻动人。

祭奠之文，有散文、韵语、骈俪之体，宜典重肃穆、情真意挚。本篇哀思沉挚，墨浓笔重，文笔老当，对仗工整，且兼融散韵、骈俪之长，骈中有散，具有一气奔涌的贯注之势，是一篇情辞并茂的祭文。王安石也有《祭欧阳文忠公文》，两文都能从“大处落墨，劲气直达，读之想见古大臣之概”（王文濡《评校音注古文辞类纂》卷七十四），在当时祭悼欧公的文章中都是非常出色的。

（刘乃昌　高洪奎）

潮州韩文公庙碑

匹夫而为百世师[①]，一言而为天下法[②]，是皆有以参天地之化[③]，关盛衰之运。其生也有自来，其逝也有所为。故申、吕自岳降[④]，傅说为列星[⑤]，古今所传，不可诬也。孟子曰：“我善养吾浩然之气。”是气也，寓于寻常之中，而塞乎天地之间[⑥]。卒然遇之，则王公失其贵，晋、楚失其富[⑦]，良、平失其智[⑧]，贲、育失其勇[⑨]，仪、秦失其辩[⑩]，是孰使之然哉？其必有不依形而立，不恃力而行，不待生而存，不随死而亡者矣。故在天为星辰，在地为河岳，幽则为鬼神[⑪]，而明则复为人。此理之常，无足怪者。

自东汉以来，道丧文弊，异端并起，历唐贞观、开元之盛，辅以房、杜、姚、宋[12]而不能救。独韩文公起布衣，谈笑而麾之，天下靡然从公，复归于正，盖三百年于此矣。文起八代[13]之衰，而道济天下之溺，忠犯人主之怒[14]，而勇夺三军之帅[15]。此岂非参天地，关盛衰，浩然而独存者乎！

盖尝论天人之辨：以谓人无所不至，惟天不容伪；智可以欺王公，不可以欺豚鱼；力可以得天下，不可以得匹夫匹妇之心。故公之精诚，能开衡山之云[16]，而不能回宪宗之惑；能驯鳄鱼之暴[17]，而不能弭皇甫镈、李逢吉之谤[18]；能信于南海之民[19]，庙食百世，而不能使其身一日安于朝廷之上[20]。盖公之所能者，天也；所不能者，人也。

始潮人未知学，公命进士赵德为之师[21]。自是潮之士，皆笃于文行，延及齐民，至于今，号称易治。信乎孔子之言："君子学道则爱人，小人学道则易使也[22]。"潮人之事公也，饮食必祭，水旱疾疫，凡有求必祷焉。而庙在刺史公堂之后，民以出入为艰。前守欲请诸朝作新庙，不果。元祐五年，朝散郎王君涤来守是邦，凡所以养士治民者，一以公为师。民既悦服，则出令曰："愿新公庙者听。"民欢趋之。卜地于州城之南七里，期年而庙成。

或曰："公去国万里而谪于潮，不能一岁而归，没而有知，其不眷恋于潮也审矣。"轼曰："不然。公之神在天下者，如水之在地中，无所往而不在也。而潮人独信之深，思之至，焄蒿凄怆[23]，若或见之。譬如凿井得泉，而曰水专在是，岂理也哉！"元丰七年，诏封公昌黎伯，故榜曰："昌黎伯韩文公之庙"。潮人请书其事于石，因作诗以遗之，使歌以祀公。其词曰：

公昔骑龙白云乡，手抉云汉分天章[24]，天孙为织云锦裳[25]。飘然乘风来帝旁，下与浊世扫秕糠[26]，西游咸池略扶桑[27]。草木衣被昭回光[28]，追逐李杜参翱翔[29]，汗流籍湜走且僵[30]。灭没倒景不可望[31]，作书诋佛讥君王，要观南海窥衡湘。历舜九疑吊英皇[32]，祝融先驱海若藏[33]，约束蛟鳄如驱羊。钧天无人帝悲伤[34]，讴吟下招遣巫阳[35]，犦牲鸡卜羞我觞[36]。於粲荔丹与蕉黄[37]，公不少留我涕滂，翩然被发下大荒[38]。

〔注〕 ①“匹夫”句：《孟子·尽心下》：“圣人，百世之师也。” ②“一言”句：《礼记·中庸》：君子“行而世为天下法，言而世为天下则”。 ③ 参天地之化：赞助天地的化育之功。《礼记·中庸》：“可以赞天地之化育。” ④“申、吕”句：申说“生也有自来”。申、吕，周宣王、穆王时大臣申侯、吕侯（亦称甫侯），传说他们诞生时，有山岳降神的吉兆。见《诗·大雅·崧高》：“维岳降神，生甫及申。” ⑤“傅说”句：申说“逝也有所为”。傅说（yuè 悦），殷高宗武丁宰相，传说他死后升天为星宿。《庄子·大宗师》：傅说“乘东维，骑箕尾，而比于列星”。 ⑥“我善养”四句：语出《孟子·公孙丑上》：“我善养吾浩然之气”，“其为气也，至大至刚，以直养而无害，则塞于天地之间”。 ⑦ 晋、楚：春秋时两个强国。《孟子·公孙丑下》：“曾子曰：‘晋、楚之富，不可及也。’” ⑧ 良、平：张良、陈平，汉初功臣，以足智多谋见称。 ⑨ 贲、育：孟贲、夏育，古代的大力士。 ⑩ 仪、秦：张仪、苏秦，战国纵横家，以能言善辩著称。 ⑪ 幽：指幽冥之处。《礼记·乐记》：“幽则有鬼神。” ⑫ 房、杜：房玄龄、杜如晦，唐太宗时宰相。姚、宋：姚崇、宋璟，唐玄宗前期宰相。 ⑬ 八代：指东汉、魏、晋、宋、齐、梁、陈、隋。 ⑭“忠犯”句：唐宪宗李纯崇佛，遣使迎佛骨入宫禁，韩愈上表极谏，触犯宪宗，宪宗要处死韩愈，经群臣营救，贬为潮州刺史。事见《新唐书·韩愈传》。 ⑮“勇夺”句：唐穆宗时，镇州（治所在今河北正定）发生兵乱，镇将王廷凑杀田弘正自立，韩愈奉旨前去宣抚，至镇州，王廷凑甲士陈廷，严兵以待，韩愈侃侃

而谈，说服了将士，平息了变乱。事见《新唐书·韩愈传》。⑯“能开”句：韩愈遭贬路经湖南衡山，正逢天气阴晦。他暗中祝祷，忽然云散天晴，得以饱览山景。韩愈《谒衡岳庙遂宿岳寺题门楼》诗说：“潜心默祷若有应，岂非正直能感通。”⑰“能驯”句：韩愈初到潮州，问民疾苦，都说恶溪有鳄鱼扰民，韩愈写了《鳄鱼文》，令鳄鱼迁走。据说当晚暴风雷电，鳄鱼果然离去，从此潮州无鳄鱼患。事见《新唐书·韩愈传》。⑱“而不能”句：事见《新唐书·韩愈传》。皇甫镈（bó 博）：唐宪宗时宰相。宪宗看到韩愈的贬潮州谢表后，想再重用他，皇甫镈疾忌韩愈耿直，说他狂疏，只改派韩愈为袁州刺史。李逢吉：唐穆宗时宰相。曾故意制造韩愈与李绅的矛盾，从而借口两人不和，罢去韩愈的兵部侍郎职务。⑲信：取信。南海：潮州属南海郡。⑳“不能”句：韩愈自袁州后，仕途大体平顺，东坡此语，不过借他人酒杯自浇块垒之意。㉑“公命”句：韩愈在潮州曾上《潮州请置乡校牒》说：“赵德秀才，沉雅专静，颇通经，有文章，能知先王之道，论说且排异端，而宗孔氏，可以为师矣。请摄海阳县尉，为衙推官，专勾当州学，以督生徒，兴恺悌之风。”进士，与韩文所说“秀才”义同。《国史补》：“进士为时所尚久矣，是故俊乂实集其中，通称谓之秀才。”㉒“君子”二句：语出《论语·阳货》，体现儒家倡导礼乐教化以辅政的政治观。㉓“焄蒿”句：语出《礼记·祭义》，借以形容潮州人真诚凄怆地礼祭韩愈。焄（xūn 薰）蒿，祭品香气蒸发。㉔云汉：天河。天章：天宇的文彩。《诗·大雅·棫朴》：“倬彼云汉，为章于天。”㉕天孙：织女星。《史记·天官书》：“织女，天女孙也。”㉖粃糠：代指邪说异端等。㉗“西游”句：化用屈原《离骚》：“饮余马于咸池兮，总余辔乎扶桑。”这里是以屈原远游求索光明，比喻韩愈到处奔走宣扬儒道。咸池，神话中太阳沐浴的水池。略，行经。扶桑，太阳初升处的神木。㉘衣被：蒙受。昭回：犹言遍照。《诗·大雅·云汉》：“倬彼云汉，昭回于天。”㉙“追逐”句：是说韩愈可以赶上李白、杜甫而与他们并驾齐驱。韩愈《调张籍》：“李杜文章在，光焰万丈长。……我愿生两翅，捕逐出八荒。”参翱翔，并翼齐飞。㉚“汗流”句：是说使张籍、皇甫湜汗水流尽、两腿走僵也望尘莫及。《新唐书·韩愈传》：“至其徒李翱、李汉、皇甫湜从而效之，遽不及远甚。”㉛“灭没”句：是说韩愈的成就光辉夺目，不可逼视，张籍、皇甫湜像水中倒影一样消失。景，同“影”。㉜“历舜”句：是说经过九疑山时凭吊娥皇女英。传说舜之妃娥皇、女英，从舜南巡，死于江湘之间。韩愈有《祭湘君夫人文》。 ㉝“祝融”句:祝融,传说中的火神。海若,传说中的海神。祝融、海若逃走潜藏,说明火灾消失,海水驯服。 ㉞钧天:天宫。《吕氏春秋·有始》:“中央曰钧天。”帝:指天帝。 ㉟“讴吟”句:是说上帝派遣巫阳(神巫名)到下界唱着神曲来招韩愈的魂。 ㊱犦牲:牦牛,庙中供品。鸡卜:以鸡骨占卜,迷信习俗。羞我觞:献酒。 ㊲於(wū乌)粲:形容色彩鲜明。 ㊳大荒:神话中的山名,这里代指仙境。韩愈《杂诗》有“翩然下大荒,被发骑麒麟”句。

哲宗元祐七年(1092),潮州(治所在今广东潮安县)知州王涤于重修潮州韩愈庙后,将潮州韩文公(韩愈死后的谥号)庙图寄给苏轼,请他撰写庙碑文。不久,苏轼手书碑样寄往潮州。《苏轼文集》中有《与潮守王朝请涤》书札二篇,《与吴子野书》一篇,均谈及此事。在这篇碑文中,作者评述了韩愈在儒学和文学上的贡献,颂扬了他在潮州的政绩,讨论了他生平的得失和遭遇。虽然措词不免有夸大之处,但文章写得议论风生,气势充沛,句式整饬而活泼,既结合一些重要事件反映了韩愈的一生,又在行文中渗透了作者的身世之感,因而与一般呆板的碑文不同,在艺术上是很有特色的。洪迈《容斋随笔》卷八说:“刘梦得、李习之、皇甫持正、李汉,皆称诵韩公之文,各极其挚。……及东坡之碑一出,而后众说尽废。”足见推许之高。

劈头以“匹夫而为百世师,一言而为天下法”两句领起,论一代杰出人物在历史上的巨大作用,下语精警,醒人心目。相传他撰写此文,“不能得一起头,起行百十遭,忽得‘匹夫’两句,下面只如此扫去”(《苏长公合作》卷七引朱熹语)。足见起笔非凡。参天地、关盛衰、生有因、死有为数句,继续申说伟人具有撼天动地之力,笔势益发宏伟。举申侯、吕侯生有嵩山降神之兆,傅说死为天上星宿,文思神奇,足证其说之凿然可信。但伟人之所以具有撼天动地之力,皆因秉受其天地浩然之气,故在引证孟轲之语后,便从多种角度铺陈，极力形容浩气之无所不在，无所不能，变化无穷，威力无比：王公之贵、晋楚之富、张良陈平之智、孟贲夏育之勇、张仪苏秦之辩不足敌，形、力不必待，生、死不能限，天、地、幽、明无不在。想象何等超绝，摹写何等奇伟！三组排比句，如万丈洪峰倾天而下，一往无前，更使文势酣畅。而在后两组排句之间又以"是孰使之然哉"散句提顿，使排涌直前的文势得一缓冲，更显得跌宕有致。

上段描述伟人浩气，是暗写，实则处处观照韩公；次段由凌空高论，落到实地，绾合到传主自身，赞颂其在儒学和文学上的历史功绩。由东汉以来的历史演变下笔，为陈述韩公的贡献布下宏阔背景，再以贞观、开元盛世和房玄龄、杜如晦、姚崇、宋璟等贤相不能救反衬一笔，遂即转入正面写韩公。"起布衣"五句，描画出韩公镇定自若的风采，力挽狂澜的气魄和挥斥异端承继儒学的成效，大笔勾勒，极有气度。"文起"、"道济"、"忠犯"、"勇夺"四句，以骈句铺陈，对仗精切，用语典重，概括了韩公的一生勋业。再以反诘句挽合首段，使议论和叙述契合无间。

"盖尝论天人之辨"一段，由上文述其业绩进而论其遭遇，赞颂他正直精诚的品德和无所畏惧的精神。先说天不容伪，人事难期，以为张本；而后举出韩公所能者三事，所不能者三事，两两对照，以见出韩愈合于天道而乖于人事的平生大节。"不能使其身一日安之于朝廷之上"，既是感叹韩愈，又是作者的自我写照。苏轼宦海浮沉，大起大落，始终未能安立朝堂，就在写这篇碑文前后，曾连续遭到官僚的弹劾诬陷，不得不多次乞请外郡，内心的郁愤便借此宣出。思潮如江涛翻滚，文势澎湃跌宕，感慨弥深，字里行间渗透着作者的身世之感。

自"始潮人未知学"起，写韩愈在潮州兴办文化教育事业、教化齐民百姓，因而使潮州长治久安的政绩；由于政绩之大，遗泽之远，引起潮人敬爱之深，故民众乐于重修韩庙，州府命令一出，"民欢趋之"。顺次写来，环环相扣,层层递进。"或曰"以下借设问再振波澜,进一步说明潮州人对韩愈"信之深,思之至"。人或以为韩公离京万里,远贬潮州,不到一年即移袁州,倘死后有灵,必不眷恋此荒服僻境。这一设问把文思引向深入,作者问得有理,答得极妙:"如水之在地中,无所往而不在",从正面形容韩愈影响深入人心;"譬如凿井得泉,而曰水专在是",从反面说明伟人的精神威力不受局囿。两个比喻,既通俗易懂,又新奇形象,极生动地写出了韩愈饮誉之广,遗泽之深。

文末交待韩愈被诏封的时间,点明庙额的由来,并缀以歌词礼赞庙主。歌词既吟叹其生前的事功,又想象其身后的灵异,且赞赏其文学功业,把韩愈渲染得出神入化,色彩斑斓,文笔瑰奇,蹈厉发越,与碑文风调吻合一致。

这篇碑文历叙韩愈一生的文章功业,归本于养浩然之气,喟叹其不遇,赞赏其遗泽,行文排宕闳伟,纵横挥洒,光彩四溢。其磅礴澎湃之处,与昌黎文略近,可谓力摹韩愈之文以写其为人,人才文格并肖而兼美。"自始至末,无一字懈怠,佳言格论,层见叠出。"(《唐宋文醇》卷四十九引王世贞语)黄震云:"《韩文公庙碑》,非东坡不能为此,非韩公不足以当此,千古奇观也。"(《三苏文范》卷十五引)可谓传世之评,精当之论。

(刘乃昌　高洪奎)

南行前集序

夫昔之为文者,非能为之为工,乃不能不为之为工也。山川之有云雾,草木之有华实,充满勃郁,而见于外,夫虽欲无有,其可得耶!自少闻家君之论文,以为古之圣人有所不能自已而作者。故轼与弟辙为文至多，而未尝敢有作文之意。己亥之岁，侍行适楚，舟中无事，博弈饮酒，非所以为闺门之欢，而山川之秀美，风俗之朴陋，贤人君子之遗迹，与凡耳目之所接者，杂然有触于中，而发为咏叹。盖家君之作与弟辙之文皆在，凡一百篇，谓之《南行集》。将以识一时之事，为他日之所寻绎，且以为得于谈笑之间，而非勉强所为之文也。时十二月八日，江陵驿书。

——《苏轼文集》

精妙的艺术作品，总是令人惊羡的：一片美好的风景，一缕婉转的天籁，一段难以名状的情愫，似乎都在刹那间，从艺术家的笔底，梦幻般地显现了——恰如迷蒙的烟波上，突然显现的葱郁缥缈的“海市”！

艺术创造的这一奇妙境界，往往引发人们神秘的猜想：艺术家仿佛是凭借于苦思冥索和突然获得的启示，从事创作的——在艺术家的心灵中，难道真的居住着一位不常显形的可爱“缪斯”（艺术女神）？

曾经创造了“凌空如天马，游戏如飞仙，风流儒雅，无入不得”的奇妙诗作的苏轼，则以“南行”途中的斐然收获，告诉了人们一个与此完全不同的体验。

嘉祐四年（1059）十月，早已考取进士的苏轼兄弟，随同父亲一起赴京受职。由于心境畅悦，又不急于赶路，他们出眉山，经嘉州，江行“适楚”（江陵），有机会饱览了沿途江山的秀奇清美之景。而且舟行闲暇，“博弈饮酒”，父子唱和，留下了近百篇诗作——这就是苏轼在江陵驿站编成的《南行集》之由来。

苏东坡虽然才气横溢，但正如他兄弟苏辙所说：“其居家所与游者，不过邻里乡党之人;所见不过数百里之间,无高山大野可登览以自广;百氏之书,虽无所不读,然皆古人之陈迹,不足以激发其志气。"(《上枢密韩太尉书》)所以,早年居家虽"为文至多",实无磊落壮奇之作传世。

这一次却不同了——一叶轻舟驰行于三峡奇境之中,两岸有望不尽的"山川之秀美",沿途更有"贤人君子"的许多"遗迹"可供留连;至于异乡民间的"朴陋"风俗,更激发起这位年轻诗人多少感触和奇思!一篇篇浸染着山水灵气、夹带着峰矗浪奔之势的诗作,由此在苏轼"谈笑之间"挥洒而出。如被后世诗论家赞为"刻意锻炼,语皆警峭"的《入峡》,"波澜壮阔,繁而不沓"的《巫山》(纪昀语),以及"岩壑高卑,人物错杂,大处浩渺,细处纤微,无所不尽,可敌一幅王维《江干初雪图》"(汪师韩《苏诗选评笺释》)的《江上值雪》等等,无不作于这"南行"期间。

在总结"南行"收获时,苏轼提出了有关艺术创作的一个重要论断:艺术创造有赖于丰富的生活感受的触发。当这种感受为"耳目之所接",而"杂然有触于中(心)"的时候,便是艺术家的创造奇气勃郁而兴的重要契机。这时,优秀作品的诞生,便不以艺术家主观的意志为转移了——它正如"山川之有云雾,草木之有华实"一样,当其"充满勃郁,而见于外,夫虽欲无有,其可得耶"!

苏轼的这一见解,虽然并非首创(欧阳修曾经提出过类似的看法),但毕竟是灿烂的!因为它来自于"南行"途中活泼泼的创作体验,不仅推翻了那种视艺术创作为有某种神灵启示的荒谬猜想,也推翻了那种以为只要呆在书斋斗室苦思冥索,"勉强"为文,就可以产生伟大艺术的天真想法。——不!艺术创作纵然离不开一定的资质和秉赋,纵然不排除坚毅不懈的"为文"技巧的训练,但仅仅具备这些,就"勉强"为之,是不会有多少收获的。因为它缺少了激发艺术创造力勃然"外见"的最重要的条件——那就是气象缤纷的外部世界及艺术家对它的新鲜活跃的感受。

有趣的是，几乎在此同期，苏轼的兄弟苏辙，也得到了同样的认识。当他在赴京途中，“恣观终南、嵩、华之高，北顾黄河之奔流”，以及“至京师”“而后知天下之巨丽”之际，终于领悟了孟子、太史公何以能有瑰玮之文惊动天地的道理：“此二子者，岂尝执笔学为如此之文哉？其气充乎其中，而溢乎其貌，动乎其言，而见乎其文，而不自知也。”（《上枢密韩太尉书》）——这“气”，不正是丰富的生活阅历和感受在艺术家心灵中突然激起的创造意气么？倘若没有丰富的生活感受在胸中磅礴奔突，又何能“溢乎其貌”而“见（现）乎其文”？明白了这一点，人们也便懂得：唐代书法家张旭，何以见公孙大娘剑器之舞，而悟得了奇妙的笔法；而大画家吴道子又何以于“画笔久废”、受请绘画天宫寺“鬼神数壁”之前，偏要请裴将军舞剑以助壮气，终于“援毫图壁，飒然风起，为天下之壮观”（郭若虚《图画见闻志》）了。

这样看来，苏轼的这次“南行”实在太重要了——诗歌创作的实践，所带来的理论上的豁然贯通，遥遥地指引着他，从此从书斋斗室走向社会、走向生活，而进入了艺术创造的全新天地！

（潘啸龙）

书渊明饮酒诗后

陶诗云：“但恐多谬误，君当恕醉人。”此未醉时说也，若已醉，何暇忧误哉！然世人言：“醉时是醒时语。”此最名言。

张安道饮酒[①]，初不言盏数，少时与刘潜、石曼卿饮[②]，但言当饮几日而已。欧公盛年时[③]，能饮百盏，然常为安道所困。圣俞亦能饮百许盏[④]，然醉后高叉手而语弥温谨[⑤]。此亦知其所不足而勉之，非善饮者，善饮者淡然与平时无少异也。若仆

【原文】

者又何其不能饮，饮一盏而醉，醉中味与数君无异，亦所羡尔。

——《东坡题跋》

〔注〕 ① 张安道：张方平，字安道，南京人。慷慨有气节，任官四川时，赏识苏轼父子三人。曾荐苏轼为谏官，轼下狱，又抗章解救。轼终身敬事之。 ② 刘潜：字仲方，好为古文，与石延年为酒友。石曼卿：石延年，字曼卿，北宋文学家。 ③ 欧公：欧阳修，北宋文学家。 ④ 圣俞：梅尧臣，字圣俞，北宋诗人。 ⑤ 叉手：拱手。

自从作诗惹出祸事，被贬谪到黄州之后，便开始了苏轼政治上失意，生活上波折迭起的时期。在黄州，他的职务是团练副使，实则徒挂虚名，不能参与政事。他也自知不容于在朝的政敌，所以极力约束自己，蛰居很少出门，更不敢发表意见和作诗了。尽管如此，但牢骚是满腹的。在这种困苦的环境里，惟一的排遣办法是从酒中寻找自己的世界。正如苏轼自己所说的："方其寓形于一醉也，齐得丧，忘祸福，混贵贱，等贤愚，同乎万物而与造物者游。"这样，似乎可以把痛苦的现实暂时忘得一干二净了。然而，到了这个境地就没有苦恼了么？不，他发现了更为令人懊丧、可畏的后果，这就是他曾慨叹过的"饮中真味老更浓，醉里狂言醒可怕"。也就是怕这个"醉时是醒时语"，万一醉后的心里话漏了出来，传到京师，那后果就难以设想了。

这篇题跋不但反映了苏轼此时的微妙心情，还生动地描述了与他同时代的一班大作家的饮时情态，将他们的一个生活侧面呈露在读者面前。在这短短的200字中，苏轼写出自己的情怀、他人的醉貌。中间一段，着墨无多，而所写到的人，却是人人面目各具，人无赘语，语无赘词，每个人的酒量、酒后情态都活现纸上，表现了他们各自的素养和性格特征，使得我们如见其人，如闻其声。这些作家都有煌煌大著的诗文集，还有别人为他们写作的传记、行述等，虽能反映他们一生的思想和行事，但是像这样生动活泼而又很有价值的生活细节的描绘，却是难得一见的。无他，传记等只着重记述他们的大节高行，而对生活琐事不屑涉笔，题跋之可贵和值得重视，大概恰在于此吧。

（黄国声）

书东皋子传后[①]

余饮酒终日，不过五合，天下之不能饮，无在余下者。然喜人饮酒，见客举杯徐引，则余胸中为之浩浩焉，落落焉，酣适之味，乃过于客。闲居未尝一日无客，客至未尝不置酒，天下之好饮，亦无在余上者。常以谓人之至乐，莫若身无病而心无忧，我则无是二者矣。然人之有是者接于余前，则余安得全其乐乎？故所至当蓄善药，有求者则与之，而尤喜酿酒以饮客。或曰："子无病而多蓄药，不饮而多酿酒，劳己以为人，何也？"余笑曰："病者得药，吾为之体轻；饮者困于酒，吾为之酣适，盖专以自为也。"

东皋子待诏门下省[②]，日给酒三升，其弟静问曰："待诏乐乎？"曰："待诏何所乐，但美酝三升，殊可恋耳！"今岭南法不禁酒，余既得自酿，月用米一斛，得酒六斗。而南雄、广、惠、循、梅五太守间复以酒遗余[③]，余略计其所获，殆过于东皋子矣。然东皋子自谓"五斗先生"，则日给三升，救口不暇[④]，安能及客

【原文】

乎？若余者，乃日有二升五合入野人道士腹中矣。

东皋子与仲长子先游[5]，好养性服食[6]，预刻死日自为墓志，余盖友其人于千载，则庶几焉。

——《东坡题跋》

〔注〕 ① 东皋子：王绩，字无功，号东皋子，绛州龙门人。仕隋为秘书省正字，唐初以原官待诏门下省。性嗜酒，其诗多以酒为题材，赞美嵇康、阮籍和陶潜，嘲讽周孔礼教，表现出对现实的不满。 ② 待诏：唐初，以文辞经学之士及医、卜、棋、术等技艺人员置翰林院中，以待皇帝诏问驱使。门下省：唐官署名。 ③ 南雄、广、惠、循、梅：均宋代广东州名。 ④ 救口不暇：应付自己喝都不够。 ⑤ 仲长子先：《旧唐书·王绩传》："绩河渚中先有田数顷，邻渚有隐士仲长子先，服食养性。绩重其真素，愿与相近，乃结庐河渚，以琴酒自乐。" ⑥ 服食：道家养生法，指服食丹药。

苏轼撰写本文的时候，正是他历尽波折、贬居广东惠州之日。长期的贬谪生涯，南北奔走不定的困苦，使他身心都蒙受极大的损害。此际，他已60高龄，万死投荒之余，不得不承认"身无病而心无忧"这两种人生乐事是与自己无缘的了。他屡遭贬谪的根本原因，是由于早年反对王安石变法而被卷入党争的漩涡中，但惹祸的却往往是所作的诗文。政敌们挑出他诗中的个别语句，加以歪曲诬捏，罗织成罪。所以，当他贬到惠州之时，弟弟苏辙以及朋好相识者都纷纷来信，要他痛戒作诗，以免被人抓住把柄，再起风波。他也自知危机常在，诗文不敢多作了，惟有饮酒以排遣这痛苦的日子。可是自己虽好饮而没有酒量，无法从中获得最大的乐趣，于是惟有常常施药与人和请别人饮酒，这样便可在别人无病和得到"至乐"时，他自己就感到开怀酣适，仿佛得到与己无缘的"至乐"了。

东皋子王绩是位纵酒不羁的人。他本不愿做官，但为了能得到公家每日配给的三升美酒，才勉强干下去。苏轼倒会宽慰自己，他认为王绩的酒连自用都不够，而他自酿的酒，数量远过王绩，可以随意用来招待宾客，宾客常乐而自己又得以酣适其中。这种自寻佳趣的作法，稍稍冲淡他贬居的痛苦心情。

苏轼常常用这种态度来对待现实生活中的不幸。这篇题跋行文委曲有致，通篇没有怨叹悲哀之词，尤为难得。苏轼的旷达洒脱的襟怀，与人同乐的人生态度，在这短文里充分表现出来了。

（黄国声）

书柳子厚牛赋后[①]

岭外俗皆恬杀牛[②]，而海南为甚。客自高、化载牛渡海[③]，百尾一舟，遇风不顺，渴饥相倚以死者无数。牛登舟皆哀鸣出涕，既至海南，耕者与屠者常相半[④]。病不饮药，但杀牛以祷，富者至杀十数牛。死者不复云，幸而不死，即归德于巫。以巫为医，以牛为药，间有饮药者，巫辄云神怒，病不可复治，亲戚皆为却药，禁医不得入门，人牛皆死而后已。地产沉水香，香必以牛易之黎[⑤]，黎人得牛皆以祭鬼，无乱者。中国人以沉水香供佛燎帝求福[⑥]，此皆烧牛肉也，何福之能得？哀哉！

余莫能救，故书柳子厚《牛赋》以遗琼州僧道赟[⑦]，使以晓喻其乡人之有知者，庶几其少衰乎！

庚辰三月十五日记。

——《东坡后集》

【鉴赏】

〔注〕 ① 柳子厚:唐代文学家柳宗元,字子厚。《牛赋》是柳宗元被贬永州后感愤而作的。赋里以牛自喻,谓牛有耕垦之劳,虽有功于世而无益于己。苏轼这一“书后”却非取柳赋的本意,而是借其中所述牛的辛劳及耕垦之功来发表自己的见解,希望海南人不再因迷信活动而滥杀牛。 ② 岭外:指五岭以南直到海边的广大地区,包括今广东、广西、海南三省区。 ③ 高、化:宋代的高州、化州,即今广东的茂名市、高州市、化州市地。 ④“耕者”句:被驱往耕田与被屠宰的牛常常各占一半。 ⑤ 黎:海南省的土著少数民族。 ⑥ 中国:古代常称汉族活动的中原地区为中国。 ⑦ 琼州:治所在今海口市琼山区南。

长期担任地方官的苏轼,到过很多地方,有机会接触到社会的下层,因而能深悉现实的种种弊端和人民的疾苦。因此,他很重视农业,在各地任上,曾就力所能及实行过兴修水利、减轻农民负担、开仓赈济、推行秧马等善政,以促进农业生产,改善农民的处境。当他从惠州再远贬海南岛时,已经 62 岁,耄年投荒,自忖此去难有生还之望,临行时,“子孙恸哭于江边,已为死别;魑魅逢迎于海上,宁许生还?”景况之悲凄可想。但他到任之后,关心民间疾苦之情,依然如故。他目睹当地人民把重要的农业生产资料——耕牛屠宰以祭神“治病”,不免痛心,觉得这一陋俗既无补于病者,又严重地减少了农业的耕作畜力,其后果必然是“人牛皆死而后已”。因而写了这篇题跋,目的在劝谕人们要相信医药,不可迷信巫祝。当时苏轼在这海角穷荒之地,居处不宁,自顾不暇,却仍关注老百姓的切身问题,亦足见其为人了。

值得一提的是,海南岛僻处海外,中原人士除任官或贬谪者外,鲜有到此的。典籍中也较少有关海南的风俗文物的记载。这篇题跋能把当地的风习记述下来,无疑是一份值得重视的资料。

(黄国声)

书孟德传后

子由书孟德事见寄。余既闻而异之,以为虎畏不惧己者,其理似可信。然世未有见虎而不惧者,则斯言之有无,终无所试之。然曩余闻忠、万、云安多虎。有妇人昼日置二小儿沙上而浣衣于水者。虎自山上驰来,妇人仓皇沉水避之。二小儿戏沙上自若。虎熟视久之,至以首觝触,庶几其一惧,而儿痴,竟不知怪,虎亦卒去。意虎之食人,必先被之以威,而不惧之人,威无所从施欤?有言虎不食醉人,必坐守之,以俟其醒。非俟其醒,俟其惧也。有人夜自外归,见有物蹲其门,以为猪狗类也。以杖击之,即逸去。至山下月明处,则虎也。是人非有以胜虎,而气已盖之矣。使人之不惧,皆如婴儿、醉人与其未及知之时,则虎畏之,无足怪者。故书其末,以信子由之说。

——《苏轼文集》

世人大多畏“虎”,因为这位“百兽之王”好吃人。苏辙所书《孟德传》,却有虎反畏人的说法,这便引发了乃兄探讨虎“心理”的浓厚兴趣。

东坡列举了两则传闻:一则是虎与“二小儿”在沙地上的对峙。文中以“虎熟视之”,状其窥探小儿的迟疑心理;以“以首觝触”,表现其“先被之以威”的可笑情态。运笔颇见韵致。谁知小儿傻乎乎的,根本不知道害怕,依然嬉戏“自若”。“百兽之王”便只好从对峙的阵地上,怏怏地退了出来。另一则中的“山大王”遭遇更惨:它满以为守在门边,可以突如其来吓人一跳。谁知那“夜归”者竟把它认作了“猪狗”,举杖就“击”,还要追赶不舍。“山大

【鉴赏】

王”挨了打，终于在月色下连吼带奔，逃了。

苏轼由此得出结论：虎之吃人“心理”，全在以“威”凌人，令你畏惧。倘若你能像“二小儿”一样，全不知惧，它就“威无所施”；倘若能像“夜归”者那样，以气概压倒它，那就更妙！

不要以为东坡所记，只是对付“老虎”的闲闻趣谈。他的小品文往往言在此而意在彼。山野中有老虎，社会中何尝没有鱼肉百姓的坏家伙？人们受他们欺凌多了，常常就增生了怯弱之心，一见到他们就害怕，唯恐避之不及。他们呢，也把握了人们的这种心态，欲有所夺掠，必先“被之以威”。人们既先就吓得“灵魂出窍”，哪还有反抗的余力？于是只好眼睁睁被“吃”。其实，坏人之于世亦如老虎，不过那么几匹。要与人众为敌，难道就不怕被揭露、打倒？对付他们，本不该如“浣衣”之妇那样惶恐，而应如“二小儿”那样不惧；非但不惧，还要如“夜归”者那样，将其视为“猪狗”，毫不手软地“以杖击之”。倘若人们都有这种疾恶如仇、视死不惧的勇气，则好人之浩浩荡荡、千军万马，又何惧几匹色厉内荏之“虎”的猖獗！

就这一点说，东坡这则小品，真可令怯者陡生勇猛之志，而令“虎冠”者为之气沮。但要仔细考究起来，则虎在通常情况下并不吃人，即使真要吃人，也如鲁迅所说：“抓着就是一口，决不谈道理、弄玄虚。”（《夏三虫》）社会上的人，有些要比老虎狡诈和有心计得多。从小处说，王熙凤之害尤二姐，根本不露凶相，反而让她感到亲热得像姐姐一样，至死都不明白怎么被害的！从大处说，遭万世唾骂的秦桧，还能“拉大旗作虎皮”，借用皇帝的金牌，以“莫须有”的罪名，置岳飞于死地。这些受害者，仅凭一个“不惧”，又何能对付这种“虎”类？

尽管如此，“不惧”仍为第一要义。倘要惧死，便什么都谈不上了。

（潘啸龙）

【原文】

书黄子思诗集后[①]

余尝论书，以谓钟、王之迹[②]，萧散简远，妙在笔墨之外。至唐颜、柳[③]，始集古今笔法而尽发之，极书之变，天下翕然以为宗师，而钟、王之法益微[④]。至于诗亦然，苏、李之天成[⑤]，曹、刘之自得[⑥]，陶、谢之超然[⑦]，盖亦至矣。而李太白、杜子美以英玮绝世之姿，凌跨百代，古今诗人尽废，然魏、晋以来高风绝尘，亦少衰矣。李、杜之后，诗人继作[⑧]，虽间有远韵，而才不逮意。独韦应物、柳宗元发纤秾于简古，寄至味于淡泊，非余子所及也。唐末司空图，崎岖兵乱之间，而诗文高雅，犹有承平之遗风，其论诗曰：梅止于酸，盐止于咸，饮食不可无盐梅，而其美常在咸酸之外[⑨]，盖自列其诗之有得于文字之表者二十四韵[⑩]，恨当时不识其妙，余三复其言而悲之。

闽人黄子思，庆历、皇祐间号能文者，余尝闻前辈诵其诗，每得佳句妙语，反覆数四，乃识其所谓。信乎表圣之言[⑪]，美在咸酸之外，可以一唱而三叹也。余既与其弟子几道、其孙师是游，得窥其家集，而子思笃行高志，为吏有异材，见于墓志详矣。余不复论，独评其诗如此。

——《东坡后集》

〔注〕 ① 黄子思：黄孝先，字子思，宋蒲城人。 ② 钟、王：晋代著名书法家钟繇、王羲之。迹：墨迹。 ③ 颜、柳：唐代著名书法家颜真卿、柳公权。④ 微：衰败不振。 ⑤ 苏、李：汉代的苏武、李陵。过去认为这两人是五言诗的创始者，但他们现存的诗作都是后人的伪托。 ⑥ 曹、刘：三国魏诗人

曹植,汉末诗人刘桢。自得:出于自己的创造而非摹仿。 ⑦ 陶、谢:晋末和南朝宋初诗人陶潜、谢灵运。 ⑧ 作:起,出现。 ⑨ 以上四句的意思,见于司空图《与李生论诗书》中,原文较详,苏轼把它概括为这四句。⑩ 二十四韵:即《二十四诗品》,是司空图的论诗著作,内分二十四目,每目用四言韵语十二句写成,故云。 ⑪ 表圣:司空图字。

【鉴赏】

本文以书法的历史发展譬喻诗歌的发展变化,着重指出书法艺术同文学艺术都存在着类似的现象和规律。在这里,苏轼认为:萧散超然的作品,在艺术上达到了很高的境界,但后来者在参继古今艺术之妙谛后,也能写出凌跨前代的好作品来。但他有个保留,即认为这些后来者的作品虽极力求变,面目一新,无奈去古已远,古意渐微。换言之,新则新矣,终不及古意古貌的好。苏轼这种观点,显然是深受北宋当时学古风气的影响。因此,他只承认"苏、李之天成,曹、刘之自得,陶、谢之超然"是人们无法企及的高韵,而对后代能集众妙的李、杜虽给予很高的评价,终究认为比起汉、魏的"高风绝尘,亦少衰矣"。这无疑是苏轼的偏见,是他艺术认识上的局限。

苏轼在论诗方面,受到司空图《诗品》的影响。他推崇陶渊明诗"外枯而中膏"的艺术风格,正是"发纤秾于简古,寄至味于淡泊"理论的申述。但奇怪的是,苏轼本人的诗风,却是"天马脱羁,飞仙游戏,穷极变化而适如其意中所欲出"(沈德潜《说诗晬语》),并没有陶诗那种萧散简远的风格。即使在他所作的、并自认为"不甚愧渊明"的"和陶诗"百余首中,刻意学陶,由于才高,虽也有淡远自然的风格,可是与陶渊明的原作相较,仍然是有差别的。金代元好问讥评他的"和陶诗"是东坡自东坡,陶自陶。这话不错,因为苏轼虽然极力摹仿陶诗的风格,还是要时时露出自己的本色来。

(黄国声)

书若逵所书经后

怀楚比丘[①]示我若逵所书二经。经为几品，品为几偈[②]，偈为几句，句为几字，字为几画，其数无量。而此字画，平等若一，无有高下、轻重、大小。云何能一？以忘我故。若不忘我，一画之中，已现二相，而况多画！如海上沙，是谁磋磨，自然匀平，无有粗细？如空中雨，是谁挥洒，自然萧散，无有疏密？咨尔楚、逵，若能一念，了是法门，于刹那顷，转八十藏[③]，无有忘失，一句一偈。东坡居士，说是法已，复还其经。元祐七年四月二十五日。

——《苏轼文集》

〔注〕 ① 怀楚：和尚之名。比丘，和尚。 ② 偈：佛经中的颂词，一偈四句。 ③ 藏：佛教经典之总称。

“经为几品，品为几偈，偈为几句，句为几字……”层层铺展的奇妙行文，带着今天的读者，走进了900余年前若逵所书的恢宏经书。

在“如海上沙”、“如空中雨”的神奇境界中，你终于被那字画“无量”，却笔笔“匀平”、字字“萧散”的书写艺术震撼了——正如它当年曾深深震撼了苏轼一样！

若逵和尚何以能创造如许奇迹？东坡的回答只四个字：“以忘我故。”

“忘我”，就是“一念”，就是神志的最高度集中。当全身心都投入了对象的研探和创造之中，哪还有周围世界的存在？哪还能念及自我？

【鉴赏】

阿基米德在澡堂洗浴，脑中还思索着物理课题，终于从水溢澡盆的现象之中，悟出了伟大的"浮力定律"。当他狂喜地奔到街上，大声喊叫着"我发现了"时，全身上下竟一丝不挂——这正是对"忘我"境界的绝妙写照！

你也许会说："忘我"，不就靠"刹那顷"的"灵感"？可惜你"忘"记了，"灵感"，包括一切灵思妙想的获得，都来自经久不舍的苦思、苦练。

《庄子·达生》中，记载一位驼背老人以竿粘蝉简直就如用手拾物。问他何以如此精妙？老人说：他每逢五六月间，总要苦练竿上"累丸"的技巧。练到"累五丸"而"不坠"，手便不再有丝毫颤抖。捕蝉时能身如"株枸"、臂如"槁枝"，达到"虽天地之大、万物之多，而唯蜩(蝉)翼之知"。如此，"何为而不得"！——捕蝉而能进此"忘我"之境，不正是常日苦练之故？

若逵和尚的书写，亦正如此。抄写两大部经书，字画"无量"，而竟能"平等若一，无有高下、轻重、大小"之差。你请想象一下吧，这凝神专注的挥写，曾伴着他度过多少冷月孤灯的长夜，付出过他何其巨量的心血！

倘若纯从实用价值着眼，则经书的抄写，无非为供诵读而已，又何须计较那笔画字行之"平等若一"？

若逵和尚却不这么看。在这位虔诚而充满热忱的佛教徒眼中，这事业简直高于生命！又何可有丝毫的苟且？那一笔一画，都表现着他对佛门经典的无上信仰和热爱呵！

正是这种无上的信仰和热忱，当年曾激励着无数僧徒，代代相继，开凿和创造了震惊世界的敦煌"莫高窟壁画"；而今又推动着若逵和尚，度过漫漫长夜，"忘我"地书写出字画无量、"匀平"、"萧散"的两大部经书。

唯信仰和热忱，能激发人们不避崎岖、劳苦跋涉的毅力；唯经久不舍的毅力，能引导人们进入"忘我"创造的最高境界——这就是东坡"以忘我故"四字中所包蕴的丰富内涵！

倘若与此相反，事事只考虑"我"之利害，让无穷"得失"之情翻沸胸间，神志既不能专注，又怎能企求“忘我”境界的实现？所以，东坡陡然回笔曰：“若不忘我，一画之中，已现二相，而况多画！”

你当然还可再推进一层：“而况比书写经文更壮奇、更宏丽的世间伟业之创造！”

（潘啸龙）

跋草书后

仆醉后辄作草书十数行，觉酒气拂拂从十指间出也。

——《东坡题跋》

草圣张旭写字是“大醉呼叫狂走乃下笔，或以头濡墨而书，既醒，自视以为神”。苏轼写字却没有这份狂态，他文静多了，只觉得“酒气拂拂从十指间出”而已。这说法有点玄，却很有意思，活现微醉后陶然自适的自我感觉。在这种精神状态中挥笔写字，自然能摆脱羁绊，挥洒自如了。所以他自认“吾醉后能作大草，醒后自以为不及”。这话不假，因为大书法家怀素也是“醉来得意两三行，醒后却书书不得”的。

酒后字写得好，其理由和苏轼主张的“文理自然，姿态横生”的艺术观点是一致的。惟其醉中能脱去束缚，纯任本真，作品于是能好。因此，他同时又提到写字要“本不求工，所以能工”。写文章则提到欧阳修书帖的例子：“此数十纸皆文忠公冲口而出，纵手而成，初不加意者也。其文采字画，皆有自然绝人之姿，信天下之奇迹也。”

那么，从苏轼十指间拂拂而出的，固然是酒气，却也是作者的真率自然

【原文】

之气，这气直薄纸上，便成功为上好的书法作品了。仅只两句的跋文，却使人仿佛见到那位真率不羁的东坡先生。可见文字的高下，原不在于数量之多少的。

（黄国声）

书吴道子画后[①]

知者创物，能者述焉[②]，非一人而成也。君子之于学，百工之于技，自三代历汉至唐而备矣。故诗至于杜子美[③]，文至于韩退之[④]，书至于颜鲁公[⑤]，画至于吴道子，而古今之变，天下之能事毕矣。道子画人物，如以灯取影，逆来顺往，旁见侧出，横斜平直，各相乘除[⑥]，得自然之数[⑦]，不差毫末。出新意于法度之中，寄妙理于豪放之外，所谓游刃余地，运斤成风，盖古今一人而已。余于他画，或不能必其主名，至于道子，望而知其真伪也。然世罕有真者，如史全所藏，平生盖一二见而已。

元丰八年十一月七日书。

——《东坡集》

〔注〕 ① 吴道子：唐代画家吴道玄，字道子，阳翟人。开元中召入供奉，为内教博士。其画笔法超妙，尤擅长画道释人物及山水，有“画圣”之称。
② 知者二句：知同智。智者创造出来的东西，由有技能的去遵循、承传。
③ 杜子美：唐代诗人杜甫字子美。 ④ 韩退之：唐代文学家韩愈字退之。
⑤ 颜鲁公：唐代书法家颜真卿曾封鲁郡公，世称为颜鲁公。 ⑥ 乘除：抵

销。这是说上述的各种技法如顺逆、旁侧、斜直的合理运用，使之互相补充，从而获得平衡。 ⑦ 自然之数：符合自然和实物的要素。

这篇题跋表述了苏轼一个重要的创作理论，即艺术如何反映客观事物的理论。苏轼在《书鄢陵王主簿所画折枝二首》诗中，曾表达了“论画以形似，见与儿童邻”的艺术见解，于是有些人便由此误解他不重视艺术上的“形似”了。在本文中，我们可以看到苏轼不仅主张“形似”，而且认为这是非常必要的艺术要求，是为达到更高的艺术境界所需要具备的基本功。

他赞扬吴道子画人物时忠实于客观对象的创作态度，“如以灯取影，逆来顺往，旁见侧出，横斜平直，各相乘除”，于是得以符合“自然之数”——客观事物的固有特征和变化规律。他认为一切艺术家都应像吴道子那样，首先要力求形似，然后在此基础上，进而自由抒写。这种抒写要在法度的范围内自创新意，不能越出规矩；笔触可以豪放奔骤，而其妙处仍要合乎现实情理，即所谓“出新意于法度之中，寄妙理于豪放之外”。当艺术家做到了这些，那末，便从“形似”进而上升到“神似”的境界了。

（黄国声）

书舟中作字

将至曲江[①]，船上滩欹侧，撑者百指[②]，篙声石声荦然。四顾皆涛濑，士无人色，而吾作字不少衰，何也？吾更变亦多矣，置笔而起，终不能一事，孰与且作字乎。

——《东坡题跋》

【原文】

〔注〕 ① 曲江：今广东省韶关市曲江区。 ② 百指：一百只手指，即十个人。

北宋元符三年，被长期贬谪的苏轼终于否极泰来，朝廷准许他从海南岛回内地“任便居住”了。这一年他越过南岭北归，本跋当作于其时。他早年因反对王安石变法，被卷入长期的党争漩涡中，从此种下祸根，吃尽苦头。后半生因此屡屡获罪，越贬越远，穷荒万里，颠沛余生，宦海风波可说尝过不少。而此际的自然界波涛，在他看来不见得比宦海更险恶、更可怕，何况身处险境，害怕张皇，实在亦无济于事，徒然自扰而已，倒不如我行我素，一任波涛变灭更好。本文短短的几十字中，前半写滩险舟危，以及舟子、乘客情状，着墨不多而极为警动；后半归到作者自己，寥寥数语，却充分写出了他患难余生的心情，以及乐观洒脱的人生态度。

（黄国声）

书李伯时山庄图后

或曰：龙眠居士作《山庄图》，使后来入山者信足而行，自得道路，如见所梦，如悟前世；见山中泉石草木，不问而知其名；遇山中渔樵隐逸，不名而识其人。此岂强记不忘者乎？

曰：非也。画日者常疑饼，非忘日也。醉中不以鼻饮，梦中不以趾捉，天机之所合，不强而自记也。居士之在山也，不留于一物，故其神与万物交，其智与百工通。虽然，有道有艺。有道而不艺，则物虽形于心，不形于手。吾尝见居士作华严相，皆以意造而与佛合。佛菩萨言之，居士画之，若出一人，况自画其所见者乎！

——《苏轼文集》

苏东坡论文学艺术，多次强调要"得心应手"。如《答谢民师书》论写作，对客观的事理、物理的奥妙要求先能够抓得住，"了然于心"，但这东西如风如影，无形无质，把捉不住，做到这点已很难，虽"千万人而不一遇"的；还要进一步"使了然于口与手"，就更难了。《文与可画筼筜谷偃竹记》论绘画，说他自己已经得了文与可所传的画竹理论与方法，"心识其所以然"，但仍是"识其所以然而不能然者，内外不一，心手不相应"，乃"不学之过也"，艺术修养还没有到家。也是难。

这一篇《书李伯时山庄图后》，说的还是同一个问题，举的则是成功的例子。李伯时，名公麟，北宋名画家，晚年退居龙眠山，自号龙眠居士，画有《龙眠山庄图》。苏辙有《题李公麟山庄图二十首》。诗序云："伯时作《龙眠山庄图》，由建德馆至垂云沜，著录者十六处。自西而东凡数里，岩崿隐见，泉源相属，山行者路穷于此。道南溪山，深清秀峙，可游者有四：曰胜金岩、宝华岩、陈彭漈、鹊源。以其不可绪见也，故特著于后。"由此可以略知图的大概。他何以能把《山庄图》画得那样逼真，"使后来入山者，信足而行，自得道路……"的呢？显然，李伯时不是靠一样一样地强记然后画出来的。他实在太熟悉自己的山庄了，已达到"了然于心"的一步，是"天机之所合"（天机，人的天生官能）。这句话有些玄。好在东坡在前面有个通俗的解说：饮酒（虽然是在醉中），必用口（不以鼻）；拿东西（虽然是在梦中），必用手指（不以趾）。这是出于本能。与此相似，伯时把山庄融入"心"里，运用"心之官则思"的本能，故不必苦苦强记，加以艺事精熟，画出来自然"合"了。由此想起了《庄子·养生主》所述的庖丁解牛之事。庖丁为梁惠王解剖牛之时，已经历了多年操作锻炼，做到了“以神遇而不以目视”，不必察看就知道肉间纹理、经络走向所在，以及肉与骨、骨与骨的交接处，顺着下刀，一举成功，骨肉离解，刀刃不伤。其中有“道”，超过了“技”的范畴了。李伯时之用“心”认识山庄道路景物，犹如庖丁之以“神”认识牛身骨肉结构，所以说“其神与万物交，其智与百工通”。

当然，《山庄图》是艺术画，同导游示意图大不一样，理解了还要画得好，“形于心”还能“形于手”。李伯时是有“道”又有“艺”的。除了《山庄图》画得如此真实之外，东坡还提到了他画《华严经》中所叙之佛相，“皆以意造而与佛合”。《山庄图》是凭直接经验画的，“华严相”是凭间接经验画的，都获得了成功。东坡以此证其“得心应手”之说，很有说服力。

绘画、写文章，都应追求并达到这种境界。东坡另有一篇《跋子由栖贤堂记后》，说：“子由作《栖贤堂记》，读之便如在堂中，见水石阴森，草木胶葛。仆当为书之，刻石堂上，且欲与庐山结缘，他日入山，不为生客也。”子由写的，与伯时画的，都能对所要表现的景物绘形摄神，使观之者如临其境。文学、艺术，理正相通，成功者莫不体现了“心手相应”的道理。东坡的这条“理”，也是得自父亲所传。苏洵的《上田枢密书》，提出作文先“致思于心”，然后“得之心而书之纸”。东坡则说得更深刻，表述得也更具体，至今读之，还觉得很有意思。

（陈振鹏）

书摩诘蓝田烟雨图[①]

味摩诘之诗，诗中有画；观摩诘之画，画中有诗。诗曰：“蓝

【原文】

溪白石出，玉川红叶稀。山路元无雨，空翠湿人衣。”[②] 此摩诘之诗。或曰非也，好事者以补摩诘之遗。

——《东坡题跋》

〔注〕 ① 摩诘：王维，字摩诘，唐代诗人、画家。 ② 这首诗题为《山中》，后人把它编入《王右丞集》外编中。

“诗中有画，画中有诗”，这是对王维诗画艺术的精确评价，他的作品确是当得起这个评价的。

自从苏轼精辟地指出诗与画存在这种关系之后，人们开始注意这个问题。稍后的张舜民则认为“诗是无形画，画是有形诗”。表面看来，与苏轼的说法差不多，但实际上张氏的提法只不过是说“诗即画，画即诗”，未免捉摸不到苏轼论点的真正含义。他可能只看到这两种艺术的相通和某些相同之处，而没有看到相同之中的不同。苏轼认为诗不能徒求词采之美，而要写出画的意境和神味来；同样，画不能徒求形似，而要表现出诗的意蕴。现代人在对苏轼这一理论深入研究之后，作出了精辟的解释。伍蠡甫先生指出：“诗诉诸听觉，画诉诸视觉，而王维的诗则从听觉引向视觉，他的画则从视觉引向听觉。因此王维的诗和画，体现了听觉和视觉的互相沟通。”（《试论画中有诗》）是的，苏轼正是从可以互相沟通这一创作规律提出他的见解的。

苏轼是诗书画兼擅的大家。他正是从长期的创作经验中概括出这一艺术理论。它不单是苏轼的重要艺术见解，同时又是他不断追求的艺术境界。

（黄国声）

【原文】

题赵屼屏风与可竹[1]

与可所至，诗在口，竹在手[2]。来京师不及岁，请郡还乡[3]，而诗与竹皆西矣[4]。一日不见，使人思之。其面目严冷，可使静险躁，厚鄙薄。今相去数千里，其诗可求，其竹可乞，其所以静、厚者不可致，此余所以见竹而叹也。

——《东坡题跋》

〔注〕 ① 北宋画家文同，字与可，梓州永泰（今四川盐亭东）人。擅画竹，名盛当时。苏轼见到赵屼屏风上有文同所画之竹，因为题此。 ②“诗在口”二句：意思是作诗不辍，画竹不停。 ③“请郡”句：京官请求调到州、县任职。后来文同因父亲去世，以“丁忧”名义回到四川。 ④ 西：向西去。文同家在四川梓州，地在汴京之西，故云。

苏轼和文同是中表兄弟，相处既深，评价自然是中肯的。他对人物的评量，不单看重其艺业，尤其着重于人品，虽属中表之亲，自然也不能例外。如今其人远去，诗尚可求，竹仍可乞，却不再能接其风裁，得其教益，见竹思人，不能不深深感叹了。

文同能诗能画，于艺事则墨竹一派载誉千古，于从政则堪称良吏，于人品则是位“操韵高洁”的人。同时的司马光由衷地评论他：“与可襟韵游处之状，高远潇洒如晴云秋月，尘埃所不能到，某所以心服者，非特辞翰之美而已。”王安石则赞扬他的政事：“中和助宣布，循吏缀前芳。”可见苏轼对文同的评论是客观的。

本来是题屏风上文与可的画竹，却撇开正题，一下子扯到文与可其人其事上去，足见苏轼对与可的敬佩、怀念之情，不能自已。真情一旦奔迸笔下，题目也管束不住了。在短短的篇章中，苏轼把文与可的爱好、人品、性格、经历以及两人的交情，用十分简练形象的语言概括出来，文章大家略施小技，即有足观，是不由人不佩服的。

（黄国声）

跋文与可墨竹

昔时与可墨竹，见精缣良纸，辄愤笔挥洒，不能自已，坐客争夺持去，与可亦不甚惜。后来见人设置笔砚，即逡巡避去，人就求索，至终岁不可得。或问其故，与可曰："吾乃者学道未至，意有所不适，而无所遣之，故一发于墨竹，是病也。今吾病良已，可若何？"然以余观之，与可之病，亦未得为已也，独不容有不发乎？余将伺其发而掩取之。彼方以为病，而吾又利其病，是吾亦病也。熙宁庚戌七月二十一日，子瞻。

——《苏轼文集》

文同字与可，苏东坡的从表兄，善画墨竹，自开一派，为东坡所师法。此跋作于神宗熙宁三年（1070），时两人都在京师供职，常相过从，关系密切。东坡尝言："予平生好与与可剧谈大噱。"（《跋文与可论草书后》）故此篇所写，既见了解之深，兼有谐谑之趣。

文与可画墨竹，为什么起先大画特画，任人争夺持去亦不甚惜，后来却又坚决不肯再画，"惜'墨'如金"呢？这事当时许多人都晓得。东坡的父亲苏洵就已揭开了其中秘密，他在《与可许惠所画舒景以诗督之》中写道："昼

【原文】

行书空夜画被，方其得意犹若痴。纷纭落纸不自惜，坐客争夺相漫欺。贵家满前谢不与，独许见赠怜我衰。我当枕簟卧其下，暮续膏火朝忘炊。”原来与可是不肯为“贵人”作画。执此以解东坡此篇中所称“人”啊“人”的，便可恍然。听文与可自己的解释，说是早先修养不够，遇不如意事脾气无处可发，借画竹宣泄一通，这是“病”；现在“病”好了，墨竹也就不画了。也颇能自圆其说。他不提辍画是为避贵人求索，盖此等事不宜自己说穿，心照便可。东坡偏不信他的，说你的病还没有好，还要发的，发时还要画的，画时我就偷偷地抢了过来。看他父子俩，一个在软讨，一个要硬抢，爱文与可的墨竹，也是到了“犹若痴”的地步了；又以“发病”作隐语，指与可的画竹和自己的酷爱其墨竹，读了都是大可发笑的。此本文人雅事也，而要无赖一至于此，如果不是他们亲厚无间，言语无禁，我们哪会看得到如此妙文？

与可得读此跋文，也一定会呵呵大笑的吧。他是很欢迎东坡在他的墨竹上题写的。苏诗《题文与可墨竹》小序云：“故人文与可为道师王执中作墨竹，且谓执中勿使他人书字，待苏子瞻来，令作诗其侧。”与可殁后八年，东坡始还朝，见此画，为赋一诗，有句云：“举世知珍之，赏会独予最。知音古难合，奄忽（死亡）不少待。”对比当年戏语之时，何堪回首！

（陈振鹏）

书《归去来辞》赠契顺

余谪居惠州，子由在高安，各以一子自随，馀分寓许昌、宜兴，岭海隔绝。诸子不闻余耗，忧愁无聊。苏州定慧院学佛者卓契顺谓迈曰：“子何忧之甚，惠州不在天上，行即到耳，当为

【原文】

子将书问之。”绍圣三年三月二日，契顺涉江度岭，徒行露宿，僵仆瘴雾，黧面茧足以至惠州。得书径还。余问其所求，答曰：“契顺惟无所求而后来惠州；若有所求，当走都下矣。”苦问不已，乃曰：“昔蔡明远鄱阳一校耳，颜鲁公绝粮江淮之间，明远载米以周之。鲁公怜其意，遗以尺书，天下至今知有明远也。今契顺虽无米与公，然区区万里之勤，傥可以援明远例，得数字乎?”余欣然许之。独愧名节之重，字画之好，不逮鲁公，故为书渊明《归去来辞》以遗之，庶几契顺托此文以不朽也。

——《苏轼文集》

东坡谪惠州，家属在宜兴。他的朋友钱济明时任苏州通判，欲为东坡长子苏迈致家书，通过定慧寺长老守钦派卓契顺去惠州打听情况。契顺是个行者，担任寺庙守护等杂事，勇任此役，其言行当中有几处很感动人。

“惠州不在天上，行即到耳!”说得干脆豪迈，好似《西厢记》中下书的惠明：“凭着这济困扶危书一缄，有勇无惭。”于是“涉江度岭，徒行露宿，僵仆瘴雾，黧面茧足以至惠州”。“行即到耳!”做到了实不容易。这与东坡同乡人巢谷字元修，年近70，慨然自四川眉山徒步万里，访东坡、子由兄弟于海南、循州(在惠州东北)贬所，终于见到了子由，可谓后先辉映。子由惊喜地说：“此非今世人，古之人也。”(《栾城后集·巢谷传》)东坡也称他“笃于风义”。有利于他人的事，该做的便做，不计较个人得失，这就是“古道热肠”，任何时候都是值得人们尊敬的。

“契顺惟无所求而后来惠州，若有所求，当走都下矣。”这又是极可贵的风格。替人家做事而“无所求”，且先定下了“无所求”的宗旨然后作此长途艰险之行；还添上了“若有所求当走都下矣”，从对面加倍申说，使东坡几乎不好再开口。仿照金圣叹批《水浒》的笔法品题之，此契顺可谓“上上人物”。

东坡对此自然很不好意思，“苦问不已”，这才得到“可以援明远例，得数字乎”的回答。“万里之勤”，仅需“得数字”以酬，在索要成风的世界里，无疑会被看作是“大傻瓜”的。可契顺却不这样想。“天下至今知有明远也”，他认为，如果您一定要报答的话，如此便是对他最优厚的报答。东坡另有一篇《记卓契顺答问》云：

> 苏台定慧院净人卓契顺，不远数千里，涉岭海，候无恙于东坡。东坡问：“将什么土物来？”顺展两手。坡云：“可惜许数千里空手来。”顺作担势，缓步而去。

他本来是空手而来，也要空手回去的，本篇说的“得书径还”，就包含这一节情事。东坡却一定要送他点东西，他只好领了这个几张纸的“秀才人情”。但是契顺回程，肚子饿了要填，鞋子破了要换，东坡穷窘，无力资助，只好写信给他的表兄程之才（字正辅，时任广南东路提点刑狱公事，巡视到惠州一带），由契顺带去，顺请“略赐照管”，打这么一个“秋风”，也是无可奈何又合情合理的事。

蔡明远事，见颜真卿《与蔡明远书》，其墨迹刻入《快雪堂法帖》。一个平凡的人，靠名人诗文写入得传不朽的事，古今多有，不过很多未被人意识到而加以点破。东坡倒曾指出了一位。杜甫诗：“黄四娘家花满蹊，千朵万朵压枝低。留连戏蝶时时舞，自在娇莺恰恰啼。”东坡说：“昔齐鲁有大臣，史失其名，黄四娘独何人哉，而托此诗以不朽。”（《书子美黄四娘诗》）杜甫传黄四娘之名出于无心，东坡传卓契顺则是有意。“有意”也并不坏，多流传一些好人好事，足以劝世！

这里还要探索一下东坡选择陶渊明《归去来辞》写给契顺的本意。盖他久有学陶赋“归去来”之愿而未能，自忖远谪岭南之后，此志更难得遂，故在赴惠州的路上，舟中无事，和《归去来辞》原韵，用颜鲁公书体写作长卷，以“暂舒胸中结滞”（见《题陶靖节归去来辞后》）。东坡是慕陶、学陶的，“饱吃惠州饭，细和渊明诗”（黄山谷《跋子瞻和陶诗》），对陶的《归去来辞》更有特殊喜爱：贬黄州时隐括为词作《哨遍》，又作《归去来集字》诗五律十首；贬海南时再有《和陶归去来兮辞》一篇；平日手书此辞见《题跋》所述者亦数遍，可谓念兹在兹。于今又写一卷以赠卓契顺，使“托此文以不朽”，表示契顺之名，非赖自己文字以传，不敢与颜鲁公之传蔡明远相比拟，而其对陶渊明《归去来辞》之感情，也见于字里行间了。

（陈振鹏）

自评文

吾文如万斛泉源，不择地皆可出。在平地滔滔汩汩，虽一日千里无难。及其与山石曲折，随物赋形而不可知也。所可知者，常行于所当行，常止于不可不止，如是而已矣。其他虽吾亦不能知也。

——《苏轼文集》

这一篇或题《文说》，是东坡对自己文章的总评，也是自述其写文章的心得，虽短却精。

写文章有硬写与不得不写的区别。前者没话找话说，构思甚苦，文章一定写不好，这无须细论。后者如苏洵《上欧阳内翰第一书》所云：“胸中之言日益多，不能自制，试出而书之；已而再三读之，浑浑乎觉其来之易矣。”

【鉴赏】

东坡自幼承他父亲的教导，24岁时作《南行前集序》，就说过："夫昔之为文者，非能为之为工，乃不能不为之为工也。……自少闻家君之论文，以为古之圣人有所不能自已而作者。故轼与弟辙为文至多，而未尝敢有作文之意。""未尝敢有作文之意"，就是不为了作文章而作文章，必胸中有所蓄积，不能自已，然后发而为文。这里所说的"吾文如万斛泉源"云云，正是苏老泉的议论更为形象化的表述。

通篇以水流为喻。"吾文如万斛泉源，不择地皆可出"，即"胸中之言日益多"，必求一吐为快。于是写到淋漓酣畅处，便如水之出于平地，滔滔汩汩，顺流而下，有一日千里之势。文章亦须有曲折。东坡说："作文章，意之所到，则笔力曲折，无不尽意。"（苏籀《栾城遗言》引）黄山谷也说："长篇须曲折三致意，乃可成章。"（《苕溪渔隐丛话前集》卷四七引）在需要曲折尽意处，便如"奔湍巨浪，与山石曲折，随物赋形，尽水之变"。这几句原是东坡在《书蒲永昇画后》一文中，用以赞美唐末名画家孙位画水用笔之"神逸"的，这里移来说明他文章的变化多姿。这个"变"，不是故意炫奇示巧，而是如顺势奔腾的流水，忽遇山石阻挡，起伏进退，转折回旋，波澜叠生，仍然不离水的本性，还更能多方面地表现水之性，即所谓"尽水之变"。在文章，也就是"文理自然，姿态横生"（《答谢民师书》）。这是临文时灵感所至，笔下自然流出，不能预先规划的，所以说"随物赋形而不可知也"。总之，写文章要有丰富的思想、生活积累，下笔时意到笔随，该写下去时便写下去，该煞住了便煞住，——"行于所当行，止于不可不止"。这个"行"与"止"的论点，在东坡26岁时应制举，进策论25篇的《总叙》一开头就已说到："臣闻有意而言，意尽而言止者，天下之至言也。"而65岁时由海南北归，作《答谢民师书》，对谢君所作文字加以品评："大略如行云流水，初无定质，但常行于所当行，常止于所不可不止。"评谢文也是自评其文，有"金针度人"之意。时隔数十年，立意用语，依然未变，可见他一生写作实奉此为信条。

东坡平生所作各体文字，在不同时期中固有绚烂雄豪与平淡自然的风格差异，但其根本点在于“有意而言，意尽言止”。在艺术表现上，他强调“意之所到，笔力曲折，无不尽意”，并“自谓世间乐事无逾此者”，故乐为之而信守之。在今天看来，均为至理名言。

（陈振鹏）

与章子厚

某启：仆居东坡[①]，作陂[②]种稻。有田五十亩，身耕妻蚕，聊以卒岁。昨日一牛病几死，牛医不识其状，而老妻识之，曰：“此牛发豆斑疮[③]也，法当以青蒿[④]粥啖之。”用其言而效。勿谓仆谪居之后，一向便作村舍翁，老妻犹解接黑牡丹[⑤]也。言此发公千里一笑。

——《苏东坡全集》

〔注〕 ① 东坡：位于湖北黄冈赤壁之西。元丰三年（1080）苏轼贬任黄州团练副使居此地，自号“东坡居士”。 ② 陂：梯田。 ③ 豆斑疮：形如豆斑的疮疖。 ④ 青蒿：一种菊科草本植物，可用以入药。 ⑤ 黑牡丹：牛的戏称。

一个人在生活中遭受极度挫折时，该以什么样的态度去对待严酷的现实和纷繁的人生？或许他会颓废丧志，甘与蹇运共沦落；或许他会强作欢颜，故显洒脱，却掩饰不住心灵的失落。于是，一切自我的价值在丧失，生

【鉴赏】

命的力量在消逝，最终无可奈何地卷入痛苦命运的旋涡。然而，宋神宗元丰二年(1079)，当苏轼被朝廷的一些权贵罗织罪名，受弹劾而贬为黄州团练副使时，面对着残酷而痛楚的命运，他又是怎样一种态度呢？

也许是兴致盎然，也许是环境的磨难炼就了他通达的性情，此时，身居贬地的苏轼，已无种种失落、愤懑的情绪。因为他已经领悟到，命运在无所顾忌地作弄着他，但他没有被折屈，他已用自己全部身心的力量，对现实痛苦的人生进行淡泊而又欢悦的自我调节。他轻松而又自豪地写信告知对方，他已亲自开垦梯田，播种稻谷，50 亩的田地，是他和患难与共的妻子自劳自作的自由天地。在以往的官场生涯里，他已尝够了冷漠、虚伪和逢迎的滋味，因而更感到劳动的轻快和洒落。尽管耕作或许艰辛而单调，收获又是那样微薄，仅能赖以度日，然而，正是这种富有乡村情调的劳作，弥合了他的心灵创伤，唤起他无限自豪感：这是一块无所拘束的天地，他撒下了汗水，留下了脚印；这是毫不依赖于他人的自我劳动，劳动的情趣在于他与自然融合成一体，并且通过有限的对自然的征服，实现他身心的全部价值，证明了现实生活环境中充满自信的自我的存在。

仿佛在同人拉家常，说故事，苏轼饶有兴趣地告诉对方一件有趣的事：一头耕牛发病，气息奄奄，而精于医术的牛医却诊断不出是何病症，不知所措，还是朝夕相处的老妻懂行，对症下药，果然药到病除。这真是一件不足挂齿的小事，然而苏轼却郑重其事地大书特书。不难想象他命笔诉说时那种眉飞色舞的神情，那种轻松、洒脱的情怀。他不是想以饭后茶余的琐事激起对方的兴味，而分明在倾吐自己领略乡间生活情趣之后的轻逸、愉快。

（郑利华）

【原文】

与范子丰

临皋亭下不数十步，便是大江，其半是峨眉雪水，吾饮食沐浴皆取焉，何必归乡哉！江山风月，本无常主，闲者便是主人。问范子丰新第园池，与此孰胜？所不如者，上无两税及助役钱耳。

——《苏轼文集》

苏东坡以诗得罪，在知湖州任上被逮赴御史台狱，得不死，谪贬黄州团练副使本州安置不得签书公事。元丰三年（1080）二月到黄州（今湖北黄冈），先寓居定惠院，五月迁临皋亭。这原是一处水驿，在州城南朝宗门外长江边上。

李白诗曾云："江带峨眉雪。"（《经乱离后天恩流夜郎……》）东坡在黄州，日对大江流水，也写出"认得岷峨春雪浪"（《南乡子》）、"犹自带、岷峨雪浪，锦江春色"（《满江红》）之句，并此而三了。盖因"我家江水初发源"（《游金山寺》），江水引发了他久客思归、谪宦思乡之心，乃是人情之常，这里独加上"吾饮食沐浴皆取焉，何必归乡哉"这一笔，从反面拍入，其无可奈何、随遇而安之想，还有因受羁的自嘲之意，被谗的抑郁之情，都寓于洒脱的口吻之中，妙在不便说破，知者自能领会。

由此又转出"江山风月，本无常主，闲者便是主人"的感悟之言，其核心是一个"闲"字。这个"闲"是花了很大代价（得罪几死）才得到的，也算是"因祸得福"吧。看他自言此间"风涛烟雨，晓夕百变，江南诸山，在几席上，此幸未始有也"（黄州《与司马温公书》），显得多么随缘自适，乐以忘忧，这

【鉴赏】

是他这一时期的基本生活态度。从而又不禁有“范子丰新第园池，与此孰胜”这一“问”。范子丰名百嘉，是蜀郡公范镇第三子，东坡的儿女亲家。范镇为神宗时大臣，与司马光齐名，反对新法。东坡下狱时，范镇已致仕，朝廷追索其与东坡往来书札文字甚急，仍上疏力救。——须知承受讥讽文字不上缴，在当时就是一项大罪的。两家关系可谓至深。从他意欲以临皋胜景与范家新第园池比高下，开玩笑而又认真，也可看到彼此间的率真随便。这个“孰胜”的问题是不需要答案的，提出比较的本身便自卜“必胜”。可巧南宋的陆放翁无意中替他们作出了评判。《剑南诗稿·读许浑诗》云：“裴相功名冠四朝，许浑身世落渔樵。若论风月江山主，丁卯桥应胜午桥。”裴度为唐朝名相，于洛阳午桥创别墅，花木万株，中起凉台暑馆，名曰绿野堂。许浑唐诗人，曾为州刺史，因病退居润州丁卯桥丁卯庄。论风光之美，甲第名园不如江山胜景；游赏之乐，朝中仕宦不及山野闲人。苏、陆二大诗人，可谓想到一处去了。

这封小简，临末却挂了一条不寻常的尾巴，说：居住郊野，风光虽好，但有两税和助役钱的负担，不及上边之无此。这里东坡又在借机会批评新法。他先在熙宁六年(1073)任杭州通判时作《山村五绝》，后被列为乌台诗案“讥讽朝政”的“罪证”之一。关于其中“杖藜裹饭去匆匆，过眼青钱转手空；赢得儿童语音好，一年强半在城中”一首，在“诗案”中曾自供：“言乡村之人，一年两度夏秋税，及数度请纳和、预买钱，今来更添青苗助役钱，因此庄家幼小子弟，多在城市，不着次第，但学得城中人语音而已。以讥新法青苗助役不便也。”不料创痛未定，在此处忍不住又要刺一下子，而且比诗中写得更直接。在大狱之后，已自知“醉里狂言醒可怕”(《定惠院寓居月夜偶出》)了，还作此等语，这在东坡黄州文字中，也可算是一个特例吧。所谓“骨鲠在喉，不吐不快”，但若非受信者是范子丰，恐怕东坡也不会如此下笔。

（陈振鹏）

与李公择

某顿首。知治行窘用不易。仆行年五十，始知作活，大要是悭尔，而文以美名，谓之俭素。然吾侪为之，则不类俗人，真可谓淡而有味者。又《诗》云："不戢不难，受福不那。"口体之欲，何穷之有，每加节俭，亦是惜福延寿之道。此似鄙俗，且出于不得已，然自谓长策，不敢独用，故献之左右。住京师，尤宜用此策也。一笑！一笑！

——《苏轼文集》

李公择名常，湖州"六客"之会的东道主，是苏东坡好友，曾称为"相好手足侔"(《送李公择》)的。东坡初贬黄州时，公择正任淮南西路提点刑狱，驻舒州(今安徽安庆)，曾因公务之便赴黄相晤。元丰六年(1083)召回京师任太常少卿。大概因治理行装有点经济困难，东坡知道了，便给他写了这样一封信。

东坡自到黄州，收入既少，家口又多，不得不"痛自节俭"。他节约吃饭穿衣的日常用度，方法很具体，不止一次地写信告诉过朋友。如写给秦观(太虚)说：

> 日用不得过百五十。每月朔便取四千五百钱，断为三十块，挂屋梁上，平旦用画叉挑取一块，即藏去叉，仍以大竹筒别贮用不尽者，以待宾客，此贾耘老法也。

这个法子学自他人(贾耘老名收，是个穷处士，诗人，与东坡极熟)，但东坡又有自己的体会："大要是悭尔"，属于吝啬的范围。"悭，吝也"(《集

【鉴赏】

韵》),是带有贬义的;人们往往给它个好听的名称,叫做“俭素”。“俭,约也”(《说文》),节约是美德。东坡是宁自居于悭吝之列,而敬谢“俭素”的美名的。盖其行为实同于俗之“悭吝人”,其原因则是“出于不得已”。这五个字,藏有许多潜台词。

但对于自己之“悭”,他又进一步辨出味道来,说是与俗人不同。俗人之“悭”,或由于生性吝啬,或竟为了积财发家,而他则是为了纾忧解困。看他此“法”一行,“度囊中尚可支一岁有余,至时别作经画,水到渠成,不须预虑,以此胸中都无一事”(《与秦太虚书》)。随遇而安,淡泊自甘,是他这一个时期的生活信条。

“不戢不难,受福不那”,是《诗·小雅·桑扈》中的两句。三个“不”字都通“丕”,助词,无义。“戢”是收敛,“难”是戒惧,“那”,多也。东坡借用《诗》语,说明在窘境中“悭”的好处。这与同时期写给王巩(定国)信中说的“须少俭啬,勿轻用钱物,……灾难中节用自贬,亦消厄致福之一端”,是同一个意思。王巩因与东坡交厚,在“乌台诗案”中受连累,由秘书省正字谪监广西宾州盐酒税,同病相怜。除也告以画叉挑钱之法外,又以此意相嘱,也可说是“相濡以沫”了。由此可见,东坡对于这一信条,是有深切体会,且切实奉行的,以至不肯自秘,与朋友共受其福为快。

说它是悭吝也好,节俭也好,总之是认真过好穷日子,“出于不得已”时是如此,稍微多了两个钱,也不好逞一时之快,以贻后患。李公择去作京官,住京师,“长安居,大不易”,尤宜用此长策,“故献之左右”。老朋友了,说几句正经话,未免有“板起面孔”之嫌,故殿之以“一笑!一笑!”使这一封内容颇为苦涩沉重的小简,注入了轻松的情味,并不是无谓的一笔。

(陈振鹏)

与参寥子

某启。专人远来，辱手书，并示近诗，如获一笑之乐，数日慰喜忘味也。某到贬所半年，凡百粗遣，更不能细说，大略只似灵隐天竺和尚退院后，却住一个小村院子，折足铛中，罨糙米饭便吃，便过一生也得。其余，瘴疠病人。——北方何尝不病；是病皆死得人，何必瘴气。但苦无医药。——京师国医手里死汉尤多。参寥闻此一笑，当不复忧我也。故人相知者，即以此语之，余人不足与道也。未会合间，千万为道自爱。

——《苏轼文集》

这封信写于哲宗绍圣二年(1095)正、二月间，时东坡在宁远军节度副使惠州安置不得签书公事贬所。僧道潜，号参寥，浙西於潜人，神宗元丰元年(1078)携诗卷到徐州见东坡，大蒙赏识，相与唱酬游赏达三个月。东坡谪黄州，参寥自吴中不远数千里往访，留居雪堂，相从逾年。以后东坡知杭州，为他改建孤山智果院，使为住持；调任赴京，临别赠词有“算诗人相得，如我与君稀”之句。绍圣元年(1094)，东坡被人指摘任中书舍人时所撰制诰有“讥讪先帝(神宗)”之语，贬到惠州，参寥即遣专人探问，参寥自己，随后也被人寻摘诗句中有“刺讥”，勒令还俗，与东坡也可谓“同病相怜”了。

从以上简括的叙述中，知道了参寥同东坡的交往之久，志趣之近，情分之深，则当东坡此时遭际、境况极不堪时，能自杭州遣“专人远来”，确乎令人十分感动。参寥自认为当然，东坡则出乎意外，为之“数日慰喜忘味”，诚然诚然。东坡同时有诗,题云:“惠州近城数小山,类蜀道。春,与进士许毅野步,会意处,饮之且醉,作诗以记。适参寥专使欲归,使持此以示西湖之上诸友,庶使知予未尝一日忘湖山也。”身处逆境,他更从未忘记杭州友人。“相忘于江湖”,谈何容易呢。

以下东坡对参寥叙述他的近况与心境,情况一笔带过,不去多说。谈思想感受处,也只是说些“淡话”,然而充溢着东坡式的达观和幽默。他把自己被贬谪、限制居住地、虽挂着一个官衔却“不得签书公事”,比作退院的老和尚。退院,即卸去寺院主持职务。小村院子、折足铛、糙米饭,极言生活陋薄,但他“便过一生也得”!这与另外一处比喻同此风趣。《与程正辅书》说:“某睹近事,已绝北归之望,然中心甚安之。未说妙理达观,但譬如元是惠州秀才,累举不第,有何不可。”大劫之余,一切看得开了。这是说“生”。

其次,是“病”与“死”的问题。岭南有瘴气,最为北人所惧。东坡《到惠州谢表》有云:“但以瘴疠之地,魑魅为邻,衰疾交攻,无复首丘之望。”对皇帝要写得可怜点,说自己怕死得很;对老朋友就可以直抒心曲,说死并没有什么可怕了。信中“北方”云云,“京师”云云,讲得很彻底,也很坦然,又很诙谐,希望老朋友“闻此一笑”,可以免忧。东坡初时并不是对死毫无恐惧的。他被逮赴御史台狱时,狱吏诟辱通宵,自忖不能堪,必死狱中,有“魂飞汤火命如鸡”之叹。当时不知陷阱深浅,怕连累戚友,又记挂亲人,怀念故山,有种种思想负担。经历黄州、惠州两次贬谪,饱经忧患,学会了以佛老思想排遣苦闷,得失荣辱不系于心,对生死不再挂怀;不久又贬儋耳,与王敏仲书言:“今到海南,首当作棺,次便作墓,乃留手疏与诸子,死则葬于海外。”视死如归,竟没死掉,熬到了北返的日子,何尝不是心地宽阔有以致之呢?

(陈振鹏)

【原文】

与程秀才

某启。去岁僧舍屡会，当时不知为乐，今者海外岂复梦见。聚散忧乐，如反覆手，幸而此身尚健。得来讯，喜侍下清安，知有爱子之戚。襁褓泡幻，不须深留恋也。仆离惠州后，大儿房下亦失一男孙，亦悲怆久之，今则已矣。此间食无肉，病无药，居无室，出无友，冬无炭，夏无寒泉，然亦未易悉数，大率皆无耳。惟有一幸，无甚瘴也。近与小儿子结茅数椽居之，仅庇风雨，然劳费已不赀矣。赖十数学生助工作，躬泥水之役，愧之不可言也。尚有此身，付与造物，听其运转，流行坎止，无不可者。故人知之，免忧。乍热，万万自爱。不宣。

——《苏轼文集》

苏东坡一生屡遭贬谪，到海南时已是第三次，政治压抑与生活困苦日益加剧。反复读此文，觉得正写出了个"海外东坡"来。有一点感觉特别深刻，这就是他遇事至极不堪时，常常找出点可资宽慰之处来，或以自慰，或以慰人，这也是东坡在逆境中以达观排遣心怀的一贯态度。

如这首尺牍中所显示：失去友朋欢聚之乐，则以"此身尚健"自慰。他早有"但把穷愁博长健"(《除夜野宿常州城外》)的想头，谓宁忍穷愁，换取长健。而今确已是穷愁之极，而得"尚健"，便是可"幸"，除此还能想要什么呢？

友人丧子，已亦失孙，悲怆刚过，即以"襁褓泡幻不须深恋"转慰朋友。佛家谓"一切有为法，如梦幻泡影，如露亦如电，应作如是观"(《金刚经》)。

【鉴赏】

东坡自贬谪以来，学会了从佛老思想中找到排遣苦闷之方，所谓“中年忝闻道，梦幻讲已详”，就是因其在黄州所生幼子遯未周岁夭殇后“作诗哭之”中的两句。虽然他为了此事“仍将恩爱刃，割此衰老肠”，但旋即觉醒而“知迷欲自反，一恸送馀伤”，止哀了。此时丧孙，又仿佛重现15年前这一幕，他还是以旧药方医治新创伤。以此方转赠友人，也是“相煦以湿”之意吧！

至于物质生活方面，想当年初贬黄州时，还说此地“长江绕郭知鱼美，好竹连山觉笋香”（《初到黄州》诗）；继在惠州，市况萧条，他只能买到羊脊骨，剔得骨间微肉，“意甚喜之，如食蟹螯，率数日辄一食，甚觉有补”（《尺牍·与子由弟》），还能从穷乏中寻出乐趣来。而到海南后，则历举“食无肉”等“六无”以至数不尽的“无”，条件较前两地可谓更差更差，再没有可以提起生活兴趣的事了，却又殿以最后一“无”：“惟有一幸，无甚瘴也”！事至苦，笔至奇，而意至深。惠州与钱济明书云：“瘴乡风土，不问可知，少年或可久居，老者殊畏之，惟绝嗜欲，节饮食，可以不死，此言已书之绅矣，馀则信命而已。”今到海南，“幸无甚瘴”，确是值得一提之大事，非空言自慰者。留得此身，有屋数间可蔽风雨，便知足了，死生之事，付之天命。“流行坎止”之语，虽出于贾谊《鹏鸟赋》“乘流则逝，得坎则止”，但东坡这一思想，还是从陶渊明处来。陶《归去来兮辞》末云：“聊乘化以归尽，乐夫天命复奚疑。”东坡在《哨遍》词中隐括为“此生天命更何疑，且乘流、遇坎还止”，可见其消息。“流行坎止”，在这里意指生命的进行与停止。对此，自己不以为可忧，故亦告诉友人“免忧”，此非客套敷衍之闲文，乃是信笔流露的心声。

程秀才名儒，程天侔全父之子，是东坡在惠州的新交。到海南后，曾承其父子寄赠纸、茶、酒、药、米、酱、姜、糖等物。东坡贬谪中，到处多遇好人，友情可贵，正于平凡中见之也。

（陈振鹏）

【原文】

游白水书付过[1]

绍圣元年十月十二日，与幼子过游白水佛迹院[2]。浴于汤池[3]，热甚，其源殆可熟物。循山而东，少北，有悬水百仞[4]。山八九折，折处辄为潭，深者磓石五丈[5]，不得其所止。雪溅雷怒，可喜可畏。水崖有巨人迹数十，所谓佛迹也。暮归倒行[6]，观山烧[7]，壮甚。俯仰度数谷。至江，山月出，击汰[8]中流，掬弄珠璧[9]。到家二鼓，复与过饮酒，食馀甘煮菜，顾影颓然，不复甚寐，书以付过。东坡翁。

——《东坡志林》

〔注〕 ① 白水山：旧属广东惠州府，在今增城市东。一名白水岩，即罗浮山东麓。过：苏轼第三子，名过，字叔党，有《斜川集》。此文是作者畅游归来，即兴挥毫写成付给苏过的。 ② 佛迹院：在佛迹岩附近的寺庙。 ③ 汤池：温泉。 ④ 悬水：即瀑布。仞：古以八尺为仞，此当是泛指。 ⑤ 磓：向下投石。五丈：亦是估量之词。 ⑥ 倒行：即却行。苏轼《和陶〈归园田居〉六首》序云："（绍圣二年）三月四日，游白水山佛迹岩，沐浴于汤泉，晞发于悬瀑之下，浩歌而归。肩舆却行，以与客言。……"肩舆即今滑竿之类，由两人持竿共抬一竹椅，乘坐者可背向归途，面向山路，等于倒退而行。 ⑦ 山烧（shào）：山火，指焚烧山上野草之类。 ⑧ 汰：水波。"击汰"语出《楚辞·涉江》。 ⑨ 珠璧：喻星月在水中的倒影。

苏轼尝自评其文说："吾文如万斛泉源，不择地皆可出。"又说："常行于所当行，而止于所不得不止。"仿佛他写文章只是信手拈来，所谓"随物赋形"，自成格局体段。其实这话只说了一半。苏轼《志林》卷一曾记录欧阳

【鉴赏】

修答孙莘老怎样才能写好文章的一段话云:“无他术,唯勤读书而多为之,自工。世人患作文字少,又懒读书,每一篇出,即求过人,如此少有至者。……”就作文而论,“勤读书”,是吸收知识营养和学习写作技巧,“多为之”,则是要求在实践中下苦功。苏轼才高思捷,自不消说;但他同时也是一位多读多写勤学苦练的人,这一面却往往被人忽略。试看这篇小小游记,大约是没有起草就写成的。可是从文章结构上讲,仿佛几经斟酌锤炼而成。可见有了渊博学问和写作基本功,才谈得上“行”、“止”自如。而控驭文字的能力并非全靠天才禀赋也。

写游记有两种。一种是正经严肃的写法,如姚鼐《登泰山记》;另一种则是信手拈来的记游小品,如本篇是。两者风格、面貌虽异,却有两个共同点。其一,它们皆出于史书笔法,如《登泰山记》乃正史《地理志》的写法,间有景语,亦似《水经注》;而此篇一开头便点明年月日,是史书纪年体例,然后写“人”(作者及幼子过)和“地”(白水佛迹院),也是作史通例。其二,不论写作态度如何,所记游踪必须有顺序,有层次,或按时间,或依路线,总之必须有条不紊。此文仅百四十字,当然属于小品,但时间由日及夜,游踪脉络井然,结构谨严,笔墨精练,而从事实上我们是知道它并非作者精心结撰而是随手写成的。这就值得我们注意了。

试看,作者把途中所见景物都放在回家的路上来写,而去时只写了一句“游白水佛迹院”,这就是文章必须有详略烦省的诀窍。只有这样写,文章才显得有分量、够经济。再如,白水岩本身之游所占篇幅仅二分之一强,途中景物和归来感受亦占了约二分之一,这才使文章活泼有情趣,而非刻板的一事一物的静态写生。

但作者在详略取舍上有没有原则或标准呢?答曰:有,只选择重点来写,只拣有特色的事物写,而不平均使用力量,把一路见闻记成流水账。其实这说来容易而写得恰到好处则很难。我们不妨略加分析。白水岩的名胜特点有三：即温泉（汤池）、瀑布（悬水）和佛迹。作者写汤池，只突出了个“热”字，用夸大的想象说了句“其源殆可熟物”，让读者感受到它真是够热也就行了。至于佛迹，实无特色可言，故仅以“所谓佛迹也”一笔带过。而写瀑布则最详。先写其所在方位：“循山而东，少北”；继写见到“悬水千仞”；然后写瀑布落点：“山八九折，折处辄为潭”，已是奇观；而究竟下距涧底有多深，虽似实而虚地写了句“磓石五丈”，终于还是“不得其所止”。这样，瀑布的起、落、折、险，全已写到，但还缺少声和色，于是用“雪溅雷怒”形容之，“雪溅”状其色，“雷怒”绘其声，且这声与色还都是动态而非静止的。最终写到人的感受：“可喜可畏”。寥寥三四十字，瀑布之奇伟瑰丽已尽收笔底。浓缩凝炼至此，真是以诗为文，文胜于诗了。

归途之景有二：一是乘肩舆“倒行”，回顾半山在暮色苍茫中的“山烧”，衬着晚霞夕照，十分壮丽；二是江清夜静，身在舟中，“击汰中流”，星月交辉，把唐人于良史的诗句“掬水月在手”改为“掬弄珠璧”，便觉设想新奇而光彩照人，真是点铁成金。这归途景色显然是昼间所无，必须写入文中。如果作者一开头便把去时路线一一说明，则归途所见即使不重复也会减色不少。这就叫笔墨经济，重点突出。

最后写到家情景。由于入夜始归，进餐较晚，即使一般菜蔬也觉分外香甜。加上这一天游得尽兴，虽劳倦而尚不思睡，于是乘兴写成文字，付与苏过。从结尾处可体会出作者的兴致不浅。然而这却是作者远谪惠州的开始，明知有更严酷的考验等待自己，而从这篇小文便已看出作者的旷达和乐观，绝无半点矫情和虚伪。“日啖荔枝三百颗，不妨长作岭南人”，其心胸盖自初到惠州时便已豁然开朗了。

（吴小如）

【原文】

录文忠公语

顷岁孙莘老[①]识欧阳文忠公,尝乘间以文字问之。云:“无它术,唯勤读书而多为之,自工。世人患作文字少,又懒读书,每一篇出,即求过人。如此,少有至者。疵病不必待人指摘,多作自能见之。”此公以其尝试者告人,故尤有味。

——《苏轼文集》

〔注〕 ① 孙莘老:即孙觉,知湖州。东坡与他交往甚密,多次寄诗往还。

有志于文学创作的人们,谁不希望自己的文字出类拔萃?但事实有时总与愿望相反:“大山吼叫着要临盆,结果生出个小老鼠。”(布瓦洛《诗的艺术》)这究竟是什么原因呢?

原因恐怕很多。例如一定的秉赋和生活阅历等等,都是不可或缺的。东坡所录欧阳修之语,则以亲身之所“尝试”,告诉了人们一条重要体验:“唯勤读书而多为之”。

从一位雄峙北宋文坛的大手笔口中,说出的竟是这样一个人所共知的简单道理,也许会令某些人大失所望的罢——他们本以为听到的,应该是奇妙得多的不传之秘呢!

然而,世间的道理往往就是这样简单明了的,关键全在于亲身去“尝试”。

“勤读书”——“勤”到什么程度?欧阳修没有说。不过,风云战国的大纵横家苏秦,倒是提供了感人的一例:他进说秦惠王失败,回家又遭到父母妻嫂的奚落和冷淡，终于激发了一腔意气——“乃夜发书，陈箧数十，得太公阴符之谋，伏而诵之，简练以为揣摩。读书欲睡，引锥自刺其股，血流至足”。这就是苏秦勤于读书的“悲壮”写照。

许多人以为读书之“勤”，主要在“广搜博览”。这当然也有道理。不过，世界上的书实在太多，倘要只求其“广”，一辈子也读不完，又哪有功夫再去“作文”？苏秦之“勤”，不仅求“广”，更着眼于“精”。所以他在“数十”箱书中，只挑选了最急需的“太公阴符之谋”。而且就是这一种，也还“简练（选择最精要处）以为揣摩”，整整研读了一年。终于在进说六国之君时，取得了辉煌的成功。——如此深入的精研功夫，你可“尝试”过么？读书又很劳苦。长夜读书，灯昏力倦，只对付“瞌睡”一项，就够人受的了。苏秦却能“引锥刺股”，以至“血流至足”——如此坚毅的决心，你可痛下过么？倘若这些都做不到，又何得称之为“勤”！马克思在大英博物馆读书时留下的深深脚印，可不是心猿意马者所能想象的呵！

“多为之”——“多”到什么地步？欧阳修也没有说。不过，唐代书法家柳公权少年时代的一段轶闻，倒提供了惊人的消息：他在京城见到一位无臂老汉，用脚夹着大笔，挥洒自如地写出了一“脚”好字。老汉告诉他：“我自小用脚写字，风风雨雨已练了五十余年。家里有口能盛八担水的大缸，我磨墨写字用尽了八缸水”——无臂之人，乃能练得一“脚”好字，这就是“多为之”所创造的奇迹！

“勤读书”，可以日积月累，增长无穷见识；“多为之”，则可在反复实践中“自见”其疵病，而日加精进，“不必待人指摘”。两者都需要人们付出巨大的精力和心血。这道理好懂，而“尝试”实难。所以，欧阳修一针见血地指出：“世人患作文字少，又懒读书，每一篇出，即求过人。如此，少有至者。”

其实，这还是说得客气了些——不愿付出艰巨努力而欲一鸣惊人者，十个有十个进不了“美”的王国。法国诗人波德莱尔说得好：通往美的道路，是一条崎岖坎坷、难以达到目的地的道路。而写诗从来也不是一种快乐，它永远是“一件最累人的营生”。他因此大声告诉人们：要想写得快，就要多想。散步时、游泳时，甚至会情妇时，都要想着自己的主题——

“诗人们，请在刻苦的钻研中消磨时日！”

这见解正与欧阳修所说一样，出于他自身“尝试”的甘苦之谈。倘若东坡能够读到，也一定会释卷而叹：“尤有味”也！

（潘啸龙）

记岭南竹

岭南人，当有愧于竹。食者竹笋，庇者竹瓦，载者竹筏，爨者竹薪，衣者竹皮，书者竹纸，履者竹鞋，真可谓一日不可无此君也耶？

——《苏轼文集》

竹之高节，历来为文人雅士所赏叹。

“欲见凌冬质，当为雪中看”（阴铿），赞的是它披雪直上的贞质；“呵，你未出土时便已有节，直到凌云高处依然虚心”（管桦），叹的是它劲拔谦挚的虚怀。

所以，王子猷喜爱植竹，吟啸之际，便忘情而呼：“何可一日无此君！”（《世说新语》）郑板桥喜爱画竹，山石之畔，总要有几竿“经春历夏又秋冬”的飒飒竹韵相伴。

竹之成为某种精神寄托，正与松菊兰草一样，在志士仁人心目中，坚挺地竖立了千百年！

苏东坡也爱竹。

早在谪居黄州时，他就曾以“好竹连山觉笋香”之句，表达过对它的低回流连之情；而今再贬岭南，他又欣喜地发现了竹的另一些闻所未闻的好处：

> 食者竹笋，庇者竹瓦，载者竹筏，爨者竹薪，衣者竹皮，书者竹纸，履者竹鞋。

其实还可加上“射者竹箭，卧者竹榻，居者竹楼”等等。

这真是令人不可思议！

竹，本是远离世俗的幽人，伴石而栖的高士。它之被词人墨客所称叹，终究还是作了诗中、画上的点缀。

而在这里，它却从虚幻难即的幽雅之梦中醒来，以活生生的事实，证明了自身存在的真价值；在这里，它才从山野走向村舍、都市，意气昂昂地闯入了人们的实际生活，逼迫人们正视它作出的巨大贡献和牺牲。

好以风雅自命的人们，也许会对东坡的发现扫兴：他居然会对岭南竹的“凡俗之用”如此赞美，志趣又何其低下也！

然而，孤芳自赏的风雅，较之于“岭南竹”既有节有操，又甘于将自身破碎成段、成片、成皮、成浆，无所保留地奉献世间，两者之境界究竟高下何如？“凡俗之用”又岂可看轻！

而且，东坡所赞美的，难道仅仅是“岭南竹”？它不同时是一种象征、一个化身？透过那连山接野的绿竹，他是否还看到了无数荷锸肩锄、裤管高挽，出没于草径禾垄的壮伟农夫？他们之生于艰难之世而不肯俯首折腰，不正如绿竹之劲挺有节；他们之经春历夏、劳瘁贡献，不正如绿竹之奉献“笋”、“瓦”、“皮”、“筏”！

千百年来，正是这些“凡俗”者造就了世界、奉献着一切！但他们的高

【原文】

尚操节、伟美人生，谁曾真心关注和评说过？多少世纪以来，封建统治者、文人雅士们，所给予他们的，常常只是轻蔑和践踏。

东坡有鉴于此，故落笔即喟然而叹：“岭南人，当有愧于竹。”其实有愧于“竹”者，又岂止“岭南人”而已！

（潘啸龙）

在儋耳书

吾始至海南，环视天水无际，凄然伤之曰：“何时得出此岛耶？”已而思之：天地在积水中，九州在大瀛海中，中国在少海中，有生孰不在岛者。覆盆水于地，芥浮于水，蚁附于芥，茫然不知所济。少焉，水涸，蚁即径去，见其类，出涕曰：“几不复与子相见。”岂知俯仰之间，有方轨八达之路乎？念此可为一笑。戊寅九月十二日，与客薄饮小醉，信笔书此纸。

——《苏轼文集》

戊寅年九月，即宋哲宗元符元年(1098)，这是苏轼渡海来到儋州(今属海南)的第二年。看他“薄饮小醉”，其乐融融，“信笔书此纸”又能涉笔成趣，洒脱自如，哪里像一个身陷绝域、九死南荒的逐客？唐宋窜谪岭南者不少，韩愈马到五岭便哀哀哭告“好收吾骨瘴江边”；李德裕渡海到崖州，徘徊低吟“不堪肠断思乡处，红槿花中越鸟啼”，最后竟悒郁而死。相比之下，不能不惊叹苏轼为人之奇。

“有生孰不在岛者”？东坡这样来自我解脱，也许有人会嘲笑他自欺欺人。其实，生活是一门艺术，艺术需要的是想象力。你说他自欺欺人也罢，你说他了悟澄彻也罢，要旨总在于活得舒畅，活得潇洒。韩愈和李德裕不能忍受的，东坡不仅忍受了，而且获得了乐趣，这就是他高明的地方。韩愈真的应该读一读《南华经》，既然他自诩为道统的传承者，至少不能贬了官就一味寻死觅活，险些断了周公孔孟的一脉单传吧。

所以在东坡看来，韩愈李德裕之流大约都是芥上之蚁，一只哭哭啼啼，一只竟然掉在"盆水"里淹死了，这种人是不足与言"方轨八达之路"的。

但是原则呢？理想呢？有人要问。好吧，让我们看看那两只蚂蚁的原则和理想：李德裕终其一生卷入党争的漩涡不能自拔，韩愈复官之后再也没有了谏佛骨的勇气。而苏轼，只要在官就做到刚正不阿、坚持己见，这正是他一次又一次被排斥的原因。可见在官场上，东坡反而不如韩愈之流得心应手，"俯仰之间"皆"有方轨八达之路"了，所以达官显宦们把东坡嘲笑为官场上的蚂蚁也未可知哩。

（叶　丰）

别石塔

石塔来别居士。居士云："经过草草，恨不一见石塔。"塔起立云："遮个是砖浮图耶？"居士云："有缝。"塔云："无缝何以容世间蝼蚁？"坡首肯之。元丰八年八月二十七日。

——《苏轼文集》

倘若只看《东坡志林》，这段文字便显得恍惚迷离，简直令人无从猜思：

【鉴赏】

题目标为《别石塔》，则明是东坡居士“去”与石塔相别；而开篇下笔，却又突书“石塔来别居士”，仿佛倒是石塔即将远行，故“来”与东坡辞别似的。更奇者还在这“石塔”，本就是硬楞楞矗立大地的无情之物，竟还能“来别”、还能“起立”说话，真是不可思议！——东坡居士潇洒飘逸，为文每多奇幻之思。难道他此刻又进入了“明月几时有，把酒问青天”的醉意矇眬之境，而与“石塔”之神梦接了么？

对照一下《东坡文集》，人们才恍然大悟：原来此篇又题作《记石塔长老答问》。那么，“来别”、“起立”云云者，皆非“石塔”，乃是石塔“长老”了。疑云一经消散，读者也许反倒有些怅然若失——实在说，与其将此文题为《记石塔长老答问》，还不如径作《别石塔》更有情味些。而且从东坡行文故意省略“长老”二字看，也更暗合他那空中荡漾的奇妙笔意。又何须落实其究竟是“石塔”抑是“长老”呢？

不过，此文之妙，不仅在运笔之迷幻，更在于居士与石塔那充满禅机的对话。东坡之别石塔，似乎颇为“经过草草，恨不见石塔”而怅然。石塔呢，妙在不答反问：“遮个（这个）是砖浮图（塔）耶？”——看来它对东坡所住的“砖塔”，似乎更感兴趣些。但砖塔又哪比得上石塔的浑然一体，坚固牢靠？况且它还“有缝”。文中的“居士云：‘有缝。’”，正传达了东坡对这砖塔的不无遗憾之感。这便引出了石塔那机锋微妙的驳诘：“无缝何以容世间蝼蚁？”

这驳诘真可称得上“石破天惊”！人们之建塔，只有希望它坚固牢靠、永不倾颓的。从这一点看，“石塔”自然最能保存自己、经受岁月和风雨的侵蚀了。至于砖塔，缝隙纵横，常会招致蝼蚁掘穴筑窝，日久天长，砖块松动，难保不会倾废。这不是一大缺憾么？石塔的驳诘，却把这一世俗见解整个推翻了——“蝼蚁”又怎么样？它不也是降生世间的可贵生命！为什么就不能容许它与众生一样，争得一些生存的空间呢？如此说来，那砖塔之“有缝”，就不是自身的憾事，倒是莫大的幸运了——它虽然将毁伤了自己，却为世间的蝼蚁提供了生存、发展的欢乐！这正是它的价值所在。

不要以为这只是佛门那“普爱众生”的枯燥说教。石塔的驳难，实际上打开了一个观察问题的全新的视野，并提供了一种与世俗完全不同的价值观。在许多人看来，人生的价值似乎只在想方设法维护个体的生存，获取自身的快乐。石塔却揭示了人生的另一个境界：倘若是为了求得社会众生的生存、发展，那么，即使损害了自身，也是值得的，并且是可令人敬慕的！

从世俗的眼光看石塔的驳诘，几近乎“痴人说梦”——天下哪有这种损己利人的好事？但在有志于“兼济天下”的苏东坡眼中，这驳难无异于扫除了他坎坷道路上充塞的迷雾。我们从他的“首肯之”中可以窥见，此刻在他眼前，展开了人生的一个怎样辉煌的新境界……

（潘啸龙）

书李若之事

《晋·方技传》有幸灵者，父母使守稻，牛食之，灵见而不驱。牛去，乃理其残乱者。父母怒之，灵曰：“物各欲得食，牛方食，奈何驱之？”父母愈怒，曰：“即如此，何用理乱者为？”灵曰：“此稻又欲得生。”此言有理，灵故有道者也。吕猗母皇得痿痹病十余年，灵疗之。去皇数步，坐瞑目，寂然有顷，曰：“扶夫人起。”猗曰：“老人得病十有余年，岂可卒令起耶？”灵曰：“但试扶起。”令两人扶起，两人夹扶而立。少顷去扶者，遂能行。学道养气者，至足之余，能以气与人。都下道士李若之能之，谓之“布气”。吾中子迨，少羸，多疾。若之相对坐为布气，

【原文】

迨闻腹中如初日所照，温温也。若之盖尝遇得道异人于华岳下云。

——《苏轼文集》

本文之令笔者感到兴味，倒不是李若之的“布气”疗疾之奇，而是“幸灵”孩提时代的“守稻”趣闻。

东坡以简约传神之笔，为读者描述了一出牛食稻苗的喜剧性冲突，并将稚童与父母间争辩时的嬉笑、暴怒之态，表现得活灵活现——仅就行文艺术看，这充满情趣的描述，已可令人解颐！

不过，更发人深思的，还是幸灵那一番维护食稻之牛的奇语。人们之种稻，考虑的从来就是自身的食用（当然还有交租）。倘若让给牛吃，又何必种它？况且，牛又算得什么？蠢笨无知，只配给人们驾车、犁地。有一点草吃，就很不错了，哪还能让它食稻！

天真的幸灵，却提出了与此绝然不同的看法：牛之于人，同为世间之物，都有“食”、“生”之欲。它想吃点稻苗，为什么就不容许，非得把它赶跑？这道理真是惊世骇俗！但若仔细想想，你毕竟还得承认：它确实包含了某种真理——牛也一样有生存的权利，而且还为人们耕田种稻、出过“笨”力。为什么轮到它要享受一点比草好些的待遇，就该惹得父母们大喊大叫了呢？

一位未更世事的孩童，竟能说出这样一番令父母语塞的道理。苏东坡不禁为之赞叹了：“此言有理，灵故有道者也！”其实，幸灵何尝真是“有道”，他不过是凭着一颗纯真无私的孩童之心，说出了活泼泼的生活感受而已。

笔者由此想到了其他一些事。

【鉴赏】

人之由孩童进入成年，当然是件值得庆贺的事。因为他从此可以自立于天地之间，堂堂皇皇地做人了。然而，在私有制的社会里，所成长、造就的又是一些什么“人”呢？自私、狭隘、怯弱，这就是旧时代许多人的写照。因为，在这样的社会里，人们观察世界、考虑问题，大多围绕着自身的利害旋转，连“真理”都被深深地打上了自私自利的烙印！

在这样的社会里，涉世愈久，人性中那纯真、朴厚和无私之心，便丧失愈多；而虚伪、圆滑和贪婪之情，则与日俱增。所以，一位上世纪的哲人，曾惊疑地感叹：人们似乎愈活愈变得“渺小”了！在这些“渺小”的大人眼中，有些洞若观火的事实，便看不清了；有些简单明了的道理，便怎么也不能理解了。赵高指给秦二世看的，明明是鹿，大臣们却矢口咬定那是匹“马”！——他们为什么颠倒是非？安徒生童话中的皇帝，明明一丝不挂，臣民们却一致赞叹：他穿着一件多么“漂亮”的“新衣”！——他们为什么睁着眼说谎？

比起这样的大人来，未更世事的孩童则要可爱多了。他们的可爱，正在于阅世未深，而跳荡着一颗无私、无邪的赤子之心！所以，当臣民们怕被视为愚蠢、失去官职，而跟着说瞎话的时候，唯有一位孩子高声叫了起来：“可是他（皇帝）什么衣服也没有穿呀！”同样的，当父母们遵守着自古以来不可让牛吃稻的规矩时，幸灵则以无私之心推己及牛，说出了牛也有权利食稻的真理。

这正是纯真的孩童值得大人学习的地方。自立于天地之间的堂堂大人们，当你面对孩童那无私、无邪的目光的时候，何不也扪心自问一下：我是否不为狭隘、渺小的世俗之风所改变，依然保留着一颗纯真、无私而高尚的心灵？

（潘啸龙）

【原文】

书吴说笔

笔若适士大夫意，则工书人不能用；若便于工书者，则虽士大夫亦罕售矣。屠龙不如履豨，岂独笔哉！君谟[1]所谓“艺亦工而人益困”，非虚语也。吴政已亡，其子说颇得家法。

——《东坡全集》

〔注〕 ① 君谟：蔡襄，北宋大书法家。

不是会写字的都能成为“书法家”，也不是一个书法家随便抓住什么笔都能写出好字。苏东坡是大诗人、大画家，又是大书法家，他对笔特有研究，他使用的宣城诸葛笔或鼠须笔，对他成功的书法艺术建立了殊勋。当然，再好的笔也不可能帮助平庸之徒灵感乍涌，技艺陡增，使用、驾驭这种笔是需要特殊本领的。一位文艺评论家评到中国书法时说：“中国批评家欣赏书法并不注重静态的比例和调和，而是暗中追溯艺术家从第一笔到末一笔的动作，如此看完全篇，仿佛观赏纸上的舞蹈。因此这种抽象画的门径和西方的抽象画不同。其基本的理论是美感即动感，这种基本的韵律观日后变成国画的主要原则。”（林语堂《苏东坡传》）比如苏东坡的《覆盆子帖》，真有“一舞剑器动四方”之神妙。寥寥6行44字，风韵异常，仪态万千。有人形容他“抽毫出入，提按顿挫，自在得很”，他的“剑器”就是手中的笔！人们简直可以感受到笔端的飞舞气势，弹跳纸上，一气呵成，有的字飘起一缕游丝，有的字则扬起意趣无穷的末笔，潇洒自若，存乎一心。如果没有一支得心应手的笔，哪能倾泻出诗人风云滚动的心潮和节奏！这种“便于工书”的笔，也只有工书人才珍爱它，至于一般“士大夫”不会用它，也用不上它，理所当然。

一句“屠龙不如履豨，岂独笔哉”，跳出了就笔谈笔的狭隘范围，把问题引向广阔无垠的天地。它指出“屠龙”这一绝艺的崇高及其不幸。正如科学门类中的尖端科学，比之攻研应用科学，实在需要多花成倍的心血和精力，而成果的显示机会却又相对地少。这又是它的不幸。龙不常见而猪常有，杀猪的机会当然比屠龙多。可是，一旦龙终于出现，杀猪的屠户徒呼奈何，无所用其技，这时只有屠龙勇士才能大显身手，也只有在这个时候，社会才会给屠龙者以肯定的充分的评价。

怀才不遇，黄钟毁弃，“屠龙不如履豨”，“艺亦工而人益困”，在对待人才问题存在短视和轻视的情况下，如此社会现象和历史现象不会绝迹。能不能从全局和战略眼光发掘人才、培养人才？是历代从政者是否有所作为的试金石。但对有志“屠龙”者来说，不仅需要学习那股“殚千金之家，三年技成”的苦劲、韧劲，而且要具有学成后“无所用其巧”的耐心和自信力。古往今来，无数事实告诉人们：一方面有成千上万身怀绝技的能人赍志以殁；而一方面还是有不怕挫折、不怕冷落，对事业付以倾心热爱、九死不悔的人在继续探索人们所没有走过的新路。

后者生不逢辰，备受折磨，未能充分发挥自己的才能，是可惋惜的。但人民是公道的，即便是身后若干年，也永远记着他“屠龙”的功绩。苏东坡留下的作品及其风格永垂不朽，就是一例。

（拾　风）

【原文】

书　墨

余蓄墨数百挺[①]，暇日辄出品试之，终无黑者，其间不过一二可人意。以此知世间佳物，自是难得。茶欲其白[②]，墨欲其黑，方求黑时嫌漆白，方求白时嫌雪黑——自是人不会事也[③]。

——《苏轼文集》

〔注〕 ① 挺：量词。 ② 茶欲其白：意谓沸水泡茶，以泛起白色泡沫者为上品。 ③ 会事：解事、懂行之意。

苏东坡的《书墨》，文不到七十字而内涵丰富，落笔近平缓却陡见奇峰，然后转入丘壑，渐临佳境，曲径盘旋，意趣无穷。

以物抒情讽世，这类文章多多矣，读者不审时多思，未必能窥察其中奥妙。当时评墨论茶者忽然多了起来，颇有些奇怪，苏东坡也不止写了这一篇。根据手头零星资料，可以如此认定，第一位把茶、墨作比较的，不是苏东坡，而是司马光。张舜民《画墁录》里记着："司马温公（光）曰：茶墨正相反：茶欲白，墨欲黑；茶欲新，墨欲陈；茶欲重，墨欲轻，如君子小人不同。至如喜干而恶湿，袋之以囊，水之以色，皆君子所好，玩则同也。"后来，在《东坡志林》里发现苏东坡又一番议论，显然是他与司马光的对话记录。"温公曰：'茶与墨正相反。'余曰：'二物之质诚然矣，然亦有同者。'公曰：'何谓？'余曰：'奇茶妙墨皆香，是其德同也；皆坚，是其操同也。譬如贤人君子，妍丑黔皙之不同，其德操蕴藏实无以异。'公笑以为是。"从这两则笔记小品看，两位大家都不是真的在评墨论茶，而在谈论识人用人之道。两人比较，司马光偏重形式上的差异，而东坡则侧重从本质上剖析。光罗列茶墨二者白黑、新陈、重轻之不同，实在意义不大，因为同属白、新、重的茶，也有奇茶庸茶之分；同属黑、陈、轻的墨也有凡墨妙墨之别。决定茶墨上品的是香味和硬度，正如决定君子小人的标准是德行和操守。苏东坡不以貌取，比司马光想得深，多一点辩证法。

《书墨》又是对《东坡志林》一段的补充。东坡既重人的德操，可又不把这提到不可攀的吓人高度。“茶欲其白，墨欲其黑”，当然是对的，但如“方求黑时嫌漆白，方求白时嫌雪黑”，要求黑到比漆还黑，白到比雪还白，总之，纯而又纯，那就脱离实际，“洪洞县里无好人”了。世间哪有尽如人意的佳物，又哪有尽如我意的人才？王猛扪虱，肯定不是优点，但如桓温因而鄙贱其人，就与这位经世奇才失之交臂了；魏徵之倔，之欢喜抬杠，确有冒犯龙颜之毛病，但如李世民嫌他不够乖，不够听话，那也就没有贞观之治。以此“纯”标准要求别人，必成孤家寡人无疑。

为什么司马光和苏东坡彼时对君子小人之议论特多？恐怕还得从北宋盛极一时的朋党之争去找原因。在此之前，欧阳修就写过有名的《朋党论》，划出“君子与君子以同道为朋；小人与小人以同利为朋”的界限，并提出“退小人之伪朋，用君子之真朋”的观点。我看茶墨文章，属政治小品，当是《朋党论》的续篇。参照《朋党篇》读来，对茶墨文章可以加深理解。话虽如此，朋党或曰宗派的是非，君子与小人的界限，究竟不是几篇名家名文讲得清楚的。试联系现状观察，若能说明一二问题就算不错了。

（拾　风）

【原文】

荔枝龙眼说

闽越人高荔子而下龙眼，吾为评之。荔子如食蝤蛑大蟹[1]，斫雪流膏，一啖可饱。龙眼如食彭越石蟹，嚼啮久之，了无所得。然酒阑口爽[2]，餍饱之余，则咂啄之味，石蟹有时胜蝤蛑也。戏书此纸，为饮流一笑。

——《苏轼文集》

〔注〕 ① 蝤蛑(yóu móu)：蟹类，螯长而大，生海边泥沙中。 ② 酒阑：酒宴残尽之时。口爽：口味败坏。

一纸“戏书”，似乎只为博得“饮流一笑”，其实说出了人生评价中的大道理——这就是东坡的奇妙小品《荔枝龙眼说》。

“闽越人高荔子而下龙眼”，当然有其根据。荔枝鲜肥而味美，曾为历代文人雅士所称叹：东汉王逸说它“卓绝美而无俦，超众果而独贵”；唐代诗人张九龄以为“百果之中，无一可比”；清人李渔，更誉之为“至尊无上”的百果之“王”，可见其品格之“高”。至于“龙眼”，核大而肉少，品尝起来，就远不如荔枝了。所以张九龄斥其为“凡品”，田从易更降之与“樱桃”、“橄榄”同列，其品位之卑“下”，似已无可怀疑。

东坡的品评却没有这么简单。这位贬官惠州，写过“日啖荔枝三百颗，不辞长作岭南人”名句的文豪，自然深知荔枝之鲜美。在他看来，荔枝的好处，正如生长海边的“蝤蛑”(即“梭子蟹”)，“斫雪流膏”、肥美鲜嫩，简直令人“一啖可饱”。相比而言，“龙眼”则如乡间的“彭越”(蟹之一种)、“石蟹”，壳坚少肉,“嚼啮久之,了无所得”。从这一点看,荔枝无疑胜龙眼。

但东坡并没有据此论定两者之“高下”。与“闽越人”的只看一点、不及其余不同,东坡还看到了问题的另一侧面:当着环境、条件改变了的时候,事物的价值也会随之发生变化。即以荔枝说,鲜美肥嫩本是它的长处,但在人们酒足饭饱之际,这肥美正如“蝤蛑大蟹”,反倒令人厌腻了。那时候剥食“龙眼”,恰正如壳坚少肉的“石蟹”,于“咂啄”之际,便能品尝到无穷余“味”。从这一点看,“龙眼”又岂必“下”于荔枝?

形象动人的“蟹”喻,就这样在人们眼前,打开了一个评价事物的新视野。在这样的视野上,反观“闽越人”(包括某些文人雅士)对荔枝、龙眼的“高下”之论,便显得多么偏执和扬抑不当呵!

荔枝、龙眼的“高下”尚且不能一概而论,对于复杂得多的人生价值之评判,就更须慎重了。例如要分诸葛亮与张飞之高下,似乎无须多加比较,张飞自当退居其后:论多谋善断、见微知著,论把握全局、指挥千军万马,莽撞躁急的张飞,能与潇洒磊落、运筹帷幄的诸葛亮一较短长吗?但若改换一下视角,让诸葛亮顶盔贯甲,手持丈八蛇矛,立于曹操百万军前,一声大喝:“吾乃隆中诸葛亮也!”看能不能像张飞一样,喝得夏侯杰倒栽下马,令曹操回马狂奔、倒退数里?可见在驰骋疆场、斩将搴旗的勇武和气概方面,诸葛亮也只能甘拜下风。

又如孔子,既被儒者颂之为百世“素王”,与村野俗夫相比,其“高下”似也立可判明。但孔子自己却不这么看:弟子樊迟请“学稼”,子曰“吾不如老农”;“请学为圃”,孔子又称“吾不如老圃”(《论语》)。“不如”即“下”也——倘要在种植庄稼、菜蔬方面一较技艺,孔子又岂能“高”于老农?

可见人生价值之评定,须顾及各人的特点和长处。以一时、一技的长短、得失妄论“高下”,是不科学的。东坡此文,以“蝤蛑”、“石蟹”为喻,论说荔枝、龙眼的各有所长。虽属“戏书”,却意味隽永。非特可博好食蟹味的

“饮流一笑”，亦可令那些在人生事业中，只因一时、一技屈居人下，便怀疑自身价值者，增生许多奋斗、创造的勇气罢？

（潘啸龙）

刘凝之与沈麟士

【原文】

《南史》：刘凝之为人认所着屐，即予之。此人后得所失屐，送还，不肯复取。沈麟士亦为邻人认所着屐，麟士笑曰：“是卿屐耶？”即予之。邻人后得所失屐，送还之。麟士曰：“非卿屐耶？”笑而受之。此虽小节，然人处世，当如麟士，不当如凝之也。

——《苏轼文集》

大约南朝人“着屐”成风，所以“失屐”、“认屐”的事也时有发生。否则世上哪有这样的巧事：刘凝之邻人“失屐”，沈麟士“邻人”也失屐；刘之邻人找他“认屐”，沈之邻人认屐也找到他——事情发生得如此凑巧，仿佛就准备着让后世的苏轼来评论似的！

如果先不看东坡的评论，那么你得承认：刘沈二位在处理邻人“认屐”这件事上，其实都表现了一种世所罕见的高风。邻人失屐而怀疑刘、沈“所着”之屐，则刘、沈即使算不上“偷”，至少也颇有将他人之物据为己有之嫌——对此关乎“人格”的怀疑，谁能忍受得了？然而二人居然都不以为忤，而且宁肯被误解，也都平心静气地把所着之屐让给了邻人。做到这点已非易事，何况据《南史》记载，刘凝之被认屐之时，还因为脚上的屐太旧，特意从家中找了双新的给邻人；沈麟士则恰在“行路”途中，最后竟“跣（光着脚板）而返”——换了刘、沈，谁又有如此气度？

但东坡却认为，刘凝之的处理，仍有不如沈麟士处。因为沈麟士为人认屐时，能够“笑曰：‘是卿屐耶？’”邻人还屐时，仍能“笑而受之”。刘凝之却不同：被认时既未微笑，送还时干脆就“不肯复取”。差别正有如此之大！

差别其实只在一个“笑”字，东坡为何就如此看重？原来这“笑”与不笑，所表现的情感大不一样。读者试设身处地思量一下：当邻人丢失所爱之屐时，心中能不焦急？而在刘、沈脚上发现“失屐”的时候，能不于欣喜之中，生出某种疑惧之感：万一认错了，岂不惹恼了刘、沈？至于后来的送还错认之屐，更是一大难题：心中既感歉疚，又怕遭到指责，可见是需要鼓起勇气的。对这一切，刘凝之似乎就全未考虑到。来人认屐时，他不言不笑，便使邻人的疑惧之心久悬难下；还屐时一言拒绝，则邻人的歉疚之情也无从消解。所以这处理看似颇豁达，但从情感上说，其实已使邻人深感不安了。而沈麟士的处理就没有这么粗疏了：邻人认屐，他微笑以对，令人感到他确实从内心不计较邻人之鲁莽；还屐时又笑而受之，邻人的歉疚之情，也因此在笑语中消散——如此善于体谅他人之心，不正表现了温暖动人的真诚感情么？

如果说，眼睛是心灵的“门窗”，那么，脸色便就是情感的“晴雨表”了。在人们相处之中，感情冷漠者，脸上往往缺少笑意；脸色铁青的人，心中便一定藏有令人生畏的寒冰；至于奸诈虚伪者的脸上，虽也时有笑色浮动，但那是“肉不笑”的“皮笑”，只能教人厌恶。唯有真诚的笑容，恰似灿烂的阳光，能消除人生的阴霾雾瘴，带给你友邻、主顾、宾客、病人，以温馨的慰藉、体谅和鼓励。苏东坡之感叹于“人”之“处世”，“当如麟士，不当如凝之”，所看重的正是这照耀人生的美好阳光——那发自心灵的真诚笑容呵！不知读者诸君，可也能像沈麟士这样，即使在被误解，或需要体谅他人的时候，也能以坦然、真诚的微笑，给人以宽慰和温暖？

最后需要说明一点：据《南史》记载，刘凝之在为人认屐时其实也是报以热情的笑语的。东坡不写其笑，似乎有点疏忽。好在他的本意，是在阐说为人处世的道理，非必是要故意贬低凝之。笔者猜想：这位热情好施、不慕荣华的南朝高士刘凝之，九泉之下有知，亦会对东坡的这一"疏忽"微笑以对的吧？

（潘啸龙）

禽大无事省出入

艾子曰："田巴居于稷下，是三皇而非五帝，一日屈千人，其辨无能穷之者。弟子禽滑厘辰出，逢嬖媪[①]揖而问曰：'子非田巴之徒乎？宜得巴之辨也。媪有大疑，愿质于子。'滑厘曰：'媪姑言之，可能折其理。'

"媪曰：'马鬃生向上而短，马尾生向下而长，其故何也？'滑厘笑曰：'此殆易晓事。马鬃上抢，势逆而强，故天使之短；马尾下垂，势顺而逊，故天使之长。'媪曰：'然则人之发上抢，逆也，何以长？须下垂，顺也，何以短？'滑厘茫然自失，乃曰：'吾学未足以臻此，当归咨师。媪幸专留此，以须[②]我还，其有以奉酬。'

"即入见田巴曰：'适出，嬖媪问以鬃、尾长短，弟子以逆顺之理答之，如何？'曰：'甚善。'滑厘曰：'然则媪申之以须顺为短，发逆而长，则弟子无以对，愿先生折之。媪方坐门以俟，期以馀教诏之。'巴俯首久之,乃以行呼滑厘曰:'禽大禽大,幸自无事也,省可出入③!'"

——《艾子杂说》

〔注〕 ① 躄:《说文》:"爱也。"《集韵》:"贱而得幸曰躄。"于此处的"躄媪"讲不大通。疑应是"躄"字。躄,《说文》作"壁"。有足而不能行也,即下肢瘫痪。"坐门以俟"亦略见其消息。今试取此义为说。 ② 须:等待。③ 幸自:本自。省可:休要。皆宋人口语。

本篇出于《艾子杂说》。南宋陈振孙《直斋书录解题》小说家类著录有《艾子》一卷,注:"相传为东坡作,未必然也。"说"未必然",却没有提出怀疑东坡著作权的根据。今人孔凡礼点校《苏轼文集》对此有所考辨,认为《艾子杂说》仍应是东坡所作,收入《佚文汇编》的附录中,今从之。

书中的艾子是虚构人物,写成为战国田齐的一个客卿。各篇所述,艾子或亲身参与其事,或仅旁观记叙,间有评论,或不评论,总蕴含一点妙理,写来滑稽冷隽,引人入胜。

本篇内容与结构,丰富而曲折。田巴,见《史记·鲁仲连列传》正义引《鲁仲连子》:"齐辩士田巴,服狙丘,议稷下,毁五帝,罪三王,服五伯,离坚白,合同异,一日服千人。"齐国都临淄的稷下学宫,在齐宣王时聚集了各家学派的众多"文学游说之士",著名者"皆赐列第,为上大夫,不治而议论"(《史记·田敬仲完世家》),展开"百家争鸣"。田巴自是其中的佼佼者,然而他却被12岁的鲁仲连当面教训了一通:"今楚军南阳,赵伐高唐,燕人十万,聊城不去,国亡在旦夕,先生奈之何?若不能者,先生之言有似枭鸣,出城而人恶之,愿先生勿复言!"批评他空言无益于国,惹人讨厌,还是闭了尊

【鉴赏】

口的好。于是田巴曰:“谨闻命矣。”自此终身不复谈论。这里艾子又把这位雄辩家挖出来做靶子,叫他再出一次洋相。人真而事假,是这类游戏文章的一个特点。

事件首先由田巴的弟子禽滑厘引起。禽滑厘,曾师事孔门的子夏,又为墨子弟子,这里又派他充当田巴大弟子的脚色。信手拈来,给他改换门庭,俨然成为“‘弟子’专业户”,虽无深意,也能博人会心一笑。那天禽滑厘清晨出门,在门口便碰见一个风瘫的老婆子,向他提一个似乎不须费脑子便可解答的问题。不料如此这般的不消两个回合,禽君便吃了瘪,赶忙转身进去向师父讨救兵,想师父拿出智慧仓库里的一点边角料(馀教)就可以打发掉这个老婆子。如实诉明之后,田巴听了也傻了眼,低头想了许久,也只好交白卷。他叫着禽滑厘的排行道:“禽大禽大,你本来没有什么事,少出出进进!”

类似老太婆所提的问题,现在的相声传统段子《论叫唤》中也有。如甲说鹅鸭脖子长,所以会叫唤;乙说虾蟆没有脖子,为什么也会叫唤?甲说笛子是竹做的,身上有窟窿,所以能吹出声音;乙说筛子也是竹做的,浑身是窟窿,为什么吹不出声音?这样的反问,的确令人一下子难以回答。其实《墨子·小取篇》中,讲逻辑推理的方法时已经说明白:“其然也,有所以然也;其然也同,其所以然不必同”,故“不可偏观”,即不能偏执一种方式来推断。如桃树的果子叫桃,棘树的果子却不叫棘(叫枣),“乃一是而一非者也”。如果不“察名实之理”,不具体分析,偏非照样套下去不可,就会陷入困境。而禽滑厘不明此理,被嬖媪的诡问逼得哑口无言。但本篇的妙处,不在于使你得到欣赏这种诘难的机智的“艺术享受”,而是在于,作者处处运用前后影照手法,表现人物心态、神情、处境的变化,随着事情的进展,闲闲写来,于不知不觉中呈现出高度的讽刺效果,回想更觉韵味悠长。

请看，被戴上“田巴之徒，得巴之辨（辨通辩）”这顶高帽子的禽滑厘，在与躄媪的对答中，由“媪姑言之，可能折其理”的自信，“笑曰：此殆易晓事”的轻视，神气十足，到“茫然自失”，曰“吾学未足以臻此”的自认失败，前倨后恭的情状已活画出来，但还不承认是最终的失败，他要回头向师父掏点本领再来交锋。“媪幸专留此，以须我还，其有以奉酬”，对翻本还是蛮有信心的，“幸先生折之”之语可见，不料却落得个“没事休要出门惹麻烦”的申斥，连靠山也靠不住。这末后几句话，一石两鸟，既明责了禽大的冒失相，又暗画了田巴的狼狈相，语言含蓄幽默，余味无穷。

全文以主要篇幅写禽滑厘，但禽滑厘只是主中之宾，其对待问题的轻率自信，皆因背后有个田巴，故写禽滑厘仍是写田巴。田巴才是一篇的主要人物。看文章开头先介绍田巴“一日屈千人，其辨无能穷之者”，对弟子的第一次答问还赞曰“甚善”，而到最后却“俯首久之”，命令弟子闭门避战了事，高高捧起，重重摔下，完成了这一幕讽刺喜剧，这才是作者主意所在。田巴能“一日屈千人”，而当不住一个残疾老太婆的一问，与他之曾被一个12岁童子所折服，正是后先相映成趣。

（陈振鹏）

游沙湖

黄州东南三十里，为沙湖，亦曰螺师店。予买田其间，因往相田。得疾，闻麻桥人庞安常善医而聋，遂往求疗。安常虽聋，而颖悟绝人。以纸画字，书不数字，辄深了人意。余戏之曰：“余以手为口，君以眼为耳，皆一时异人也。”疾愈，与之同

【原文】

游清泉寺。寺在蕲水郭门外二里许。有王逸少洗笔泉，水极甘。下临兰溪，溪水西流。余作歌云：山下兰芽短浸溪，松间沙路净无泥。萧萧暮雨子规啼。　　谁道人生无再少？君看流水尚能西。休将白发唱黄鸡！

是日剧饮而归。

——《东坡志林》

苏东坡是一个历史上少有的伟大天才，散文气魄宏阔，可“雄视百代”，是唐宋八大家中的白眉，书法是宋代苏黄米蔡四大家之首，诗是一代卓然大家，可以说是宋诗的第一家；而我尤其喜爱他的小品散文与自然雄恣的词，觉得是潇洒有风致的精品。

《游沙湖》写于黄州（今湖北黄冈市），以极其朴素自然的笔致，抒写他当时的日常生活与友情交往，可内蕴着诗人对人生的深沉感喟，感情极为沉郁而恳挚，也吐露了他放达的怀抱。我觉得明清的散文小品，如归有光们的，就受到过他的深刻影响。

当时他才死里逃生，从所谓“乌台诗狱”一个极其危险的文字狱中脱险。新党对东坡的直言变法“不便于民”是恨之入骨的。几个御史，李定、舒亶们都是极为险恶的倖进小人，他们不仅罗织东坡“讪谤”朝廷的罪名上奏，而且审判时还很“锻炼”了一段时间。史书上的“锻炼”就是包括苦刑逼供与心理上施加重重压力在内的一切审讯方法。由于东坡早年就受过老庄玄学思想影响，心胸磊落，并不怎么在乎生死荣辱，才挺了过来。新党必欲置他于死地而后快，可皇帝宋神宗却觉得他有才华，批下以黄州团练副使安置。“安置”是流放罪臣，受当地州官监督管制的一种谪贬，比起后来的“流远州编管为民”，还算好一些。而当时的黄州太守因为他原是皇帝近臣，有重望，对他还算客气，除在照例的坐衙之日以属官的身份参见外，让他自由逍遥。而东坡自己，虽胸怀坦荡，并不在意，但觉得自己已无政治前途，所以在东坡筑屋，自号"东坡居士"，游山玩水，求田问舍，虽为韬晦，也像作久居之计；去沙湖就是为勘察田地，问价备购，不料竟得了病；为求医治病认识了民间医生庞安常。这个医生是个聋子，却十分聪明。东坡在纸上写不了几个字，他就深深了解东坡的意思。东坡就幽默地与他开了个玩笑，自然也在纸上。病好了，两人就成了朋友，东坡跟他去游清泉寺，看传说中王羲之的洗笔泉；作为一个杰出的书法家，对于王羲之这样一个书法艺术的大宗师，自然心仪已久，明知是假托的，却也觉山川清幽，不虚一行。见到寺下有兰溪，溪水是西流的，不像通常那么东流，就写了一首词《浣溪沙》，这首词前后分两片，各三句，上片先抒写乡间的光风霁月，山下清溪中有兰芽浸着，在松间行走，觉得沙路上清净无泥，而萧萧的暮雨中有杜鹃在悲啼，气氛是叫人伤怀的。可下片情绪却转为豁达：谁说人老了不能再挥洒少年情怀，你看：这流水还向西流着呢！可不要老是喟叹晨鸡相催，光阴似箭，不觉人已白头！

这儿写得那么坦率、自然，极平常的生活、友情，却写得那么有情趣，那首词像是脱口而出，是文章的顶点，那么自然、柔和地表现了他的达人情怀，与东坡词中常见的豪放气魄恰可成为对比，另有一种十分亲切的风格，虽不算是他的代表作，也常为人传诵。

东坡自己也深明医理，在北宋科学家沈括的《苏沈良方》中还收录了他的一些验方与有关医药的著作，所以他能与庞安常成为知心朋友；而庞安常原是蕲水的一个草泽医生，名不出当地，经东坡一宣扬，成了当时的一个名医。他著的《伤寒病论》，东坡原打算为他作序，后匆匆南迁，没有写成，由黄山谷替他写了跋，也流传于世。

（唐　湜）

【原文】

二红饭

今年收大麦二十余石，卖之价甚贱。而粳米适尽，乃课奴婢舂以为饭。嚼之，啧啧有声，小儿女相调，云是嚼虱子。日中饥，用浆水淘食之，自然甘酸浮滑，有西北村落气味。今日复令庖人杂小豆作饭，尤有味。老妻大笑曰："此新样二红饭也！"

——《东坡小品》

这篇小品写于贬居黄州（今湖北黄冈市）时期。苏轼到黄州年余（时元丰四年，1081），因生活困匮，故友马正卿为他请得城东的营防废地数十亩，让他躬耕其中，这便是著名的东坡（次年在东坡筑雪堂，始自号东坡居士）。文章云"今年收大麦"之大麦，即是东坡上的出产物。小文通过吃大麦与"二红饭"的简述，写出了苏轼一家在黄州贬地苦中作乐的生活片断。

苏家生活之困窘，苏轼于《答秦太虚书》中有详细描叙，而此文"粳米适尽"四字也透露了其中消息，即彼时之艰难，已到了如陶靖节似的"瓶无储粟"（《归去来兮辞·序》）之境地，所以才将卖价甚贱（因而不卖）的大麦，教奴婢捣去皮壳充粳米做饭吃。"饥者甘糟糠"，此话不假。绝对不如粳米细口好吃的大麦，嚼在嘴中啧啧有声，孩子们不喊难吃，反互相调笑，说是嚼虱子；中午肚饥时，用浆水淘了烧吃，还觉甘酸浮滑，以为有西北村落气味；许是为了换换口味吧，这日苏家将大麦、小豆杂在一起做饭吃，一家子竟吃得十分有味，以至苏轼继室王闰之夫人大笑着称它为"新样二红饭"！官宦之家遭政敌迫害落到此般地步，全家还自甘其苦、笑声不断，显然是受苏轼乐观态度的感染与影响，故而这篇娓娓而叙的十数句小文中，虽无作者本人形象，却仍可窥见他乐观开朗的性情。

所写乃生活琐事，也不作详尽的叙述与描写，而仅以非常经济、朴素的语言，就能传达出情趣盎然的气氛，给人留下深刻生动的印象，则令人不能不叹服于作者善于捕捉生活中典型细节的艺术功力。有明唐宋派散文家归有光《寒花葬志》诸名篇写得短小简洁、自然动人，即是颇得苏轼此类作品之神髓。

（周慧珍）

书临皋亭

东坡居士酒醉饱饭，倚于几上。白云左绕，清江右洄；重门洞开，林峦坌入。当是时，若有所思，而无所思，以受万物之备。惭愧惭愧。

——《东坡小品》

《书临皋亭》以极简洁短小的篇幅，表现出了作者自在而无拘束的文风。在事、景、情俱备的特定境界中，予以生动表现的是一个旷达无羁的灵魂。

临皋亭，坐落在黄州（今湖北黄冈市）南长江岸边。苏轼于元丰二年(1079)“乌台诗案”后以犯官身份放逐黄州，曾一度寓居在这里。在此地，苏轼名义上任州团练副使，实际上这是个有名无实的闲散官职。他便在一片名为“东坡”的土地上自耕自种，聊补家用也聊为寄托，自号“东坡居士”。

文章开头曰：“东坡居士，酒醉饱饭，倚于几上。”这句既是叙事，也是作者在这篇短文中自我形象的最初刻画。在家修道的人才称“居士”,苏轼以此自称,显示出佛老思想对他的影响。这种思想内涵正与作者此时恣情适意的举止情状相吻合,一个一副超然自得意态的苏轼出现在人们的面前。下面紧接着展现出一片壮观景象:左面白云缭绕,右边江水逆流,重重门扉洞然敞开,林木山峦齐聚眼底。这景色以其雄放而又深邃的气势,给人一种别开生面的美的感受。然而更重要的,还在于这景致又是作者——文中主人公的眼中景。这白云、江水、大开的重门,似乎聚集而来的林峦,在这一派雄深开阔的景象中,呈现的是作者经历一场大磨难之后从容超脱的意绪、旷达浩远的胸怀。这情调渗透于一切物色之中,表现了苏轼在政治失意后身处逆境随缘自适,不受羁绊的心态。这期间他还有一首题为《初到黄州》的诗作,亦可作为了解作者此时心境的参照:“自笑平生为口忙,老来事业转荒唐。长江绕郭知鱼美,好竹连山觉笋香。逐客不妨员外置,诗人例作水曹郎。只惭无补丝毫事,尚费官家压酒囊。”二者都表达了对自然之美的倾心和心灵自由的向往,一种达观幽默、力求自我主宰的胸次意绪。只是在这篇小品中,作者更突出了以自己的心镜照景,用洗练、简洁的文笔,使内涵丰富的景象与其人格情怀直接重合在一起,直透人的感情深层。而最后“当是时,若有所思、而无所思”的抒情,则将万物皆我所备,与之情景相生、交汇融合的境界充分烘托了出来。坦率风趣的结尾,更显得余音袅袅,那阔大乐观的胸襟,至此尽情显露。

（李少群）

记游松风亭

余尝寓居惠州嘉祐寺,纵步松风亭下,足力疲乏,思欲就林止息。望亭宇尚在木末,意谓是如何得到?良久,忽曰:“此间

【原文】

有什么歇不得处?”由是如挂钩之鱼,忽得解脱。若人悟此,虽兵阵相接,鼓声如雷霆,进则死敌,退则死法,当恁么时也不妨熟歇。

——《东坡小品》

绍圣元年(1094),章惇为相,复行新法,苏轼因再次遭贬,责授宁远军节度副使(宋代,节度使是无权的虚衔),惠州安置。贬惠两年半期间,他曾两次寓居又两次迁出嘉祐寺。其《迁居》诗序云:“吾绍圣元年十月二日至惠州,寓居合江楼。是月十八日,迁于嘉祐寺。二年三月十九日,复迁于合江楼。三年四月二十日复归于嘉祐寺。”待四年二月十四日白鹤峰新居成,又自嘉祐寺迁出入新居。文当写于前次或后次离嘉祐寺后。

松风亭在惠州东。南宋王象之编《舆地纪胜》云:“亭在弥陀寺后山之巅,始名峻峰。植松二十余株,清风徐来,因称曰松风亭。”文写游松风亭,却既未着意描写“游”,也未对亭景作模山范水的铺陈,而只是表达了作者在遥望亭宇时所产生的一种“顿悟”思想。

文章说他一次本欲纵步松风亭顶,因足力疲乏,不由产生畏难情绪。正在踌躇之际,突然悟到:“此间有什么歇不得处?”如电光,如火花,这个妙悟令他豁然开朗,顿时获得了“如挂钩之鱼,忽得解脱”般的轻松。并由此及彼,进而觉悟到,即使在兵阵相接、鼓声如雷霆的战场,人当“进则死敌,退则死法”的生死关头,亦不妨好好歇息一番!此间之顿悟,是禅宗“当下即是”、“看穿忧患”思想的发明,是他在严重的政治打击之下,依旧能处处坦然、无往而不乐的精神支柱,——在这里,佛家思想给了他积极的影响。

然而这种思想的表述,作者在文中并未空对空、由抽象到抽象地加以诠释,而是于娓娓叙来、随笔点染中,寓理于象,又夹以解颐的妙语,精彩的比喻,在轻松怡然的情调中，表现出对自然景物的赏会及对生活哲理的领悟；且文章着墨不繁，却既富理趣，又饶情趣，令人玩味不尽，难怪明人王舜俞感慨地说："文至东坡，真是不须作文，只随笔记录便是文。"(《苏长公小品》卷下:《书天庆观壁》眉批)

(周慧珍)

盗不劫幸秀才酒

幸思顺，金陵老儒也。皇祐中，沽酒江州[1]，人无贤愚皆喜之。时劫江贼方炽，有一官人艤舟酒炉下，偶与思顺往来相善，思顺以酒十壶饷之。已而被劫于蕲、黄[2]间，群盗饮此酒，惊曰："此幸秀才酒邪?"官人识其意，即绐曰："仆与幸秀才亲旧。"贼相顾叹曰："吾侪何为劫幸老所亲哉?"敛所劫还之，且戒曰："见幸慎勿言。"思顺年七十二，日行二百里，盛夏曝日中不渴，盖尝啖物，而不饮水云。

〔注〕 ① 江州：州、路名。宋时治所在今九江市。 ② 蕲(qí 齐)、黄：地名。今湖北蕲春、黄梅县。

本篇选自《东坡志林》。

这是一篇较为典型的琐谈小说，体现了传统小说源于"街谈巷议"、"琐言俚语"的特点。

小说情节简单。讲一幸姓秀才以卖酒为业，"人无贤愚皆喜之"。一次，有个做官的得到他十壶酒的馈赠后，路遇盗劫。盗贼喝了酒知是幸秀才所制，又听官人说是幸秀才的“亲旧”,不仅退还财物,还恳请别对幸秀才言及此事。表面看来,作者是为了说明主人公的好人缘。析其内涵却并不单薄:幸秀才一介老儒以沽酒为业,人生是不得意的;然他的酒却让人尝一口便知非他人之酒,可见他制酒技艺超群不凡,出售的酒质量上乘而有特色,此隐写其人品之高。再观其赠酒之举,盗贼敬畏之态,不难看出他心性豪爽豁达,颇有人格魅力,绝非庸儒可比。而当官的遇盗竟靠欺哄盗贼、凭借一个平民的声名来保全身家性命,极具讽刺意味。

小说刻画人物有独到之处。主人公幸秀才是个虚写的人物。通过与他有过交往的人事,以及作者更多的主观叙述来交待人物,而在盗贼还物一事上,虚空的人物一下落到实处。在结束全篇时,特地点出七十二岁高寿的幸秀才夏日耐渴之情状,从侧面进一步烘托出主人公独特的豪气。作品仅一百多字,可人物形象仍较鲜明生动。

(曾庆雨)

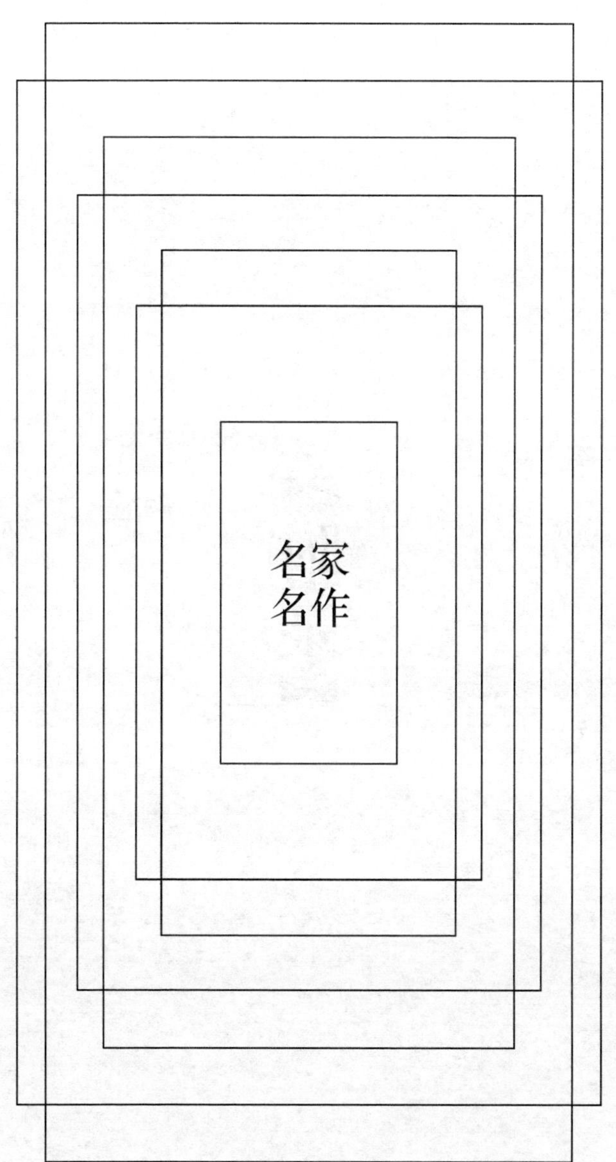

夏承焘 臧克家 缪钺 周汝昌 吴小如 霍松林 周振甫 袁行霈 王水照 曾枣庄 等撰写

【附录】

苏轼生平与文学创作年表

纪年	年岁	生平经历	主要作品	相关大事
宋仁宗 景祐三年 (1036) 丙子	1	十二月十九日(公元1037年1月8日)卯时生于四川眉山。		父苏洵28岁。范仲淹48岁,被贬;梅尧臣35岁;欧阳修30岁,受贬夷陵令;司马光18岁;王安石16岁;程灏5岁。
景祐五年 (1038) 戊寅	3			兄景先卒。
景祐六年 (1039) 己卯	4			弟辙生。
庆历三年 (1043) 癸未	8	入乡校,以道士张易简为师,为其所称。		范仲淹任枢密副使、参知政事,主持庆历新政。
庆历五年 (1045) 乙酉	10	从母程夫人读书,至东汉史,为《范滂传》所感,奋厉有当世志。		父洵宦学四方。范仲淹以"朋党"罢参知政事,"庆历新政"失败。
庆历七年 (1047) 丁亥	12			祖父序卒,父洵返家居丧,教子读书,作《名二子说》勉励轼、辙兄弟。
皇祐四年 (1052) 壬辰	17	始与刘仲达(倩叔)往来于眉山。		幼姊卒。 范仲淹卒。
至和元年 (1054) 甲午	19	娶眉州青神王方女弗为妻。		张方平(安道)镇蜀,知苏洵名。

续表

纪年	年岁	生平经历	主要作品	相关大事
至和二年（1055）乙未	20	以诸生见张方平于成都，张待以国士。晁美叔求交。		
嘉祐元年（1056）丙申	21	与弟辙随父进京。		张方平荐洵与欧阳修，修又荐洵于朝，洵由是文名大盛。
嘉祐二年（1057）丁酉	22	与弟辙同科进士及第，为欧阳修、梅尧臣、韩琦、富弼等所赏。母程氏卒，与父洵、弟辙返蜀治丧。	文《刑赏忠厚之至论》、《上梅直讲书》	欧阳修知贡举，抑为文雕琢者，影响当世文风。
嘉祐四年（1059）己亥	24	母丧服除，十月与父、弟携眷赴京，沿岷江、长江东下，一路唱和成《南行前集》，作《南行集叙》。		长子迈生。
嘉祐五年（1060）庚子	25	返朝。授河南福昌县主簿，不赴。	诗《荆州十首》	
嘉祐六年（1061）辛丑	26	应制试科，入第三等（一、二等属虚设），授大理评事凤翔府签判。十二月赴凤翔任。	诗《辛丑十一月十九日既与子由别……》、《和子由渑池怀旧》、《石鼓歌》、《王维吴道子画》；文《喜雨亭记》等	父洵留京编修《礼书》。弟辙应制试科，入第四等，辞官不赴，留京养亲。欧阳修任参知政事。
嘉祐七年（1062）壬寅	27	在凤翔。秋，太守陈希亮（公弼）命兼府学教授。		
嘉祐八年（1063）癸卯	28	与希亮子陈慥（季常）相识。转官大理寺丞。	文《凌虚台记》	三月仁宗崩，英宗即位。
英宗治平元年（1064）甲辰	29	十二月，自凤翔还。		

续表

纪年	年岁	生平经历	主要作品	相关大事
治平二年 (1065) 乙巳	30	英宗早闻其名,欲召入翰林,为近制阻,使入直史馆。		夏,妻王弗卒。
治平三年 (1066) 丙午	31	护父、妻丧归蜀。		夏四月,父洵卒于京师。洵长于古文,与子轼、辙并列“唐宋八大家”。
治平四年 (1067) 丁未	32	于家乡眉山居父丧。		英宗崩,神宗即位。欧阳修罢参政,知亳州。宰相韩琦免。
神宗 熙宁元年 (1068) 戊申	33	七月,父丧除。十月,续娶王弗堂妹闰之。冬,离蜀赴京。	诗《石苍舒醉墨堂》	王安石应诏入京,倡言变法。
熙宁二年 (1069) 己酉	34	返京任谏官,反对新政。秋,为国子监考试官,借策题刺王安石。神宗屡次欲用,而为王安石阻。冬,权开封府判官,作《上神宗皇帝书》,驳斥新法。		王安石任参知政事,主持变法。御史中丞吕诲弹劾王安石,出知邓州。
熙宁四年 (1071) 辛亥	36	六月,自求外任,出为杭州通判。过弟辙任所,同至颍川,拜谒欧阳修。	诗《出颍口,初见淮山,是日至寿州》、《泗州僧伽寺塔》、《游金山寺》等	新法全面执行,反对者多被黜免,司马光罢归洛阳。欧阳修致仕,退居颍川。
熙宁五年 (1072) 壬子	37	通判杭州。	诗《雨中游天竺灵感观音院》、《六月二十七日望湖楼醉书五绝》、《望海楼晚景五绝》、《吴中田妇叹》;文《祭欧阳文忠公文》等	子苏过生。欧阳修卒。

续表

纪年	年岁	生平经历	主要作品	相关大事
熙宁六年(1073)癸丑	38	通判杭州。	诗《饮湖上,初晴后雨二首》、《新城道中二首》、《有美堂暴雨》、《宿九仙山》、《病中游祖塔院》等	朝廷设“经义局”,修三经义,王安石提举。
熙宁七年(1074)甲寅	39	纳侍妾朝云。九月,差知密州。	诗《过永乐文长老已卒》、《与毛令方尉游西菩寺二首》、《捕蝗至浮云岭……》	王安石罢相,知江宁府,吕惠卿继续施行新法。
熙宁八年(1075)乙卯	40	知密州。	诗《雪后书北台壁二首》、《寄刘孝叔》、《祭常山回小猎》;词《蝶恋花》(灯火钱塘三五夜)、《江城子》(十年生死两茫茫)、《江城子》(老夫聊发少年狂);文《超然台记》等	吕惠卿罢相,王安石复任,进《三经新义》,立于学宫。
熙宁九年(1076)丙辰	41	九月移知河中府,十一月离密赴任。	词《水调歌头》(明月几时有)	王安石罢相,知江宁府,神宗主持续行新政。
熙宁十年(1077)丁巳	42	改知徐州。七月,黄河决堤,率军民筑堤抗灾。	诗《司马君实独乐园》;词《阳关曲》(暮云收尽溢清寒)	北宋理学代表人物之一邵雍卒。“关学”创始人张载卒。
元丰元年(1078)戊午	43	初识秦观、参寥。和黄庭坚所寄《古风》二首。苏、黄始订交。	诗《李思训画长江绝岛图》;文《放鹤亭记》、《日喻》	

续表

纪年	年岁	生平经历	主要作品	相关大事
元丰二年(1079)己未	44	改知湖州。因诗被劾,入御史台狱,史称"乌台诗案"。李定奏劾其四大罪状,赖弟辙愿除官为兄赎罪、太皇太后坚持相救免死,贬黄州团练副使。	词《西江月》(三过平山堂下);文《灵璧张氏园亭记》、《文与可画筼筜谷偃竹记》	弟辙受"乌台诗案"牵连,责监筠州盐酒税。司马光被罚金。
元丰三年(1080)庚申	45	至黄州,居定惠院。	诗《初到黄州》;词《卜算子》(缺月挂疏桐);文《与李公择》等	王安石封荆国公。
元丰五年(1082)壬戌	47	筑屋黄州官所之东坡,自称东坡居士。避谈政事,诗文自遣。	诗《正月十二日,与潘、郭二生出郊寻春……》;词《定风波》(莫听穿林打叶声)、《念奴娇》(大江东去)、文《前赤壁赋》、《后赤壁赋》;《雪堂记》等	宋与西夏交战,兵败永乐城。新官制施行。
元丰六年(1083)癸亥	48	居黄州。妾朝云生子遯,作《洗儿戏作》。	诗《东坡》、《南堂五首》;词《鹧鸪天》(林断山明竹隐墙)、《水调歌头》(落日绣帘卷);文《记承天寺夜游》、《二红饭》、《书临皋亭》、《与范子丰》等。	弟辙所作策题违反新政义旨,被劾罢。西夏攻宋,宋兵败求和。曾巩卒。
元丰七年(1084)甲子	49	其文为神宗叹赏,帝欲用之,为新党阻。诏移汝州团练副使。离黄州,至筠州访弟辙。游庐山。过金陵,访王安石,作《次荆公韵四绝》。年底至泗州,上表请居常州。	诗《和秦太虚梅花》、《海棠》、《题西林壁》;词《满庭芳》(归去来兮);文《记游定惠院》、《石钟山记》等	子遯夭折。司马光等修成《资治通鉴》。李清照生。

续表

纪年	年岁	生平经历	主要作品	相关大事
元丰八年(1085)乙丑	50	五月起知登州,到官五日,以礼部郎中被召进京,除起居舍人。	诗《登州海市》、《惠崇春江晓景二首》等	神宗崩,哲宗即位,太皇太后垂帘听政,起用司马光。弟辙被召为右司谏。黄庭坚入京供职。秦观进士及第。程颢卒。
哲宗元祐元年(1086)丙寅	51	奉诏还朝,任礼部郎中,升龙图阁学士。此后数年,晁补之、秦观、黄庭坚、张耒常游其门下,合称"苏门四学士",又与陈师道、李廌合称"苏门六君子"。与程颐交恶,其党相互攻讦,史称"洛蜀之争"。		哲宗年幼,高太后临朝,起用司马光主持政事,尽废新法,史称"元祐更化"。九月司马光卒。苏辙迁中书舍人。王安石卒。
元祐二年(1087)丁卯	52	八月,兼天子侍读。	诗《书鄢陵王主簿所画折枝二首》;词《如梦令》(为向东坡传语)等	洛蜀党争。程颐罢经筵,弟辙迁户部侍郎。
元祐四年(1089)己巳	54	三月,以龙图阁学士充浙西路兵马钤辖知杭州军州事。		弟辙迁翰林学士,进吏部尚书,出使契丹。
元祐五年(1090)庚午	55	任杭州知州,疏浚西湖,筑堤,人称"苏堤"。与僧道潜唱和。	诗《赠刘景文》	弟辙使契丹归,任御史中丞。
元祐六年(1091)辛未	56	太后爱其才,诏还京,因诗被诬,自请外调颍州。与颍州通判赵令畤、教授陈师道同游。	诗《泛颍》、《聚星堂雪》;词《八声甘州》(有情风万里卷潮来)	弟辙拜相。党争复起,刘挚罢相。
元祐七年(1092)壬申	57	七月,内调为兵部尚书。八月兼侍读。九月至京。十一月除端明殿学士、翰林侍读学士,充礼部尚书。	诗《轼在颍州,与赵德麟同治西湖……》;词《木兰花令》(霜余已失长淮阔)等	苏颂为右相,弟辙进门下侍郎。

续表

纪年	年岁	生平经历	主要作品	相关大事
元祐八年(1093)癸酉	58	任礼部尚书。六月,自请除知定州。		八月,继室王闰之卒。九月,太皇太后高氏崩,哲宗亲政。
绍圣元年(1094)甲戌	59	被指以文字"讥刺先朝",贬谪惠州。	诗《八月七日初入赣过惶恐滩》、《十一月二十六日松风亭下梅花盛开》、《壶中九华诗》等;文《记游松风亭》	哲宗恢复新政。苏辙被贬筠州。黄庭坚、秦观被贬,晁冲之隐居。
绍圣三年(1096)丙了	61	谪居惠州。	词《西江月》(玉骨哪愁瘴雾)等	侍妾朝云病逝惠州。
绍圣四年(1097)丁丑	62	四月责授琼州别驾,昌化军安置。四月离惠州,至藤州,与弟辙相遇,同行至雷州。		弟辙贬化州别驾,雷州安置。
元符元年(1098)戊寅	63	贬居儋州。董必察访两广,将其逐出官舍。自于城南买地筑室,当地士人多所襄助。	文《与参寥子》、《与程秀才》等	弟辙移循州。
元符二年(1099)己卯	64	贬居儋州。与当地士人、平民游。琼州人姜唐佐从其学。	诗《被酒独行,遍至子云、威、徽、先觉四黎之舍三首》、《纵笔三首》;文《书上元夜游》	
元符三年(1100)庚辰	65	五月大赦。年底北归。	诗《六月二十日夜渡海》;文《答谢民师书》	哲宗崩,徽宗即位,向太后听政,元祐旧党渐次召还。秦观卒。
徽宗建中靖国元年(1101)辛巳	66	六月至常州,上表乞致仕。七月病卒于常州,次年葬汝州,弟辙为作墓志铭。		朝廷调和党争,兼用新旧。

(忆慈)

图书在版编目(CIP)数据

苏轼诗文鉴赏辞典 / 上海辞书出版社文学鉴赏辞典编纂中心编著. 一上海：上海辞书出版社，2012.5(2023.2 重印)
(中国文学名家名作鉴赏辞典系列)
ISBN 978-7-5326-3350-0

Ⅰ.①苏… Ⅱ.①上… Ⅲ.①苏轼(1036～1101)-诗词-文学欣赏-词典②苏轼(1036～1101)-古典散文-文学欣赏-词典 Ⅳ.①I206.2-61

中国版本图书馆 CIP 数据核字(2011)第 040745 号

苏轼诗文鉴赏辞典

上海辞书出版社文学鉴赏辞典编纂中心　编著

装帧设计　姜　明
技术编辑　顾　晴

出版发行　上海世纪出版集团
上海辞书出版社(www.cishu.com.cn)
地　　址　上海市闵行区号景路 159 弄 B 座(邮编 201101)
印　　刷　上海新艺印刷有限公司
开　　本　890 毫米×1240 毫米　1/32
印　　张　20.375　插页 5
字　　数　522 000
版　　次　2012 年 5 月第 1 版　2023 年 2 月第 10 次印刷
书　　号　ISBN 978-7-5326-3350-0/I·132
定　　价　198.00 元